明詞話全編

陸

鄧子勉 編

鳳凰出版社

蒲秉權詞話

蒲秉權，字度之，永明（今湖北）人。萬曆癸丑進士，授建昌令。天啟中擢吏科給事中，歷西寧兵備、肅州副使。有《碩薖園集》十卷，此據《四庫禁燬書叢刊》影印清光緒元年蒲蔭枚手抽齋刻本録詞話一則。

一 《復周浩吾詩啓》：酒載青山陶陶然，拈花剪綵；毫揮白雪錚錚乎，裂石穿雲。造化機收入肺腑，山水趣洩出篇端。大是金聲天籟，惡庸瓦缶雷鳴。瑱瑱弟唾非珠玉，謬爾蚓雜龍唫；律暗宫商，輒迺蟬隨鶯唶。刻無鹽之顰，醜態極矣；效嫱施之蹙，頳顔甚焉。謹獻笑於三影壇中，敬求斤於八叉案底。易推以敲，媿謝賈生百鍊之法；改恨為幸，實憑張公一字之師。顒望，顒望。（《碩薖園集》卷五）

程時用詞話

程時用，字際明，自稱玉齋主人，新安（今安徽）人。著《風世類編》十卷，萬曆庚子自序云：幼好涉獵，於習制舉外，於暇輒購稗官野史、叢談幽怪諸書讀之，覺於世教風覽無益。戊戌於友人處得《紀訓》一書，欣然有慨於中，遂旁搜見聞所習，隨得隨録，删繁訂贋，去其無關倫紀者，釐為十卷，所載要歸於懲勸。此據《四庫未收書輯刊》影印明萬曆二十八年刻本録詞話一則。

一　監察御史曾公鳳韶，江西廬陵人。洪武末為御史，彈劾無所避。靖難師起，議使致書請罷兵歸國，無敢行者，公獨請行，至軍前不納，公取竹通節入書，鼓風達之，亦不報。文皇繼統，嘉其直，以侍郎召，不赴。乃刺血書憤詞於襟曰：「予生居忠節之邦，素負骨鯁之强。仕宦而至繡衣郎。慨一死之得宜，可以含笑於地下，而不媿吾天祥。」囑妻李氏、子公望勿易衣，遂自殺。時年二十九，李亦死節。（《風世類編》卷四「臣鑒」）

陳懋學輯詞話

陳懋學，字希賢，福唐（今福建）人。萬曆壬子舉人，官兵馬司指揮。編有《事言要玄》、《事文類纂》。潛心六籍，旁羅子史，編《事言要玄》三十二卷，分天集、地集、人集、事集、物集，每集又分卷，分類隸事，以窮理致用。此據早稻田大學藏明萬曆刊本録詞話二十六則。

一　唐：《花間集》唐末小詞。　五代：《香奩集》俱鄆州和凝成績，周封魯公。其《香奩》，乃託名韓偓。宋：《清真詩餘》周邦彦美成，徽宗時提舉大晟樂府。　柳永耆卿，屯田員外郎。万俟雅言，自號詞隱。朱敦儒希真，宋自遜謙父，曾覿純父。俱小詞名。　《類要》臨川晏殊同叔，仁宗拜相，謚元獻。子□（當作幾）道叔原，善小詞。　《續骪骳説》、《酒經》俱朱昂翼中，李保又續之。　《慶湖集》衛州賀鑄方回，工小辭。　《康平庵集》

與之伯可，附秦檜，工小詞。《碧鷄謾志》王灼晦伯。《史海（當作梅）溪集》史達祖邦卿，善小詞。《劉龍洲集》劉過改之，以詩詞名。元：《樂府指迷》西秦張玉田，陸輔之作《詞指（當作旨）》。《詩詞餘話》三山俞焯元明。（《事言要玄》「引用諸書源流」）

二 《明皇雜録》：上既幸蜀，初入斜谷，霖雨彌旬，於棧道中聞鈴聲，與山相應。上悼念貴妃，因採其聲為《雨淋鈴》曲，以寄恨焉。（同前書「天集」卷二「雨」）

三 《宣和遺事》：宣和五年，令都城自臘月初一日放鰲山燈，至次年正月十五日夜，謂之預賞元宵。徽宗至日出觀之，時有謔詞，末句云：「奈吾皇，不待元宵景色來到，恐後月陰晴未保。」（同前書卷三「元宵」）

四 《癸辛雜識》：上巳當作十干之巳，蓋古人用日，例以十干，如上辛、上戊之類，無用支者，若首午尾卯，則上旬無巳矣，故王季夷嵎上巳詞云：「曲水濺裙三月二。」《道經》：三月二日，玉皇上帝誕聖日。三日，玄天上帝生晨（當辰）。初八，元始天尊降元陽宫，會天羅大梵，演説靈寶法。（同前「上巳」）

五 《東坡志林》：余為郭生遊寒溪，郭生略改樂天《寒食詩》歌之，坐客有泣者。其詞曰：「烏啼鵲噪昏喬木，清明寒食誰家哭。風吹曠野紙錢飛，古墓纍纍春草緑。棠梨花映白楊樹，盡是死生離別處。冥漠重泉哭不聞，蕭蕭暮雨人歸去。」樂天首句云：「丘墟郭門外，寒食誰家哭。」（同前「寒食」）

六 《後山詩話》：孟嘉落帽，前世以為勝絶。杜子美《九日》詩云：「羞將短髮還吹帽，笑倩傍人為正冠。」其文雅曠達，不減昔人，故謂詩非力學可致，正須胸中度世爾。《三山老人語録》云：自來九日多用落帽事，獨東坡《南柯子》詞云：「破帽多情却戀頭。」乃反之，尤為奇特。杜詩：「不眠瞻白兔，百過落烏紗。」故東坡以閏九月題披雲樓詩云：「九日再逢堪一笑，終朝百過更深憂。」謂短髮不堪落帽也。（同前「重陽」）

七　《青箱雜記》：夏文莊謫守黄州時，龐穎公為郡掾，有病，意謂不起。文莊視親，親往臨之，曰：「異日當為貧宰相，亦有年壽。」穎公曰：「宰相豈得貧耶？」文莊曰：「一等人中貧耳。」故穎公作《退老詩》：「田園貧宰相，圖史富書生。」王儉作解，散幘，斜插簪，朝野慕之，自況風流宰相。晉相和凝少時好為曲子詞，布汴洛，號曲子相公。（同前書「人集」卷四「中書省」）

八　韓滉鎮浙西，戎昱為部内刺史，有官妓善歌，色亦閑妙，昱情屬至厚。滉聞其名，召置籍中，昱為詩以送云：「送客春風湖上亭，柳條藤蔓繫人情。黄鶯久住渾相識，欲别頻啼四五聲。」妓至，唱戎此詞，滉即歸之。韓翃，少負才名，鄰居有姓李者，每將妓柳氏至，必邀韓飲，愈熟，李命柳與韓。後翃成名，為節度使，侯希逸（脱奏為）從事，寄詩曰：「章臺柳，往日青青今在否？縱使長條似舊垂，也應攀折他人手。」柳答曰：「楊柳枝，芳菲節，可恨年年贈離别。一葉隨風忽報秋，縱使君來豈堪折？」後為番將沙吒利所刼，希逸以事聞諸朝，詔柳氏還翃。（同前書卷八「伎女」）

九　辛幼安《最高樓》壽洪内翰七十：「金閨老，眉壽正如川。七十且華筵。樂天詩句香山裡，杜陵酒債曲江邊。問何如，歌窈窕，舞嬋娟。更十歲，太公方出將，又十歲，武公方入相。留盛事，看明年。直須腰下添金印，莫教頭上欠貂禪（當作蟬）。向人間，長富貴，地行仙。」東坡《張安道生日》詩：

「先生真是地行仙，住世因循五百年。」（同前書卷九「生辰」）

一〇　《夢焦詩話》：温庭筠《贈彈箏者》詩云：「天寶年中事玉皇，曾將新曲教寧王。鈿蟬金鴈皆零落，一曲《伊州》淚萬行。」此作感慨委婉，得詩人之怨也。鈿蟬、金鴈，皆歌妓名，《伊州》、《凉州》，皆開元新製曲名，故曰新曲。《開天傳信記》：明皇燕會，五王奏《伊州》等樂，衆皆舞蹈稱善，獨寧王聽之不悦，起曰：「斯曲也，宫離而少徵，商亂而加暴。君勢卑，臣事僭。卑則逼下，僭則犯上，發於忽微，形於音聲，播於歌詠，見於人事。是將有播越之禍，悖逼之患也。國家其不免乎？」《升庵集》：妓女以鹿角琢為爪以彈箏，曰纍爪。梁簡文帝《箏》詩：「停紘時纍爪，息吹治唇朱。」又曰義甲，唐劉言史詩：「送（當作进）却玻瓈義甲聲。」（同前書卷十一「箏」）

一一　隋樂王令言妙解音律，大業末，煬帝將幸江都，令言當從。忽於户外彈胡琵琶，作翻調《安公子》曲，令言時卧室中，聞之大驚。蹶然而起，曰：「變，變。」急呼其子，問曰此曲興自蚤晚，其子言頃來有之，令言歔欷流涕，謂其子曰：「汝慎無從行，帝必不返。」子問其故，令言曰：「此曲宫聲，往而不返。宫者，君也。吾是以知之。」帝果於江都遇害。（同前「琵琶」）

一二　《蔡寛夫詩話》：樂譜琵琶曲有《轉關六么》，其聲調閑婉，又有《護索梁州》，謂音節閑繁。（同前）

一三　羯鼓録：羯鼓出外夷，以戎羯之鼓，故曰羯鼓。玄宗好羯鼓，而寧王善吹横笛。帝嘗稱羯鼓，八音之領袞，諸樂不可方也。蓋本戎羯之樂，其音太簇一韻，龜兹、高昌、疏勒、天竺部皆用之，其聲焦殺，特異衆爾。嘗值二月詰旦，巾櫛方畢，時宿雨初晴，景色明麗，小殿庭内柳杏將吐，高力士遣取羯鼓，上旋命之臨軒，縱擊一曲，名《春光好》，神思自得。又製《秋風高》，每秋空迥徹，纖塵不起，即奏之，必遠風徐來，庭葉墜落，其妙絶入神也如此。宋開府與上論鼓事，曰：「頭如青山峰，手如白雨點。」按此即羯鼓之能事，山峰欲不動，雨點取碎急。（同前「鼓」）

一四　《古樂府要》：齊歌曰謳，吳歌曰歈，楚歌曰艷，淫歌曰哇。歌有清歌、高歌、安歌、緩歌、長歌、浩歌、雅歌、酣歌、怨歌、悲歌、勞歌。振旅而歌曰凱歌，堂上奏樂而歌曰登歌，亦曰升歌。古之善歌者有咸黑帝嚳歌者、秦青、薛譚、韓娥、王豹、綿駒、瓠梁、虞公、李延年。《古今樂録》：傖歌以一句為一解，中國以一章為一解。王僧虔啓，諸曲調皆有詞有聲，而大曲又有豔、有趨、有亂。詞者，其歌詩也；聲者，若羊吾夷伊那何類也。豔在曲之前，與吳聲之和，若今之引子；趨與亂在曲之後，與吳聲之送，若今之尾。（同前書卷十三）

一五　《樂府雜録》：唐開元中，内人許子和，永新縣樂伶女也，入宫，因名永新。能變新聲。高秋明月，喉囀一聲，響傳九陌。一日，大酺於勤政樓下，萬衆諠譁，莫得聞魚龍百戲之音。永新乃撩鬢舉袂，直奏謾聲，廣塲寂寂，若無一人。漁陽之亂，六宫星散，永新為一士人之所得。韋臯避地廣陵，月夜憑欄，聞舟中唱《水調》者，曰：「此永新歌也。」登舟省之，相與對泣。後依士人卒，遂落風塵。臨終，謂母曰：「阿母錢樹子倒矣。」（同前）

一六　《筆談》：高郵人桑景野（後文作「舒」，當是）善樂律。舊傳有虞美人草，聞人歌《虞美人》曲，則枝葉俱動，他曲不然。景舒試之，誠如所傳。乃詳其曲聲，曰皆吴音也。他日取琴，試用吴音製一曲，對草鼓之，枝葉亦動，乃謂之《虞美人操》。（同前）

一七 《樂府雜録》：舞者，樂之容。有大垂手、小垂手，或象驚鴻，或如飛燕。婆娑，舞態也；曼延，舞也。有健舞、轉（當作軟）舞、字舞、花舞、馬舞。舞曲有《緑腰》、《蘇合香》、《屈柘》、《胡渭洲》、《團乳旋》、《甘州》等。字舞，以舞人亞身於地，布成字也。花舞，著緣（當作緑）衣，偃身合成花字也。馬舞者，櫳馬人著綵衣，執鞭於床上，舞蹀躞，蹄皆（脱「應」字）節奏也。《曲（當作回）波樂》、《春鶯囀》、《烏夜啼》之屬，謂之軟舞；《柘枝》、《古凉州》、《達麽枝》之屬，謂之健舞。《書言》：閩人黄通累舉不第，作官數任，年將耳順，鎖廳應舉，或笑之曰：「老婦舞《柘枝》，剩員呈手藝。」唐詩注：此曲本出拓拔氏，誤為柘枝。《筆談》：《柘枝》舊曲遍數極多，如《羯鼓録》所謂《渾脱解》之類，寇萊公好《柘枝舞》，每舞必盡日，時謂之柘枝顛。（同前）

一八 詞者，樂府之變也。昔人謂李太白《菩薩蠻》、《憶秦娥》，楊用脩又傳其《清平樂》二首，以謂調祖，不知隋煬帝已有《望江南》詞。蓋六朝諸君臣頌酒賡色，務裁豔語，默啟詞端，寔為濫觴之始。故詞須宛轉緜麗，淺至儇俏，挾春月烟花，於閨幨内奏之。一語之豔，令人魂絶，一字之工，令人色飛，乃為貴耳。（同前「《卮言》」）

一九 《花間》以小語致巧，世説靡也。《草堂》以麗字取妍，六朝隃也。言其業，李氏、晏氏父子，耆卿、子野、美成、少游、易安至矣，詞之正宗也。温、韋艶而促，黄九精而刻，長公麗而壯，幼安辨而奇，

又其次也，詞之變體也。詞興而樂府亡矣，曲興而詞亡矣，非樂府與詞之亡，其調亡也。（同前）

二〇　何元朗云：樂府以皦逕揚厲為工，詩餘以婉麗流暢為善。温飛卿詞曰《金荃集》，唐人詞名《蘭畹》，皆取其香而弱也，然則雄壯者，固次之。（同前）

二一　《昔昔鹽》、《阿鵲監》、《阿濫堆》、《突厥鹽》、《疏勒鹽》、《阿那朋》之類，詞名之所由起也，其名不類中國者，歌曲變態，起自羌胡故耳。然自《昔昔鹽》排律外，餘七言絶，有其名而無其調。隋煬、李白，調始生矣。然《望江南》、《憶秦娥》則以辭起調者也，《菩薩蠻》則以辭按調者也。《堯山堂》：關中謂好為鹽，唐施肩吾希聖詩云：「顛狂楚客歌成雪，媚嫵吴娘笑是鹽。」（同前）

二二　「斜陽只有平波遠」，又「春來依舊生芳草」，淡語之有致者也。「角聲（脱「吹」字）落梅花月」，又「滿院落花春寂寂」，又「一鈎淡月天如水」，又「鞦韆外，緑水橋平」，又「地卑山潤，人静費罏烟」，淡語之有景者也。「平蕪盡處是青山，行人又在青山外」，又「郴江幸自遶郴山，為誰流下瀟湘去」，此淡語之有情者也。「拚則而今，拚了忘，則怎生便忘得」，又「斷送一生憔悴，能消幾個黄昏」，此恒語之有情者也。咏雨「點點不離楊柳外，聲聲只在芭蕉裡」，此淺語之有情者也。（同前）

二三　三百篇亡，而後有騷賦，騷賦難入樂，而後有古樂府，古樂府不入俗，而後以唐絶句為樂府，絶句少宛轉，而後有詞，詞不快北耳，而後有北曲，北曲不諧南耳，而後有南曲。元喬吉夢符嘗言：作樂府有法：「鳳頭，豹尾，猪肚」六字也。其作《（脱天）净沙》詞云：「鶯鶯燕燕春春，花花柳柳真真，事事風風韻韻。嬌嬌嫩嫩，停停當當人人。」（同前）

二四　曲者，詞之變也。自金元入中國，所用胡樂嘈雜，凄緊緩急之間，詞不能按。乃更為新聲以媚之，而諸君如貫酸齋、馬東藩（當作籬）、王實甫、關漢卿、張可久、喬夢符、鄭德輝、宮大用、白仁甫輩咸富有才情，兼喜聲律，以故遂擅一代之長，所謂宋詞、元曲，殆不虛也。（同前）

二五　《避暑録》：吴給事女敏慧，工詩詞，後歸華陽陳子朝，名儒也。晚年惑一妾，遂染風疾。一日，親戚來問，吴同妾在側，因指妾曰：「此風之始也。」後西南士夫，凡有所惑者，皆以風之始為口實。（同前書卷十四「俳調」）

二六　《遯齋閑覽》：凡詠梅多詠白，而荆公詩獨云：「鬚撚黄金危欲墮，蔕圍紅蠟巧能粧。」不惟造語巧麗，可謂能道人不到處矣。又東坡詠梅一句云「竹外一枝斜更好」，語雖平易，然頗得梅之幽獨閑静之趣。（同前書「物集」卷一「果木・梅」）

王兆雲詞話

王兆雲，字元楨，麻城（今湖北）人。事跡不詳。按：王氏編有《明詞林人物考》十二卷，録明一代文士，起於洪武，迄萬曆。知當為晚明時人。别撰有《湖海搜奇》、《揮麈新談》、《白醉璅言》、《説圃識餘》、《漱石閒談》、《烏衣佳話》、《緑天脞説》、《廣莫野語》、《驚座摭餘》、《碣石賸語》以及《揮麈詩話》等書，皆雜記新異之事，後人裒為一帙，或題曰《王氏雜記》，或題曰《驚座新書》等，不一而足。此據《硯雲甲乙編》本《揮麈詩話》和《四庫全書存目叢書》影印明徐應瑞等刻本《白醉璅言》録詞話八則。

一　柳詞：濠梁許庭柳詞五章，其一曰：「不見昭陽宫内柳，黄金齊撚輕柔。東君昨夜到皇州。玉階金井，無處不風流。　悵望翠華春欲暮，六宮都鎖春愁。煖風吹動繡簾鈎。飛花委地，時轉玉香毬。」其二曰：「不見隋河堤上柳，緑陰流水依依。龍舟東下疾於飛。千條萬葉，濃翠染旌旗。　記得當年春去也，錦帆不見西歸。故拋輕絮點人衣。如將亡國恨，説與路人知。」其三曰：「不見陶家門外柳，柴扉一徑遥通。閉門終日仰清風。感君高節，緑陰向人濃。　籬落蕭疏雞犬静，日長飛絮濛濛。先生一醉萬緣空。經時高卧，不到翠陰中。」其四曰：「不見都門亭畔柳，春來緑盡長條。臨岐行色馬蕭蕭。一枝折贈，相見又何朝。　酒盡曲終人去也，風前亦自無聊。祇應於我恨偏饒。東君特地，付與沈郎腰。」其五曰：「不見灞陵原上柳，往來過盡蹄輪。朝離南楚暮西秦。不成名利，贏得鬢毛新。　莫怪枝條憔悴損，一生惟苦征塵。兩三烟樹倚孤村。夕陽影裏，愁殺宦游人。」

二　楊升庵逸詞題妓家，王行甫在滇中得之：「醖造一場煩惱，只因些子恩情。陽臺春夢不曾成，枉度雨雲朝暝。　燕子那知我意，鶯兒似唤他名。消除只有話無生，早去心頭自省。」「倚醉深闗朱户，佯羞怕捧金觥。背人彈淚繞花行，唱盡新詞懶聽。　本是為郎調護，當初枉道無情。英雄摩勒肯重生，贖取佳人薄命。」「自有嫩枝柔葉，何須補柳添花。低聲昵語似雛鴉，腸斷東橋月下。　香霧清暉何處，春風今夜誰家。五花嬌馬七香車，趁此小喬未嫁。」「玉指管生弦澁，朱唇語顫聲羞。動人一味是温柔，為甚兩眉長皺。　不慣秋娘渡口，乍離阿母池頭。臨邛太守最風流，肯許鳳求凰否？」

三 空同諸公詞：李空同，文章鉅手，不屑小製。然嘗見其小詞《如夢令》二篇，今集不載，云：「昨夜洞房春暖，燭盡琵琶聲緩。閑步倚闌干，人在天涯近遠。影轉，影轉，月壓海棠枝軟。」「不信園林春早，一夜遍生芳草。説與小童知，池上落紅休掃。休掃，休掃，花外斜陽更好。」陳大聲，不但善北曲，乃和宋詩餘等篇，大有佳者。如《浣溪沙》云：「波映横塘柳映橋，冷烟疏雨暗庭皐，春城風景勝江郊。花蘂暗隨蜂作蜜，溪雲還伴鶴歸巢，草堂新竹兩三梢。」《生查子》云：「從小束腰肢，不是因郎瘦。自有春愁在兩眉，不省郎知否？落日正飛梟，記得曾分手。忍見垂楊折後枝，還拂杯中酒。」嘗謂宋人敝神此體，深入要眇。自元以還，聲律漸遠。明興，間有作者，益不類矣。間嘗稍為編集，其中陳大聲鐸、王浚川廷相、張南湖綖（當作綖）、夏桂洲言、楊升庵慎為多，而夏頗稱勝。

四 辛幼安詞：梅花不入楚騷，杜甫不詠海棠，二謝不詠菊，終是缺陷。辛幼安《鷓鴣天》詞云：「戲馬臺前秋雁飛，管絃歌舞更旌旗。要知黄菊清高處，不入當年二謝詩。傾白酒，遶東籬，只於陶令有心期。明朝重九渾瀟灑，莫使尊前欠一枝。」蓋為菊花解嘲也。

五 王西樓：高郵王西樓名磐，字鴻漸，善詞章，能畫。製《清江引》小詞詠睡鞋云：「嬌紅軟鞋三寸整，不着地，偏乾净。燈前換晚妝，被底勾春興。玉人兒幾番輕撥醒。」膾炙人口，皆呼為「被底勾春興」。又嘗為友人畫菊扇繫一詩云：「萬草凋零萬木僵，籓籬内外藉輝光。請看獵獵霜風裏，一點秋金百錬鋼。」詩亦有致。

六 徐武功《瑞龍吟》：武功伯徐公天順間遭讒被逐，放歸田里，號天全翁。脱去世故，棲心丘壑。

其遊靈巖《瑞龍吟》詞云：「佳麗地是吾鄉，西山更比東山好。有罨畫樓臺，金碧巖扉，彷彿十洲三島。却也有、風流安石，清真逸少。向西施洞口，望湖亭畔，天光雲影，上下相涵相照。似寶鏡裏，翠娥粧曉。且登臨，且談咲。眼前事，幾多堪弔。香逕蹤消，屧廊聲杳，麋鹿還遊未了。也莫管吴越興亡，為他煩惱。是非顛倒，古與今、一般難料。咲宦海風波，幾人歸早，得在家中老。遇酒美花新，歌清舞妙，儘開懷抱。又何須較短量長，此生心，應自有天知道。醉呼童，倦進餘盃，便拚得到三更，乘月迴仙棹。」此詞為人膾炙。公年六十六而卒，墓在吴縣玉遮山，吴文定公以詩吊之，有「衆口是非何日定，老臣功罪有天知」之句。（《白醉璅言》卷上）

七　謝氏奇會：有謝生者，粥其妻於商人數年矣。其姑夫管公為永豐學訓道，往謁之，姑問妻安在，紿之曰：「患時疾死。」姑信之。居數日，宴諸教官妻，呼唱詞者，齋僕白有一女唱曲者在門，乃召入，娘抱琵琶，殊羞澀。姑詰之曰：「子非風塵中女也，何以至此？」娘曰：「我故蘇士人謝生妻也，吾夫貧，粥某商，商又轉與此人習唱。」言訖，泣下，姑問以家世及夫姓名，娘具以告，姑曰：「我即汝夫姑也。」留俟，管公歸，以告，管以銀十五兩為贖，其人不肯，管白知府，始得之。俟謝歸，詰之曰：「汝妻何在？」曰：「實以某年某日死。」乃出其娘示之，曰：「此豈鬼邪？」謝語塞，復為伉儷。居數日，其父謝翁亦至，管公問來故，曰：「近著得一書，以活字印定，持以求售耳。」管不敢言子事，第留之飯。既旬日，忽遇其子於外，責問流落狀，管不能隱，因呼其娘出拜，備述曲折，謝公大慟而卒，管公買棺殯而歸之，事之偶合如此。（同前書卷下）

八　金琮字學：南都赤松金琮元玉書宗趙魏公，有樓名極高明樓，每夜學書，燃燭一枝，價一分，每月預送燭銀三錢，寒暑無間。蓄趙書甚多，以書法擅當代。然人品又高，無枉道干謁，是以公存日書名尚未顯。歿後，人得片紙爭愛之。同時有九峰徐霖子仁，亦宗趙，又宗朱文公，晚年筆爛可厭，然篆宗周伯琦，名不元玉之下，但士類鄙其縱横，能使城南豪富往來供用，不及赤松之養高也。當是時，詩句則謝子象，雲山則史廷直，小景則王孟仁，填詞則陳大聲，藴藉風雅，為南都一時之重，今皆寥落矣。（同前）

蔣一葵詞話

蔣一葵，字仲舒，號石原居士，常州（今江蘇）人。萬曆甲午舉人，知靈川縣，官至南京刑部主事。編著有《堯山堂外紀》、《堯山堂偶雋》、《長安客話》、《八朝偶雋》。《堯山堂外紀》一百卷，《堯山堂外紀顛末》自云幼善强記，喜《齊諧》諸書，然家無書，有蓄異書者，徒步數十里外求，每乞一編歸，窮日之力閲之。及長，愛命童子以奚囊隨，會解頤處，則以片楮録之。歲久成帙，命曰《堯山堂外記》。堯山堂，為讀書堂，名曰堯山，志其先君之思。《堯山堂偶雋》七卷，取前人比偶之文，自六朝迄宋元，凡制誥、牋表、賦序、啟劄中名雋之句及尋常應對俳語，次而録之。此據《續修四庫全書》影印明刊本《堯山堂外紀》、《四庫全書存目叢書補編》影印明刻本《堯山堂偶雋》和上海書店出版《叢書集成續編》影印《常州先哲遺書後編》本

《長安客話》録詞話四百五十六則。

一

帝築西苑，苑中鑿五湖，每湖四方十里，東曰翠光湖，南曰迎陽湖，西曰金光湖，北曰潔水湖，中曰光明湖。湖中積土石為山，搆亭殿，屈曲環繞澄碧，皆窮極人間華麗，帝因製湖上曲《望江南》八闋，云：「湖上月，偏照列僊家。水浸寒光鋪枕簟，浪摇晴影走金蛇，偏稱泛靈槎。　光景好，輕彩望中斜。清露冷侵銀兔影，西風吹落桂枝花，開宴思無涯。」一「湖上柳，煙裏不勝摧。宿霧洗開明媚眼，東風摇弄好腰枝，煙雨更相宜。　環曲岸，陰覆畫橋低。線拂行人春晚後，絮飛晴雪暖風時，幽意便依依。」二「湖上雪，風急墮還多。輕片有時敲竹户，素華無韻入澄波，望外玉相磨。　湖水遠，天地色相和。仰面莫思梁苑賦，朝來且聽主人歌，不醉擬如何。」三「湖上草，碧翠浪通津。修帶不為歌舞緩，濃鋪堪作醉人茵，無意襯香衾。　晴霽後，顔色一般新。遊子不歸生滿地，佳人遠意寄青春，留詠卒難伸。」四「湖上花，天水浸靈芽。淺蕊水邊勻玉粉，濃苞天外剪明霞，只在列僊家。　開爛熳，插鬢若相遮。水殿春寒幽冷豔，玉軒晴照暖添華，清賞思何賒。」五「湖上女，精選正輕盈。猶恨乍離金殿侶，相將盡是採蓮人，清唱漫頻頻。　軒内好，嬉戲下龍津。玉管朱絃聞盡夜，踏青鬬草事青春，玉輦從羣真。」六「湖上酒，終日助清歡。檀板輕聲銀甲緩，醅浮香米玉蛆寒，醉眼暗相看。　春殿晚，僊豔奉巵盤。湖上風光真可愛，醉鄉天地就中寬，帝主正清安。」七

「湖上水，流繞禁園中。斜日暖摇清翠動，落花香暖衆紋紅，蘋末起清風。　閒縱目，魚躍小蓮東。泛泛輕摇蘭棹穩，沉沉寒影上僊宫，遠意更重重。」八帝常遊湖上，多令宫中美人歌唱此曲。（《堯山堂外紀》卷二十一「煬帝廣」）

二　沈雲卿初除給事中、考功郎，會張易之敗，長流驩州，稍遷台州録事參軍，復召入拜修文館學士。既侍宴，帝詔學士等舞《回波》，佺期為弄詞悦帝，其詞云：「迴波爾時佺期，流向嶺外生歸。身名已蒙齒録，袍笏未復牙緋。」帝即賜牙緋，尋歷太子詹事。（同前書卷二十三「沈佺期」）

三　明皇性俊邁，不好琴，會聽琴，一弄未畢，叱琴者出，謂内侍曰：「速令花奴將羯鼓來，為我解穢。」花奴，汝陽王璡小字也。帝酷愛羯鼓，云八音之領袖。春雨初晴，景物明媚，帝曰：「對此景，豈可不與他判斷之乎？」乃命高力士取羯鼓，臨軒縱擊一曲，名《春光好》，回頭柳杏皆發，上笑曰：「此一事，不唤我作天公，可乎？」又製《秋風高》，至秋高迥徹，奏之，必遠風徐來，庭葉飛下。帝每後宫春宴，使妃嬪各插豔花，親捉粉蝶放之，蝶止者幸焉。（同前書卷二十四「明皇隆基」）

四　江采蘋，莆田人，九歲能誦二《南》，語父曰：「我雖女子，期以此為志。」父奇之，故名采蘋。開元中，高力士選歸侍明皇，大見寵幸。善屬文，自比謝女。淡粧雅服，而姿態明秀。性喜梅，所居悉值梅，上因其所好，戲名梅妃。會太真楊氏入侍，寵愛日奪，竟為楊氏遷於上陽東宫，帝每念之。時在花萼樓，有夷使貢珍珠者至，命封一斛，密賜妃，妃不受，以詩付使者：「為我進御前也。」上覽詩，悵然不樂，令樂府以新聲度之，號《一斛珠》。詩曰：「桂葉雙眉久不描，殘粧和淚濕紅綃。長門盡日無梳洗，何必珍珠慰寂寥。」楊貴妃字玉（當作太）真，小字玉奴，又名玉環。初承恩召，與父母相別，泣涕登車，時天寒，淚結為紅冰。每至夏月汗出，紅膩而多香，或拭於巾帕上，色如桃紅。（同前）

五　明皇初自蜀回，夜闌，倚勤政樓南望，煙月滿目，因歌曰：「庭前琪樹已堪攀，塞北征人尚未還。」蓋北齊盧思道詩也。歌畢，里中隱隱如有歌者，謂力士曰：「得非梨園舊人乎？遲明為我訪來。」翌日，力士求於里中，召至，果是。其夜復乘月登樓，左右惟力士及妃子侍者紅桃在焉，遂命歌《凉州》，《凉州》，即貴妃所製，親御玉笛為御樓曲。曲罷，無不掩泣，因廣其曲，傳於人間。（同前）

六　葉法善嘗引帝入月宮聞僊樂，帝歸，但記其半，遂於笛中寫之，名《霓裳羽衣曲》。（同前）

七　開元中，正月望日，玄宗謂葉僊師曰：「四方何處燈極麗？」對曰：「無踰廣陵。」帝曰：「何法觀之？」俄而虹橋起於殿前，師奏橋成，但勿回顧。帝與太真、高力士、黄幡綽、樂工數人從行，俄至廣陵，燈火、士女，陳設華麗，帝大悦，命伶官奏《霓裳羽衣曲》。數日，奏僊人現五色雲中，明皇與詩云：「清溪道士人不識，上天下天鶴一隻。洞門深鎖碧牕寒，滴露研硃點《周易》。」授銀青光禄大夫。

八　李太白《菩薩蠻》詞曰：「平林漠漠煙如織，寒山一帶傷心碧。暝色入高樓，有人樓上愁。玉梯空佇立，宿鳥歸飛急。何處是歸程，長亭連短亭。」又《憶秦娥》詞曰：「簫聲咽，秦娥夢斷秦樓月。秦樓月，年年柳色，灞陵傷別。　樂遊原上清秋節，咸陽古道音塵絶。音塵絶，西風殘照，漢

宋建炎末，有向宗厚者，美鬚髯，善滑稽，嘗裹華陽巾，纏足極彎，長於鈎距，同舍王俏戲之曰：「唐明皇時四人，今君合為一。」向顧問之，王曰：「君狀類黄幡綽，頭巾類葉法善，脚類楊貴妃，心腸似安禄山。」席間一笑。（同前）

家陵闕。」宋人選填辭曰《草堂詩餘》，其曰「草堂」者，太白詩名《草堂集》，見鄭樵書目。太白本蜀人，而草堂在蜀，懷故國之意也。曰「詩餘」者，二詞為詩之餘，而百代辭曲之祖也。（同前書卷二十六「李白」）

九 張志和謁顔真卿於湖州，真卿以舟敝漏，請更之，志和曰：「願為浮家泛宅，往來苕、霅間。」嘗撰《漁父歌》云：「西塞山前白鷺飛，桃花流水鱖魚肥。青箬笠，緑蓑衣，斜風細雨不須歸。」又云：「釣臺漁父褐為裘，兩兩三三舴艋舟。能縱棹，慣乘流，長江白浪不曾憂。」又云：「雪溪灣裏釣漁翁，舴艋為家西復東。江上雪，浦邊風，笑着荷衣不嘆窮。」又云：「松江蟹舍主人歡，菰飯蓴羹亦共飡。楓葉落，荻花乾，醉宿漁舟不覺寒。」又云：「青草湖中月正圓，巴陵漁父棹歌連。鈞車子，掘頭船，樂在風波不用僊。」（同前書卷二十七「張志和」）

一〇 韓翃少負才名，鄰居有李姓者，每將妓柳氏至其居，必邀韓同飲。既久，愈狎，柳每以隙壁窺韓所往來，語李曰：「韓秀才甚貧，然所與遊皆名人，是必不久貧賤。」李深頷之。一日，具饌邀韓，酒酣，謂韓曰：「秀才，當今名士；柳氏，當今名色，以名色配名士，不亦可乎？」遂命柳從坐接韓。未幾成名，從辟淄青，置之都下，連三歲不果迓。寄詩曰：「章臺柳，章臺柳，往日依依今在否？縱使長條似舊垂，也應攀折他人手。」柳答曰：「楊柳枝，芳菲節，可恨年年贈離別。一葉隨風忽報秋，縱使歸來不堪折。」後果為番將沙吒利所劫。翃會入中書，道逢之，謂永訣矣。是日，臨淄大校置酒，疑翃不樂，具告之。有虞候將許俊，以義烈自許，即詐取得之以授韓。時沙吒利寵殊等，翃懼禍，訴於侯希逸，希逸以事聞諸朝，詔柳氏歸翃。（同前書卷二十八「韓翃」）

一一　文宗御宴，宫妓沈翹翹舞《河滿子》，其詞云：「浮雲蔽白日。」文宗曰：「汝知書耶？此是《文選》第一首，念君臣值姦邪所蔽，正是今日。」乃賜金玉環，遂問其由，翹翹泣曰：「妾本吴元濟女，没入掖庭，易姓沈，因配樂籍，本藝方響，乃白玉也。」因奏《梁州曲》，音韻清絶，上喜謂曰：「卿欲歸宫禁？欲適人？」翹翹不對。上知其意，乃選金吾判官秦誠聘之。出宫之夕，宫人伴送，花燭之盛，皆自天恩。數年後，誠使日本久不歸，翹翹執玉方響登樓，自為一曲，名《憶秦郎》云。（同前書卷三十四「文宗涵」）

一二　宣宗愛唱《菩薩蠻》詞云：「牡丹帶露真珠顆，佳人折向庭前過。含笑問檀郎，花强妾貌强。　檀郎故相惱，只道花枝好。一向發嬌嗔，碎挼花打人。」時有婦人斷夫兩足者，上戲語宰相曰：「無乃『碎挼花打人』耶？」（同前書卷三十五「宣宗忱」）

一三　温庭筠字飛卿，本名岐，曾於江淮為親表辱之，由是改名。以《早行詩》「雞聲茅店月，人跡板橋霜」知名於世。詞號《金荃集》。子憲。（同前）

一四　宣皇愛唱《菩薩蠻》詞，丞相令狐綯假温庭筠修（當作新）撰密進之，戒令勿洩。温遽言於人，由是疎之。温亦有言云：「中書堂内坐將軍。」譏相國無學也。（同前）

一五　裴郎中誠，晉國公次弟子也。足情調，善談諧，與温岐為友，好作歌曲。既入臺，為三院所謔，曰：「能為淫豔之歌，有異清潔之士。」其《南歌子》詞云：「不是廚中串，争知炙裏心。井邊銀釧落，展轉恨還深。」又曰：「不信長相憶，擡頭問取天。風吹荷葉動，無夜不摇蓮。」又曰：「簳蝺為紅燭，情知不自由。細絲斜結網，争奈眼相鈎。」二人又為新添聲《楊柳枝》詞，裴詞云：「思量大是惡因緣，只得相看不得憐。願作琵琶槽那畔，美人長抱在胸前。」又曰：「獨房蓮子没人看，偷折蓮時命也拚。若有所由來借問，但道偷蓮是下官。」温詞云：「一尺深紅矇麴塵，舊物天生如此新。合歡桃核終堪恨，裏許元來别有人。」又曰：「井底點燈深燭伊，共郎長行莫圍碁。玲瓏骰子安紅豆，入骨相思知不知？」湖州崔郎中芻言初為越副戎，宴席中有周德華者，乃劉採春女也，崔寵愛之，令一陳音韻，以為浮豔之美，德華所唱七八篇皆名流之詠，不取温、裴所稱歌曲，二君深有愧色。德華所唱《楊柳枝》詞，滕邁郎中一首：「三條陌上拂金羈，萬里橋邊映酒旗。此日令人腸欲斷，不堪將入笛中吹。」賀知章秘監一首：「碧玉裝成一樹高，萬條垂下緑絲條。不知細葉誰裁出，二月春風是剪刀。」楊巨源員外一首：「江邊楊柳麴塵絲，立馬憑君折一枝。惟有春風最應惜，慇懃更向手中吹。」劉禹錫尚書一首：「春江一曲柳千條，二十年前舊板橋。曾與美人橋上别，恨無消息至今朝。」韓琮舍人二首：「枝鬪芳腰葉鬪眉，春來無處不如絲。灞陵原上多離别，少有長條拂地垂。」又曰：「梁苑隨（當作隋）堤事已空，萬條猶舞舊春風。那堪更想千年後，誰見揚花入漢宮。」（同前）

一六　昭宗雖運鍾艱險，智量過人，每與侍臣言論，商較時政，曾無厭倦。乾寧三年鳳翔李茂貞與朝臣有隙，舉兵犯闕，上欲幸太原，行止渭北，華州韓建迎歸郡中，上鬱鬱不樂，時登城西齊雲樓眺望。明年秋，製《菩薩蠻》詞二首，曰：「登樓遥望秦宮殿，茫茫只見雙飛燕。渭水一條流，千山與萬丘。　遠煙籠碧樹，陌上行人去。何處是英雄，迎儂歸故宮。」又一曰：「飄飄且在三峰下，秋風往往堪沾灑。腸斷憶僊宮，朦朧煙霧中。　思夢時時睡，不語常如醉。早晚是歸期，穹蒼知不知。」

酒酣，與從人悲歌泣下。（同前書卷三十七「昭宗曄」）

一七　和凝字成績。夢人以五色筆一束與之，謂曰：「子才可舉進士。」自是才思敏贍，梁貞明三年，在薛廷珪下第十三人及第，時年十九。後凝知貢舉，獨愛范質文，語質曰：「君文合在第一，輒屈居第十三人，用傳老夫衣鉢。」時以為榮。凝封魯國公，質入，果位至宰相，亦封魯公。（同前書卷三十八）

一八　和凝少年時好為曲子詞，布於汴、洛。泊入相，專託人收拾，焚毁不暇。契丹入夷門，號為曲子相公。《香奩集》，和魯公詞也。貴後，嫁其名於韓偓，自為《遊藝集》，序云：「予有《香奩》、《籝金集》，不行於世。」凝在政府，避議論，諱其名，又欲後人知，故《遊藝集》序寔之，此凝之意也。（同前）

一九　優童解紅舞，衣紫緋繡襦，銀帶，花鳳冠，和凝賦《解紅歌》云：「百戲罷，五音清。解紅一曲新教成，兩個瑶池小僊子，此時奪却《柘枝》名。」今誤傳吕洞賓。（同前）

二〇　唐主嘗製小詞云：「曾宴桃源深洞，一曲舞鶴歌鳳。長記別伊時，和淚出門相送。如夢，如夢，殘月落花煙重。」此莊宗自度曲也，樂府因取辭中「如夢」二字名曲。今誤傳吕洞賓。（同前「唐莊宗存勖」）

二一　宋祖宴錢（當作餞）俶王，出内妓彈琵琶，王獻詞曰：「金鳳欲飛遭掣搦，情脈脈，看即玉樓雲雨隔。」太祖憐之，起拊其背，曰：「誓不殺錢王。」（同前書卷三十九「吴越王鏐」）

二二　孫光憲贈酒妓《應天長》詞曰：「翠凝僊豔非凡有，窈窕年華方十九。鬟如雲，腰似柳，妙對綺筵歌緑酒。　醉瑶臺，攜玉手。共燕此宵相偶，魂斷晚窗分首，淚沾金縷袖。」（同前「孫光憲」）

二三　蜀主衍裹小巾，其尖如錐，宫妓多衣道服，簪蓮花冠，施胭脂夾臉，號醉粧。衍作《醉粧詞》云：「者邊走，那邊走，只是尋花柳。那邊走，者邊走，莫厭金盃酒。」衍令官家樂侍燕小池，水澄天見，家樂應製云：「一段聖琉璃。」（同前書卷四十「王后主衍」）

二四　蜀主衍嘗宴怡神亭，婦女雜坐，衍自執板，唱《霓裳羽衣》及《後庭花》、《思越人》曲。越數日，遊浣花，日正午，暴風起，須臾雷電冥晦，有白魚自江心躍起，變為蛟形，騰空而起，是日溺者數千人。衍懼，即時還宫。重賜宴羣臣於宣華苑，夜分未罷，衍自唱韓琮《柳枝詞》曰：「梁苑隋堤今已空，萬條猶舞舊春風。何須思想千年事，誰是楊花入漢宫。」侍中宋光溥詠胡曾詩曰：「吴王恃霸棄雄才，貪向姑蘇醉緑醅。不覺錢塘江上月，一宵西送越兵來。」衍聞之不樂，於是罷宴。衍荒於遊幸，乃造平底大車，下設四卧軸，每軸安五輪，牽以駿馬，騎去如飛，謂之流星輦。（同前）

二五　韋莊以才名寓蜀，蜀主建遂羈留之。莊有寵人，資質豔麗，兼善詞翰，建聞之，託以教内人為詞，强莊奪去，莊追念悒怏，作《謁金門》詞云：「空相憶，無計得傳消息。天上嫦娥人不識，寄書何處覓。新睡覺來無力，不忍把伊書跡。滿院落花春寂寂，斷腸芳草碧。」姬後傳聞之，遂不食卒。（同前「韋莊」）

二六　牛嶠《望江怨》詞曰：「東風急，惜别花時手頻執，羅幃愁獨入。馬嘶殘雨春蕪濕，倚門立。寄語薄情郎，粉香和淚泣。」（同前「牛嶠」）

二七　顧敻有《荷葉盃》五闋，其詞曰：「春盡小庭花落，寂寞。憑檻斂雙眉，忍教成病憶佳期。知摩知，知摩知。」「記得那時相見，膽戰（當作顫）。鬢亂四肢柔，泥人無語不擡頭。羞摩羞，羞摩羞。」「夜久歌聲怨咽，殘月。菊冷露微微，看看濕透縷金衣。歸摩歸，歸摩歸。」「金鴨香濃鴛被，枕膩。小髻簇花鈿，腰如細柳臉如蓮。憐摩憐，憐摩憐。」「一去又乖期信，春盡。滿院長莓苔，手拈裙帶獨徘徊。來摩來，來摩來。」（同前「顧敻」）

二八　顧敻《玉樓春》詞曰：「月照玉樓春漏促，颯颯風摇庭砌竹。夢驚鴛被覺來時，何處管絃聲斷續。　惆悵少年遊冶去，枕上兩娥攢細緑。曉鶯簾外語花枝，背帳猶殘紅蠟燭。」「柳映玉樓春日晚，雨細風輕煙草軟。畫堂鸚鵡語雕籠，金粉小屏猶半掩。　香滅繡幃人寂寂，倚檻無言愁思遠。恨郎何處縱疎狂，長使含啼眉不展。」（同前）

二九　青城費氏以才色入蜀宫，後主嬖之，號花蕊夫人。嘗與夜起避暑摩訶池上，昶詠《玉樓春》詞曰：「冰肌玉骨清無汗，水殿風來暗香滿。簾開明月獨窺人，欹枕釵横雲鬢亂。　起來瓊户啓無聲，時見疎星渡河漢。屈指西風幾時來，只恐流年暗中换。」花蕊夫人，蜀王建妾，號小徐妃者，在王衍時，坐遊燕污亂亡國。莊宗平蜀後，隨王衍歸中國，半塗遭害焉。及孟氏再有蜀，傳至昶，則又有一花蕊夫人。宋初降下西蜀，而花蕊夫人又隨昶歸中國。昶至且十日，則召花蕊夫人入宫，而昶遂死。宋祖後亦惑之，嘗造毒，屢為患，不能遂。太宗在晉邸時，數諫不納。一日，縱獵苑中，花蕊夫人在側，晉邸方調弓矢，引滿擬射走獸，忽回射，夫人中箭死。（同前「蜀孟主昶」）

三〇　蜀主昶《相見歡》詞云：「無言獨上西樓，月如鈎，寂寞梧桐深院鎖清秋。　剪不斷，理還

亂，是離愁，別有一般滋味在心頭。」（同前）

三一　花蕊夫人宮詞之外尤工樂府，蜀亡入汴，書葭萌驛壁云：「初離蜀道心將碎，離恨綿綿。春日如年，馬上時時聞杜鵑。」書未畢，為軍騎催行，後人續之云：「三千宮女皆花貌，妾最嬋娟。此去朝天，只恐君王寵愛偏。」（同前）

三二　歐陽烱烱與毛文錫、鹿虔扆、韓琮、閻選俱工小辭，事孟後主，時號五鬼。（同前）

三三　歐陽烱《玉樓春》春睡詞曰：「日照玉樓花似錦，樓上醉和春色寢。綠楊風送小鶯聲，殘夢不成離玉枕。　堪愛晚來韶景甚，寶柱秦箏方再品。青娥紅臉笑來迎，又向海棠花下飲。」又詠美人夜醉《菩薩蠻》詞曰：「曉來中酒和春睡，四肢無力雲鬟墜。斜臥臉波春，玉郎休惱人。　日高猶未起，為戀鴛鴦被。鸚鵡語金籠，道兒還是慵。」（同前）

三四　毛文錫《醉花間》詞曰：「深相憶，莫相憶，相憶情難極。銀漢是紅牆，一帶遥相隔。　金盤珠露滴，兩岸榆花白。風摇玉珮清，今夕為何夕。」（同前）

三五　鹿虔扆《臨江僊》宮詞云：「金鏁重門荒苑静，綺窓愁對秋空。翠華一去寂無蹤，玉樓歌吹，聲斷已隨風。　煙月不知人事改，夜闌還照深宮。藕花相向野塘中，暗傷亡國，清露泣香紅。」（同前）

三六　歐陽彬家夜宴，賦《生查子》曰：「竟入畫堂歡，入夜重開宴。剪燭蠟煙香，促席花光顫。待得月華來，滿院如鋪練。門外簇驊騮，直待更深散。」（同前）

三七　李嗣主賦春恨《浣溪沙》詞云：「一曲新詞酒一盃，去年天氣舊亭臺，夕陽西下幾時回。無可奈何花落去，似曾相識燕歸來，小園香徑獨徘徊。」又春恨《帝臺春》詞云：「芳草碧色，萋萋徧南陌。飛絮亂紅，也似知人，春愁無力憶得。盈盈捨翠侶，共攜賞，鳳城寒食。到今來，海角逢春，天涯行客。　愁旋釋，還似織。淚暗拭，又偷滴。謾徧倚危欄，盡黃昏也，只是暮雲凝碧。拚則而今已拚了，忘則怎生便忘得。又還問鱗鴻，試重尋消息。」（同前書卷四十一「元宗璟」）

三八　李主景（當作璟，下同）常乘醉命樂工楊花飛奏《水調詞》進酒，花飛惟歌「南朝天子好風流」一句，如是者數四。景悟，覆盃，厚賜金帛。景於宮中作百尺樓，衆皆嘆美，蕭儼獨曰：「恨樓下無井。」李主問其故，對曰：「以此不及景陽樓。」（同前）

三九　王感化初隸光山樂籍，後入金陵教坊，李嗣主宴苑中，有白野鵲飛集，李主令賦詩，應聲曰：「碧山深洞恣遊遨，天與蘆花作羽毛。要識此來棲宿處，上林瓊樹一枝高。」李主大悅，因手寫所作《浣溪沙》二闋賜之，其詞曰：「菡萏香消翠葉殘，西風愁起綠波間。還與韶光共憔悴，不堪看。細雨夢回雞塞遠，小樓吹徹玉笙寒。多少淚珠何限恨，倚欄杆。」「手卷真珠上玉鈎，依前春恨鎖重樓。風裏落花誰是主，思悠悠。　青鳥不傳雲外信，丁香空結雨中愁。迴首綠波三峽暮，接天流。」後主即位，感化以其詞上之，後主賞賜甚優。感化，建州人，少聰敏，未曾執卷而多識，善為詞。建州節帥萬代餞別，感化前獻詩曰：「旌旆赴天臺，溪山曉色開。（脱『萬』字）家悲更喜，迎佛送如來。」又題怪石一聯云：「草中誤認將軍虎，山上曾為道士羊。」（同前）

四〇　李後主《搗練子》云：「深院静，小庭空，斷續寒砧斷續風。無奈夜長人不寐，數聲和月到簾櫳。」詞名《搗練子》，即詠搗練，乃唐辭本體。（同前「後主煜」）

四一　李後主宫中未嘗點燭，每至夜，則懸大寶珠，光照一室如日中。嘗賦《玉樓春》宫詞曰：「晚粧初了明肌雪，春殿嬪娥魚貫列。笙簫吹斷水雲閑，重按《霓裳》歌偏徹。臨春誰更飄香屑，醉拍闌干清未切。歸時休照燭花紅，待放馬蹄清夜月。」（同前）

四二　樂曲有《念家山》，李後主親演其聲為《念家山破》，識者知其不祥。在圍城中作長短句，未就而城破，其詞曰：「櫻桃落盡春歸去，蝶翻輕粉雙飛。子規啼月小樓西，曲闌金箔，惆悵捲金泥。門巷寂寥人散後，望殘煙草低迷。」（同前）

四三　李後主附宋後，每懷故國，且念嬪妾散落，鬱鬱不自聊，賦《虞美人》詞曰：「春花秋月何時了，往事知多少。小樓昨夜又東風，故國不堪回首月明中。　雕欄玉砌應猶在，只是朱顏改。問君都有幾多愁，恰是一江春水向東流。」時後主在賜第，七夕，命故妓作樂，聲聞於外，太宗聞之，大怒，又傳「小樓昨夜有東風」及「一江春水向東流」之句，遂並坐之，故有賜牽機藥之事云。牽機藥者，服之，前却數十回，頭足相就，如牽機狀也。（同前）

四四　李後主又嘗作長短句云：「簾外雨潺潺，春意闌珊。羅衾不奈五更寒，夢裏不知身是客，一餉貪歡。　獨自莫憑闌，無限闗山。別時容易見時難，流水落花春去也，天上人間。」故臣聞之，多泣下者，未幾下世。賈魏公尹京日，忽有人來，展刺謁曰：「前江南國主李煜相見。」則一清癯道士爾。公曰：「太師已物故，何得及此？」曰：「某幼探釋氏未達，誤有所見。今為獅子國王，偶思鍾山而來。」懷中取一詩授公，曰：「異國非所志，煩勞殊清閑。驚濤千萬里，無乃見鍾山。」公讀之，隨身灰滅。（同前）

四五　馮延巳有《謁金門》春閨詞云：「風乍起，吹皺一池春水。閑引鴛鴦芳徑裏，手挼紅杏蕊。鬬鴨闌杆獨倚，碧玉搔頭斜墜。終日望君君不至，舉頭聞鵲喜。」元宗嘗戲延巳曰：「『吹皺一池春水』，干卿何事？」延巳對曰：「未若陛下『細雨夢回雞塞遠，小樓吹徹玉笙寒』也。」元宗悅。（同前「馮延巳」）

四六　潘佑與徐鉉、湯悅、張佖俱有文名，而佑好直諫，後主於宮中作紅羅亭，四面栽紅梅，作豔曲歌之，佑應令作小詞，有「樓上春寒山四面，桃李不須誇爛熳，已輸了春風一半。」時已失淮南，故云。（同前「潘佑」）

四七　張佖有《江城子》二闋，其一云：「碧闌干外小中庭，雨初晴，曉鶯聲。飛絮落花，時節近清明。睡起捲簾無一事，匀面了，没心情。」其二云：「浣花溪上見卿卿，眼波明，黛眉輕。高綰綠雲，低簇小蜻蜓。好是問他來得麼，和笑道，莫多情。」（同前「張佖」）

四八　周世宗時，陶穀奉使江南，李谷以書抵韓熙載，云：「五柳公驕甚。」穀至，果如李言。熙載曰：「陶奉使非端介者，其守可隳也。」乃密遣歌兒秦弱蘭詐為驛卒女，敝衣竹釵，擁篲灑掃，穀因與通，作《風光好》詞贈之，曰：「好因緣，惡因緣，祇得郵亭一夜眠。別神僊。琵琶撥盡相思調，知音少，待得鸞膠續斷絃，是何年？」後數日，李主宴於清心堂，命玻瓈巨鍾滿酌之，陶穀然不顧，乃命弱蘭歌前詞勸酒，陶大沮，即日北歸。（同前書卷四十二「陶穀」）

四九　潘閬嘗作《憶餘杭》一闋云：「長憶西湖，盡日憑欄樓上望。三三兩兩釣魚舟，島嶼正清秋。笛聲依約蘆花裏，白鳥成行忽驚起。別來閑想整漁竿，思入水雲寒。」錢希白極愛此詞，書於玉堂後壁。（同前書卷四十三「潘閬」）

五〇　錢思公暮年作《玉樓春》詞曰：「城上風光鶯語亂，城下煙波春拍岸。綠楊芳草幾時休，淚眼愁腸先已斷。　情懷漸變成衰晚，鸞鏡朱顔驚暗換。昔年多病厭芳樽，今日芳樽惟恐淺。」（同前書卷四十四「錢惟演」）

五一　林和靖嘗著《春草曲》云：「金谷年年，亂生春色誰為主？餘花落處，滿地和煙雨。　又是離歌，一闋長亭暮。王孫去，萋萋無數，南北東西路。」後張子野過和靖隱居，有詩一聯云：「湖山隱後家空在，煙雨詞亡草自青。」（同前「林逋」）

五二　林君復惜別《長相思》辭云：「吴山青，越山青，兩岸青山相送迎。誰知離別情。　君淚盈，妾淚盈，羅帶同心結未成。江頭潮已平。」此詞甚有情致，《宋史》謂其不娶，非也。林洪著《家山（當作「山家」）清供》，其中言「先人和靖先生」云云，即先生之子也，蓋喪偶後遂不娶爾。（同前）

五三　皇祐中，吕申公夷簡乞致仕，仁宗因問：「卿去，誰可代者？」夷簡以陳堯佐對，上遂召還大拜。堯佐極感薦引之德，作《踏莎行》攜酒過之，申公因使之歌其詞，曰：「二社良辰，千家庭院，翩翩又覩雙飛燕。鳳凰巢穩許為鄰，瀟湘煙暝來何晚。　亂入紅樓，低飛綠岸，畫梁輕拂歌塵轉。為誰歸去為誰來，主人恩重珠簾捲。」申公聞歌笑曰：「自恨捲簾人已老，莫愁調鼎子無功。」（同前卷四十五「陳堯佐」）

五四　陳亞與章郇公同年，郇公將薦之，為言者所阻，乃作《生查子》陳情曰：「朝廷數擢賢蘇䕸，旋占凌霄路凌霄花。自是鬱陶人桃仁，險難無夷處蕪荑。也知没藥療孤寒没藥，食蘖何相誤黃蘖。大幅紙連粘大腹皮，甘草歸田賦甘草。」（同前「陳亞」）

五五　陳亞又别作閨情《生查子》三首，其一曰：「相思意已深相思子，薏苡白紙書難足白芷。字字苦參商苦參，故要檀郎讀狼毒。分明寄得約當歸當歸，遠至櫻桃熟遠志。何事菊花時菊花，猶未回鄉曲茴香。」其二曰：「小院雨餘凉禹餘糧，石竹風生砌石竹。罷扇盡從容蓯蓉，半夏紗廚睡半夏。起來閑坐北亭中柏亭，滴盡珍珠淚珍珠。為念婿辛勤細辛，去折蟾宮桂桂。」其三曰：「浪蕩去來來浪蕩，若躑躅花頻換躑躅。可惜石榴裙石榴皮，蘭麝香消半蘭麝。琵琶閑後理相思枇杷、相思子，必撥朱絃斷蓽撥。擬續斷朱絃續斷，待這冤家看代赭。」（同前）

五六　柳永字耆卿，為屯田員外郎。初名三變，字景莊。自作詞云：「才子詞人，自是白衣卿相。」後有薦於朝者，仁宗曰：「此人風前月下，淺斟低唱，且去填詞。」由是不得志，無復檢率，自稱「奉聖旨填詞柳三變」。死之日，家無餘貲，羣妓合金葬之郊外，每春月上塚，謂之弔柳七。（同前）

五七　柳耆卿與孫相何為布衣交，孫知杭，門禁甚嚴，耆卿欲見之，不得，作《望海潮》詞，往詣名妓楚楚曰：「欲見孫相，恨無門路，若因府會，願借朱唇歌之，若問誰為此詞，但説柳七。」中秋夜會，楚宛轉歌之，孫即夕迎耆卿預坐。詞曰：「東南形勝，三吴都會，錢唐自古繁華。煙柳畫橋，風簾翠幕，參差十萬人家。雲樹繞隄沙，怒濤卷霜雪，天塹無涯。市列珠璣，户盈羅綺，競豪奢。重湖疊巘清佳，有三秋桂子，十里荷花。羌管弄晴，菱歌泛夜，嬉嬉釣叟蓮娃。千騎擁高牙，乘醉聽簫鼓，吟賞煙霞。異日圖將好景，歸去鳳池誇。」（同前）

五八 柳耆卿詠秋别《雨零（當作霖）鈴》詞云：「寒蟬凄切，對長亭晚，驟雨初歇。都門暢飲無緒，方留戀處，蘭舟催發。執手相看淚眼，竟無語凝咽。念去去、千里煙波，暮靄沉沉楚天闊。多情自古傷離别，更那堪、冷落清秋節。今宵酒醒何處，楊柳岸、曉風殘月。此去經年，應是良辰好景虚設。便縱有千種風情，更與何人説。」或戲耆卿曰：「『楊柳岸、曉風殘月』，此乃稍工登溷處爾。」聞者笑之。蘇東坡一日顧一優人解音者問曰：「我詞何如柳耆卿？」答曰：「相公詞，須用銅將軍、鐵着板唱『大江東去，浪淘盡，千古英雄』，柳學士詞却用十七八女兒唱『楊柳外、曉風殘月』。」坡為之撫掌大笑。（同前）

五九 周月僊，餘杭名妓也。柳耆卿年甫二十五歲來宰兹郡，造翫江樓於水滸，每召月僊至樓歌唱，調之，不從。柳緝知與隔渡黄員外暱（當作昵），每夜乘舟往來，乃密令艄人至半渡强嬴勾之，月僊不得已從焉，惆悵，作詩一絶云：「自嘆身為妓，遭淫不敢言。羞歸明月渡，懶上載花船。」明日，耆卿召佐酒，酒半，柳歌前詩，月僊大慙，因與耆卿歡洽。耆卿喜，作詩曰：「佳人不自奉耆卿，却駕孤舟犯夜行。殘月曉風楊柳弄，肯教辜負此時情。」自此，日夕常侍耆卿，耆卿亦因此日損其名。（同前）

六〇 柳耆卿詠美人《木蘭花令》曰：「個人丰韻真堪羡，問着佯羞回却面。若言無意向咱行，為甚夢中頻夢見。不如及早還心願，免使牽人魂夢亂。風流腸肚不堅牢，只恐被伊牽惹斷。」又詠美人舞《浪淘沙》詞曰：「有個人人，飛燕精神。急鏘環珮上華裀。促拍盡隨紅袖舉，風柳腰身。　蔌蔌輕裙，妙盡尖新。曲終獨立斂香塵。應是西施嬌困也，眉黛雙顰。」（同前）

六一　柳耆卿遊東都南北二巷，所作新樂府天下詠之，遂傳禁中，仁宗頗好其詞，每對酒，必使侍從歌之再三。柳聞之，會老人星見，時秋霽，帝宴禁中，柳乃作《醉蓬萊》一闋，託內侍以進，云：「漸亭皋葉下，隴首雲飛，素秋新霽。華闕中天，鎖葱葱佳氣。嫩菊黄深，拒霜紅淺近，寶階香砌。玉宇無塵，金莖有露，碧天如水。　正值昇平，萬機多暇，夜色澄鮮，漏聲迢遞。南極星中，有老人呈瑞。此際宸遊，鳳輦何處，度管絃聲脆。太液波翻，披香簾捲，月明風細。」帝閱首句有「漸」字，意不懌。讀至「宸遊鳳輦何處」，與真宗挽詞暗合，慘然久之，又讀至「太液波翻」，忿然曰：「何不言『太液波澄耶？』」擲之地，罷不用，自是不復詠其詞矣。（同前）

六二　夏鄭公初除館職，時早秋，帝在拱宸殿按舞，命中使索新詞，公立進《喜遷鶯》云：「霞散綺，月沉鈎，簾捲未央樓。夜凉河漢截天流，宮闕鎖新秋。　瑶臺樹，金莖露，鳳髓香和雲霧。三千珠翠擁宸遊，水殿按《梁州》。」帝大悦。時景德初也。（同前書卷四十六「夏竦」）

六三　晏元獻春景《玉樓春》詞曰：「緑楊芳草長亭路，年少抛人容易去。樓頭殘夢五更鐘，花底離愁三月雨。　無情不似多情苦，一寸還成千萬縷。天涯地角有窮時，只有相思無盡處。」晏叔原見蒲傳正云：「先公平日小詞雖多，未嘗作婦人語。」傳正云：「『緑楊芳草長亭路，年少抛人容易去。』

豈非婦人語乎？」晏曰：「公謂『年少』爲何語？」傳正曰：「豈不謂其所欲乎？」晏曰：「因公言，遂曉樂天詩兩句：『欲留所歡待富貴，富貴不來所歡去。』」傳正笑而誤其言之失。（同前「晏殊」）

六四　晏叔原有《玉樓春》二闋，其一詠酒云：「綵袖殷懃捧玉鍾，當年拚却醉顏紅。舞低楊柳樓心月，歌盡桃花扇底風。　從别後，憶相逢，幾回魂夢與君同。今宵賸把銀釭照，猶恐相逢是夢中。」其一詠别云：「鞦韆院落重簾暮，寂寞春閑扃繡户。牆頭紅杏雨餘花，門外緑楊風後絮。　朝雲信斷知何處，應作巫陽春夢去。紫騮認得舊遊蹤，嘶過畫橋東畔路。」（同前）

六五　慶曆中，開封府並棘寺同日奏獄空，仁宗於宫中宴集，遣中使宣晏叔原作詞，叔原進《鷓鴣天》一首云：「碧藕花開水殿凉，萬年枝上轉紅陽。昇平歌管隨天仗，祥瑞封章滿御牀。　金掌露，玉爐香，歲華方共聖恩長。皇州又奏圜扉静，十樣宫眉捧壽觴。」詞入，帝大喜。（同前）

六六　宋子京過御街，逢内家車子，中有褰簾者曰：「小宋也。」子京歸，遂作《鷓鴣天》云：「寶轂雕輪狹路逢，一聲腸斷繡幃中。身無彩鳳雙飛翼，心有靈犀一點通。　金作屋，玉爲籠，車如流水馬如龍。劉郎已恨蓬山遠，更隔蓬山幾萬重。」其詞傳達禁中，仁宗知之，問内人第幾車子、何人呼小宋，有内人自陳：「頃侍御宴，見宣翰林學士，左右内臣曰：『小宋也。』時在車子中偶見之，呼一聲爾。」上召子京，從容語及，子京皇（當作惶）懼無地，上笑曰：「蓬山不遠。」因以内人賜之。（同前「宋庠」）

六七　宋子京春景《玉樓春》詞曰：「東城漸覺風光好，皺縠波紋迎客棹。緑楊煙外曉雲輕，紅杏枝頭春意鬧。浮生長患歡娱少，肯愛千金輕一笑。爲君持酒勸斜陽，且向花間留晚照。」時張子野以樂章擅名，子京奇其才，先往見，遣將命者曰：「尚書欲見『雲破月來花弄影』郎中。」子野屏後呼曰：「得非『紅杏枝頭春意鬧』尚書耶？」遂出，置酒盡歡。小宋好客，會賓於廣厦中，外設重幕，内列寶炬，百味具備，歌舞俳優相繼，觀者忘疲，但覺更漏差長，席罷，已二宿矣，名曰「不曉天」。大宋居政府，上元夜，在書院内讀《周易》，聞小宋點華燈、擁歌妓醉飲，翌日諭所親，令誚讓云：「相公寄語學士，聞昨夜燒燈夜宴，窮極奢侈，不知記得某年上元同在某州州學内喫虀煮飯時否？」學士笑曰：「却須寄語相公，不知某年同某處喫虀煮飯是爲甚底？」（同前）

六八　張子野以樂府馳名，有詠箏二闋，其一《菩薩蠻》云：「哀箏一弄湘江曲，聲聲寫盡湘波緑。纖手十三絃，細將幽恨傳。　當筵秋水慢，玉柱斜飛鴈。彈到斷腸詩（當作時），春山眉黛低。」其一《生查子》云：「含羞整翠鬟，得意頻相顧。鴈柱十三絃，一一春鶯語。　嬌雲容易飛，夢斷知何處。深院鎖黄昏，陣陣芭蕉雨。」（同前「張先」）

六九　張子野有《醉落魄》詞詠佳人吹笛，云：「雲輕柳弱，内家髻子新梳掠。生香真色人難學。横管孤吹，月淡天垂幕。　朱脣淺破櫻桃萼，倚樓人在闌干角。夜寒指冷羅衣薄。聲入霜林，蔌蔌驚梅落。」（同前）

七〇　晏元獻爲京兆，辟張先爲通判。晏甚屬意一新納侍兒，每張來，即令侑觴，往往歌子野所爲詞。其後王夫人寖不容，公出之。一日，子野至，公與之飲，子野作《碧牡丹》一曲以戲曰：「步帳摇紅綺，曉月墮，沉煙砌。緩板香檀，唱徹伊家新製。怨入眉頭，歛黛峰横翠。芭蕉寒，雨聲碎。鏡華翳，閑照孤鸞戲。思量去時容易，鈿合瑶釵，至今冷落輕棄。望極藍橋，但暮雲千里，幾重山，幾重水。」營妓歌至末句，公憮然曰：「人生行樂耳，何自苦如此？」亟命於宅庫支錢若干，復取前所出侍兒，既來，夫人亦不復誰何也。（同前）

七一 張子野有懷舊《青門引》詞云：「乍暖還輕冷，風雨晚來方定。庭軒寂寞近清明。殘花中酒，又是去年病。樓頭畫角風吹醒，入夜重門静。那堪更被明月，隔牆送過鞦韆影。」又有《天僊子》送春詞云：「《水調》數聲持酒聽，午睡醒來愁未醒。送春春去幾時回，臨晚鏡，傷流景，往事後期空記省。沙上並禽池上暝，雲破月來花弄影。重重翠幕密遮燈，風不定，人初静，明日落紅應滿徑。」有客謂子野曰：「人皆謂公張三中，即心中事、眼中淚、意中人也。」公曰：「何不目之為張三影？」客不曉，公曰：「『雲破月來花弄影』、『浮萍斷處見山影』、『隔牆送過鞦韆影』，此余平生所得意者。」張初謁見歐公，迎謂曰：「好『雲破月來花弄影』，恨相見之晚也。」時應子和詩有云「兩岸夕陽紅」、「蠟炬短燒紅」、「風過落花紅」，或謂張子野為「三影尚書」，子和為「三紅秀才」。（同前）

七二 白樂天辭云：「花非花，霧非霧。夜半來，天明去。來如春夢不多時，去似朝雲無覓處。」蓋其自度之曲，張子野衍之為《御街行》云：「天非花豔輕非霧，夜半來，天明去。來如春夢不多時，去似朝雲無覓處。乳鴉新燕，落月沉星，紞紞城頭鼓。參差漸辨西池樹，朱閣斜欹户。緑苔深徑少人行，苔上屐痕無數。殘香餘粉，閑衾賸枕，天把多情付。」（同前）

七三　范文正公過嚴陵祠，會吴俗歲祀，里巫迎神，但歌《滿江紅》，有「湘江好洲，漠漠波似染。山如削，繞嚴陵灘畔，鷺飛魚躍」之句，公曰：「吾不善音律，撰一絶送神，曰：『漢包六合網英豪，一個冥鴻惜羽毛。世祖功臣三十六，雲臺争似釣臺高。』」吴俗遂因而歌之。（同前書卷四十七「范仲淹」）

七四　范文正公《御街行》云：「紛紛墜葉飄香砌。夜寂静，寒聲碎。珍珠簾捲玉樓空，天澹銀河垂地。年年今夜，月華如練，長是人千里。　愁腸已斷無由醉，酒未到，先是淚。殘燈明滅枕頭攲，諳盡孤眠滋味。都來此事，眉間心上，無計相迴避。」范公一時動德重望，而辭亦情致如此，朱良矩嘗語楊用修云：「天之風月，地之花柳，與人之歌舞，無此不成三才。」雖戲語，亦有理。（同前）

七五　范希文經略西邊日，作《漁家傲》樂歌數闋，皆以「塞下秋來」為首句，其一云：「塞下秋來風景異，衡陽鴈去無留意。四面邊聲連角起，千嶂裏，長煙落日孤城閉。　濁酒一盃家萬里，燕然未勒歸無計。羌管悠悠霜滿地。人不寐，將軍白髮征夫淚。」歐陽永叔見之，呼為窮塞主之詞。及王尚書素守平凉，永叔亦作《漁家傲》一詞送之，其斷章曰：「戰勝歸來飛捷奏，傾賀酒，玉階遥獻南山壽。」且謂王尚書曰：「此真元帥事也。」（同前）

七六　文潞公知成都時，多燕集，有飛語至京師。御史何聖從因謁告歸，上遣伺察之。幕客張少愚與聖從同郡，請迎見於漢州，命酒設樂。有營妓善舞，聖從狎問其姓，曰：「楊。」聖從曰：「所謂楊臺柳者。」少愚即取妓項帕羅題詩曰：「蜀國佳人號細腰，東臺御史惜妖嬈。從今喚作楊臺柳，舞盡春風萬萬條。」命其妓作《柳枝詞》歌之，聖從為之霑醉。後數日，聖從至成都，頗嚴重。一日，潞公作樂張燕迎，其妓雜府妓中，歌少愚詩侑觴，聖從但醉而已。聖從還朝，潞公之謗乃息。（同前「文彥博」）

七七 司馬温公嘗即席賦《西江月》詞云：「寶髻鬆鬆綰就，鉛華淡淡粧成。紅煙紫霧罩輕盈，飛絮遊絲無定。　相見爭如不見，有情還似無情。笙歌散後酒微醒，深院月明人静。」楊元素學士云：「公剛風勁節，聳動朝野，宜其金心鐵意，不善吐軟媚語，近得其席上所製小詞，雅亦風情不薄也。」（同前「司馬光」）

七八 歐陽公登第後，授洛陽節推。時錢維演守西都，歐與一官妓荏苒。一日，維演宴後園，客集，而歐與妓移時方至，因妓中暑往涼堂睡着，覺失金釵故也。錢公曰：「若得歐推官一詞，當為償汝。」歐即席云：「柳外輕雷池上雨，雨聲滴碎荷聲。小樓西角斷虹明。闌干倚徧，待月華生。　燕子飛來棲畫棟，玉鈎垂下簾旌。涼波不動簟紋平。水精雙枕，傍有墮釵橫。」坐皆稱善，遂命妓滿酌賞歐，而令公庫償釵。」時謝希深、梅聖俞與歐公並在維演幕下，一日，遊嵩山，自潁陽歸，暮抵龍門香山。俄而雪作，登石樓四望，忽於煙靄中有車馬渡伊水來，既至，則維演遣廚傳歌妓至，傳公語曰：「山行良佳，少留龍門賞雪，無遽歸也。」（同前書卷四十八「歐陽修」）

七九 歐陽公守維揚日，於城西北大明寺側建平山堂，頗得遊觀之勝。劉原父出守揚州，公作《朝中措》餞之云：「平山欄檻倚晴空，山色有無中。手種堂前楊柳，別來幾度春風。　文章太守，揮毫萬字，一飲千鍾。行樂直須年少，樽前看取衰翁。」後東坡亦守是邦，登平山堂，有感而賦《西江月》一闋云：「三過平山堂下，半生彈指聲中。十年不見老僊翁，壁上龍蛇飛動。　欲弔文章太守，仍歌楊柳春風。休言萬事

轉頭空，未轉頭時皆夢。」（同前）

八〇　歐陽公有《浣溪紗》春遊詞曰：「湖上朱橋響畫輪，溶溶春水浸春雲，碧琉璃滑浄無塵。當路遊絲縈醉客，隔花啼鳥喚行人，日斜歸去奈何春。」又有《蝶戀花》春暮詞曰：「庭院深深深幾許，楊柳堆煙，簾幕無重數。金勒雕鞍遊冶處，樓高不見章臺路。雨横風狂三月暮，門掩黄昏，無計留春住。淚眼問花花不語，亂紅飛過鞦韆去。」後李易安酷愛此詞，用其語作「庭院深深」數闋。（同前）

八一　歐陽公嘗有小詞云：「江南柳，葉小未成陰。人為絲輕那忍折，鶯憐枝嫩不勝吟，留取待春深。十四五，閒抱琵琶尋。堂上簸錢堂下走，恁時相見已留心，何況到如今。」後有謗歐公盜甥者，表云：「喪厥夫而無託，攜孤女以來歸。」張女此時年方七歲，錢穆父素恨公，見而笑云：「年七歲，正是學簸錢時也。」及知貢舉時，落第舉人復作《醉蓬萊》詞以譏之。（同前）

八二　宣城守吕士龍欲杖營妓井麗華，吕眷一客娼，并短肥。梅聖俞戲作小調解之云：「莫打鴨，打鴨驚鴛鴦。鴛鴦新自南洲落，不比孤洲老秃鶬。秃鶬尚欲遠飛去，何況鴛鴦羽翼長。」（卷四十九「梅堯臣」）

八三　孫巨源在翰林日，與李端愿太尉往來，尤數會。一日，鎖院宣召者至其家，則出數十輩蹤跡之，得於李氏。時李新納妾，能琵琶，公飲不肯去，而迫於宣命。入院，幾二鼓矣，遂草三制，罷，復作《菩薩蠻》詞以記别恨。遲明，遣示李，其辭曰：「樓頭尚有三通鼓，何須抵死催人去。上馬苦匆匆，琵琶曲未終。回頭凝望處，那更廉纖雨。謾道玉為堂，玉堂今夜長。」（同前「孫洙」）

八四　賈耘老有水閣在苕溪上，景物清曠，沈會宗為賦《天僊子》詞曰：「景物因人成勝槩，滿目更無塵可礙。等閑簾幕小闌干，衣未解，心先快，明月清風如有待。　誰信門前車馬隘，別是人間閑世界。坐中無物不清涼，山一帶，水一派，流水白雲長自在。」其後水閣易主，遺址與沈存中水閣相近，同在一岸，景物悉如會宗之詞，存中嘗作絶句云：「三間水閣賈耘老，一首佳詞沈會宗。無限當時好明月，如今總屬續溪翁。」（同前「賈收」）

八五　嘉祐中，後苑賞花釣魚，時王介甫以知制誥預末坐，帝出詩示羣臣，次第屬和，傳至介甫，日將夕矣，亟欲奏御，得「披香殿」字，未有對，時鄭毅夫獬接席，顧介甫曰：「宜對『太液池』。」介甫遂成詩云：「蔭幄晴雲拂曉開，傳呼僊仗九天來。披香殿上留朱輦，太液池邊送玉杯。宿蘂暖含春浩蕩，戲鱗清映日徘徊。宸章獨與春爭麗，恩許賡歌豈易陪？」翌日，都下盛傳王舍人竊柳耆卿詞「太液波翻，披香簾捲」之語，介甫頗啣之。（同前書卷五十「王安石」）

八六　或議王元澤不能作小辭，元澤援筆作《倦尋芳》一首，自此絶不作。其詞云：「露晞向曉，簾幕風輕，小院閑晝。翠逕鶯來，驚下亂紅鋪繡。倚危樓，登高榭，海棠着雨胭脂透。筭韶華，又因循過了，清明時候。　倦遊燕，風光滿目，好景良辰，誰共攜手。恨被榆錢，買斷兩眉長鬭。憶得高陽人散後，落花流水仍依舊。這情懷，對東風，盡成消瘦。」（同前）

八七　王元澤又有春景《眼兒媚》詞曰：「楊柳絲絲弄輕柔，煙縷織成愁。海棠未雨，梨花先雪，一半

春休。而今往事難重省，歸夢繞秦樓。相思只在，丁香枝上，豆蔻梢頭。」（同前）

八八　王介甫初參大政，一日，因閱晏元獻小詞，笑曰：「為宰相而作豔詞，可乎」？平甫曰：「亦偶然耳，顧其事業，亦不止此。」時吕惠卿在坐，遽曰：「為政必先放鄭聲，況自為之乎？」平甫正色曰：「放鄭聲不若遠佞人。」吕大慚。一説，介甫與吕惠卿論新法，平父吹笛於内，公諭之曰：「請學士放鄭聲。」平父即應曰：「願相公遠佞人。」惠卿深啣之。（同前「王安國」）

八九　王觀字通叟，有《冠柳集》，序者稱其高於柳詞，故曰冠柳。（同前書卷五十一）

九〇　王觀有《雨中花令》呈元厚之云：「百尺清泉聲陸續，映瀟灑、碧梧翠竹。面千步回廊，重重簾幕，小枕欹寒玉。試展鮫綃看畫軸，見一派、瀟湘凝緑。待玉漏穿花，銀河垂地，月上闌干曲。」（同前）

九一　王觀又有踏青詞曰：「調雨為酥，催冰做水，東君分付春還。何人便將輕暖，點破殘寒。結伴踏青去好，平頭鞋子小雙鸞。煙郊外，望中秀色，如有無間。晴則個，陰則個，餖飣得天氣，有許多般。須教鏤花撥柳，争要先看。不道吴綾繡襪，香泥斜沁幾行班。東風巧，盡收翠緑，吹在眉山。」（同前）

九二　元豐間，蔡挺自西掖出鎮平陽，經數歲，意欲歸，作《喜遷鶯》一闋云：「霜天秋曉，正紫塞故壘，黄雲衰草。漢馬嘶風，邊鴻叫月，隴上鐵衣寒早。劍歌騎曲悲壯，盡道君恩須報。塞垣樂，盡橐鞬錦領，山西年少。談笑，刁斗静，烽火一把，時報平安耗。聖主憂邊，威懷遐遠，驕虜尚寬天討。歲華向晚愁思，誰念玉關人老。太平也，且歡娛，莫惜金尊頻倒。」時有中使至平陽，挺使倡優歌之，遂達於禁掖，上因語呂丞相曰：「蔡挺欲歸。」遂以西掖召還。（同前「蔡挺」）

九三　舒信道有詠苔《卜算子》詞曰：「池臺小雨乾，門巷香輪少。誰把青錢襯落紅，滿地無人掃。　何時鬭草歸，幾度尋花了。留得佳人蓮步痕，宮樣鞋兒小。」（同前「舒亶」）

九四　蘇子瞻倅杭日，府僚湖中高會，官妓秀蘭以沐浴倦卧，督將督之再三乃來。時府僚有屬意蘭者，恚恨不已。子瞻從旁陰為之解，終不釋然。時榴花盛開，蘭以一枝藉手獻座中，府僚愈怒，蘭但低首垂淚而已。子瞻乃作一曲名《賀新凉》，取其沐浴新凉，故名。令蘭歌以侑觴，府僚大悦，劇飲而罷。其詞云：「乳燕飛華屋，悄無人，槐陰轉午，晚凉新浴。手弄生綃白團扇，扇手一時似玉。漸困倚、孤眠清熟。簾外誰來推繡户，枉教人夢斷瑶臺曲。又却是，風敲竹。　石榴半吐紅巾蹙，待浮花浪蕊都盡，伴君幽獨。穠豔一枝細看取，芳心千重似束，又恐被、秋風驚緑。若待得君來向此，花前對酒不忍觸。共粉淚，兩簌簌。」（同前書卷五十二「蘇洵」）

九五　蘇子瞻守杭時，毛澤民為法曹，公以衆人遇之。而澤民與妓瓊芳者善，及秩滿辭去，作《惜分飛》詞贈妓云：「淚濕闌干花着露，愁到眉峰碧聚。此恨平分取，更無言語空相覷。　細雨殘雲無意緒，寂寞朝朝暮暮。今夜山深處，斷魂分付潮回去。」子瞻一日宴客，聞妓歌此詞，問誰所作，妓以澤民對，子瞻嘆曰：「郡僚有詞人而不及知，某之罪也。」翌日折簡追回，款洽數月，澤民因此得名。（同前）

九六 陳直方之妾稽，本錢唐妓人也，丐新詞於蘇子瞻，子瞻因直方新喪正室，而錢唐人好唱《陌上花》、《緩緩曲》，乃引其事以戲之，其詞則《江神子》也。詞云：「玉人家在鳳凰山，水雲間，掩門關。門外行人，立馬看弓彎。十里春風誰指似，斜日映，繡簾斑。　多情好事與君還，憫新鰥，拭餘潸。明月空江，香霧着雲鬟。陌上花開看盡也，聞舊曲，破朱顔。」（同前）

九七 靈隱寺僧明（當作名）了然，戀妓李秀奴，往來日久，衣鉢蕩盡，秀奴絶之，僧迷戀不已。一夕，了然乘醉而往，秀奴不納，了然怒擊之，隨手而斃。事至郡。時蘇子瞻治郡，送獄院推勘，於僧臂上見刺字云：「但願生同極樂國，免教今世苦相思。」子瞻見招，結，舉筆判《踏莎行》詞云：「這個禿奴，修行忒煞，雲山頂上持戒。一從迷戀玉樓人，鶉衣百結渾無奈。　毒手傷人，花容粉碎，空空色色今何在。臂間刺道苦相思，這回還了相思債。」判訖，押赴市曹處斬。（同前）

九八 東坡自杭徙密，復自密徙徐，嘗夜登燕子樓，夢盼盼，因作小詞，有云：「天涯倦客，山中歸路，望斷故園心眼。燕子樓空，佳人何在，空鎖樓中燕。古今如夢，何曾夢覺，但有舊歡新怨。異時對，南樓夜景，為徐浩嘆。」後秦少游自會稽入京，見東坡，坡云：「久別，當作文甚勝，都下盛唱公『山抹微雲』之詞。」秦遜謝，坡遽云：「不意別後，公却學柳七作詞。」秦答曰：「某雖無識，亦不至是。」坡云：「『銷魂當此際』，非柳詞句法乎？」秦慚服。又問別作何詞，秦舉「小樓連苑横空，下窺繡轂雕鞍驟。」坡云：「十三個字，只説得一個人騎馬樓前過。」秦問先生近著，坡云：「亦有一詞説樓上事。」乃舉「燕子樓空，佳人何在？空鎖樓中燕。」晁無咎在座，謂：「三句説盡張建封燕子樓一段事。」大以為奇。陳彥升《彭城八詠》,惟《燕子樓》全篇皆佳:「僕射新阡狐兔遊,侍兒猶住水邊樓。風清玉簟慵欹枕,月好珠簾懶上鈎。殘夢覺來滄海闊,新詩吟罷紫蘭秋。樂天才思如春雨,斷送芳花一夜休。」薩天錫過彭城一絶云:「雪白楊花撲馬頭,行人春盡過徐州。夜深一片城頭月,曾照張家燕子樓。」亦脱灑可誦。(同前)

九九 東坡在黄州,遊赤壁懷古,賦《大江東去》詞,曰:「大江東去,浪淘盡、千古風流人物。故壘西邊,人道是、三國周郎赤壁。亂石穿空,驚濤拍岸,捲起千堆雪。江山如畫,一時多少豪傑。遥想公瑾當年,小喬初嫁了,雄姿英發。羽扇綸巾,談笑間,檣艣灰飛煙滅。故國神遊,多情應笑我,早生華髮。人生如夢,一樽還酹江月。」又九日賦《南鄉子》云:「霜降水痕收,淺碧粼粼露遠洲。酒力漸消風力軟,颼颼,破帽多情却戀頭。詩酒若為酬,但把清樽斷送秋。萬事到頭都是夢,休休,明日黄花蝶也愁。」(同前)

一〇〇 熙寧丙辰中秋,東坡歡飲達旦,大醉,作《水調歌頭·兼懷子由》,其詞云:「明月幾時有,把酒問青天。不知天上宫闕,今夕是何年。我欲乘風歸去,唯恐瓊樓玉宇,高處不勝寒。起舞弄清影,何似在人間。轉朱閣,低綺户,照無眠。不應有恨,何事長向别時圓。人有悲歡離合,月有陰晴圓缺,此事古難全。但願人長久,千里共嬋娟。」元豐間,都下傳唱此詞。神宗問内侍,因以上塵乙覽,讀至「又恐瓊樓玉宇,高處不勝寒」之句,上曰:「蘇軾終是愛君。」乃命量移汝州。歌者袁綯嘗從坡公與客遊金山,適中秋,天宇四壁,一碧無際,加江流傾湧,月色如畫,遂共登妙高臺,命綯歌其《水調歌頭》:「明月幾時有,把酒問青天。」歌罷,公自起舞。(同前)

一〇一　元祐六年，東坡自錢塘被召，過京口，時林子中作守，郡有會，坐中營妓出牒：「鄭容求落籍，高瑩求從良。」子中命呈東坡，東坡索筆為《減字木蘭花》書牒後，云：「鄭莊好客，容我尊前時墮幘。落筆風生，籍籍聲名滿帝京。　高山白早，瑩骨冰肌那解老。從此南徐，良夜清風月滿湖。」蓋取句端八字云。（同前）

一〇二　嶺南太守閭丘公顯居姑蘇，蘇東坡每過必留連，嘗言：「過姑蘇不遊虎丘、不謁閭丘，乃二次（當作欠）事。」一日出其後房佐酒，有懿卿者善吹笛，坡作《水龍吟》贈云：「楚山修竹如雲，異材秀出千林表。龍鬚半翦，鳳膺微漲，玉肌勻繞。木落淮南，雨晴雲夢，月明風裊。自中郎不見，桓伊去後，知辜負，秋多少。　聞道嶺南太守，後堂深，綠珠嬌小。綺窗學弄，《梁州》初徧，《霓裳》未了。嚼徵含宫，泛商流羽，一聲雲杪。為使君洗盡，蠻風瘴雨，作霜天曉。」（同前）

一〇三　東坡既召還，復除翰林承旨，數月，以弟嫌請郡，復以舊職知潁州。七年正月，州堂前梅花大開，月色鮮霽，王夫人曰：「春月色勝如秋月色，秋月色令人悽慘，春月色令人和悅，何如召趙德麟輩來飲此花下。」先生大喜，曰：「吾不知子能詩耶？此真詩家語耳。」遂召趙飲，用是語作《減字木蘭》詞云：「春庭月午，摇落春醪光欲舞。步轉回廊，半落梅花婉娩香。　輕風薄霧，都是少年行樂處。不似秋光，只共離人照斷腸。」（同前）

一〇四　王朝雲，錢塘名妓也，蘇子瞻絶愛幸之，納為常侍。及貶惠州，家妓都散去，獨朝雲依依嶺外，子瞻甚憐之，作詩曰：「不學楊枝別樂天，且同通德伴伶玄。阿奴絡秀方同老，天女維摩總解禪。

經卷藥爐新活計，舞裙歌板舊因緣。丹成隨我三山去，不作巫山雲雨僊。」蓋紹聖元年十一月也。三年七月，朝雲卒，葬於西禪寺松林中直大聖塔。和前詩曰：「苗而不秀豈其天？不使烏童與我玄。駐景恨無千歲藥，贈行唯有小乘禪。傷心一念償前債，彈指三聲斷後緣。歸卧竹根無遠近，夜深勤禮塔中僊。」又作詠梅《西江月》以寓意云：「玉骨那愁瘴霧，冰肌自有僊風。海僊時過探芳叢，倒掛緑毛么鳳。素面翻嫌粉涴，洗粧不褪唇紅。高情已逐曉雲空，不與梨花同夢。」晁以道初見此詞，便知道此老須過海，只為古今人不曾道到此，須罰教去。東坡一日退朝食罷，捫腹徐行，顧謂侍兒曰：「汝輩且道是中何物？」一婢遽曰：「都是文章。」坡不以為然，又一人曰：「滿腹都是機械。」坡亦未以為當。至朝雲，乃曰：「學士一肚皮不入時宜。」坡捧腹大笑。（同前）

一〇五　黄魯直有詠茶一曲名《阮郎歸》，云：「歌停檀板舞停鸞，高陽飲興闌。獸煙噴盡玉壺乾，香分小鳳團。雲浪淺，露珠圓，捧甌春笋寒。絳紗籠下躍金鞍，歸時人倚欄。」又有一曲詠煎茶，亦名《阮郎歸》，云：「烹茶留客駐金鞍，月斜窓外山。見郎容易別郎難，有人愁遠山。歸去後，憶前歡，畫屏金轉（當作博）山。一盃春露莫留殘，與郎扶玉山。」（同前書卷五十三）

一〇六　韓文公《遣興》詩「斷送一生惟有酒」，又贈鄭兵曹詩「破除萬事無過酒」，山谷各去其一字，作勸酒詞曰：「斷送一生惟有，破除萬事無過。遠山横黛蘸秋波，不飲傍人笑我。花病等閒瘦弱，春愁没處遮攔。盃行到手莫留殘，不道月斜人散。」（同前）

一〇七　黄魯直書趙伯充家小姬領巾云：「天氣把人僝僽，落絮遊絲時候。茶飯可曾炊，鏡中贏得

銷瘦。生受，生受，更被養娘催繡。」（同前）

一〇八　涪翁過瀘南，瀘帥留府，會有官妓盼盼，性頗聰慧，帥嘗寵之。涪翁贈《浣溪沙》曰：「脚上鞋兒四寸羅，唇邊朱麝一櫻多，見人無語但回波。　料得有心憐宋玉，秖因無奈楚襄何，今生有分向伊麽。」盼盼拜謝涪翁，瀘帥令唱詞侑觴，盼盼唱《惜春容》詞曰：「少年看花雙鬢緑，走馬章臺管絃逐。而今老更惜花深，終日看花看不足。　坐中美女顔如玉，為我一歌《金縷》曲。歸時壓得帽簷欹，頭上春風紅簌簌。」涪翁大喜，醉飲而别。（同前）

一〇九　山谷在宜州，其年乙酉，即崇寧四年也。重九日，登郡城樓，聽邊人相語：「今歲當鏖戰取封侯。」因作小詞云：「諸將説封侯，短笛長吹獨倚樓。萬事總成風雨去，休休，戲馬臺南金絡頭。　催酒莫遲留，酒似今秋勝去秋。花向老人頭上笑，羞羞，人不羞花花自羞。」倚欄高歌，若不能堪者，是月三十日，果不起。（同前）

一一〇　程公闢守會稽，少游客焉，館之蓬萊閣。一日，席上有所悦，因賦《滿庭芳》詞云：「山抹微雲，天連衰草，畫角聲斷譙門。　暫停征棹，聊共飲離樽。多少蓬萊舊事，空回首、煙靄紛紛。斜陽外，寒鴉數點，流水繞孤村。　銷魂，當此際，香囊暗解，羅帶輕分。謾贏得、秦樓薄倖名存。此去何時見也，襟袖上、空染啼痕。傷情處，高城望斷，燈火已黄昏。」此詞極為東坡所稱道，取其首句呼之為「山抹微雲君」。范元實，范祖禹之子，秦少游婿也。學詩於山谷，作《詩眼》一書。為人凝重，嘗在歌舞之席，終日不言，妓有問之曰：「公亦解詞曲否？」笑答曰：「吾乃『山抹微雲』女婿也。」可見當時盛唱此辭。（同前

「秦觀」）

一一一　秦少游在蔡州，與營妓樓婉字東玉者甚密，贈《水龍吟》詞云：「小樓連苑横空，下窺繡轂雕鞍驟。疎簾半捲，單衣初試，清明時候。破暖輕風，弄晴微雨，欲無還有。賣花聲過盡，垂楊院落，紅成陣，飛鴛甃。玉佩丁東别後，悵佳期、參差難又。名韁利鎖，天還知道，和天也瘦。花下重門，柳邊深巷，不堪回首。念多情，但有當時皓月，照人依舊。」起語及换頭隱『樓東玉』字三字。又贈妓陶心兒《南歌子》詞云：「玉漏迢迢盡，銀潢淡淡横。夢回宿酒未全醒，已被鄰雞催起怕天明。臂上粧猶在，襟間淚尚盈。水邊燈火漸人行，天外一鈎殘月帶三星。」末句隱「心」字。（同前）

一一二　秦少游在黄州，飲於海棠橋，橋南北多海棠，有老書家海棠叢開，少游醉卧於此。明日，題《醉鄉春》詞於柱曰：「喚起一聲人悄，衾冷夢寒霜曉。瘴雨過，海棠開，春色又添多少。社甕釀成微笑，半破瘿瓢共舀天。覺顛倒，急投牀，醉鄉廣大人間小。」（同前）

一一三　秦少游謫虔州日，作《千秋歲》詞曰：「水邊沙外，城郭春寒退。花影亂，鶯聲碎。飄零疎酒盞，離别寬衣帶。人不見，碧雲暮合空相對。憶昔西池會，鵷鷺同飛蓋。攜手處，今誰在。日邊清夢斷，鏡裏朱顔改。春去也，落紅萬點愁如海。」後人建鶯花亭於郡治，蓋因此辭取名。（同前）

一一四　秦少游感舊《蝶戀花》詞云：「鐘送黄昏雞報曉，昏曉相催，世事何時了。萬苦千愁人自老，春來依舊生芳草。忙處人多閑處少，閑處光陰，幾個人知道。獨上小樓雲杳杳，天涯一點青山小。」（同前）

一一五　秦少游嘗於夢中作《好事近》一詞云：「山路雨添花，花動一山春色。行到小溪深處，有黄鸝千百。飛雲當面化龍蛇，夭矯掛晴碧。醉卧古藤陰下，杳不知南北。」其後北歸，逗留於藤州光華亭。方醉起，以玉盂汲泉，笑視而化。（同前）

一一六　元祐中，秘閣上巳日集西池，王仲玉有詩，張文潛和最工，云：「翠浪有聲黄織動，春風無力綵旌垂。」秦少游云：「簾幕千家錦繡垂。」仲玉笑曰：「又待入小石調也。」（同前「張耒」）

一一七　晁無咎有送別《憶少年》詞曰：「無窮官柳，無情畫舸，無根行客。南山尚相送，只高城人隔。罨畫園林溪紺碧，筭重來、盡成陳跡。劉郎鬢如此，况桃花顔色。」又別意《臨江僊》詞曰：「身外閑愁空滿眼，就中歡事常稀。明年應賦送春詩，試從今夜數，相會幾多時。淺酒欲邀誰共飲，深情惟有君知。東溪春近好同歸。柳垂江上影，梅謝雪中枝。」（同前「晁補之」）

一一八　劉弇偉明既喪愛妾而不能忘，趙令時為《清平樂》詞云：「東風依舊，着意隋堤柳。搓得鵝兒黄欲就，天氣清明時候。去年紫陌青門，今宵雨魄雲魂。斷送一生憔悴，能消幾個黄昏。」（同前「趙令時」）

一一九　趙德麟又有《浣溪沙》詞曰：「風急花飛晝掩門，一簾疎雨滴黄昏，便無離恨也銷魂。翠被任熏終不暖，玉盃慵舉幾番温，這般情事與誰論。」（同前）

一二〇　王晉卿有《蝶戀花》一闋，極為東坡所喜，其詞曰：「鐘送黄昏雞報曉，昏曉相催，世事何時了。萬恨千愁人自老，春來依舊生芳草。忙處人多閑處少，閑處光陰，幾個人知道。獨上高樓雲渺渺，天涯一點青山小。」（同前「王詵」）

一二一　蘇東坡在錢塘，無日不遊西湖。嘗攜妓謁大通禪師，大通愠形於色，公乃作《南歌子》一首，令妓歌之，大通亦為解頤。公曰：「今日參破老禪矣。」其詞云：「師唱誰家曲，宗風嗣阿誰。借君拍板與鉗搥，我也逢場作戲莫相疑。　溪女方偷眼，山僧已皺眉。莫嫌彌勒下生遲，不見老婆三五少年時。」僧仲殊聞之，和其韻曰：「解舞清平樂，而今説向誰。紅爐片雪上鉗椎，打就金毛獅子也堪疑。　已信身如夢，何知眼共眉。蟠桃因甚結花遲，不向風前一笑待何時。」涪翁見而賞之。子瞻有贈通詩云：「語帶煙霞從古少，氣含蔬筍到公無。」嘗語人曰：「頗解蔬筍語否？為無酸餡氣也。」聞者無不皆笑。（同前「僧仲殊」）

一二二　張樞言龍圖守杭，一日，湖上開宴，劉巨濟涇、僧仲殊在焉，樞言命即席作填辭，巨濟先倡曰：「憑誰好筆，横掃素縑三百尺。天下應無，此是錢塘湖上圖。」仲殊應聲曰：「一般奇絶，雲淡天高秋夜月。費盡丹青，只這些兒畫不成。」唐、宋衲子詩盡多佳句，而填辭可傳，僅僅數首，有壽涯禪師詠魚籃觀音云：「深願弘慈無縫罅，乘時走入衆生界，窈窕丰姿都沒賽。　提魚賣，堪笑馬郎來納敗。　清冷露濕金襴壞，茜裙不把珠瓔蓋，特地掀來呈捏怪。　牽人愛，還盡幾多菩薩債。」（同前）

一二三　仲殊一日造郡，方接坐間，見庭下有婦人投牒立雨中，郡守命詠之，仲殊口就《踏莎行》云：「濃潤侵衣，暗香飄砌，雨中花色添憔悴。枇杷樹下立多時，不言不語厭厭地。　眉上新愁，手中文字，因何不倩鱗鴻寄。想伊只訴薄情人，官中誰管閑公事。」（同前）

一二四　張子野老於杭，多為官妓作詞，而不及龍靚，靚獻詩云：「天與羣芳十樣葩，獨憐顔色不堪誇。牡丹芍藥人題徧，自分身如鼓子花。」子野喜，乃作《望江南》詞與之，詞云：「青樓宴，靚女薦瑶盃。一曲白雲江月滿，際天拖練夜潮來，人物悟瑶臺。　醺醺酒，拂拂上雙腮。媚臉已非朱淡粉，香紅全勝雪籠梅，標格外塵埃。」（同前「周詔」）

一二五　賀鑄字方回，號慶湖遺老。小詞二卷，名《東山寓聲樂府》。（同前書卷五十四）

一二六　黄山谷守當塗，賀方回過之，人日（按：以上十三字因破損缺漏，據《存目》本補。）席上賦詞云：「巧剪合歡羅勝子，釵頭春意翩翩。豔歌淺笑拜嫣然。願郎宜此酒，行樂駐華年。　未至文園多病客，幽襟凄斷堪憐。舊遊夢掛碧雲邊。人歸落鴈後，思發在花前。」腔本《臨江僊》，山谷以方回用薛道衡詩，易以《鴈後歸》云。（同前）

一二七　賀方回有小築在姑蘇盤門内，地名横塘，方回時往來其間，作《青玉案》詞云：「凌波不過横塘路，但目送，芳塵去。錦瑟年華誰與度，月樓花院，綺窗朱户，惟有春知處。　碧雲冉冉衡臯暮，綵筆空題斷腸句。試問閑愁知幾許，一川煙草，滿城風絮，梅子黄時雨。」山谷見之，亟稱云：「解道江南腸斷句，世間只有賀方回。」當時因稱方回為賀梅子。郭功父有《示耿天隙》一詩，舒王為書其尾云：「廟前古木藏訓狐，豪氣英風亦何有。」方回晚倅姑孰，與功父遊甚歡，方回寡髮，功父指其髻謂曰：「此真賀梅子也。」方回乃捋其鬚曰：「君可謂郭訓狐矣。」功父髯而鬍，故有是語。（同前）

一二八　賀方回有《浣溪沙》數闋，並為山谷所賞，其一賦閨思云：「樓角紅銷一縷霞，淡黄楊柳帶棲鴉，玉人和月折梅花。 笑撚粉香歸繡户，半垂羅幕護窗紗，東風寒似夜來些。」其一賦春愁云：「閑把琵琶舊譜尋，四絃聲怨却沉吟，燕飛人静畫堂陰。 欹枕有時成雨夢，隔簾無處説春心，一從燈夜到如今。」其一賦春事云：「鸚鵡無言理翠衿，杏花零落晝陰陰，畫橋流水一篙深。 芳徑與誰同鬭草，繡牀終日罷拈針，小牋香管寫春心。」（同前）

一二九 賀方回又有《憶秦娥》春思詞曰：「曉朦朧，前溪百鳥啼匆匆。啼匆匆，凌波人去，拜月樓空。 舊年今日東門東，鮮粧輝映桃花紅。桃花紅，吹開吹落，一任東風。」（同前）

一三〇 司馬才仲初在洛下，晝寢，夢一美姝牽帷而歌云：「妾本錢塘江上住，花落花開，不管流年度。 燕子啣將春色去，紗窗幾陣黄梅雨。」才仲愛其詞，因詢曲名，云是《黄金縷（當作縷）》。後五年，才仲以東坡薦應制舉中等，遂為錢塘幕官，為秦尉少章道其事，少章續其詞後云：「斜插犀梳雲半吐，檀板輕敲，唱徹《黄金縷》。 夢斷彩雲無覓處，夜凉明月生南浦。」頃之，復夢美姝迎笑曰：「夙願諧矣。」遂與同寢，自是每夕必來。才仲為同寀談之，咸曰：「公廨後有蘇小小墓，得無妖乎？」不踰年而才仲得疾。所乘遊舫艤泊河塘，柁工遽見才仲攜一麗人登舟，即前喏之，聲斷，火起舟尾。倉忙走報其衙，則才仲死而家人已慟哭矣。 蘇小小者，錢塘名妓也，南齊時人。其墓或云湖曲，或云江干。古詞云：「妾乘油壁車，郎跨青驄馬。何處結同心，西陵松柏下。」今西陵在錢塘。（同前「司馬檍」）

一三一 謝無逸嘗於黄州關山杏花村館驛題一詞云：「杏花村館酒旗風，水溶溶，颺殘紅。野渡舟横，楊柳緑陰濃。 望斷江南山色遠，人不見，草連空。 夕陽樓外晚煙籠，粉香融，淡眉峰。記得年時，相見畫屏中。只有關山今夜月，千里外，素光同。」詞名《江城子》，其後過者必索筆於館卒録去，卒頗以為苦，因以泥塗之。（同前「謝逸」）

一三二 營妓宋瑶以善奕名，謝幼槃作《減字木蘭花》贈之，曰：「風篁度曲，倦倚銀屏初睡足。清簟疎簾，金鴨香消懶更添。纖纖露玉，風雹縱横飛鈿局。顰斂雙蛾，凝竚無言密意多。」（同前）

一三三 蘇養直詩有「屬玉雙飛水滿塘」之句，見賞於坡，稱為「吾家養直」，作此詩時，年甚少。紹興間，與徐師川同召，師川赴，養直辭。師川造朝，便道過養直，留飲甚歡。二公平日對奕，徐高於蘇，是日，養直拈一子，笑視師川，曰：「今日須還老夫下此一着。」師川有愧色。（同前「徐俯」）

一三四 李易安《聲聲慢》一辭最為婉妙，其辭云：「尋尋覓覓，冷冷清清，悽悽慘慘戚戚。乍暖還寒時候，最難將息。三盃兩盞淡酒，怎敵他、晚來風急。鴈過也，正傷心，却是舊時相識。滿地黄花堆積，憔悴損，如今有誰忺摘。守著窓兒，獨自怎生得黑。梧桐更兼細雨，到黄昏、點點滴滴。這次第，怎一個愁字了得。」（同前「李清照」）

一三五 李易安九日《醉花陰》詞云：「薄霧濃雲愁永晝，瑞腦噴金獸。佳節又重陽，寶枕紗廚，半夜秋初透。東籬把酒黄昏後，有暗香盈袖。莫道不銷魂，簾捲西風，人似黄花瘦。」又離别《一剪梅》詞云：「紅藕香殘玉簟秋，輕解羅裳，獨上蘭舟。雲中誰寄錦書來，鴈字回時，月滿（脱『西』字）樓。花自飄零水自流，一種相思，兩處閑愁。此情無計可消除，纔下眉頭，却上心頭。」（同前）

一三六 李易安又有《如夢令》云：「昨夜雨踈風驟，濃睡不消殘酒。試問捲簾人，却道海棠依舊。

知否，知否，應是緑肥紅瘦。」當時文士莫不擊節稱賞，未有能道之者。（同前）

一三七　朱淑真錢唐人，宛陵魏端禮為輯其詩詞，名曰《斷腸集》。（同前）

一三八　朱淑真詩詞多柔媚，獨《清晝》一絶、送春一詞，頗疎俊可喜，詩云：「竹摇清影罩紗窗，兩兩時禽噪夕陽。謝却海棠飛盡絮，困人天氣日初長。」詞云：「樓外柳垂千萬縷，欲繫青春，少住春還去。猶自風前飄柳絮，隨春且看歸何處。　滿目山川聞杜宇，便做無情，莫也愁人意。把酒送春春不語，黄昏却下瀟瀟雨。」（同前）

一三九　朱淑真元夕《生查子》云：「去年元夜時，花市燈如晝。月上柳梢頭，人約黄昏後。　今年元夜時，月與燈依舊。不見去年人，淚濕春衫袖。」又《元夕》詩云：「火樹銀花觸目紅，極天歌吹暖春風。新歡入手愁忙裏，舊事經心憶夢中。但願暫成人繾綣，不防長任月朦朧。賞燈那得工夫醉，未必明年此會同。」與其詞意相合。（同前）

一四〇　魏夫人有春恨《江神子》曰：「别郎容易見郎難，幾何般，懶臨鸞。憔悴容儀，陡覺縷衣寬。門外紅梅將謝也，誰信道，不曾看。　曉粧樓上望長安，怯輕寒，莫憑欄。嫌怕東風吹恨上眉端。為報歸期須及早，休誤妾，一春閑。」（同前）

一四一　魏夫人《捲珠簾》詞云：「記得來時春未暮，執手攀花，袖染花梢露。暗卜春心共花語，争尋雙朶争先去。　多情因甚相辜負，有輕拆輕離，向誰分訴。淚濕海棠花枝處，東君空把奴分付。」

宋時婦人多能詩文，又有孫夫人者，秀州鄭文妻也，鄭為太學上舍，久寓行都，孫寄以《憶秦娥》云：「花深深，一鈎羅襪行花陰。行花陰，閑將柳帶，試結同心。　耳邊消息空沉沉，畫眉樓上愁登臨。愁登臨，海棠開後，望到如今。」此詞為同舍見者傳揚，酒樓妓館皆歌之。又閨情《南鄉子》詞云：「曉日壓重簷，斗帳春寒起未歡。天氣因人梳洗懶，眉尖，淡畫春山不喜添。　閑把繡絲撏，認得金針又倒拈。陌人（當作上）遊人歸也未，厭厭，滿院楊花不捲簾。」又詠雪詩（當作詞）云：「悠悠颺颺，做盡輕模樣。半夜蕭蕭窗外響，多在梅邊竹上。　朱樓向曉簾開，六花片片飛來。無奈薰爐煙霧，騰騰扶上金釵。」　又婺州劉鼎臣者，僦省試於行都，瀕行，其妻自製彩花一枝贈之，侑以《鷓鴣天》詞云：「金屋無人夜剪繒，寶釵翻過齒痕輕。臨行執手慇懃送，襯與蕭郎兩鬢青。　聽囑付，好看承，千金不抵此時情。明年宴罷瓊林晚，酒面微紅相映明。」　又有居上庠者，其妻以詩寄鞋襪云：「細襪宮鞋巧樣新，慇懃寄與讀書人。好將穩步青雲上，莫向平康謾惹塵。」（同前）

一四二　徽宗即位，下詔求直言，及上書與廷試直言者俱得罪，京師有謔詞云：「當初親下求言詔，引得都來胡道。人人招是駱賓王，並洛陽年少。　自訟監宮並岳廟，都教一時閑了。誤人多是誤人多，誤了人多少。」（同前書卷五十五「徽宗佶」）

一四三　徽宗於禁苑植荔枝，結實，以賜燕帥王安中，御製詩云：「葆和殿下荔枝丹，文武衣冠被百蠻。思與近臣同此味，紅塵飛鞚過燕山。」蓋用樊川「一騎紅塵妃子笑，無人知道荔枝來」句意，竟成語讖。宣和初，收復燕山，以歸朝金民來居京師，其俗有《臻蓬蓬》歌，每扣鼓和臻蓬蓬音為節而舞，人無不喜聞其聲而効之。其歌曰：「臻蓬蓬，外頭花花裏頭空。但看明年正二月，滿城不見主人翁。」又有伎者，以數丈長竿繫椅於杪，伎者坐椅上，少頃，下投小棘坑中，無偏頗之失，未投時念詩曰：「百尺竿頭望九州，前人田土後人收。後人收得休歡喜，更有收人在後頭。」此皆虜讖而兆禍，可怪。（同前）

一四四　宣和四年，預借元宵，時有謔詞云：「太平無事，四邊寧靜狼煙眇。國泰民安，謾説堯舜禹湯好。萬民翹望彩都門，龍燈鳳燭相照。只聽得，教坊雜劇歡笑，美人巧。寶籙宫前，呪水書符斷妖。更夢近，竹林深處勝蓬島，笙歌鬧。奈吾皇，不待元宵景色來到，只恐後月陰晴未保。」是年中秋後，帝在苑中賦晚景一聯云：「日映晚霞金世界，月臨天宇玉乾坤。」宰臣皆稱賀。次年，戎馬犯順，後國號金。宣和間，上方織綾，謂之徧地桃。又急地綾，漆冠子，作二桃樣，謂之並桃，天下効之。香謂之佩香，至金人犯闕，無貴賤皆逃避云。（同前）

一四五　徽宗被虜北行，謝克家作《憶王孫》辭云：「依依宫柳拂宫牆，樓殿無人春晝長。燕子歸來依舊忙。憶君王，月破黄昏人斷腸。」紹興間，金人以帝梓宫來歸，元僧揚璉真伽發之，止朽木一段。（同前）

一四六　徽宗北隨金虜，後見杏花，作《燕山亭》一詞云：「裁剪冰綃，輕疊數重，冷淡胭脂注。新樣靚粧，豔溢香融，羞殺蕊珠宫女。易得凋零，更多少、無情風雨。愁苦，閑院落，凄涼幾番春暮。憑寄離恨重重，這雙燕，何曾會人言語。天遥地遠，萬水千山，知他故宫何處。怎不思量，除夢裏、有時曾去。無據，和夢也、有時不做。」又在北遇清明日詩曰：「茸母初生認禁煙，無家對景倍悽然。帝城春色誰為主，遥指鄉關涕淚連。」又戲作小辭云：「孟婆孟婆，好做些方便，吹個船兒倒轉。」俗謂風曰孟婆，江南七月間，有大風，甚於舶䑽，野人相傳以為孟婆發怒。茸母，草名。茸母、孟婆，正是的對。（同前）

一四七　張孝純在雲中府粘罕席上有所覩，賦《念奴嬌》一闋云：「疎眉秀盼，向春風、還是宣和裝束。貴氣盈盈姿態巧，舉止况非凡俗。宋室宗姬，秦王幼女，曾嫁欽慈族。干戈横蕩，事隨天地翻覆。一笑邂逅相逢歡，人滿飲，旋旋吹横竹。流落天涯俱是客，何必平生相熟。舊日榮華，如今憔悴。付與盃中醁。興亡休問，爲伊且盡船玉。」金人徙欽宗回燕京，一日，行至平順州，止泊驛舍。時以七夕，官中於驛作酒肆，縱人會飲。帝於室中窺見一胡婦攜數女子，皆俊目豔麗，或歌或舞，或吹笛，持酒勸客，所得錢物酒食率歸胡婦，稍不及者，婦以杖擊之。少頃，官遣皂衣吏齎酒飲帝，胡婦不知爲帝也，亦遣一横笛女子入室中，對帝嗚咽，吹不成曲，帝問女子曰：「吾與汝爲鄉人，汝東京誰氏女？」女顧胡婦稍遠，乃曰：「我百王宫魏王女孫也，先嫁欽慈太后姪孫。京城既陷，爲賊擄至此，賣與豪門作婢，既又遭主母詬撻，轉鬻與此。胡婦俾在此日夕求酒錢食物，若不及，即箠楚隨之。」言訖，問帝曰：「官人亦是東京人，想亦擄來此也。」帝但泣下，遣之去。詳味孝純詞旨，其所覩，即帝所遇者也。然孝純詞賦之粘罕席上，則是女初屬粘罕審矣。（同前）

一四八　蔡元長南遷，中路有旨取所寵姬慕容、邢、武者三人，以金人指名來索也。元長作詩别云：「爲愛桃花三樹紅，年年歲歲惹春風。如今去逐他人手，誰復尊前念老翁。」初，元長之竄也，道中市飲食之類，皆不肯售，嘆曰：「京失人心，一至於此！」至潭州，作詞曰：「八十一年過世，四千里外無家。如今流落向天涯，夢到瑶池闕下。　玉殿五回命相，彤庭幾度宣麻。止因貪戀此榮華，便有如今事也。」後數日卒。（同前「蔡京」）

一四九　王安中見迎春花，賦《蝶戀花》詞云：「雪霽花梢春欲到，殘臘迎春，一夜花開早。青帝回輿雲縹緲，鮮鮮金雀來飛繞。　繡閣紗窗人窈窕，翠縷紅絲，鬪剪幡兒也。戴在花枝争笑道，願人長共春難老。」安中，建炎中避地於柳，得郡人熊氏園，植桃數百本，號曰小桃源，日賦詩亭下。（同前「王安中」）

一五〇　曹元寵工謔詞，有春情《如夢令》云：「門外綠陰千頃，兩兩黄鸝相應。睡起不勝情，行到碧梧金井。人静，人静，風動一庭花影。」又春夢《阮郎歸》云：「簷頭風珮響丁東，簾疏燭影紅。鞦韆人散月溶溶，樓臺花氣中。　春酒醒，夜寒濃，蘭衾誰與同。只愁夢短不相逢，覺來羅帳空。」(同前「曹組」)

一五一　周邦彦字美成，號清真居士。初進《汴都賦》得官，徽宗時提舉大晟樂府，官至待制，詞名《清真詩餘》。(同前)

一五二　周美成能自度曲，製樂府長短句，名其居曰顧曲堂。嘗詠佳人調《憶秦娥》云：「香馥馥，樽前有個人如玉。人如玉，翠翹金鳳，内家粧束。　嬌羞愛把眉兒蹙，逢人只唱相思曲。相思曲，一聲聲是，怨紅愁綠。」(同前)

一五三　周美成在姑蘇，與營妓岳楚雲相戀，後從京師過吴，則岳已從人久矣。因飲於太守蔡巒子高坐上，見其妹，作《點絳唇》寄之云：「遼鶴西歸，故人多少傷心事。短書不寄，魚浪空千里。　憑仗桃根，説與相思意。愁何際，舊時衣袂，猶有東風淚。」楚雲得詞，感泣累日。(同前)

一五四　蔡元長生日，天下郡國皆有饋獻，號太師生辰綱。文士錦囊玉軸，競進詩詞，周美成有句云：「化行禹貢山川外，人在周公禮樂中。」蔡獨喜之。(同前)

一五五　周美成晚歸錢唐，夢中得《瑞鶴僊》詞一闋云：「悄郊原帶郭，行路永，客去車塵漠漠。斜陽映山落，斂餘紅、猶戀孤城欄角。凌波步弱，過短亭，何用素約。有流鶯勸我，重解繡鞍，緩引春酌。　不記歸時蚤暮，上馬誰扶，醒眠朱閣。驚飇動幕，猶殘醉，繞紅藥。嘆西園已是，花深無地，東風何事又惡。任流光過却，歸來洞天自樂。」未幾，方臘亂，自桐廬入杭。時美成方宴客，倉皇出奔，趨於西湖墳庵，適際殘冬，落日在山，忽逢故人之妾奔逃而來，乃與小飲於道旁旗亭，聞鶯聲於木杪。少焉分背，抵庵，尚有餘醺，困卧小閣上，恍如詞中所云。踰月入城，故居皆遭蹂踐矣。後得請，提舉洞霄宮而終老焉。（同前）

一五六　万俟雅言精於音律，自號詞隱。有《大聲集》五卷，周美成為序，山谷亦稱之為一代詞人。（同前）

一五七　崇寧中，万俟雅言充大晟府製撰，依月用律製詞，嘗侍宴都門池苑，應制賦《安平樂慢》云：「瑞日初遲，緒風乍暖，千花百草争香。瑶池路穩，閬苑春深，雲樹水殿相望。柳曲沙平，看塵隨青蓋，絮惹紅粧。賣酒緑陰傍，無人不醉春光。有十里笙歌，萬家羅綺，身世疑在僊鄉。行樂知無禁，五侯半隱少年場。舞妙歌妍，空妬得鶯嬌燕忙。念芳菲都來幾日，不堪風雨疎狂。」（同前）

一五八　万俟雅言有《長相思》詠雨詞云：「一聲聲，一更更，窗外芭蕉窗裏燈。此時無限情。夢難成，恨難平，不道愁人不喜聽。空階滴到明。」（同前）

一五九　政和癸巳，大晟樂成，蔡元長以晁次膺薦於帝，詔乘驛赴闕。次膺至都下，會禁中嘉蓮生，異苞合趺，夐出天造。次膺効樂府體屬詞以進，名《並蒂芙蓉》，其詞云：「太液波澄，向鑑中照影，芙蓉同蒂。千柄緑荷深，並臉争媚。天心眷臨，聖日殿宇，分明敞嘉瑞。弄香嗅蕊，願君王、壽與南山齊比。　池邊屢回翠輦，擁羣僊醉賞，憑闌凝思。萼緑攬飛瓊，共波上遊戲。西風又看露下，更結雙雙新蓮子。鬭裝競美，問鴛鴦，向誰留意。」上覽之稱善，除大晟樂府協律郎。（同前「晁端禮」）

一六〇　徽宗一日召宋齊愈，謂曰：「卿文章新奇，可作梅詞進呈，須是不經人道語。」齊愈立進《眼兒媚》詞曰：「霏霏疏影轉征鴻，人語暗香中。小橋斜渡，曲屏深院，水月濛濛。人間不是藏春處，玉笛曉霜空。江南處處，黄垂密雨，緑漲薰風。」帝稱善。次日，諭近臣曰：「宋齊愈梅詞非惟不經人道，又且自開花説至結子黄熟，並天色言之，可謂盡之矣。」（同前「宋齊愈」）

一六一　宋惠直在王彦昭幕下，代作春日留客致語，有云：「寒食止數日間，纔晴又雨。牡丹蓋數十種，欲拆又芳。」皆《魯公帖》與《牡丹譜》中全語也。彦昭好令人歌柳詞，又嘗作樂語云：「正好歡娱，歌緑樹數聲啼鳥；不妨沉醉，拚畫堂一枕春酲。」皆柳詞中語。（同前「宋惠直」）

一六二　邢俊臣性滑稽，喜嘲詠，常出入禁中。善作《臨江僊》詞，末章必用唐律兩句為謔，以寓調笑。徽宗置花石綱，石之大者曰神運石，大舟排聯數十尾，僅能勝載。既至，上大喜，置艮嶽萬歲山，命俊臣為《臨江僊》詞，以「高」字為韻，末句云：「巍峩萬丈與天高，物輕人意重，千里送鵝毛。」又令賦陳朝檜，以「陳」字為韻，檜亦高五六丈，圍九尺餘，枝覆地幾百步，詞末云：「遠來猶自憶梁陳，江南無好物，聊贈一枝春。」上容之，不怒也。内侍梁師成位兩府，甚尊顯用事，自矜為詩，因進詩，上稱善，顧謂俊臣曰：「汝可為好詞以詠師成詩句之美。」且命押「詩」字韻，俊臣口占，末云：「欲知勤苦為新詩，吟安一個字，撚斷數莖髭。」上大笑，師成恨之，譖其漏洩禁中語，責為越州鈐轄。太守王嶷聞其名，置酒待之，醉歸，燈火蕭疏，明日攜詞見帥，叙其寥落之狀，末云：「捫窓摸户入房來，笙歌歸院落，燈火下樓臺。」席間有妓秀美，而肌白如玉雪，頗有腋氣，嶷令乞詞，末云：「酥胸露出白皚皚，遥知不是雪，為有暗香來。」又有善歌舞而體肥者，末云：「只愁歌舞罷，化作彩雲飛。」（同前「邢俊臣」）

一六三　侯元功少遊場屋，年三十一始得鄉貢。人以其年長，忽不加敬，有輕薄子畫其形於紙鳶上，引線放之，蒙見而大笑，作《臨江僊》詞題其上曰：「未遇行藏誰肯信，如今方表名蹤。無端良匠畫形容，當風輕借力，一舉入高空。　才得吹嘘身漸穩，只疑遠赴蟾宫。雨餘時候夕陽紅，幾人平地上，看我碧霄中。」蒙一舉即登第，年五十餘，遂為執政。（同前書卷五十六「侯蒙」）

一六四　汪彦章舟行汴中，岸傍畫舫有映簾而觀者，見其額，賦《醉落魄》詞云：「小舟簾隙，佳人半露梅粧額。綠雲低映花如刻。恰似秋宵，一半銀蟾白。　結兒梢朵香紅扐，鈿蟬隱隱摇金碧。春山秋水渾無跡。不露牆頭，些子真消息。」（同前「汪藻」）

一六五　汪彦章在翰苑，屢致言者，作《點絳唇》詞云：「永夜厭厭，畫簾低月山啣斗。起來搔首，梅影横窗瘦。　好個霜天，閑却傳盃手。君知否，曉鴉啼後，歸夢濃如酒。」或問曰：「歸夢濃如酒，何以在曉鴉啼後？」公曰：「無奈這一隊畜生何！」（同前）

一六六　何晉之《小重山》惜别詞云：「綠樹鶯啼春正濃，釵頭青杏，小綠成叢。玉船風動酒鱗紅，歌聲咽，相見幾時重。　車馬去匆匆，路隨芳草遠，恨無窮。相思只在夢魂中，今宵月，偏照小樓東。」（同前「何大圭」）

一六七　靖康中，陳少陽飲於京師酒樓，有倡打坐而歌者，陳不之顧。乃去倚欄而歌《望江南》，音調清越，陳不覺傾聽，其詞曰：「闌干曲，紅颺繡簾旌。花嬾（當作嫩）不禁纖手撚，被風吹去意還驚，眉黛蹙山青。　鏗鐵板，閑引步虚聲。塵世無人知此曲，却騎黄鶴上瑶京，露冷月華清。」問詞孰為之，曰：「上清蔡真人也。」言訖，得數錢，即下樓去，亟使追之，已失矣。（同前「陳東」）

一六八　有稱中興野人和東坡《念奴嬌》詞題吴江橋上，車駕巡師江表，過而覩之，詔物色其人，不復見矣：「炎精中否，嘆人才委靡，都無英物。胡虜長驅三犯闕，誰作長城堅壁。萬國奔騰，兩宫幽陷，此恨何時雪。草廬三顧，豈無高卧賢傑。　天意眷我中興，吾皇神武，踵曾孫周發。河海封疆俱効順，狂虜何勞灰滅。翠羽南巡，扣閽無路，徒有衝冠髮。孤忠耿耿，劍鋩冷浸秋月。」（同前書卷五十七「高宗構」）

一六九　張仲宗有《賀新郎》一闋，亦送胡澹庵作也，詞云：「夢繞神州路，悵西風、連營畫角，故宫禾黍。底事崑崙傾砥柱，九地黄流亂注。聚萬落千村狐兔。天意從來高難問，况人情易老悲難訴。更南浦，送君去。　凉生岸柳催殘暑，耿斜河、疎星澹月，淡雲微度。萬里江山知何處，回首對牀夜雨。鴈不到，書成誰與。目盡青天懷今古，肯兒曹恩怨相爾汝。舉太白，聽《金縷》。」秦檜知之，與王庭珪同貶。（同前「胡銓」）

一七〇　韓蘄王生長兵間，未嘗知書，晚歲忽若有悟，能作字及小詞。一日，至香林園，蘇仲虎尚書方宴客，王徑造之，賓主歡甚，盡醉而歸。明日，王餉以羊羔，且手書二詞遺之，《臨江僊》云：「冬日青山瀟灑静，春來山暖花濃。少年衰老與山同。世間名利客，富貴與貧窮。榮華不是長生藥，清閑不是死門風。勸君識取主人公。單方只一味，盡在不言中。」《南鄉子》云：「人有幾多般，富貴榮華總是閑。自古英雄都是夢，為官，寶玉妻兒宿業纏。年事已衰殘，鬢髮蒼蒼骨髓乾。不道山林多好處，貪歡，只恐癡迷誤了賢。」（同前「韓世忠」）

一七一　岳州徐君寶妻某氏被虜來杭，居韓蘄王府，自岳至杭，相從數千里，其主者數欲犯之，而終以巧計脱。蓋某氏有令姿，主者弗忍殺之也。一日，主者怒甚，將即强焉，因告曰：「俟妾祭謝先夫，然後乃為君婦不遲也，君奚怒為？」主者喜諾，某氏乃焚香再拜，默祝，南向飲泣，題《滿庭芳》詞一闋於壁上，書已，投大池中以死。詞云：「漢上繁華，江南人物，尚遺宣政風流。緑窗朱户，十里爛銀鈎。一旦刀兵齊舉，旌旗擁、百萬貔貅。長驅入，歌樓舞榭，風捲落花愁。清平三百載，典章文物，掃地都休。幸此身未北，猶客南州。破鑑徐郎何在，空惆悵，相見無由。從今後，斷魂千里，夜夜岳陽樓。」（同前）

一七二　岳武穆《滿江紅》詞云：「怒髮衝冠，憑欄處、瀟瀟雨歇。（此處脱『擡望眼，仰天長嘯，壯懷激烈』三句。）三十功名塵與土，八千里外雲和月。莫等閑、白（脱『了』字）少年頭，空悲切。　靖康恥，猶未雪。臣子恨，何時滅？（此處脱『駕長車踏破，賀蘭山缺』二句。）壯志饑飡狼虎肉，笑談渴飲匈奴血。待從前、收拾舊山河，朝金闕。」後人以「朝金」為語忌，改「天闕」云。（同前「岳飛」）

一七三　陳克字子高，天台人，有《赤城詞》一卷。（同前）

一七四　吕安老帥建康，辟陳克為參議，軍中賦《臨江僊》詞曰：「四海十年兵不解，胡塵直到江城。歲華銷盡客心驚。疎髯渾似雪，衰涕欲生冰。　送老齏鹽何處是，我緣應在吴興。故人相望若為情。别愁深夜雨，孤影小窻燈。」（同前）

一七五　康與之字伯可，所著有《順庵詞》。時有康譽之者，字叔聞，號退軒老人，疑伯可弟也。（同前書卷五十八）

一七六　建炎中，駕駐維揚，康伯可上《中興十策》，名振一時。後秦檜當國，伯可乃附會求進，擢為臺郎。檜生日，伯可壽以《喜遷鶯》詞云：「臘殘春早，正簾幕護寒，樓臺清曉。寶運當千，佳辰餘五，嵩嶽誕生元老。帝遣阜安宗社，人仰雍容廊廟。盡總道，是文章孔孟，勳庸周召。　師表，方眷遇，魚水君臣，須信從來少。玉帶金魚，朱顔緑鬢，占斷世間榮耀。篆刻鼎彝將徧，整頓乾坤都了。願歲（脱一『歲』字），見柳稍青淺，梅英紅小。」又嘗與檜對局格天閣下，檜戲曰：「此卒渡河，是爾將軍之疥癩。」伯可徐曰：「今皇御極，視公宰相如腹心。」檜大喜，撤棊酣飲，終日而罷。（同前）

一七七　康伯可既受知於秦檜，檜薦之，伯可專應制為歌詞，上元奉敕進《瑞鶴僊》一闋云：「瑞煙浮禁苑，正絳闕春回，新正方半。冰輪桂花滿，隘花衢歌市，芙蓉開徧。龍樓兩觀，見銀燭、星毬有爛。捲珠簾、盡日笙歌，盛集寶釵金釧。　堪羡，綺羅叢裏，蘭麝香中，正宜遊玩。風柔夜煖。花影亂，笑聲喧。鬧蛾兒滿路，成團打隊，族着冠兒鬭轉。喜皇都、舊日風光，太平再見。」高宗覽之，極稱賞「風柔夜暖」以下一段，賜金甚厚。（同前）

一七八　重陽日，常有疎風冷雨。康伯可在翰苑日，嘗重九遇雨，奉敕撰詞，伯可口占《望江南》一闋進云：「重陽日，陰雨四郊垂。戲馬臺前泥拍肚，龍山會上水平臍，直浸到東籬。茱萸胖，菊蕊濕滋滋。落帽孟嘉尋篛笠，休官陶令覓蓑衣，兩個一身泥。」蓋蒜酪體也，上覽之大笑。（同前）

一七九　康伯可與蘇養直有溪堂之約，雪夜，作《採桑子》詞促之，曰：「馮夷剪破澄溪練，飛下同雲。着地無痕，柳絮梅花處處春。　山陰此夜明如晝，月滿前村。莫掩溪門，恐有扁舟乘興人。」（同前）

一八〇　康伯可西湖《長相思》辭云：「南高峰，北高峰，一片湖光煙靄中，春來愁殺儂。　郎意濃，妾意濃，油壁車輕郎馬驄，相逢九里松。」（同前）

一八一　康伯可《江城梅花引》曰：「娟娟霜月冷侵門，怕黄昏，又黄昏。手撚一枝、獨自對芳樽。酒又不禁花又惱，漏聲遠，一更更，總斷魂。　斷魂斷魂不堪聞，被半温，香半薰，睡也睡也睡不穩。誰與温存，惟有牀前銀燭照啼痕。一夜為花憔悴損，人瘦也，比梅花、瘦幾分。」（同前）

一八二　康伯可冬景詞云：「霜幕風簾，閑齋小户，素蟾初上雕龍。玉盃醽醁，還與可人同。古鼎沉煙篆細，玉笋破、橙橘香濃。梳粧懶，脂輕粉薄，約略淡眉峰。　清新，歌幾許，低隨慢唱，語笑相供。道文書針線，今夜休攻。莫厭蘭膏更繼，明朝又、紛冗匆匆。酩酊也，冠兒未卸，先把被兒烘。」此與九日應制同一體。順庵又有《滿江紅》作於潘子賤席上者，如「嘆詩書萬卷，致君人，番沉陸。且置請纓封萬户，徑須賣劍酬黄犢。慟當年、寂寞賈長沙，傷時哭」之句，《辛稼軒集》亦有此，全不異。（同前）

一八三 張彦實兄楚材為秘書監，約彦實觀梅西湖，彦實作詩云：「天上新驂寶輅回，看花仍趁雪霙開。折歸忍負金焦葉，笑插新臨玉鏡臺。女堞未須翻角調，錦囊先喜助詩材。少蓬自是調羹手，葉底應尋好句來。」時楚材再婚，故及玉鏡臺事。秦檜當國，見其詩，喜之，遂擢左史。三山蕭軫登第，榜下，娶再婚之婦，同舍張任國以《柳梢青》詞戲之云：「掛起招牌，一聲喝采，舊店新開。熟事孩兒，家懷老子，畢竟招財。當初合下安排，又不是豪門買獃。自古道，正身替代，見任添差。」（同前「張彦實」）

一八四 張安國詠雨《滿江紅》曰：「斗帳高眠，寤寒静、瀟瀟雨意。南樓近，更移三鼓，漏傳一水。點點不離楊柳外，聲聲只在芭蕉裏。也不管、滴破故鄉心，愁人耳。無似有，遊絲細。聚復散，真珠碎。天應分付與，别離滋味。破我一牀蝴蝶夢，輸他雙枕鴛鴦睡。向此際、别有好思量，人千里。」（同前「張孝祥」）

一八五 朱敦儒字希真，東都名士。紹興中，以詩詞擅名。（同前）

一八六 朱希真天資曠達，有神僊風致，自述詞云：「我是清都山水郎，天教分付與疎狂。曾批給月支風券，屢上留雲借月章。詩萬卷，酒千觴。（脱『幾』字）曾着眼看侯王。玉樓金殿慵歸去，且插梅花醉洛陽。」（同前）

一八七 朱希真除夕《鷓鴣天》云：「撿盡曆頭冬又殘，愛他風雪耐他寒。拖條竹仗家家酒，上個籃輿處處山。添老大，轉癡頑，謝天教我老來閑。道人還了鴛鴦債，紙帳梅花醉夢間。」（同前）

一八八 宋自遜字謙父，南昌人，號壺山，有集名《漁樵笛譜》。（同前）

一八九　宋自遜詞筆絶高，嘗作《蓦山溪》自述云：「壺山居士，未老心先懶。愛學道人家，辦竹几、蒲團茗椀。青山可買，小結屋三間，開一徑，俯清溪，脩竹栽教滿。　客來便請，隨分家常飯。若肯小留還，更薄酒、三尊兩盞。吟詩度曲，風月任招呼，身外事，不相關，自有天公管。」（同前）

一九〇　紹興間，許左之與弟右之同遊太學，休澣日，漫遊酒邊。左之已醉，欲與妓狎，妓已密有所歡在矣，左之立占小詞而起云：「誰知花有主，誤入花深處。放直下，酒盃乾，便歸去。」又他妓有所歡，欲去，左之代妓作小詞云：「憶你當初，惜我不去。傷我如今，留你不住。」所歡聽之，戀戀踰時，妓迄，後來致謝焉。（同前「許左之」）

一九一　宋慶之寓永嘉，適逢七夕，學徒醵飲，有僧法辨者在焉。辨善五星，每以「八煞」為説，時人號為辨八煞。酒邊一士致僊扣試事，忽箕動，大書「文章伯降」，宋怪之，漫云：「姑置此，但求七夕新詞。」箕復請韻，宋指辨云：「以八煞為韻。」意欲困之也。忽運箕如飛，大書《鵲橋僊》一闋云：「鑾輿初駕，牛車齊發，隱隱鵲橋咿軋。尤雲殢雨正歡濃，但只怕、來朝初八。　霞垂彩幔，月明銀燭，馥鬱香噴金鴨。年年此際一相逢，未審是、甚時結煞。」（同前「宋慶之」）

一九二　曾純甫及見汴都之盛者，庚寅春，奉使過汴，作《金人捧露盤》詞云：「記神京，繁華地，舊遊蹤。正御溝、春水溶溶。平康巷陌，繡鞍金勒躍青驄。解衣沽酒醉絃筦，柳緑花紅。　到如今，餘霜鬢，嗟前事，夢魂中。但寒煙、滿目飛蓬。雕欄玉砌，空餘三十六離宫。寒笳驚起暮天鴈，寂寞東風。」（同前書卷五十九「曾覿」）

一九三 曾純甫在邯鄲道中，望叢臺有感，作《憶秦娥》云：「風蕭瑟，邯鄲古道傷行客。傷行客，繁華一瞬，不堪思憶。　叢臺歌舞無消息，金尊玉管空陳跡。空陳跡，連天草樹，暮雲凝碧。」（同前）

一九四 乾道三年，上苑初夏，曾覿侍宴，池上有雙飛新燕掠水而去，得旨賦《阮郎歸》云：「柳陰庭館占風光，呢喃清晝長。碧波新漲小池塘，雙雙蹴水忙。　萍散漫，絮飛揚，輕盈體態狂。為憐流水落花香，啣將歸畫梁。」時帝就登御舟繞堤閒遊，既登舟，知閤張掄進《柳梢青》云：「柳色初濃，餘寒似水，纖雨如塵。一陣東風，縠紋微皺，碧沼鱗鱗。　僊娥花月精神，奏鳳管，鸞絃鬭新。萬歲聲中，九霞盃內，長醉芳春。」覿和進云：「桃靨紅勻，梨腮粉薄，鴛徑無塵。鳳閣凌虛，龍池澄碧，芳意鱗鱗。　清時酒聖花神，看内苑、風光又新。一部僊韶，九重鸞仗，天上長春。」各有宣賜，是日三殿並醉，酉牌還内。（同前）

一九五 淳熙九年八月十五日，孝宗過德壽宫起居，上皇因留賞月，宴香遠堂。堂東有萬歲橋，以白玉石為之，上作四面亭，皆新羅白木，與橋一色，大池十餘畝，植千葉白蓮。御榻、屏几、酒器俱用水晶，南岸列女樂，北列男樂。月上，蕭韶齊作，稍止，上皇召小劉妃獨吹白玉笙《霓裳中序》。時侍燕官開府曾純甫進《壺中天慢》辭云：「素飈漾碧，看天衢穩送，一輪明月。翠水瀛壺人不到，比似世間秋别。玉手瑶笙，一時同色，小按《霓裳》疊。天津橋上，有人偷記新闋。　當日誰幻銀橋，阿瞞兒戲，一笑成癡絶。肯信羣僊高宴處，移下水晶宫闕。雲海塵清，山河影滿，桂冷吹香雪。何勞玉斧，金甌千古無缺。」上皇大喜曰：「從來月辭不曾用金甌事，可謂新奇。」賜金束帶、紫番羅、水晶椀，上

亦賜寶盞，至一更五點還宮。（同前）

一九六　乾道、淳熙間，壽皇以天下養，往往修舊京金明池故事以安太上之心。湖上御園南有聚景、真珠、南屏，北有集芳、延祥、玉壺，然亦多幸聚景焉。一日，御舟經過斷橋，旁有酒肆，頗潔雅。中飾素屏風，書《風入松》一詞於上，光堯停目稱賞久之，宣問何人所作，太學生于國寶醉筆也。其詞云：「一春常費買花錢，日日醉湖邊。玉驄慣識西湖路，驕嘶過、沽酒樓前。紅杏香中歌舞，綠楊影裏鞦韆。暖風十里麗人天，花壓鬢雲偏。畫船載得春歸去，餘情付、湖水湖煙。明日重攜殘酒，來尋陌上花鈿。」上笑曰：「此詞甚好，但末句不免酸寒。」因為改作「明日重扶殘醉」，即日宣命解褐云。（同前「于國寶」）

一九七　淳熙九年八月十八日，駕詣德壽宮奉迎上皇觀潮，百戲撮弄，各呈伎藝。上皇喜曰：「錢塘形勝，天下所無。」上起奏曰：「江潮亦天下所獨。」宣諭侍官各賦《酹江月》一曲，至晚呈上，以吴琚為第一。其辭曰：「玉紅遥掛，望青山隱隱，如一抹。忽覺天風吹海立，好似春霆初發。白馬凌空，瓊鼇駕水，日夜朝天闕。飛龍舞鳳，鬱葱環拱吴越。　此景天下應無，東南形勝，偉觀真奇絶。好是吴兒飛彩幟，蹙起一江秋雪。黄屋天臨，水犀雲擁，看擊中流楫。晚來波静，海門飛上明月。」兩宮賞賜無限，至月上始還。（同前「吴琚」）

一九八　紹興間，洪景盧在臨安試詞科，三場畢，與五友同過抱劍街孫氏小樓。夜月如畫，正臨欄憑几，兩燭結花，燦然若連珠。孫娼黠慧，白坐中曰：「今夕桂魄皎潔，燭花呈祥，五君較藝蘭省，其高登不疑，請各賦一詞為他日佳話。」何自明即操筆作《浣溪沙》一闋，曰：「草草盃盤訪玉人，燈花呈喜坐添春。邀郎覓句要奇新。黛淺波嬌情脈脈，雲輕柳弱意真真。從今風月屬閒人。」衆傳觀嘆賞，獨恨其末句失意。景盧續《臨江僊》曰：「綺席留懽惟正洽，高樓佳氣重重。釵頭小篆燭花紅，直須將喜事，來報主人公。桂月十分春正半，廣寒宮殿葱葱。姮娥相對曲欄東，雲梯知不遠，平步躡東風。」孫滿酌一觥相勸曰：「學士必高中，此瑞殆為君設也。」已而，景盧果奏名賜第，餘皆不偶。（同前「洪邁」）

一九九　紹興辛巳，金遣使來修好，洪景盧往報之。入境與其伴約，用敵國禮，伴許諾，故沿路表章皆用在京舊式。未幾，乃盡却回，使依近例易之，景盧不可。於是扃驛門，絶供饋，使人不得食者一日，又令館伴者來言，景盧等懼留，不得已易表章授之，供饋乃如禮。景盧素有風疾，頭常微掉，時人為之語曰：「一日之饑禁不得，蘇武當時十九秋。傳語天朝洪奉使，好掉頭時不掉頭。」太學諸生衍作《南鄉子》詞誚之曰：「洪邁被拘留，稽首垂哀告彼酋。一日忍饑猶不耐，堪羞，蘇武争禁十九秋。　厥父既無謀，厥子安能解國憂。萬里歸來誇舌辨，村牛，好擺頭時便擺頭。」（同前）

二〇〇　趙公衡，宗室，居秀州。性和易，善與人款曲，但天資滑稽，遇可啟顔一笑，衝口輒發，見者無不敬畏。因寡髮，俗目為趙葫蘆。洪景盧戲作《減字木蘭花》曰：「家門希差，養得一枝依樣畫。百事無能，只去籬邊纏倒藤。　幾回水上，軋捺不翻真個强。無處容他，只好炎天照作巴。」（同前）

二〇一　辛幼安居山日，嘗欲止酒，賦《沁園春》云：「盃汝前來，老子今朝，點檢形骸。甚長年抱渴，咽如焦釜。於今苦眩，氣似奔雷。漫説劉伶，古今達者，醉後何妨死便埋。渾如此，嘆汝於知己，真少恩哉。更馮（當作憑）歌舞為媒，筭合作平居鴆毒猜。況怨無大小，生於所愛，物無美惡，過則為災。與汝成言，勿留亟去，吾力猶能肆汝盃。盃再拜，道麾之即去，招則須來。」一日，城中諸公載酒入山，幼安不得以止酒為解，遂破戒一醉，再韻前調云：「盃汝知乎，酒泉罷侯，鴟夷乞骸。更高陽入謁，都稱虀臼，杜康初筮，正得雲雷。細數從前，不堪餘恨，歲月都將麴櫱埋。君詩好，似提壺却勸，沽酒何哉。　君言病豈無媒，似壁上雕弓蛇暗猜。記醉眠陶令，終全至樂。獨醒屈子，未免沉菑。欲聽公言，慙非勇者，司馬家兒解覆盃。還堪笑，借今宵一醉，為故人來。」（同前「辛棄疾」）

二〇二　辛幼安遺興《西江月》詞曰：「醉裏且貪歡笑，要愁那得工夫。近來始覺古人書，信着全無是處。　昨夜松邊醉倒，問松我醉何如。只疑松動要來扶，以手推松曰去。」《漢書·龔勝傳》：勝與左將軍公孫禄議事不和，博士夏侯常勸之，勝以手推常曰：「去。」（同前）

二〇三　陳莘叟憶内，辛稼軒作《尋芳草》詞嘲之，曰：「有得許多淚，更閑却許多鴛被。枕頭兒放處，都不是舊家時，怎生睡。　更也没書來，那堪被鴈兒調戲。道無書，却有書中意，排幾個人人字。」（同前）

二〇四　長沙道中壁上有婦人題字，若有恨者，辛稼軒用其意為賦《減字木蘭花》詞曰：「盈盈淚眼，往日青樓天樣遠。秋月春花，輸與尋常姊妹家。　水村山驛，日暮行雲無氣力。錦字偷裁，立盡

西風鴈不來。」（同前）

二〇五　南渡初，虜人追隆祐太后御舟至江西造口，不及而還，辛稼軒過其地，有感，賦《菩薩蠻》詞曰：「郁孤臺下清江水，中間多少行人淚。西北是長安，可憐無數山。　青山遮不住，畢竟東流去。江晚正愁予，山深聞鷓鴣。」末句謂恢復行不得也。（同前）

二〇六　辛幼安晚春詞云：「更能消、幾番風雨，匆匆春又歸去。惜花長恨花開早，何況亂紅無數。春且住，見説道、天涯芳草迷歸路。怨春不語，筭只有殷勤，畫簷蛛網，盡日惹飛絮。　長門事，準擬佳期又誤。娥眉曾有人妬。千金縱買相如賦，脈脈此情誰訴？君莫舞，君不見、玉環飛燕皆塵土。閒愁最苦，休去倚危闌，斜陽正在，煙柳斷腸處。」此詞「斜陽」「煙柳」之句，怨刺頗深。壽皇見之，怫然不悦，然亦不罪也。（同前）

二〇七　辛幼安有園亭，皆為賦詞。一日，獨坐停雲亭，水聲山色，競來樽俎。意溪山欲授（當作援）例者，遂作數語云：「甚矣吾衰矣，悵平生、交遊零落，只今餘幾。白髮空垂三千丈，一笑人間萬事。問何物，能令公喜。我見青山多嫵媚，料青山見我應如是。情與貌，略相似。　一樽搔首東窗裏，想淵明《停雲》詩就，此時風味。江左沉酣求名者，豈識濁醪妙理。回首叫雲飛風起。不恨古人吾不見，恨古人不見吾狂耳，知我者，二三子。」稼軒每開燕，必命侍妓歌其所作，特好歌此詞，自誦其警句曰：「我見青山多嫵媚，料青山見我應如是。」又「不恨古人吾不見，恨古人不見吾狂耳。」每至此，輒拊髀自笑，顧問坐客何如，皆嘆譽，如出一口。既而又作一《永遇樂》序北府事，首章曰：「千古江山，英雄無覓，孫仲謀處。」又曰：「尋常巷陌，人道寄奴曾住。」其寓感槩（當作慨）者則曰：「不堪回首，佛狸祠下，一片神鴉社鼓。憑誰問、廉頗老矣，尚能飯否？」特置酒召數客，使妓迭歌，益自擊節。徧問客，必使摘其疵，遜謝不可，客或措一二辭，不契其意，又弗答，然揮羽四視不止。相臺岳珂時年甚少，偶坐於席，率然對曰：「童子何知而敢有議？然必欲如范文正以千金求《嚴陵祠記》一字之易，則晚進尚竊有疑也。」稼軒喜，促膝，亟使畢其説，珂曰：「前篇豪視一世，獨首尾二腔警語差相似，新作微覺用事多耳。」於是大喜，酌酒，而謂坐中曰：「夫君寔中予痼。」乃味改其語，日數十易，累月未竟。（同前）

二〇八　稼軒園池中畜魚，有鷺鷥羣集其上，賦《鵲橋僊》諭之曰：「溪邊白鷺，來吾告汝。溪内魚兒堪數。主憐汝，汝憐魚，要物我，欣然一處。　白沙遠浦，青泥别渚。賸有蝦跳鰍舞。聽君飛去飽時來，看頭上，風吹一縷。」（同前）

二〇九　辛幼安寧、理朝擁節鉞，奉身勇退，悉以家事付兒曹，作《西江月》云：「萬事雲煙忽過，一身蒲柳先衰。而今何事最相宜，宜醉宜遊宜睡。　早起催科了辦，更量出入收支。乃翁依舊管些兒，管竹管山管水。」（同前）

二一〇　天台營妓嚴幼芳蕊善琴奕、歌舞、絲竹、書畫，唐仲友守台日，酒邊嘗命幼芳賦紅白桃花，即調《如夢令》云：「道是梨花不是，道是杏花不是。白白與紅紅，别是東風情味。曾記，曾記，人在武陵微醉。」仲友賞之雙縑。其後朱晦庵以使節行部至台，欲摭仲友罪，遂指其與蕊為濫，繫獄月餘。

蕊雖備受箠楚，而一語不及唐，獄吏誘使早認，蕊答云：「身為賤妓，縱與太守有濫，罪亦不至死。然妄言以污士大夫，則死，不可誣也。」於是再痛杖之，仍繫於獄兩月間，一再受杖，委頓幾死，而聲價愈騰，至徹阜陵之聽。未幾，朱改除，而岳霖商卿為憲，憐之，命作詞自陳，蕊口占《卜算子》云：「不是愛風塵，似被前緣誤。花落花開自有時，總賴東君作主。　去也終須去，住也如何住。若得山花插滿頭，莫問奴歸處。」岳喜，即日判令從良，而宗室納為小婦，以終身焉。（同前書卷六十「朱熹」）

二一一　嚴幼芳嘗七夕宴集，坐有謝元卿者，豪士也，固命之賦詞，以己姓為韻，酒方行，而已成《鵲橋僊》云：「碧梧初出，桂花纔吐，池上水花微謝。穿針人在合歡樓，正月露、玉盤高瀉。　蛛忙鵲懶，耕慵織倦，空做古今佳話。人間剛道隔年期，想天上、方纔隔夜。」元卿為之心醉，留其家半載，盡客囊臺饋贈之而歸。（同前）

二一二　劉光祖《醉落魄》辭云：「春風開者，一時還共春風謝。柳條送我今槐夏。不飲香醪，辜負人生也。　曲塘泉細幽琴寫，胡牀滑簟應無價。日遲睡起簾鉤掛。何不歸歟，花竹秀而野。」（同前「劉光祖」）

二一三　謝希孟一日在妓所，恍然有悟，忽起歸興，不告而行，妓追送江滸，悲戀而啼，希孟毅然取佩巾書一詞與之，云：「雙槳浪花平，夾岸青山鎖。你自歸家我自歸，説着如何過。　我斷不思量，你莫思量我。將你從前與我心，付與他人可。」（同前「謝希孟」）

二一四　陸務觀恃酒頹放，因自號放翁，作詞云：「橋如虹，水如空，一葉飄風煙雨中，天教稱放翁。」

又感舊《鵲橋僊》曰：「華燈縱博，雕鞍馳射，誰記當年豪舉。酒徒一半取封侯，獨去作，江邊漁父。　輕舟八尺，低蓬三扇，占斷蘋洲煙雨。鏡湖元自屬閒人，又何必，官家賜與。」（同前書卷六十一「陸游」）

二一五　陸務觀初娶唐氏，於其母夫人為姑姪，伉儷相得，而弗獲於其姑，因出之。唐改適同郡宗子，嘗春日出遊，相遇於禹跡寺南之沈氏園，唐以語趙，遣致酒殽，陸悵然久之，為賦《釵頭鳳》詞題園壁云：「紅酥手，黃藤酒，滿城春色宮牆柳。東風惡，歡情薄，一懷愁緒，幾年離索，錯錯錯。　春如舊，人空瘦，淚痕紅浥鮫綃（當作綃）透。桃花落，閑池閣。山盟雖在，錦書難託，莫莫莫。」唐見而和之，有「世情薄，人情惡」之句，未幾，怏怏而卒，聞者為之愴然。（同前）

二一六　小紅，順陽公青衣也，有色藝。順陽公請老，姜堯章詣之。一日，授簡徵新聲，堯章製《暗香》、《疎影》兩曲，公使二妓肄習之，音節清婉。堯章歸吴興，公尋以小紅贈之，其夕大雪，過垂虹，賦詩曰：「自喜新詞韻最嬌，小紅低唱我吹簫。曲終過盡松陵路，回首煙波十里橋。」堯章每喜自度曲，吟洞簫，小紅輒歌而和之。（同前「姜夔」）

二一七　姜堯章詠蟋蟀《齊天樂》詞曰：「庾郎先自吟愁賦，凄凄更聞私語。露濕銅鋪，苔侵石井，都是曾聽伊處。哀音似訴，正思歸（當作婦）無眠，起尋機杼。曲曲屏山，夜涼獨自甚情緒。　西窗又吹暗雨，為誰頻斷續，相和砧杵。候館吟秋，離宮弔月，別有傷心無數。豳詩漫與，笑籬落呼燈，世間兒女，寫入琴絲，一聲聲更苦。」（同前）

二一八　史邦卿《雙雙燕》詞，姜堯章極稱賞之，謂曲盡形容之妙。詞曰：「過春社了，度簾幕中間，去年塵冷。差池欲住，試入舊巢相並。還相雕梁藻井，又軟語商量不定。飄然快拂花梢，翠尾分開紅影。芳徑，芹泥雨潤。愛貼地争飛，競誇輕俊。紅樓歸晚，看足柳昏花暝。應自棲香正穩，便忘了天涯芳信。愁損翠黛雙蛾，日日畫欄獨憑。」（同前「史達祖」）

二一九　史邦卿春雨《綺羅香》詞曰：「做冷欺花，將煙困柳，千里偷催春暮。盡日冥迷，愁裏欲飛還住。驚粉重，蝶宿西園，喜泥潤，燕歸南浦。最妨他佳約風流，鈿車不到杜陵路。沉沉江上望極，還被春潮急，難尋官渡。隱約遥峰，和淚謝娘眉嫵。臨斷岸、新緑生時，是落紅、帶愁流處。記當日、閑掩梨花，剪燈深夜語。」此詞尤為姜堯章拈出。（同前）

二二〇　高觀國，字賓王，辭名《竹屋癡語》陳造為序，稱其與史邦卿皆是不經人道語。（同前）

二二一　高竹屋詠轎《御街行》云：「藤筠巧織花紋細，稱穩步、如流水。踏青陌上雨初晴，嫌怕濕、文鴛雙履。要人送上，逢花須住，纔過處、香風起。　裙兒掛在簾兒裏，更不把、窗兒閉。紅紅白白簇花枝，恰稱得、尋春芳意。歸來時晚，紗籠引道，扶下人微醉。」（同前）

二二二　高賓王聞鄰女吹笛，賦《風入松》詞曰：「粉嬌曾隔翠簾看，横玉聲寒。夜深不管柔荑冷，櫻朱度、香噴雲鬟。霜月摇摇吹落，梅花簌簌驚殘。　蕭郎且放鳳簫閑，何處驂鸞。静聽三弄《霓裳》罷，魂飛斷、愁裏關山。三十六宫天近，念奴却在人間。」（同前）

二二三　嘉泰間，劉改之至臨安，時辛稼軒帥越，聞其名，遣介招之，適以事不及行，作書歸輅者，因倣辛體賦《沁園春》一詞並緘往，云：「斗酒彘肩，風雨渡江，豈不快哉？被香山居士，約林和靖，與東坡老，駕勒吾回。坡謂西湖，正如西子，淡粧濃抹臨照臺。二人者，都掉頭不顧，只管傳盃。白云天竺去來，看金璧崔嵬樓觀開。況一澗縈迂，東西水繞，兩山南北，高下雲堆。逋曰不然，暗香疎影，何似孤山先探梅。須晴去，訪稼軒未晚，且此徘徊。」辛得之大喜，致餽數百千，竟邀之去，館燕彌月，酬倡亹亹，皆似之，踰喜。垂別，賙之千緡，曰：「以是為求田資。」改之歸，竟蕩於酒，不問也。常自以此辭語相臺岳珂，掀髯有得色，珂曰：「詞語固佳，然恨無刀圭藥，療君白日見鬼症耳。」坐中烘堂一笑。（同前「劉過」）

二二四　劉改之赴試別妾《天僊子》云：「別酒醺醺渾易醉，回過頭來三十里。馬兒不住去如飛。行一憩來牽一憩，斷送殺人山共水。　是則是，功名終可喜，不道恩情拋得未。梅村雪店酒旗斜，去也是，住也是，煩惱自家煩惱你。」（同前）

二二五　有持山水扇面求劉改之題者，為賦《行香子》云：「佛寺雲邊，茅舍山前樹陰中，酒旆低懸。峰巒空翠，溪水清漣。只欠桃花，欠沙鳥，欠漁船。　無限風煙，景趣天然。最宜他、隱者盤旋。何人村墅，若個林泉。恰似歙湖，似輞口，似斜川。」（同前）

二二六　劉改之賦《沁園春》二首以詠美人之指甲與足，《詠指甲》云：「銷薄春冰，碾輕寒玉，漸長漸彎。見鳳鞵泥汙，偎人强剔，龍涎香斷，撥火輕翻。學撫瑶琴，時時欲剪，更掬水魚鱗波底寒。纖柔處，試摘花香滿，鏤棗成斑。　時將粉淚偷彈，記綰玉曾教柳傳看。算恩情相着，搔便玉體，歸期暗數，畫徧闌干。每到相思，沉吟静處，斜倚朱唇皓齒間。風流甚，把僊郎暗掐，莫放春閑。」詠足云：「洛浦淩波，為誰微步，輕塵暗生。記踏花芳徑，亂紅不損，步苔幽砌，嫩緑無痕。襯玉羅慳，銷金樣窄，載不起、盈盈一段春。嬉遊倦，笑教人款撚，微褪些根。有時自度歌聲，悄不覺、微尖點拍頻。憶金蓮移换，文鴛得侣，繡茵催衮，舞鳳輕分。懊恨深遮，牽情半露，出没風前煙縷裙。知何似，似一鉤新月，淺碧籠雲。」元人邵亨貞嘗嗣其體，調以詠美人之眉與目，詠眉云：「巧鬬彎環，纖疑嫵媚，明裝未收。似江亭曉玩，遥山拂翠，宫簾暮捲，新月横鉤。掃黛嫌濃，塗鉛訝淺，能畫張郎不自由。傷春倦，為皺多無力，翻作嬌羞。　嗔來不滿横秋，蚌着得、人間多少愁。記魚箋緘啓，背人偷斂，鴈鈿膠並，運指輕揉。有喜先占，長顰難効，柳葉輕黄金在否？雙尖鎖，試臨鸞一展，依舊風流。」詠目云：「漆點填眶，鳳梢侵鬢，天然俊生。記隔花瞥見，疎星炯炯，倚闌疑注，止水盈盈。端正窺簾，瞢騰並枕，睥睨檀郎長是青。端相久，待嫣然一笑，密意將成。困酣曾被鶯驚，强臨鏡、挼抄猶未醒。憶帳中親見，似嫌羅密，尊前相顧，翻怕燈明。醉後看成，歌闌鬭弄，幾度孜孜頻送情。難忘處，是絞綃揾透，别淚雙零。」（同前）

二二七　易彦章以優校為前廊，久不歸，其妻作《一剪梅》詞寄云：「染淚修書寄彦章，貪却前廊，忘却回廊。功名成遂不還鄉，石做心腸，鐵做心腸。紅日三竿懶畫粧，虚度韶光，瘦損容光。相思何日得成雙，羞對鴛鴦，嬾對鴛鴦。」（同前「易祓」）

二二八　徐淵子好以詩文詼謔，丁少詹與妻有違言，乃棄家居茶寮山，茹素誦經，日買海物放生，久而不歸。妻患之，祈徐譬解。徐許諾，出門見賣老婆牙者，買一巨筐餉丁，並遺以《阮郎歸》詞云：

「茶寮山上一頭陀，新來學者麽。蛸蚌螃蠏與烏螺，知他放幾多。有一物，似蜂窩，姓牙名老婆。雖然無奈得它何，如何放得它。」丁見詞，大笑而歸。（同前「徐淵子」）

二二九　徐淵子初官户曹，其長方以道學自高，每以輕鋭抑之。適其長以母死去官，淵子賦《一剪梅》詞云：「道學從來不則聲，行也東銘，坐也西銘。爺娘死後更伶仃，也不看經，也不齋僧。却言淵子太狂生，行也輕輕，坐也輕輕。他年青史總無名，你也能亨，我也能亨。」（同前）

二三〇　徐淵子夜切廬山作小詞云：「風緊浪花生，蛟吼鼉鳴，家人睡着怕人驚。只有一翁捫虱坐，依約三更。雪又打殘燈，欲暗還明，有誰知我此時情。獨對梅花傾一盞，又詩成。」（同前）

二三一　戴石屏薄遊江西，有富家翁愛其才，以女妻之。居二三年，忽欲作歸計，妻問其故，告以曾娶。妻白之父，父怒，妻宛曲解釋，盡以奩具贈行，仍餞以詞云：「惜多才，憐薄命，無計可留汝。揉碎花牋，忍寫斷腸句。道傍楊柳依依，千絲萬縷，抵不住、一分愁緒。捉月盟言，不是夢中語。後回君若重來，不相忘處，把盃酒、澆(當作澆)奴墳土。」石屏既別，遂赴水死。世俗有謔辭云：「孫飛虎好色，柳盜跖貪財，這賊牛兩般都愛。」石屏之謂也。（同前「戴復古」）

二三二　曹東畎赴省試，陸行良苦，作《紅窓迥》詞自慰其足云：「春闈期近也，望帝鄉迢迢，猶在天際。懊恨這一雙脚底，一日廝趕上五六十里。　争氣。扶持我去，轉得官歸，恁時賞你。穿對朝靴，安排你在轎兒裏。更選對、弓樣鞋，夜間伴你。」（同前「曹豳」）

二三三　卓稼翁題蘇小樓辭云：「丈夫隻手把吴鈎，欲斷萬人頭。因何鐵石，打成心性，却為花柔。君看項籍並劉季，一怒使人愁。只因撞着，虞姬戚氏，豪氣都休。」（同前「卓田」）

二三四 卓稼翁送人赴上庠，賦《昭君怨》曰：「千里功名岐路，幾綱英雄草履。八座與三台，個中來。壯士寸心如鐵，有淚不霑離別。劍未斬樓蘭，莫空還。」（同前）

二三五 劉澹夫《長相思》詞云：「朝有時，暮有時，潮水猶知日兩回，人生長別離。來有時，去有時，燕子猶知社後歸，君行無定期。」又：「風蕭蕭，雨蕭蕭，相送津亭折柳條，春愁不自聊。煙迢迢，水迢迢，準擬江邊駐畫橈，舟人頻報潮。」（同前「劉克莊」）

二三六 劉澹夫別意《清平樂》云：「休彈別鶴，淚與絃俱落。歡事中年如水薄，懷抱那堪作惡。昨宵月露高樓，今朝煙雨孤舟。除是無身方了，有身長有閑愁。」（同前）

二三七 上元前一日立春，京仲遠賦《漢宫春》詞曰：「暖律初回，又燒燈市井，賣酒樓臺。誰將星移萬點，月滿千街。輕車細馬，隘通衢、蹴起香埃。今歲好，土牛作伴，挽留春色同來。不是天公省事，要一時壯觀，特地安排。何妨綵樓鼓吹，綺席樽罍。良宵勝景，語邦人、莫惜徘徊。休笑我、癡頑不去，年年爛醉金釵。」（同前書卷六十二「京鏜」）

二三八 慶元初，趙師羇為臨安尹，嘗請盡以西湖為放生池，作亭池上，求國子司業高炳如文虎為《記》，高故博洽，疾時文浮誕，痛抑之，以此失士子心。會《記》中有「鳥獸魚鱉咸若商曆以興」，既已鋟之，石本流傳，殆不可掩。改「商」為「夏」，痕刻猶存。輕薄子作詞以譃之，云：「高文虎，稱伶俐。萬苦千辛，作個《放生亭記》。從頭無一句，説着官家，盡把太師歸美。這老子，忒無廉恥，不知潤筆能幾。夏王却作商王，只怕伏生是你。」（同前「趙師羼」）

二三九　韓平原南園中有所謂村莊者，竹籬茅舍，宛然田家氣象。平原嘗遊其間，甚喜，曰：「撰得絶似，但欠雞鳴犬吠耳。」既出莊，遊他所，忽聞莊中雞犬聲，令人視之，乃趙師羼所為也。平原大笑，益親愛之。其後，侂胄敗，有贈之謔詞曰：「堪笑明庭鴛鷺，甘作村莊犬雞。一日冰山失勢，湯燖鑊煮刀刲。」又曰：「侍郎自號東牆，曾學犬吠村莊。今日不須摇尾，且尋土洞深藏。」周公謹辨此事，乃太學生私憾師羼造謗為之，又謂侂胄南園有沉香山，高五丈，立之凌風閣下，乃枯柟耳，賦詩云：「舊事凄凉尚可尋，斷碑閑卧草深深。凌風閣下槎牙樹，當日人疑是水沉。」（同前）

二四〇　馬裕齋尹臨安日，有士子踰牆盗人室女，事覺到官，裕齋試《踰牆摟處子》詩，士人秉筆云：「花柳平生債，風流一段愁。踰牆乘興下，處子有心摟。謝砌應潛越，韓香許暗偷。有情生愛慾，無語强嬌羞。不負秦樓約，安知漢獄囚。玉顔麗如此，何用讀書求。」裕齋喜甚，即判一《減字木蘭花》詞云：「多情多愛，還了平生花柳債。好個檀郎，室女為妻也合當。　傑才高作，聊贈青蚨三百索。燭影摇紅，記取冰人是馬公。」遂令女歸生，且厚贈之。（同前「馬光祖」）

二四一　方秋崖客中遇新雪，賦《一剪梅》詞曰：「誰剪輕瓊做物華，春繞天涯，水繞天涯。園林曉樹恁横斜，道是梅花，不是梅花。　宿鷺聯拳倚斷槎，昨夜寒些，今夜寒些。孤舟蓑笠釣煙沙，待不思家，怎不思家。」（同前「方岳」）

二四二　吴履齋和吴夢窓文英賦梅，調寄《聲聲慢》云：「挨晴拶暖，載酒呼朋，東猶東圃西園。緑萼枝頭，兩三初破輕寒。平生自甘寂寞，占冷粧、不為人妍。林逋去，問影疎香暗，誰賦其間。空想故山奇事，正煙横嶺曲，月浸溪灣。杏錯桃訛，那時青子都圓。惟曉夢窓知處，對翠禽、依約神僊。休引角，怕征人、淚落塞邊。」（同前「吴潛」）

二四三 吴履齋贈建寧妓唐玉《賀新郎》詞云：「可意人如玉，小簾櫳、輕勻淡竚，道家粧束。長恨春歸無尋處，全在波明黛緑。看冶葉、倡條渾俗，比似江梅清有韻，更臨風、對月斜依竹。看不足，詠不足。　曲屏半掩春山簇，正輕寒、夜永花睡，半欹殘燭。縹渺九霞光裏夢，香在衣裳賸馥。又只恐、銅壺聲促，試問送人歸去後，對一奩、花影垂金粟。腸易斷，情難續。」（同前）

二四四 吴履齋為人豪雋，在相位，其兄弟多以附麗登庸。賈似道與隙，遂為飛謡於上曰：「大蜈公，小蜈公，盡是人間業毒蟲。夤緣攀附百蟲叢，若使飛天能食龍。」語聞，謫循州，中毒死。後似道遭貶，時人題壁云：「去年秋，今年秋，湖上人家樂復憂。西湖依舊流。　吴循州，賈循州，十五年間一轉頭。人生放下休。」（同前）

二四五 賈似道嘗作堂曰半閒，每治事畢，則入堂中打坐。有佞人上《糖多令》詞，大稱其意，其詞曰：「天上謫星班，青牛度闗（按：此句或作『群真時往還，駕青牛、早度函闗』，當是。）幻出蓬萊新院宇，花外竹，竹邊山。　軒冕倘來閒，人生閒最難。算真閒、不到人間。一半神僊先占取，留一半、與公閒。」（同前「賈似道」）

二四六 賈似道欲行富强之策，是時劉良貴為都曹尹天府，吴勢卿餉淮東，入為浙漕，遂交贊公田事，欲先行之浙右，候有端緒，則諸路倣行之，於是以官品限田，立回買派買之目，民間騷然，有為詩云：「襄陽累載困孤城，豢養湖山不出征。不識咽喉形勢地，公田枉自害蒼生。」其後又立推排打量之法，白没民產，有人作詩云：「三分天下二分亡，猶把山川寸寸量。縱使一坵添一畝，也應不似舊封疆。」又有作《沁園春》詞云：「道過江南，泥牆粉壁，右具在前。述何縣何鄉里，住何人地，佃何人田。氣象蕭條，生靈憔悴，經界從來未必然。唯何甚，為官為己，不把人憐。　思量幾許山川，況土地分張又百年。西蜀巉巖，雲迷鳥道，兩淮清野，日驚狼煙。宰相弄權，姦人罔上，誰念干戈未息肩。掌大地，何須經理，萬取千焉。」（同前）

二四七　御史陳伯大奏立士籍，似道毅然行之，凡應舉及免舉人，州縣給曆一道，親書年貌、世系及所肄業於曆首，執以赴舉，過省參對筆跡異同，以防僞濫。時人有詩譏之云：「戎馬掀天動地來，襄陽幾處哭聲哀。平章束手全無策，却把科場惱秀才。」又有詞云：「士籍令行，條件分明，逐一排連。問子孫何習，父兄何業，明經詞賦，右具如前。最是中間，娶妻某氏，試問於妻何與焉。鄉保舉，那當著押，開口論錢。　祖宗立法於前，又何必、更張萬萬千。算行關改會，限田放糴，生民凋瘁，膏血俱朘。只有士心，僅存一脈，今又艱難最可憐。誰作俑，陳堅伯大，附勢專權。」（同前）

二四八　廖瑩中，賈似道門客也，嘗撰《福華編》以紀鄂功。八月八日，似道生辰，瑩中獻《木蘭花慢》云：「請諸君着眼，來看我、《福華編》。記江上秋風，鯨嫠漲雪，鴈徼迷煙。一時幾多人物，且我公、隻手護山川。争覩階符瑞象，又扶紅日中天。　因懷下走奉櫜鞬，磨盾夜無眠。知重開宇宙，活人萬萬，合壽千千。凫鷖太平世也，要東還，赴上是何年。消得清時鐘鼓，不妨平地神僊。」又郭居安《聲聲慢》云：「捷書連晝，甘澍通宵，新來喜沁堯眉。許大擔當，人間物力須彌。年年八月八日，長記他、三月三時。平生事，想衹和天語，不遣人知。一片閒心鶴外，被乾坤繫足，虹玉腰圍。閶闔雲邊，西風萬籟吹齊。歸舟更歸何處，是天教、家在蘇堤。千千歲，比周公、多個綵衣。」且侑以儷語云：「綵衣宰輔，古無一品之曾參。衮服湖山，今有半閒之姬旦。」時似道母猶在養，所謂三月三者，蓋頌其庚申蘋草坪之捷，而「歸州（當作舟）」，乃舫齋名也。賈大喜，既而語客曰：「此詞固佳，然失之太俳，安得有着綵衣周公乎？」（同前）

二四九 文及翁登第後，期集遊西湖，一同年戲之曰：「西蜀有此景否？」及翁即席賦《賀新郎》云：「一勺西湖水，渡江來，百年歌舞，百年酣醉。回首洛陽花世界，煙渺黍離之地。更不復、新亭墮淚。簇樂紅粧搖畫舫，問中流擊楫何人是，千古恨，幾時洗。余生自負澄清志，更有誰、蟠溪未遇，傅岩未起。國事如今誰倚仗，衣帶一江而已，便都道、波神堪恃。借問孤山林處士，但掉頭、笑指梅花蕊。天下事，可知矣。」（同前「文及翁」）

二五〇 理宗朝，嘗欲舉行推回䣭田之令，有言而未行，至賈似道當國，卒行之。文及翁作《百字令》詠雪以譏之云：「没巴没鼻，煞時間、做出漫天漫地。不問高低並上下，平白都教一例。鼓弄滕六，招邀巽二，只恁施威勢。識他不破，至今道是祥瑞。最苦是、鵝鴨池邊，三更半夜，誤了吴元濟。東郭先生都不管，挨上門兒穩睡。一夜東風，三竿紅日，萬事隨流水。東皇笑道，山河原是我的。」

（同前）

二五一　賈似道當國時，行公田、關子兩法，民間苦之。葉李時為太學生，上書力詆。似道怒，㬝林德夫告葉泥金飾齋扁不法，令獄吏鞫之，云：「只要你做一個麻糊。」葉即口占一詩曰：「如今便一似麻糊，也是人間大丈夫。筆裏無時那解有，命中有處未應無。百千萬世傳名節，二十三年非故居。寄語長安朱紫客，盡心好上帝王書。」遂遭黥，流嶺南，及放還，似道謫漳州，相遇諸途，葉以詞贈云：「君來路，吾歸路，來來去去何時住。公田關子竟何如，國事當時誰汝誤。雷州户，崖州户，人生會有相逢處。客中頗恨乏蒸羊，聊贈一篇長短句。」（同前「葉李」）

二五二　元丞相伯顔統兵入杭，謝、全兩后以下皆赴北。有王婉儀者，題《滿江紅》於驛云：「太液芙蓉，渾不似、舊時顔色。曾記得，恩承雨露，玉樓金闕。名播蘭簪妃后裏，暈潮蓮臉君王側。忽一朝、鼙鼓揭天來，繁華歇。龍虎散，風雲滅。千古恨，憑誰説。對山河百二，淚霑襟血。驛館夜驚塵土夢，寶車曉碾關山月。只嫦娥，相顧肯從容，隨圓缺。」王名清惠，字冲華，後為女道士。此辭傳播中原，文山讀至末句，嘆曰：「惜也，夫人於此少商量矣。」因為代作一篇云：「試問琵琶，胡沙外、怎生風色。最苦是、姚黄一朵，移根僊闕。王母忺闌瑤宴罷，僊人淚滿金盤側。聽行宫、半夜雨淋鈴，聲聲歇。彩雲散，香塵滅。銅駝恨，那堪説。想男兒慷慨，嚼穿齦血。回首昭陽離落日，傷心銅雀迎新月。算妾身不願似天家，金甌缺。」又和云：「燕子樓中，又捱過、幾番秋色。相思處、青年如夢，乘鸞僊闕。肌玉暗消衣帶緩，淚珠斜透花鈿側。最無端、焦影上窗紗，青燈歇。曲池合，高臺滅。人間事，何堪説。向南陽阡上，滿襟清血。世態便如翻覆雨，妾身元是分明月。笑樂昌，一段好風流，菱花缺。」（同前書卷六十三「文天祥」）

二五三 劉須溪元宵雨辭云：「角動寒譙，看雨中燈市，寒意蕭蕭。星毬明戲馬，歌管雜鳴刁。泥没膝，舞停腰，燄蠟任風消。更可憐、紅啼桃臉，緑頽楊橋。　當年樂事朝朝，曾錦鞍呼妓，金屋藏嬌。圍香春醉酒，坐月夜吹簫。今老去，倦歌謡，嫌殺杜家喬。漫三盃，擁爐覓句，斷送春宵。」（同前書卷六十三「劉會孟」）

二五四 吴彦高在燕山，赴張總侍御家集，張出侍兒佐酒，中有一人，意狀摧抑可憐，扣其故，乃宣和殿小宫姬也。因賦《人月圓》詞紀之，聞者揮涕，其詞曰：「南朝千古傷心事，猶唱《後庭花》。舊時王謝，堂前燕子，飛向誰家。　恍然一夢，僊肌勝雪，宫髻堆鴉。江州司馬，青衫淚濕，同是天涯。」時宇文叔通亦賦《念奴嬌》先成，而頗近鄙俚，及見此作，茫然自失。是後人有求作樂府者，叔通即批云：「吴郎近以樂府名天下，可往求之。」（同前書卷六十四「吴激」）

二五五 吴彦高題《風流子》詞於燕山驛壁間曰：「書劍憶遊梁，當時事、底處不堪傷。蘭楫嫩漪，向吴南浦，杏花微雨，窺宋東牆。鳳城外，燕隨青步障，絲惹紫遊韁。曲水古今，禁煙前後，暮雲樓閣，春草池塘，回首斷人腸。　年芳，但如霧，鏡髮成霜。獨有蟻尊陶寫，蝶夢悠揚。聽出塞琵琶，風沙淅瀝，寄書鴻鴈，煙月微茫。不似海門潮信，能到潯陽。」靖康之變，中原為虜地，當時高人勝士陷没者不少。紹興庚申、辛酉，河南、關陝暫復，有自關中驛舍壁間得詩二絶云：「鼙鼓轟轟聲徹天，中原廬井半蕭然。鶯花

不管興亡事，粧點春光似去年。」又云：「渭平沙淺鴈來棲，渭漲沙移鴈不歸。江海一身多少事，清風明月淚霑衣。」（同前）

二五六　吴彦高在會寧府遇老姬，善琵琶，自言梨園舊籍，因有感，而賦《春從天上來》詞曰：「海角飄零，嘆漢苑秦宫，墜露飛螢。夢回天上，金屋銀屏。歌吹競舉青冥，問當時遺譜，有絶藝鼓瑟湘靈。促哀彈，似林鶯嚦嚦，山溜泠泠。　梨園太平樂府，醉幾度春風，鬢髮星星。舞徹中原，塵飛滄海，風雪萬里龍庭。寫胡笳幽怨，人憔悴，不似丹青。酒微醒，一軒凉月，燈火青熒。」王防禦玉説：「此詞句句用琵琶故實。」（同前）

二五七　吴彦高又有《訴衷情》詞云：「夜寒茅屋不成眠，殘月照吟鞭。黄花細雨時候，催上渡頭船。　鷗似雪，水如天，憶當年。到家應是，童稚牽衣，笑我華顛。」（同前）

二五八　金源百年間，樂府推蔡伯堅與吴彦高，號吴蔡體。其《大江東去》乃樂府中最得意者：「離騷痛飲，問人生佳處，能消何物。江左諸人成底事，空想岩岩青壁。五畝蒼煙，一丘寒玉，歲晚憂風雪。西州扶病，至今悲感前傑。　我夢卜築蕭閑，覺來岩桂，十里幽香發。磈磊胸中冰與炭，一酌春風都滅。勝日神交，悠然得意，離恨無毫髮。古今同致，永和徒記年月。」（同前「蔡松年」）

二五九　伯堅在凉陘作《聲聲慢》寄内云：「青蕪平野，小雨千峰，還成暮陘寒色。裁剪芸窗，憶得伴人良夕。遥憐幾重眉黛，恨相逢、少於行役。梨花淚，正宫衣春瘦，曉紅無力。　應怪浮雲夫婿，不解趂新醅，醉眠凉月。怨入關河，西去又傳音息。誰知倦遊心事，向來年苦思泉石。人未老，約閒

峰多占秀碧。」(同前)

二六〇　蔡伯堅又有《鷓鴣天》二闋云：「解語宫花出畫簷，酒尊風味為花甜。誰憐夢好春如水，可奈香餘月入簾。　春漫漫，酒厭厭，曲終新恨到眉尖。此生願化雙瓊柱，得近春風煖玉纖。」「秀樾横塘十里香，水花晚色静年芳。胭脂雪瘦薰沉水，翡翠盤高走夜光。　山黛遠，月波長，暮雲秋影蘸瀟湘。醉魂應逐凌波夢，分付西風此夜凉。」(同前)

二六一　蔡正甫《畫眉曲》云：「樓外春山幾點螺，樓頭望處染雙蛾。不知深淺隨宜否，却倩菱花問眼波。　纖葉斜横蜀柳條，拂成風思自妖嬈。元和才子才猶拙，只對春風詠舞腰。」(同前)

二六二　並門自古無竹，李文饒嘗一植之，歷宋數百年，寺僧日為平安報，其難可知矣。大定間，蔡正甫由禮部郎出守濰州，乃於官舍東堂種碧蘆以寄意，因作長短句曰：「青君那肯顧寒鄉，試着葭蘆擬汶篁。有若何堪比夫子，虎賁猶想見中郎。　色添新雨簾櫳好，聲入微風枕簟凉。他日東堂慚政拙，只將此物當甘棠。」(同前)

二六三　王温季自北都歸，過正甫，於三河坐中賦《江城子》曰：「鵲聲迎客到庭除，問誰歟，故人車。千里歸來，塵色半征裾。珍重主人留客意，奴白飯，馬青芻。東城入眼杏千株，雪模糊，俯平湖。與子花間，隨分倒金壺。歸報東垣詩社友，曾念我，醉狂無。」金初，文士如宇文叔通、蔡伯堅、吴彦高等，不可不謂豪傑之士，然皆宋儒，難以金源文派論之。故斷自正甫為宗黨，竹谿次之，趙閑閑又次之。自蕭真卿倡此論，一時無異議云。(同前)

二六四　蔡伯堅有詠茶《好事近》詞云：「天上賜金奩，不減壑源三月。午盌春風纖手，看一時如雪。　幽人只慣茂林前，松風聽清絶。無奈十年黄卷，向枯腸搜徹。」高子文和云：「誰打玉川門，白絹斜封團月。晴日小窗活火，響一壺春雪。　可憐桑苧一生顛，文字更清絶。直擬駕風歸去，把三山登徹。」（同前「高士談」）

二六五　海陵初封岐王，為平章政事，頗知書，好為詩詞，語出輒崛彊，憖憖有不為人下之意。嘗以事出使，道驛有竹，輒詠之曰：「孤驛瀟瀟竹一叢，不同凡卉媚春風。我心正與君相似，只待雲梢拂碧空。」又書壁述懷云：「蛟龍潛匿隱滄波，且與蝦蟆作混和。等待一朝頭角就，撼摇霹靂震山河。」既而過汝陰，復作詩曰：「門掩黄昏染緑苔，那回蹤跡半塵埃。空亭日暮烏争噪，幽徑草深人未來。數仞假山當户牖，一池春水繞樓臺。繁花不識興亡地，猶倚欄杆次第開。」又一日至卧内，見其妻几間有巖桂植瓶中，索筆賦曰：「緑葉枝頭金縷裝，秋深自有别般香。一朝揚汝名天下，也學君王著赭黄。」（同前書卷六十五「廢主亮」）

二六六　海陵既篡位，一日，閲柳耆卿《望海潮》詞，欣然有慕於「三秋桂子，十里荷花」，遂起投鞭渡江之志。乃密隱畫工於奉使中，寫臨安湖山以歸，既進繪事，大喜，亟命撤坐間軟屏，更設所獻，而於吴山絶頂貌己之狀，策馬而立，題其上曰：「萬里車書盍混同，江南豈有别疆封。提兵百萬西湖上，立馬吴山第一峰。」淳熙間，謝處厚有詩云：「誰把杭州曲子謳，荷花十里桂三秋。那知卉木無情物，牽動長江萬里愁。」羅景綸謂：「耆卿詞雖牽動長江之愁，然卒為金主送死之媒，未足悵也。至於荷豔桂香，粧點湖山清麗，使士夫流連歌舞，遂忘中原，是則深可恨耳。」因和其詩云：「殺胡快劍是清謳，牛渚依然一片秋。却恨荷花留玉輦，竟忘煙柳汴宫愁。」（同前）

二六七 海陵南侵之議既决，太后徒單氏數以言諫，海陵不悦，遂弑之。是歲中秋，待月不至，賦《鵲橋僊》曰：「停盃不舉，停歌不發，等候銀蟾出海。不知何處片雲來，做許大，通天障礙。　蛇髯撚斷，星眸睁裂，惟恨劍鋒不快。一揮截斷紫雲腰，子細看，嫦娥體態。」（同前）

二六八 海陵大舉南侵，使御前都統驃騎衛大將軍韓夷耶將射鵰軍二萬三千、圍子細軍一萬，先下兩淮。臨發，賜所製《喜遷鶯》以為寵，曰：「旌麾初舉，正駃騠力健，嘶風江渚。射虎將軍，落鵰都尉，繡帽錦袍翹楚。怒磔戟髯争奮，捲地一聲鼙鼓。笑談頃，指長江齊楚，六師飛渡。　此去無自墮，金印如斗，獨在功名取。斷鎖機謀，垂鞭方略，人事本無今古。試展卧龍韜韞，果見成功，且莫問江左，想雲霓望切，玄黄迎路。」（同前）

二六九 趙獻之，風流有文采，其《鷓鴣天》詞云：「金絡閑穿御路楊，青旗遥認醉中鄉。可人自有迎門笑，下馬何妨索酒嘗。　春正好，日初長，一尊容我駐風光。歸來想像行雲處，薄雨霏霏灑面凉。」又：「十頃平波溢岸青，草香沙煖水雲晴。　輕衫短帽垂楊裏，楚酒相看别有情。　揮彩筆，倒銀瓶，花枝照眼句還成。老來漸减金釵興，回施春光與後生。」（同前「趙可」）

二七〇 景伯仁《鳳棲梧》詞曰：「倦客情悰紛似縷，小院無人，卧聽秋蟲語。歸意已攙新鴈去，晚凉更作瀟瀟雨。」（同前「景覃」）

二七一　黨竹谿詠茶《青玉案》詞曰：「紅莎緑蒻春風餅，[illegible]梅驛，來雲嶺。紫柱崖空瓊竇冷。佳人却恨，等閑分破，縹緲雙鸞影。　一甌月露心魂醒，更送清歌助清興。痛飲休辭今夕永。與君洗盡，滿襟煩暑，别作高寒境。」（同前「黨懷英」）

二七二　黨竹谿《感皇恩》詞賦疊羅花曰：「碧玉撚條，藍袍裁葉。明豔黄深軟金疊。道裝僊子，謫墮蕊珠僊闕。為春閑管領，花時節。　漢額粧穠，楚腰舞怯。襞積裙餘舊宫褶。東君着意，留伴小庭風月。任教鶗鴂唤，羣芳歇。」（同前）

二七三　黄華賦玉簪《謁金門》詞曰：「秋蕭索，燈火新凉簾幕。翠被不禁臨曉薄，南樓聞畫角。想見玉壺水萼，一夜西風開却。夢覺烏啼殘月落，幽香無處着。」（同前「王庭筠」）

二七四　高仲常自言於世味澹無所好，唯生死文字間而已。有《梅花引》二首，其詞曰：「蒿火目，藜羹腹，書生寧有封侯骨。長須奴，卜澤車。艱關險阻，誰教涉畏途。半生落莫長安道，一事無成雙鬢老。南轅胡，北轅吴。功名富貴，情知不可圖。」「槐堂夢，鼓笛弄，馳驟百年塵一鬨。陶淵明，張季鷹。一盃濁酒，焉知身後名。　有溪可漁林可繳，須信在家貧也樂。熊門春，湨江雲。幾時作個，山間林下人。」（同前）

二七五　宋開禧間，韓侂胄欲立蓋世功名以自固，乃定議伐金，金元帥紇石烈子仁領兵駐濠梁時，小劉之昂作樂章一闋，大書於濠之倅廳壁間，名《上平南》，其詞云：「蠆鋒摇，螳臂振，舊盟寒。恃洞庭彭蠡狂瀾。天兵小試，百蹄一飲楚江乾。捷書飛上九重天，春滿長安。　舜山川，周禮樂，唐日月，漢衣冠。洗五州妖氣，關山已平，全蜀風行，何用一泥丸。有人傳喜，日邊都護先還。」（同前「劉昂」）

二七六 泰和初，閑閑公知平定，擬栩僊人王雲鶴往謁之，贈詩云：「寄語閑閑傲浪僊，枉將詩酒污天全。黄塵遮斷來時路，不到蓬山五百年。」因言：「唐世大夫五百人皆僊人謫降，中有為世味所著迷而不反者，如公與我皆是也。」他日，玉龜山人謂公云：「子前身赤城子也。」公因以詩記之云：「玉龜山下古僊真，許我天台一化身。擬折玉蓮騎白鶴，他年滄海看揚塵。」又趙禮部庭玉説丹陽子，謂公再世蘇子美也，公聞之曰：「赤城子則吾豈敢？若子美，則庶幾焉。」因作《水調歌頭》以寄意云：「四明有狂客，呼我謫僊人。欲緣千劫不盡，回首落紅塵。我欲騎鯨歸去，只恐神僊官府，嫌我醉時嗔。笑拍羣僊手，幾度夢中身。　倚長松，聊拂石，坐看雲。忽然黑霓落手，醉舞紫毫春。寄語滄浪流水，曾識閑閑居士，好為濯冠巾。却返天台去，華髮散麒麟。」（同前「趙秉文」）

二七七 閑閑公《青杏兒》詞曰：「風雨替花愁，風雨罷，花也應休。勸君莫惜花前醉，今年花謝，明年花謝，白了人頭。　乘興兩三甌，揀溪山好處追遊。但教有酒身無事，有花也好，無花也好，選甚春秋。」（同前）

二七八 章宗題扇《蝶戀花》詞曰：「幾股湘江龍骨瘦，巧樣翻騰，疊作湘波皺。金縷小鈿花草鬬，翠條更結同心扣。　金殿珠簾閑永晝，一握清風，暫喜懷中透。忽聽傳宣須急奏，輕輕褪入香羅袖。」（同前書卷六十六「章宗璟」）

二七九　明昌初，有劈橙為軟金盃者，章宗賦《生查子》詞曰：「風流紫府郎，飲痛烏紗岸。柔軟九回腸，冷怯玻璃盌。　纖纖白玉葱，分破黄金彈。借取洞庭春，飛上桃花面。」（同前）

二八〇　道真性嗜酒，每乘舟出村落間留飲，或十數日不歸，及泝流而上，老稚奔走，争為之挽舟，數十里不絶。嘗賦《眼兒媚》詞曰：「濁醪窮得玉為漿，風韻帶橙香。持盃笑道，鵝黄似酒，酒似鵝黄。　世緣老矣不思量，沉醉又何妨。臨風對月，山歌野調，盡我疎狂。」（同前「許古」）

二八一　張伯玉家畫慎宫人，徐行，以手整釵，一鶴後隨，謂之《馴鶴圖》，伯玉請王南雲賦詩，李欽叔常苦其不用韻，限以釵、來、苔三字，南雲即援筆曰：「寢處粧鉛未捲釵，孤雲花帶月邊來。六宫簾幕金鸞冷，露濕晨煙啄翠苔。」或傳南雲僊去，事不可知，其《生查子》云：「夜色明河静，好風來千里。水殿謫僊人，皓齒清歌起。　前聲金竽中，後聲銀河底。一夜嶺頭雲，繞徧樓前水。」辭之飄逸高妙如此，固謫僊之流亞也。（同前「王予可」）

二八二　有生第三子者，王正之製《喜遷鶯》詞以賀之曰：「古今三絶，惟鄭國三良，漢家三傑。三俊才名，三儒文學，更有三君清節。争似一門三秀，三子三孫奇特。人總道，賽蜀郡三蘇，河東三薛。　慶愜。况正是，三月風光，盃好傾三百。子並三賢，孫齊三少，俱篤三餘事業。文既三冬足用，名即三元高揭。親俱慶，看寵加三命，禮膺三接。」（同前「王特起」）

二八三　正之又有《喜遷鶯》詞别側室云：「玉樓歡宴，記遺簪綺席，題詩羅扇。月枕雙欹，雲窗同夢，相伴小花深院。舊歡頓成陳跡，翻作一番新怨。素秋晚，聽《陽關三疊》，一樽相餞。　留戀，情繾綣。紅淚洗粧，雨濕梨花面。鴈底關河，馬頭星月，西去一程程遠。但願此情如舊，天也不違人願。再相見，老生涯，分付藥爐經卷。」「鴈底關河」，元人詞多用之，諺所謂「鴈飛不到處」也，有改作「應」字者，謬。（同前）

二八四 密公《漁父詞》云：「楊柳風前白板扉，荷花雨裏緑蓑衣。紅稻美，錦鱗肥，漁笛閑拈月下吹。」「釣得魚來卧看書，船頭穩置酒葫蘆。煙際柳，雨中蒲，乞與人間作畫圖。」（同前書卷六十七「密國公璹」）

二八五 密公又有《青玉案》詞云：「凍雲封却駝岡路，有誰訪溪梅去。夢裏疎香風似度。覺來誰見，一窓涼月，瘦影無尋處。明朝畫筆江天暮，定向漁蓑得奇句。試問簾前深幾許，兒童笑道，黄昏時候，猶是廉纖雨。」《西江月》詞云：「一百八般佛事，二十四考中書。山林朝市等區區，着甚由來自苦。過寺談些般若，逢花倒個葫蘆。少時伶俐老來愚，萬事安於所遇。」《臨江僊》詞云：「倦客更遭塵事冗，故尋閑地婆娑。一尊芳酒一聲歌。盧郎心未老，潘令鬢先皤。醉向繁臺臺上問，滿川細柳新荷。薰風樓閣夕陽多。倚欄凝思久，漁笛起煙波。」（同前）

二八六 元光初，李欽叔與元裕之在孟津，辛敬之愿自女几來，為留數日。其行也，欽叔為設饌，備極豐腆，敬之放箸嘆曰：「平生飽食有數，每見吾二弟必得美食，明日道路中又當與老饑相抗去矣。會有一日，辛老子僵卧柳泉、韓城之間，以天地為棺槨，日月為含襚，狐狸亦可，螻蟻亦可。」二人為之惻然。嘗共遊河山亭，敬之賦《臨江僊》留別二人云：「誰識虎頭峰下客，少年有意功名。清朝無路到公卿。蕭蕭華屋，白髮老諸生。　邂逅對牀逢二妙，揮毫落紙堪驚。他年聯袂上蓬瀛。春風蓮燭，莫忘此時情。」（同前「李獻能」）

二八七　王仲澤登第後，調管司候，不赴。壽州防禦使完顏邦獻、商州防禦使完顏國器、武勝節度完顏庭玉愛其才，連辟三府經歷官，在軍中凡十年。嘗同元裕之從國器獵，賦《水龍吟》曰：「短衣匹馬清秋，慣曾射虎南山下。西風白水，石鯨鱗甲，山川圖畫。千古神州，一時勝事，賓僚儒雅。快長堤萬弩，平岡千騎，波濤卷，魚龍夜。　落日孤城鼓角，笑歸來長圍初罷。風雲慘澹，貔貅得意，旌旗閑暇。萬里天河，更須一洗，中原兵馬。看鞬櫜鳴咽，咸陽道左，拜西還駕。」（同前「王渥」）

二八八　泰和乙丑，裕之赴試并州，道逢捕鴈者，捕得二鴈，一死，一脱網去，其脱網者，空中盤旋，哀鳴良久，亦投地死。裕之遂以金贖得二鴈，瘞汾水傍，壘石為識，號曰鴈丘，因賦《摸魚兒》詞云：「問世間情是何物，直教生死相許。天南地北雙飛客，老翅幾回寒暑。歡樂趣，離別苦，就中更有癡兒女。君應有語，渺萬里層雲，千山暮雪，隻影向誰去。　橫汾路，寂寞當年簫鼓，荒煙依舊平楚。招魂楚些何嗟及，山鬼暗啼風雨。天也妬，未信與，鶯兒燕子俱黄土。千秋萬古，為留待騷人，狂歌痛飲，來訪鴈丘處。」同行蒲溪楊正卿果和云：「悵年年鴈飛汾水，秋風依舊蘭渚。網羅驚破雙棲夢，孤影亂翻波素。還碎與，算古往今來，只有相思苦。朝朝暮暮，想塞北風沙，江南煙月，争忍自來去。　埋恨處，依約并門舊路，一丘寂寞寒雨。世間多少風流事，天也有心相妬。休説與，還却怕、有情多被無情誤。一盃會舉，待細讀悲歌，滿傾清淚，為爾酹黄土。」欒城李仁卿治和云：「鴈雙雙正分汾水，回頭生死殊路。天長地久相思債，何似眼前俱去。摧勁羽，倘萬一幽冥，却有重逢處。詩翁感遇，把江北江南，風嘹月唳，並付一丘土。　仍為汝，小草幽蘭麗句，聲聲字字酸楚。拍江秋影今何在，草木欲迷堤樹。霜魂苦，算猶勝、王嬙青塚真娘墓。憑誰説與，對烏道長空，龍艘古渡，馬耳淚如雨。」大名民家有男女以私情不遂赴水死，後三日，二屍相攜出水濱。是歲，此陂荷花無不並蒂者。李仁卿賦《摸魚兒》紀其事云：「為多情和天也老，不應情遽如許。請君試聽雙渠怨，方見此情真處。誰點注，香瀲灩、銀塘對抹胭脂露。藕絲幾縷，絆玉骨春心，金沙曉淚，漠漠瑞紅吐。　連理樹，一樣驪山懷古，古今朝暮雲雨。六郎夫婦三生夢，斷幽恨從前沮。須會取，共鴛鴦翡翠，照影長相聚。風不住，悵寂寞芳魂，輕煙北渚，涼月又南浦。」仁卿此詞與鴈丘詞並膾炙人口。（同前「元好問」）

二八九　正大四年十月，有狂僧李菩薩者，就都人楊廣道家宿。一日大寒，楊與之酒，李若愧無以報主人者，晨起，持酒盌出，聞其噀酒聲，入曰：「增明亭前花開矣。」已而牡丹開兩花，來觀者車馬闐咽，酒尊為之一空。元遺山賦《滿庭芳》詞記之云：「天上殷韓，解羈官府，爛遊舞榭歌樓。開花釀酒，來着帝王州。常見牡丹開後，獨占斷，穀雨風流。僊家好，霜天槁葉，穠豔破春柔。　狂僧，誰借手，一盃喚起，綠怨紅愁。天香國豔，梅菊背人羞。盡揭紗籠護日，容光動，玉斝瓊舟。都人士女，年年十月，常記遇僊樓。」（同前）

二九〇　壬辰北渡，順天毛正卿、楊德秀祈僊山寺中，蘇晉降筆寫詩數十首，一詩有「百偽無一真，中有羲黃醇」之句，餘詩除「酒裏神僊我」五言外，多不成語。二人初不知晉為何代人，詩為何人作，以語元遺山，遺山曰：「余二十六七時，有詩曰：『西郊一畝宅，閉門秋草深。牀頭有新釀，意愜成孤斟。舉盃謝明月，蓬蓽肯相臨。願將萬古色，照我萬古心。』又：『去古日已遠，百僞無一真。獨餘酒鄉地，中有羲黄醇。聖教難為功，乃見酒力神。誰能釀滄海，盡醉區中民。』今晉所批乃有此十字，晉豈余前身耶？將近時鬼物之不昧者，記余詩，託名於晉以自神也，晉既以余詩為渠所作，余亦就『酒裏神僊我』五言取償於晉，因作樂府曰：『繡佛長齋，半生枉伴蒲團過。酒壚横卧，一蹴虚空破。頗笑張顛，自謂無人和。還知麽，醉鄉天大，少個神僊我。』」（同前）

二九一　元遺山有《滿江紅》秋興詞曰：「天上飛烏，阿誰遣，東生西没。明鏡裏，朝為青髮，暮為華髮。弱水蓬萊三萬里，夢魂不到金銀闕。更幾人、能有謝家山，飛僊骨。　山鳥弄，林花發。玉盃冷，秋雲滑。彭殤共一醉，不争毫末。鞭石何年滄海過，三山只是尊中物。暫放教、老子據胡牀，邀明月。」（同前）

二九二　王和卿滑稽挑達，傳播四方。中統初，燕市有一胡蝶，其大異常，王賦《醉中天》小令云：「掙破莊周夢，兩翅駕東風。三百處名園，一采一個空。難道風流種，諕殺尋芳蜜蜂。輕輕的飛動，賣花人搧過橋東。」由是其名益著。（同前書卷六十八「王和卿」）

二九三　王和卿題情《一半兒》詞云：「鴉翎般水鬢似刀裁，小顆顆芙蓉花額兒穿。待不梳粧，怕娘左猜，不免插金釵。一半兒鬅鬆，一半兒歪。　別來寬褪縷金衣，粉悴煙憔減玉肌，淚點兒只除衫袖知。盼佳期，一半兒才乾，一半兒濕。」（同前）

二九四 王和卿詠秃《天净紗(當作沙)》詞云:「笠兒深掩過雙肩,頭巾牢抹到眉邊。疑款的把笠簷兒試掀。連荒道一句,君子人不見頭面。」(同前)

二九五 王妓浴房中被打,王和卿作《撥不斷》詞嘲之云:「假胡伶聘聰明,你本待洗醃臢,到惹得不乾净。精呪上,勻排七道青。扇圈大膏藥剛糊定,早難道外宣無病。」(同前)

二九六 《西廂》是王實甫撰,至草橋驚夢而止,此後乃關漢卿足成者,北曲故當以此壓卷。如曲中語「雪浪拍長空,天際秋雲捲。竹索纜浮橋,水上蒼龍偃」、「滋洛陽千種花,潤梁園萬頃田」、「東風摇曳垂楊線,遊絲牽惹桃花片,珠簾捲映芙蓉面」、「法鼓金鐃,二月春雷響殿角。鐘聲佛號,半天風雨灑松梢」,是駢儷中景語。「手掌兒裏奇擎,心坎兒裏温存,眼皮兒上供養」、「哭聲兒似鶯囀喬林,淚珠兒似露滴花梢」、「繫春心情短柳絲長,隔花陰人遠天涯近,香消了六朝金粉,瘦減了三楚精神」、「玉容寂寞梨花朵,臙脂淺淡櫻桃顆」,是駢儷中情語。「他做了影兒裏情郎,我做了畫兒裏愛寵」、「拄着拐幫閑鑽懶,縫合唇送暖偷寒」、「昨夜個熱臉兒對面搶白,今日個冷句兒將人厮侵」、「半推半就,又驚又愛」,是駢儷中諢語。「落紅滿地胭脂冷」、「夢裏成雙覺後單」,是單語中佳語。只此數條,他傳奇不能及。《録鬼簿》以董解元《西廂記》壓卷,不著名字,但云仕金章宗朝為翰林學士,時鍾嗣成以前輩名士呼之,其記實為王、關之祖。(同前「關漢卿」)

二九七 王實甫不但長於情辭,有歌舞《麗春堂雜劇》,其十三換頭《落梅風》内:「對青銅,猛然間,兩鬢霜,全不似舊時模樣。」又絲竹《芙蓉亭雜劇》僊吕一套,通篇皆本色語,其間如《混江龍》内:「想着我懷兒中受用，怕甚麽臉兒上搶白。」《元和令》内：「他有曹子建七步才，還不了龐居士一分債。」《勝葫蘆》内：「兀的般月斜風細，更闌人静，天上巧安排。」《寄生草》内：「你莫不，一家兒受了康禪戒。」此等皆俊語。（同前）

二九八　王實甫别情《堯民歌》云：「自别後，遥山隱隱。更那堪，遠水粼粼。見楊柳，飛綿衮衮。對桃花，醉臉醺醺。透内閣，香風陣陣。掩重門，暮雨紛紛。怕黄昏，不覺又黄昏。不銷魂，怎地不銷魂。新啼痕壓舊啼痕，斷腸人憶斷腸人。今春香肌瘦幾分，摟（當作褸）帶寬三寸。」（同前）

二九九　王實甫春睡《山坡羊》云：「雲鬆螺髻，香温鴛被。掩春閨，一覺傷春睡。柳花飛，小瓊姬。一片聲，雪下呈祥瑞。把團圓夢兒生唤起。誰不做美，呸，却是你。」（同前）

三〇〇　關漢卿續《西廂》極力模擬，其《商調·集賢賓》及《掛金索》：「裙染榴花，睡損胭脂皺。紐結丁香，掩過芙蓉扣。線脱珍珠，淚濕香羅袖。楊柳眉顰，人比黄花瘦。」俊語亦不減王。（同前）

三〇一　賀方回《浣溪沙》有云「淡黄楊柳帶棲鴉」，關漢卿演作四句云：「不近諠譁，嫩緑池塘藏睡鴨。自然幽雅，淡黄楊柳帶棲鴉。」青出於藍，無妨並美。（同前）

三〇二　關漢卿嘗見一從嫁媵婢，作小令云：「鬢鴉臉霞，屈殺了將陪嫁。規摹全似大人家，不在紅娘下。巧笑迎人，文談回話，真如解語花。若咱得他，倒了蒲桃架。」（同前）

三〇三　關漢卿題情《一半兒》詞云：「雲鬟霧鬢勝堆雅（當作鴉），淺露金蓮簌絳紗。不比等閑牆外花。罵你個俏冤家，一半兒難當，一半兒耍。」「碧紗窗外静無人，跪在牀前忙要親。罵了個負心

回轉身。雖是我話兒嗔，一半兒推辭，一半兒肯。」（同前）

三〇四　關漢卿别情《梧葉兒》詞曰：「别離易，相見難，何處鎖雕鞍。春將去，人未還。這其間，殃及殺，愁眉淚眼。」（同前）

三〇五　關漢卿嘲禿指甲《醉扶歸》云：「十指如枯笋，和袖捧金樽。搊殺銀箏字不真，搔癢天生鈍。縱有相思淚痕，索把拳頭揾。」元人有詠指甲《得勝令》一闋：「宜將鬥草尋，宜把花枝浸。宜將繡線勻，宜把金針紝。宜操七絃琴，宜結兩同心。宜託腮邊玉，宜圈鞋上金。難禁得一掐，通身沁知音。治相思，十個針。」豔爽之極，又出王、關之上。（同前）

三〇六　馬致遠雙調秋思，放逸宏麗，而不離本色，押韻尤妙，元人稱爲第一，真不虚也。《夜行船》：「百歲光陰如夢蝶，重回首，往事堪嗟。昨日春來，今朝花謝。急罰盞，夜闌燈滅。」《喬木查》：「秦宫漢闕，都做了衰草牛羊野。不恁漁樵無話説，縱荒墳，横斷碑，不辨龍蛇。」《慶宣和》：「投至狐蹤與兔穴，多少豪傑。鼎足三分半腰折，魏耶？晉耶？」《落梅風》：「天教富，莫太奢。無多時，好天良夜。看錢奴，硬將心似鐵。空辜負，錦堂風月。」《風入松》：「眼前紅日又西斜，疾似下坡車。曉來清鏡添白雪。上牀和鞋履相别，莫笑鳩巢計拙，葫蘆提一恁粧呆。」《撥不斷》：「利名竭，是非絶。紅塵不向門前惹，緑樹偏宜屋角遮。青山正補牆頭缺，竹籬茅舍。」《離亭宴歇》：「蛩吟一覺纔寧貼，雞鳴萬事無休歇。争名利，何年是徹。密匝匝蟻排兵，亂紛紛蜂釀蜜，鬧穰穰蠅争血。裴公緑野堂，陶令白蓮社，愛秋來那些。和露摘黄花，帶霜烹紫蟹，煮酒燒紅葉。人生有限盃，幾個登高節。囑付俺頑童記者，便北海探吾來，道東籬醉了也。」看他用蝶、穴、傑、别、竭、絶字，是入聲，作平聲。闕、説、鐵、雪、拙、缺、貼、歇、徹、血、節字，是入聲，作上聲。滅、月、葉，是入聲，作去聲，無一字不妥。（同前「馬致遠」）

三〇七　馬東籬又有《天净紗（當作沙）·秋思》詞曰：「枯藤老樹昏鴉，小橋流水人家，古道西風瘦馬。夕陽西下，斷腸人在天涯。」前三對更「瘦馬」二字去上極妙，秋思之祖也。（同前）

三〇八　鄭德輝《王粲登樓》《中吕·迎僊客》云：「雕簷紅日低，畫棟綵雲飛。十二玉闌天外倚。望中原，思故國，感慨傷悲。一片鄉心碎。」妙在「倚」字上聲起音，一篇之中唱此一字，况務頭在其上，「原」、「思」字屬陰，「感慨」上去尤妙，《迎僊客》累百，無此調也。美哉，德輝之才名不虚傳。（同前）

三〇九　鄭德輝所作情詞亦自與人不同，如《㑳梅香》頭一折《寄生草》：「不争琴操中，單訴你飄零。却不道，窓兒外，更有個人孤另。」《六么序》：「却原來，羣花弄影，將我來諕一驚。」此語何等藴藉。《大石調·初問口》内：「又不曾薦枕席，便指望同棺槨。只想夜偷期，不記朝聞道。」《好觀音》内：「上覆你個氣咽聲絲張京兆，本待要填還你，枕臏衾薄，語不着相。」情意獨至，真得詞家三昧者。（同前）

三一〇　《㑳梅香》第三折越調，雖不入絃索，然自是妙，如《小桃紅》云：「是害得神魂蕩漾也，合將眼皮開放。你好熱莽也，沈東陽。」《調笑令》内：「劈面的便搶白殺那病襄王，呀，怎生來番悔了巫山窈窕娘。滿口裏之乎者也没攔當，都噴在那生臉上，諕的那有情人恨無個地縫藏，羞殺也傅粉何郎。秃廝兒請學士休心勞意攘，俺小姐他只是作要難當。」止是尋常説話，略帶訕語，然中間意趣無窮，此

便是作家。（同前）

三一一 鄭德輝《倩女離魂·越調聖藥王》内：「近蓼花，纜釣槎，有折蒲衰草緑蕪葭。過水窪，傍淺沙，遥望見煙籠寒水月籠沙，我只見茅舍兩三家。」如此等語，清麗流便，語入本色，然殊不穠鬱，宜不諧於俗耳也。（同前）

三一二 白仁甫勸飲《寄生草》詞曰：「長醉後，方何礙，不醉時，有甚思。糟醃兩個功名字，醅渰千古興亡事，麯埋萬丈虹蜺志。不達時皆笑屈原非，但知音盡説陶潛是。」命意、造語、下字俱好，最是「陶」字屬陽協音，若以「淵明」字，則「淵」字唱作「元」字，蓋「淵」字屬陰。「有甚」二字上去聲，「盡説」二字去上聲，更妙。「虹蜺志」、「陶潛是」，務頭也。（同前）

三一三 白仁甫《沉醉東風·漁父詞》云：「黄蘆岸白蘋渡口，緑楊堤紅蓼灘頭。雖無刎頸交，却有忘機友。點秋江白鷺沙鷗，傲殺人間萬户侯，不識字煙波釣叟。」元人有歸隱詞云：「問天公，許我閑身，結草為標，編竹為門。鹿豕成羣，魚蝦作伴，鵝鴨比鄰。不遠遊，堂上有親。莫居官，朝裏無人。黜陟休云，進退休論。買斷青山，隔斷紅塵。」亦有味而佳。（同前）

三一四 白仁甫有《醉中天》賦佳人臉上黑痣云：「疑是楊妃在，逃脱馬嵬災，曾與明皇捧硯來。美臉風流殺，叵奈揮毫李白，覷著嬌態，灑松煙點破桃腮。」或以為杜遵禮作。（同前）

三一五 白仁甫題情《陽春曲》云：「笑將紅袖遮銀燭，不放才郎夜看書，相偎相抱取歡娛。止不過迭應舉，及第待何如？」又：「百忙裏鉸甚鞋兒樣，寂寞羅幃冷串香，向前摟定可憎娘。止不過趕嫁

粧，誤了又何妨？」（同前）

三一六 詹玉號天游。有送童甕天兵後歸杭《齊天樂》一闋，蓋伯顔破杭州之後也。（同前）

三一七 詹天游以豔辭得名，有妓訴狀，立雨中，天游賦《清平調》云：「醉紅宿翠，髻亸烏雲墜。管是夜來不睡，那更今朝早起。　東風滿搦腰支，階前小立多時。恰恨一番新雨，想應濕透鞋兒。」或以為毛珝作。（同前）

三一八 故宋駙馬楊震有十姬，皆絶色，名粉兒者猶勝。一日，招詹天游宴，盡出諸姬佐觴，天游屬意於粉兒，口占一詞云：「淡淡青山兩點春，嬌羞一點口兒櫻。一梭兒玉一窩雲。　白藕香中見西子，玉梅花下遇昭君，不曾真個也銷魂。」楊遂以粉兒贈之，曰：「請天游真個銷魂也。」（同前）

三一九 詹天游後為翰林學士，熊納齋嘗以軟香遺之，因作《慶清朝慢》以謝曰：「紅雨争妍，芳塵生潤，將春都揉成泥。分明蕙風薇露，持搦花枝。款款汗酥薰透，嬌羞無奈温雲癡。偏廝稱，霓裳霞珮，玉骨冰肌。　梅不似，蘭不似，風流處，那更着意聞時。驀地生綃扇底，嫩凉浮動好風微。醉得渾無氣力，海棠一色睡臙脂。閒滋味，殢人花氣，韓壽争知。」（同前）

三二〇 蔣捷元夕《女冠子》云：「蕙花香也，雪晴池館如畫。春風飛到，寶釵樓上，一片笙簫，琉璃光射。而今燈謾掛。不是暗塵明月，那時元夜。況年來心賴意怯，羞與鬧蛾兒争耍。　江城人悄初更打。問繁華誰解，再向天公借。剔殘紅灺，但夢裏、隱隱鈿車羅帕。吴牋銀粉，待把舊家風景，寫成閒話。笑緑鬟鄰女，倚窗猶唱，夕陽西下。」（同前「蔣捷」）

三二一　蔣捷《一剪梅》辭云：「一片春愁帶酒澆，江上舟摇，樓上簾招。秋娘容與泰娘嬌，風又飄飄，雨又蕭蕭。　何日雲帆卸浦橋，銀字箏調，心字香燒。流光容易把人抛，紅了櫻桃，緑了芭蕉。」番禺人作心字香，用素馨茉利半開者，著净器中，以沉香薄劈，層層相間，密封之，日一易，不待花蔫，花過香成，所謂心字香者，以香末縈篆成心字也。「心字羅衣」，則謂心字香熏之爾。（同前）

三二二　蔣捷《解佩令》春詞云：「春晴也好，春陰也好，着些兒春雨越好。春雨如絲，繡出花枝紅裊。怎禁他孟婆合皂。　梅花風小，杏花風小，海棠風驀的寒峭。歲歲春光，被二十四風吹老，楝花風爾且慢到。」（同前）

三二三　蔣捷有友人去妾，賦《風入松》戲之曰：「東風舊日小桃枝，僊夢已雲迷。畫闌紅子樗蒲處，依然是，春晝簾垂。恨殺河東獅子，驚回海底鷗兒。　尋芳少步莫嫌遲，此去却慵移。斷腸不在分襟後，元來在，襟未分時。柳岸猶攜素手，蘭房早掩朱扉。」（同前）

三二四　劉太保《乾荷葉》曲云：「乾荷葉，色蒼蒼，老柄風摇蕩。減了清香越添黄，都因昨夜一場霜，寂寞秋江上。」此秉忠自度曲，曲名《乾荷葉》，即詠乾荷葉，猶是唐辭之意。又一首弔宋云：「南高峰，北高峰，慘澹煙霞洞。宋高宗，一場空，吴山依舊酒旗風，兩度江南夢。」此借腔别詠者，其曲悽惻感慨，千古寡和。（同前書卷六十九「劉秉忠」）

三二五　劉太保《三奠子》詞曰：「念行藏有命，煙水無涯。嗟去鴈，羨歸鴉。半生身累影，一事鬢成華。東山客，西蜀道，且還家。　壺中日月，洞裏煙霞。春不老，景長佳。功名眉上鎖，富貴眼前

花。三盃酒，一覺睡，一甌茶。」（同前）

三二六　伯顏丞相與張九元帥席上各作一《喜春來》詞，伯顏詞云：「金魚玉帶羅襴扣，皂蓋朱幡列五侯，山河判斷在俺筆尖頭。得意秋，分破帝王憂。」張九詞云：「金裝寶劍藏龍口，玉帶紅絨掛虎頭，緑楊影裏驟驊騮。得志秋，名滿鳳皇樓。」師才相量，各言其志。（同前「伯顏」）

三二七　張弘範圍襄陽，賦《鷓鴣天》詞云：「鐵甲珊珊渡漢江，南蠻猶自不歸降。東西勢列千層厚，南北軍屯百萬長。弓扣月，劍磨霜，征鞍遥日下襄陽。鬼門今日功勞了，好去臨江醉一場。」（同前「張弘範」）

三二八　張弘範詠海棠《點絳唇》詞云：「醉臉勻紅，向人無語誇顏色。一枝春雪，猶染嵬坡血。庭院黄昏，燕子來時節。芳心折，露垂香頰，羞對開元月。」（同前）

三二九　杜妙隆，金陵佳麗人也，盧疎齋欲見，不果，因題《踏莎行》於壁云：「雪暗山明，溪深花藻，行人馬上詩成了。歸來聞説妙隆歌，金陵却比蓬萊渺。寶鏡慵窺，玉容空好，梁塵不動歌聲悄。無人知我此時情，春風一枕松牕曉。」（同前「盧摯」）

三三〇　盧疎齋有《落梅風》一闋別歌者珠簾秀云：「纔歡悦，早間別，痛殺俺好難割捨。畫船兒載將春去也，空留下半江明月。」珠簾秀答詞云：「山無數，煙萬縷。憔悴煞玉堂人物。倚蓬窗，一身兒活受苦，恨不得隨大江東去。」（同前）

三三一　孔文昇，字退之，先聖五十四代孫也。盧疎齋雅相推重，一遊一燕，未不與退之同處，或賦詩詞，必先書見示。一日，廉使容齋徐公琰云：「書中有女顏如玉。」戲謂退之曰：「試爲我屬一對，俗語尤佳。」退之即應曰：「路上行人口似碑。」容齋大喜。退之幼在金陵郡庠，從戴表元遊，表元每因暇即以方言俗諺作題，令諸生破，如經義法。一日，命破「樓」字，退之曰：「因地之不足，取天之有餘。」表元大喜。又命以諺，云：「寧可死，莫與秀才擔擔子。」肚裏饑，打火又無米。」破曰：「小人無知，不肯竭力以事君子。君子有義，不能求食以養小人。」按宋末人多戲爲之，如古曲題云：「看看月上蒲萄架，那人應是不來也。最苦是，一雙鳳枕，閑在繡幃下。」破云：「時至人未至，君子不能無疑心。物偶人未偶，君子不能無感心。」小曲題云：「媽媽只要光光鏝，我苦何曾管？雪下去送官賣酒，輪番幾曾得免？怎容懶？有客教奴伴。」破云：「吾親狥利而忘義，既不能以憂人之憂吾身，狥公而忘私，又强欲以樂人之樂。」（同前）

三三二　姚牧庵《醉高歌》辭云：「十年燕月歌聲，幾點吳霜鬢影。西風吹起鱸魚興，已在桑榆暮景。　榮枯枕上三更，傀儡場中四並。人生幻化如泡影，幾個臨危自省。」（同前「姚燧」）

三三三　姚牧庵寄征衣《憑闌人》調云：「欲寄君衣君不還，不寄君衣君又寒。寄與不寄間，妾身千里難。」（同前）

三三四　張怡雲，大都名妓也，姚牧庵、閻靜軒每於其家小飲，嘗佐貴人樽俎。姚偶言「暮秋時」三字，閻命怡雲續而歌之，張應聲作《小婦孩兒》，且歌且笑，曰：「暮秋時，菊殘猶有傲霜枝，西風了却黄花事。」貴人曰：「且止。」遂不成章。史中丞嘗遇姚牧庵、閻靜軒於道，笑而問曰：「二先生所往，容侍行否？」因命騶從歸攜酒饌，同造怡雲海子上之居，姚命張取酒先壽史，張且歌「雲間貴公子，玉骨秀橫秋」《水調歌》一

闋，史喜甚，席終，左右欲撤酒器皆金玉者，史云：「休將去，留待二先生來此受用。」（同前）

三三五　陳剛中雖獲佳偶，自妻母以至妻之兄姊弟妹皆不然，遂挈家入京，館閣諸老交章薦舉，入翰林。端陽日，當母誕，作《太常引》二首云：「綵絲堂上簇蘭翹，記生母，在今朝。無地捧金蕉，奈煙水龍沙路遥。　碧天迢遞，白雲何處，急雨蕭蕭。萬里夢魂銷，待飛逐錢唐夜潮。」其二：「短衣孤劍客乾坤，奈無策報親恩。　三載隔晨昏，更疎雨寒燈斷魂。　赤城霞外，西風鶴髮，猶想倚柴門。　蒲酯漫盈樽，倩誰寫青山淚痕。」時為編修云。（同前「陳孚」）

三三六　至元末，朝廷遣吏部尚書梁曾使交趾，以陳剛中攝禮部郎中副之，至交州，賦詩曰：「老母越南垂白髮，病妻塞北倚黄昏。　蠻煙瘴雨交州客，三處相思一夢魂。」及抵安南國，以文字言語諭之，其國遂降。梁曾字貢父，燕京人。後大德間為杭州路總管，嘗作西湖送春詞一闋，調《木蘭花慢》云：「問花花不語，為誰落，為誰開。筭春色三分，半隨流水，半入塵埃。人生能幾歡笑，但相逢樽酒莫相推。千古幕天席地，一春翠繞珠圍。　彩雲回首暗高臺，煙樹渺吟懷。拚一醉留春，留春不住，醉裏春歸。西樓半簾斜日，怪啣春燕子却飛來。一枕青樓好夢，又教風雨驚回。」（同前）

三三七　梁隆吉《念奴嬌》詞曰：「一場春夢，待從頭、説與傍人聽着。罨畫溪山紅錦幛，舞燕歌鶯臺閣。碧海傾春，黄金買夜，猶道看承薄。　雕香剪玉，今生今世盟約。　須信歡樂過情，閑嗔冷妬，一陣東風惡。韻白嬌紅消瘦盡，江北江南零落。骨朽心存，恩深緣淺，忍把羅衣着。　蓬萊何處，雲濤天際冥漠。」（同前「梁棟」）

三三八 京師城外萬柳堂，亦一宴遊處也。野雲廉公一日於中置酒，招疎齋盧公、松雪趙公同飲，時歌兒劉氏名解語花者左手折荷花，右手執盃，歌《小聖樂》云：「緑葉陰濃徧池亭，水閣偏趁凉多。海榴初綻，朵朵蹙紅羅。乳燕雛鶯弄語，對高柳，鳴蟬相和。驟雨過，似瓊珠亂散，打徧新荷。人生百年有幾，念良辰美景，休放虛過。富貴前定，何用苦張羅。命友邀賓宴賞，飲芳醑，淺斟低歌。且酩酊，從教二輪，來往如梭。」調元遺山所製，當時名姬多歌之。既而行酒，趙公喜，即席賦詩曰：「萬柳堂前數畝池，平鋪雲錦蓋漣漪。主人自有滄洲趣，遊女仍歌《白雪》詞。手把荷花來勸酒，步隨芳草去尋詩。誰知咫尺京城外，便有無窮萬里思。」（同前書卷七十「趙孟頫」）

三三九 趙子昂與李子構同遊海子上，子構即事賦詩曰：「馳道香塵逐玉珂，彤樓花暗鼓雲和。光風漸緑瀛洲草，細雨微生太液波。月榭管絃鳴曙早，水亭簾幕受寒多。少年易動傷心感，喚取蛾眉對酒歌。」子昂和詩曰：「小姬勸客倒金壺，家近荷花似鏡湖。遊騎等閒來洗馬，舞靴輕妙迅飛鳧。油雲判污纏頭錦，粉汗生憐絡臂珠。只有道人塵境静，一襟凉思詠風雩。」子構名材，京兆人。年十七賦此詩，客有賦十月桃者，子構云：「劉郎再來歲雲莫，王母一笑天回春。」衆皆鉗口不作，亦奇句也。（同前）

三四〇 管夫人《漁父詞》云：「人生貴極是王侯，浮利浮名不自由。争得似，一扁舟，弄月吟風歸去休。」子昂和云：「渺渺煙波一葉舟，西風木落五湖秋。盟鷗鷺，傲王侯，管甚鱸魚不上鈎。」又：「儂住東吴震澤州，煙波日日釣魚舟。山似翠，酒如油，醉眼看山百自由。」（同前）

三四一 趙松雪欲置妾，以小詞調管夫人云：「我為學士，你做夫人。豈不聞陶學士有桃葉桃根，蘇學士有朝雲暮雲。我便多娶幾個吴姬越女何過分。你年紀已過四旬，只管占住玉堂春。」管夫人答云：「你儂我儂，忒煞情多。情多處，熱似火。把一塊泥，撚一個你，塑一個我。將咱兩個，一齊打破，用水調和。再撚一個你，再塑一個我。我泥中有你，你泥中有我。與你生同一個衾，死同一個槨。」松雪得詞，大笑而止。吾衍子行嘗作一小印，曰好嬉子，蓋吴中方言。一日，魏國夫人作馬圖，傳至子行處，子行為題詩後，倒用此印，觀者咸疑其誤，魏公見之，罵曰：「此非誤也，他道婦人會作畫，倒好嬉子耳。」（同前）

三四二一　王德璉嘗作香奩《踏莎行》八闋，寄示楊廉夫，廉夫付翠兒度腔歌之，又評付龍洲，章琬繡梓，以見王孫門中舊時月色，雖閱喪亂，固無恙也。金盆沐髮云：「寶鑑凝膏，温泉流膩，璚纖一把青絲墜。冰膚淺漬麝煤春，花香石髓和雲洗。　玉女峰前，咸池月底，臨風輕把犀梳理。陽臺行雨乍歸來，羅巾猶帶瀟湘水。」月奩匀面云：「冰鑑懸秋，瓊肥凝素，鉛華夜搗長生兔。玉容自擬比嫦娥，粧成尖恐嫦娥妬。　花影涵空，蟾光籠霧，芙蓉一朵溥秋露。年年只在廣寒宫，今宵鸞影驚相遇。」玉頰啼痕云：「粉結紅冰，香銷獺髓，鏡鸞影裏人憔悴。梨花帶雨不禁愁，玉纖彈盡相思淚。　恨鎖春山，嬌横秋水，臉桃零落臙脂碎。故將羅帕揾啼痕，寄情欲比相思字。」黛眉顰色云：「淡掃春痕，輕籠芳靨，捧心不効吴宫怨。楚梅酸蹙翠尖纖，湘煙碧聚愁萋蒨。　紺羽寒凝，月鈎金灩，鶯吭咽處微偷斂。新翻嫵態太嬌嬈，鏡中蛾緑和香點。」芳塵春跡云：「金谷遊情，消磨不盡，軟紅香裏雙鴛印。蘭膏步滑翠生痕，金蓮脱落凌波影。　蝶徑遺蹤，鴈沙凝潤，為誰留下東風恨。玉兒飛化夢中雲，青蘋流水空僊詠。」雲窓秋夢云：「煙冷瑶欞，神遊貝闕，芙蓉城裏花如雪。僊郎同躡鳳凰翎，千門萬户皆明月。　海碧山青，天荒地老，滿身風露飄環玦。高樓畫角苦無情，一聲吹散雙飛蝶。」繡牀凝思云：「翠藻文鴛，交枝連理，金鍼停處渾如醉。楊花一點是春心，鵑聲啼到人千里。喚醒離魂，猶疑夢裏，此情恰似東流水。　雲窓霧閣没人知，綃痕浥透紅鉛淚。」金錢卜歡云：「暗擲龍文，尋盟鸞鏡，龜兒不似青蚨準。　花房羞化彩蛾飛，銀橋密遞僊娥信。　錦屋璚樓，薄情飄性，碧雲望斷紅輪暝。　珠簾立盡海棠陰，怎當遥夜鴛衾冷。」（同前）

三四三　鮮于去矜《寨兒令》曰：「漢子陵，晉淵明，二人到今香汗青。　釣叟誰稱，農父誰名，去就一般輕。五柳莊月朗風清，七里灘浪穩潮平。　折腰時心已愧，伸脚處夢先驚，聽千萬古聖賢評。」（同前「鮮于樞」）

三四四　白無咎有《鸚鵡曲》云：「儂家鸚鵡洲邊住，是個不識字漁父。浪花中一葉扁舟，睡煞江南煙雨。　覺來時滿眼青山，抖擻緑蓑歸去。　筭從前錯怨天公，甚也有安排我處。」海粟學士留上京日，有北京伶御園秀之屬相從風雪中，恨此曲無續之者，且謂前後多親炙士大夫，拘於韻度，如第一個「父」字，難便下語。又「甚也有安排我處」，「甚」字必須去聲字，「我」字必須上聲字，音律始諧，不然，不可歌。諸公舉酒索海粟和之，海粟即援筆續百餘首。　山亭逸興云：「崔嵬舉頂移家住，是個不唧嘧樵父。　爛柯時樹老無花，葉葉枝枝風雨。　[么]　故人曾喚我歸來，却道不如休去。　指門前萬疊雲山，是不費青蚨買處。」愚翁放浪云：「東家西舍隨緣住，是個忒老實愚父。　賞花時暖薄寒輕，徹夜無風無雨。　[么]　占長紅小白園亭，爛醉不教人去。　笑長安利鎖名韁，定没個身心穩處。」（同前「馮子振」)

三四五　歌兒珠簾秀朱氏姿容姝麗,雜劇當時獨步,胡紫山宣慰極鍾愛之,嘗擬《沉醉東風》小曲以贈云:「錦織江邊翠竹,絨穿海上明珠。月淡時,風清處,都隔斷落紅塵土。一片閒情任卷舒,掛盡朝雲暮雨。」馮海粟亦有《鷓鴣天》云:「十二闌干映遠眸,醉香空斷楚天秋。蝦鬚影薄微微見,龜背紋輕細細浮。香霧斂,翠雲收,海霞為帶月為鈎。夜來捲盡西山雨,不着人間半點愁。」皆詠珠簾以寓意也,由是聲譽益彰。馮詞首二句一作「憑倚東風遠映樓,流鶯窺面燕低頭」,蓋朱背微僂,故有「燕低頭」及「龜背」、「月為鈎」三句。(同前)

三四六　滕玉霄填辭甚工,有贈歌童歌珍《瑞鷓鴣》云:「分桃斷袖絕嫌猜,翠被紅裩興不乖。洛浦乍陽新燕爾,巫山行雨左風懷。　手攜襄野便娟合,背抱齊宮婉孌懷。玉樹庭前千載曲,隔江唱罷月籠階。」阿珍,蓋鄭櫻桃、解紅兒之流也。(同前「滕賓」)

三四七　宋六,小字同壽,元遺山有《贈觱粟(當作篥)工張嘴兒》詞,即其父也。宋與其夫合樂,妙入神品,蓋宋善謳,其夫能傳其父之藝。滕玉霄賦《念奴嬌》贈云:「柳顰花困,把人間恩愛,樽前傾盡。何處飛來雙比翼,直是同聲相應。　寒玉嘶風,香雲捲雪,一串驪珠引。元郎去後,有誰着意題品。　誰料濁羽清商,繁絃急管,猶自餘風韻。　莫是紫鸞天上曲,兩兩玉童相並。　白髮梨園,青衫老傳,試與留連聽。可人何處,滿庭霜月清冷。」(同前)

三四八　貫雲石畏吾人,阿里海涯孫也。父名霄只哥,遂以貫為氏,名小雲石海涯,自號酸齋。同時有徐甜齋,失

其名，並以樂府擅稱，世謂酸甜樂府。涵虚子《元詞記》：「貫酸齋如天馬脱羈，徐甜齋如桂林秋月。」（同前書卷七十一）

三四九　貫酸齋嘗赴所親宴，時正立春，座客以《清江引》請賦，且限金、木、水、火、土五字冠於每句之首，句各用「春」字，酸齋即題云：「金釵影摇春燕斜，木杪生春葉。水塘春始波，火候春初熱，土牛兒載將春到也。」滿座絶倒。（同前）

三五〇　何里西瑛，耀卿學士之子，有居號懶雲窩，用《殿前歡》調歌以自述云：「懶雲窩，醒時詩酒醉時歌。瑶琴不理抛書卧，無夢南柯。得清閑，盡恬活。日月似，攛梭過。富貴比，花開落。青春去也，不樂如何？」貫酸齋和云：「懶雲窩，陽臺誰與送巫娥。蟾光一任來穿破，遁跡由他。蔽一天，星斗多。分半榻，蒲團坐。盡萬里，鵬程挫。向煙霞笑傲，任世事蹉跎。」喬夢符和云：「懶雲窩，雲窩客至欲如何？懶雲窩裏和雲卧，打會磨跎。想人生，待怎麽。貴比我，争些大，富比我，争些個。呵呵笑我，我笑呵呵。」衛立中和云：「懶雲窩，懶雲窩裏客來多。客來時，伴我閑些個，酒竈茶鍋。且停盃，聽我歌。醒時節，披衣坐。醉後也，和衣卧。興來時，玉簫緑綺，問甚麽，天籟雲和。」（同前）

三五一　貫酸齋臨終作《辭世詩》云：「洞花幽草結良緣，被我瞞它四十年。今日不留生死相，海天明月一般圓。」洞花、幽草，乃二妾名。張小山為酸齋解嘲曰：「君王曾賜瓊林宴，三十始朝天。文章懶入編修院，紅錦箋，《白紵》篇。黄柑傳學會神僊，參透詩禪。厭塵囂，絶名利，逸林泉。天台洞口，地肺山前，學煉丹。同貨墨，共談玄。興飄然，酒家眠。洞花幽草結因緣，被我瞞它四十年，海天秋月一般員。」（同前）

三五二　名姬張玉蓮喜延款士夫，復揮金無少惜愛。林經歷嘗以側室置之，後再占樂籍，班彥功與之甚狎。班司儒，秩滿北上，張作小詞贈之，有「朝夕思君，淚點成班（當作斑）」之句，又有一聯云：「側耳聽門前過馬，和淚看簾外飛花。」尤膾炙人口。「看簾外飛花」，徐甜齋嘗賦《折桂令》贈玉蓮云：「荊山一片玲瓏，分付馬夷，捧出波中。白羽香寒，瓊衣露重，粉面冰融。知造化私加密寵，為風流洗盡嬌紅。月對芙蓉，人在簾籠。太華朝雲，太液秋風。」（同前）

三五三　徐甜齋又有春情《折桂令》云：「平生不會相思，才會相思，便害相思。身似浮雲，心如飛絮，氣若遊絲。空一縷餘香在此，盼千金遊子何之。證候來時，正是何時，燈半昏時，月半明時。」（同前）

三五四　徐甜齋夜雨《水僊子》云：「一聲梧葉一聲秋，一點芭蕉一點愁。三更歸夢三更後，落燈花，棋未收。嘆新豐孤館人留，枕上十年事，江南二老憂，都到心頭。」（同前）

三五五　徐甜齋又有《水僊子》二闋詠佳人釘履與紅指甲，釘履云：「金蓮脱瓣載雲輕，紅葉浮香帶雨行。漬春泥印在蒼苔逕，三寸中，數點星。玉玲瓏，環珮交鳴。濺越女紅裙濕，沁湘妃羅襪冷，點寒波小小蜻蜓。」紅指甲云：「落花飛上笋芽尖，宮葉猶將冰筯粘。抵牙關，越顯得櫻唇豔。怕傷春，不捲簾。捧菱花，香印粧奩。雪藕絲霞十縷，鏤棗班血數點，掐劉郎春在纖纖。」（同前）

三五六　喬夢符詠竹衫兒小令云：「並刀剪龍鬚為才，玉絲穿龜背成文。襟袖清涼不沾塵。汗香晴帶雨，肩瘦冷搜雲，是玲瓏剔透人。」又詠香茶小令云：「細研片腦梅花粉，新剥珍珠荳蔻仁，依方脩合鳳團春。醉魂清爽，舌尖香嫩，這孩兒那些風韻。」（同前「喬吉」）

三五七 世俗恒言二月十五日為花朝節，其時杭城園丁競以名花荷擔叫鬻，音中律吕。黄子常《賣花聲》詞云：「人過天街曉色，擔頭紅紫。滿筠筐浮花浪蕊。畫樓睡醒，正眼横秋水。聽新腔，一回催起。吟紅叫白，報得蜂兒知未。隔東西，餘音軟美。迎門争買，早斜簪雲髻，助春嬌粉香簾底。」喬夢符和詞云：「侵曉園丁叫道，嫩紅嬌紫。巧工夫攢枝飽蕊。行歌佇立，灑洗粧新水。捲香風，看街簾起。深深巷陌，有個重門開未。忽驚它，尋春夢美。穿窗透閣，便憑伊唤取，惜花人在誰根底？」杭城春日，婦女喜為鬬草之戲，黄子常《綺羅香》詞云：「綃帕藏春，羅裙點露，相約鶯花叢裏。翠袖拈芳，香沁筍芽纖指。偷摘徧緑逕煙霏，悄攀下畫闌紅紫。掃花陰褥展芙蓉，瑶臺十二降僊子。芳園清晝乍永，亭上吟吟笑語，妬穠誇麗。奪取籌多，贏得玉璫瑜珥。疑素靨香粉添嬌，映黛眉淡黄生喜。綰胸帶罕（當作空）繫宜男，情郎歸也未？」（同前）

三五八 喬夢符《天净紗（當作沙）》詞云：「鶯鶯燕燕春春，花花柳柳真真，事事風風韻韻。嬌嬌嫩嫩，停停當當人人。」（同前）

三五九 張小山和劉時中五月菊云：「玉臺金盞對炎光，全似去年香。有意莊嚴端午，不應忘却重陽。菖蒲九節，金英滿把，同泛瑶觴。舊日東籬陶令，北窗正卧羲皇。」又九月九日見桃花，小山作小令云：「前度劉郎老矣，去年崔護來遲。紅雨飛，西風起，望白衣，可憐憔悴。去蜂愁蝶，未知冷落，在天台洞裏。」劉時中名致，與文子方矩同過暢純父師文，值其濯足，暢聞二人至，輟洗，迎笑曰：「佳客至，正有佳味。」於卧内取四大桃置案上，以二桃洗濯足水中，持啖二人。時中與子方不食，但以其置案上者，人持一顆去，曰：「公洗者，其自享之，無以二桃汙三士也。」乃大笑而出。（同前「張伯遠」）

三六〇　張小山秋日宫詞：「花邊嬌月静粧樓，葉底滄波冷翠溝，池上好風閑御舟。可憐秋，一半兒芙蓉，一半兒柳。」又：「數層秋樹隔凋簷，萬朶晴雲擁玉蟾，幾縷夜香穿繡簾。等潛潛，一半兒門開，一半兒掩。」又酬耿子春：「海棠香雨污吟袍，薜荔空牆閑酒瓢，楊柳曉風凉野稿。放詩豪，一半兒行書，一半兒草。」又詠梅：「枝横翠竹暮寒生，花淡紗窗殘月明，人倚畫樓羌笛聲。惱詩情，一半兒清香，一半兒影。」（同前）

三六一　王元鼎有《折桂令》一闋詠桃花馬云：「問劉郎驥控亭槐，覺紅雨瀟瀟，亂落蒼苔。溪上籠歸，橋邊洗罷，洞口牽來。摇玉轡，春風滿街。摘金鞍，流水天台。錦繡毛台，嘶過玄都，千樹齊開。」（同前「王元鼎」）

三六二　劉庭信有《水僊子》二闋：「秋風颯颯撼蒼梧，秋雨瀟瀟響翠竹，秋雲黯黯迷煙樹。三般兒一樣苦，苦的人魂魄全無。雲結就心間愁悶，雨少似眼中淚珠，風做了口内長吁。」又：「蝦鬚簾控紫銅鉤，鳳髓茶閑碧玉甌，龍涎香冷泥金獸。遠雕闌，倚畫樓。怕春歸，緑慘紅愁。霧濛濛，丁香枝上，雲淡淡桃花洞口，雨絲絲梅子牆頭。」（同前「劉庭信」）

三六三　泰定甲子秋，周德清既作《中原音韻》，並起例以遺青原蕭存存。未幾訪西域，友人瑣非、復初、同志羅宗信見餉，復初舉觴命謳者歌樂府《四塊玉》至「彩扇歌，青樓飲」，宗信止其音而言曰：

『彩』字對『青』字，而歌『青』字為『晴』，吾揣其音，此字合用平字聲，必欲揚其音，而『青』字乃抑之，非也。」復初因前驅紅袖而自用調歌曰：「買笑金，纏頭錦。得遇知音可人心，怕逢狂客天生沁。紐死鶴，劈碎琴，不害磣。」德清聞其歌大喜，曰：「予作樂府三十年，未有如今日之遇二公知某曲之非、某曲之是也。」遂捧巨觴，口占《折桂詞》一闋，曰：「宰金頭黑脚天鵝，客有鍾期，座有韓娥。吟既能吟，聽還能聽，歌也能歌。和白雪，新來較可，放行雲，飛去如何。醉覩銀河，燦燦蟾孤，點點星多。」歌既畢，相與痛飲，大醉而罷。（同前「周德清」）

三六四　周德清過廬山，賦《朝天子》詞曰：「早霞晚霞，粧點廬山畫。僊翁何處煉丹砂，一縷白雲下。客去齋餘，人來茶罷。嘆浮生，指落花。楚家漢家，做了漁樵話。」（同前）

三六五　吉安龍泉縣水滸米倉，有于志能號無心者，欲縣官利塞其口，作《水僊子》示人，自謂得意，末句云「早難道水米無交」，周德清笑曰：「此張打油乞化出門語也，敢云樂府？」志能深耻之。（同前）

三六六　諺云：「開門七件事，柴米油鹽醬醋茶是也。」周德清有《折桂令》云：「倚蓬窗，無語嗟呀。七件兒全無，做甚麼人家。柴似靈芝，油如甘露，米若丹砂。醬甕兒恰纔夢撒，鹽瓶兒又告消乏。茶也無多，醋也無多，七件事尚且艱難，怎生教我折柳攀花。」我朝餘姚王德章者，安貧士也，嘗口占云：「柴米油鹽醬醋茶，七般都在别人家。我也一些憂不得，且鋤明月種梅花。」（同前）

三六七　臨川陳克明作美人《一半兒》八詠，周德清擊節嘆賞，曰：「此調作者衆矣，此公音律獨先。」

春夢云：「梨花雲繞錦香亭，蝴蝶春融軟玉屏，花外鳥啼三四聲。夢初驚，一半兒昏迷，一半兒醒。」春困云：「瑣窓人静日初曛，寶鼎香消火尚温，斜倚繡牀深閉門。眼昏昏，一半兒微開，一半兒盹。」春粧云：「自將楊柳品題人，笑撚花枝比較春，輸與海棠三四分。再偷匀，一半兒胭脂，一半兒粉。」春愁云：「厭聽野鵲語雕簷，怕見楊花撲繡簾，拈起繡針還倒拈。兩眉尖，一半兒微舒，一半兒斂。」春醉云：「海棠紅暈潤初妍，楊柳纖腰舞自偏，笑倚玉奴嬌欲眠。粉郎前，一半兒支吾，一半兒軟。」春繡云：「緑窓時有唾茸粘，銀甲頻將綵線撏，繡到鳳皇心自嫌。按春纖，一半兒端詳，一半兒掩。」春夜云：「柳綿撲檻晚風輕，花影横窓淡月明，翠被麝蘭薰夢醒。最關情，一半兒温温，一半兒冷。」春情云：「自調花露染霜毫，一種春心無處託，欲寫寫殘三四遭。絮叨叨，一半兒連真，一半兒草。」

或以此為查德卿作，涵虚子謂克明如孤鶴鳴臯，而於德卿則不著題評。（同前）

三六八　李芝儀，維揚名妓也，工小唱，尤善慢詞，王繼學中丞甚愛之，贈以詩序，其一聯云：「善和坊裏，驊騮搆出繡鞍來。錢唐江邊，燕子啣將春色去。」又有《塞鴻秋》四闋，歌館盛傳之。喬夢符亦贈以詩詞甚富。（同前書卷七十二「王士熙」）

三六九　虞伯生在翰苑時，宴散散學士家，歌兒郭氏順時秀者唱今樂府，其《折桂令》起句云「博山銅細裊香風」，一句兩韻，名曰短柱，極不易作。先生愛其新奇，席上偶談蜀漢事，因命紙筆，亦賦一曲曰：「鸞輿三顧茅廬，漢祚難扶。日莫桑榆，深渡南瀘。長驅西蜀，力拒東吴。美乎周瑜妙術，悲夫關羽云殂。天數盈虚，造物乘除。問汝何如，早賦歸與。」蓋兩字一韻，比之一句兩韻者為尤難云。

《折桂令》一名《廣寒秋》，一名《天香第一枝》，一名《蟾宮引令》。中州韻，入聲似平聲，又可作去聲，所以「蜀」、「術」等字皆與「魚」、「虞」相近。（同前書卷七十三「虞集」）

三七〇 天台柯敬仲九思際遇文宗，起家為奎章閣鑒書博士，得出入內廷。後失寵，退居吳下，虞伯生賦《風入松》長短句寄之，云：「畫堂紅袖倚清酣，華髮不勝簪。幾回晚宜金鑾殿，東風軟、花裏停驂。書詔許傳宮燭，輕羅初試朝衫。　御溝冰泮水挼藍，飛燕語呢喃。重重簾幕寒猶在，憑誰寄、銀字泥緘。報導先生歸也，杏花春雨江南。」詞翰兼美，一時爭相傳誦，機坊以此織成帕云。柯嘗畫黃鸝、白頭，題詩二絶。《白頭》云：「春濃不放小禽棲，白髮衝冠向曉啼。簾幕半開人未起，樓臺風暖日猶低。」《黃鸝》云：「春風嬌軟緑陰肥，上苑鶯花紫翠圍。却向後宮深院裏，一枝閒自理金衣。」弘、正間，嘉興周伯器嘗題二圖云：「奎章閣下老詞臣，吟徧鶯花上苑春。回首金衣閒自理，緑陰多處少風塵。」「重重簾幕護輕寒，聽徹春禽午夜闌。無限江南歸興重，不將華髮漫衝冠。」蓋用其語而反其意也，柯又稱參書，必當時又嘗有此署銜。（同前）

三七一 至正間，上下以墨為政，風紀之司，贓污狼藉。是時金鼓音節迎送廉訪司官則用二聲鼓一聲鑼，起解强盜則用一聲鼓一聲鑼，有輕薄子為詩嘲曰：「解賊一金並一鼓，迎官兩鼓一聲鑼。金鼓看來都一樣，官人與賊不爭多。」又有為《醉太平》小令一闋云：「堂堂大元，姦佞專權，開河變鈔禍根源，惹紅巾萬千。官法濫，刑法重，黎民怨。人喫人，鈔買鈔，何曾見？賊做官，官做賊，混賢愚，哀哉可憐。」（同前書卷七十四「順帝妥歡帖睦爾」）

三七二 伯顏擅權之日，剡王徹徹都、高昌王帖木兒不花皆以無罪殺。山東憲吏曹明善時在都下，作《岷江緑》二曲以風之，大書揭於五門之上，伯顏怒，令左右暗察得實，肖形捕之。明善出避吴中一僧舍，居數年，伯顏事敗，方再入京。其曲曰：「長門柳絲千萬縷，總是傷心處。行人折柔條，燕子啣芳絮。都不由鳳城春做主。」「長門柳絲千萬結，風起花如雪。離別重離別，攀折復攀折。苦無多舊時枝葉。」此曲又名《清江引》，俗曰《江兒水》。（同前「秦王伯顏」）

三七三　含春柳氏，明州女子也。年十六，患病禱於延慶寺闕王神而愈，因繡旛往酬之。一少年僧頗聰慧，窺柳氏姿而悦之，因以其姓戲作呪語誦於神前，名曰《问回偈》，其詞云：「江南柳，嫩緑未成陰。枝軟不堪輕折取，黄鸝飛上力難禁，留取待春深。」女亦甚慧，聞而憾之，歸告於父。時方谷珍據明州，父因訟於谷珍，谷珍捕諸僧至，訊作詞者姓名，對曰：「姓竺名月華。」谷珍乃召匠氏作大竹筒，將納僧以沉諸江，謂曰：「我亦取汝姓作一偈送汝歸東流。」因吟曰：「江南竹，巧匠作為筒。付與法師藏法體，碧波深處伴蛟龍，方知色是空。」僧惶恐伏地，扣頭告哀云：「死，吾分也，更乞容一言。」國珍（前文均作「谷珍」）許之，僧復吟曰：「江南月，如鏡亦如鈎。如鏡不臨紅粉面，如鈎不上畫簾頭，空自照東流。」谷珍知其以名為答，笑而釋之，且令畜髮，以柳氏配為夫婦。一説此即谷珍女，内附后，配黔國公子，在雲南。宣德間，鄞人徐憲副訓、奉化應方伯履平，歷仕雲南，此女年已老，以鄉里視之，往來如親戚云。（同前「方谷珍」）

三七四　張氏據有浙西富饒地，而好養士，凡不得志於時者，争趨附之，美官豐録，富貴赫然。有為北樂府譏之云：「皂羅辮兒緊紮捎，頭戴方簷帽。穿領闊袖衫，坐個四人轎。又是張吴王，米蟲兒來到了。」及城破，無一人死難者。（同前「張士誠」）

三七五 張仲舉齋前海棠盛開，值春陰風作，賦惜花《摘紅英》詞云：「鶯聲寂，鳩聲急，柳煙一片梨雲濕。驚人困，教人恨。待到平明，梅棠應盡。 青無力，紅無跡，殘香賸粉那禁得。天難準，晴難穩。晚風又起，倚闌争忍。」（同前書卷七十五「張翥」）

三七六 張蛻庵在揚州，元夜卧病，賦《風入松》詞云：「東風巷陌暮寒驕，燈火鬧河橋。勝遊憶徧錢塘夜，青鸞遠、信斷難招。蕙草情隨雪盡，梨花夢與雲銷。 客懷先自病無聊，綠酒負金蕉。下幃獨擁香篝睡，春城外，玉漏聲遥。可惜滿街明月，更無人為吹簫。」（同前）

三七七 張仲舉寫夢《惜分飛》詞曰：「相見依然人似舊，比似年時較瘦。笑問平安否，不言低掩羅衫袖。 便欲窓前推枕就，無奈紅孱綠僽。驚起空回首，半牀斜月疎鐘後。」（同前）

三七八 陶九成賦紅梅調寄《一萼紅》云：「水雲鄉，又南枝逗煖，綽約漢宫粧。春豔穠分，朱鉛淺試，翠袖獨倚修篁。想應道，東風料峭，剪霞彩，零亂補綃裳。勾漏尋真，丹丘授訣，傲睨冰霜。 畢竟孤標還在，縱天桃繁杏，難似寒香。瑪瑙坡頭，珊瑚樹底，江南别是春光。且莫倚高樓，玉管怕、輕盈飛處誤劉郎。依舊小窓疎影，淡月昏黄。」（同前「陶宗儀」）

三七九 陶九成賦落梅調寄《月下笛》云：「東閣詩慳，西湖夢淺，好音難託。香銷玉削，早孤標，頓非昨。阿誰底事頻横笛，不道是、江南摇落。向空階閑砌，天寒日暮，病鶴輕啄。 情薄。東風惡，試快覓飛瓊，共翔寥廓。冰魂漠漠，謾憐金谷離索。有時巧綴雙蛾綠，天做就、宫粧綽約。待一

點，脆圓成，須信和羹問却。」（同前）

三八〇 高栻字則成，作《琵琶記》者。或謂方谷珍據慶元時，有高明者避地鄞之櫟社，以詞曲自娛。因感劉後村詩「死後是非誰管得，滿村争唱蔡中郎」之句，乃作此記。按：高明，温州瑞安人，以《春秋》中至正乙酉第，其字則誠，非則成也。或因二人同時同郡，字又同音，遂誤耳。（同前書卷七十六）

三八一 張小山有蘇堤漁唱詞，一時膾炙人口，高則成題其後曰：「小溪奴，錦囊無日不西湖。才華壓盡香奩句，字字清殊。光生照殿珠，價等連城玉，名重長門賦。好將如意，擊碎珊瑚。」（同前）

三八二 偶見歌伯喈者云：「浪暖桃香欲化魚，期逼春闈，詔赴春闈。郡中空有辟賢書，心戀親闈，難捨親闈。」頗疑兩下句意各重而不知其故，又曰詔曰書，都無輕重。後得一善本，其下句乃「浪暖桃香欲化魚，期逼親闈，難捨親闈。郡中空有辟賢書，心戀親闈，難赴春闈。」意既不重，而「期逼」與上「欲化魚」字應，「難赴」與「空有」字應，益見東嘉之工。東嘉此記為其友王四而作，王四初績學不仕，東嘉與之友善，勸其赴舉，後遂登第，棄其妻而贅於不花太師家。東嘉欲挽之不可得，故作此記以切諷之。記名琵琶者，取其二字上各有二「王」字，並得四「王」字，為王四也。牛太師者，蓋元人呼牛為不花，故謂之牛。而託名於伯喈者，以伯喈嘗從董卓之辟，而卓亦稱太師故也。其初以蔡中郎為不忠不孝，《記》成，夢伯喈謂之曰：「子能寘我於善行，當有以報汝。」覺而有感，以全忠全孝易之。東嘉後果發解。高皇帝微時，常見此《記》而奇之。比即帝位，詢得其實，遂捕王四，寘之於法。因遣使徵栻，東嘉辭以心恙不就。使者復命，帝曰：「朕素聞其名，欲用之，原來無福。」又語近臣曰：「《五經》、《四書》如五穀，家家不可缺，《琵琶記》如珍羞百味，富貴家其可缺耶？」（同前）

三八三　松江俞俊，弱冠從顧淵白遊，亦負氣傲物。當伯顔太師柄國日，嘗賦《清平樂》長短句云：「君恩如草，秋至還枯槁。落落殘星猶弄曉，豪傑消磨盡了。　放開湖海襟懷，休教鷗鷺驚猜。我是江南倦客，等閒容易安排。」手稾留葉起之處，後與葉交惡，竟訴於官，必欲搆成其罪，寅緣賄賂獲免。俊，其先嘉興人，後占籍上海，娶也先普化次兄丑驢女。也先普化長兄觀觀死，蒸長嫂而妻之，次兄丑驢死，又蒸次嫂而妻之，俊妻母也。既而亦死，俊縛綵繒為祭亭，綴銀盤十有四於亭兩柱，書詩聯盤中云：「清夢斷柳營風月，菲儀表梓里葭莩。」蓋「柳營」暗藏「亞夫」二字，「菲儀」謂菲人，「表梓」謂賉子，總賤娼濫婦之稱。「葭莩」皆是夫也。郡人莫不多其才，而譏其輕薄如此。（同前「顧琛」）

三八四　袁凱字景文，號海叟，袁潛翁介可潛子也。其先蜀人，後占籍華亭。洪武間為御史，議事不合，趨朝過金水橋，詭得風疾，仆不起，太祖命以水鑽鑽之，忍死不為動，遂放歸。太祖念之，遣使即其家，起為本郡儒學教授，景文瞠目熟視使者，唱《月兒高》一曲，使者復命，以為誠風，乃置之。（同前）

三八五　一人娶妻無元，袁可潛贈之《如夢令》云：「今夜盛排筵晏，準擬尋芳一徧。春去已多時，問甚紅深紅淺。不見，不見，還你一方白絹。」（同前）

三八六　陸伯麟側室育子，陸象翁以啓戲賀之曰：「犯簾前禁，尋竈下盟。玉雖種於藍田，珠將還於合浦。移夜半鷺鶿之步，幾度驚惶；得天上麒麟之兒，這回喝采。既可續詩書禮樂之脈，深嗅得油鹽醬醋之香。」蓋蘇東坡詠婢謔詞有「揭起裙兒，一陣油鹽醬醋香」之句。（同前「陸象翁」）

三八七　張明善能填詞度曲，每以詼諧語諷人，聽之，令人絶倒。（同前）

三八八　張明善嘗作《水僊子》譏時云：「鋪眉苫眼早三公，裸袖揎拳享萬鍾。胡言亂語成時用，大綱來，都是烘。說英雄誰是英雄，五眼雞岐山鳴鳳，兩頭蛇南陽卧龍，三脚貓渭水飛熊。」（同前）

三八九　張士誠據蘇時，其弟士德攘奪民地，以廣園囿，侈肆宴樂，席間無張明善則弗樂。一日，雪大作，士德設盛宴，張女樂，邀明善詠雪，明善倚筆題云：「漫天墜，撲地飛，白占許多田地。凍殺吳民都是你，難道是國家祥瑞。」書畢，士德大愧，卒亦莫敢誰何。（同前）

三九〇　至正戊子春三月，顧阿瑛偕楊廉夫、貞居老僊即張伯雨煙雨中遊石湖諸山，老僊為妓者璚英即小瓊花賦《點絳唇》詞。已而午霽，登湖上山，歇寶積寺，璚英折碧桃花下山，廉夫為璚英賦《花遊曲》，阿瑛和之。廉夫詞曰：「三月十日春濛濛，滿江花雨濕東風。美人盈盈煙雨裏，唱徹湖煙與湖水。水天虹女忽當門，午光穿漏海霞裙。美人凌空躡飛步，步上山頭小真墓。華陽老僊海上來，五湖吐納掌中盃。寶山枯禪開茗椀，木鯨吼罷催花板。老僊醉筆石闌西，一片飛花落粉題。蓬萊宮中花報使，花信明朝二十四。老僊更試蜀麻箋，寫盡春愁《子夜》篇。」阿瑛和詞云：「真娘墓下花溟濛，碧梢小鳥啼春風。蘭舟搖搖落花裏，唱徹吳歌弄吳水。十三女子楊柳門，青絲盤髻鬱金裙。折花賣眼一回步，蛺蝶雙飛上春墓。老僊醉弄鐵笛來，瓊花起作回風盃。興酣鯨吸瑪瑙椀，立按鳴箏促象板。午光小落行春西，碧桃花下題新題。西家忽遣青鳥使，致書殷勤招再四。當筵奪得鳳頭牋，大寫僊人《躡踘篇》。」鐵崖有《躡踘詞》時崑丘袁華、秦約、匡廬、于立屬和此詞，皆為廉夫所取。華詞曰：「煙雲撲霧摇空濛，遊絲弱絮榮柔風。木蘭載春石湖裏，手弄瓊英掬秋水。鐵笛僊人招羨門，鸞旌小隊青霓裙。凌波雙飛逦塵步，冶情謾憶鴛鴦墓。踏春撾鼓能幾來，便須一飲三千盃。血色葡萄凝水椀，鬱輪袍催紫檀板。雲旗縹緲青鳥西，口啣紅巾緘舊題。瓊林宴中採春使，骰子逡巡賜緋四。醉擕翠袖寫銀箋，不數公子花遊篇。」約詞曰：「館娃宫殿春迷濛，褋花芳菲嬌亞風。油壁香車度花裏，笑解珠纓祓春水。水邊小艇忽到門，粼粼緑濺金鵝裙。遊雲膩雨踏歌步，青春喚愁花下墓。流光去去不復來，縹酒且進芙容（即芙蓉）盃。驪珠串落碧瑛椀，鳳槽聲催紅玉板。宴遊未終山日西，桑纖奉硯索新題。風流文采璚林使，肯數玉人裴十四。宫中分贍綵波箋，更試一曲曉山篇。」立詞云：「煖雲着柳春濛濛，錦航兩旗楊柳風。美人娟娟錦船裏，的皪瞳人剪秋水。阿鬟養花花滿門，洗花染作真朱裙。窈窕行煙踏煙步，野棠亂落麒麟墓。東風撲天驅夢來，露香翠泣鴛鴦盃。玉筋丁東鳴碧椀，鸞簫二尺猩紅板。瓊花起舞歌竹西，錢（當作鐵）崖酣春寫春題。幽緒不憑蜂蝶使，怨絶冰絲絃第四。便栽雌霓作雲牋，寫入花遊第幾篇。」（同前書卷七十七「顧瑛」）

三九一　花有辭藻，其後改福建道監察御史，出按江西，坐罪謫戍雲南。有題楊太真畫圖《水僊子》一闋云：「海棠風，梧桐月，荔枝塵。《霓裳》舞，翠盤嬌，繡嶺春。錦棚嬉，金釵信，香囊恨。癡三郎，泥太真。馬嵬坡，血污遊魂。楊柳眉，青颦黛損。芙蓉面，零脂落粉。牡丹芽，剪草除根。」（同前書卷七十九「花綸」）

三九二　凌雲翰字彦翀，號柘軒，仁和人。領前元至正十九年鄉薦，嘗作梅詞《霜天曉角》一百首、柳詞《柳梢青》一百首，號「梅柳争春」。（同前）

三九三　凌彦翀見人家昆季析居者，作《沁園春》詞以嘲之云：「樹上凌霄，堂前紫荆，秋來尚芳。奈牝雞晨語，鵂鶹憔悴，妖狐晝嘯，鴻鴈分行。仁智非周，喜憂非舜，一旦天倫忍遂忘。如何好，望松楸感泣，桑梓悲傷。　古今禍起専房，總一國猶然况一鄉。家有婦人，豈無長舌，世無男子，誰有剛腸。樹大枝分，瓜熟蒂落，此語應非是義方。聊書此，要懲鑑戒，不在文章。」（同前）

三九四　瞿士衡一日飲，楊廉夫以鞋盃行酒，廉夫命宗吉詠之，宗吉席上作《沁園春》以呈，廉夫大喜，即命侍妓歌以侑觴，因袖其藁而去。詞云：「一掬嬌春，弓様新裁，蓮步未移。笑書生量窄，愛渠儘小，主人情重，酌我休遲。醽醁朝雲，斟量暮雨，能使麯生風味奇。何須去，向花塵留蹟，月地偷期。　風流到手偏宜，便豪吸雄吞不用辭。任凌波南浦，惟誇羅襪，賞花上苑，秖勸金巵。羅帕高擎，銀瓶低注，絶勝翠裙深掩時。華筵散，奈此心先醉，此恨誰知。」（同前書卷八十「瞿佑」）

三九五　吴歌惟蘇州為佳，杭人近有作者，往往得詩人之體。如云：「月子彎彎照幾州，幾人歡樂幾人愁。幾人高樓行好酒，幾人飄蓬在外頭。」此賤體也。瞿宗吉往嘉興，聽故妓歌之，遂翻以為詞云：「簾捲水西樓，一曲新腔唱打油。宿雨眠雲年少夢，休謳，且盡生前酒一甌。　明日又登舟，却指今霄是舊遊。同是他鄉淪落客，休愁，月子彎彎照幾州。」又：「送郎八月到揚州，長夜孤眠在畫樓。女子拆開不成好，秋心合着却成愁。」此亦賤體，而黄山谷之詞先有之，「你共人女邊着子，争知我門裏挑心」是也。又：「約郎約到月上時，看看等到月蹉西。不知奴處山低月出早，還是郎處山高月出遲。」此詞雖淫奔，然怨而不怒，愈於鄭風狂童之訕。又：「高山頂上鵓鴣啼，聞説親爺娶晚妻。爺娶晚妻猶自可，前娘兒子好孤凄。」此興體也。

又：「樹頭掛網枉求蝦，泥裏無金空撥沙。刺潦樹邊栽枸橘，幾時開得牡丹花。」此比體也，有守一而終之意。（同前）

三九六 杭妓朱觀奴頗通文義，嘗欲搆室而募緣於人，求題詞於瞿宗吉，宗吉援筆書云：「傾國傾城美貌，為雲為雨芳年。金沙灘上舊因緣，重到人間示現。 欲搆雲窓霧閣，奈慳寶鈔金錢。諸公有意與周旋，請看桃花好面。」人以宗吉故，喜捐貲焉。（同前）

三九七 永樂間，瞿宗吉以詩禍下獄，已而謫戍保安，時興河失守，邊境蕭條，朝廷方降佛曲於塞下，選子弟唱之。遇元宵，宗吉凄然，作《望江南》五首，云：「元宵景，野燒照山明。風陣摩天將夜半，斗杓插地過初更，燈火憶杭城。」「元宵景，巷陌少人行。舍北孤兒偎冷炕，牆東嫠婦哭寒檠，士女憶杭城。」「元宵景，刁斗擊殘更。數點夕烽明遠戍，幾聲寒角響空營，歌舞憶杭城。」「元宵景，默坐自傷情。破竈三盃黃米酒，寒窓一盞濁油燈，宴賞憶杭城。」「元宵景，淡月伴疎星。戍卒抱關敲木柝，歌童穿市唱金經，簫鼓憶杭城。」（同前）

三九八 永樂中秋，上方開宴賞月，月為雲掩，召解縉賦詩，遂口占《風落梅》一闋，其詞云：「嫦娥面，今夜圓。下雲簾，不着臣見。拚今宵，倚欄不去眠，看誰過廣寒宮殿。」上覽之，歡甚，復命賦長篇，又成長短句以進，歌曰：「吾聞廣寒八萬三千修月斧，暗處生明缺處補。不知七寶何以修，合成孤光洞徹乾坤萬萬古。三秋正中夜當午，佳期不擬嫦娥誤。酒盃狼籍燭無輝，天上人間隔風雨。玉女莫乘鸞，僊人休伐樹。天柱不可登，虹橋在何處。帝閽悠悠叫無路，吾欲斬蜍蛙，磔其兔。坐令天宇絶纖塵，世上青霄粲如故。黄金為節玉為輅，縹緲鸞車爛無數。水晶簾外河漢横，冰壺影裏笙歌度。雲旗盡下飛玄武，青鸞啣書報王母。但期歲歲奉宸遊，來看《霓裳羽衣》舞。」上益喜，同縉飲，過夜半，月復明朗。上大笑曰：「子才真可謂奪天手段也。」（同前書卷八十一「解縉」）

三九九 大明律有「官吏挾妓飲酒」之條，然宣德間，三楊公猶及用之。嘗與一兵官會飲，文定倡為酒令，各誦詩一句，以「月」字在下，而分四時。令畢，文定指席中侍妓曰：「不可謂秦無人。」一妓遽成小詞，捧琵琶歌曰：「到春來，梨花院落溶溶月。文定句　到夏來，低舞楊柳樓心月。文敏句　到秋來，金鈴犬吠梧桐月。兵官句　到冬來，清香暗度梅梢月。文貞句　呀，好也麼月，總不如俺尋常一樣窗前月。」諸公劇飲，霑醉而去。三楊當國時，有一妓名齊雅秀，性極巧慧。一日，命佐酒，衆謂曰：「汝能使三閣老笑乎？」對曰：「我一入便令笑也。」及進見，問何來遲？對曰看書，問何書，對曰《烈女傳》，三閣老大笑曰：「母狗無禮。」即答曰：「我是母狗，各位是公猴。」一時京中大傳其妙。（同前書卷八十二「楊士奇」）

四〇〇 徐武功晚年遊浪山水，嘗登靈巖，調《水龍吟》自慰云：「佳麗地是吾鄉，看西山更比東山好。有罨畫樓臺，金碧巖扉，彷佛十洲三島。却也有風流安石，清貞逸少。向西施洞口，望湖亭畔，對雲影天光，上下相涵相照。似寶鏡裏，翠娥粧眼，且登臨，且談笑。眼前事，幾多堪弔。香徑蹤消，屧廊香杳，麋鹿還遊未了。也莫管、吴越興亡，為他煩惱。是非顛倒，古與今一般難料。嘆宦海風波，幾人歸早，得在家中老。遇酒美花新，歌清舞妙，儘開懷抱。又何須較短量長，此生心、應自有天知道。醉呼童更進餘杯，便拚得到三更，乘月廻僊棹。」（同前書卷八十三「徐有貞」）

四〇一　王威寧尤善詞曲，嘗於行師時，見村婦便旋道傍，遂作《塞鴻秋》一曲：「緑楊深鎖誰家院，見一個女嬌娥急走行方便。轉過粉牆來，就地金蓮，清泉一股流銀線。衝破緑苔痕，滿地珍珠濺。不想牆兒外，馬兒上，人瞧見。」（同前「王越」）

四〇二　王威寧又作《朝天子》一曲云：「燒蘿蔔下茶，宰鴛鴦剁鮓，到惹得傍人罵。人人罵我是個老莊家。我就裏，乾坤大。萬古千秋，一場閒話。説英雄都是假，你就笑我剌麻。你休説我哈沓，我做個没用的神傴罷。」一日，忽思退休，賦詩云：「歸去來兮歸去來，千金難買釣魚臺。也知世事只如此，試問古人安在哉。緑醑有情憐我老，黄花無主為誰開。平生事業心如火，一夜西風化作灰。」未幾，竟以事敗，徙陸安州安置，遂符「一夜化灰」之速、「黄花無主」之讖。當時翰苑有和云：「那有伊周事業來，恥隨郭隗上金臺。權謀術數何深也，局量規模莫少哉。半世功名如隙過，一場富貴似花開。於今門下三千士，一半寒心一半灰。」嘲王附汪直，故云。時兵部尚書陳越亦媚直，有中官阿丑者善詼諧。一日，上前作汪持雙斧，趨蹌而行，或問故，答曰：「吾將兵，惟仗此兩鉞耳。」問鉞何名，曰：「王鉞陳鉞也。」上微哂焉，自此斥逐直輩。江西古諭蕭大山，好奇之士，名其堂曰堂堂、軒曰軒軒、亭曰亭亭。陳越經江西，蕭邀飲，偏歷亭館，以覩其扁，至一洞，因戲之曰：「此何不名曰洞洞洞？」蕭為不懌。（同前）

四〇三　聶大年嘗賦《卜算子》二首，蓋自況也，辭云：「楊柳小蠻腰，慣逐東風舞。學得琵琶出教坊，不是商人婦。　忙整玉搔頭，春笋纖纖露。老却江南杜牧之，懶為秋娘賦。」「粉淚濕鮫綃（當作綃），只恐郎情薄。夢到巫山第幾峰，酒醒燈花落。　數日尚春寒，未把羅衣着。眉黛含顰為阿誰，但悔從前錯。」馬浩瀾和云：「歌得雪兒歌，舞得《霓裳》舞。料想前身跨鳳儇，合作蕭郎婦。顏色雪中梅，淚點花梢露。雲雨巫山十二峰，未數《高唐賦》。」「花壓鬢雲低，風透羅衫薄。殘夢曹勝（當作騰）下翠樓，不覺金釵落。　幾許別離愁，猶自思量着。欲寄蕭郎一紙書，又怕歸鴻錯。」（同前書卷八十四「聶大年」）

四〇四　馬浩瀾著《花影集》，花影者，月下燈前，無中生有，以為假則真，謂為實猶涉虛也。其中秋《鵲橋僊》云：「不寒不暑，無風無雨，秋色平分佳節。桂花香散夜凉生，小樓上、簾兒高揭。　多愁多病，閒憂閒悶，緑鬢紛紛成雪。平生不作負恩人，惟負了、今宵明月。」其落花《滿庭芳》云：「春老園林，雨餘庭院，偏惹蝶駭鶯猜。蔫紅皺白，狼藉滿蒼苔。正是愁腸欲斷，朱箔外、點點飄來。分明似、身輕飛燕，扶下避風臺。　當初珍重意，金錢競買，玉砌新栽。更翠屏遮護，羯鼓催開。誰道天機繡錦，都化作、紫陌塵埃。紗窓裏，有人憐惜，無語託香腮。」（同前「陸昂」）

四〇五　岳蒙泉有古樂府二闋：「短短牀，太跼促。徒能坦郎腹，未得展郎足。縱郎有意為合歡，牀短安能薦郎宿。」「太跼促，短短牀。流蘇苦不長，蘭麝無馨香。郎欲招妾妾不來，可憐春色空輝光。」（同前書卷八十五「岳正」）

四〇六　張東海將赴南安，作長短句一篇云：「東海先生歸也，南安太守新除。一挑行李兩船書，被人笑道癡愚。　書也書，寒不堪穿，饑不堪煮，收拾許多何用處？況而今，白髮蒼顏，坐黄堂之署，乘五馬之車，那得工夫再看渠。又將載到南安去，古人糟粕，誰味真腴。枉説道、黄卷中，時與聖賢相對語。」(同前書卷八十六「張弼」)

四〇七　成化癸卯冬，李子陽將赴春闈，友人鎖懋堅者送之，賦《正宫·謁金門》詞云：「人艤畫船，馬鞁上錦韉。催赴瓊林宴，塞鴻聲裏暮秋天。緑酒金盃勸，留意方深，離情漸遠，到京廷中選。今秋是解元，來春是狀元，拜舞在，金鑾殿。」已而，子陽果魁天下。懋堅，西域人，扈宋南渡，遂為杭人，代有詩名。懋堅尤善吟寫，成化間遊苕城，朱文理座間索賦其家假山，懋堅賦《沉醉東風》一闋云：「風過處香生院宇，雨收時翠濕琴書。移來小朵峰，幻出天然趣。倚闌干盡日披圖。謾説蓬萊恐是虚，只此是神僊洞府。」為一時所稱。(同前書卷八十八「李旻」)

四〇八　楊邃庵致政後，賦《鴈兒落》詞曰：「俺也曾握虎符鎮塞垣，俺也曾假黄鉞誅叛亂，俺也曾掌天曹統百官，俺也曾草黄麻侍主言。念鸞凰勝鷹鸇，怕蒿艾混芝蘭。小人哉多行險，君子兮不素飡。清閑不知，機心怎閑。平也么安，不知足，心怎安？」(同前書卷九十「楊一清」)

四〇九　林廷玉醉中戲作《清江引》曰：「世上人心真個歹，牽鬼街頭賣。哄了白尚書，瞞過陳員外。漢鍾離看見通不採。」「没嘴葫蘆就地滚，好歹休相問。花粧扮戲棚，紙做盛錢囤。陳摶華山閑打盹。」「春花正紅春酒美，多少蟠桃會。休做看財奴，枉着金銀累。死到黄泉纔是悔。」「勝水名山和我好，每日家相頑笑。人情下苑花，世事襄陽砲。霎時間虚飄飄都過了。」(同前「林廷玉」)

四一〇　林廷玉詠愁《塞鴻秋》詞云：「妬離情輾轉相迤逗，惹羈懷來往閑交搆，對菱花怕照容顔瘦，數歸鴻難展眉峰皺。秋風葉落時，夜雨燈昏侯。那其間，淚濕香羅袖。」洪武間，張彦倫《詠愁》詩：「來何容易去何遲，半在胸中半在眉。門掩落花春去後，窗含殘月酒醒時。濃如野外連天草，亂似空中惹地絲。除却五侯歌舞地，人間無處不相隨。」亦警策可誦。（同前）

四一一　林廷玉詠酒《塞鴻秋》詞去：「米明王原掌奇門印，麴將軍會擺迷魂陣，水中郎穩坐雲安鎮，柴令公傳示蘭陵信。祭遵壺矢威，李白鑾書令。那愁城，攻破難逃命。」（同前）

四一二　林廷玉又有《高陽臺》詠春睡云：「旅思閨情，酒愁花病，庭前樹影平分。蝶混蜂迷，莫因迤逗殘魂。黄鸝窗外聲聲好，喚覺來却又昏昏。困瞢騰，滿地飛花，倦數還嗔。東風簾幕無塵，見悠悠楚水，漠漠巫雲。柳絮多情，故來尋襲腥裙。彈棋駁啄知何處，夢中特地驚聞。起憑闌，青鸞摇拽，金鴨氤氲。」（同前）

四一三　韓苑洛作乃弟邦靖行狀，末云：「恨無才如司馬子長、關漢卿者，以傳其行。」北人粗野乃爾。邦靖，字汝慶，邦奇同科進士，為山西參政。養病回，書一《山坡羊》於驛壁曰：「肯排山南山北偃，肯倒海東海西翻。我如今，心兒裏不緊，意兒裏有些懶。如今一個個平步裏上青天，一個個日日近龍顔。青山緑水，且讓我閒遊玩。明月清風，你要忙時我要閒。嚴潭，你會釣魚，誰不會把竿。陳摶，你會睡時，誰不會眠。」（同前「韓邦奇」）

四一四　祝枝山為人好酒色六博，不修行檢，嘗傳粉黛，從優伶酒間度新聲，俠少年好慕之，多賫金遊。嘗賦《金落索》四景詞，為時膾炙。其一：「東風轉歲華，院院燒燈罷。陌上清明，細雨紛紛下。天涯蕩子，心盡思家，只見人歸不見他。合歡未久難拋捨，追悔從前一念差。傷情處，懨懨獨坐小窗紗。只見片片桃花，陣陣楊花，飛過了鞦韆架。」其二：「楊花亂滾綿，蕉葉初成扇。翠蓋紅衣，出水新蓮現。金爐一縷，微爇沉煙，睡起紗幮雲鬢偏。無端好夢誰驚破，風外鶯聲柳外蟬。羞臨鏡，千愁萬恨對誰言。只見舊恨眉間，新淚腮邊，界破殘粧面。」其三：「閑階細雨收，翠幕新凉透。衰柳殘荷，正值愁時候。近來都減却，舊風流，争奈新愁接舊愁。白雲望斷天涯遠，無盡頭。相思病，無明徹夜幾時休。只見鴈過南樓，人倚西樓，人比黄花瘦。」其四：「銀臺絳蠟籠，翠幄金鈎控。錦帳紅爐，獨自無人共。月明初轉，過小房龍，不放清光照病容。愁聽畫角聲三弄，吹落梅花一夜風。關山夢，魚沉鴈杳信難通。孤眠人最怕隆冬，又值嚴冬，做不盡鴛鴦夢。」（同前書卷九十一「祝允明」）

四一五 祝枝山在金陵，春晚，與客步秦淮，客摘園林，誦曰：「紅杏枝頭春意鬧。」枝山即眺落暉，曰：「烏衣巷口夕陽斜。」少間，枝山自書所為文，客戲曰：「君之富學善書，應以多指爾。」枝山猝應曰：「誠不以富，亦秖以異。」座客皆笑。（同前）

四一六 楊君謙題畫扇云：「一竹竿，一笠蓑。知是陸魯望，知是張志和。醉醒張眼問人世，我是何人識得麼？」又題云：「蠶豆香生澗水深，溪邊閒立聽風吟。有人識得寒山子，直到天台寺裏尋。」此皆在友人坐，頃刻而書者。君謙每以文示，其人曰：「佳。」即卷，曰：「何處佳？」其人卒不能答，便去不復别。（同前「楊循吉」）

四一七 楊南峰罷部郎歸，作《水僊子》詞云：「歸來重整舊生涯，瀟灑柴桑居士家。草庵兒不用高和大，會清標豈在繁華。紙糊窓，栢木榻，掛一幅單條畫，供一枝得意花。自燒香，童子煎茶。」正德末,循吉老且貧,嘗識伶臧賢,為上所幸愛,上一日問:「誰為善詞者?與偕來。」賢頓首曰:「故主事楊循吉,吴人也,善詞。」上輒為詔起循吉。郡邑守令心知故,强前為循吉治裝,見循吉冠武人冠,韎韐戎錦,已怪之,又乘勢語多侵守令。已見上畢,上每有所幸燕,令循吉應制為新聲,咸稱旨受賞,然賞亡異伶伍,又不授循吉官與秩,間謂曰:「若嫺樂,能為伶長乎?」循吉愧悔,汗洽背,謀於賢,乃以它語懇上放歸。(同前)

四一八 唐伯虎又有嘆世詞四闋,調寄《對玉環帶清江引》,其一:「春去春來,白頭空自挨。花落花開,紅顔容易衰。世事等浮埃,光陰如過客。休慕雲臺,功名安在哉!休想蓬萊,神僊真浪猜。清閑兩字錢難買,苦把身拘礙。人生過百年,便是超三界,此外更無別計策。」其二:「極品隨朝,誰似倪宫保?萬貫纏腰,誰似姚三老?富貴不堅牢,達人須自曉。蘭惠蓬蒿,算來都是草。鸞鳳鴟梟,算來都是鳥。北邙路兒人怎逃?及早尋歡樂。痛飲千萬觴,大唱三千套,無常到來猶恨少。」其三:「禮拜彌陀,也難憑信他。懼怕閻羅,也難廻避他。枉自受奔波,回頭纔是可。口若懸河,不如牢閉呵。手若揮戈,也須牢袖呵。越不聰明越快活,省了些閑災禍。家私那用多,官職何須大,我笑别人人笑我。」其四:「暮鼓晨鍾,聽得咱耳聾。春燕秋鴻,看得咱眼朦。猶記做頑童,俄然成老翁。休逞姿容,難逃清鏡中,休使英雄,都歸黄土中。算來不如閑打哄,枉自把機關弄。跳出麵糊盆,打破酸虀甕,誰是惺惺誰懵懂。」(同前「唐寅」)

四一九 唐子畏詣九僊祈夢,夢人示以「中吕」二字,語人,莫知其故。後訪同邑閣老王鏊於山中,見其壁間揭東坡《滿庭芳》詞,下有「中吕」字,子畏驚曰:「此余夢中所見也。」誦其詞,有「百年强半,來

之，而公歐歷禁從，節帥則郡，又十有六年而歿。四百年後，乃有伯虎作讖，異矣。（同前）

四二〇　張靈字夢晉，吳縣人。與祝允明、唐寅皆誕節猖狂，嘗雨雪中作乞兒，鼓節唱《蓮花落》，得錢沽酒野寺中，曰：「此樂惜不令太白知之。」（同前）

四二一　王九思字敬夫，號渼陂，鄠縣人。劉瑾以擴充政務為名，諸翰林悉出補部屬，敬夫，其鄉人也。獨為吏部郎，不數月，長《文選》。會瑾敗，謫同知壽州。敬夫有雋才，尤長於詞曲，而傲睨多脱踈。人或讒之李文正，謂敬夫嘗譏其詩，御史追論敬夫，褫其官。敬夫編《杜少陵遊春》傳奇劇罵，所謂李林甫者，蓋指西涯也，李聞之，益大恚。雖館閣諸公亦謂敬夫輕薄，遂不復用。（同前書卷九十二）

四二二　王敬夫與康德涵俱以詞曲名一時，其秀麗雄爽，康大不如也。敬夫將填詞，以厚貲募國工，杜門學唱三年，然後操筆。德涵於歌彈尤妙，每敬夫曲成，德涵為奏之，即老樂師毋不擊節嘆賞也。然敬夫作南曲：「且盡盃中物，不飲青山暮。」猶以物為護也。《折桂令》云：「望東華人亂擁，紫羅襴，老盡英雄。」此是名語。又有一詞云：「暗想東華，五夜清霜寒駐馬。尋思别駕，一天霜雪曉排衙。」句特軒爽，四押亦佳。敬夫散套中「鶯巢濕，春隱花梢。」何元朗以為金、元人無此一句。（同前）

四二三　王敬夫工於小詞，而詩亦不落元、宋體，時謂兼才。有無題一首云：「寂寞西風翡翠樓，黄昏斜抱玉箜篌。彩鸞影逐秦簫斷，紅葉新隨御水流。天外行雲難入夢，手中團扇易驚秋。愁來只恐嫦娥笑，明月疎簾不上鈎。」（同前）

四二四　康狀元被廢，肆意詞曲，雖俚語，遭其檃括，亦自可喜。有《山坡羊》曰：「我和尚發了善，離了庵觀。我和尚發了誓，再不去看經向善。這寺裏出家的盡有，成佛的也不曾見。七大八小許多僧禪，論成佛輪不着你俺，到不如還俗了罷手，佛也不與我衆生為怨。娶一個美貌佳人也，錦帳羅帷受用上幾年。成就了我的姻緣，我把那阿彌陀佛拾得過來撩的他還。成就了我的姻緣，那怕他碓搗磨磑，去上過兒刀山。」又《沉醉東風》曰：「裝幾車兒羊毛筆管，載幾車兒各樣花箋。鳳陽墨三兩房，天來大三台硯。請孔門弟子三千，一夜離情寫半年。添硯水盡，都是離情淚點。」初李夢陽代韓文草疏劾瑾，已調出之，猶不快前忿，羅以他事械至京下獄，將置之死。時康海與夢陽同有才名，各自負不相下。瑾慕海，嘗欲招致門下，而海不往。瑾恒先施，必欲其一至，海每閼亡答之。至是，夢陽所親左國璣詣獄，謂夢陽曰：「子殆無生路矣，唯康子可以解之。」夢陽曰：「吾與康子素不相能，今臨死生之際，乃始託之，獨不愧於心乎？吾寧死矣。」左曰：「不謂李子而為匹夫之諒也。」强之再三，以片紙請書數字，夢陽乃援筆曰：「對山救我，唯對山能救我。」左持書詣海，海曰：「是誠在我，我豈敢吝惡人之見，而不為良友一辟咎也。」遂詣瑾，瑾焚香迎海，延置上座。海不少遜，瑾曰：「今日有何好風吹得先生來也？」命左右設席，海曰：「吾有言告公，公如聽吾言，當為公留，不然，吾且去矣。」瑾曰：「云何？」海曰：「昔唐明皇任高力士，寵冠羣臣，且為李白脱靴，公能之乎？」瑾曰：「瑾即請為先生脱之。」海曰：「不然，今李夢陽高於李白數倍，而海固萬不及一者也。下獄而公不為之援，奈何欲為白等脱靴哉？」即奮衣起，瑾固止之，曰：「此朝廷事，今聞命，即當斡旋之。」海遂解帶與痛飲，天明始别。夢陽遂得釋歸，而海自是與瑾往復，竟以此廢棄。（同前「康海」）

四二五　康對山里居時，最好聲色，嘗嬖一伎，名狠架子。伎適被罪，當罰米，康以事在劉憲副大謨，迺柬劉曰：「狠架子是我表子，馬公順是他老子，拜上遠父先生，乞望饒些草子。」劉笑而從之。馬公順乃馬憲副應祥字，亦嘗狎此妓者。遠父，乃劉字。對山有四姬，目爲隨身四帥，其名爲全菊、小斗、芙蓉、彩連。初對山無子，適有妓鬻歌於市，又有招公飲者，妓在焉，公善琴，妓亦能之，試彈一曲，公大喜，招其母來，授二百金、四幣納焉，即生子，成孝廉。又對山常與妓女同跨一蹇驢，令從人賫琵琶自隨，遊行道中，傲然不屑。陸儼山常至關中，以對山舊同在館中，特往詣之相見，共談舊事，即取琵琶鼓二三曲，歆歔者久之。時有楊侍郎庭儀者，少師介夫弟，以使事北上，過康，康故契分不薄，大喜，置酒至醉，自彈琵琶唱新詞爲壽，楊作謂：「家兄居恒相念君，但得一書，吾爲道地史局。」語未畢，康大怒，罵：「若伶人我耶！」手琵琶擊之，格胡牀迸碎，楊踉蹌走免。康遂入，口咄咄：「蜀子更不相見。」（同前）

四二六　弘治間，王騏以進士授吳橋知縣，僅八月，免官。居家以詞曲自樂，嘗有妓爲人傷目，睫下有青痕，遂作《沉醉東風》曰：「莫不是捧硯時太白墨灑，莫不是畫眉時張敞描差。莫不是檀香染，莫不是翠鈿瑕。莫不是蜻蜓飛上海棠花，莫不是明皇宮墜下馬。」又《清江引》曰：「醜猢猻，眉梢上松油抹，桑椹子掠畫過。半邊藍凝粧，一堆青泥汙。醜回回婆，眼窩兒到像我。」（同前「王騏」）

四二七　武宗嘗自易名爲壽，命所司給御馬監太監天字一號牙牌與之。正德戊寅二月巡邊還，文武官具陣詞以迎，其文曰：恭惟總督軍務威武大將軍朱：負出類之奇才，抱超羣之絕藝，以聖賢之德，專將相之權。時因小醜跳樑，遂率大軍征討。深思遠慮，後殿前驅。陣方布於疆場，賊已落於陷井。上以安乎社稷，下以慰乎臣民。操御之精，湯武與之同烈；戰攻之妙，孫吳爲之下風。福及當年，慶口流後裔。班師有待，觀示無疆。某等欲罄愚心，同呈俚語。詞曰：「曉來聽得平胡報，工賈士農開口笑。一鞭傾倒虎狼巢，萬騎踏平荆楚道。　旌旗旋，邊奏繳。凱歌回，光九廟。將軍福力重如山，萬國千邦人倚靠。」右調寄《玉樓春》。是年冬，駕幸維揚，河冰方合，上問：「冰何時解？」權璫彬對曰：「立春後始解，然尚有旬餘日。」上曰：「春，迎之即至矣。」即命迎春於揚之東郊。明日，百花盛開，河冰盡泮，萬姓駭觀，歡聲動地。（同前書卷九十四「毅皇帝」）

四二八　武宗南巡，道中見一村婦，令後乘載歸，因賦詞曰：「出得門來三五，偶逢村婦謳歌。紅裙高露足，挑水上南坡。　俺這裏停驂駐轡，它那裏俊眼偷睃。雖然不及俺宮娥，野花偏有豔，村酒醉人多。」正德末，駕駐南都日，以泛龍舡為戲，忽欲幸蜀，諫者皆不從。適上所嬖娼號劉娘娘者言：「上往，吾不能從。」上乃止。（同前）

四二九　王磐生富室，獨厭綺麗之習，雅好古文詞。家於城西，有樓三楹，日與名流談詠其間，因號西樓。嘗分韻得「楊」字，自詠其號云：「乾坤老棟樑，雲霧開屏障。煙霞生几案，河漢逼軒窓。高據胡牀，坐指坤元向，居臨太白方。門前列華岳三拳，屋後近瑶池一掌。《梁州》：右壁廂掛萬丈璿璣斗柄，左壁廂接萬里錦繡封疆。一重重直步到銀河上。琴横新月，劍倚斜陽。朱研曉露，筆掃秋霜。陪金母共住僊鄉，與白帝緊靠宮牆。我這裏比南軒少了些雲日炎蒸，我這裏比東坡避了些鶯花鬧攘，我這裏比北海躲了些風雪飄揚。詩狂酒狂，更壓着元龍豪氣三千丈。忒風流，忒疎放。愛的是高卧天風一枕凉，夢熟羲皇。　《尾聲》：託賴着臯陶禹稷賢卿相，扶佐着虞舜唐堯聖帝王。

因此上巢由得高尚，沐蒼冥寵光，吸清虛颯爽，遥望着萬里蓬萊慶雲長。」（同前「王磐」）

四三〇　閏元宵無張燈者，故古詞云：「依舊試燈何礙。」正德初，郵守好事，令再張燈，王西樓有曲云：「重開不夜天，再造長春境。復遊三市月，又看六街燈。連賀昇平，閏月今番盛，元宵兩度晴。錦模糊世界重修，光燦爛乾坤又整。《梁州》：滄海上六鼇山重重出現，碧天邊雙鳳輦往往巡行，喜新年更遇新時令。猜空詩謎，踏徧歌聲。醉番豪俠，走困娉婷。飲不竭春酒繩繩，扮不了社火層層。平添上錦重重五百座琥珀歌樓，再湧出紅灼灼三千年珊瑚寶井，又展開紫巍巍十萬里瑪瑙長城。前正後正，一年兩度元宵勝。酒有情，詩添興，催逼的雪月風花不暫停，運轉豐登。《尾聲》：那元宵盛張燈燎淡銀河影，這元宵連迓鼓敲殘玉漏聲，管倩取天上人間兩重慶。喜天清地寧，愛風輕月明。這的是太平年，夜夜元宵四時景。」是時高郵元宵最盛，好事者多攜佳燈美酒即西樓為樂，公製新詞令叢歌之，此類曲子是也。至公老年，雖減曩心，而少年好事者猶然。公詩有云：「是誰東道遺燈火，為我西樓破寂寥。」又云：「年光已屬諸年少，四座春風按《六么》。」後經荒歲苛政，閭閻凋敝，良宵遂索然矣。及公謝世，愈不復覩盛事。張絃有詩云：「年征歲役萬民凋，太守風流興盡消。火樹星毬俱寂寞，惟餘明月作元宵。」又有懷公六言云：「一自此翁去後，人心無復風流。燈火樓中夜話，鶯花寺裏春遊。」（同前）

四三一　王西樓有《沉醉東風》詠千葉白桃花云：「玄覩觀風霜易老，武陵溪冰雪難消。香飄茉藜魂，清奪酴醾俏。喜重重疊疊瓊瑶，生怕煙脂點污着，傍流水橋邊卧倒。」（同前）

四三二　王西樓有《清江引》閨中八詠，煖帽云：「玉釵冷來雲慢挑，按上昭君帽。窓前雪意濃，簾外風寒峭。嫩花頭，要將春護了。」寒裘云：「蒙茸紫貂籠瑞雪，暗把香光惜。一團白玉温，兩朵桃花熱。透靈犀，險些兒輕漏洩。」汗衫云：「輕衫短裁防過暑，堪可包香玉。鞦韆打罷時，歌舞收廻處。濕浸浸，似沾花上雨。」暑襪云：「凌波襪兒真個窄，不肯教人看。霜籠玉笋尖，水浸金蓮辨。隔紗裙，幾廻偷抹眼。」浴裙云：「温泉起來權護體，帶濕雲拖地。翻嫌月色明，偷向花陰立。俏東風，有心輕揭起。」睡鞋云：「惺紅軟鞋三寸整，不着地，偏乾净。燈前換晚粧，被底勾春興。醉人兒幾廻輕撥醒。」棕履云：「玲瓏結成雙翠蜃，兜的弓鞋稹。苔沾翡翠根，露滚珍珠面。下瑶臺，不愁春醉軟。」蒲靴云：「銀絲細盤雙鳳腦，緊束凌波靿。青蓮兩辦（當作瓣）開，玉笋雙尖蹻。踏青去來天氣早。」（同前）

四三三　王西樓平生不見喜愠之色，其家嘗走失雞，公戲作《滿庭芳》云：「平生淡薄，雞兒不見，童子休焦。家家都有閑鍋竈，任意烹炮。煮湯的貼他三枚火燒，穿炒的助他一把胡椒。到省了我開東道，免終朝報曉，只睡到日頭高。」（同前）

四三四　太虚上人索題紙鳶，王西樓為作《紅繡鞋》一闋云：「平地上白雲一片，駕東風飛上青天，任兒童牽引且隨緣。你道是閒遊戲，我道是小登僊，有一日斷塵根歸閬苑。」（同前）

四三五　正德間，閹寺當權，往來河下者無虚日，每到，輒吹號頭齊丁夫，民不堪命。王西樓有詠喇叭《朝天子》二首，云：「喇叭鎖哪，曲兒小，腔兒大。官舡來往亂如麻，全仗您抬聲價。軍聽了軍愁，民聽了民怕，那裏去辨甚麼真共假？眼見的吹翻了這家，吹傷了那家，只吹的水净鵝飛罷。」（同前）

四三六　佛事已無謂，轉五方尤可笑。王西樓作《南吕·一枝花》嘲之曰：「大揚旛，做道場。齊秉燭，齋神像。亂敲鈸，驚地府。鑾擂鼓，振天堂，鬧動街坊。顯手段的唐三藏，逞風流轉五方。赤緊的行者能頑，又撞着東家好攘。《梁州》：頭直上連聲鉈鉈，耳邊廂一片鐺鐺，撮擁着這夥能奔快跑喬和尚。他道是才走回東土，又趕到西方。立追翻羅漢，直碾上金剛。急波波似爺死娘亡，忙劫劫似救火奔喪。撞的個毘盧帽牘一道光簷，驪的雙寶公鞋止兩條滑鞵，扯的領達麼衣只半片精襠。手慌脚忙，旋風般旋的頭昏脹。轉不及，趕不上，跌一個海嘯朝天大放光。連叫收場。《尾聲》：一個道差三分兒撞着擷折了項，一個道再一會兒難熬掙斷我腸，一個道早是我生來腦皮壯，一個道也是我今生合當，一個道也是我前生業障，不轉上千遭骨頭癢。」（同前）

四三七　陳全患瘧疾，製《叨叨令》云：「冷來時冷的在冰凌上卧，熱來時熱的在蒸籠裏坐，疼時節疼的天靈破，顫時節顫得牙關挫。只被你害殺人也麽哥，只被你害殺人也麽哥，真個是寒來暑往人難過。」（同前「陳全」）

四三八　陳全與妓何瓊偎飲，適見雄雌雞交者，瓊偎請詠之，其詞曰：「女（當作汝）靈禽，非走獸。風流事，誰不有。只好背地偷情，那許當場弄醜。若是依律問罪，應該笞杖徒流。更加一等强論，殺來與我下酒。」（同前）

四三九　楊用修才情蓋世，所著有《洞天玄記》、《陶情樂府》、《續陶情樂府》，流膾人口，而頗不為當家所許。蓋楊本蜀人，故多川調，不甚諧南北本腔也。摘句如：「費長房縮不就相思地，女媧氏補不完離恨天。别淚銅壺共滴，愁腸蘭焰同煎。和愁和悶，經歲經年。」又：「傲霜雪鏡中紫髯，任光陰、眼前赤電，仗平安、頭上青天。」皆佳語。它曲多剽元人樂府，如：「嫩寒生，花底風，風兒踈剌剌」諸闋，一字不改，掩為己有。蓋楊多抄録秘本，不知久已流傳人間矣。（同前書卷九十五「楊慎」）

四四〇　楊用修《浣溪沙》云：「首夏偏宜淡薄粧，銅青衫子紫香囊，清歌一曲送霞觴。　羅襪凌波回洛浦，淡雲輕雨拂高唐，紗廚今夜賀新凉。」（同前）

四四一　楊用修有《羅江怨》四闋，押四「熱」字，最妙，其詞曰：「離亭月影斜，東方亮也，金雞驚散枕邊蝶。長亭十里，《陽關三疊》。相思相見何年月，淚流襟上血，愁穿心上結。鴛鴦被冷雕鞍熱。」「黄昏畫角歇，南樓報也，遲遲更漏初長夜。茅簷滴溜，松梢霽雪，紙窓不定風如射。牆頭月又斜，牀頭燈又滅。紅爐火冷心頭熱。」「青山隱隱遮，行人去也，羊腸鳥道幾回折。鴈聲不到，馬蹄又怯。惱人正是寒冬節，長空孤鳥滅，平湖遠樹接。倚樓煨得闌干熱。」「關山望轉賒，程途倦也，愁人莫與愁人說。離鄉背井，瞻天望闕，丹青難把衷腸寫。炎方風景别，京華書信絶。世情休問凉和熱。」（同前）

四四二　楊用修婦亦有才情，楊久戍滇中，婦寄一律云：「鴈飛曾不到衡陽，錦字何由寄永昌。三春花柳妾薄命，六詔風煙君斷腸。曰歸曰歸愁歲暮，其雨其雨怨朝陽。相聞空有刀環約，何日金雞下夜郎。」又《黄鶯兒》一詞：「積雨釀春寒，見繁花樹樹殘，泥塗滿眼登臨倦。江流幾灣？雲山幾盤？天涯極目空腸斷。寄書難，無情征鴈，飛不到滇南。」楊又别和三詞，俱不能勝，楊詞云：「夜雨滴空階，傍愁人枕畔來，鄉心一片無聊賴。淚眸懶揩，狂歌懶裁，沈郎多病寬腰帶。望琴臺，迢迢天外，懷抱幾時開。」「霽雨帶殘虹，映斜陽一抹紅，樓頭畫角收三弄。東林晚鐘，南天晚鴻，黄昏新月絃初控。望長空，披襟誰共？萬里楚臺風。」「絲雨濕流光，愛青苔繡粉牆，鴛鴦浦外清波漲。新篁送凉，幽芳弄香，雲廊水榭堪遊賞。倒金觴，形骸放浪，到處是家鄉。」楊以議禮戍永昌，僑寓安寧，徧遊臨安、大理諸郡，所至攜倡伶，通良家婦女，皆大理董秀才為楊羅致之，呼為董牽頭。諸夷酋欲得其詩翰，不可，乃以精白綾作裓遺諸伎服之，使酒間乞書，楊欣然命筆，醉墨淋漓裙袖。酋重賞伎女，購歸，裝潢成卷。楊後亦知之，便以為快。（同前）

四四三　舒狀元春遊，用重疊意作詩曰：「春風春日兢春華，春水春山春景佳。新柳戀鶯鶯戀柳，好花迷蝶蝶迷花。尋芳子入遊芳伴，買酒人投賣酒家。去是路兮歸是路，馬頭相對日頭斜。」又用曲牌名作詩曰：「惟愛《宜春令》去遊，風光猶勝《小梁州》。《黄鶯兒》唱今朝事，《香柳娘》牽舊日愁。《三棒鼓》催花下酒，《一江風》送渡頭舟。嗟予《沉醉東風》裏，笑《剔銀燈》《上小樓》。」宸濠所嬖幸妃名趣妃，謂有趣之妃也，後為舒狀元所獲。（同前「舒芬」）

四四四　徐髯僊霖，金陵人。數遊狹斜，其所填南北詞皆入律，青樓俠少推為渠帥。文衡山題一畫寄之，後曰：「樂府新傳桃葉渡，彩毫徧寫薛濤箋。老我别來忘不得，令人常想秣陵煙。」蓋亦有所取之也。正德末，上南征，嬖伶藏賢薦霖於上，俾填新曲，絶愛幸之，令提調六院事。霖皇恐甚，然不敢辭也。後廻鑾，事始解。南都自徐髯僊後，惟金在衡鸞最為知音，善填詞，其嘲調小曲極妙，每誦一篇，令人絶倒。散套中「馬上抱雞三市閗，袖中攜劍五陵遊」最勝，乃用晚唐人羅江東詩也。（同前書卷九十七「文壁」）

四四五 金編修璐未仕時，為外家張氏作誌，謹依金石之例，不書婦姓，婦家乃俗夫也，意編修為輕己而背言詆之。張子興口占長短句嘲曰：「張翁墓誌，金生執筆。不書婦氏，婦家稱屈。金生自謂能文字，纔動筆時便忍氣。韓退之，柳柳州。蘇東坡，歐陽修。當時墓誌做多少，畢竟門前罵不休。」（同前「張傑」）

四四六 金陵一妓能詩，善鼓琴，以月琴自號。陸世明過其家，口占《點絳脣》贈之，云：「三尺冰絃，夜深彈破青天竅。意中人杳，只有清光到。雲雨無緣，總是相思調。愁懷抱，嫦娥心照，訴與他知道。」妓求室中春聯，即援筆書云：「半窓花影人初起，一曲桐音月正中。」妓讚誦不已，徐言：「『中』字恐不如『高』字。」世明欣然易之。金陵教坊妓齊錦雲者，能詩，善鼓琴。嘗對人雅談，終日不倦，與庠士傅春眷愛，更不他接。春受仇事誣繫獄，錦雲脱簪珥為餽給，時或不繼，售卧褥供之。後謫戍遠方，錦雲欲隨行，春恐途中反生禍端，力止之。錦雲因贈一絶：「一呷春醪萬里情，斷腸芳草斷腸鶯。願將雙淚啼為雨，明日留君不出城。」錦雲既歸，蓬首垢面，閉户不出，日讀佛書，未幾病没。人多義之。（同前書卷九十八「陸粲」）

四四七 王弇州有《解語花》一闋題美人捧觴，云：「檀槽細壓，紫溜泠泠，滴碎珠千斛。鸕鷀初贖，誰偕醒，卓女遠山黛緑。朱櫻小蹙，風裊處、山香幾曲。捧屈卮，徐露春芽，一樣纖纖玉。何事錦圍翠簇，只枝頭一點，買斷金谷。靈犀輕矚。微酣後，記取夜來題目。雙鬟趁逐，扶掩向、碧紗廚宿。誇醉鄉，還傍温柔，此際平生足。」（同前書卷九十九「王世貞」）

四四八 王弇州又有《折桂令》二闋云：「問先生酒後如何，潦倒模糊，偃蹇婆娑。枕底煙霞，杖頭日月，門外風波。盡皇都眼眶看破，望青天信却胡過。好也由他，歹也由他，便做公卿，當甚么麽。」「問先生不飲何如，一點篝燈，數卷殘書。冷却扁舟，悶他五柳，淡殺三閭。太行路都來胸腹，帝京塵滿上頭顱。睡也憂虞，醒也憂虞，不得酕醄，怎便糊塗？」（同前）

四四九 宋（當作朱）新仲在王彦昭幕下，代作春日留客致語云：「寒食止數日間，纔晴又雨；牡丹蓋數十種，欲拆又芳。」皆《魯公帖》與《牡丹譜》中全語也。彦昭好令人歌柳詞，又嘗作樂語云：「正好歡娛歌緑樹，數聲啼鳥；不妨沉醉拚畫堂，一枕春醒。」皆柳詞中語。（《堯山堂偶雋》卷五）

四五〇 積水潭水從德勝橋東下。橋東偏有公田若干頃，中貴引水爲池，以灌禾黍。緑楊鬖鬖，一望無際。稍折而南，直環北安門宫牆左右，流入禁城，爲太液池。汪洋如海，故名海子。俗呼海子套。元人宋本詩：「渡橋西望似江鄉，隔岸樓臺罨畫妝。十頃玻璨秋影碧，照人騎馬過宫牆。」許有壬飲海子舟中班彦功招飲斜街作《江城子》二首以答之：「柳梢煙重滴春嬌，傍天橋，住蘭橈。吹暖香雲，何處一聲簫。天上廣寒宫闕近，金晃朗，翠岧嶢。誰家花外酒旗高，故相招，儘飄摇。我政悠然，雲水永今朝。休道斜街風物好，纔去此，便塵囂。」（《長安客話》卷一「皇都雜記·海子」）

四五一 嘲北地巷曲中：金陵陳大聲嘲北地巷曲中人，半亦近誣，不盡然也。曰：「門前一陣騾車過，灰揚，那裏有躧花歸去馬蹄香。綿襖綿裙綿袴子，膀胀，那裏有佳人夜試薄羅裳。生葱生蒜生韭菜，腌臟，那裏有夜深私語口脂香。開口便唱冤家的，歪腔，那裏有春風一曲杜韋娘。開筵空喫燒刀子，難當，那裏有蘭陵美酒鬱金香。頭上髮髻尺二，蠻娘，那裏有高髻雲鬟宫樣妝。行雲行雨在何方，土炕，那裏有鴛鴦夜宿銷金帳。五錢一兩等頭昂，便忘，那裏有嫁得劉郎勝阮郎。」（同前書卷二「皇都雜記」）

四五二 七真洞壁間鎸元丞相耶律楚材及先相國夏言《鷓鴣天》二詞，耶律詞云：「花界傾頽事已遷，浩歌遥望意茫然。江山王氣空千劫，桃李春風又一年。横翠嶂，架寒煙，野花平碧怨啼鵑。不知何限人間夢，併觸沈思到酒邊。」夏和詞云：「人世滄桑有變遷，靈巖玉洞自巋然。朝衣幾共游山日，佛界仍存刻石年。嗟歲月，惜風煙，等閒花發又啼鵑。只將彩筆題僧壁，玉帶長留近日邊。」（同前書卷三「郊坰雜記・華嚴寺」）

四五三 元初，野雲廉公希憲即釣魚臺爲别墅，構堂池上，繞池植柳數百株，因題曰萬柳堂。池中多蓮，每夏柳蔭蓮香，風景可愛。一日，招盧疏齋摯、趙松雪孟頫游宴，時有歌《小聖》詞侑觴者，孟頫賦詩：「萬柳堂前數畝池，平鋪雲錦蓋漣漪。主人自有滄州趣，游女仍歌白雪詞。手把荷花來勸酒，步隨芳草索題詩。誰知咫尺京城外，便有無窮萬里思。」（同前「萬柳堂」）

四五四 野雲廉公未老休致，其城南别墅，當時稱曰廉園。花園村之名起此。内有「清露堂」匾。至大戊申八月，其甥疏仙萬户，後更號酸齋。與許參政有壬同游。主人命二人分賦長短句，有壬得清字，即席成章，詞寄《木蘭花慢》，主人喜甚，榜之堂上。詞云：「渺西風天地，拂吟袖，出重城。正秋滿名園，松枯石潤，竹瘦霜清。扁舟采菱歌斷，但一泓寒碧畫橋平。放眼奇觀臺上，太行飛入簾楹。主人聲利一毫輕，愛客見高情。便芡剥驪珠，蓮分冰繭，酒注金瓶。風流故家文獻，況登高能賦有諸

[illegible]。清露堂前好月，多應喜我留名。」（同前）

四五五　北海徐之蒙鵰鶚賞軍賦有《浣溪沙》詞：「塞上秋深草已枯，鵰鶚城外是藩胡，老來終日走長途。　虎穴北連流水斷，鴈行南去落霞孤，燈前猶撥賞軍圖。」又「醉眼擎毫燈結花，詩餘學和浣溪沙，年年秋暮聽胡笳。　銀洞重登西嶺日，水崖深滴北山嵯，玉關遥望海東瓜。」（同前書卷八「邊鎮雜記」）

四五六　滴水崖環山面水，上有朝陽洞，爲此崖勝處。其南近建橋梁以障崖水，居人便之。北海徐之蒙賦得《浣溪沙》詞：「新築城南萬木橋，石頭水底漲波濤，遥從翰海向東朝。　淬劍雙龍争耀日，乘槎一杖可通霄，囊沙萬怪盡迴潮。」又「滴水崖寒高入雲，半空瀑布色清芬，仙人掌上落珠文。　俗眼不看銀漢漏，真源自是玉盆分，朝陽洞口走麋羣。」（同前「滴水崖」）

董斯張著輯詞話

董斯張（一五八七—一六二八），字遐周，號借庵，烏程（今浙江）人。國子監生，洽聞周見。編著有《吴興備志》、《吴興藝文補》、《廣博物志》、《吹景集》、《静歗齋遺文》等。此據《續修四庫全書》影印明崇禎二年韓昌箕刻本《吹景集》和影印清初刻本《静歗齋遺文》，以及《吴興叢書》本《吴興備志》録詞話三十九則。

一　詩詞紀日月：古樂府：「良吉三十日，今已二十七。」晉李尤銘：「正月七日，厥日唯人。」潘尼詩：「孟月涉初旬，吉日唯上西。」稽含詩：「七月有七日，蠢動思登高。」玄宗詩：「端午臨中夏。」盧照隣詩：「九月九日眺山川。」王維詩：「九月九日時，菊花空滿手。」杜甫詩：「皇帝二載秋，閏入月初吉。」又：「二月六夜春水生，七月六日苦炎蒸。」元稹詩：「十月初二日，我行遂州西。」白居易詩：「六月初七日，江頭蟬始鳴。」又：「何日同宴遊，心期二月二。」又：「畫堂三月初三日，絮撲窗紗燕拂簷。」顧況詩：「四月八日明星出，摩耶夫人降前佛。八月五日佳氣新，昭成太后生聖人。」韓愈詩：「元和庚寅斗插子，月十四日三更中。」李義山詩：「二月二十二，木蘭開拆初。」賈島詩：「三月正當三十日。」又：「千巖一尺璧，八月十五夕。」韋莊《女冠子》詞：「四月十七，正是去年今日。」均之紀日月也。而樂府詩詞，晉、唐初盛中晚之變備極，不可假借一字，氣運與文字相上下如此。若溯源求之，其十月之交朔日辛卯乎？李尤銘載《藝文類聚》中，攷郭緣生《述征記》以爲魏東平王翕，未審孰是。（《吹景集》卷五）

二　曲有《踈勒鹽》：洪容亝云：唐曲又有《黄帝鹽》、《白鴿鹽》、《神雀鹽》、《歸國鹽》，唐詩：「更奏新聲《刮骨鹽》。」謂之鹽者，如吟、行、曲、引之類，用脩引戴《記》：鹽，諸利之鹽，音艷，鹽者，艷之聲轉也。薛道衡有《昔昔鹽》詩。微之詩：「葉奴敧浙浙。」又訛爲「浙浙」矣。（同前書卷十四）

三　《與吴康侯書》：平頭來，得兄手書，兼讀雪箋小詞，柔情麗藻，見者魂駭，故當吞柳吐秦髯，學士銅琵琶氣魄，正呵渠作門外漢耳。昨復得兄書讀之，讀未半，雪涕不能止，兄真熱腸男子哉！不容然後見夫子蠢人成群作隊，笑駡訕譏，雙手捧文宣王印，將與我輩總之，眼孔不大者，不敢容我，可謂尊我敬我之極。即子之事父，臣之奉上，亦未有如此其隆重者。但自恨多生業緣，不知何故，使俗人敬我至此，只恐無福消之。兄故慧人，正臨逆境時，想同作此解也。愁史如命璧上兄，遽奪我明月珠

耶？（《静歗齋遺文》卷三）

四　毛滂，字澤民，元符中令武康。嘗築東堂於衙齋，有生遠樓、畫舫齋、潛玉庵，清泉修竹，率多遠韻。滂時作長短句，聲文遒媚，緝之爲《東堂詞》。其《蓦山谿》一序，光（當作尤）膾人口，東坡稱其文章典器可備著述。勞志參《東堂詞》、《文獻通攷》（《吴興備志》卷七「官師徵」）

五　東坡守錢唐，毛滂澤民爲法曹，公以衆人遇之，秩滿受（當作辭）去。是夕宴客，有妓歌别詞云：「今夜亂山深處，夢魂分付潮回去。」公問曰：「此何人所作？」答云：「毛法曹製。」公語坐客曰：「幕中有詞人而不及知，軾之罪也。」翌日，折簡追還，留連彌月，澤民因此得名。《本事曲》（同前）

六　張先，字子野，能詩詞。以秘書歷知虢州渝州。見《梅聖俞》集（同前書卷十一「人物徵」）

七　壺弢，字怡樂，號萬菊居士，烏程人。同安主簿，嘉會之五世孫也。幼以孝弟稱，及長，恥事胡元，隱不出。工詩詞，有《樵雲集》。集中稱宋謙之，或曰無名氏。曰宋者，不忘本也；曰無名氏者，恥成名也。其詞曰：「壺山居士，未老心先嬾。」壺山，寓姓；未老心先嬾，寓不仕意也。又曰「身在玉壺邊」，曰「梅瘦玉壺中」，皆此意也。龍泉章三益之師，他門人之顯者以百計。有《怡樂墓誌》，樵李襄毅公項忠，乃渠孫，守正之徒，事見襄毅詞林中。《烏青志》（同前書卷十二「人物徵」）

八　姜景良，武康人。道行高潔，能詩，有《醉蓬萊》詞一章。《勞志》（同前書十三「藝術徵」）

九　余英館在餘英谿上，館南有雙鴛沼，張子野樂府云：「雙鴛池沼水溶溶，南北小橈通。」即此也。（同前書卷十四「建置徵」）

一〇　《石林詞》一卷，葉夢得撰。《琴趣外篇》三卷，注石林詞，江陰曹鴻撰。《文獻通攷》（同前書卷二十二「經籍徵」）

一一　葛立方《韻語陽秋》三十卷，《歸愚集》二十卷，又《歸愚詞》一卷。（同前）

一二　《信齋詞》一卷，葛郯謙問撰。（同前）

一三　《劉行簡詞》一卷，劉一止撰。嘗爲曉行詞，盛傳於京師，號劉曉行。（同前）

一四　葛邲文集一百卷，《詞業》五十卷。（同前）

一五　元姚子敬《選古今樂府》一卷，以夏英公竦《喜遷鶯》宫詞爲冠。升庵《詞品》（同前）

一六　周密有《浩然齋日鈔》見《本草綱目》，《絶妙好詞》見《樂府指迷》，《雲煙過眼録》見《秘笈》，《客談》見《歷代小史》。（同前）

一七　《水南集》、《續集》、《兩山墨談》、《唐餘紀傳》、《緑鄉墨義》、《水南閒居録》、《宣靖備史》、《渚山堂詩話》、《渚山堂詞話》、《山堂瑣語》、《仙潭志》、《草堂遺音》，共一百餘卷，俱陳霆著。（同前）

一八　吴興王雨舟濟，人物高遠，刻意詩詞。其所著有《宫詞》一卷，有《水南詞》一卷，有《谷應集》，有《鐵老吟餘》。其宫詞尤藴藉可喜。《夷白齋詩話》（同前）

一九　張志和漁父詞云「桃花流水鱖魚肥」，鱖音媿，牛羊以有肚能嚙，諸魚皆無肚，惟此魚有之，江南謂之鯛魚。《談志》（同前書卷二十六「方物徵」）

二〇　熙寧五年，東坡倅杭州。十二月，運司差往湖州相度隄岸利害，與孫太守莘老約，有言及時事者罰一大盞。作詩云：「若對青山談世事，直須舉白便浮君。」又作《墨妙亭》詩並記及贈莘老詩《山邨》五絶。七年，過吴興李公擇，生子，作《減字木蘭花》。作六客詞，爲《定風波》。别公擇，作《蝶戀花》。八年，知密州。四月十一日作《送劉述》詩。紹聖元年，安置惠州。九月十三日，游廣州峽山寺。舟中寄秐老詩。元祐四年，知杭州。是年過吴興，又作《定風波》，爲六客詞。元符三年，提舉成都玉局觀，任便居住。經由廣州，有《將至廣州用過字韻寄迨邁二子》詩。時朱行中舍人知廣州，有簡與行中云：「欲服帽請見，先令咨稟。」廣州少留而行。王宗稷《東坡年譜》（同前書卷二十八「璅徵」）

二二一　蘇堅，字伯固，丹陽人，翰林學士紳之後也。堅有詩名，蘇子瞻守杭時，以臨濮縣主簿監杭州商税，主開湖之議，見子瞻申三省狀。子瞻與堅唱和及七夕、重九詞，見蘇集。《次韻重九》詩：「墨香（一作翻）衫袖吾方醉，紙落雲煙子患多。」北歸答伯固書四首云：「《論語》説得，暇當録呈，何時得與公久聚，盡發所藴相分付耶？」堅子庠，號後湖，子瞻亦極賞之，稱爲吾宗云。《蘇文忠全集》參《文獻通攷》、李蓘《秋圃集》。坡又有《青玉案》詞送伯固歸吴中故居云：「三年枕上吴中路，遣黄耳，隨君去。」豈伯固從潤徙吴耶？（同前）

二二二　曹輔，字子方，海陵人。以太僕丞權福建運使，與子瞻賡詠亦多。嘗爲賦《西江月》一闋，黄魯直贈以詩云：「曹侯黄鬚便弓馬，從軍賦詩横槊閒。阿瞞文武如兒虎，遠孫風氣猶班班。」張采（當作耒）文潛與子方並典試闈，有《同文唱和》。曹君，亦詩豪也，坡謫惠州，與子方書云：「專人至教，賜

累幅，慰撫周盡。」又云：「專人辱書，仰服眷厚。」子方真不以寒暑易交情者。蘇、黄二集參《瀛奎律髓》（同前）

二三　張弼，字秉道。子瞻辛未歲離杭至潤，贈以《臨江仙》一闋云：「我勸髯張歸去好，從來自己忘情。塵心消盡道心平，江南與塞北，何處不堪行。」秉道蓋宦於杭者，未詳何許人。《東坡全集》（同前）

二四　張子野能爲詩及樂府，至老不衰。居錢塘，年八十餘，家猶蓄聲妓。子瞻嘗贈以詩，有「鶯鶯」、「燕燕」之語，全用張氏故事戲之。《石林詩話》（同前）

二五　張子野郎中以樂章名擅一時，宋子京尚書奇其才。先往見之，遣將命者曰：「尚書欲見『雲破月來花弄影』郎中。」子野屏後呼曰：「得非『紅杏枝頭春意鬧』尚書耶？」遂出，置酒盡歡。蓋二人所舉，皆其警策也。《古今詩話》亦云：子野嘗作《天仙子》詞云「雲破月來花弄影」，士大夫多稱之。張初謁見歐公，迎謂曰：「好『雲破月來花弄影』，恨相見之晚也。」《遯齋閒覽》《古今詩話》云：客有謂張子野曰：「人皆謂公『張三中』，即心中事、眼中淚、意中人也。」公曰：「何不目爲張三影？」客不曉，公曰：「『雲破月來花弄影』、『嬌柔嬾起，簾壓捲花影』、『柳徑無人，墜飛絮無影』，此余生平所得意。」又《高齋詩話》：子野嘗有詩云「浮萍斷處見山影」，又長短句云「雲破月來花弄影」，又「隔牆送過鞦韆影」，並膾炙人口，世傳張三影。按苕谿漁隱云：細味二説，當以《古今詩話》所載三影爲勝。能改齋以「雲破」句本古樂府唐氏瑶《暗别離》：「朱絃暗斷不見人，風動花枝月中影。」不知人

做到純熟地位，偶爾相似，如所稱，又何所本耶？其《傾杯調》又有「横塘静水花窺影」。元衢（同前）

二六　張子野《滿江紅》：「晴鴿試鈴風力軟，雛鶯弄舌春寒薄。」清新，自來無人道。（同前）

二七　吴文（當作「晏元」）獻公爲京兆，辟張先爲通判。新納侍兒，公甚屬意。先，字子野，能爲詩詞，公雅重之。每張來，即令侍兒出觴，往往歌子野所爲之詞。其後王夫人寖不容，公即出之。一日，子野至，公與之飲，子野作《碧牡丹》詞，令營妓歌之，有云「望極藍橋，但暮雲千里，幾重山，幾重水」之句，公聞之，憮然曰：「人生行樂耳，何自苦如此？」亟命於宅庫支錢若干，復取前所出侍兒，既來，夫人亦無復誰何也。《道山清話》（同前）

二八　無咎云：張子野與柳耆卿齊名，人以爲子野不及耆卿富，而子野韻高，是耆卿所乏處。《侯鯖録》（同前）

二九　李師師，汴京官妓。張子野爲製新詞，名《師師令》，略云：「蜀綵衣長勝未起，縱亂雲垂地。」正值殘英和月墜，寄此情千里。」升庵《詞品》　自子野登第，追道君時，已六十餘年矣，豈猶向京畿填妓詞耶？元衢（同前）

三〇　「燕燕于飛，差池其羽。之子于歸，遠送于野。瞻望弗及，泣涕如雨。」此辭可泣鬼神矣。張子野長短句云：「眼力不知人，遠上谿橋（脱『去』字）。」東坡《送子由》詩云：「登高回首坡壠隔，惟見烏帽出復没。」皆遠紹其意。《許彦周詩話》（同前）

三一　秀州倅廨中花月亭有小碑，乃張先子野「雲破月來花弄影」樂章，云得句於此亭也。陸游《入蜀記》廨中又有來月堂，乃吕天麟摘此詞名之。劉漫塘爲作題名記，擬鷗陽子銘文叙子野出處，獨不言江倅倅是邦，是不知當時或有同姓名並字者否耶？江自杰前修，乃存其疑，而登之石，豈舊所刊詞並無鄉貫耶？抑湖秀接壤，朝代未更，遂無一人知，無從而問耶？」元衢（同前）

三二 章茂深嘗得其婦翁石林所書《賀新郎》詞曰「睡起嘛鶯語」，章疑其誤，頗詰之。石林曰：「老夫嘗考之矣，流鶯不解語，嘛鶯解語，見《禽經》。《野客叢書》（同前）

三三 湖州吴秀才女慧而能詩，家貧，爲富氏子所據。或投郡訴其淫，王龜齡爲太守，逮繫司理獄。既伏罪，郡僚相與詣理院觀之，乃具酒，引使至，風格傾一坐。遂命脱枷侍飲，喻之曰：「知汝能長短句，若以一章自詠，當宛轉白待制，汝解脱。」女即請題，時冬末雪消，春日且至，令道此景作長短句，捉筆立成，詞成，賞歎，爲之盡歡。明日，以告王公，言其寃，王淳直，不疑人欺，亟使釋放。其後無人肯娶，周介卿石之子買以妾，名曰淑姬。王三恕時爲司户攝理，治此獄，小詞藏其處。《夷堅支志》，詞載藝文。（同前）

三四 戚里子邢俊臣常出入禁中。善作《臨江仙》詞，末章必用唐律兩句爲謔。微（當作徽）皇朝置花石綱，以江淮奇卉石竹雖遠必致，令賦陳朝檜，以「陳」字爲韻，檜高五六丈，圍九尺餘，枝柯覆地幾百步，詞末云：「遠來猶自憶梁陳。江南無好物，聊贈一枝春。」其規諷似可喜，上皇容之，不怒也。（同前）

三五 小紅，順陽公青衣也，有色藝。順陽公之請老，姜堯章請之。一日，授簡徵新聲，堯章製

《暗香》、《疎影》兩曲，公使二妓肄習之，音節清婉。堯章歸吴興，公尋以小紅贈之。其夕大雪，過垂虹，賦詩，楊誠齋極愛之，以爲有裁雲縫月之妙思，敲金戛玉之奇聲。堯章每喜自度曲，吟洞簫，小紅輒歌而和之。堯章後以疾没，故蘇石挽之曰：「所幸小紅方嫁了，不然啼損馬塍花。」宋時花藥皆出東西馬塍，西馬塍皆名人葬處，白石没後，葬此。《研北雜志》參《豫章詩話》順陽公即范石湖（同前）

三六　松雪翁詞翰妙天下，片言隻字，人輒傳玩。公薨幾二十年矣，而平生所爲詩文猶未鏤板。今從公子仲穆求假全集，與友原誠鄭君再加校正，凡得賦五、五言詩一百八十四、律詩一百五十、絶句一百四十、雜著五、序二十、記十二、碑誌廿六、制誥策題批答廿五、贊十、銘六、題跋五、樂府二十，總五百三十四，並公行狀、謚文一卷，目録一卷，合爲一十二卷。亟鋟諸梓，識者得共觀焉。至元後己卯良月十日花谿沈璜伯玉書。《松雪齋集》卷十（同前書卷二十九「璞徵」）

三七　周草窗《南（當作高）陽臺》云：「夢魂欲度蒼茫去，怕夢驚還被愁遮。」《樂府指迷》（同前）

三八　《史書佔畢》一則：南渡初，尚書左丞葉夢得居弁山，因號石林。據《水東日記》載其所撰譜，稱曾祖綱葬蘇州寶華山，遂爲吴郡人，則《宋史》似非訛。若與真西山同時。撫州守秘書丞葉夢得自貴谿還金谿石門，别號是齋，建石林書院。《性理大全》引石林葉氏，即斯人也。胡元瑞乃云：地曰松陽，官曰尚書。且以二人皆徙湖州，誤矣。天聖間進士兩張先，俱字子野。其號張三影年八十二者，湖州人。其僅善筆札年四十八者，博州人。乃謂俱能詩，俱壽考。至歸三影於博何？讀《齊東野語》及歐陽公集鹵莽至此，甚矣！著書之難也。（同前書卷三十二「匡籍謁」）

三九 《道山清話》一則：宋有兩張先，俱字子野。三影，吳興人。其一開封人，孝章皇后戚黨，歐公銘其墓者也，見《玉照新志》。《清話》云即三影，誤。（同前書）

王肯堂詞話

王肯堂，字宇泰，金壇（今江蘇）人。萬曆己丑進士，授檢討，官至福建布政司參政。生平好讀書，著述甚富。編著有《論語義府》、《尚書要旨》、《律例箋釋》、《鬱岡齋筆麈》、《鬱岡齋法帖》，尤精醫理，有《醫科證治準繩》等書盛行於世。《鬱岡齋筆麈》四卷，雜論醫學、天文、算術、六壬、五行等，以及書畫賞鑒。此據《續修四庫全書》影印明萬曆三十年王懋錕刻本録詞話一則。

一

四月四日，燈下獨坐，偶閲袁中郎《錦帆集》，其論詩云：「物真則貴真，則我面不能同君面，而況古人之面貌乎？唐自有詩也，不必《選》體也。初、盛、中、晚自有詩也，不必初、盛也。李、杜、王、岑、錢、劉，下逮元、白、盧、鄭，各自有詩也，不必李、杜也。趙宋亦然，陳、歐、蘇、黄諸人，有一字襲唐者乎？又有一字相襲者乎？至其不能爲唐，殆是氣運使然，猶唐之不能爲《選》，《選》之不能爲漢、魏耳。今之君子乃欲概天下而唐之，又且以不唐病宋。夫既以不唐病宋矣，何不以不《選》病唐，不漢、魏病《選》，不三百篇病漢，不結繩鳥跡病三百篇耶？」讀未終篇，不覺擊節曰：快哉！論也。此論出，而世之稱詩者皆當頳面咋舌退矣。雖然，猶未盡也。夫詩，樂章也，歌之，而比於八音以成節奏者也。三百篇之歌失而後有漢、魏，漢、魏之歌失而後有《選》，《選》之歌失而後有唐，唐之歌失而後有小詞，則宋之小詞，宋之真詩也。小詞之歌失而後有曲，則元之曲，元之真詩也。若夫宋、元之詩，吾不謂之詩矣。非爲其不唐也，爲其不可歌也，不可歌矣，又烏取夫五七言而韻之也哉？吾固無詩才，然其絶不爲詩，未必爲無見也。（《鬱岡齋筆塵》卷四）

鄭以偉詞話

鄭以偉，字子籥，一字子器，號方水，上饒（今江西）人。萬曆辛丑進士，授翰林院檢討，典壬子浙江鄉試，戊午再典江南試。歷吏部左侍郎，轉禮部尚書，東閣大學士加太子少保。崇禎朝入閣辦事，劬瘁，卒於位，謚文恪。所著有《靈山藏》、《沍泥集》、《金壁故事》。此據《四庫禁燬書叢刊》影印明崇禎間刻本《靈山藏》和日本汲古書院出版《和刻本類書集成》影印日本刊本《金壁故事》録詞話三則。

一

詞家稱李長庚《憶秦娥》、《菩薩蠻》為後人鼻祖，不知漢、魏樂府其麴糵，而詩之「枕粲衾爛」「螓首蛾眉」，已開紅牙麗派，則其秫與水也。釀至宋、元，沉酣久而醞醽，亦出乎其□，黄涪翁詠漁父，欲以山色水光易玉肌花貌，而女兒浦口，新婦磯頭，未脫奩裝。氣量解酲，復以酒乎？作詞雖自云空中，說者謂墮犂舌，惟范文正以一代偉人，作《蘇幙遮》，有「碧雲天，黃葉地」語，寫秋景，直似宋玉，又「山映斜陽天接水，芳草無情，又在斜陽外」，可言玄酒在堂，而「塞上秋來」數闋，世人稱為窮塞主，則亦言之過也。□明作者如林，青田始並其奧，時萩□顯情為理，揜才與趣違，而熟煉之程式，終不盡關緼藉之手。於是藻曲怯塞，亦不免詞興詩亡之□。余酷□沈啓南詠宋高敕岳忠武詞云：「萬里長城麟足折，兩宮歸路烏頭白。」每諷數回，謂可敵銅將軍鐵着板歌蘇學士「大江大去」。又吴原博詠沙燕：「身輕不受柳風吹，小穴藏身託土隄。隄若崩時穴更移，免銜泥，誰説華堂便好棲。」不減周美成題王謝堂前物，不翅飲酪奴也。暇搜篋中詩餘，半是充餞贈人事，或□小景寸情，凡陋音韻多舛，似棘喉澁吻，姑不忍吐棄，非能效前輩胡□，又竊為枚皐之自詆娸已，朱紫陽作梅雪二詞，遂不復再懼，餔糠啜糟，不覺神醒。上饒方水鄭以偉書。（《靈山藏》卷五「詩餘序」）

二　漁父還歌桃鱖肥：《蘇東坡集》：張志和《漁父詩》云：張志和致官，以漁為隱，自名玄真子，號烟波釣叟。「西塞山邊白露（當作鷺）飛，桃花流水鱖魚肥。自庇一身青篛笠，斜風細雨不須歸。」此言志和動息俱有便身之具，則不求於外矣。（《新鍥鄭翰林類校註釋金壁故事》卷二）

三　勸君偶作鴛鴦合：宋蘇東坡携妓泛江載妓於舟同泛江中詩云：「使君自有媍，莫作野鴛鴦。」非代妓之言，必為他人而作也。使君自有結髮之妻，勿宿妓者也。鴛鴦，匹鳥也。一雌一雄，而不至相亂，故曰匹鳥。飛則並翼，眠則交頸，以喻人之夫媍也。宋朝吕士隆為宣州知州，專笞官妓有名在官者，妓皆欲去，而未能也。妓受其笞，皆欲去而未能。遇杭州數妓到，士隆喜之。一日，群妓小過，小可過也。又欲笞之，妓泣曰：「妾不敢辭，恐杭妓不安也。言其杭妓見笞，心恐俱（當懼）戰兢。」梅雪（當作聖）俞名堯臣聞之，聞不笞，舊妓恐驚新妓之故。作《莫打鴨》詩以寄意云：「莫打鴨，打鴨驚鴛鴦。鴨喻群妓，鴛鴦喻杭妓。言其莫打鴨，重以戒之。鴛鴦新向水中落言杭妓初至此也，莫比孤洲老鶬鴰。鶬言喻舊妓也。鶬鴰尚欲遠飛去，何况鴛鴦羽翼荒。」言其舊妓欲去，况其來者乎？（同前書卷三）

王一槐詞話

王一槐，錢塘（今浙江杭州）人。萬曆末官臨淄縣知縣。著《玉唾壺》二卷，此書爲其在臨淄時所作，皆辨證經史之言。自叙謂書之朽墻，歛之唾壺，滿而册脱，因以名焉。此據《續修四庫全書》影印明抄本録詞話一則。

一

詞家説：四時曲首句云「花壓欄杆春晝遲」，是用温庭筠詩句，《琵琶記》曲《畫眉序》首句云「攀桂步蟾宫」，「宫」字不是調，當作「窟」，「同來窓下拈針指」，「指」字當作黹音旨。《大揭鋉》一句云「幾回和淚觀紅豆」，人以貴妃紅淚解之，不是，紅豆一名相思豆，唐詩：「紅豆生南國，秋來發幾枝。贈君多採擷，此物最相思。」（《玉唾壺》卷下）

許自昌詞話

許自昌，字玄祐，自稱樗道人，甫里（今江蘇吴縣）人。以貲授中書舍人，好奇文異書。性孝，母陸氏，天啟三年卒，自昌尋亦哀傷病卒。著有《樗齋漫録》和《捧腹編》。《樗齋漫録》十二卷，自序（萬曆壬子）謂於讀書齋中，漫從架上手抽一函，遇有得於心，隨筆而録之。此據《續修四庫全書》影印明萬曆刻本録詞話六則。

一　指揮陳鐸善詞曲，又善嘲。居京師，作月令，不甚記，惟二月下曰：「是月也，壁蝨出溝中，臭氣上騰，靴化爲鞋。」最善名狀，化爲鞋，更可笑也。樗道人曰：「此《禮記》之變也。」（《樗齋漫録》卷一）

二　長洲沈石田讀宋高宗敕岳飛手劄有感，調《滿江紅》云：「汴鼎南遷，漫流寓、錢塘如客。可涕泣、瘡痍凋瘵，倩誰醫國。好個忠飛天下將，奈他逆檜舟中賊。把英雄、頓挫莫成功，成寃殛。飛不死，宋之得。飛不死，金之失。恨飛之一死，檜全奸策。萬里長城麟足折，兩宫歸路烏頭白。嘆昏夫、亦有小聰明，看遺敕。」（同前書卷三）

三　有賦《長相思》詞云：「晴也行，雨也行，雨也行時不似晴。天晴終快人。名也成，利也成，利也成時不似名。名成天下驚。」有心爲名，名亦利也，可警矣。（同前書卷五）

四　雲間酒淡，有作《竹香子》云：「浙右華亭，物價廉平，一道會買箇三升。打開餅後，滑辣光馨。教君霎時飲，霎時醉，霎時醒。聽得淵明，説與劉伶，這一餅約迭三斤。君還不信，把秤來秤。有一斤水，一斤餅。」嗚呼！豈知太羹玄酒之真味哉！（同前）

五　詩自三百篇而後，至於我明，卒未有一語可被管絃者，蓋文采有餘，性情不足也。音調出於性情，性情和而後音調諧，此天地自然之妙，不假安排者。近世有取陶淵明《歸去來辭》、李太白《把酒問月》、李長吉《將進酒》、蘇長公前、後《赤壁賦》協入聲律。宋玉灼《碧雞漫志》謂之暗合孫吴。余按：今人之以諸公詩賦譜諸管絃者，皆更换其句，錯綜其章，添減其字，方於聲律可協，皆非諸公原文也，於孫吴終非暗合矣。（同前書卷十）

六　《輟耕録》云：劉須溪先生會孟《題蘇李泣别圖》云：「事已矣，泣何爲。蘇武節，李陵詩。噫！」馮海粟先生子振《題楊妃病齒圖》云：「華清宫，一齒痛。馬嵬坡，一身痛。漁陽鼙鼓動地來，天下痛。」陳伯敷先生繹曾《題楊妃上馬嬌圖》云：「此索《清平調》詞赴沉香亭時邪？抑聞漁陽鼙鼓聲、赴馬嵬坡時邪？上馬固相似，情狀大不同，觀者當審諸。」余觀三先生之跋語，痛快嚴峻，抑揚感傷，使後世之爲人君而荒於色，爲人臣而失其節者見之，寧不知懼乎？（同前書卷十二）

何大成輯詞話

何大成，字君立，常熟（今江蘇）人。輯有《唐伯虎先生集》二卷《外編》五卷《附録》一卷《續刻》十二卷，有萬曆壬辰何氏序。此據《續修四庫全書》影印明萬曆刻本《唐伯虎先生集》附《唐伯虎先生外編》録詞話十六則。

一　唐子畏詣九僊祈夢，夢人示以「中吕」二字，語人，莫知其故。後訪同邑閣老王鏊於山中，見其壁間揭東坡《滿庭芳》詞，下有「中吕」字，子畏驚曰：「此予夢中所見也。」誦其詞，有「百年强半，來日苦無多」之句，默然歸家，疾作而卒，年五十四，果應「百年强半」之語。《外紀》作卒年五十三者，誤。祝京兆《墓志》可據，今正之。（《唐伯虎外編》卷三）

二　伯虎與張夢晉、祝允明皆任達放誕，嘗雨雪中作乞兒，鼓節唱《蓮花落》，得錢，沽酒埜寺中，痛飲曰：「此樂惜不令太白知之。」見《外紀》（同前）

三　正德丙寅年，六如爲一狎客作水墨桃杏二枝在一扇頭，將伺暇作新詞題之。其人持去，爲狂生大書詩句於前，六如見之，怒甚，取筆泚墨，淋漓一抹，詩畫盡墨。時楊禮部五川儀年方十九，在側，就案以水筆洗滌新墨，狂生之跡幾滅，計不能盡去。乃因字删改，良久，扇亦曝乾，遂填補成《長相思》二調云：「桃花紅，杏花紅，兩樣春光便不同。各自逞嬌容。　倚東風，笑東風，緑葉青枝共一叢。靜愛碧烟籠。」六如甚加嘆賞。（同前）

四　伯虎嘗作春圖，其題詞云：「春來憔悴欲眠身，爾也温存，我也温存。纖纖玉手往來頻，左也消魂，右也消魂。　條桑採得一籃春，大又難分，小又難分。惟貪綠藹合縉綸，喫不盡愁根，放不下愁根。」右調《一剪梅》「東海蟠桃花正紅，二十行來一徑通。不争他浪蝶狂蜂，鴛鴦核，齊下種。　鮮喜相逢，雲雨重重，兩邊情做一番兒用。説甚麽乘龍卧龍，大寒來做一孔蟄蟲。」右調《水仙子》「山童背我去尋芳，出條鎗，入條鎗。一度登高，遭此兩重陽。不是連連雙玉柱，撑不到，武陵鄉。　魚一串柳條長，望潮郎，在中央。且對薰風，唱箇急三腔。雨過江南望江北，桃葉暗木犀香。」右調《江神子》「鴛鴦飛向蓮塘浴，回頭要啄湖田粟。蒹葭何幸依雙玉，東家食也西家宿，各唱單題曲。　東家喫素徒供肉，西家有火無燈燭。三人各别誰歡足，教他都是，半身惆悵，恨没專房福。」右調□□□「床下銀瓶，夜來側倒流香膩，從頭到底，一凑生雙蒂。　前度劉郎，去後成何濟。春過矣，大家同醉，各一般滋味。」右調《點絳唇》「昨夜八紅沉醉，連我大家同睡。孤鳳入鸞羣，鬧殺不容成配。歡會，歡會，竟做一場空退。」右調《如夢令》（同前）

五 吾吴中以詞曲名者，祝京兆希哲、唐解元伯虎、鄭山人若庸。希哲能爲大套，富才情而多駁雜。伯虎小詞翩翩有致。鄭所作《玉玦記》最佳，他未稱是。見《弇州山人稿》（同前）

六 伯虎戲題二女踏鞦韆，其詞云：「二八嬌娥美少年，緑楊影裏戲鞦韆。兩雙玉臂挽復挽，四隻金蓮顛倒顛。紅粉面看紅粉面，玉酥肩并玉酥肩。遊春公子遥鞭指，一對飛仙下九天。」（同前）

七 伯虎有《滿庭芳》、《惜奴嬌》二闋，其詞云：「月下歌聲，風前笛韻，遥思當日風流。枕邊言語，猶記在心頭。玉佩叮噹别後，恐惆悵、永巷閑幽。行雲去，繞離楚岫，却又入瀛洲。偎境裏，奇逢姝麗，端好綢繆。羡金桃玉李，鳳偶鸞儔。一個文章清雅，一個體態嬌柔。誰念我，雕欄獨倚，一日似三秋。」右調《滿庭芳》「春從天上來，春霽和風扇淑。沁園春景巧安排，花柳分春，有流鶯宿。單衣初試探春令，喜的是、畫堂春滿，錦堂春足。那更慶春澤畔，正雪消春水來，有魚遊春水，分萍緑。玉樓春盎日初長，忽看海棠春放。春光好看無拘束。又何如、登帝春臺，賞漢宫春，謾醉春風中。齊唱徹、宜春令曲。休輕放，絳都春光，武陵春去。春雲怨，惹愁眉蹙。」右調《惜奴嬌》（同前）

八 伯虎又作風花雪月四闋，其詞云：「風嫋嫋，風嫋嫋。冬嶺泣狐松，春郊摇弱草。妝雲月色明，捲霧天光早。清秋暗送桂香來，拯夏頻將炎氣掃。風嫋嫋，野花亂落令人老。」右詠風「花艷艷，花艷艷。妖嬈巧似粧，鎖碎渾如剪。露凝色更鮮，風送香常遠。一枝獨茂逞冰肌，萬朵争妍含笑臉。花艷艷，上林富貴真堪羡。」右詠花「雪飄飄，雪飄飄。翠玉封梅萼，青鹽壓竹稍。灑空飛絮浪，積檻聳銀橋。千山渾駭鋪鉛粉，萬木依稀掛素袍。雪飄飄，長途遊子恨迢遥。」右詠雪「月娟娟，月娟娟。乍缺鈎横野，方圓鏡掛天。斜移花影亂，低映水紋連。詩人舉盞搜佳句，美女推窗遲夜眠。月娟娟，清光千古照無邊。」右詠月（同前）

九 姚江邵百朋云：曾與永嘉何無咎同在榆陽渠，嘗口誦唐伯虎逸詩並小詞數闋，皆種種絶倒，皆集所未收，惜弟不記得，不録得耳。《燕中記》（同前）

一〇 予社友丁百原云：伯虎有詞數闋贈其父孝廉公壽，已裝潢成卷，奉爲世寶。俟南還，當檢付梓。今丁尚家燕中，竟未知合璧何時也？《燕中記》（同前）

一一 戊午六月二十五日，予從梁溪崇安寺，見六如美人圖一軸，凡畫美人者四，其一背面而立，皆宫様粧也。一美人手執梳具，若縣而未試者狀，亦奇絶。有白陽山人陳淳題《踏沙行》一闋。《娱野園漫筆》（同前）

一二 子畏小辭直入畫境，人謂子畏詩詞中有幾十軸也，特少徐、吴輩鑒賞之耳。公安袁宏道中郎評。（同前書卷四）

一三 伯虎閨情四闋，世所傳者秪「樓閣重重」一套耳。偶閲《詞林選勝》，其三闋俱全，且如《皂羅袍》「柳絲」句坊刻作「綰斷」，今本作「暗約」。《香柳娘》「夢回」句坊刻作「巫山杳」，今本作「巫山廟」，意調迥別，的爲定本，因覆録之，不妨并載云。萬曆丙辰花生日，慈公識。（同前書續刻卷九）

一四　何子讀六如先生曲譜，而喟然有感焉。往予外叔祖西巖秦氏博極羣書，尤精音律。嘗應試南都，以八月既望，縱步桃葉渡，三吴士女靚妝炫服，遊者如堵。已而六館英豪，平康姝麗，笙歌雜沓，畫舫鱗次。西巖乃浩歌《念奴嬌序》一闋，低徊慷慨，旁若無人，環橋而聽者不可勝紀也。頃之，月墮沙堤，漏殘銀[illegible]，向之姝麗者争前席交懽焉。捧檀板以度曲，挾雲和而授指，綣周郎之盼睞，祈薦枕於襄王，悦李謩之譜詞，效吹簫於秦女，洵可樂也。曾未數十年，風流頓盡。石城夜月，空縣美人之思；柘館箜篌，不入鍾期之聽。予外祖鳳巖公每向予道之，未嘗不涕泗唏嘘也。嗟夫！人與世衰，音隨代舛。蕪音累句，徒傳《白苧》之篇；抝韻顛腔，秪艷紅泉之帙。詎審填詞按曲，别凖金科，疊譜和腔，須逢繡指，未易以一二爲盲道矣。《詞林選勝》一編，乃魏良輔點板，所載六如曲富甚，予備録之。其微詞秘旨，種種不傳，惜爲三家學究漫置題評十市街頭，私行改竄。鶯聲柳色，第聞亥豕魯魚；鳳管鸞箏，莫辯浮沉清濁。纖妍雖具，妙義全乖。不佞耳懇師曠，心賞伯牙，捐貲募工，亟爲繕寫，更以諸本刊誤，坿列如左，庶幾礝砆對連城而失色，明月錯魚目而愈珍。即起六如、西巖兩公於九原，當不以予爲傖父也。丙辰三月禊日虎丘漫識。（同前）

一五　伯虎雜曲散見諸樂府，或誤刻他姓，或别本互見者，種種不同。不佞悉爲詮次，以備闕遺。然皆各有所據，不敢混入，以滋贋誚云。丁巳夏日，慈公識。（同前）

一六　《送廖通府帳詞啟》代：竊以星分牛斗，姑蘇彈壓江東；職列寅僚，糧餉總司判左。委付爲朝廷之重寄，疆域寔天地之奥區。妙選賢才，方爲注授。蓋出祖宗之成憲，俾求民物之乂安。恭惟汝南廖大人先生：世德之英華，名門之領袖。白雲駐集，元豐推正字之博文；世綵名堂，紹聖仰中丞之盛事。鳳毛異彩，麟趾多仁。發跡賢科，啓萬里青雲之路；超登仕版，開一方赤子之天。學則爲四庫之宗師，政則爲多方之矜式。冰清蘖苦，律身之道有常；鏡定衡平，宰物之權無爽。歲輪三百萬，事集而民力不勞；考最第一人，銓擬而衆心皆服。三年報政，將獻績於虞廷；千里戎裝，聽歌駒於祖道。某忝同僚寀，猥攝篆於應宿之司；久浹音輝，感贈言於各天之別。偕謀同事，共舉離尊。詠秋水之芙容，輒成短調；攀闔門之楊柳，佇看高遷。朝陽而鳳皇鳴，應召公之雅什；海運而鵾鵬徙，符莊子之真經。詞曰：「蓮花幕府滯仙才，梓葉秋風謁帝臺。七縣蒼生攀四馬，一輪明月上三臺。　雞唱發，別尊開，佳名先自動春雷。調和鼎鼐梅鹽味，專待蒼龍大手來。」右調《鷓鴣天》（同前書卷十）

范景文詞話

范景文（一五八七—一六四四），字夢章，號質公，吴橋（今河北）人。萬曆癸丑進士，授東昌推官，擢吏部主事。崇禎初累官南京兵部尚書。尋起刑工部尚書，拜東閣大學士。京師陷，投龍泉巷大井中死。福王時贈太傅，謚文貞，清謚文忠。此據《畿輔叢書》本《范文忠公文集》和影印文淵閣《四庫全書》本《文忠集》録詞話三則。

一 《梁匠先豹陵初集序》：余向承乏梁州，每一東望豹陵，白雲紫氣，氤氲蜿伏，意必有異人窟宅，神往者久之。比伏處山中，匠先先生持節行役，紆道過訪，留連林壑間，相對累月。吐發流美，深穆其度，而中不可涯。迄今間闊數載，風旨蘊藉，時繫余寤寐，勿諼也。先生稟質清淑，託懷雄古，於經史百家罔不條貫，故神氣遥集，淹綜厚蓄，發為文章，雅博宏遠，如川谷瀉流，而具範兼鎔，偏精獨詣，各極其所，至而工焉。凡叙傳記述以及賦頌詩歌皆臻元勝，文則兩漢，詩則三唐，詞則宋人，絶調不屑襞積前人，而方軌並駕，地不相遠，豈第勝士韻流詹詹以文言華世者比乎？余攬汴梁之勝，嗌呃九輿，綺才芬出，代盛風雅，漢、晉以來，往往雕奇彙藻，不難咏雪歌風，後先輝映。匠先崛起晚季，類冶鑄而兼有之，具嗣宗之瓌姿，慕幼輿之風節。援筆成韻，似彦伯之賦材；騁思軼羣，挾元暉之秀句。渢渢乎集諸家之大成，當代作者。人窺西穴之書，家擅靈虵之譽，如斯典則，卓然成家，未易一一見矣。匠先以柱史乘驄太行滄海，動摇山嶽，大江以北藉以建威銷萌，公餘哦吟，感慨繫之，弔古觀風，一付篇詠。至於揮羽投鞭經濟，皆其餘事。當世依毘，其在斯人乎？長公大行君且以名進士大振家聲，父子詞名互競，如房融之有琯，李泌之有繁勳，名行且世濟，琳琅家乘，懸示國門，兹編豈其嚆矢歟？媿余年來浪跡塵途，筆墨之趣半耗羽書。昔遊大梁之苑，受簡徒慙；今覽六朝之遺，筆花無夢。展誦雄文，瞠乎後矣。（《范文忠公文集》卷六）

二　《題米家童》有序：予素不蓄歌兒，以畏解，故不蓄也。每至坐間，聞人度曲，時作周郎顧誤。又似小有解者，然則予自是無歌兒可蓄，以畏解，固强語耳。一日過仲詔齋頭，出家伎佐酒，開題《西廂》，私意定演日華改本矣，以實甫所作，向不入南弄也。再一傾聽，盡依原本，却以崑調出之，問之，知為仲詔創調，於是耳目之間遂易舊觀。介孺云：米家一奇，乃正在此，不如是不奇矣。予之自謂有解者，亦猶强語耶？因其賡詠，以當鑑賞。拈得腔字，恨不能以仄韻作律體，堪與相對付耳：「生自吴趨來帝里，故宜北調變南腔。每當轉處聲偏慢，將到停時調入雙。坐有周郎應錯顧，簫吹秦女亦須降。恐人倣此翻成套，輕板從今唱大江。」（《文忠集》卷九）

三 《月夜聞笛》：月白江空露下時，誰家笛傍晚風吹。情深可奈消無酒，景好惟須對以詩。欲譜新詞三弄裏，那堪苦調幾聲悲。將眠又起呼舟子，船過山陽且莫遲。（同前）

錢希言詞話

錢希言，字簡棲，吴縣（今江蘇）人。行蹟不詳，萬曆時在世。著《劍筴》、《獪園》、《戲瑕》等。《戲瑕》三卷，皆考證之文。《獪園》十六卷，是書皆記當時神怪之事，分仙幻、釋異、影響、報緣、冥跡、靈祇、淫祀、奇鬼、妖孽、瓌聞十類。此據《續修四庫全書》影印明刻本《戲瑕》和影印清抄本《獪園》、上海古籍出版社影印《説郛續》本《遼邸記聞》録詞話八則。

一　高唐雲雨：高唐雲雨，是先王楚懷事。楚襄雖夢神女，而賦中不言雲雨也。乃唐人詩如「傾國傾城漢武帝，爲雲爲雨楚襄王」、「雲雨無情難管領，任他别嫁楚襄王」、「料得也應憐宋玉，只應無奈楚襄王」、「今來雲雨知何處，重上襄王瑇瑁筵」，此類甚多，往往誤稱，相沿不改。後遂爲填詞家借資，然使正其訛，而作懷王，便不成佳話矣。《高唐賦》中「旦爲行雲」，至今亦莫有稱旦雲者。看來古人下語練字，皆須韻致，不專以理勝也。又閲元微之《會真詩》「晨會雨濛濛」，則不獨稱暮雨矣。（《戲瑕》卷一）

二 夜航：余第聞皮襲美詩：「明朝有物充君信，瀋酒三缾寄夜航。」而絶不聞古樂府有《夜航船》曲，《輟畊》所載出何典耶？録中竄爲攜酒三樽，尤可笑矣。（同前）

三 破瓜：「碧玉破瓜時，郎爲情顛倒。芙蓉凌霜榮，秋容故尚好。」「碧玉破瓜時，郎爲情顛倒。感郎不羞郎，回身就郎抱。」此古《碧玉歌》，宋汝南王寵愛其妾碧玉而作是歌也。「窈窕上頭歡，那得及破瓜。但看脱葉蓮，何如芙蓉花。」此古《歡好曲》也，與《子夜》、《歡聞》、《讀曲》、《華山畿》諸歌同意，正以破瓜喻女子破身。古人託物比興，若芙蓉荳蔻之屬，無之非是。許氏《説文》訓「瓣」字爲瓜中實，斯可以反其隅矣。宋楊文公誤解吕純陽「功成當在破瓜年」，謂俗以破瓜爲二八，而凌氏《核劄》亦執是説，遂云：「破瓜即二八，非女子破身也。」何不於《碧玉歌》、《歡好曲》二辭求其義乎？洞賓談閉房之術，大略謂仙家采藥，須明鼎候，不失其候，成功無難。破瓜年者，即仙經所云「海水潮生，山頭月白」之義，其術要取二八生門，實非指破瓜爲二八也。《核劄》又謂填詞者云「未破瓜，剛二八」爲悖語，亦似未然。王實父《北西廂》《香美娘》「分破了花木瓜」，深得六朝樂府意，豈亦悖耶？金、元人製曲，自是立言，而不知者以爲填詞也。（同前書卷二）

四 緑腰舞：《緑腰》，唐曲名。盧金蘭善爲《緑腰》、《玉樹》之舞，建中中，康崑崙琵琶稱第一手，登樓彈一曲新翻羽調《録要》，即《録腰》是也。白樂天《楊柳枝》詞則曰《六么》，後王建宫詞亦因其字。按宋人《青箱雜記》載曲有《録要》者，録《霓裳羽衣》之要也，其拍即《唐書·吐蕃傳》所謂《凉州》，胡中謂《録要》雜曲，而今世語訛之爲《緑腰》耳。（同前書卷三）

五 乩仙：世之言乩仙者多矣，如余少時目擊，則近信而有徵者。然或以爲紫姑神，或以爲詩鬼，余時與名賢達士各窮其異，即非上清高真，必皆南宫仙客。筆端韻語，靈氣燁然，録之以廣井魚之聽矣。三十年前，與沈廉訪之子椿年秀才，肄業秦陂山中，秀才，余姊夫也，極好扶鸞，其族人雪帆子所傳授者。後兩沈生皆少年天死，遺有符呪書本一箱，并是蟲跡鳥篆文字，黄素書，古漆軸，余悉取而焚棄之。今所記降乩之詩，僅十有七首，乩仙嘗爲余寫蘆花仙舸卷子，題《百字令》長（當脱「短」字）句，及五七言短歌，盛誇一生禄命，後竟不協，亦不能盡記憶矣。所降仙人皆有別號，一曰降雪洞天使，一曰黄石公，一曰安期門下鶴喙仙斑，一曰虎觀使，一曰知幾子，一曰醉仙，一曰鄧玄岳，一曰周岐鳳，女仙曰羅襪仙子。（《獪園》卷四）

六 黄花舍人：吴郡士人召乩仙，仙至，署曰黄花舍人。問其坊曲氏族，曰：「金閶王氏子，因與里中黄生遇春歡好，又一生愛插黄花，人呼爲黄花舍人也。」問卿是天死耶？曰：「某年十五而天。」問生安在，曰：「相繼亡矣，今某與同寢處，若人間伉儷也。」衆乞下壇詩，曰：「憶黄郎嘗贈小曲，每句以『想殺恁』起，余亦有荅。」請誦之，遂題曰：「忘不了對攏雙袖，忘不了佳期月下偷，忘不了柳遮花映黄昏後，忘不了羅帳綢繆，忘不了紗牕風雨清明候，忘不了多病心情懶下樓。」情語繁多，兹不備録，詞訖，遽求去。問何忙迫如此，曰：「黄郎候門外久也。」問何不與俱入，曰：「某，吴兒，已作半天游戲，阿郎未離鬼録，那得來此？」寂然無聲，竟不知何風流鬼也。孫胤伽喜述其事。（同前書卷十三）

七 世廟時，遼邸最盛，宫室苑囿聲伎狗馬之樂甲於諸藩。而主亦風流，好文、音曲、詞章、梟盧、擊鞠，靡不狎弄。離宫别館，霧鏁雲蒸，舞榭歌樓，金鋪繡澁。於是四方之墨卿賦客、博徒酒人、黄冠羽服、驥子魚文之流，無不鱗集其座上矣。世宗晏駕，國亦遂除。先是王好致方士求長生之術，以迎上意，上加封王爲真人，寵賜絡繹，有異數焉。穆皇帝即位，人有嫉王者，陰告王有淮南之謀，收下鳳陽，請室翦其茅土，迫今主。上登極數年，忽夢有羽衣上來叩閽，乞命尋感悟，稍稍知王異寃，貸出，將議復之，而讐家謀毒，未已，甫七日報王薨矣。三十年來不獨豪華澌盡，即楚筵一杯之醴亦復寥寥，令人氣結。（《遼邸記聞》）

八 是時秦中孫一元、信州宋登春、吾吴顧聖之諸君凡數十輩，皆爲王門珠履，與故荆守徐宗伯公倡和上元諸曲。徐有「西宫隱隱出鸞簫」之句傳誦一時，然遼王雅工詩賦，尤嗜宫商，其自製小詞、豔曲、雜劇、傳奇，最稱獨步，有《春風十調》、《唾窗絨》、《誤歸期》、《玉闌干》、《金兒弄丸記》，皆極婉麗才情。尋後安置鳳陽，又編撰《賣花聲》諸詞數百闋，流傳江表，含思凄楚，不減南唐後主「春意闌珊」。至今章華臺前老妓半是流落宫人，猶能彈出箜篌絃上一曲《伊州》淚萬行也。（同前）

李本緯詞話

李本緯，字君章，錦衣衛籍，曲沃（今山東）人。萬曆壬辰進士，除鞏昌推官，仕至山東右布政使。有《灌蔬園集》、《昭代選屑》。《昭代選屑》三十卷，選明人詩句，分禮、樂、射、御、書、數六集，其下又分天文、時令、地理等三十類。此據早稻田大學藏日本文政二年刻本録詞話一則。

一　唐以後至宋、元，靡其氣而為詞，柔其骨而為曲，而體益卑。不佞於明諸家，斷以振衰而首功，有語肖顏、謝而格法初、盛者，方入屑選，一片區區，又不獨備詩料已也。（《昭代選屑》「凡例」）

來行學詞話

來行學，字顔叔，杭州（今浙江）人。行蹟不詳。編印有《宣和集古印史》、《草堂詩餘》。《草堂詩餘》八卷，明萬曆刊巾箱本，有萬曆辛丑自序，前有《調名考》數條，選本無注無評，有朱筆點讀。此據蓬左文庫藏本録詞話二則。

一

《刻草堂詩餘袖珍自序》：經宫緯羽，艷隻字於色飛；角緑鬭紅，綮片辭而魂絶。是以雲謡黄澤，響遏青風；寳鼎芝房，價高白雪。樂府争傳楊柳大堤之句，大晟曾填魚遊春水之腔。娱耳陶匏，並收金石；蝨目黼黻，誰問玄黄。則有文姬墨卿，嬭柔條於韶景；亦寫離懷愁緒，悲落葉於勁秋。雲破月來花弄影郎中，扣扉將命；紅杏枝頭春意鬧尚書，倒屣屏呼。少長河易，由來賠舞；兄弟協律，小學歌（疑脱一字）。箜篌非關曹植之章，琵琶何待石崇之曲。若乃皺水夢回，焉取君臣朝謔？荷香桂子，那知金亮投鞭。詩餘一編，彙連千首。織綃製錦，非唯芍藥之花；鳳律鸞歌，寧止蒲桃之樹。向來歆（當作剞）劂，不無雌黄；鄴架可登，奚囊未便。於是五松主人燃脂瞑緒，弄墨晨書。新定魯魚，毒仍甲乙。珠簾以玳瑁為押，玉樹用珊瑚作枝。永對玩於床帷，長披拭乎纖手。因使詩盟酒社，月夕花朝，馬上頻開玉函，枕畔輕摇檀拍。肘懸丹檢，豪哲聊供捧腹之歡；帳鎖紅樓，嬋娟更唱蓮舟之引。辛丑午日，來行學顔叔書。（《草堂詩餘》）

二　《草堂詩餘》調名考：《浣溪沙》，一名《山花子》。《菩薩蠻》，一名《重疊金》，一名《子夜歌》，又與《醉公子》相近。《丑奴兒令》，一名《羅敷令》，一名《採桑子》。《卜算子》，平韻即《巫山一段雲》。《憶秦娥》，一名《秦樓月》。《浪淘沙》，一名《賣花聲》。《眼兒媚》，一名《秋波媚》。《南柯子》，即《南歌子》。《玉樓春》，一名《木蘭花》。《小重山》，一名《小冲山》。《蝶戀花》，一名《鳳棲梧》，一名《鵲踏枝》。《江城子》，即《江神子》。《尾犯》，一名《碧芙蓉》。《念奴嬌》，一名《酹江月》，一名《赤壁詞》，一名《大江東去》，一名《百字令》。《桂枝香》，一名《疎簾淡月》。《風流子》，一名《内家嬌》。（同前書）

高濂詞話

高濂，字深父，號瑞南道人、湖上桃花漁，錢塘（今浙江）人。萬曆間在世，曾任鴻臚寺官。工樂府，所著有《雅尚齋詩草二集》、《芳芷樓詞》、《三徑怡閒録》、《遵生八牋》、《玉簪記》。《遵生八牋》十九卷，萬曆十九年自序云：「尊生者，尊天地父母生我自古，後世繼我自今，匪徒自尊，直尊此道耳。不知生所當尊，是輕生矣，輕生者，其天地父母罪人乎？何以生為哉？」故作此書，無問窮通，「貴在自得所重，知足以生自尊。」書中所載，專以供閒適消遣之用，抄撮繁富，其間詳論古器，彙集單方，時有可採。此據《北京圖書館古籍珍本叢刊》影印明萬曆十九年自刻本《雅尚齋遵生八牋》録詞話十則。

一　陸文達公有二歌曰：「聽聽聽，勞我以生天理定。若還懶惰受饑寒，莫到窮來方怨命，虛空自有神明聽。」又曰：「聽聽聽，衣食生身天付定。酒食貪多折人壽，經營太甚違天命，定定定。」（《雅尚齋遵生八牋》卷二「清修妙論牋」）

二　踏歌聲調：唐觀燈士人作踏歌唱之，歌調入雲，歌曰「長安少女踏春陽，無處春陽不斷腸。舞袖弓腰渾忘却，蛾眉空帶九秋霜」之類。（同前書卷三「四時調攝牋」）

三　裝花獅：曲江貴家遊賞，剪百花裝成獅子形，互相送遺獅，上有小連環，以蜀錦流蘇牽之，唱曰：「春光且莫去，留與醉人看。」（同前）

四　西泠橋玩落花：三月桃花，蘇堤落瓣。因風蕩漾，逐水周流。飄泊孤蹤，多在西泠。橋畔堆壘，粉銷玉碎。香冷紅殘，片片似對。騷人泣別，豪舉離尊。當為高唱，渭城朝雨。（同前）

五　歌者袁綯嘗從子瞻與客遊金山，適中秋，天宇四壁，一碧無際。加江流傾湧，月色如晝，遂共登金山妙高臺，命綯歌其《水調頭歌》曰：「明月幾時有，把酒問青天。」歌罷，公自起舞。（同前書卷七「起居安樂牋」）

六　高子書齋説：高子曰：書齋宜明静，不可太敞，明净可爽，心神宏敞，則傷目力。牕外四壁，薜蘿滿牆，中列松檜，盆景或建蘭一二，遶砌種以翠芸草，令遍茂，則青葱鬱然。傍置洗硯池一。更設盆池，近牕處蓄金鯽五七頭，以觀天機活潑。齋中長卓一，古硯一，舊古銅水注一，舊窑筆格一，斑竹筆筒一，舊窑筆洗一，糊斗一，水中丞一，銅石鎮紙一。左置榻床一，榻下滚脚凳一，床頭小几一，上置古銅花尊或哥窑定瓶一，花時則插花盈瓶，以集香氣。閑時置蒲石於上，收朝露以清目，或置鼎爐一，用燒印篆清香。冬置煖硯爐一，壁間掛古琴一，中置几一，如吳中雲林几式。佳壁間懸畫一，書室中畫惟二品，山水為上，花木次之，禽鳥人物不與也。或奉名畫山水雲霞中，神佛像亦可。名賢字幅，以詩句清雅者可共事，上奉烏思藏鍍金佛一，或倭漆龕，或花梨木龕以居之。否，用小石盆一，或靈壁應石、將樂石、崑山石，大不過五六寸，而天然奇怪、透漏瘦削、無斧鑿痕者為佳。次則燕石、鍾乳石、白石、土瑪瑙石，亦有可觀者。盆用白、定、官、哥、青東磁、均州窑為上，而時窑次之，凡外爐一、花瓶一、匙筯瓶一、香盒一，四者等差遠甚。惟博雅者擇之，然而爐製惟汝爐、鼎爐、戟耳彝爐三者為佳，大以腹横三寸極矣。瓶用膽瓶花觚為最，次用宋磁鵝頸瓶，餘不堪供。壁間當可處懸壁瓶一，四時插花。坐列吳興竹凳六禪椅一、拂塵搔背棕箒各一、竹鐵如意一。右列書架一，上置《周易古占》、《詩經傍註》、《離騷經》、《左傳林註》、《自儆二編》、《近思録》、《古詩紀》、《百家唐詩》、王、李詩黄鶴補註、《杜詩説海》、《三才廣記》、《經史海篇直音》、《古今韻釋》等書，釋則《金剛鈔義》、《楞嚴會解》、《圓覺註疏》、《華嚴合論》、《法華玄解》、《楞伽註疏》、《五燈會元》、《佛氏通載》、《釋氏通鑑》、《弘明集》、《六度集》、《蓮宗寶鑑》、《傳燈録》，道則《道德經新註指歸》、《西升經句解》、《文始經外旨》、《冲虛經四解》、《南華經》、《義海纂微》、《仙家四書》、《真仙通鑑》、《參同分章釋疑》、《陰符集解》、《黄庭經解》、《金丹正理大全》、《修真十書》、《悟真》等編，醫則《黄帝素問》、《六氣玄珠密語》、《難經》、《脉訣》、《華陀内照》、《巢氏病源》、《證類本草》、《食物本草》、《聖濟方》、《普濟方》、《外臺秘要》、《甲乙經》、《朱氏集驗方》、《三因方》、《永類鈐方》、《玉機微義》、《醫壘元戎》、《醫學綱目》、《千金方》、《丹溪》諸書，閑散則《草堂詩餘正續》、《花間集》、《歷代詞府》、《中興詞選》，法帖真則鍾元常《季直表》、《黄庭經》、《蘭亭記》，隸則《夏丞碑》，石本《隸韻》，行則李北海《陰符經》、《雲麾將軍碑》、《聖教序》，草則《十七帖》、《草書要領》、懷素絹書《千文》、孫過庭《書譜》，此皆山人適志備覽，書室中所當置者。畫卷，舊人山水人物花鳥，或名賢墨跡，各若干軸，用以充架齋中，永日據席，長夜篝燈，無事擾心，閱此自樂，逍遥餘歲，以終天年。此真受用清福，無虚高齋者，得觀此妙。（同前）

七　梅花紙帳：即榻牀外立四柱，各柱掛以銅瓶，插梅數枝。後設木板約二尺，自地及頂，欲靠以清坐。左右設横木，可以掛衣角。安斑竹書貯一，藏畫三四，掛白塵拂一，上作一頂，用白楮作帳罩之。前安踏牀，左設小香几，置香鼎，燃紫藤香。榻用布衾、菊枕、蒲褥，乃相稱「道人還了鴛鴦債，紙帳梅花醉夢間」之意。古云：「千朝服藥，不如一夜獨宿。」倘未能了雨雲業，能不愧此鐵石心，當亟移去寒枝，毋令冷眼偷笑。（同前書卷八「起居安樂牋下」）

八　論歷代碑帖・宋碑帖：蘇長公真書《韓文公廟碑》，《醉翁亭記》，《馬券》，《魚枕冠記》，《王郎帖》，《歸去來辭》，《表忠觀碑》，《洋州園池三十首》，《金剛經》，《楚頌帖》。黄涪翁書《狄梁公碑》，《此君軒歌》，《書評行書》，《晚遊池塘詩》，《大江東去詞》，《食時五觀帖》。……已上諸帖，槩舉行世者言之，余所目及，而宋搨今搨各半。但玩物流傳，銅玉耐久而多，書帖易敗而少，且寶珠玉者似多，寶金石文者更少，兼之兵火銷爍，人世變遷，豈容片紙砥礪塵磨？其中幸存十一二，散落人間，好之者力或不足，不知者用以覆瓿，此又刼會業逢，不知災害其幾，何能得聚古人於一堂，與之心談手執，接豐采於几案，故聚玩鑒家以宋書宋帖為第一，最上珍品。今人幸得一二，當寶過金玉，斯為善藏。余向曾見《開皇蘭亭》一搨，有周文矩畫《蕭翊賺蘭亭圖卷》、定武肥瘦二本，并褚河南《玉枕蘭亭》四帖，寶玩終日，恍入蘭亭社中，飲山陰流觴水，一洗半生俗腸，頓令心目爽朗。（節録自同前書卷十四「燕閒清賞牋上」）

九 張志和： 張志和，字子同，婺州金華人。始名龜齡，母夢楓生腹上而産志和，以親既喪，不復仕。居江湖，自稱烟波釣徒。著《玄真子》，亦以自號。有韋詣者為撰《内解》。志和又著《太易》十五篇，其卦三百六十五。兄鶴齡恐其遁世不還，為築室越州東郭，茨以生草，椽楝不施斤斧，豹席椶屩居勺反。每垂釣，不設餌，志不在魚也。觀察使陳少游往見，為終日留，表其居曰玄真坊，以門隘，為買地，大其閎，號回軒巷。先是，門阻流水，無梁，少游為構之，人號大夫橋。帝嘗賜奴婢各一，志和配為夫婦，號漁童樵青。陸羽嘗問孰為往來者，對曰：「太虛為室，明月為燭，與四海諸公共處，未嘗少别，何有往來？」顔真卿為湖州刺史，志和來謁，真卿以舟敝陋請更之，志和曰：「願為浮家泛宅，往來苕霅間。」苕，音條；霅，直甲反。水名，在吴興。辨捷類如此。善圖山水，酒酣，或擊鼓吹笛，舐筆輒成。舐，甚爾反。嘗撰《漁歌》，憲宗圖真，求其歌，不能致。李德裕稱志和隱而有名，顯而無事，不窮不達，嚴光之比云。（同前書卷十九「塵外霞舉牋」）

葉紹袁詞話

葉紹袁（一五八九—一六四八），字仲韶，號天寥道人，吴江（今江蘇蘇州）人。天啟乙丑進士，除武學教授，遷工部主事。明亡，薙髮為僧，號粟庵，又稱浮衲木拂等，後感愴成疾而卒。著《遷聊集》、《湖隱外史》、《甲行日注》等。《甲行日注》八卷，此據《嘉業堂叢書》本《天寥道人自撰年譜》附《甲行日注》録詞話二則。

一

（乙酉九月）初十日戊午，晴，乍寒，冷甚。兒輩再往安廬定居，停之約余，無聊，獨步廡間，見殘帙一小詞《太平時》，序兒女柔情，不覺銷凝久之。詞云：「韶光悄悄溶溶處，半是落花與飛絮。人静晝長，重門深閉，芳簟疏簾無語。畫屏春夢正來時，上苑東風又歸去。燕子泥香，遊絲日暖，一

霎薔薇紅雨。」（《甲行日注》卷一）

二 （丙戌二月）初七日甲申，晴。見吴叔向一扇，有《阮郎歸》詞，是檇李閨秀卜蕙姬名韞所書小楷，甚媚。一面淡墨山樹，即卜所畫，題畫詩，其所作也。云：「高卧松窓日正長，胸羅海嶽筆奔狂。綺麗雲山輕點就，光冉冉，動衣香。」父卜稽之，嫁沈伯升，皆諸生。伯升、叔向，中表也。稽之三女皆美姿容，工詩畫。長適某，此中女也。季適朱文恪公孫，才色更絶，詠春華之年亡矣。（同前書卷二）

慎懋官輯詞話

慎懋官，字汝學，自稱吴興山人，湖州（今浙江）人。其父嘉靖時爲御史，有直聲，忤旨，放歸。讀書山中，多所著述。汝學自幼侍父翰墨圖史間，博極羣書，三餘暇日，編《華夷花木鳥獸珍玩考》十二卷，有萬曆九年自序，分花木考、鳥獸考、珍玩考以及續考、雜考等，凡六合之内，細大悉呈，或剽取舊説，或參以己語，或標出典，或不標出典，間雜詩文。此據《續修四庫全書》影印明萬曆九年刻本録詞話十二則。

一　梅嬌《滿庭芳》詞：一種陽和，玉英初綻，雪天分外精神。冰肌玉骨，别是一家春。樓上笛聲三弄，百花都未知音。明窓畔，臨風對月，曾結歲寒盟。　笑杏花，何太晚，遲疑不發，等待春深。只

宜遠望，舉目似燒林。麗質芳姿雖好，一時取媚東君。爭知我，青青結子，金鼎内調羹。（《華夷花木鳥獸珍玩考》卷二）

二 杏梢《滿庭芳》詞：景傍清明，日和風暖，數枝濃淡胭脂。春來早起，惟我獨芳菲。幾番雨過，似佳人、細膩香肌。堪賞處，玉樓人醉，斜插滿頭歸。　梅花何太早，消疎骨肉，葉密花稀。不逢媚景，開後甚孤恓。恐怕百□（當作花）笑你，甘心受、雪壓霜欺。爭如我，年年得意，佔斷踏青時。（同前）

三 辯月落參横：洪景盧《容齋隨筆》云：今人梅花詩詞多用「參横」字，蓋出《龍城録》所載趙師雄事，然此實妄書，或以為劉無言所作也。其語云：「東方已白，起視，大梅花樹下，月落參横。」以冬半視之，黄昏時參已見，至丁夜則西没矣，安得將旦而横乎？秦少游詩：「月落參横畫角哀，暗香銷盡令人老。」承此誤也。唯東坡云：「紛紛初疑月挂樹，耿耿獨與參横昏。」乃為精當。老杜有「城擁朝來客，天横醉後參」，參以全篇考之，蓋初秋所作也。（同前）

四 許雲封驗笛：樂工許雲封善笛，自云學於外祖李牟。韋應物守任城，見之，示以家藏古笛，云天寶中得於李供奉者，雲封熟示（當作眎）曰：「此非外祖所吹笛也。」公問何以驗之，雲封言：「取竹之法：以今年七月望前生者，明年七月望前伐。過期，則音窒；不及期，則音浮。浮者，外澤中乾，受氣不全，則其竹夭。此笛，竹之夭者，遇至音，必破。」令試吹之，雲封舉笛吹《六州》「遍」一疊，未盡，笛忽中裂，公嘆異之。（同前書卷五）

五　《清平調》：明皇沉香亭前花繁開，曰：「賞名花，對妃子，焉用舊詞？」命龜年捧金花箋，宣賜翰林李白進《清平調》詞三章。白宿醒（當作酲）未解，援筆賦之，末章云：「名花傾國兩相歡，常得君王帶笑看。」詞進，太真持坡（當作玻）瓈七寶盞，酌涼州葡萄酒，笑領歌意。　大中祥符、天禧間，暮春之月，閤門傳宣布告，令赴池苑遊宴之會，法從既集，俄而陰雲興，密雨降，有詔罷後苑之遊，止賜宴飲。上御承明殿，面北而坐，預侍坐者翼列如儀。既而執事之臣捧金盤，進名花，有牡丹重沓千房者，并諸奇花，首置御座前。餘皆散布諸臣雕俎之上，内臣先供奉至尊，戴御花，以及親賢宰執亦如之，以次諸臣皆自戴焉。上忽乃眷西顧，宣言曰：「與學士戴花。」内庭侍從，唯學士不呼名。俄有中使數人遽至，與迥及一二同僚戴之，觀者無不竦動。見《清豐縣志》（同前書卷六）

六　鶯：章茂深嘗得其婦翁石林所書《賀新郎》詞，首曰：「睦（當作睡）起啼鶯語。」章疑其誤，頗詰之，石林曰：「老夫嘗考之矣，流鶯不解語，啼鶯解語，見《禽經》。」（同前書卷七）

七　鴉：有别種土人呼為寒鴉，歲十月自西北來，其陣蔽天，及春中乃去。秦少游詞：「寒鴉萬點，流水遶孤村。」不至越者，殆不知也。（同前）

八　按樂圖：《國史補》云：客有以按樂圖示王維，維曰：「此《霓裳》第三疊第一拍也。」客未然，引工按曲，乃信。此好奇者為之，曰：凡畫樂工能奏一聲，金石絲竹同用一字，何由（當作曲）無此聲，豈獨《霓裳》哉？《霓裳》曲凡十三疊，前六疊無拍，至第七疊始有拍而舞作，故白樂天詩「中序擘騞初入拍」，中序即第七疊也，第三疊安得有拍也？即見其妄。（同前書卷八）

九　《阿濫堆》：張祜詩云：「紅樹蕭蕭閣半開，玉皇曾幸北宫來。至今風俗驪山下，村笛猶吹《阿濫堆》。」宋賀方回曲子云：「待月上、潮平波灧，塞管孤吹新《阿濫》。」《中朝故事》云：「驪山多飛鳥，名阿濫堆，明皇採其聲為曲子。」又作鶡爛堆。《酉陽雜俎》云：「鶡爛堆黄，一變之鴰，色如鶩鷔。鴰轉之後，乃至累變。横理細臆，前漸漸微白。」見《丹鉛録》（同前書卷十）

一〇　《跋〈金奩集〉》：飛卿《南鄉子》八闋，語意工妙，殆可追配劉夢得《竹枝》，信一時傑作也。（同前書卷十一）

一一　《跋〈花間集〉》：《花間集》，皆唐末五代時人作。方斯時天下岌岌，生民救死不暇，士大夫乃流宕如此，可歎也哉！或者亦出於無聊故邪？笠澤翁書。（同前）

一二　宋曾端伯以十花為十友，各為之詞。荼蘼，韻友；茉莉，雅友；瑞香，殊友；荷花，浮友；巖桂，僊友；海棠，名友；菊花，佳友；芍藥，艷友；梅花，清友；梔子，禪友。張敏叔以十二花為十二客，各詩一章。牡丹，賞客；梅，清客；菊，壽客；瑞香，佳客；丁香，素客；蘭，幽客；蓮，静客；荼蘼，雅客；桂，僊客；薔薇，野客；茉莉，遠客；芍藥，近客。敏叔名景脩，宋禮部郎中，吴中人。（同前書卷十二）

姚希孟詞話

姚希孟，字孟長，號現聞，吴縣（今江蘇蘇州）人。萬曆己未進士，選入翰林。天啓中以母喪歸，旋被論削籍。崇禎初起左贊善，歷遷詹事，出掌南院，尋移疾歸，卒謚文毅。所著有《公槐集》、《響玉集》、《棘門集》、《沆瀣集》、《秋旻集》、《文遠集》、《循滄集》、《松癭集》、《伽陵集》、《風吟集》、《薇天集》、《丹黄集》等，總名《青溪閣全集》。此據《四庫禁燬書叢刊》影印明崇禎間張叔籟等刻《清閟全集》本《響玉集》和《松癭集》録詞話三則。

一

《媚幽閣詩餘小序》：「楊柳岸、曉風殘月」與「大江東去」總爲詞人極致，然畢竟「楊柳」爲本色，「大江」爲別調也。蓋《花間》、《草堂》爲中晚詩家鏤冰刻玉、綿脂膩粉之餘響，與壯夫彈鋏、烈士擊壺何啻河漢？且刱爲之者出於《望江南》，本大雅罪人，豈可令慨慷激射入於幽咽旖旎之中哉？若然，則吾輩銅筋鐵骨、冰稜霜幹，奈何作此閨閣語、兒女情？而宋、元迄今，端品雅流每喜爲幽閒鼓吹，蓋鍾情者競爲纖麗，而適情者愛其閒遠。夫取境閑而托寄遠，正三百篇之遺教也。胡天胡帝，而結之曰邦媛；終日射侯，而申之曰我甥。字字言外，語語箇中，以至於風雨雞鳴、蒹葭白露皆詩之河源宿海，而詩餘之銀潢機石也。廣陵鄭超宗生於蕙心紈質之鄉，鬚眉軒翥，肝腸皎洌，其才無所不擅，而亦於小詞津津焉。余讀而笑曰：「子文章之雄，又方雅之準也，而降爲小詞，何異百戰老將鞭駿馬發矢如叫梟，顧搴幃作三日新婦哉！」時沛國閻古古在座，進而白槌曰：「不見夫廣平之賦梅花乎？以百鍊鋼腸而多宛依婀娜之致，貞而不僿，矩而多丰，乃所以爲廣平。」余曰：「然，遂題而歸之。」（《響玉集》卷之餘）

二 《名賢倡酬卷跋》：右吴文定原博《題畫虎》七言古一首，王文恪濟之以詩招先高祖五言古一首，沈隱君啓南《西山有虎行》二首、《風雨遣悶》七言古一首，楊儀部君謙《遊石湖》七言律一首，蔡翰林九逵《春盡》五言律一首，祝京兆希哲《書懷》七言律一首，文太史徵仲《迎春風雨不出》五言律一首、《早起》七言古一首，唐解元伯虎《春來信口諸作》七言律七首、詩餘一首，馬比部抑之《西江月》詞三首，姚侍御公綬《歲歉》五言律四首、《途中喝韻》七言長篇一首。王文恪、楊儀部、祝京兆及姚侍御四律皆和先高祖韻，馬比部詞則與先高祖相唱和，姚侍御長篇，先高祖所喝韻也，蔡翰林、唐解元則書以貽先曾祖者，内惟文太史三詩乃希孟所補入，蓋高、曾二祖與一時耆宿唱酬往還，所積詩箋不下數百紙，而獨無徵仲。先生詩僅存《西齋春雨》一跋耳。蓋余家世儒，素惟此零落數紙，以當密須之鼓，闕鞏之甲，而諸從祖從父或不善寶藏，就諸公中太史名最著，兒童走卒皆欲得吉光片羽以爲重，即在蜘絲蠹窟中，必有胠篋而去者。先祖從王履吉先生遊，而無履吉隻字，想亦坐此。然成、弘、正、嘉之間，吴中人文甲天下，而卷中諸公實一時之冠，或領袖於金閨，或主盟於丘壑，隃麋未染絞綃，實庭側理，甫舒鷄林，争購翰墨，固以人重人。又以翰墨重自鄴下西園，而後千古無兩，而高、曾二祖頡頏其間，把臂入林，歡成莫逆，此刻獨以成唫，彼撚鬚而倚和。至於赫蹏充棟，卷軸盈箱，今海内猶不盡知。吾家二祖有覽此數卷者，以此思人，人可知已。馬比部號清癡，其三詞之一已刻《停雲帖》中。姚侍御，檇李人，詩與字畫俱雋絶可喜，爲識者所實，故并登此卷。希孟所銓次凡二卷，而此其甲選也。（《松瘿集》卷二）

三　《俞君宣尺牘卷跋》：吴中自希哲、子畏、昌穀諸先生而後，風流代掃，即有其骨無其才，有其才無其韻，有其韻無藻采，翰墨之兼長，屈指吾黨，每以望君宣，而君宣死矣。君宣死，而吴山短氣，花月無主，不獨一人一家之痛也。至其含情篤摯，婉而密，綿纏而不屬綺靡，往往於赫蹏中見之。昨歲余簡篋中，得君宣書十數紙，皆自燕中及西安見詒者，欲付裝池，而逡巡未就。今其内兄張涵吾彙成此卷，展披一過，如見屋梁落月，不禁潸潸沾袖矣。君宣所爲詩文及小詞故多可傳，而其家刻殊覺鹵莽。其郎君索序於余，弗敢應。删而訂之，後死之責也，并識於此。（同前）

孫丕顯輯詞話

孫丕顯，字啟周，閩（今福建）人。里貫行蹟不詳，萬曆時在世。編《文苑彙雋》二十四卷，其書分二十九門，以《唐類函》、《天中記》、《王氏彙苑》、《事文類聚》四書為正採，餘皆副之。芟繁就簡，便初學者。此據東洋文庫藏明刊本《文苑彙雋》録詞話二十二則。

一 《唐宋詞選》、《花間集》。（《文苑彙雋》「採用書目」）

二 蜀道淋鈴：明皇既幸蜀，初入斜谷，霖雨彌旬，於棧道中聞鈴聲，與山相應。上悼念貴妃，因採其聲，為《雨淋鈴》曲，以寄恨焉。〇出《褋録》（同前書卷一「天文部・雨」）

三 臘月放燈：宣和五年，令都城自臘月朔放鰲山燈，至次年正月十五夜，謂之預賞元宵。時有謔詞云：「奈吾皇，不待元宵景色來到，恐後月陰晴未保。」（同前書卷二「歲時部·上元」）

四　明皇製曲：《羯鼓録》云：明皇製《秋風高》曲，每至秋空迥徹，纖埃不起，即奏之，必遠風徐來，庭葉交墜。○唐宫人麗娟善歌，常（或作嘗）唱《廻風曲》，庭花翻落如秋。○出《洞冥録》。（同前「歲時部·秋」）

五　升月宫：開元中中秋夜，玄宗同羅公遠升月宫，見仙女數百，皆素練寬衣，舞於廣庭。玄宗問曰：「此何曲也？」曰：「《霓裳羽衣曲》也。」因記其聲調，次旦，召伶官，依其聲作《霓裳羽衣》之曲。○出《唐逸史》（同前「歲時部·中秋」）

六　愛君詞：蘇東坡中秋夜作一詞，都下傳唱，神宗聞之，讀至「瓊樓玉宇，高處不勝寒」，上曰：「蘇軾終是愛君。」乃命移汝州。○出《（脱「復」字）雅歌詞》（同前）

七　採聲成曲：安西境内有前踐山，山下有伽藍，其水滴溜成音，可愛。彼人每歲一時採綴其聲，以成曲調，故曰耶婆瑟鷄曲。開元中用為羯鼓曲名，樂工最難其杖捺之術。○出《高僧傳》（同前書卷三「地理部·水」）

八　烏啼：宋元康中，徙彭城王義康為豫章，臨川王義慶時為江州，相見而笑，文帝聞而怪之，召，還宅，義慶大懼。妓妾夜聞烏啼聲，叩閤云：「明日有赦。」後改為南州，因製《烏夜啼》曲。○出義慶傳。（同前書卷五「君道部·赦書」）

九　烟波釣徒：唐張志和，字子同，號玄真子，居江湖，自稱煙波釣徒。浮家泛宅，往來苕、霅間。

嘗作《漁歌》以識樂。肅宗賜奴婢各二人，玄真配為夫婦，名奴曰漁童，婢曰樵青。或問何義，答曰：「漁童者，使捧釣收綸，蘆中鼓枻。樵青者，使蘇蘭薪桂，竹裏烹茶。」張志和《漁歌》云：西塞山前白鷺飛，桃花流水鱖魚肥。青箬笠，緑簑衣，斜風細雨不須歸。○青草湖中月正圓，巴陵漁父櫂歌連。釣車子，橛頭船，樂在風波不用仙。○松江蟹舍主人歡，菰飯蓴羹亦共飡。楓葉落，荻花乾，醉宿漁舟不覺寒。○霅谿灣裏釣漁翁，舴艋為家西復東。江上雪，浦邊風，笑著荷花不歎窮。○釣台漁父葛為裘，兩兩三三舴艋舟。能縱櫂，慣乘流，長江白浪不須憂。（同前書卷九「人品部・漁釣」）

一〇　章臺柳：韓翊（當作翃），少負才名，往來皆賢士。鄰居姓李者，每將美妓至其家，必邀韓飲。李忽一日謂韓曰：「公當今名士，柳當今名色。名色配名士，不亦可乎？」因就之。後翊為淄青節度使，三歲不果迓，寄詩曰：「章臺柳（脱一章臺柳），往日青青今在否？縱使長條似舊垂，也應攀折他人手。」柳答曰：「楊柳枝，芳菲節，可恨年年贈離別。一葉隨風忽報秋，縱使君來豈堪折。」後為番將沙吒利所刼，寵之專房。翊與希逸見之，殆不勝情，希逸以事聞之朝，詔以柳氏還翊。○《異聞録》遇呂仙：吳興張珍奴，色華美，性澹素，雖落風塵，每夕沐浴更衣，告天求脱去甚切。洞賓作一士訪之，往來月餘，終不及亂。因問珍曰：「汝每夜告天，實何所求？」答曰：「失身於此，又將何求？但自念奴入是門中，妄施粉黛，以假為真，歌謳艷曲，以悲為樂。本是一團臭膿皮袋，借為飾以惑人，每每悔歎世之愚夫不自尊貴，過我門者，覩我如花，情牽意惹，留戀不捨，非便喪財，多致身殞，妾雖假容交歡，覺罪愈重。惟昕夕告天，早期了脱。」士曰：「汝志如此，何不學道？」珍曰：「陷於此地，何從得師？」士曰：「吾為汝師，可乎？」珍即拜扣。士乃以太陰煉丹法與之，珍即佯狂，丐於市，投荒地，密修其訣，逾三年，尸解而去。（同前「人品部・娼妓」）

一一　《爾雅》曰：聲比於琴瑟曰歌，徒歌曰謡，亦謂之咢。《韓詩章句》：有章曲曰歌，無章曲曰謡。《纂要》云：齊歌曰謳，吴歌曰歈，楚歌曰艷，淫歌曰哇。振旅而歌曰凱歌，堂上奏樂而歌曰登歌，亦曰升歌。（同前書卷十「藝術門・歌」）

一二　數闋束綵：寇萊公鎮北門，有善歌者至庭，公以金鐘獨酌，令歌數闋，贈之束綵。侍兒蒨（當作蒨）桃自内窺之，為詩呈公云：「夜冷衣單手屢呵，幽窗軋軋度寒梭。臘天日短不盈尺，何似妖姬一曲歌。」（同前）

一三　詞者，樂府之變也。六朝諸君臣頌酒賡色，務裁艷語，默起詞端，寔為觴濫之始。每有一字之工，令人色飛，一語之艷，令人魂絶也。此下摘諸詞之怡神醉心者録之：○高情已逐曉雲空，不與梨花同夢。○油壁車輕春犢肥，流蘇帳煖晨雞報。○細雨夢回雞塞遠，小樓吹徹玉笙寒。○斷送一生憔悴，能消幾箇黄昏。○無可奈何花落去，似曾相識燕歸來。○枕床一線紅生玉。○淚花落枕紅綿冷。○簾捲西風，人比黄花瘦。○鶯嘴啄花紅溜，燕尾點波緑皺。○燕子銜將春色去，紗窗幾陣黄梅雨。○重門不鎖相思夢，隨意遶天涯。○三千宫女如花面，幾箇春來無淚痕。○雲破月來花弄影。○今宵酒醒何處，楊柳外，曉風殘月。○寒鴉數點，流水遶孤村。○問君能有幾多愁，却似一江春水向東流。○池上春歸何處，滿目殘花飛絮。孤舘悄無人，夢斷月堤歸路。無緒，無緒。簾外五更風雨。○東風吹水日御（當作銜）山，春來長是閒。落花狼籍酒闌珊，笙歌醉夢閒。春睡覺，晚粧殘，無人整翠鬟。留連光景惜朱顔，黄昏獨倚闌。○東風吹柳日初長，雨餘芳草斜陽。杏花零落燕泥香，睡損紅粧。香篆暗消鸞鳳，畫屏縈遶瀟湘。暮寒輕透薄羅裳，無限思量。○岸草平沙，吴王故苑，柳裊烟斜。雨後寒輕，風前香軟，春在棃花。行人一棹天涯，酒醒處、殘陽亂鴉。門外鞦韆，牆頭紅粉，深院誰家。○柳邊沙外，城郭輕寒退。花影亂，鶯聲碎。飄零疎酒盞，離别寛衣帶。人不見，碧雲暮合空相對。○雨横風狂三月暮，門掩黄昏，無計留春住。淚眼問花花不語，亂紅飛過鞦韆去。○花樣妖嬈柳樣柔，眼波流不盡，滿眶秋。窺人佯整玉搔頭，嬌無力，舞罷却成羞。

（同前書卷十二「文學部·詞」）

一四 曲：曲者，詞之變也。自三百篇亡，而後有騷賦，騷賦難入樂，而後有古樂府。古樂府不入俗，而後以唐絶句為樂府，絶句少宛轉，而後有詞，詞不快北耳，而後有北曲。北曲不快南耳，而後有南曲。此下摘諸曲之奪景投情者録之：○雪浪拍長空，天際秋雲捲，竹索纜浮橋，水上蒼龍偃。○東風摇曳垂楊線，游絲牽惹桃花片，珠簾掩映芙蓉面。○不近喧譁，嫩緑池塘藏睡鴨。自然幽雅，淡黄楊柳帶栖鴉。○繫春心情短，柳絲長，隔花陰，人遠天涯近。○玉容寂寞梨花朵，胭脂淺淡櫻桃顆。○緑樹偏宜屋角遮，青山正補墻東缺。○枯藤老樹昏鴉，小橋流水人家，古道西風瘦馬。夕陽西下，斷腸人在天涯。○池中星玉盤，亂灑水晶丸。松梢月蒼龍，捧出軒轅鏡。○水面雲山，山上樓臺。山水相連，樓臺上下，天地安排。○側耳聽，門前去馬。和淚看，簾外飛花。○黄蘆岸，白蘋渡口。緑楊堤，紅蓼灘頭。雖無刎頸交，頗有忘機友。點秋江白鷺沙鷗，傲殺人間萬户侯。不識字烟波釣叟。○一聲梧葉一聲秋，一點芭蕉一點愁，三更歸夢三更後。○裙染榴花，睡損胭脂皺。紐結丁香，掩過芙蓉扣。線脱珍珠，淚濕香羅袖。楊柳眉顰，人比黄花瘦。（同前）

一五　晬盤，試周謂之晬盤。江南風俗，兒生一朞，為製新衣，盥浴裝飾，男則用弓矢紙筆，女則刀尺針線，並加飲食之物，及珍寶服玩置之兒前，觀其所取，以驗貪廉愚智，稱曰晬盤，會親者咸聚集燕享焉。賀試周詞云：「蘭閨石彩，吞浮地磬，桑蓬客歲充閭慶。銀蠟燒花，寶香薰燼，晬盤今日珠光映。耳邊細語憑君聽，人龍不與凡胎並。右執干戈，左持金印，功名四海妖氛净。」（同前書卷十四「吉凶部·生子」）

一六　風之始：吴給事女敏慧，工詩詞，後歸華陽名儒陳子朝，晚年惑一妾，緣此遂染風疾。一日親戚來問，吴同妾在側，因指妾曰：「此風之始也。」後西南士夫凡有所惑者，皆以風之始為口實。○出《雋永録》。（同前書卷十六「人事部·排調」）

一七　沉香：玄宗坐沉香亭，意有所感，欲得李白為樂章，召入，而白已醉。左右以水頮面，稍解，援筆成《清平調》三章，婉麗精切。○出《唐書》。　李白《清平調》詞云：雲想衣裳花想容，春風拂檻露華濃。若非羣玉峰頭見，會向瑶臺月下逢。○一枝濃艷露華香，雲雨巫山枉斷腸。借問漢宫誰得似，可憐飛燕倚新粧。○名花傾國兩相歡，常得君王帶笑看。解釋春風無限恨，沉香亭北倚闌干。

（同前書卷十七「宫室門・亭」）

一八　婦懷杯：宋宣和中，士女觀燈者賜酒一杯，有夫婦並遊，宣傳聲急，夫不獲進，其婦蒙賜飲，輒懷其杯，謝詞一闋云：「歸來恐被兒夫怪，願賜金杯作證明。」上賜之。（同前書卷十八「器用部・杯」）

一九　羯鼓：唐明皇好羯鼓，不好琴。嘗聽琴，未終，遽止之曰：「速令花奴持羯鼓來，為我解穢。」○花奴，寧王子，汝陽王璡小字也。又明皇春宴，高力士請羯鼓，臨軒縱擊，奏《春光好》曲，花柳皆發。（同前書卷十九「樂器部・鼓」）

二〇　《廣陵散》：（嵇）康後臨刑東市，顏色不變，問其兄曰：「向以琴來否？」兄曰：「已携來矣。」康取調之，為《太平引》，曲終歎息曰：「太平引絶於今日矣。」一云：康臨刑歎曰：「袁孝尼常從吾學《廣陵散》，吾固靳之，於今絶矣。」（同前「樂器部・琴」）

二一　隨彈占事：唐貞元中，康崑崙善琵琶。時大旱，詔雨師祈雨，令天門街市廣鬭聲樂，遂請崑崙登街東綵樓，彈一曲新翻羽調《六么》，自謂街西無敵。西市亦建一綵樓，上有一女郎抱樂器曰：「我亦彈此曲。」撥聲如雷，妙絶入神，崑崙即驚駭，拜請為師，女郎更衣出，乃僧善本，俗姓段。翌日，德宗召入，令陳本藝，異常，嘉奬，即令教崑崙，段師言：「崑崙本領襍亂，不近樂器十餘年，忘其本態，然後可教。」詔許之，後果盡師之藝。○出《樂府襍録》。（同前「樂器部・琵琶」）

二二　置騎傳：《開元遺事》云：玄宗貴妃楊氏嗜荔枝，必欲生致之，乃置騎傳送，飛馳數千里，味色未變，故杜牧詩曰：「長安回首繡成堆，山頂千門次第開。一騎紅塵妃子笑，無人知道荔枝來。」○貴妃生日，長生殿新曲未有名，會南海進荔枝，因名《荔枝香》。○出《貴妃外傳》。（同前書卷二十三「果蓏部・荔枝」）

佚名寫本《草堂詩餘》詞話

《類編草堂詩餘》，明韓俞臣校刊本，韓本筆者所見有三，一爲中國國家圖書館藏，二爲東洋文化研究所藏，三爲立命館大學藏。此刻本錯簡譌誤甚多，且各藏本存在的問題也不一樣。立命館大學又藏有朝鮮寫本，所據爲韓氏刊本，抄寫者名姓不詳，其中何良俊《草堂詩餘序》末作「嘉靖（皇明世宗年號）庚戌七月既望東海何良俊撰」，云「皇明世宗年號」，知抄者當在明時。後另有《草堂詩餘補遺》二卷。此據寫本録詞話二十七則。

一　目録失次，並置勿論。（《草堂詩餘》「小令」）

二　《鷓鴣天》，目録云二調，而詞有八篇。（同前）

三　目録云《南鄉子》四調，而周美成曉景詞下黄叔暘夜景「西園風暖落花時」以下語與題意相反，長短高低又不協。《哨遍》當考，「西園」以下五詞，或曰《阮郎歸》誤入，而《阮郎歸》篇内所無之，曲名似是，别有此曲，而不可考，併别録於下。（同前）

四　《青衫濕》，目録曰九調，而只有半篇，吴彦高感舊詞堆雄江以下缺，他語搀入，黄玉林以下小註，不知當屬何詞。小註下黄山谷勸酒、蘇子瞻梅花詞，不知當屬何曲，别録於下，以備後考。或曰《西江月》二調誤入，《西江月》亦篇内所無之曲名。（同前）

五　目録云《探春令》四調，而只有三調。（同前）

六　《青門引》，張子野懷舊詞「清明」殘下他詞，章垍路以下一百三十二字及小註花庵詞客云云，搀入於此，章垍路以下當屬《瑞龍吟》周美成春景詞，今移録焉。花中酒以下三十三字本在《謁金門》韋莊春恨詞下，而語意與清明殘相接，故今以臆見移附。（同前）

七　《多麗》，目録則曰《多灑》，《多麗》似是，今不可考。聶冠卿春景詞古來難下，他詞瓊苑金池以下一百二十字錯入於此，是併得以下一百二十一字及小註花庵詞客云云，以下誤入於《瑞龍吟》周美成春景下，故今本定瓊苑金池以下語，當考長調《金明池》。（同前）

八　《瑞龍吟》周美成春景詞，考定見上。（同前）

九　《哨遍》東坡「歸去來詞」「萬籟寂無聲」以下語與題意相反，長短高低，與《南鄉子》相類，語意又近夜景，故以己意附之於黄叔暘夜景，其下三調併附之。然則《南鄉子》合為五調，目録《哨遍》四調，

而此皆移屬於《南鄉子》，則《哨遍》今無一調，從當考訂他本。（同前）

一〇 《梅花引》，目録則曰《梅花影》，未知何是。（同前）

一一 《太（當大）酺》、《浪淘沙慢》、《玉女摇金佩》、《多麗》、《白苧》、《十二時》、《蘭陵王》、《瑞龍吟》、《六丑》、《寶鼎現》、《三臺》等諸調，似是長調之譔入小令，今不可考。（同前）

一二 《千秋歲》，目録不書幾調，其下春景、夏景、中秋、詠雨、垂虹橋五題並以曲名列，書例録之，蓋春景、夏景當屬《千秋歲》，中秋、詠雨、垂虹橋當屬《洞仙歌》，而目録誤録篇内，亦搜張。（同前書「中調」）

一三 《江城梅花引》康伯可閨情「一夜為花」下缺，「憔悴」以下十二字本在《洞仙歌》東坡夏夜調「起來携」下，而語意與「一夜為花」相接，故今以己意移録而補其缺，其下辛幼安春晚詞音韻高低與閨情詞不同，别録於下。（同前）

一四 《早梅芳》周美成冬景詞，詞語與題意相反，後當考。（同前）

一五 《洞仙歌》蘇子瞻夏夜詞「素手庭户」以下四十六字，及晁無咎中秋、李元膺詠雨、林外垂虹橋詞，皆誤録於《千秋歲》者，今考定。（同前）

一六 《洞仙歌》、《八六子》、《魚遊春水》、《夏雲峰》四曲，目録見漏，今附上。（同前）

一七 《玉漏遲》當在《尾犯》下，而目録見漏，今追漏。（同前書「長調」）

一八 《念奴嬌》李易安春情詞「日高煙斂」下有缺文。（同前）

一九 《解語花》目録云一調，篇内含有十餘調。周美成元宵詞「飛蓋歸」下本有「受他真箇憐惜」六字，而韻不叶，更考於下。朱希真風情詞「不如歸去」下「來從舞休歌罷」六字，與美成元宵詞韻叶，語續「受他真箇憐惜」六字與希真風情詞韻叶，語續故今正之。趙承之贈送以下諸調本在「受他真箇憐惜」六字下，而音韻與《念奴嬌》相類，故今並移附，臆見是否？（同前）

二〇 朱希真梅花詞下「坐來聲噴霜竹」上缺。（同前）

二一 范元卿詠月詞「飄零不」下缺，其下「是」一兩，是字上缺《念奴嬌》諸詞，並別録於下，以備後考。（同前）

二二 《應天文》，目録則曰《應天長》，未知何是。（同前）

二三 《秋霽》宋謙父隱括東坡赤壁上秋晴詞不同，當考。（同前）

二四 《賀新郎》東坡夏景詞「弄生」下缺，其下「怒把」似「恕」字，上缺，並別録於下，以備後考。目録《賀新郎》十一調，而篇内不滿十調，則此必落張。（同前）

二五 《金明池》秦少遊春遊詞自「瓊苑金池」至「尋芳歸去」，我國人謄附，而原本則卷終於春遊秦少遊字，此亦必有落張。「瓊苑金池」以下即小令中，歸屬無處，而別録於下者，長調之有誤入於小令，推此益驗矣。（同前）

二六 題下往往有不書名氏者，未知誰作，當考。（同前）

二七 《戚氏》一調載在目録末段，而無其詞，此亦必落張也。字多訛誤，次第又顛倒，甚至落張如是，甚可歎惜，印編此册，受遠人之金而鬻入者，其能免陰誅乎？（同前）

倪元璐詞話

倪元璐（一五九三—一六四四），字玉汝，號鴻寶，又號園客，上虞（今浙江）人。天啓壬戌進士，選庶吉士，授編修。崇禎進侍講，奏燬三朝典要。歷右庶子，遷國子祭酒。起兵部右侍郎，拜户部尚書。李自成陷京師，整衣冠自縊。福王時贈少保吏部尚書。乾隆時謚文正。善行草，工畫山水竹石。所著有《倪文貞集》、《鴻寶應本》、《國賦紀略》、《秦漢文尤》、《百官鐸》、《代言録》。此據影印文淵閣《四庫全書》本《倪文貞集》和《四庫禁毁書叢刊補編》影印清順治十四年唐九經刻本《鴻寶應本》録詞話三則。

一

《祁世培司李玉節傳奇序》：韻人管風絃月，莊士矩倫矱理，兩氏遇於塗，必捽頂交唾而去，今使兩手者左執檀口，右操鐵肝，兼寫並獻所不能矣。夫文章之柔，若媚狐比於巧令者，莫甚元之曲子，而以為由其道之，可以教忠，世培則有取爾也。世培心恫於時，起蘇衞槁壤，為當場之弄，其豔蘇意微，其醜衞恨切。岳氏之祠泥範武穆，金鑄檜、卨，人之欲不朽檜、卨甚於存武穆也。宫商鑄之不愈於金乎？故是記則祁氏之刑書也。名音曰律，名法亦曰律，故世培之能於司刑，於此可知也。然世培之於古之為詞者則有異歸焉，宋廣平剛腸而哦梅花，則媚歸於姿；世培妍面而敷勁，旨協於銅鐵綽歸於骨。王右丞奏《鬱輪袍》，領解登第歸於藝；世培既登第，而聲忠影叛，發其思存歸於道。柳耆卿調桂子荷香，致金亮躍馬歸於臯；世培拈一禿節子，近晶漢日、遠遏塞雲歸於功。且夫譜事為詞，使可歌舞其中，有靈也已。以世培之詞為臠享於諸氏，聰氏享諧，瞭氏享態，藻氏享華，俠氏享義，而用物以配之，逢花則豔，着酒則豪，當經則法，伍史則鯁，是固英怪，非其才莫能為之也。（《倪文貞集》卷七）

二　《馮二酉先生傳》：先生家錢塘，少英秀。為錢塘諸生，有聲，累舉不第，遂棄去。益讀書博覽，自典墳迄梵野無不涉者。文近江庾，詩介柳、韋，尤喜為小詞歌曲，中多閨思宫怨，情艷之言，所著流甚侈。凡其地之當路鉅公皆傾心願交先生，先生率情應之簡簡然，退而雜山僧野老間，則言笑甚濃。文章日出，如露降荷盤，無所膠附，而瀏灕渾脱，見者熹心。家甚貧，厨嘗絕炊，吟咏自若。有餽之粟者不妄受，受亦必圖報之，稱施而止。與人春敷，少譏多獎，而綿鍼匣劍，骨鋒湛然。每聞冠紳忠義、閭巷節烈，及是非所繫、世論不平者，即戟手鬚張，霜虹滿面，人以是窺先生骨嚴中朗。其於世雖甚無忤，諸之而已，非有唯，阿諾之於唯，相去萬里也。今行年八十有六，猶辨蠅書，所居三聖橋，嘗雨中乘屐至於津頭，往還三十餘里，喘汗不作。有召之飲，雖甚久，不告休。時或瞑不語，人竊相謂曰：「先生疲矣。」先生聞之，遂張目訟曰：「吾不疲也。」呼酒酣歌，多至達曙，神明嬌然，蓋五官甚茂，惟眼嘗淚，為缺陷云。倪子曰：余後先生四十年，與先生遊最久，嘗欲生謚之一言，累思經旬，竟不得也。以為才士，有其德；以為恭士，有其風；以為華士，有其誠；以為介士，又有其俠爾。昔者錢塘之彦和靖，清舉近枯，昭諫華飛，似放此二子，皆不可名先生。吾聞錢塘，故蘇、白之所治也。先生者，香山氏之朋與？眉山氏之朋與？（同前書卷十四）

三《祁止祥稿序》：文章之不治，則繇其才墮而體升。才墮而體升者，詭羹酒於太玄，逃燈劍曰惟匣。此二托者，其名大尊，而其情如春冰，彈指可破也。且夫太羹爲不味之烹，玄酒即非醨之釀。不味此之生物，非醨幾於澹水。以此二者，享諸衆口，苟其嚌嚅唱旨，悦懌騰酣，則亦遂可尊屠手於易牙，貴汲人於儀狄，然固不能。則其用之文章，必有不可者矣。而謂過宣必敝，則有取於帷燈；侈割將傷，是所期乎匣劍。然不知畜光需鑒，養鍔待剸，此以喻字，未落紙之時，意尚包胸之會，未聞至幽，相察而憂照深。兩敵相威，而嫌器利。今欲辨層墻之中非漆，襲石之裏無鉛。雖復長號，不可得信。則其用之文章，又必有不可者矣。知其不可，而顧爲之者其力薄，而取途於易循，中憅而駕高名以自壯。既已爲之，必以笑天下之不爲此者。袁狐升座，而呪龍象之智爲羊鹿，此天下之大痛，志士所務白也。故吾之意，欲使羹人窮羹，酒人窮酒。燈者猶燈，劍者猶劍，則天下之才出，天下之才出，則文章之道大治矣。自吾持其説二十年，不敢以告人，以爲言之，天下必有劚吾舌者。而今吾友祁止祥，繇其道則大效，則是文章之事猶可爲，而言之亦未必禍也。止祥氏之文，棲於奥深，躍爲靈露。觀其入刺然可寸計心，觀其出瀉然可斛量血，則其才無不致於其文者矣。夫使止祥氏澹然而唱「曉風殘月」，或可以歡十七八女郎。信口而長唫，亦可以通曉白香山之老嫗，然止祥氏不爲，止祥氏以爲使天下婦人知之，則不如窮以死耳。觀於止祥氏之爲文，亦足知羹酒燈劍四者之才可得而極，而太玄帷匣之義，自聖人言之，亦爲名言，庸人托之，則大奸而已矣。以止祥氏之才，亦數舉乃售，使吾會晚合，然使止祥氏不大效者，吾舌豈可得保乎？（《鴻寶應本》卷十）

吴楚材輯詞話

吴楚材，字國賢，崇陽（今湖北）人。行蹟不詳，萬曆間在世。兼綜羣書，採其有裨於聞見，命諸子録而識之，久而成《彊識略》，凡四十卷，有萬曆己丑自序。此據《續修四庫全書》影印明萬曆十七年陽春園刻本録詞話七則。

一　三臺：三十拍曲名也。《李氏資暇》曰：昔鄴中有三臺，石季龍遊宴之所，樂工造此曲，促飲也。

二　小詞：《筆談》曰：古詩皆詠之，然後以聲依之詠以成曲，謂之協律。詩外有和聲，所謂曲也。唐人乃以詞填入曲中，不復用和聲，此格雖云自王涯始，然《花間集》序則云起自李太白。《謝秋娘》

（《彊識略》卷十一「音樂部」）

一云《望江南》。（同前）

三 樂府：《合璧》云：樂章，即樂府之本；樂歌，即樂府之流。自成周為頌聲二十一篇，是為樂歌。漢武帝始立樂府，而郊祀等歌、明堂等詩，已與成周不侔，然猶可以質鬼神、告祖宗。一變為晉、宋，又有古樂府，如釋子蘭、釋貫休等，雖托物寓興，終入鄙俚，又與漢人不同。又變為隋、唐、五代，去古遠矣。夫唐世，如賀、白所述，猶足以宣情寓諷，及變為宋之長短句與小詞，又轉為巷陌市井之歌，愈不足道云。《巵言》云：詞者，樂府之變也。昔人謂李太白《菩薩蠻》、《憶秦娥》，楊用脩又傳其《清平樂》二首，以為調祖。不知隋煬帝已有《望江南》詞。蓋六朝諸君臣頌酒賡色，務裁豔語，默啓詞端，寔為濫觴之始。故詞須宛轉緜麗，淺至儇俏，挾春月煙花於閨幨内奏之，一語之豔，令人魂絶，一字之工，令人色飛，乃為貴耳。至於慷慨磊落，縱橫豪爽，抑亦其次，不作可耳，作則寧為大雅罪人，勿儒冠而胡服也。《花間》以小語致巧，世説靡也。《草堂》以麗字取妍，六朝喻也。即詞號稱詩餘，然而詩人不為也。何者，其婉孌而近情也，足以移情而奪嗜；其柔靡而近俗也，詩嘽緩而就之，而不知其下也。之詩而詞，非詞也；之詞而詩，非詩也。言其業，李氏、晏氏父子、耆卿、子野、美成、少游、易安至矣，詞以正宗也。温、韋豔而促，黄九精而刻，長公麗而壯，幼安辨而奇，又其次也，詞之變體也。詞興而樂府亡矣，曲興而詞亡矣，非樂府與詞之亡，其調亡也。（同前）

四 《六么》：《琵琶録》云：羽調《緑腰》，註云：即《録要》也，本自樂工進曲，上令録出要者，以為名，誤言《緑腰》也。此乙訛為緑，而自白樂天集詩注文訛為《六么》，乃其曲，又有高平仙吕，不與羽

調相協云。（同前）

五 歌行：昔人論歌辭，有有聲有辭者，若郊廟樂章及《鐃歌》等曲是也；有有辭無聲者，若後人之所述作，未必盡被於金石也。漢魏歌詠雜興，故本其命篇之義曰篇，因其立辭之意曰辭，體如行書曰行，述事本末曰引，悲如蛩螿曰吟，委曲盡情曰曲，放情長言曰歌，言通俚俗曰謡，感而發言曰歎，憤而不怒曰怨。雖其立名不同，然皆六義之餘也。（同前書卷十九「文章部」）

六 近代詞曲：三百篇亡而後有騷賦，騷賦難入樂而後有古樂府，古樂府不入俗而後以唐絶句為樂府，絶句少宛轉而後有詞，詞不快北耳而後有北曲，北曲不諧南耳而後有南曲。自古音樂廢後，鄭衛夷狄之聲雜然並出。至唐開元、天寶中薰然成俗，於時才士始依樂工按拍之聲被之以辭，其句之長短，各隨曲而變，於是古昔聲依永之理愈失矣。《巵言》云：詞者，樂府之變也。昔人謂李太白《菩薩蠻》、《憶秦娥》為調祖，不知隋煬帝已有《望江南》詞，寔為濫觴之始。若《昔昔鹽》、《阿鵲鹽》、《阿濫堆》、《突厥鹽》、《疏勒鹽》、《阿那朋》之類，詞名之所由起也。其名不類中國者，歌曲變態，起自羌胡故耳。曲者，詞之變。自金、元入中國，所用胡樂嘈雜凄緊緩急之間，詞不能按，乃更為新聲以媚之，而諸君如貫酸齋、馬東籬、王實甫、關漢卿、張可久、喬夢符、鄭德輝、宮大用、白仁甫輩咸富有才情，兼喜聲律，以故，遂擅一代之長。所謂宋詞元曲，殆不虛也。又云：元有曲而無詞，如虞、趙諸公輩不免，以才情屬曲，而以氣槩屬詞，詞所以亡也。（同前）

七 詩餘：即詞，《草堂詩餘引》云：詩自三百篇而降，氣運相沿，屢觀其變，其道已不純古，衰頹至於唐季，而詩餘之變漸盛，至宋則又極焉。其體裁則繁，音節則輕，辭則近褻而妍巧，渾淪敦厚之意存者寡矣。《巵言》云：《花間》以小語致巧，世説靡也。《草堂》以麗字取妍，六朝隃也。即詞號稱詩餘，而詩人不為也。何者，其婉孌而近情也，足以移情而奪嗜。其柔靡而近俗也，詩嬋緩而就之，而不知其下也。之詩而詞，非詞。之詞而詩，非詩也。言其業，李氏、晏氏父子、耆卿、子野、美成、少游、易安至矣，詞之正宗也。温、韋豔而促，黄九精而刻，長公麗而壯，幼安辨而奇，又其次也，詞之變體也。詞興而樂府亡矣，曲興而詞亡矣，非樂府與詞之亡，其調亡也。（同前）

吴之俊輯詞話

吴之俊，字彦章，號芝房，歙縣（今安徽）人。萬曆癸丑進士，官武强縣知縣。編《獅山掌録》二十八卷，是編纂輯故實，分二十六類，多不著出典。此據《四庫全書存目叢書》影印明萬曆四十五年黄正中等刻本録詞話十三則。

一　中秋待月：金主亮中秋待月不至，賦《鵲橋仙》曰：「停杯不舉，停歌不發，等候銀蟾出海。不知何處片雲來，做許大、通天障礙。　虬髯撚斷，星眸睁裂，惟恨劍鋒不快。一揮截斷紫雲腰，子細看、嫦娥體態。」（《獅山掌録》卷三「挈壺部」）

二　《清平調》：沉香亭東木芍藥開，上乘照夜車，太真妃從以步輦。李龜年捧檀板押衆樂前，上命龜年持金花箋宣賜李白立進《清平調》三章，上命梨園子弟約略聲調，龜年歌之，太真持玻瓈七寶杯，酌西凉葡萄酒，笑飲（當作領）歌詞，上因調玉笛倚曲，故遲其聲以媚之。（同前書卷七「綜掖部」）

三 冷飛白：莊宗大雪内宴，鏡新磨進一詞，號《冷飛白》。（同前）

四 牡丹燕：張鎡牡丹燕客，寂坐虚堂，旋聞香發，左右捲簾，異香從内而出。酒殽絲竹絡繹而來，别有名伎數十，首戴牡丹，衣領皆繡如其色，歌昔人所作牡丹詞，進酌而退，如此十易花伎，無一相同。酒竟，數百人鼓行送客，燭光香霧，歌吹雜作，恍若仙遊。（同前書卷八「緯闕部」）

五 帕裹紅淚：灼灼，錦城官妓也，善舞柘枝，能歌《水調》。相府筵中與河東人坐接，神通目授，如舊相識，自此不復面矣。灼灼以軟綃帕裹紅淚，密寄河東人。（同前書卷九「襄奩部」）

六 《阿鵲鹽》：唐曲有《突厥鹽》、《阿鵲鹽》、《昔昔鹽》，故施肩吾詩曰：「顛狂楚客歌成雪，嫵媚吴娘笑是鹽。」蓋當時語也。（同前書卷十一「宣籟部」）

七 十八東西：王禹玉詩：「舞急錦腰迎十八，酒酣玉餞照東西。」樂府《六么》曲有《花十八》，古有玉東西杯，其對亦新。（同前）

八 《雨霖鈴》：明皇幸蜀，霖雨彌旬，於棧道中聞鈴聲，與雨聲相應，因採其聲，為《雨霖鈴》曲以寄恨。（同前）

九 《虞美人》：虞美人草，聞人作《虞美人》曲，則枝葉皆動，他曲不爾也。桑景舒詳其聲，曰：「此吴音也。」因取琴，試製吴音一曲對草鼓之，枝葉亦動，因命《虞美人操》。（同前書卷十三「苑萌部」）

一〇 妙高臺：歌者袁綯，嘗從子瞻遊金山，適中秋，天宇四壁，一碧無際，加江流澒湧，月色如畫，公共登妙高臺，命綯歌其《水調歌頭》曰：「明月幾時有，把酒問青天。」歌罷，公自起舞。（同前書卷二十六「析致部」）

一一 青山嫵媚：辛稼軒凡燕集，必命小史歌所作《賀新郎》詞，其警句云：「我見青山多嫵媚，料青山見我應如是。」每至此，輒欣然自笑。（同前）

一二 醉月：蘇子瞻春夜行蘄水，過酒家，飲醉，乘月至一溪上，解衣少休，及覺已曉，亂山蘢葱，不謂人世。（筆者按：此爲《西江月》「照野瀰瀰淺浪」之題序）（同前）

一三 春山留愁：陸放翁宿驛中，見題壁曰：「玉階蟋蟀鬧清夜，金井梧桐辭故枝。一枕凄凉眠不得，呼燈起作感秋詩。」詢爲驛卒女，因納之。後逐於夫人，妾復詠一詞：「只知眉上愁，不識愁來路。窗外有芭蕉，陣陣黄昏雨。　曉起理殘粧，整頓教愁去。不合畫春山，依舊留愁住。」（同前書卷二十八「拾璅部」）

張懋修詞話

張懋修，字斗樞，江陵（今湖北）人。居正第四子，萬曆庚辰進士，殿試第一人，授修撰。積書好古，清約如寒素中。年八十卒。撰《墨卿談乘》十四卷，此據《四庫未收書輯刊》影印明刻本録詞話三則。

一　唐太宗：《集百家唐詩》者載太宗《春日望海》詩，末句云：「之罘思漢帝，碣石想秦皇。霓裳非本意，端拱且圖王。」夫《霓裳羽衣》之曲，乃玄宗製也，太宗安得預擬？此必玄宗詩也。若謂唐初別有霓裳故事，則可以太宗而先詠玄宗故事，則誤矣。（《墨卿談乘》卷七）

二　○鄧潤甫撰龍興節壽詞：「負黼扆，憑玉几。」岑象求曰：「此《顧命》詞，非祝壽語。」劉嗣明《皇子剃髮文》用「克長克君」，吏持以請曰：「内中讀文書，最忌語聲，既克長，又克君，非好音也。」嗣明更之。陳述古明堂赦文用「奉祠紫宫」，乃語犯俗嫌，陳去非、朱勝非起復制用「方宅大憂」，言者爲事涉人主，陳自明右相制用「昆命元龜」，倪正父曰：「非臣下事。」又「故國之有世臣」，乃忌「故國」，而改曰「天生賢哲，國有世臣。」詞林草貴妃制用「釐降」、侂胄制用「聖之清，聖之和」，皆犯公論。綦北海草吴价制：「陸海神皋，既失秦川之利；銅梁劍閣，敢言蜀道之難。」辛炳秦玠方屏翰四川，乃云失利，遂改「秦川」爲「秦中」。吴挻之客草德壽宫慶典賀表有「揚」、「命」二字，蘇熙之曰「導揚末命」，《顧命》語也。洪景盧紹興中謝曆日表：「神祇考祖，既安樂於太平；歲月日時，又明章於庶證。」乾道初，外郡采取用之謝曆表中，洪曰：「今光堯在德壽宫，所謂神祇對祖考並稱者，何哉？」張文潛謝表：「我未自東。」彭汝霖謂：「君前稱我，大失禮。」洪景盧葉顒制：「無以我公歸」句，指邦人而言也，而單時疑之，謂君稱臣爲我公。楊文公撰答契丹書用「鄰壤交歡」，不免字嫌，又嘗戒門人作文須避俗字語，已而公作表有「德邁九皇」，門人鄭戩曰：「何時得賣生菜？」公咲而易之。開禧詔諭天下，首聯云：「匹夫無不報之仇。」何其陋也。劉炳草嘉王制用「蒸蒸孝友之風」，言者謂「蒸蒸」之語何自而出，始誦書者皆能知之，命詞立意如是，可乎？汪彦章：「八世祖宗之澤，豈汝能忘？一時社稷之憂，非余獲已。」此赦詔語也，議者謂並道君皇帝而數之不宜，曰祖宗如此數條，宋人固自有譏評之當否，然總之應制之文多拘忌，文機爲其所束，下筆先已氣萎，是所謂騁飛黄於轅下，奏天樂於房中，欲以見駿足發其高音也，難矣。若挽首而就典雅，切事情，真端冕，而立廊廟無一毫可指，此等文字，勝文人好逞者十倍，難亦十倍之。如李太白天才迅發，醉草《清平調》「可憐飛燕倚新粧」詞，非不佳，終爲高力士所指，曰以飛燕比貴妃，辱亦甚矣。一中其讒，流落半世，此詞人應制所以難也。（同前）

三　弓足：婦人弓足，張邦基《墨莊漫録》以爲始於五代，因引詞曲以證。又言《道山新聞》云：李後主宫嬪窅娘纖麗善舞，後主作金蓮高六尺，飾以寶物，細帶纓絡，蓮中作品色瑞蓮，令窅娘以帛繞脚，令纖小屈上作新月樣，素襪，舞雲中回旋，有綾（當作凌）雲之態。唐鎬詩曰：「蓮中花更好，雲裏月常新。」由是人皆效之，以纖弓爲妙，以此知札脚自五代以來方爲之。如熙寧、元豐以前爲之者少，近來人相效，以不爲者爲耻也。余觀其所引詩詞，皆不切於弓足，且有好事者廣之，以五代六朝事爲未足，又引漢唐詩歌證，皆未有切據，惟余見《天寶遺事》載明皇作楊妃所遺羅襪盟曰：「羅襪羅襪，香沉生不絕。細細圓圓，地下得瓊鈎。窄窄弓弓，手中弄初月。又如脱履露纖圓，恰是同衾見時節。方知清夢事非虚，暗度相思幾時歇。」此中瓊鈎、弓窄、初月字恰是弓足語，然唐人詩、唐人畫未有及此形者，痛哉！齊東昏步步金蓮，李後主帛繞新月，爲後世作俑，使閨女刖刑一世，此俗大可革也。《事物考》曰妲己狐精，亦曰雉精，亦未變足，以帛裹之，宫中皆效焉，此其始也。（同前書卷八）

俞彦詞話

俞彦，字仲茅，太倉州（今江蘇）人，一作金陵（今江蘇南京）人。萬曆辛丑進士，除兵部主事，歷員外郎，升光禄少卿。所著有《俞少卿集》、《擬古樂府》、《擬詩和頌》等。此據《四庫未收書輯刊》影印明崇禎間刻本《俞少卿集》録詞話一則。

一

《東風齊着力·戊辰除夜》：「聖主初元，星回佳候，物意嶙峋。沉香火底，爆竹徹明聞。正值調和玉燭，遍寰宇、盡入陽春。儘今夜，加添甲子，漫守庚申。笑語逡巡。又早是、一宵兩歲平分。賞心樂事，都施少年人。只願安康履順，團欒聚、賢子賢孫。還憑仗，東風着力，吹入寒門。」宋人有此調，不用此句，乃又用於《送入我門來》，想此調原有此句也，他調偶用之耳。予故合之。（《俞少卿集》「近體樂府」）

俞彦詞話

俞彦，里貫行蹟不詳。撰《爰園詞話》。按明有俞彦，字仲茅，萬曆辛丑進士，不知是否此人。參見前一家詞話。此據民國上海大東書局石印《詞話叢抄》本録詞話全文。

一　詩詞，末技也，而名樂府。古人凡歌，必比之鐘鼓筦絃，詩詞皆所以歌，故曰樂府。不獨古人然，今人但解絲竹，率能譯一切聲為譜，甚至隨聲應和，如素習然，故盈天地間無非聲，無非音，則無非樂。（《爰園詞話》）

二　詞於不朽之業，最為小乘，然溯其源流，咸自鴻蒙上古而來，如億兆黔首，固皆神聖裔矣。惟閭巷歌謡即古歌謡，古可入樂府，而今不可入詩餘者，古拙而今佻，古朴而今俚，古渾涵而今率露也。

然今世之便俗耳者，止於南北曲，即以詩餘比之筦絃，聽者端冕卧矣。其得與詩並存天壤，則文人學士賞識欣豔之力也。（同前）

三　詞何以名詩餘，詩亡然後詞作，故曰餘也，非詩亡所以歌詠詩者亡也。詞亡，然後南北曲作，非詞亡所以歌詠詞者亡也。謂詩餘興而樂府亡，南北曲興而詩餘亡者，否也。（同前）

四　周東遷以後，世競新聲，三百之音節始廢。至漢而樂府出，樂府不能行之民間，而雜歌出。六朝至唐，樂府又不勝詰曲，而近體出。五代至宋，詩又不勝方板，而詩餘出。唐之詩，宋之詞，甫脱穎，已遍傳工歌（當作「歌工」）之口，元世猶然，至今則絶響矣。即詩餘中有可采入南劇者，亦僅引子，中調以上，通不知何物，此詞之所以亡也。今世歌者惟南北曲，甯如宋猶近古。（同前）

五　詞全以調為主，調全以字之音為主。音有平仄，多必不可移者，間有可移者；仄有上去入，多可移者，間有必不可移者。儻必不可移者任意出入，則歌時有棘喉澀舌之病。故宋時一調作者多至數十人，如出一吻。今人既不解歌，而詞家染指不過小令、中調，尚多以律詩手為之，不知孰為音、孰為調，何怪乎詞之亡已？（同前）

六　遇事命意，意忌庸、忌陋、忌襲。立意命句，句忌腐、忌澀、忌晦。意卓矣，而束之以音。屈意以就音，而意能自達者鮮矣。句奇矣，而攝之以調，屈句以就調，而句能自振者鮮矣。此詞之所以難也。（同前）

七　小令佳者，最為警策，令人動褰裳涉足之想。第好語往往前人説盡，當從何處生活？長調尤為

亹亹，染指較難，蓋意窘於侈，字貧於複，氣竭於鼓，鮮不納敗。比於兵法，知難可焉。（同前）

八　唐詩三變愈下，宋詞殊不然。歐、蘇、秦、黄，足當高、岑、王、李。南渡以後，矯矯陡健，即不得稱中宋、晚宋也。惟辛稼軒自度粱肉不勝前哲，特出奇嶮為珍錯供，與劉後村輩俱曹洞旁出，學者正可欽佩，不必反唇並捧心也。（同前）

九　周長卿元曰：「選《草堂》詞者，如《昭明文選》，但入選面目都相似，不入者非無佳詞，便覺有傖氣。」此語良然。選《草堂》者，小令、中調，吾無間然。長調亦微有出入，非惟作者難，選者亦難耳。（同前）

一〇　古人好詞，即一字未易彈，亦未易改。子瞻「緑水人家遶」，别本「遶」作「曉」，為《古今詞話》所賞，愚謂「遶」字雖平，然是實境，「曉」字無皈著，試通詠全章便見。少游「斜陽暮」，後人妄肆譏評，託名山谷，《淮海集》辨之詳矣。又有人親在郴州見石刻是「斜陽樹」，「樹」字甚佳，猶未若「暮」字。至《苕溪漁隱》記耆卿「鰲山彩結」，「結」改作「締」，益佳，不知何以佳也。若子瞻「低繡户」，「低」改「窺」，則善矣。温飛卿「哀桃一樹近前池，似惜容顔鏡中老」，予欲改「近」為「俯」或「映」，似更覺透露，請質之知言者。（同前）

一一　晚唐五代小令填詞用韻多詭譎不成文者，聊為之可耳，不足多法。《尊前集》載唐莊宗《歌頭》一首，為字一百三十六，此長調之祖，然不能佳。（同前）

一二　子瞻詞無一語著人間煙火，此自大羅天上一種，不必與少游、易安輩較量體裁也。其豪放亦止「大江東去」一詞，何物袁絢，妄加品騭，後代奉為美談，似欲以槩子瞻生平，不知萬頃波濤來自萬里，吞天浴日，古豪傑英爽都在，使屯田此際操觚，果可以「楊柳外、曉風殘月」命句否？且柳詞亦只此佳句，餘皆未稱，而亦有本，祖魏承班《漁歌子》「窗外曉鶯殘月」，第改二字增一字耳。（同前）

一三　唐宣宗愛唱《菩薩蠻》，令狐相公託温飛卿譔進。又舊詞「碎挼花打人」，有婦支解夫者，上以此戲語宰相，君臣和洽至此。宋真宗召王岐公賞月，令宮嬪解金珠乞詩，帝王此等舉動殊不俗。子瞻生平備歷危險，而神宗讀其「瓊樓玉宇，高處不勝寒」之句，曰：「蘇軾終是愛君。」遭際亦略相當，俱能令千古豔羨。（同前）

一四　佛有十戒，口業居四，綺語、誑語與焉。詩詞皆綺語，詞較甚。山谷喜作小詞，後為泥犂獄所懾，罷作，可笑也。綺語小過，此下尚有無數等級罪惡，不知泥犂下那得無數等級地獄，髡何據作此誑語，不自思當墮何等獄耶？文人多不達，見忌真宰，理或有之。不達已足蔽辜，何至深文重比，令千古文士短氣。（同前）

一五　詞中對句須是難處，莫認為襯句，正唯五言對句、七言對句，使讀者不作對疑尤妙，此即重疊對也。（同前）

顧起綸詞話

顧起綸，字更生，號玄言，無錫（今江蘇）人。官鬱林州州判，嘗條五使上之州，督府不聽，謝病歸。著有《句漏集》、《赤城集》三卷，乃萬曆戊寅游赤城所作。又編有《國雅》二十卷《續國雅》四十卷，編選明諸家之詩，上起洪武，下迄隆慶，所録詩篇採摭頗富。又復就選中若干名家，遡自洪武初，以迄嘉靖末，偶有所得，僭附己見，名曰《國雅品》。此據《四庫全書存目叢書補編》影印明萬曆顧氏奇字齋刻本《國雅品》和明末毛氏汲古閣刊《詞苑英華》本《花庵詞選》録詞話四則。

一

湛司馬元明：先生為一代鴻儒宗望，綸束髮列弟子之座，事先生最久。初若崖岸，終無町畦。

其爲文章平易質實，詩詞頗醞藉逸秀。每曰：「須發得自家意思出，乃佳。」嘗好登臨，必謂諸生且領略山水真趣，明日補詩，率意如此。余丙辰間陥嶺外，一造先生之門，所處故榮盛，蕭然几榻，猶事文翰，不以耄耋少替，皤然渭濱一老叟也。今選其集中十餘篇，頗得唐人古澹處，此老胸中仍無宿物。（《國雅品》「士品三」）

二 夏相公公謹、馬侍郎仲房：二公並稱雋才，夏優於詞，自成別調，頗多豔藻；馬優於律，取法初唐，尤多華整，並少情性耳。至馬之「盤危門入斗，嶠迴戍通煙」、「香氣蒸雲上，鐘聲度漢迴」，是江光禄未授聿時語。聞馬有全集何元朗處。（同前）

三 白司直貞甫：余讀公集，未嘗不增慨，何高才而没没也。品所稱王翰檢敬夫、康修撰德涵、廖學士鳴吾、高參政子業、王祭酒允寧，咸與齊聲同好，乃調不諧世，卒老於詞垣籓屏間，故名之爲身累也如此。公嘗語余遊關西形勝，不但山川，而人物尤偉。康、王作社於鄠里，既工新詞，復擅音律，酷嗜聲伎。王每倡一詞，康自操琵琶度之，字不折嗓，音落檀槽，清嘯相答，爲秦中士林風流之豪。余讀白詩如《明月》等篇，出建安風骨，兼貞觀思致，故宗子相謂總之詩不離唐五言者，最乎，亦足振響長慶，繼軌太傅矣。公與余有僚婿之婭舊，爲《感知》小傳，中有曰：「司直嘗師事陽明先生，學該羣籍，蚤擅時名。及遊北雍，士大夫之賢者無不枉造焉。其意氣高邁，論思雅飭，慨然有孔北海之風。違時，播謫者一十六年，竟淪於一郎，悲夫！」余詠曰：「白公洛下才，弱齡擅詞賦。五遷仍一佐，廿載郎如故。平生抗其行，寧免時所妬。誰知高門中，延納多韋布。一言必見賞，揮昨復何顧。意氣海内疎，悲哉若未遇。」（同前書「士品四」）

四　唐人作長短詞，乃古樂府之濫觴也。李太白首倡《憶秦娥》，悽惋流麗，頗臻其妙，爲千載詞家之祖。至王仲初《古調笑》融情會景，猶不失題旨。白樂天始調换頭，去題漸遠。揆之本來，詞體稍变矣。騷雅名流，雋語競爽，蘇長公輩才情各擅所長，其風流餘蕴，藉藉人口。厥後元季樂府之盛，概又不出史邦卿蹊徑耳。於時家握靈蛇，非蛟伯巨臂儔，能探其唅邪？是編爲淳祐間黄叔暘所選，計若干卷。遡自盛唐，迄於南宋，凡七百年，詞家菁英盡於是乎，美哉富矣。猶夫不入楚宫，彌知細腰之多；不踰越海，莫測大貝之廣。昔之《玉樹》新聲，《花間》豔染，臨風一唱，遂翩翩有鵠背扶摇之想，假令我輩浮白倚瑟，解嘲度曲，固不可得而廢是編。花源真隱顧起綸更生撰。（《花庵詞選》）

邵經濟詞話

邵經濟（一五九三—一五五八），字仲才，號泉厓，仁和（今浙江杭州）人。嘉靖丙戌進士，授工部主事，陞郎中，官至成都知府。此據《續修四庫全書》影印明嘉靖四十一年張景賢、王詢等刻本《西浙泉厓邵先生文集》録詞話三則。

一

《舊雨新晴卷序别小鰲水部》：嘗聞之語曰：「白頭若新，傾蓋如舊。」古人論交之誼，胡切切於新舊間哉？詩云：「不思舊姻，求爾新特。」夫以婚姻之故，而尚新特之求，則知舊誼難申，新好易結。世之篤於舊故者，而更新是圖焉。王敦之歃，弗渝丹雞之盟，蓋厲有所謂「車馬每從來，舊雨竹松，偏許托新晴」者，亶然乎？余不類。日以水部出守西川，獲與小鰲尊君中巘翁締好論交，花潭錦水，春風夜雨，沾被寔深。今兹别來廿有餘載，小鰲亦以水部載師於杭，顧余陳人，自甘朽腐。而小鰲胸次光霽，意興爽朗，然且維新之政，孚我素心，堅白之心，足占舊養，輒不自靳。邂逅間，則有問訊中巘之章；昉叙湖亭，則有步韻宜山之作；其遥祝而翁也，則有詩，有詞，有叙，有引，抽毫代簡，萬里敷宣。嗣召燕，胥扳枉醵會，式廛鄙憶，各賦有詞。元日，賢郎晉簡釁校填腔紀異，用翊亨階。臨别，贈言以寫衷抱，和言二律，末簡載申，有弗容自已者。夫以不類，獲與小鰲交際，及年，日維文蓺，余齒且宿，君意則新，舊雨新晴，通家世講，爰悉諸作，命諸顥生書以歸之，千載一日，不識省侯金川時，其質諸我巘翁之維求舊者以爲何如也？（《西浙泉厓邵先生文集》卷四）

二 《叙平泉詞贈地卿蘇子》：汾晉，古名勝地也。清源，又爲上世帝堯作城建都之所。則其山川之縈結，風氣所萃聚，蓋有冠絶宇内，超越廛表者。其靈秀奇穎，際天蟠地，必産異人，以爲世賓，矧我聖皇臨御，長命永世，累洽重熙，而顧不逮古。若邢平泉蘇地卿烈者，太原之清源人也，兹捧部檄來董關，政不越月而化行。今年秋七月既望，泉厓子作汗漫游，出郊坰，抵關津，耳諸人人曰：我公雖務足國，而商頌其不苛。雖不立名，而民知其所守，雖不作威，而不凛不敢犯。日出涖政，日入始息，不辭勞也。更番開放，舟無停泊，不憚煩也。税課及門，聽自衡準，務從簡也。偏關小栅，啟閉以時，無留難也。孔道寇阻，課亦以盈，不過譏也，余頷之少焉。平泉子涖治，相與握手，論政于凡，發諸話言，見諸行事，有不浮於人者。余曰：鮮哉！關政之良乎？其無忝於平泉者乎？《周九府圜法》曰：錢，泉也。流於泉者，以言其上下流通，往來無滯，若或高下其手，輕重其權，未必利國。適以病此民，其不欹仄傾覆者，亦幾戾，則是泉也，烏可弗平哉？子以平泉自居，無乃是乎？」平泉子曰：「此固余號外意也，余家清源山，山之麓有三不老池，其泉之流衍也，不涸不溢，今古常平，故鄉曰平泉鄉，村曰平泉都，寺曰清泉寺。余依於山，憩於泉，卒業於寺，賴有今日於斯泉也。日益耿耿，若或自侈於奇花異草、珍松恠石之平泉莊者，則非所以自況也。」平泉命酒，余檃括詞，不三五行，悵然乃別。（同前）

三《柳亭詞引》：名字之義，古有之乎？曰：禮也，古之制也，後世益之以號，非制也。侈稱號，以别名字者也。放情山水者，失之僻役；志幻恠者，失之誣僻與誣侈，益過矣。新安葉子僑於杭，號柳亭，羣公詩歌，璀瑋盈帙，予何能言而來柳亭之請耶？第柳亭懷故匪僻，念祖匪誣，而侍御先君，旹在心目，詞以况之，良足休哉。或曰：以詞和詩，古之制乎？曰：詞者，詩之餘也，麗而則者也，制也，試一按拍填腔，三引六調，爲柳亭子歌之。（同前書卷七）

劉子明輯詞話

劉子明，號雙松，書商，萬曆間在世。編印有《萬寳全書》。此據日本平成十五年汲古書院出版《中國日用類書集成》影印明萬曆壬子書林安正堂劉氏刻《新板全補天下便用文林玅錦萬寳全書》録詞話四十四則。

一　律令行移：《西江月》：「軟弱安身之本，剛强惹禍之災。無争無競是賢才，虧我些兒何害。鈍斧敲金易碎，銅刀劈水難開。世人笑道我癡呆，管取前程自在。」又：「村中一切小事，勸和莫出鄉間。省錢省米省收監，氣起三分要筭。莫慮他們親戚，休犯隣里相干。官司不打一家安，此是良人自斷。」又：「村中一切小事，不和要出鄉間。信讒出外四邊趲，逞志誇能好漢。竹板皮鞭受苦，黄檀撒子心酸。日間對理日收監，此是愚人公斷。」又：「此處無分貴賤，俗津飲食皆同。人生到此鳥投籠，展轉翻身難動。　夢裏思量妻子，醒來門鎖重重。自古牢獄不通風，莫把是非來弄。」（《新板全補天下便用文林玅錦萬寶全書》卷六「律法門」）

二　例分八字《西江月》：「以紀文身合死，準言例免難誅。皆無首從罪非殊。各有彼此同獄。其者變於先意，及為連事後隨。即如耻訟判真偽，若有餘情依律。」（同前）

三　雙陸規局：夫雙陸者，先正司馬文公始新定格局，斥僥倖之勝，蓋其意，欲歸之正。夫博奕猶賢乎已，則是書之故熟，謂無補哉？　宋紹興鄱陽洪遵識。　打雙陸起例歌：《西江月》：「么六把門已定，二四三五成梁。須知四六做煙梁，五六單行為障。　擲得么三采出，填垓（當作胲）此處高强。到家先起玅無雙，陸（當作號）曰全贏取賞。」○凡擲得重色運，俱呼為雙，謂如雙么、雙陸是也。……雙陸格制：雙陸率以六為根（當作限），其法左右各一十一（或作十二）路，號曰梁。白黑各十五馬，右前六梁，左後一梁，各布十五馬。右前六梁二馬，左前二梁三馬，白黑相偶。用骰子二。其采行，白馬自右歸左，黑馬自左歸右。或以二骰之數兵行，一馬或行，二馬或移或疊，凡馬單立，則敵馬可擊，兩馬相比為一梁，你馬即不得打，亦不得同途。凡遇打，必候元入局處空位，典采相當，始得下。謂如第三梁空，今乃得三采則下。所打者未下，則他馬不得行。至後六梁謂之歸梁，凡疊梁已滿，如打得他馬，即併馬於近下五路，只開後一梁為敵人地，右不獲他馬，既盡移歸頭梁之內，每擲，視其采，拈出二馬，數有餘則取，不足則否，采小不取，則併移歸下梁，常須顧兩馬，不可移動，動則頭破。後六梁謂之末梁，馬先出盡爲勝，勝而他馬未歸梁，或歸梁而無一馬出局則勝。雙籌，唯所約，無有定數。（同前書卷八「八譜門」）

四 蹴踘家門：夫古曰蹴踘者，儒名也；今日齊雲者，俗名也。實晉時壯士習運之能，乃皇朝豪傑戲遊之學，士夫稱喜，子弟偏宜。能令剛氣潛消，頓使芳心歡美。雖費衣而違食，最欺村而滅强。身雖肥盈，常習此，氣如飛軍，乃高者愛斯。能令友社架上無你衣我衣，囊中無我錢你錢，方可作圓社。如有學者，全在明師指教而踢，不明法者，實千鈞之難。得法者，如反掌之易。凡教徒弟者，有三不可教：一者村沙不常性。二者不聽師教，不達圓情。三者人無禮樂，失其信乎？此三者，不可教也。一性格温柔，為人常情。二身材雅俊。三達道務，知進退。此三者可教也。詩：「齊雲家數少人知，奥妙中間實是奇。場中公子須然有，規矩家風識者稀。」圓社規場：四海齊雲社，當場蹴氣毬。作家偏愛惜，圓社最風流。況有青春年少，同輩朋儔，向柳巷花街翫賞，在紅塵紫陌追遊。脱了搊來憑眼活，認真惟有準毬兒。挾住惟口鳴，識踢乃無憂。右踏右花，踢似烏龍擺尾；左側左虚，捻似丹鳳摇頭。下住處全在低美，打著人惟伏誰收。使力藏力，以柔取柔。集閑中名爲一絶，决勝負分作三籌。俺也絲鞋羅襪，短襖輕裘。襟沾香汗濕，襪污軟塵浮。背劍仙人時側目，攛梭玉女細凝眸。盼鉗兒前後，仰身身移不動；金剪刀往來，移步步過頭低。況乎奢華治世，豪富皇州。春風宣皷吹，化日沸歌謳。歡笑對吴姬越女，繁華勝楚館秦樓。湖山風物，花月春秋。四聖觀柳邊行樂，三天竺松下優游。樂事賞心，誰（當作難）并四美。勝友良朋，無非五侯。心向閑中着，人於悼裏求。踢圓社者，必不是方頭。《滿庭芳》：「若論風流，無過圓社，拐臁蹬躡搭齊全。門庭富貴，曾到御簾前。灌口二郎為首，趙皇脚下流傳。人都道、齊雲一社，三錦獨争先。花前并月下，全身錦繡，偷側雙肩。更高而不遠，一搭打鞦韆。毬落處圓光臁拐，雙佩側躡相連。高人處，翻身結伴，天下總呼（脱『圓』字）。」《滿庭芳》：「十二香皮，裁成圓錦，莫非少年堪收。綠楊深處，恣意樂追遊。低拂花稍褪下，侵雲漢、月滿當秋。堪觀（脱『處』字），偷頭十字拐，舞袖拂銀鈎。肩尖並拐搭，五陵公子，恣意忘憂。幾回沉醉，低築傍高樓。雖不遇文章高貴，分左右、曾對王侯。君知否，閑中第一，占斷（脱『是』字）風流。」（同前「齊雲軌範・毬譜戲覽」）

五 毬門制度：左軍一行人並着緋，右軍一行人並着綠（圖及説明略）：《鷓鴣天》：「巧過縫圓異様花，輕身健體實堪誇。能令公子精神爽，引動王孫禮義家。真富貴，逞奢華，一團和氣遍天涯。漢王宋帝皆從習，占斷風流第一家。」（同前）

六 樂律本原：樂主音聲，聲定於律，單出為聲，聲成文為音，比音以為歌曲，被之八音之器，而樂之及干戚羽旄，則謂之樂。以陰陽升降之氣數定管，以為音樂之法，則謂之律，所以然者，蓋天地之間，只是陰陽五行之氣，而天地人物皆由是以生，有氣則有聲，十二律之聲，天地之聲也。其在於物，則出於八音之器，其在於人，則出於喉牙齒舌脣。但天地得其氣之全，故其氣之流行於十二辰之間，升降進退，必有贏縮多寡之數，一定而不可易。故其發而為聲也，必有高下清濁之殊，亦一定而不可易。物則得其氣之偏，故必須制造成器，而後其聲始發，又必以十二條為之數度齊量，而後其聲始正。人雖得氣之全，然囿於風氣，而字音聲氣不能齊者，亦必以聲律正之，而後其聲始一。合人與器之聲，均調節奏以成音曲，而後樂始成焉。是樂之為音也，合天地人物而一以貫之也。惟其出於一貫，是以用之於郊廟，朝廷則可以治神人，和上下；用之於修己治人，則可以變化氣質，轉移風俗，以至於鳥獸風氣，而皆可以感召其為用也，豈細故哉？然自孟子既没，以後斯道失傳哉！千八百餘年矣，有志於世道者，幸留意焉。……《水調歌頭》：「八鑾朝鳳闕，四境絶狼烟。太平無事超洪聚，笑傲梨園。笛弄崑崙上品，餙動雲陽紗選。畫鼓可人憐。亂撒真珠迸，點滴雨聲喧。韻堪聽，事不俗，駐雲軒。諧音節奏，分明花裏遇神仙。到處朝山拜岳，長是争籌賭賽，四海把名傳。幸遇知音，一曲共讚堯天。」詩曰：「鼓板清音按樂聲，那堪打怕更精神。三條犀架垂絲絡，兩繫仙枝擊月輪。笛韻渾如丹鳳呌，板聲有若凈鞭鳴。幾回月下吹新曲，引得嫦娥側耳聽。」（同前）

七　拜堂致語：切以禮重婚姻，實關人倫之大；義當配偶，乃承宗祀之傳。縹緲青烟，輝煌花燭。祖供蘋藻，首嚴見廟之儀；贄備束榛，聊拜先堂之禮。集珠履玳簪之客，環金釵玉珥之賔。慶賀良宵，觀光盛事。爐薫寶鴨，已拈沉木之香；步擁金蓮，請下寅君之拜。《鷓鴣天》：「婚禮今朝講拜堂，誠心全仗玉爐香。神明上下同昭對，王母王公共降祥。魚得水，鳳得凰，匆匆喜氣藹蘭房。百年夫婦今宵合，夢葉熊羆早弄璋。」夫婦交拜：切以男遵乾道，女順坤儀，禮有尊卑，拜無先後。男先下膝，女略沾裙。須相見之如賔，效齊眉而到老。可無拙句，少贊容儀。詩：「男才女貌兩堂堂，銀燭高燒徹夜光。敬請夫妻齊下拜，匆匆喜氣下蘭房。」拜儀已畢，禮意云週。伏願筐篚奉祀，格祖禰以垂恩；箕箒掃塵，事舅姑而盡禮。室家雍肅，琴瑟和諧。夢葉熊羆，即見多男之喜；吉占鸞鳳，永傳百世之昌。暫别佳賓，退歸香閣。（同前書卷十五「伉儷門」）

八　大略歌曰：閱人先欲定三停，面部三停：額、鼻、閣。身上三停：頭、腰、足。三停各要與均等，先看面部後取身。次察陰陽氣與神。萬像依稀求髣髴，五行制化忌相刑。耳聽目視心須察，色辨休因淺與深。部位虧盈須審實，吉凶貴賤自然明。　大貴相，歌曰：「欲識人間大貴人，形容骨格更精靈。頭平額潤天倉滿，兩耳垂肩不反輪。精神氣鋭冲牛斗，玉體瑩盈奎壁澄。龍眉鳳眼伏犀鼻，序立朝班簪玉纓。」《西江月》：「堂堂相貌俱足，凛凛神氣尤清。眉高目秀喜聰明，富貴生成已定。　腰圓背厚玉帶，竟能班超群英，少年豈聽振宸京，須知造物有應。」　大富相，歌曰：「欲識人間巨富人，腰身端厚福來臨。天倉隆起多財禄，口角珠庭抱兩眉。背聳三山如負甲，臍深納李腹垂箕。聚金積穀家肥潤，看取牛龜鵞鴨行。」《西江月》：「聳聳天庭高廣，盈盈地閣方員。準頭豐正面如蓮，牛步鵞行厚穩。　坐似太山釘石，洪聲肉滑藏筋。堆金積肉富無邊，福壽綿綿悠遠。」　彌壽相，歌曰：「何識人之有壽，先取骨格堅剛。要知神氣長短，最嫌食物猖狂。壽夭不在人中之取（此句疑有衍文），頭皮寬厚為良。連言數語聲亮，最喜面色紅黃。人生得此大壽，百歲安享華堂。」《西江月》：「借問人間彌壽，頭平額潤聲圓。腦後枕骨玉樓全，壽帶地閣綿遠。　雙緌喜生項下，夙夜漕漕涓涓。額高如鳳福無邊，遐算并及籛鏗。」　貧窮相，歌曰：「五行不正體偏斜，笑語唇掀露齒牙。頭小額尖頤頂窄，面容憔悴髮交加。悲聲嗚似喉聲泣，坐若風擺步如蛇。此相應知始終薄，仍須防害破人家。」《西江月》：「頭尖額窄神短，聲粗眼露骨槎。三停五嶽俱偏斜。鼻竅仰天多詐。　身如鷄胞狗肚，面多雜滯無華。此相定知破人家，一生勞碌波查。」　夭折相，歌曰：「髮重身輕最可憐，面如綳皷上唇掀。面嫩身粗腰又軟，腦骨不密亦如綿。坐視言語神帶睡，眠泄元氣夢狂言。形容青藍頻頻現，此人不久喪黄泉。」《西江月》：「未言而色先變，言長而氣先絶。氣短神枯尤更别，少肥氣短聲竭。　久坐身體過軟，直且倚門傍壁。又嫌骨少肉盈滑，早赴幽冥之客。」　凶惡相，歌曰：「頭痕般剥眼紅紗，黑少白多視太斜。鼻如劒峰顴骨露，面肉横生鼠齒牙。神氣青藍多煙塵，額上印堂亂紋明。　鬚濁連鬢唇又黑，不遭十惡定重刑。」《西江月》：「取人利己面黑，殘害性命睛紅。見人歡喜太陽空，斜窺眼仰轉動。　唇泊（當作薄）好生言語，青藍滯氣重朦。面肉横綳性强兇，九厄喪身無哄。」　刑傷相，歌曰：「少年刑尅是何方，髮際低壓應陰陽。黑白青嫩分父母，右損陰兮左損陽。　日角破兮先損父，寒毛生角又無娘。眉頭抽旋父凶死，右眉抽旋母凶亡。」《西江月》：「子刑父母理幻，前生注定無差。止因日月角傾斜，眉有高低上下。　耳低父不見面，損母而（疑作面）嫩桃花。更嫌部位痣紋疤，顴露準偏額窄。」　孤獨相，歌曰：「薄紗染皂出粟米，縱然有妻也無兒。再兼山根印堂陷，五年三次路邊啼。　眼不哭時常似哭，心不愁而皺兩眉。早年若不見刑尅，老來必定主孤恓。」《西江月》：「爛蠶肉腫光映，孤獨峰聳鼻高。眉稜骨起眼堂枯，卯酉雞卵面凹。　人中平滿唇嚚，烏鴉扇翅背陷。囊肩縮頸角如稜，男女合此鰥寡。」　盗賊相，歌曰：「欲知世間賊相形，額塌頭偏面帶青。眉如尖刀壓雙眼，鼠目昂視覷眉稜。露齒結喉食吞響，口角紋多更流涎。此相不作凶賊輩，定是鼠竊狗偷人。」《西江月》：「賊與人皆相像，只因損害心田。羊睛狗眼又駝肩，眉毛交雜神昏。　髫鬚赤濁亦甚，天庭兩顴塵煙。　目多斜視惡心堅，害人利己無厭。」（同前書卷二十二「相法門」）

九　骰色硃窩酒令：此令唱，擲，擲得者不飲：《西江月》：「一自情人去後，兩行珠淚相拋。三番四覆夢崎嶠，五服六親難靠。　坐卧七思八想，春光九十將凋。十一十二夜迢迢，不得成雙不了。」（同前書卷三十二「侑觴門」）

一〇　江湖令類：此令要看令官手法，仍不得笑哂，違令者罰酒三甌。《一封書》：「銀瓶内，酒滿斟，吹着玉笛笙。共簫玪玪鼓，二三更，元宵夜，整玉琴。彈的琵琶又挺箏。此銀瓶，莫留停，與君前，照令行。」（同前）

一一　此令亦要做各物樣手法，念若笑者，罰酒三盃：《清江引》：「吹簫笛，彈琵琶，楂罷了箏。鼓兒打得玪玪的，杖鼓兩頭敲，板兒隨聲應。喫得醉醺醺，撞罷了鍾。」（同前）

一二　此令戰做臨江人説話：《清江引》：「小小船兒，柳樹下稍。（我買魚呵。甚人叫買魚，我是臨江王小官。我這裡鯖鰱鱖鯇鯿，任君來看選。我不要鯖鰱鱖鯇鯿，我只要買箇鯉魚回家去養親。你既不買鯖鰱鱖鯿，我慢慢摇船歸去眠。以筯作格，以口做摇之聲回去。」（同前）

一三　此令凡作者數魚，是屈指論價，是伸指不可雜亂，亂者罰酒三盃：《步步高》：「小船兒，忙擺着，繫住柳稍枝，賣魚呵。賣的是甚麽魚。賣的是鯆鰱鱖鯇鯿，一斤魚要多少價錢。一斤魚要三錢五分

五鼇五毫，貴了，貴了，我不買。買不買，且自搖船歸去。用筯作搖櫓去。」（同前）

一四　要《論語》一句，中間添二曲牌合意：有朋自遠方來，忙去《沽美酒》，飲得《（脱『沉』字）醉東風》，不亦樂乎；入公門，敬進去《朝天子》，撞遇《三學士》，鞠躬如也；與朋友交，寄着《一封書》，約定《歸期》，言而有信。（同前「綺筵酒令·四書類」）

一五　上要一骨牌名，中要一曲牌名，末用千文一句：梅稍月，《小（當作月）兒高》，高冠陪輦；孩兒十，《十捧鼓》，鼓瑟吹笙；折足鴈，《鴈兒落》，落葉飄飖。（同前「千文類」）

一六　上要一藥名，中要一曲牌名，下要千文相連合意：防風吹倒《梧桐落》，葉飄飖；白芷寫着《一封書》，信使可覆；死奻子插《金錢花》，束帶矜裝。（同前）

一七　一令要二曲牌名，中間千文一句，俱要頂真：《鷓鴣天》，天地玄黄，《黄鶯兒》；《降黄龍》，龍師火帝，《帝臺春》；《滴滴金》，金生麗水，《水仙子》。（同前）

一八　上要古人事實，中間要一曲牌名，又要古文二句結尾：李太白對月對甚麽月，《錦堂月》何益，月既不解飲，影徒隨我身；陶淵明賞花賞甚麽花，《四季花》何益，花下一壺酒，獨酌我無親；蘇季子讀書讀甚麽書，《一封書》何益，書中自有千鍾粟，書中自有黄金屋。（同前「古文類」）

一九　要一骨牌名拆開，中間添一曲牌名合意：踏梯《上小樓》望月；七紅《沽美酒》沉醉；將軍《得勝令》掛印。（同前「骨牌類」）

二〇　要三個曲牌名，上中下三字相同，結尾四書一句貫穿合意：《人月圓》，《稱人心》，《虞美人》，四書三人同行；《子規啼》，《奈子花》，《風流子》，四書三子者出；《月兒高》，《人月圓》，《猴山月》，四書三月不知肉味。（同前「曲牌類」）

二一 要曲牌名接下古文一句：《風入松》，松下問童子；《後庭花》，花下一壺酒；《鷓鴣天》，天若不愛酒。（同前）

二二 要曲牌名二個，内一字相同，下要一骨牌結尾合意：《降黄龍》，《混江龍》，骨牌二龍戲珠；《賀新郎》，《罵玉郎》，骨牌二郎遊五岳；《上馬嬌》，《駐馬聽》，骨牌雙騎馬奪錢伍；《粉蝶兒》，《玉蝴蝶》，骨牌雙蝶戲梅。（同前）

二三 要曲牌名二個，結尾要一骨牌，起頭頂上二字：《混江龍》，《下山虎》，骨牌龍虎風雲會；《金菊香》，《玉芙蓉》，骨牌金菊對芙蓉；《楚江秋》，《漢宫春》，骨牌楚漢争鋒。（同前）

二四 要曲牌名四（當作三）個相串會意：《紅娘子》《銷金帳》抱着《耍孩兒》；《好姐姐》《燒夜香》拜告《月兒高》；《香柳娘》《罵玉郎》為甚《誤佳期》。（同前）

二五 上要曲牌名，中用一字折開，收上合意。下要俗語，接一曲牌名頂真：《撲蝴蝶》合手拿拿着《快活三》；《罵玉郎》奴心怒怒恨《悮佳期》；《賀新郎》女子好好了《兩同心》。（同前）

二六 上要一曲牌名，得一物件，贈一曲牌名不受，下要詩兩句奉還合意：《柳青娘》贈《醉翁子》枕蓆，《醉翁子》不受，詩云醉後不愁無宿處，巫山便是主人家；《風流子》贈《柳青娘》坯粉，《柳青娘》不受，詩云奴奴自有冰肌在，不搽紅粉也風流；《安公子》贈《臨江仙》一貼藥，《臨江仙》不受，詩云仙家

自有還生藥，不與凡人取次知。（同前）

二七　上要一曲牌名，下要甲子歌二句雙關解意：《耍孩兒》吃丙子，不知已未；《倘秀才》請已酉，吃到庚申；《紅娘子》説壬寅，不知已丑。（同前）

二八　上要二曲牌名，下用二藥名結尾合意：《耍孩兒》扯住《香柳娘》知母胸前有乳香；《好姐姐》晝夜《罵玉郎》當歸即便早前香；《倘秀才》起泛《夜行船》檳榔錯認為木賊；《黄鶯兒》口銜《撲燈蛾》常山必定有孩兒。（同前「藥名類」）

二九　上要一曲牌名寓意，下要一古人名同俗語合意：《水底魚》兒不用腌，劉先主留鮮煮；《二郎神》共一胎，桑生雙生；《耍孩兒》不會行，閔子牽。（同前「古人類」）

三〇　上要曲牌名二個，下要鳥名二個結貫穿合意：《七兒弟》《沽美酒》，嬰歌提壺；《耍孩兒》《鬧樊樓》，百舌蠟嘴；《紅娘子》《傍粧臺》，鶘鴣畫眉。（同前書「禽獸蟲類」）

三一　要一山獸名，一水獸名，一古人事實，末曲牌結尾合意：山獸有熊，水獸有龍，魏徵夢斬金河龍，當時血染《滿江紅》；山獸有麃，水獸有鯉，王祥昔日去卧冰，鯉魚跳出《江兒水》；山獸有貉，水獸有鱷，韓愈遭貶去潮陽，暴除遠鱷《天下樂》。（同前）

三二　上要一曲牌名，中間要一菓子名，下要一鳥名，結尾合意：《耍孩兒》吃藕鷺鷥；《香柳娘》吃薑蠟嘴；《好姐姐》吃粟鳳凰。（同前）

三三　要一蟲，有真有假，要一曲牌名承上意：蜂兒是真針是假，假針綉不得《紅綉鞋》；螢蟲是真

火是假，假火點不得《剔銀燈》；蜘蛛是真糸是假，假糸織不得《十樣錦》。（同前）

三四　上要三曲牌名，下要一菓名貫串合意：《混江龍》滚起《浪淘沙》，石榴在底；《下山虎》吃了《山坡羊》，菱角在地；《一江風》吹倒《夜行船》，蓮蓬落水；《黄鶯兒》立在《梧桐樹》，荔枝飛去。（同前書「菓名類」）

三五　要一曲牌名，暗猜出一菓名合意：《一剪梅》，荔枝；《浪淘沙》，石榴；《夜行船》，核桃。（同前）

三六　要一曲牌名，中要一菓名，下要古人名合意：《三學士》切藕見孔明；《虞美人》切瓜遇李白；《耍孩兒》剥開石榴紅子路。（同前）

三七　上要一曲牌名，暗猜出地名合意：《脱布衫》汴梁；《江兒水》清流；《浪淘水》吉水。（同前書「地名類」）

三八　上要一藥名，中要一曲牌名，下要大明律一句結尾：紅奻子《笑禾（當作和）尚》，閨門不正；黑牽牛《夜行船》暗度關津；劉寄奴《駡玉郎》，奴僕欺主。（同前書「律條類」）

三九　上要《西廂》一句，下要二曲牌貫串合意：羅衣不奈五更寒，《紅納襖》鋪上《綿搭架》；臘粉香消懶去添，《好姐姐》不肯《上粧臺》；今日東閣玳筵開，《集賢賓》樂飲《沽美酒》。（同前書「西廂曲題」）

四〇　要席上一物，下要曲牌名貫串合意：煮熟的魚遊不得《江兒水》；煮熟的菜開不得《一枝花》；煮熟的雞報不得《五更曉》。（同前書「席上生風類」）

四一　要席上一物，相似一物，下用曲牌合意：筋似箭射不得《下山虎》；梅似彈打不得《黃鶯兒》席上員物隨用；酒似醋飲不得《醉扶歸》。此嘲人酒酸，或東家自說。（同前）

四二　神聖固臍膏，《西江月》調一首：「弄月追風才子，偷香竊玉佳人。若還有意洞房春，倒鳳顛鸞有定。常思千合閗耍，金鎗不倒尤宜。管教雲雨到天明，兩下歡娛難盡。」「細想歡中之意，果然賽過仙丹。鶯鶯一見便心歡，惹得張生心亂。能使才郎情動，頓教玉女思凡。風流才子莫辭閑，縱有千金不換。」詩曰：「戰戰兢兢一把拿，渾身上下盡酥麻。古人留下仙丹藥，採盡人間百朵花。」用大附子，一箇要一兩六錢者佳，重一兩三四錢者次之。甘遂，甘草，各一錢五分。母丁香七個。右將大附子開一孔，剮空，入三味於其内，用南京堆花燒酒半斤，將瓦礶乘貯入附子，用綿紙封礶口，以粘米數顆放紙上，以米熟為度，取出前藥，搗杵如泥成羔（當作膏，下同）。上羔藥時入麝香二厘於内，貼臍上，用絹帛繫住。（同前書卷三十四「風月門·洞房春意妙方」）

四三　附勸世誦一首：「勸君休戀煙花榻，他家害人別有法。能取龜龍項下珠，善卸天王身上甲。猛虎禁持若善羊，鳳凰退作無毛鴨。饒君生鐵鑄心腸，往或被他鎔作蠟。」《西江月》調一首：「莫戀歌樓妓館，休貪美色嬌聲。分明是個陷人坑，可嘆愚人不省。樂處易生愁怨，笑中真有刀兵。等閑失脚入他門，便是蝦蟆落井。」（同前書卷三十四「風月門·風月機關」）

四四　曲牌類：「別來懷恨積奴腸《繫人心》，納鳳挑鸞罷線筐《綉停針》。欲寫衷情無剩紙《意不盡》，慵粧娥黛少張郎《懶畫眉》。」「金蓮款移出宫難《步步嬌》，可憐紅粉去和番《惜奴嬌》。慕想芳容難再會《意多嬌》，簇擁征馳出漢關《上馬嬌》。」「金屋嬋娟影在東《錦堂月》，情人有約總成空《悮佳期》。記得少年騎竹馬《耍孩兒》，看看又是白頭翁《鮑老摧》。」「花落殘紅滿徑鮮《鋪地錦》，沉吟懊恨不成眠《怨相思》。鏡鸞塵掩頻頻倚《傍粧臺》，盼看長安各一天《望遠行》。」（同前書卷三十八「雜覽門・新增奇巧元宵燈謎」）

佚名《新鍥天下備覽文林類記萬書萃寶》詞話

《新鍥天下備覽文林類記萬書萃寶》，編者姓名不詳。凡四十三卷，東洋文庫和東洋文化研究所均有藏，但各有殘缺，其中後者末有木牌題曰：「萬曆丙申歲冬月梓」。此據兩處所藏本録詞話七則。

一

齊雲入門：各人立場方位：一人場户，二人場户……十人場户，白打場户。《滿庭芳》：「十二香皮，裁成圓錦，莫非少年堪收。緑楊深處，恣意樂追遊。低拂花稍褪下，侵雲漢、月滿當秋。堪觀（當脱『處』字），偷頭十字拐，舞袖拂銀鈎。肩尖並拐搭，五陵公子，恣意忘憂。幾回沉醉，低築傍高樓。雖不遇文章高貴，分左右、曾到王侯。君知否，閑中第一，占斷（當脱『是』字）風流。」

（節録自《新鍥天下備覽文林類記萬書萃寶》卷十七「八譜全覽・蹴踘齊雲」）

二 毬門制度：左軍一行人並着緋，右軍一行人並着緑（圖略）。《鷓鴣天》：「巧過縫圓異樣花，輕身健體實堪誇。能令公子精神爽，引動王孫禮儀家。真富貴，逞奢華，一團和氣遍天涯。漢王宋帝皆從席，占斷風流第一家。」（同前「樗蒲逸興」）

三 例分八字《西江月》：「以紀文身合死，準言例免難誅。皆無首從罪非殊，各有彼此同獄。莫者變於先意，及為連事後隨。即如耻訟判真僞，若有餘情依律。」（同前書卷十八「律令行移」）

四 儆勸《西江月》：「軟弱安身之本，剛强惹禍之端。無争無競是美才，虧缺些兒何害。釿斧敲金易碎，銅刀劈水難開。世人笑道我癡呆，管取前程自在。」又：「村中一切小事，勸和莫出鄉間。省錢省米省收張，氣起三分要筭。莫慮他們親戚，休犯隣裏相干。官司不打一家安，此是良人自斷。」又：「此處無分貴溅（當作賤），偌衣飲食皆同。人生到此鳥投籠，展轉番身難動。夢裡思量妻子，醒來門鎖重重。自古牢獄不通風，莫把是非來弄。」（同前）

五 《西江月》：「堪嘆光陰易過，四時快樂難逢。夕陽西下水流東，堪嘆人生如夢。處處青山緑水，年年李白桃紅。一般秋月與春風，天下人皆相共。」又：「可惜都堂曾銑，堪嘆閣老夏公。錦衣玉帶死生同，官居極品何用。無限王侯宰相，幾多富貴英雄。争名奪利盡皆空，惟有江山不動。」又：「道理不遭王法，孝義合與天公。勸君萬世且從容，積些陰隲來生用。」（原文止此，當缺下片）（同前書卷三十二「勸諭門」）

六　夏桂洲勸諭《西江月》四闋：「麄衣淡飯足矣，村居陋庵何妨。謹言慎行禮從常，反復人生難量。　驕奢起而敗壞，勤儉守而榮昌。骨肉貧者莫相忘，都在自家心上。」又：「本分順乎天理，前程管取久長。他非我是莫争强，忍耐些兒總尚。　禮樂詩書勤學，酒色財氣少狂。閒中檢點日行藏，都在自家心上。」又：「作善者為慶澤，作惡終有禍殃。憐貧愛老效忠良，何用躬誠俯仰。　運去黄金失色，時來鉄也争光。眼前得失與存亡，都在自家心上。」又：「凡事有成有敗，任他誰弱誰强。身安飽煖足家常，富貴從天所降。　得意濃時便罝，知恩深處休忘。遠之愚謬近賢良，都在自家心上。」（同前）

七　雙摩腎堂：兩腎之後，乃是陰陽胃經穴，是内裡精氣發泄去處，與同太陽膀胱經交會於此，最宜製，乃養之急務，不可忽略。用彼頻頻呵擦，保固命門，鍛煉精關，使精凝戰而不溶，摇而不動，况三焦又為外腑之宫，而與命互相通氣。蓋氣者，男女之精，在内曰氣，出洞外曰精。精喪神隨，切宜慎之。仙詞云：「板翻玉爐走丹砂，拽倒玲瓏七寶塔。」（同前書卷三十四「脩真門・玄關秘」）

陳詩教輯詞話

陳詩教，字四可，秀水（今浙江嘉興）人。行蹟不詳。編有《灌園史》、《花裏活》等。《花裏活》三卷，有萬曆丙辰自序，云性愛看花，因病，不能出遊，見小庭頗饒佳卉，自有真樂，以李賀詩有「花裏活」之句，遂以名篇。是書編輯古今花卉故實，按代分編，然皆因襲陳言，別無奇僻，考証尤多踈漏。此據《學海類編》本録詞話一則。

一　宋張功甫鎡宴客牡丹會，衆賓既集，一虚堂中，寂無所有。俄問左右云：「香發未？」答云：「已發。」命卷簾，則異香自内出，郁然滿座。羣伎以酒殽絲竹次第而至，別有名姬數十輩，皆衣白，凡首飾衣領皆牡丹，首帶照殿紅，一妓執板奏歌侑觴，歌罷，樂作，乃退。復垂簾，談論自如。良久，香起，卷簾如前，別十姬易服與花而出。大抵簪白花則衣紫，紫花則衣鵝黃，黃花則衣紅，如是十杯，衣與花凡十易。所謳者皆前輩牡丹名詞，酒竟，歌樂無慮百數十人。列行送客，燭光香霧，歌吹雜作，客皆恍然如仙遊。（《花裏活》）

何宇度輯詞話

何宇度，字仁仲，安陸（今湖北）人。萬曆中官夔州府通判。著《益部談資》三卷，是書所紀皆四川山川物産及古今軼事，多遺事佚聞。此據《學海類編》本録詞話五則。

一　眉州有蘇長公水坻小像、李龍眠畫、子由贊，雖國初重刻，不失古意。又有長公馬券、刻黄魯直跋，及《醉翁亭記》、《水調歌頭》諸碑，皆近代效滁、黄鐫者。（《益部談資》卷上）

二　楊用修著述之富，古今罕儔。予所見，已刻者二十九種：《升庵全集》、《升庵詩集》、《升庵詩話》、《楊子卮言》、《赤牘清裁》、《詞林萬選》、《丹鉛要録》、《丹鉛總録》、《丹鉛摘録》、《丹鉛餘録》、《丹鉛續録》、《藝林伐山》、《墨池瑣録》、《詩話補遺》、《五言律祖》、《絶句辨體》、《禪林鈎元》、《水經》、《古文韻語轉注》、《古音略》、《古音駢字》、《古奇複字》、《古音附録》、《異魚圖贊》、《韻林原訓》、《李詩選》、《杜詩選》、《風雅遺編》、《皇明詩抄》。未見已刻者三十九種：《南中續集》、《玉堂集》、《長短句》、《長短句續集》、《書品》、《詞品》、《金石古文畫跋》、《赤牘拾遺》、《選詩外編》、《選詩拾遺》、《唐絶精選》、《唐音百絶》、《唐絶增奇》、《六言詩選》、《古文音釋》、《古音獵要》、《古音叢目》、《奇字韻》、《古文參同契》、《温泉詩集》、《洞天元（當作玄）紀》、《檀弓叢訓》、《禪藻集》、《譚苑醍醐》、《陶情樂府》、《樂府續集》、《箜篌新詠》、《墐户録》、《滇載記》、《脈位圖説》、《連夜吟卷》、《月節詞》、《千里面談》、《經義模範》、《崔氏志銘》、《山海經補註》、《七十行戍藁》。聞未刻者尚有七十一種：《各史要語》、《晉史精語》、《夏小正解》、《管子叙録》、《莊子刊誤》、《古雋》、《謝華啓秀》、《羣書麗句》、《文海釣鰲》、《名奏菁英》、《四詩表證》、《古文韻語别録》、《古文詩選》、《皇明詩續抄》、《詩林振秀》、《五言絶選》、《選唐百絶》、《寰中秀句》、《古今柳詩》、《古諺》、《古今風謡》、《蒼珥記遊》、《填詞選格》、《百琲明珠》、《詞苑增奇》、《草堂詩餘補遺》、《六書傳證》、《六書探賾》、《篆韻索隱》、《古篆要略》、《六書統摘要録》、《駢銘心神》、《品韻藻晞》、《籛瓻筆》、《清暑録》、《希姓録》、《滇程紀》、《書畫名跋》、《書畫神品目》、《素問糾略》、《羣艷傳神》、《江花品藻》、《滇候記引》、《書晶托（一作鈍）》、《丹鉛别録》、《丹鉛閏録》、《丹鉛贅録》、《升庵經説》、《文遊餘録》、《巵言閏録》、《敝帚》、《病榻手吹》、《蘇黄詩髓》、《宛陵六一詩選》、《五言三韻詩選》、《五言别選》、《宋詩選》、《元詩選》、《羣公四六節文》、《古韻詩略》、《説文先訓》、《古今詞英》、《填詞玉屑》、《六書練證》、《逸古編》、《經書指要》、《唐史要》、《偶語》、《六書索

隱》，總之一百四十種。（同前書卷中）

三 用修之夫人能詩，其一律一詞已載之王元美《藝苑卮言》矣。今從伊里人更得數首，曰：「珠淚紛紛滴硯池，斷腸忍寫斷腸詩。自從那日同攜手，直到而今懶畫眉。無藥可療長夜恨，有錢難買少年時。殷勤囑付春山鳥，早向江南勸客歸。」又：「懶把音書寄日邊，別離經歲又經年。郎君自是歸無意，何處春山不杜鵑。」又：「丈夫本是四方客，妾為離愁心似結。公義私情不兩全，願君早向凌烟勒。」又：「聞道滇南花草鮮，輸君日日醉花前。銀河若得鳷毛渡，並駕仙舟聽採蓮。」又：「纔經賞月時，又是菊花期。歲月看流水，人生遠別離。」（同前）

四 趙文敏手書十二巫峰詞，昔刻於巫山縣，令尹厭其來索之煩，麾（當作磨）去，予僅於士夫家見之。（同前書卷下）

五 《竹枝歌》，唐劉禹錫、白居易皆嘗賦之，凄婉悲怨。蘇長公云：「有楚人哀屈弔賈之遺聲焉。」《鶴林玉露》載宋時三峽長年猶能歌之，今則亡矣。（同前）

鄭鄤詞話

鄭鄤（一五九四—一六三九），字謙止，號峚陽，武進（今江蘇）人。天啟壬戌進士，選庶吉士，謫滎陽。崇禎中為温體仁所搆，誣以杖母不孝，磔於市。所著有《滎陽草堂集》、《滎陽草堂説書》。此據《四庫禁燬書叢刊》影印民國二十一年活字本《滎陽草堂文集》録詞話三則。

一

《題選曲》詩與樂相表裏，古三百篇皆以入樂。漢、魏樂府，即樂章也。如唐學士《清平調》，當時即付龜年度曲，今有能以《清平調》度曲者乎？降而詞，而小令，而大套，而愈不可問矣。元人取士雖以此爲則，而傳者多是拘關吏隱之人，則亦聲音之道有不可强者存焉。世傳《西厢》，元曲之祖，絶無能傳其音者。癸酉至金陵，有爲予言教坊中老優能得其傳，召問之，皆七十外翁，鬚鬢皤然矣。試令歌《八聲甘州》，音響絶異，問所授徒幾人，曰：「無矣。《南西廂》盛行，而《北西廂》廢，即傳之，誰爲聽者？」予始喟然而嘆，周郎一顧於兵戈倥偬之中，自非本領深沈，亦復兵機整暇，豈易言哉？乃點定正本、近本劇本數帙，亦猶區區存雅之意也。抑亦有能歌此而使人顧，抑亦有能顧此而使人歌者乎？ 隱真氏書。 選正本：《北西廂記》，《北西遊記》，《幽閨記》，《琵琶記》，《還魂記》。（《峚陽草堂文集》卷九）

二 又：予問老優：「北曲合絃索力在筋，南曲合簫管力在板，有之乎？」曰：「然。」然北曲惟《西廂》、《西遊》可入簫，南曲惟《幽閨》、《琵琶》可入絃索。此元曲之妙，非後人所及，亦非後人所知也，《還魂記》其幾矣乎？ 後之作者未有能窺《還魂》之際者也。張凌虛《娱母》而寄其高尚，雅志存焉。屠赤水《遷謫》而縱其曠懷，玄風渺矣。自此以外，吾無取焉。乃有選近本，别又有選劇本，庶幾小道亦復可觀。聞吴門有書肆，從錢宗伯家盡得宋名詞而刻之，果然，必有取爾也。惜也吾未見其全也。 選近本：《浣紗記》，删。《曇花記》，删。《綵毫記》，删。《祝髮記》，删。《灌園記》，删。《竊符記》，删。《紫釵記》，删小本。《紅拂記》删小本。選劇本其三十齣。（同前）

三 《題北西廂記》：不讀《西廂記》，不知文情之至也。不有如此情，不可以言文；不有如此文，不能以寫情。文不至而言情，其情必蠢；情不至而言文，《李十郎人日宜春令》何足道哉？ 元氏《會真記》，情之未至者也，攷其軼事，多有遺恨。 董、王演爲傳奇，意在補雙交之缺，而實甫止於「驚夢」，不及「榮歸」，此意尤微。關漢卿從而綴成之，非也。若傳訛本多填雜字，近日改爲南調，尤足嘔穢。余問時畝，率以北調爲苦，及詢知音故老，則云惟南教坊尚有傳者，所存亦不過數人，年皆近耄矣。夫漢、唐之樂府，宋人之詞，元人之曲，今皆不入歌場，遞沿而下，將何所底？偶得張長君善本戲爲點校以傳，獨删去首齣《賞花時》小引，嘗慨昔人都無忌諱，今殊不然，則亦猶通俗之義也。（同前）

三 賈似道欲行量田之法，樞密使文及翁嘗作《百字令》詞詠雪以譏之，云：「没巴没鼻，霎（當作霎）時間、做出漫天漫地。不問高低并上下，平白都教一例。鼓弄滕六，招邀巽二，只恁施威勢。識他不破，至今道是祥瑞。　最苦是鵝鴨池邊，三更半夜，誤了吴元濟。東郭先生，都不管、挨上門兒穩睡。一夜東風，三竿紅日，萬事隨流水。東皇笑道，山河原是我的。」出《西湖遊覽志》（同前）

四 宜春傅公謀詞云：「草草三間屋，愛竹旋添栽。碧紗窗户，眼前都是翠雲堆。一月山翁高卧，踏雪水村清冷，木落遠山開。唯有平安竹，留得伴寒梅。　家童開門看，有誰來。客來一笑，清話煮茗更傳盃。有酒只愁無客，有客又愁無酒，酒熟且裴徊。明日人間事，天自有安排。」出《苕溪漁隱叢話》（同前書卷二）

五 虞邵南見歌兒郭順秀唱今樂府，其《折桂令》起句云「博山銅細裊香風」，一句而兩韻，名曰短柱，極不易作。先生愛其新奇，席上偶談蜀漢事，因命紙筆，亦賦一曲曰：「鑾輿三顧茅廬，漢祚難扶。日暮桑榆，深渡南瀘。長驅西蜀，力拒東吴。美乎周瑜妙術，悲夫關羽云殂。天數盈虚，造物乘除。問汝何如，早賦歸與。」蓋兩字一韻，比之一句兩韻者為尤難。可見先生博學，雖一時娛戲，亦過人遠矣。今中州韻無入聲，以仄聲作平聲，或可作上聲者，所以「蜀」、「術」等字皆與「魚」、「虞」相近。出《輟耕録》（同前）

六 王荆公云：「梨花一枝春帶雨」、「桃花亂落如紅雨」、「珠簾暮捲西山雨」皆警句也。然不若「院落深沈杏花雨」為優，言盡而意有餘也。出《韻語陽秋》（同前）

七　東萊先生注《觀瀾》文，謂《後赤壁賦》結尾用韓文公《石鼎聯句》叙彌明意，愚獨謂不然，蓋彌明真異人，文公真紀實也，與此不同。《金剛經》曰：「一切有為法如夢幻泡影。」東坡貫通内典，深悟此理，嘗賦《西江月》云：「休言萬事轉頭空，未轉頭時是夢。」赤壁之遊樂則樂矣，轉眼之間，其樂安在？以是觀之，則我與二客、鶴與道士皆一夢也。出《清夜録》（同前）

八　白樂天姬人樊素善歌，妓人小蠻善舞，嘗為詩曰：「櫻桃樊素口，楊柳小蠻腰。」年既高邁，小蠻方豐艷，因為《楊柳枝》詞以託意曰：「一樹春風萬萬枝，嫩於金色軟於絲。永豐坊裏東南角，盡日無人屬阿誰。」及宣宗朝，國樂唱是詞，上問誰作，永豐在何處，左右具以對之，遂因東使取永豐柳兩枝植於禁中，白感上知其名，且好尚風雅，又為詩一章，其末句云：「定知此後天文裏，柳宿光中添兩枝（當作星）。」出《本事詩》（同前）

九　山谷在宜州，重九日登郡城樓，聞邊人相語，今歲當鏖戰取封侯，因作小詞云：「諸將説封侯，短笛長吹獨倚樓。萬事總成風雨去，休休，戲馬臺南金絡頭。　催酒莫遲留，酒似今秋勝去秋。花向老人頭上笑，羞羞，人不羞花花自羞。」倚欄高吟，若不能堪者，是月果卒。（《道山清話》）（同前）

一〇　辛幼安晚春詞云：「更能消、幾番風雨，匆匆春又歸去。惜花長恨花開早，何况亂紅無數。春且住，見説道、天涯芳草迷歸路。怨春不語，算只有殷勤，畫簷蛛網，盡日惹飛絮。　長門事，準擬佳期又誤，娥眉曾有人妬。千金縱買相如賦，脈脈此情誰訴。君莫舞，君不見、玉環飛燕皆塵土。閒愁最苦，休去倚危闌，斜陽正在，煙柳斷腸處。」又寄丘宗卿詞云：「千古江山，（脱『英雄』二字）無覓，孫仲謀處。舞榭歌臺，風流總被，雨打風吹去。斜陽草樹，尋常巷陌，人道寄奴曾住。想當年（脱『金戈』二字）鐵馬，氣吞萬里如虎。元家子（二字當作『嘉』）草草，封狼居胥，贏得倉皇北顧。四十三年，望中煙火，猶記揚州路。可堪回首，佛狸祠下，一片神鴉社鼓。憑誰問，廉頗老矣，尚能飯否。」此詞集中不載，尤隽壯可喜。出本傳（同前書卷三）

一一　宋柳耆卿、蘇長公各以填詞名，而二家不同。當時士論各有所主，東坡一日問一優人曰：「我詞何如柳學士？」優曰：「學士那比得相公？」坡驚曰：「如何？」優曰：「相公詞，須用丈二將軍銅琵琶、鐵綽板唱相公的『大江東去』，柳學士詞，却着十七、十八女郎唱『楊柳外，曉風殘月』。」坡為之撫掌大笑。出《溪山餘話》（同前）

一二　韓翃少負才名，天寶末舉進士，孤貞靜默。所與遊皆當時名士，然而蓽門圭竇，室唯四壁。隣有李將，失名妓柳氏，李每至，必邀韓同飲。韓以李豁落大丈夫，故常不逆，既久，愈狎。柳每以暇日隙壁窺韓所居，即蕭然葭艾，聞客至，必名人，因乘間語李曰：「韓秀才窮甚矣，然所與遊，必聞名人，是必不久貧賤，宜假借之。」李深頷之。間一日，具饌邀韓，酒酣，謂韓曰：「秀才，當今名士；柳氏，當今名色。以名色配名士，不亦可乎？」遂命柳從坐接韓，韓殊不意，懇辭不敢當，李曰：「大丈夫相遇盃酒間，一言道合，尚相許以死，况一婦人，何足辭也？」卒授之，不可拒。又謂韓曰：「夫子居貧，無以自振，柳資數百萬，可以取濟。柳，淑人也，宜事夫子，能盡其操。」即長揖而去。韓追讓之，顧恍然自疑，曰：「此豪達者，昨暮備言之矣，勿復致訝。」俄就柳居，來歲成名。後數年，淄青節度侯希逸奏爲從事，以世方擾，不敢以柳自隨，置之都下，期至而迓之。連三歲不果迓，因以良金買練囊中寄之，題詩曰：「章臺柳，章臺柳，往日依依今在否？縱使長條似舊垂，亦應攀折他人手。」柳復書荅詩曰：「楊柳枝，芳菲節，可恨年年贈離别。一葉隨風忽報秋，縱使君來豈堪折。」柳以色顯，獨居恐不自免，乃欲落髮爲尼居佛寺。後翃隨侯希逸入朝，尋訪不得，已爲立功番將沙吒利所劫，寵之專房。翃悵然不能割，會入中書，至子城東南角，逢犢車，緩隨之，車中問曰：「得非青州韓員外耶？」曰：「是。」遂披簾曰：「某柳氏也，失身沙吒利，無從自脱。明日尚此路，還願更一來取别。」韓深感之。明日，如期而往，犢車尋至，車中投一紅巾苞小合子，實以香膏，嗚咽言曰：「終身永訣。」車如電逝。韓不勝情，爲之雪涕。是日臨淄大校致酒於都市酒樓，邀韓，韓赴之，悵然不樂。座人曰：「韓員外風流談笑，未嘗不適，今日何慘然耶？」韓具話之，有虞候將許俊年少，被酒起曰：「寮嘗以義烈自許，願得員外手筆數字，當立置之。」座人皆激贊，韓不得已與之，俊乃急裝，乘一馬牽一馬而馳，逕趍沙吒利之第。會吒利已出，即以入曰：「將軍墜馬，且不救，遣取柳夫人。」柳驚出，即以韓札示之，挾上馬，絶馳而去。座未罷，即以柳氏授韓曰：「幸不辱命。」一座驚歎。時吒利初立功，代宗方優借，大懼禍作。闔座同見希逸，白其故，希逸扼腕奮髯曰：「此我往日所爲也，而俊復能之。」立修表上聞，深罪沙吒利。代宗稱歎良久，御批曰：「沙吒利宜賜絹二千疋，柳氏却歸韓翃。」後事罷，閒居將十年。……出《本事詩》（節録自同前書卷四）

一三 柯敬九思博士避言路居吴時，虞邵庵在館閣，賦《風入松》以寄之，詞曰：「畫堂紅袖倚清酣，華髮不勝簪。幾回晚直金鑾殿，東風軟、花裏停驂。書詔許傳宫燭，香羅初試朝衫。御溝冰泮水挼藍，飛燕又呢喃。重重簾幕寒猶在，憑誰寄、銀字泥緘。報道先生歸也，杏花春雨江南。」詞翰兼美，一時傳刻，而此詞遂遍滿海内矣。出《輟耕録》（同前）

一四 詩家有以山喻愁者，杜少陵云「憂端如山來，澒洞不可掇」、趙嘏云「夕陽樓上山重疊，未抵春愁一倍多」是也。有以水喻愁者，李頎云「請量東海水，看取淺深愁」、李後主云「問君却有許多愁，恰似一江春水向東流」、秦少游云「落紅萬點愁如海」是也。賀方回云：「試問閒愁知幾許，一川煙草，滿城風絮，梅子黄時雨。」蓋以三者比之愁多也，尤為新奇。（同前書卷五）

一五 楊鐵崖《西湖竹枝詞》，一倡百和，率以西湖起興，而情寓於中。鐵崖云：「家住西湖新婦磯，勸郎不唱《金縷衣》。琵琶元是韓朋木，彈出鴛央（即鴦）一處飛。」「湖口樓船湖日陰，湖中斷橋湖水深。樓船無柁是郎意，斷橋有柱是儂心。」楊弘仲詞云：「西子湖邊楊柳花，隨風飄泊到天涯。青春遇着歸來燕，銜入當年王謝家。」「一種腰肢分外妍，雙眉畫作月娟娟。春風吹破襄王夢，行雨行雲若箇邊。」薩天錫詞云：「湖上美人彈玉箏，小鶯飛度緑窗櫺。沈郎雖病多情在，倦倚屏山不厭聽。」鄭明德詞云：「岳王墳西是妾家，望郎不見見棲鴉。孤山若有奢華日，不種梅花種杏花。」唐子華詞云：「門前楊柳亂吹花，第一橋頭第一家。馬上郎君休挾彈，柳枝深處有慈鴉。」陳子平詞云：「樓下攤錢還上樓，花前夜醉曉扶頭。不知命犯何星宿，一日猖狂百日愁。」倪元鎮詞云：「愁水愁風人不歸，昨夜水没釣魚磯。踏盡蓮根終無藕，着多柳絮不成衣。」于彦成詞云：「楊柳樹頭雙鵓鴣，雨來逐婦晴來呼。死央（即鴛鴦）到死不相背，雙飛日日在西湖。」顧進道詞云：「楊白花開風滿天，花開成絮不成綿。不如落向西湖水，化作浮萍箇箇圓。」朱伯常詞云：「小姑疑郎去不歸，為郎打瓦復鑽龜。青山尚有飛來日，不信人無相見時。」完顏石詞云：「花滿蘇堤酒滿壺，畫船日日醉西湖。阿儂最苦兩離別，不唱黄鶯唱鷓鴣。」徐延徽詞云：「西湖春草碧蔫綿，上有青蚨母子全。夜擣守宫和血色，盡將塗上五銖錢。」「盡説西湖好莫愁，不知天上有牽牛。賸拚萬斛胭脂水，瀉向銀河一色秋。」沈自誠詞云：「儂住西湖日日愁，郎船只在湘江頭。憑誰移得吴山去，湖水江波一處流。」出《勝覽志餘》（同前）

一六　東坡云：僕自七歲時，見眉州老尼，姓朱，年九十餘。自言嘗隨其師入蜀主孟昶宫中，一日大熱，蜀主與花蘂夫人夜起，避暑摩訶（當作訶）池上，作一詞，朱具能記之。今四十年，朱已死久矣，人無知此詞者。獨記其首二句云「冰肌玉骨，自清凉無汗」，暇日尋索，豈《洞仙歌》乎？因為足之云：「冰肌玉骨，自清凉無汗。水殿風來暗香滿。繡簾開，一點明月窺人，人未寢，欹枕釵横鬢亂。起來攜素手，庭户無聲，時見疎星渡河漢。試問夜如何，夜已三更，金波淡，玉繩低轉。但屈指，西風來幾時，又不道流年，暗中偷換。」《漫叟詩話》謂楊元素《本事曲》記載此詞全然不同，又或好事者更之耳。至高則成（當作誠）翻作《琵琶記》中，詞調愈勝。（同前書卷六）

一七　李後主自歸朝後，每懷故國，且念嬪妾散落，鬱鬱不自聊。嘗作長短句云：「簾外雨潺潺，春意將闌，羅衾不耐五更寒。夢裏不知身是客，一餉貪歡。　獨自莫憑闌，無限關山，别時容易見時

難。流水落花春去也,天上人間。」含思悽惋,不久下世。出《金玉詩話》(同前書卷七)

一八　隋煬帝遊江都,有樂工吹笛,其父老廢,於卧内聞之,問曰:「何得此曲?」子對曰:「此宫中新翻,曰《安公子》也。」父乃謂其子曰:「宫為君,此曲宫聲,往而不返。大駕東巡,必不回矣,汝可托疾勿去也。」其精鑒如此。出《教坊記》(同前)

一九　《滿江紅》詞云:「膠擾勞生,待足後何時是足。據見定、隨家豐儉,便堪龜縮。得意濃時休進步,須知世事多飜覆。漫教人、白了少年頭,徒碌碌。　誰不愛,黄金屋。誰不羡,千鍾粟。奈五行不是,這般題目。枉費心神空計較,兒孫自有兒孫福。不須採藥訪神仙,惟寡欲。」此晦庵僧所作也,世傳為朱文公作,蓋同號之誤云。出《草堂詩餘》(同前書卷八)

二〇　陳後山有一帖與山谷云:「邇來起居何如,不至乏絶否?何以自存?有相恤者否?令子能慰意否?風土不甚惡否?平居與誰相從?有可與語否?仕者不相陵否?何以遣日?亦著書否?近有人傳《謁金門》詞,讀之爽然,便如侍語,不知此生亦能相從如前日否?朱時發能復相濟否?」備盡顛沛意味,讀之慨然。(同前)

二一　吴歌最佳,聊記一二,如云:「月子彎彎照幾州,幾家歡樂幾家愁。幾家夫婦同羅帳,幾家飄散在他州。」如云:「送郎八月到揚州,長夜孤眠在畫樓。女子拆開不見好,秋心合着却成愁。」此賦體也。而山谷之詞先有之,云:「你共人女邊着子,争知我、門裏挑心。」如云:「約郎約到月上時,看看等到月蹉西。不知奴地山低月上早,不知郎地山高月上遲。」如云:「畫裏看人假做真,攀桃接李

强為親。郎做三月楊花隨處滚，奴空想隔年桃核舊時仁。」其餘詞皆淫媟字，多俗俚，不蚵得而書也。（同前書卷九）

二二　淵聖幸虜營不返，謝元及作《憶王孫》詞有云：「依依宫柳歷宫牆，樓殿無人春晝長。燕子歸來依舊忙。憶君王，月破黄昏人斷腸。」出《避戎夜話》（同前書卷十）

二三　靈隱寺僧明（當作名）了然，戀妓李秀奴，往來日久，衣鉢落（當作蕩）盡，秀奴絶之，僧迷戀不已。一夕，了然乘醉而往，秀奴弗納，了然怒擊之，隨手而斃。事至郡，時東坡治郡，送獄院推勘，於僧臂上見刺字云：「但願生同極樂國，免教今世苦相思。」東坡見招，結，舉筆判《踏莎行》詞云：「這個秃奴，修行忒煞，雲山頂上持戒。一從迷戀玉樓人，鶉衣百結渾無奈。　毒手傷人，花容粉碎，空空色色今何在。臂間刺道苦相思，這回還了相思債。」判訖，押赴市曹處斬。出《西湖遊覽志餘》（同前）

二四　詩有一句疊三字者，如吴融《秋樹》詩云「一聲南鴈已先紅，槭槭凄凄葉葉同」是也。有一句連三字者，如劉駕云：「樹樹樹梢啼曉鶯，夜夜夜深聞子規」是也。有兩句連三字者，如白樂天云：「新詩三十軸，軸軸金玉聲」是也。有三聯疊字者，如古詩云：「青青河畔草，鬱鬱園中柳。盈盈樓上女，皎皎當窗牖。娥娥紅粉粧，纖纖出素手」是也。有七聯疊字者，昌黎《南山》詩云：「延延離又屬，夬夬叛還遺。喁喁魚闖萍，落落月經宿。誾誾樹牆垣，巘巘架庫廐。參參削劍戟，煥煥御瑩琇。敷敷花披萼，闟闟屋摧霤。悠悠舒而安，兀兀狂以狃。超超出猶奔，蠢蠢駭不懋。」李易安詞云：「尋尋覓

覓，冷冷清清，凄凄慘慘戚戚」，起頭連疊七字，以一婦人乃能創意出奇如此。（同前書卷十一）

二五 苕溪漁隱云：東坡赤壁懷古一詞語意高妙，真古今絶唱。和者無慮數百家，鮮有彷彿其萬一者。近有和此詞，題於郵亭壁間者，不著姓氏，語雖粗豪，亦氣槩可喜。坡詞云：「大江東去，浪淘盡、千古風流人物。故壘西邊，人道是、三國周郎赤壁。亂石穿空，驚濤拍岸，捲起千層雪。江山如畫，一時多少豪傑。　遥想公瑾當年，小喬初嫁了，雄姿英發。羽扇綸巾，談笑間、檣櫓灰飛煙滅。故國神遊，多情應笑我，早生華髮。人生如夢，一樽還酹江月。」和之者云：「炎精中否，歎人材頹靡，都無英物。戎馬長驅三犯闕，誰作連城堅壁。楚漢吞併，曹劉割據，白帽（當作骨）今如雪。書生鑽破舊編，説甚豪傑。　天意建我中興，吾君神武，小曾孫周發。海嶽封疆懼勍賊，狂虜何曾追滅。翠羽南巡，叩閽無路，徒有衝冠髮。孤忠耿耿，劍鋒冷侵（一作浸）秋月。」出《草堂詩餘》（同前）

二六 三山蕭軫登第，榜下娶再婚之婦，同舍張任國以《柳梢青》詞戲之曰：「掛起招牌，一聲喝采，舊店新開。熟事孩兒，家懷老子，畢竟招財。　當初合下安排，又不豪門買獃。自古道、正身替代，見任添差。」（出《古杭雜記》）（同前書卷十二）

二七 陳東飲於京師酒樓，有娼打坐而歌者，東不顧。乃去，倚闌獨立，歌《望江南》詞，音調清越，東不覺傾聽。視其衣服皆敝，時以手揭衣爬搔，肌膚綽約如雪，乃復呼使前再歌之，其詞曰：「闌干曲，紅颭繡簾旌。花嫩不禁纖手捻，被風吹去意還驚，眉黛蹙山青。　鏗鐵板，閒引步虛聲。塵世無人知此曲，却騎黄鶴上瑶京，風冷月華清。」東問：「何人製？」曰：「上清蔡真人詞也。」歌罷，下樓，

亟遣僕追之，已失矣。出《夷堅志》（同前）

二八 宋光堯作《漁父詞》，有曰：「薄晚煙林淡翠微，江邊秋月已明輝。縱遠柁，適天機，水底閒雲片段飛。」又曰：「青草開時已過船，錦鱗躍處浪痕圓。竹葉酒，柳花氈，有意沙鷗伴我眠。」又曰：「水涵微影湛虛明，小笠輕簑未易晴。明鏡裏，縠紋生，白鷺飛來空外聲。」詞不能盡載。出《奎章録》（同前書卷十三）

二九 京妓劉燕歌賦《太常引》一曲餞齊參議，云：「故人辭我出陽關，無計鎖雕鞍。今古別離難，兀誰畫、蛾眉遠山。　一尊別酒，一聲杜宇，寂寞又春殘。明月小樓閒第，一夜相思淚彈。」至今膾炙人口。出《青樓集》（同前）

三〇 馮延巳著樂章見稱於世，李後主戲之曰：「『風乍起，吹皺一池春水』，干卿何事？」延巳曰：「未知（當作如）陛下『小樓吹徹玉笙寒』何也。」後主悦。出《南唐書》（同前）

三一 隋煬製湖上曲《望江南》八闋，其一：「湖上月，偏照列仙家。水浸寒光鋪枕簟，浪摇晴影走金蛇，偏稱泛靈槎。　光景好，輕彩望中斜。青露冷侵銀兔影，西風吹落桂枝花，開宴思無涯。」其二：「湖上柳，煙裏不勝摧（一作垂）。宿霧洗開明媚眼，東風摇弄好腰肢，煙雨更相宜。　環曲岸，陰覆畫橋低。線拂行人春晚後，絮飛晴雪暖風時，幽意更依依。」其三：「湖上雪，風急墮還多。輕片有時敲竹石，素華無韻入澄波，望外欲相磨。　湖水遠，天地色相和。仰面莫思梁苑賦，朝尊且聽玉人歌，不醉擬如何。」其四：「湖上草，碧翠浪通津。修帶不為歌舞緩，濃鋪堪作醉人茵，無意襯香衾。晴霧後，顔色一般新。游子不歸生滿地，佳人遠意寄青春，留詠卒難伸。」其五：「湖上花，天水浸靈芽。淺蕊水邊勻玉粉，濃葩天外剪明霞，只在列仙家。開爛漫，插鬢若相遮。水殿春寒生冷豔，玉軒晴照暖添華，清賞思何賒。」其六：「湖上女，精選正輕盈。猶恨乍離金殿侶，相將盡是采蓮人，清唱慢頻頻。軒内好，嬉戲六龍津。玉管朱絃聞盡夜，踏青鬭草事芳春，玉輦從羣真。」其七：「湖上酒，終日助清歡。檀板輕聲銀甲緩，醅浮香米玉蛆寒，醉眼暗相看。春殿晚，仙豔捧盃盤。湖上風煙真可愛，醉鄉天地就中寬，帝主正清安。」其八：「湖上水，流遶禁園中。斜日暖摇清翠動，花幽暖莊衆紋紅，蘋末起清風。閒縱目，魚躍小蓮東。泛泛輕摇蘭棹穩，沈沈寒影上仙宫，遠意更重重。」帝常遊湖上，多令美人歌唱此曲。出《海山記》(同前書卷十四)

三二　三山卓用能賦馳聲，嘗作詞云：「丈夫隻手把吴鈎，欲斷萬人頭。因何鐵石打成，心性却為花柔。君看項籍并劉季，一怒使人愁。只因撞虞姬戚氏，豪傑都休。」其為人溺志可想。出《山房隨筆》(同前)

三三　宋六嫂：京師名妓也，與其夫合樂，妙入神品。滕玉霄待制嘗賦《念奴嬌》以贈云：「柳顰花困，把人間恩愛，尊前傾盡。何處飛來雙比翼，直是同聲相應。寒玉嘶風，香雲捲雪，一串驪珠引。阮郎去後，有誰着意題品。誰料濁羽清商，繁絃急管，猶自餘風韻。莫是紫鸞天上曲，兩兩玉童相並。白髮梨園，青衫老傅，試與留連聽。可人何處，滿庭霜月清冷。」出《青樓集》(同前)

三四　子瞻嘗自言平生有三不如人，謂着棋、喫酒、唱曲也。出《墨客揮犀》(同前)

三五　紹興中，王鈇帥番禺，有狼籍聲，朝廷除司諫韓璜為廣東提刑，廉按之。王憂甚，寢食幾廢。有妾，故錢塘娼也，問：「主公何憂？」王告之故，妾曰：「不足憂也，璜即韓九，字叔夏，舊遊妾家，最好歡。須其來，强邀之飲，妾當有以敗其守。」已而韓至，王郊迎，不見，入城乃見，不交一談。次日報謁，王宿治具於別館，茶罷，邀遊郡圃，不許，固請，乃可。至別館，水陸畢陳，伎樂大作，韓踧踖不安，王麾去伎，陰命諸娼淡妝，詐作姬侍，迎入後堂劇飲，酒半，妾於簾內歌韓昔日所贈之詞，韓聞之心動，狂不自制，曰：「汝乃在此耶？」即欲見之，妾隔簾故邀其滿引，至再至三，終不肯出，韓心益急，妾乃曰：「司諫曩在妾家最善舞，今日能為妾舞一曲，即當出也。」韓醉甚，不知所以，即索舞衫，塗抹粉墨，踉蹡而起，忽跌於地，王亟命索輿，諸娼扶掖而登歸船，昏然酣寢。五更酒醒，覺衣衫拘絆，索燭覽鏡，羞媿無以自容。即解舟，不復有所問。此與陶穀郵亭事相類。出《鶴林玉露》（同前書卷十五）

三六　陳無咎題趙國一詞云：「一年一度春來，何時是了。花落花開渾是夢，只解把人引調。可憐浮世，等閒過日，却不識，綠水青山，四時都好。　遇筆題詩，逢人飲酒，世間萬事，看盡多多少少。怎得似，羽扇綸巾，雲屏煙嶠，幾曾受些兒煩惱。便乘風歸去小蓬萊，聽門外、猿啼鶴嘯。」無咎號龍壇居士，越人目之為仙，其詞氣頗不凡俗。出《愛日齋叢抄》（同前書卷十六）

三七　詩人用熨字極少，杜工部詩：「美人細意熨貼平。」此正用也。白樂天詩：「金斗熨波刀剪文。」温庭筠詩：「綠波如熨割愁腸。」陸龜蒙詩：「波平熨不如。」又：「天如重熨皺。」王君玉詞：「金斗熨秋江。」此借用也。熨本謂火，而云熨江、熨波，尤為奇特，詩人翻案之妙如此。出《楊升庵詩

話》(同前)

三八　張怡雲者能詩詞，善歌舞，藝絶流輩，名重京師。趙松雪、商正叔、高房山皆為寫怡雲圖以贈，諸名公題詩殆遍，姚牧庵、閻静軒每於其家小酌。一日，過鍾樓街，遇史中丞，笑而問曰：「二先生所往，可容侍行否？」姚曰：「中丞下馬。」史於是屏騶從，速其歸携酒饌，因同造焉。張便取酒，先壽史，且歌「雲間貴公子，玉骨秀横秋」之句，史甚喜。有頃，酒饌至，史取銀二錠酧，歌席終，左右欲徹酒器皆金玉者，史云：「休將去，留待二先生來此受用。」其賞音有如此者。出《青樓集》(同前書卷十七)

三九　大曆中，才人張紅紅者與其父歌乞於市，過將軍韋青宅，青聞喉音寥亮，仍有眉目，即納為姬。其父舍於後户，優給之。乃自傳其藝，穎悟絶倫。嘗有樂工自撰歌，即《古長命西河女》也，加減節奏，頗有新聲。未進，聞先侑歌於青，青召紅，紅於屏風後聽之，紅紅乃以小豆數合記其拍，樂工歌罷，青入問紅紅如何，云已得矣。青出，云有女弟子，久會歌此，非新曲也。即令隔屏歌之，一聲不失，樂工大驚。尋達上聽，翊日，召入宜春院，寵澤隆異，宫中號記曲娘子。一日，内史奏韋青卒，紅紅乃於上前嗚咽，奏云：「妾本風塵丐者，一旦老父死有所歸，致身入内，皆自韋青，妾不忍忘。」乃一慟而絶。出《樂府雜録》(同前)

四〇　侯元功蒙，密州人，自少游場屋，年三十有一，始得鄉貢。人以其年長貌寢，不之敬，有輕薄子畫其形於紙鳶上，引線放之，蒙見而大笑，作《臨江仙》詞題其上曰：「未遇行藏誰肯信，如今方表名蹤。無端良匠畫形容。當風輕借力，一舉入高空。纔得吹噓身漸穩，只疑遠赴蟾宮。雨餘時候夕陽紅。幾人平地上，看我碧霄中。」蒙一舉即登第，年五十，遂為執政。出《夷堅志》（同前書卷十八）

四一　東坡謫黄州，中秋夜對月獨酌，作《西江月》詞云：「世事一場春夢，人生幾度秋凉。夜來風葉已鳴廊，看取眉頭鬢上。酒賤常愁客少，月明多被雲妨。中秋誰與共孤光，把盞悽然北望。」出《古今詩話》（同前）

四二　歌辭代各不同，而聲亦易亡。元人變為曲子，今世雖襲，大抵分為二調，曰南曲，曰北曲。胡致堂所謂「綺羅香澤之態」、「綢繆宛轉之度」，正今日之南曲也。「登高望遠，舉首高歌，而逸懷浩氣，使人超然乎塵垢之表」者，近乎今日之北詞也。出《溪山餘話》（同前）

四三　錢思公好讀書，雖厠上亦閱小詞，宋公庠每走厠必挾書，以往以為二公之篤學如此。夫厠非讀書之所，而如厠，豈讀書之時乎？顏之推讀書未嘗不肅敬，狄仁傑黄卷中與聖賢對而不暇，偶俗吏語，此善讀書者也。出歐陽公《歸田録》（同前書卷十九）

四四　曹東畎赴省，陸行良苦，以詞自慰其足云：「春闈期近也，望帝鄉迢迢，猶在天際。懊恨這一雙脚底，一日廝趕上五六十里。　争氣，扶持我去，博得官歸。恁時賞你，穿對朝靴，安排你在轎兒裏。更選箇弓樣鞋兒，夜間伴你。」出《簷曝偶談》（同前）

四五　陸務觀初娶唐氏，閎之女也，於其母夫人為姑姪，伉儷相得，而弗獲於其姑。既出，而未忍絶之，則為之别館，時時往焉。姑知而掩之，雖先知挈去，然事不得隱，竟絶之，亦人倫之變也。後改適同郡宗子士程，嘗以春日出游，相遇於禹跡寺南之沈氏園，唐以語趙，遣致酒肴，翁悵然久之，為賦《釵頭鳳》一詞題於園壁間，云：「紅酥手，黄藤酒，滿城春色宫牆柳。東風惡，歡情薄。一懷愁緒，幾年離索，錯錯錯。　春如舊，人空瘦，淚痕紅浥鮫綃透。桃花落，閑池閣。山盟猶在，錦書難託，莫莫莫。」是歲紹興乙亥也。翁居鑑湖之三山，晚歲每入城，必登寺眺望，不能勝情。嘗賦二絶云：「夢斷香銷四十年，沈園柳老不飛綿。此身行入嵇（當作稽）山土，猶弔遺蹤一悁然。」又云：「城上斜陽畫角哀，沈園無復舊池臺。傷心橋下春波緑，曾是驚鴻照影來。」蓋慶元己未歲也。未久，唐氏死。至紹熙壬子歲復有詩，叙云：「禹跡寺南有沈氏園，四十年前嘗題小闋壁間，偶復一到，而園已三易主矣，讀之悵然。」詩云：「楓葉初丹槲葉黄，河陽愁鬢怯新霜。林亭感舊空回首，泉路憑誰説斷腸。」「壞壁醉題塵漠漠，斷雲幽夢事茫茫。年來忘念消除盡，回向蒲龕一炷香。」又至開禧乙丑歲暮，夜夢遊沈氏園，又兩絶句云：「路近城南已怕行，沈家園裏更傷情。香穿客袖梅花在，緑照寺橋春水生。」「城南小陌又逢春，只見梅花不見人。玉骨久成泉下土，墨痕猶鎖壁間塵。」出周公堇（當作謹）《齊東野語》（同前）

四六　楊廉夫嘗訪瞿士衡，以鞋盃行酒，命其姪孫宗吉詠之，宗吉作《沁園春》以呈，廉夫大喜，即令侍妓歌以侑觴，詞云：「一掬嬌春，弓様新裁，蓮步未移。笑書生量窄，愛渠儘小，主人情重，酌我休遲。醖釀朝雲，斟量暮雨，能使麯生風味奇。何須去，向花塵留蹟，月地偷期。　風流到處偏宜，便豪吸雄吞不用辭。任凌波南浦，惟誇羅襪，賞花上苑，秖勸金巵。羅帕高擎，銀瓶低注，絶勝翠裙

深掩時。華筵散，奈此心先醉，此恨誰知。」出《西湖游覽志餘》（同前書卷二十）

四七　張子野郎中以樂章名擅一時，宋子京尚書奇其才，先往見之，遣將命者曰：「尚書欲見『雲破月來花弄影』郎中。」子野屏後呼曰：「得非『紅杏枝頭春意鬧』尚書耶？」遂出，置酒盡歡。出《遯齋閒覽》（同前）

四八　劉伯芻巷口有鬻餅者，每當壚，必謳歌不已。一旦，劉憐其貧，貸以萬錢，自是不聞歌聲，心計轉簏，不暇唱《渭城》矣。財之害人也如此。出《白孔六帖》（同前書卷二十一）

四九　東坡云：杜黃裳少年好行陰德，見枯骨輒葬之，鬼輒報德，或獲寶劍，或獲藏鏹。士有效之者，見一枯骨，綈袍而葬之，忍寒至三更，鬼嘯於簷，曰：「秀才會唱《涼州》、《伊州》否？僕是開元中梨園舞徒，意待與秀才舞箇曲，聊以報德。」出《蘇黃滑稽帖》（同前）

五〇　錢塘淩彥翀見人兄弟析居者，作《沁園春》以嘲之，詞云：「樹上淩霄，堂前紫荆，秋來尚芳。奈牝雞晨語，鶺鴒憔悴，妖狐晝嘯，鴻鴈分行。仁智非周，喜憂非舜，一旦天倫忍遂亡。如何好，望松楸感泣，桑梓悲傷。古今禍起專房，總一國猶然況一鄉。家有婦人，豈無長舌，世無男子，豈有剛腸。樹大分枝，瓜熟蔕落，此語應非是義方。聊書此，要垂鑑戒，不在文章。」出《瓠里子筆談》（同前）

五一　吴之雍熙寺，每夜半，常有婦人往來廊廡間歌小詞，且哭且歎，聞者就之，輒不見。其詞曰：「滿目江山憶舊遊，汀花汀草弄春柔，長亭艤住木蘭舟。好夢易隨流水去，芳心空逐曉雲愁，行人莫上望東樓。」好事者録其詞於壁，士子慕容巖卿見之，驚曰：「此予亡妻所作，外人無知者，何從

得之？」寺僧告其故，巖卿悲歎曰：「亡妻旅櫬嘗停於此也。」（同前）

五二 樂府名有《蘇幕遮》，乃高昌婦人所戴帽。出《河汾燕閒録》（同前）

五三 王昂作狀元，始婚禮夕，婦家立需催粧詞，昂走筆賦《好事近》云：「喜氣擁門闌光動，綺羅香陌。行到紫薇花下，悟身非凡客。　不須朱粉污天真，嫌怕太紅白。留取黛眉淺處，畫章臺春色。」出《陶朱新録》（同前書卷二十二）

五四 宋曾端伯以十花為十友，各為之詞。荼蘼，韻友；茉莉，雅友；瑞香，殊友；荷花，浮友；巖桂，仙友；海棠，名友；菊花，佳友；芍藥，艷友；梅，清友；梔子，禪友。張敏叔以十二花為十二客，牡丹，賞客；梅，清客；菊，壽客；瑞香，佳客；丁香，素客；蘭，幽客；蓮，净客；荼蘼，雅客；桂，仙客；薔薇，野客；茉莉，遠客；芍藥，近客。敏叔名景修，宋禮部郎中，吴人。出《清異録》（同前書卷二十五）

五五 「一盤消夜江南果，喫果看書只清坐，罪過梅花料理我。一生心事，半生牢落，盡向今宵過。　此身本是山中箇，纔出山來便希差，手種青松應是大。縛茅深處，抱琴歸去，又是明年話。」此薛詠（一作泳）客中守歲詞也，詠久客江湖，瀕老懷歸，遂賦此詞。晚於溪上小築扁水竹居，迄就窆焉。其所為詩如《新堤小泛》「柳斷橋方出，煙深寺欲浮」、《早秋歸興》「歸心如病葉，一片落江城」、《鎮江逢尹惟曉》「欲説事都忘，相看心自知」，皆去唐人思致不遠。出《深雪偶談》（同前）

五六 杜大中自行伍為將，與物無情，西人呼為杜大蟲。有愛妾才色俱美，大中牋表皆此妾所為。

一日，大中方寢，妾至，見几間有紙筆頗佳，因書《臨江仙》一闋，有「彩鳳隨鴉」之語，大中覺而視之，曰：「鴉且打鳳。」於是掌其面，項折而斃。出《今是堂手録》（同前書卷二十六）

五七　劉改之過以詩鳴，辛稼軒棄疾帥越，聞其名，遣介招之，適以事不及行，作《沁園春》一詞寄之，詞曰：「斗酒彘肩，醉渡浙江，豈不快哉？被香山居士，約林和靖，與蘇公等，駕勒吾回。坡謂西湖，正如西子，濃抹淡粧臨照臺。諸人者，都掉頭不顧，只管傳盃。白云天竺去來，圖畫裏、崢嶸樓觀開。看縱橫一澗，東西水遶，兩山南北，高下雲堆。逋曰不然，暗香踈影，只可孤山先探梅。蓬萊閣，訪稼軒未晚，且此徘徊。」辛得之大喜，岳珂曰：「詞句固佳，然恨無刀圭藥，療君白日見鬼症耳。」坐中閧然。出《桯史》（同前）

五八　張生者，家在汴州中牟縣。以饑寒，一旦，別妻子，遊河朔，五年方還。晚出鄭州門，到板橋，已昏黑矣。乃下道，取陂中逕路而歸，忽於草莽見燈火熒煌，賓客五六人方宴飲次。生乃下驢以詣之，相去十餘步，見其妻亦在坐中，與賓客語笑方洽。生乃蔽形於白楊樹間以窺之，見有長鬚持盃請措大夫人歌，生之妻，文學之家，幼習詩禮，甚有篇詠，欲不為唱，四座勤請，乃歌曰：「歎衰草，絡緯聲切切。良人一去不復還，今夕坐愁鬢如雪。」長鬚云：「勞歌。」一盃飲訖。酒至白面年少，復請歌，張妻曰：「一之謂甚，其可再乎？」長鬚持一觥云：「請有拒歌者，飲此。」歌舊詞中笑語，亦準此罰。」於是張妻又歌曰：「勸君酒，君莫辭。落花徒繞枝，流水無返期。莫恃少年時，少年能幾時。」酒至紫衣者，復持盃請歌，張妻不悅，沉吟良久，乃歌曰：「怨空閨，秋日亦難暮。夫婿斷音書，遥天鴈空度。」酒至黑衣胡人，復請歌，張妻連唱三四曲，聲氣不續，沉吟未唱間，長鬚抛觥云：「不合推辭。」乃酹一觥，張妻涕泣而飲，復唱送胡人酒曰：「切切夕風急，露滋庭草濕。良人去不回，焉知掩閨泣。」酒至緑衣少年，持盃曰：「夜已久，恐不得從容，即當睽索，無辭一曲，便望歌之。」又唱云：「螢火穿白楊，悲風入荒草。疑是夢中遊，愁迷故園道。」酒至張妻，長鬚歌以送之云：「花前始相見，花下又相送。何必言夢中，人生盡如夢。」酒至紫衣胡人，復請歌云：「須有艷意。」張妻低頭未唱間，長鬚又抛一觥，於是張生怒，捫足下得一瓦，擊之，中長鬚頭，再發一瓦，中妻額，闃然無所見。張生謂其妻已卒，慟哭，連夜而歸，及明至門，家人驚喜出迎，張問其妻，婢僕曰：「娘子夜來頭痛。」張入室問妻病之由，曰：「昨夜夢草莽之處有六七人，遍令飲酒，各請歌，孥凡歌六七曲，有長鬚者頻抛觥，方飲次，外有發瓦來，第二中孥額，因驚覺，乃頭痛。」張生因知昨夜所見，乃妻夢耳。出《夢游録》（同前書卷二十九）

五九 王荆公初為參政，每讀晏元獻小詞曰：「為宰相而作小詞，可乎？」平甫曰：「彼亦偶然自喜而為耳，其事業，豈止如是？」吕吉甫為館職，亦在坐，曰：「為政必先放鄭聲，況自為之乎？」平甫正色曰：「放鄭聲，不若遠佞人。」吕自是與平甫相失。出《東軒筆録》（同前書卷三十一）

六〇 古之六博，即今骰子也。《晉·謝艾傳》：梟者，邀也，六博得邀者勝，是知梟即骰子之么也。曲名有《六么序》，義取六博之采。小説云《緑腰》，又云《録要》，皆是妄説，如謂律令為雷霆迅鬼，皆妄人撰説，而文士或信之耳。出《丹鉛録》（同前書卷三十二）

六一 昔有士人争娼致訟，作供詞云：「伏以何郯御史，尚製陽臺柳之詞；陶穀學士，不逆秦弱蘭之詐。豈賢者不能勉俗？亦尤物易以移人。重念某詩酒情懷，江湖滋味。十年而達磨壁，當下禪定工夫；一日看長安花，猶逞少年意氣。所以春風一曲，時遣司空之詩；夜月千燈，恣買楊州之市。豈真欲了鴛鴦之債，要亦未忘牧犢之悲。彼氏女者，少倚市門，幸逃樂籍。金帳羔酒，亦識黨家之為麄人；荆釵布裙，自說鄭玉之非娼女。所過者，有回墻頭之馬；而憐者，願引井底之瓶。郵亭一夜眠，方成識面；湖州十年約，頗自關心。蓋我亦信其為文君之《白頭吟》，其實不足以當盧仝之赤脚婢。果爾雲情多變，水性易流。柳枝闞昌黎之亡，遂奔他所；酥香乃杜家所愛，竟易初心。謾謳東君，去後花無主之詞；只重義士，今無古押衙之恨。離一雙白璧，初無貞潔之資；然半股金釵，昔有留質之物。好消息成惡消息，得便宜竟落便宜。昨者抗章於公車，逆知得罪於名教。況魯經四非禮之目，舊亦講明；而鄒書五不孝之章，合知戒謹。胡然狂妄，敢瀆威尊。第念平原笑躄者之頭，誰非重士；湖亭張水嬉之戲，公亦憐才。願恕我騎驢之狂，而驚以打鴨之彈。處士不生巫峽夢，我亦甘為陳陶之流；青娥今屬使君家，公當少舒趙嘏之忿。況櫻桃一點，合與衆人嘗；而楊柳長春，從教行路折。緹縈女子，倘預沾官妓之名；虞舜典刑，亦甘受公庭之辱。」出《江湖紀聞》（同前書卷三十四）

六二 寶祐間，有題《浪淘沙》於臨川驛舍云：「雨溜和風鈴，滴滴丁丁，做成一枕別離情。可是當年陶學士，孤負郵亭。　過鴈帶邊聲，音信無憑。花鬚偷數卜歸程，料得到家秋正好，菊滿寒城。」後云金氏淑柔題。復有題於其後者曰：「風鈴雨溜滴丁丁，一枕和愁夢不成。若也果逢陶學士，不知

何處着卿卿。」出《江湖紀聞》(同前)

六三 韓忠武王以元樞就第，絶口不言兵，自號清凉居士，時乘小騾放浪西湖泉石間。至香林園，蘇仲虎尚書方宴客，王徑造之，賓客歡甚，盡醉而歸。明日，王餉以羊羔，且手書《臨江仙》一詞以遺之，云：「冬日青山瀟灑静，春來山暖花濃。少年衰老與花同。世間名利客，富貴與貧窮。榮華不是長生藥，清閒不是死門風。勸君識取主人翁。單方只一味，盡在不言中。」王生長兵間，未能知書，晚歲忽若有悟，能作字及小詞，詩詞皆有見趣，信乎非常之才也。出《齊東野語》(同前)

六四 劉改之造詞贍逸，有思致，嘗賦《沁園春》二闋以咏美人之指甲與足者，尤纖麗可愛。一曰：「銷薄春冰，碾輕寒玉，漸長漸彎。見鳳鞵泥汙，偎人强剔，龍涎香斷，撥火輕翻。學撫瑶琴，時時欲剪，更掬水、魚鱗波底寒。纖柔處，試摘花香滿，鏤棗成斑。　時將粉淚偷彈，記綰玉曾教柳傅看。算恩情相着，搔便玉體，歸期暗數，畫遍闌干。每到相思，沉吟静處，斜倚朱唇皓齒間。風流甚，把仙郎暗掐，莫放春閒。」一曰：「洛浦淩波，為誰微步，輕塵暗生。記踏花芳徑，亂紅不損，步苔幽砌，嫩緑無痕。襯玉羅慳，銷金樣窄，載不起、盈盈一段春。嬉游倦，笑教人款捻，微褪些根。　有時自没風前煙縷裙。如何似，似一鈎新月，淺碧籠雲近。」近邵清溪亨貞嗣其體調以咏眉目，真雋永有味。一曰：「巧鬭彎環，纖凝嫵媚，明粧未收。似江亭曉玩，遥山拂翠，宫簾暮捲，新月横鈎。掃黛嫌濃，塗鉛訝淺，能畫張郎不自由。傷春倦，為皺多無力，翻做嬌羞。　填來不滿横秋，料着得人間多少

度歌聲，悄不覺微尖點拍頻。憶金蓮移换，文鴛得侣，繡茵催衮，舞鳳輕分。懊恨深遮，牽情半露，出

雙尖鎖，試臨鸞一展，依舊風流。」一曰：「漆點填眶，鳳梢侵鬢，天然俊生。記隔花瞥見，疎星炯炯，倚闌凝注，止水盈盈。端正窺簾，夢（當作瞢）騰並枕，睥睨檀郎長是青。端相久，待嫣然一笑，密意將成。　困酣曾被鶯驚，强臨鏡、挼抄猶未醒。憶帳中親見，似嫌羅密，尊前相顧，翻怕燈明。醉後看承，歌闌鬬弄，幾度孜孜頻送情。難忘處，是鮫綃揾透，别淚雙零。」出《輟耕録》（同前書卷三十七）

六五　宋朱希真有《西江月》二詞，其一：「世事短如春夢，人情薄似秋雲。不須計較苦勞心，萬事元來有命。　幸遇三盃酒美，况逢一朵花新。片時歡笑且相親，明日陰晴未定。」其二：「日日深盃酒滿，朝朝小圃花開。自歌自舞自開懷，且喜無拘無礙。　青史幾番春夢，紅塵多少奇才。不須計較與安排，領取而今見在。」二詞辭淺意深，可以警世之役役於非望之福者。出《草堂詩餘》（同前書卷四十）

六六　王定國自嶺外歸，出歌者勸東坡酒，有名柔奴姓宇文氏者，居京師，坡問柔：「廣南風土應是不好？」對曰：「此心安處便是吾鄉。」出《東皋雜録》（同前

詹事講詞話

詹事講，字明甫，號養貞，樂安（今江西）人。萬曆丁丑進士，知宣城縣（今浙江），官至北直隸提學御史。有《詹養貞先生文集》三卷，此據《四庫全書存目叢書》影印明萬曆二十六年詹德象刻本録詞話一則。

一《曾半川漫稿序》：余昔慕曾子半川温厚純啬，不務盛厲。家無它資斧，屈首里塾間者數十年，教則師模，一軌諸道。初納質鄒文莊先生，講戒懼學，文莊雅重之，邑中諸縉紳學士咸知有半川，半川益自奮。邑大夫沈公聞其賢，賔之鄉飲。平生好吟咏，感觸時事，輒有詩。顧又不拘漢、唐體，獨寫心得，成一家言，今物化有年矣。厥子坤艮輯所遺若干首，而題曰《漫稿》，以屬余序。余非知詩者，顧曩時與半川同學盱江，竊見其眉宇近恭，談言近道，意其爲人必素養醇而内修恪者也。比讀《漫稿》，饒斐亹之致，而首二律尤多見道語，云：「一念初萌處，兢兢戒懼時。」又云：「百般叢挫處，平妥見真功。」夫人心不外動静，而動静非有二幾，静能存動，斯不撓；動能善静，乃有功。故未有不戒懼於初萌，而能得平妥於叢挫者也。余兩從大夫，後當政事紛糾時，驗之素矣。故於二律見《漫稿》之全，於《漫稿》詩詞見半川學問之實。彼翩翩藻績其詞、鞶繡其質者，烏可同日語哉？半川賢矣！余又聞之戒懼於事則識事而不識念，戒懼於念則識念而不識本體，果爾，則涵養本原，禁於未發，尤學問第一義。而念慮初萌處，或亦晚歟？子思欲人於不睹不聞，處戒懼不睹不聞，正未萌時也。本體不涉聲臭，故工夫不落睹聞。半川已矣，余未能起之九原，重與細揚搉也。坤艮遹承父志，皆裒然有聲，且能表揚先代，庶幾稱子矣。聽無聲，視無形，孝思學問，原無二理，其必以余言爲然。因書以請質。（《詹養貞先生文集》卷二）

葉華詞話

葉華，字茂原，號九如居士，又自稱澹齋主人、華陽子、睡庵居士，潭陽（今湖南）人，又作闕里（今山東曲阜）人，其一或爲僑寓之地。萬曆間在世，爲僧人，號金粟頭陀。著有《金粟頭陀青蓮露六牋》，包括《金粟園清語》、《心經石點頭》、《逸園清史》、《太平清調迦陵音》、《澹𢇁群英霏玉》、《養生主》六種，《太平清調迦陵音》前有「迦陵音指迷十六觀」，末自識云「掃花頭陀有《讀書十六觀》，金粟頭陀演《度曲十六觀》，可謂千載合璧，案頭不可無此，以醒睡魔」，所言前十五觀採自張炎《詞源》卷下，第十六觀採自周德清《中原音韻》，或是割裂拼湊原文，或是略作增删改異而已。「指迷十六觀」又見明衛泳所輯《枕中秘》，有《四庫全書存目叢書》影印明刻本。此據《北京圖書館古籍珍本叢刊》影印明刊《刻金粟頭陀青蓮露》本《太平清調迦陵音》和《養生主》録詞話二十則。

一　古之樂章、樂府、樂歌、樂曲皆出於雅正。粵自隋、唐以來，聲詩間為長短句。至唐人則有《尊前》、《花間集》，迄於崇寧，周美成諸家討論古音，審之古調。淪落之後，少得存者，由此八十四調之聲稍傳。即諸家後增演慢、曲、引、近，或移宫換羽，為三犯、四犯之曲，按月令為之，其曲遂繁。求其可歌可誦者，指不多屈。（脱「中」字）間惟秦少游、高竹屋、姜白石、史邦遠（當作卿，下同）、吴夢窗數家格調不凡，句法挺異，俱能特立清新之意，删削靡曼之詞，自成一家，各名於世。作者能取諸人之所長，去其所短，精加鍛煉，像而為之，豈不能與美成輩争雄長哉？余疎陋譾才，生平好為詞曲，僭述管見，倣十六觀以列次於左，知音者，願同商之。（《太平清調迦陵音》「迦陵音指迷十六觀」）

二　製曲看是甚題目，先擇曲名，然後命意。命意既了，思其頭何如起，尾何如結，方先選韻而後述曲。最是過變，不要斷了曲意，須要承上接下，如姜白石詞云：「曲曲屏山，夜凉獨自甚情緒？」於過片則云：「西窗又吟（當作吹）暗雨。」此則曲之意不斷。製曲者當作此觀。（同前）

三　曲中須要精煉句法，於好發揮筆力處極要用工，不可輕放過，相答襯副便了，如東坡詞云：「似花還似非花，也人無（當作『無人』）惜從教墜。」又云：「春色三分，二分塵土，一分流水。」如美成《風流子》云：「鳳幄繡幃深幾許，聽得理絲簧。」如史邦遠春雨云：「臨斷岸、新緑生時，是落紅、帶愁流處。」如吴夢窗登靈巖云：「連呼酒，上琴臺去，秋與雲平。」閏重九云：「簾半捲，帶黄花、人在小樓。」姜白石《揚州慢》云：「二十四橋仍在，波心蕩，冷月無聲。」此皆平易中有句法。製曲者當作此觀。

（同前）

四 句法中有字面，若遇中有生硬字用不得，須是深加鍛鍊，字字敲打得嚮（當作響），歌誦妥溜，方為本色語。如賀方回、吴夢窗皆善於煉字面者，多於李長吉、温庭筠詩中來。製曲者當作此觀。（同前）

五 曲與詩不同，曲之句語有兩字、三字、四字，至七八字者，若惟疊實字，讀之且不通，况付之雪兒乎？合用虚字呼喚，一字如正、但之類，兩字如莫是、又還之類，三字如更能消、最無端之類，此等虚字，却要用之得其所。若用非宜佳話，觀者寧無掩卷之誚？製曲者當作此觀。（同前）

六 曲要清空，不可質實。清空則古雅峭拔，質實則凝澁晦昧。姜白石如野雲孤飛，去留無迹。吴夢窗如七寶樓臺，眩人眼目，拆碎下來，不成片段。此清空、質實之説。又如《聲聲慢》云：「檀欒金碧，婀娜蓬萊，浮雲不蘸芳洲。」前八字恐亦太澁。如《唐多令》云：「何處合成愁，離人心上秋。縱芭蕉不雨也颼颼。都道晚凉天氣好，有明月，怕登樓。前事夢中休，花開煙水流。燕辭歸、尚淹留。垂柳不縈裙帶住，謾長是，繫行舟。」此曲疎快，不質實，恨不多見。白石如《疎影》、《暗香》、《揚州慢》、《一萼紅》、《琵琶仙》、《探春》、《春歸》、《淡黄柳》等曲，不惟清虚（當作空），又且騷雅。製曲者當作此觀。（同前）

七 曲以意趣為主，要不蹈襲前人語，如東坡中秋《水調歌》云：「明月幾時有，把酒問青天。」夏夜《洞仙歌》云：「冰肌玉骨，自清凉無汗。」王荆公金陵《桂枝香》：「候館吟秋，離宫弔月，别有傷心無數。幽歡慢與（當作『豳詩漫與』），笑籬落呼燈，世間兒女，寫入素絲，一聲聲更苦。」（筆者按：此為姜夔《齊天樂》「庾郎先自吟愁賦」一詞下片中詞句，非王氏詞。）皆全章精粹，所詠瞭然在目，且不留滯於物。作者必在心傳，傳以心會意，有悟入處，然須跳出窠臼外，時加新意，自成一家，若屋下架屋，則為人之臣僕矣。製曲者當作此觀。（同前）

八　曲之難於令，猶詩之難於絶，不過十數句，一句一字閑不得。末句最當留心，有有餘不盡之意。如陳簡齋「杏花疏影裏，吹笛到天明」之句，乃自然而然。大抵前輩不留意於此，有一兩曲膾炙人口，餘多鄰乎率易。近或有用力於此者，儻以為專門之學，亦詞家之射雕手。製曲者當作此觀。（同前）

九　曲之語句，太寬則容易，太工則苦澁。如起頭八字相對，中間八字相對，却須用功着一字眼，如詩眼一（當作亦）同。若八字既工，下句便合稍寬，庶不窒塞。莫太寬易，又着一句工緻者，例精粹。製曲者當作此觀。（同前）

一〇　曲欲雅而正，志之所之，一為物（當作情）所役，則失其雅正之音。耆卿、伯可不必論，雖美成亦有所不免。如「為伊淚落」，如「最苦夢魂，今宵不到伊行」，如「天便教人，霎時廝見何妨」，又如「伊尋消問息，瘦損容光」，如「許多煩惱，只為當時，一餉留情」，所謂淳朴漸變如澆風矣。製曲者當作此觀。（同前）

一一　曲中用事最難，要緊着題，融化不澁。如東坡《永遇樂》云：「燕子樓空，佳人何在，空鎖樓中燕。」用張建封事。白石《疏影》云：「猶記深宫舊事，那人正睡裏，飛近蛾緑。」用壽陽事。又云：「昭君不慣胡沙遠，但諳憶江南江北。想珮環、月下飛來，化作此花幽獨。」用少陵詩。此皆用事不為所使。製曲者當作此觀。（同前）

一二 詩難於詠物，曲為尤難。體認稍真，則拘而不暢，摹寫差遠，則晦而不明。要須收縱聯密，用事合題。一段意思全在結尾，如史邦遠《東風第一枝》詠春雪云：「巧剪蘭心，偷粘草甲。」春雨云：「做冷欺花，將煙困柳，千里偷催春暮。盡日冥迷，愁裏欲飛還住。驚粉重、蝶宿西園，喜泥潤、燕歸南浦。最妨他、佳約風流，鈿車不至杜陵路。沉沉江上望極，還被春潮晚急，難尋官渡。隱約遥峰，和淚謝娘眉嫵。臨斷岸、新緑生時，是落紅、帶愁流處。記當日、門掩梨花，剪燈深夜語。」雙雙詠燕（當作「《雙雙燕》詠燕」）題云：「過春社了，度簾幕中間，去年塵冷。」皆清空中有意思。製曲者當作此觀。（同前）

一三 曲不可强和人韻，若倡者曲韻寬平，庶可賡歌。倘韻險，又為人所先，而必欲牽强賡和，則句意安能融貫？未盡苦思，未見有全妥溜者。東坡和楊（當作章）質夫《水龍吟》起句便合讓東坡一頭地，况後片愈出愈奇，真是壓倒今古。吾輩倘遇險韻，不若祖其元韻，隨意换易，或易韻答之，亦古人三不和之説。或引他意入來，捏合成章，必無一唱三歎。如少游《水龍吟》：「小樓連苑横空，下窺繡轂雕鞍驟。」猶且不免東坡誚。製曲者當作此觀。（同前）

一四 簸風弄月，陶寫性情，曲婉於詩。蓋聲出鶯吭燕舌之間，稍近乎情可也。若鄰乎鄭、衛，與纏令何異焉？如陸雪窗（當作溪）《瑞鶴仙》云：「臉霞紅印枕，睡起來，冠兒猶是不整。屏間麝煤冷，但眉山壓翠，淚珠彈粉。堂深晝永，燕交飛風簾露井。恨無人與説相思，近日帶圍寬盡。　重有殘燈朱幌，淡月疎星，那時風景。陽臺路遠，雲雨便無準。待歸來、先指花梢教看，却把心期細問。

因循過了青春，怎生意穩。」辛稼軒《祝英臺近》云：「寶釵分，桃葉渡，楊柳暗南浦。怕上層樓，十日九風雨。斷腸片片飛紅，都無人管，憑誰勸、啼鶯聲住。　鬢邊覷，試把花卜歸期，才簪又重數。羅帳燈昏，哽咽夢中語。是他春帶愁來，春歸何處，却不解、帶將愁去。」皆景中帶情，而存騷雅。故晏酣之樂，别離之愁，回文題葉之思，峴首西湖州之感，一寓於曲。若能屏去浮豔，樂而不淫，是亦漢、魏樂府之遺。製曲者當作此觀。（同前）

一五　曲中詠節序者，不惟不少概見，類皆塵腐，不過為時納估（當作祐）之作。所謂清明「拆桐花爛漫」、端午「梅霖乍歇」、七夕「炎光謝」，若律以詞家調度，則皆未然。豈如美成《解語花》詠元夕：「風消燄蠟，露浥烘爐，花市燈相射。桂花流月，纖雲散、耿耿素娥欲下。衣裳淡雅，看楚女纖腰一把。簫鼓喧闐，人影參差，滿路飄香麝。」史邦遠《東風第一枝》賦立春云：「草脚愁回，花心夢醒，鞭香拂散牛土。舊歌空憶朱簾，翠筆倦題緑户。　畫鷄貼燕，想立斷、東風來處。暗想一掬相思，亂藏翠盤紅縷。今夜覓、夢池秀句，明日動、探花芳緒。寄聲沽酒人家，款約戲遊伴侶。憐他梅柳，怎忍潤天街酥雨。待過了、一月燈期，醉扶歸去。」黄鍾調《喜遷鶯》賦元夕云：「月波疑滴。碧玉壺天近，了無塵隔。翠眼圈花，冰綜（當作絲）織練，黄道寶光相射。自憐詩酒瘦，難應接許多春色。最無賴、隨香燭曾伴狂客。　蹤跡謾計，約老了杜郎，忍聽東風笛。柳院燈疎，梅廳雪在，誰與細傾春碧。舊情未定，猶自學、當年遊歷。怕萬一、誤玉人夜寒簾隙。」如此詞不獨精粹，又且見時景之感。家宴如李易安《永遇樂》云：「不如向簾兒下，聽人笑語。」此亦不惡，而以俚詞歌坐花醉月之際，似乎擊缶韶外，

良可歎也。製曲者當作此觀。（同前）

一六 曲中最難離情，情至於離，則哀怨必至，苟能調感愴於融會中，斯為得矣。白石《琵琶仙》云：「收（當作雙）槳來時，有人似舊曲，桃根桃葉。歌扇輕約飛花，蛾眉正愁絶。春漸遠，汀洲自緑，更添了幾聲啼鴂。十里揚州，三生杜牧，前事休説。又還是宫燭分煙，奈愁裏匆匆換時節。都把一樣（當作襟）芳思，與空階榆莢。千萬縷、藏鴉細柳，為玉尊、起舞回雪。想西出陽關，故人初别。」秦少游《八六子》云：「倚危亭，恨如芳草，凄凄剗盡還生。念柳外青驄别後，水邊紅袂分時，愴然暗驚。無端天與娉婷，夜月一簾幽夢。春風十里柔情。怎奈向、歡娱漸隨流水，素絃聲斷，翠綃香減，那堪片片飛花弄晚，濛濛殘雨籠晴。正消凝，黄鸝又啼數聲。」離情必如此，乃為情景交煉，得意言外。製曲者當作此觀。（同前）

一七 曲中用字有清濁法，入聲自然音節到。音當輕清處必用陰字，音當重濁處必用陽字，方合腔調。用陰字法，《點絳唇》首句韻脚必用陰字，試以「天地玄黄」為句歌之，則歌「黄」字為「荒」字，非也，若以「宇宙洪荒」為句，協矣，蓋「荒」字屬陰，「黄」字屬陽也。用陽字法，如《寄生草》末句七字内第五字必用陽字，以「歸來飽飯黄昏後」為句歌之，協矣，若以「昏黄後」歌之，則歌「昏」字為「渾」字，非也，蓋「黄」字屬陽，「昏」字屬陰也。製曲者當作此觀。（同前）

一八 掃花頭陀有《讀書十六觀》，金粟頭陀演《度曲十六觀》，可謂千載合璧，案頭不可無此，以醒睡魔。睡庵居士識。

一九　自三百篇之變而爲律，爲絶，爲歌，爲行，爲詞曲，詞曲之於金、元，尤稱長技。大抵其立意要在聽者不倦，歌者忘疲。園居之暇，少製新詞，故知爲靡曼，雄其滑稽，雖去古益遠，要亦一時之清興。或携琹挂竹枝和弄，或呼童滌瘿杯，輕揉檀板，聲空天地，急嚼三大白以噍之。若使里耳一聆，頓洗十□。（《太平清調迦陵音》）

二〇　佛印《滿庭芳》詞云：「鱗甲何多，羽毛無數。悟來佛性皆同。世人何事，剛愛口頭濃。痛把衆生剖，割刀頭轉，鮮血飛紅。零炮碎炙，不忍見渠儂。　喉管纔噍罷，龍腦鳳髓，畢竟無蹤。□（當作謾）嬴得、生前夭壽多兇。奉勸世人省悟，休恣意、擊惱閻翁。輪廻轉，本來面目，改换片時中。」讀此可爲殺戒以養生。（《養生主》）

冒愈昌詞話

冒愈昌（?—一六三三），字伯麐，如皋（今江蘇）人。萬曆諸生，爲博士弟子員。負氣伉直，作詩敏捷。遊王世貞、吴國倫之門。所著有《金陵集》、《緑蕉館集》、《伯齡集》、《詩學雜言》。此據齊魯書社出版《全明詩話》本《詩學雜言》録詞話一則。

邢子願謂：「予凡詞曲中有用唐人詩者，必其詩原與之近。」大是名言。（《詩學雜言》卷下）

張邦翼輯詞話

張邦翼，字君弼，號軫南，蘄水（今湖北）人。萬曆戊戌進士，知寧海縣，官至江西布政使、廣東提學副使，以廉能稱，崇禎末家居，張獻忠陷蘄被害。編有《嶺南文獻》三十二卷，採粤中前哲之文，分類編次，先文後詩，起唐張九齡迄於明之萬曆，凡二百六十餘人，於嶺南諸集搜輯頗廣，其中絶大多數為明人之作。此據《四庫全書存目叢書補編》影印明萬曆刻本録詞話二則。

一

《東溪詩序》（祁順户部郎中）：《東溪詩》一帙，縉紳君子爲余從兄以信先生作也。先生居寶安城外東北二里許，有溪水環於村郭，通於大川，以達於海。其沚湜湜，其流不息，挼藍鋪練，與天一色。

朝而潮，晚而汐。日出而波紅，煙收而空碧。飛潛動植，各適其適。溪之風致，不可得而具述也。先生結屋溪東，因以東溪爲號。居於斯，會宗族賔客於斯，橋梁以通往來，舟楫以供出入。四時之景，萬物之情，充理趣而助笑談。先生雖業農圃，手一編，未嘗釋，暇即臨溪坐石，誦聲琅琅然。爲詩操筆立就，不費思索。時起而曳歌張志和西塞山詞及杜荀鶴「蓬底獨斟」之句，或自爲詞以歌曰：「溪水兮悠悠，濯我纓兮；溪之流，或理吾釣兮，或棹吾舟。忘吾機兮狎鷺鷗，身之外兮又何求。」又曰：「朝日出兮融融，居仁宅兮挹光風。萬彙發育兮至仁流通，吾心默會兮斯道無窮。憫世俗之頽弊兮，吾欲障百川而之東。」蓋綽綽然有自得之意。於是年且六十，安貧樂道，一切聲利，視之若無聞焉。

余嘗從先生溪上擊鮮酌酒爲樂，酒酣，出諸君子所作東溪詩，因與讀之。余因請曰：「諸作類能言東溪之趣，抑先生自得之樂，有詩所不能盡者也。」先生笑曰：「吾之樂，吾自得之，吾亦不能言耳。」余曰：「噫，妙哉！東溪之樂也，已不能言，况他人乎？况知其一不知其二，知其淺不得其深者乎？」遂書爲《東溪詩序》（《嶺南文獻》卷十）

二　《六藝流别序》（黄佐禮部侍郎）：聞之董生曰：君子志善，知世之不能去惡服人也，是以簡六藝以善養之，而各有所長。《詩》道志，故長於質；《書》著功，故長於事；《禮》制節，故長於文；《樂》詠德，故長於風；《春秋》司是非，故長於治；《易》本天地，故長於數。人當兼得其所長，是故舉其詳焉。志始於《詩》，以道性情，爲謡，爲歌。謡之流，其别有四：爲謳，爲誦，爲諺，爲語。歌之流，其别亦有四：爲吟，爲詠，爲怨，爲歎。其拘拘以爲詩也，則爲四言，爲五言，爲六言，爲七言，爲雜言。其雜近於文，而又與詩麗也，則爲騷，爲賦，爲辭，爲頌，爲贊。其專事對偶，亡復蹈古，則律詩終焉。

《書》行志而奏功者也，其源以道政事，爲典，爲謨。典之流，其别爲命，爲誥；謨之流，其别爲訓，爲誓。凡典，上德宣於下者也。又别而爲制，爲詔，爲問，爲畣，爲令，爲律。命之流又别而爲册，爲敕，爲誡，爲教。誥之流又别而爲諭，爲賜，爲書，爲告，爲判，爲遺命，而間亦有不盡出於上者焉。凡謨，下情孚於上者也。又别而爲議，爲疏，爲狀，爲表，爲牋，爲啓，爲上書，爲討辠，爲彈劾，爲啓事，爲奏記。訓之流又别而爲對，爲策，爲諫，爲規，爲諷，爲喻，爲發，爲勢，爲設論，爲連珠。誓之流又别而爲盟，爲檄，爲移，爲露布，爲讓，爲責，爲券，爲約，而間亦有不盡出於下者焉。《禮》以飾文，斯志者也，其源敬也。敬則爲儀，爲義。其流之别則爲辭，爲文，爲箴，爲銘，爲祝，爲詛，爲禱，爲祭，爲哀，爲弔，爲誄，爲挽，爲碣，爲碑，爲誌，爲墓表。樂以舞蹈，斯志者也，其源和也。和則爲樂均，爲樂義，其流之别爲唱，爲調，爲曲，爲引，爲行，爲篇，爲樂章，爲琴歌，爲瑟歌，爲暢，爲操，爲舞篇。《春秋》以治正志者也，其源名分也，其流之别爲紀，爲志，爲年表，爲世家，爲列傳，爲行狀，爲譜牒，爲符命，其大槩也。則爲叙事，爲論贊，叙事之流。其别爲序，爲記，爲述，爲録，爲題辭，爲雜志，論贊之流。其别爲論，爲説，爲辯，爲解，爲對問，爲考評，而凡屬乎書禮者不與焉。《易》則通天下之志矣，其源陰陽也。其流之别爲兆，爲繇，爲例，爲數，爲占，爲象，爲圖，爲源，爲傳，爲言，爲註，而凡天地鬼神之理，管是矣。昔晉摯虞嘗著《文章流别》，其亡已久，故予蒐羅散逸，以爲此編，統諸六藝，竊比於我董生云。（同前書卷十一）

謝天瑞詞話

謝天瑞，號思山行人，武林（今浙江杭州）人。行蹟不詳。宋羅大經有《鶴林玉露》十六卷，謝氏另增補八卷，成《增補鶴林玉露》二十四卷。明張綖有《詩餘圖譜》六卷，謝氏另增補六卷，成《詩餘圖譜》十二卷。前有萬曆二十七年謝氏序，又有「凡例」八則，考毛氏汲古閣刊張綖《詩餘圖譜》三卷，無「凡例」，又蔣芝序云張氏《圖譜》六卷，而謝氏增補本「凡例」末條有「分十二卷」云，知「凡例」謝氏有所增補，此姑且歸於謝氏名下。此據《續修四庫全書》影印明萬曆二十七年謝天瑞刻本《詩餘圖譜》和影印明復古齋刻本《詩法》録詞話十一則。

一　六言絶句：六言絶句始於漢司農谷永，自唐王繼效曹、劉體賦之，其後諸家往往間見其法，或對或散，亦如五七言絶句。　六言有《回波樂》，唐中宗内宴群臣，各為《回波樂》，皆諂佞之辭。獨諫議大夫李景伯一首有規諷。　樂府云商調曲也。（《詩法》卷十）

二　六言律：六言八句作於唐太宗，其後玄宗又作《小破陳樂》，其散見各家集中，法亦如五七言律詩。（同前）

三　《新鐫補遺詩餘圖譜序》：詩有法，詞有譜，尤（即「猶」字）金之有範、物之有則也。自三百篇之後，繼之古體變為律詩，迨南北朝，始有詩餘焉，盛於唐、宋，極於金、元，而國朝諸名家尤加綺麗。然凡作者無非寓物適情，即今懷古，務尋商摘羽，戛玉敲金。一詞之倡，可以被之絃管，播之塵寰。四聲屬按，五音克諧。使抑揚反復，罔不合體，斯之當矣。否則，差毫釐，謬千里。其牽率砌合而不馴熟者，則近於詼諧而已，自可以詞目之耶？　予素潛心樂府，麤知音律，雖不能繼往聖之萬一，而將引初學之入門。　謹按調而填詞，隨詞而叶韻，其四書五音之當辨者，句分而字註之，一一詳載。凡有一詞，即著一譜，毫無遺漏，以為初學之標的。　同吾志者，熟玩而深味之，即此類推千變萬化，豈能窮耶？　其作之工拙，則在乎人而已。　予媿無紀述之材，僭作者之任，其罪安能逃哉？　姑以有補於詞林之一助云爾。　時皇明歲次已亥季秋望後十日，武林後學謝天瑞甫謹識。（《詩餘圖譜》）

四　詞調各有定格，因其定格而填之以詞，故謂之填詞。　今著其字數多少，平仄韻脚，以俟作者填之，庶不至臨時差誤，可以協諸管絃矣。　按諸調字有定數，而句或無常，蓋取其聲之協、調不拘，拘句之長短，此惟習熟縱横者能之。（同前書「凡例」）

五　詞格多是雙調，後段謂之换頭，前後相同者惟列前段圖説，後段可以類推，則云同前省文也。惟與前段有異者，乃俱列之。（同前）

六　詞中字當平者用白圈，當仄者用黑圓，平而可仄者白圈半黑其下，仄而可平者黑圓半白其下。其仄聲又有上、去、入三聲，則在審音者裁之，今不盡著。《太和正音譜》字字討定四聲，似爲太拘。嘗聞人言，凡詞曲上、去、入聲與舊調不同者，雖可歌，播諸管絃，則齟齬不協。不知此，正由管絃者泥習師傳、無變通耳。若欲得夫聲氣之正，必有至人神悟黄鍾之律，然後可。非黍筒牛鐸所能定也。（同前）

七　韻脚初入韻者謂之起，平韻起，仄韻起。承上韻者謂之叶，平時，仄叶。有换韻者曰换，平韻换，仄韻换。有句中藏韻者初曰中韻起，中平韻起，中仄韻起。藏頭承上者曰中叶。中平叶，中仄叶。（同前）

八　圖後録一古名詞以爲式，間有參差不同者，惟取其調之純者爲正。其不同者，亦録其詞於後，以備參考。（同前）

九　詞有同一調而名不同者，蓋調有定格，不可易，名則可易。如東坡赤壁《念奴嬌》因末有「酹江月」三字，後人作此調者，即謂之《酹江月》，又謂之《赤壁詞》，又謂之《大江東去》。因其一百字，又謂之《百字令》之類是也。亦有義同而名異者，如《蝶戀花》謂之《鳳栖梧》，《鵲踏枝》，《紅繡鞋》謂之《朱履曲》之類是也。今皆列註名下，云一名某，一名某，使覽者知其同調。其有名同而調異，則並録其詞於後。凡名詞之義，吴人都玄敬嘗著其説於《南濠詩話》，要之，不盡如都説。蓋古人説是因篇首之字名之，如詩

《関雎》之類，或是取篇中字之雅者名之，如《書梓材》之類。後人承之，即謂之某調耳。故苟不異其音節，則名亦可易。（同前）

十　圖譜分爲六卷，一卷小令，二卷中調，三卷長調。每卷之調又以字數爲序。按詞體大略有二：一體婉約，一體豪放。婉約者欲其辭情醞藉，豪放者欲其氣象恢弘。盖亦存乎其人，如秦少游之作多是婉約，蘇子瞻之作多是豪放，大抵詞體以婉約爲正，故東坡稱少游爲今之詞手，後山評東坡詞「雖極天下之工，要非本色」，今所録爲式者，必是婉約，庶得詞體。又有惟取音節中調，不暇擇其詞之工者，覽者詳之。（同前）

十一　《圖譜》未盡者，録其詞於後集，仍註字數韻脚於下，分爲十二卷。庶博集衆調，使作者採焉。（同前）

羅萬爵詞話

羅萬爵，蕪湖（浙江）人。萬曆乙卯舉人，己未進士。知南海縣，爲御史。此據《四庫全書存目叢書》影印明天啓六年刻本《文通》録序一則。

一　序：朱子咸一之發憤著書也，文有通，詩有通，樂有通，詞曲有通。《文通》刻先成，成在舊都，以示羅子，俾作序。羅子曰：夫文至於通而止矣，朱子之爲《文通》，其義況諸彦和之論文，而名取諸子玄之讀史，吾不具論。吾獨慨夫通之爲義深，而文不文因之。吾見爲車焉，坎坎而伐之，閉户而造，出與轍左，弗通矣。車旁無人，獨行，安之弗通矣？卒然駕，黄帝而出，蚩霧大作，南嚮窅然。行乎孤竹之山，車前無老馬，又弗通矣。文亦有之，《文通》者，指夫文章家所以通之之道也，弗通，不可以言文，若《文通》，則靡弗通也。蓋朱子嘗有憂於此，以爲文有體，體有要，有流，有別體，與要、流，與別之弗知，而舉吻若有柱，發趾若有棘，燕越岐於前，迷霧作於上，而能殫吾思境所欲極，積吾學力所欲前，悖矣。故方舞象時，即發上世藏書讀之，於人推誠下問久，而書自六經百氏兩藏，人自館閣耆碩下至負薪採樵之流，靡弗讀，靡弗問，則靡弗通也。夫通於我者，人莫之通也，朱子又忍乎哉？繇前言朱子自求通之，不暇一言，聞而志之，一事採而録之，朱子殆若置身墻壁間，奮然透入爲快；繇後言之，使世之人能如朱子之所以通之，文章一道，思過半矣。是朱子南轅燕轍之導，師其書，坎坎伐之，閉户而造，依焉腓焉，使天下皆有馬跡，焉之藉也？雖然，吾他文不具論，本朝經義取士，士雖才，雖談經軼毛、鄭，作史比遷、固，詔誥纂禹、皐之微言，章奏敷誼、贄之剴論，舍是無以自見，宜朱子終篇三致意於此。朱子今方盛年未艾也，勉乎哉！吾聞隆、萬間有趙大洲先生者，輯《經世》《出世》兩通，今安在？顧因《文通》而求之，誰能以經義起家，以經史代言封事，爲上用，爲世用，以他文自爲用，領不朽之盛事，備經國之大業，放而休焉。挾詩、歌、詞、曲諸通，與俱乎通儒也。夫讀《文通》者，勉乎哉！鳩茲友人羅萬爵題於白門閒眺閣。

鄒迪光詞話

鄒迪光，字彦吉，號愚谷，梁谿（今江蘇無錫）人。萬曆甲戌進士，累官湖廣提學副使。年四十即罷歸，築室惠山，多與文士觴詠，優游林下，幾三十年。以詩文著名海内，善書畫，寫山水，脱盡時格，一樹一石，必求精妙。所著有《鬱儀樓集》、《鵾鶵集》、《孱提齋稿》、《青藜館集》、《始青閣稿》、《二酉園稿》、《石語齋集》、《調象庵稿》、《文府滑稽》、《愚公谷乘》等。此據《四庫全書存目叢書》影印明萬曆間刻本《鬱儀樓集》和《調象庵稿》録詞話五則。

一

《吴嗣仙詩集序》：客有來自黄山白嶽與廣陵之墟者，未嘗不爲余言吴君嗣仙之賢也。吴於新都號望族，其人往往挾重貲走江淮、漢沔、齊魯、燕趙之區，煮海伐山，服牛車，修計然之筴，而嗣仙獨不屑。其俠者多置狗馬絲竹，廣宫室姬姜（疑作妾），陵陽魚龍角觝之奉，矜夸相糺。復以其餘交通郡邑，連金、張，要衛、霍之屬，竊其薰灼以爲氣焰，而嗣仙益不屑。邇來亦多習詩書，博甲乙第，紆青拖紫，列籍金馬門，而嗣仙亦復不屑。日惟課花竹，親禽魚，調絃博奕，爇蘭香，啜茗以爲常。更善畜古文、金石、蝌蚪書，宋、元諸名家圖畫墨蹟，與三代敦彝、鼎鼒、辟邪、天禄之類，鋪餘卧隙，時一摩娑焉，玩而弄焉。故嗣仙上之不能通顯，次之不能素封，又次之不能任俠。而冲然有以自樂，即諸通顯者、素對者、俠而豪者，羣然相譟曰：「奈何自拘苦乃爾。」嗣仙亦不屑也。余已心企服之，居一年，而因王太古氏致書於余，以余爲韓荆州思奉半面書，累百言，翩翩有致。又一年，而青藜野服，款余衡門之下，脩眉白晳，丰姿玉映，宛然神仙中人也，余大企服之。又一年而以詩至，詩不多，大都不作唐以後語。恠前諸誦嗣仙者非一口，而胡不一及其詩也？夫前詩，猶其半豹耳。乃者以全稿示余問序，余讀之諸體在焉。樂府之能自爲意也，五言古之勁秀也，七言古之朗潤也，律之婉而則也，絶句之春容也，妍矣，當矣，可以觀矣。奈何言者之不及其詩也。余聞嗣仙冬春居黄山，則詩黄山；夏秋居廣陵，則詩廣陵。諸烏聊鹿髀大鰤之奇，南當石邛之勝，蚩溝夜月，瓊花春樹，靡不淋漓颯灑，收之斧藻，而不以詑海内。使鷄林價高，洛陽楮貴，彼頌嗣仙者口津津弗輟，而不一及其詩，以是故書以復嗣仙。嗣仙退然曰：「人言過，子之言又過。吾無材具，非不慕青紫；吾無貲，非不豐殖；吾無俠骨，非不欲豪。至於四始六義，未及染指，非逃詩名，吾何知哉？」吾由新都之人而已，其於詩詞，亦似夷然不屑。（《鬱儀樓集》三十三）

二　《西湖游記》：越中山最佳，而天目爲之宗。余自挂冠歸，每思一振屐，而時時卧病，即病已，念藥物之後，濟勝無具，危巘絶陘，烏能跳躍而窮其奇？如是者十餘年，竟成夢想。頃五十而老病盡卻，神情轉王，大有濟勝，可以窮奇。乃謀盡越中山川，而後及五岳。越必自天目始，遂於今年八月庚午作天目行。既抵嘉禾，而清商化爲恢台，凉颸爲火，纖雲爲赤甲，坐篷窗中，如洪罏，不可堪忍。衆謂吾輩非幼伯子、王仲都，誰能以區區鷄肋受炙天目道上？必行者，腊矣。乃以乙亥入西湖……西行至瑪瑙坡，坡間細石，所謂文瑩，若瑪瑙，可鐫印章者絶少。坡過，爲梅花嶼。嶼過，爲歲寒岩，岩壁陡絶，蒼蘚蝕之。壁間微現有「歲寒岩」三大篆跡，似有古意，但其下書：「郭令公歷中書二十四考，廣成子住空同萬八千年」，不知何據？亦復何人所書？時日方昃，亦以熱甚，歸舟。從客五六人，或捉塵，或手談，或浮白，或鼾睡，一任所便。予命侍兒歌《梁州》之曲，持巨螯聽之，聲破寥廓。戊寅晨，飯罷，意且過西泠，而爲柴君仲美所跡，拏舟相訪，談説往昔，剌剌不休。蓋兩年前曾與會晤湖頭，作卜夜之懽者。君以舟尾余後，徵歌不已，余命童子衍新劇，至三鼓罷去。居人游客駕小艇聚觀，以數十計，每奏一技，讚歎四起，懽聲如沸。余家歌調實求工於雅，一切金銀假面、諢語俚言，都所不用，人知其妙而未必真知所以妙也。自此柴君日夕相從，偵余小間，必來聽曲，其篤好如此。

（節録自《調象庵稿》卷三十）

三　《湯義仍先生傳》：先生名顯祖，字義仍，别號海若，豫章之臨川人。生而穎異不羣，體玉立，眉目朗秀……公又以其緒餘爲傳奇，若《紫簫》二夢，《還魂》諸劇，實駕元人而上。每譜一曲，令小史當

歌，而自爲之和，聲振寥廓，識者謂神仙中人云。（節録自同前書卷三十三）

四　《與屈司理》：自解龜而南，祝鷄養狙，行歌拾穗，即乞牀頭阿堵，笑且不問。頃之，更對軍持，翻貝葉，作老頭陀生活。因於貴游訊問蕪廢，非敢自謂嚴君平遂輕棄世也。乃者聞烹鮮之地，近在宛陵，夫此地山則敬亭文脊，水則琴溪崎湖，岐峨浩淼，鬱爲名勝。蔚宗、文通、玄暉三賢，胥於此著有令蹟，江山人物，掩映千古，今在足下，不當四邪？有山人錢虞伯者，能爲詩詞，膾炙人口。又善槃礴，所染卉木禽魚，絶似宋名家諸人。以長鋏游公卿間，人無不争愛重之者，特慕龍門，願一點額。惟使君稍屈體進之，其人夙曉三尺，諒無他爾。（同前書卷三十五）

五　《與沈祁陽》：九疑雖遼隔，亦時有晨風，謂祁陽之政，大足人意。昔模稜而今不模稜，昔亶曼而今不亶曼，昔憒憒而今不憒憒。烹鮮理繩，名譽卓起，花事依然，鳴琴不廢。不意沈侯驟而致此，大都家與邑同，涂而殊軌，謀身或巧，蒞宦則拙於已，不足之官有餘。足下生不能軌一牙籌，束一臧獲，而以計然務伯之策，施之四境，若反掌，抑何足下之善用其長也。不佞邇來日益多病，以病病，故惟不病病，而病立解。比者塞兑掩耳，蝸廬蠖伏，長日寡營，北牕一枕，蝶夢栩栩，枕後啜香，爇燒柏子。展古書閲之，閲後啓所藏法帖，倣大小數百字。倣後或游戲繪事，或灌花竹，或玩弄魚鳥數事，畢，而金烏西匿，則進二三朋侶，與汎米汁，觥籌交錯，浮白大叫，命侍兒歌《梁州》數闋，和以鵝笙，雜以鳳管，不覺街鼓再動，復就枕矣。衡檐六尺地，自謂不減四天王，樂想勝足下，婆娑手板，折腰貴人前十倍也。計足下治行高等，滿考便可遷喬，何不豫勑諸公子治一菟裘，早賦歸去來，與不佞偕老泉石之下乎？夫足下方意興鬱勃，而不佞爲是殺風景語，鄒生毋乃不近人情耶？總之，人壽幾何，即使百年亦復瞬息，奈何輕易擲過？足下省之季公子，鋭然獨斷，棄黌校而成均，名滿白下，真稱快士，詎意嚴挺之乃有此兒？一笑。（同前）

黄耀宇輯詞話

黄耀宇，里貫不詳。書商，萬曆時在世。輯刻有《新鐫施會元彙纂士民捷用一鴈横秋》，為尺牘彙編。黄氏自序云：「昔蘇武使匈奴，繫書鴈足，鴈雖蠢，猶毛羽而衡陽可通，後因有鴻便之説者，昉於此，夫本堂新鐫手柬，標謂一鴈横秋，亦盛此義爾。」此據東洋文化研究所藏萬曆辛亥黄耀宇自刊本録詞話四則。

一

賀納寵：恭惟足下：金縷製衣，李錡妾杜秋娘為錡歌曰：「勸君莫惜金縷衣，勸君須惜少年時。」玉纖按曲。誠得青鸞舞鏡之祥，而非彩鳳隨鴉之比也。杜大中有愛妾能詞，一日題《臨江仙》有「彩鳳隨鴉」之句，大中見之，怒云：「鴉且打鳳。」掌其面，至項折而斃。謹具芹儀，奉克賀臆，仰祈生子似伯，豈必獨誇李絡秀。

絡秀，伯仁母也。李氏，名絡秀，初伯仁父浚為將軍，出征，遇絡秀，欲求為妾，父母不肯，絡秀曰：「門户殄瘁，何惜一女？」遂許之。得姬如樊素，何須更羨白樂天？白樂天有二妾，能歌舞，詩云：「櫻桃樊素口，楊柳小蠻腰。」鑒納為榮，嗣容躬慶。答：某聞不孝有三，無後為大。兹買妾為生子之謀，豈曰惜金縷之衣？而起「緑衣黄裳」之誚乎？「緑衣黄裳」見《詩經》，言以緑為衣，以黄為裳。緑，間色；黄，正色也，故云云。辱賜賀儀，良用愧服，赧對使拜領，感謝無涯。（《新鐫施會元彙纂士民捷用一鴈横秋》卷二「婚禮儀節・賀儀短札」）

二　請遊春：芳春佳麗，羯鼓謾催。唐明皇見春景明媚，命催羯鼓，唱所製《風光好》曲。英雄抱千古豪懷，李白胸襟豪邁，故稱，古人秉燭夜遊也。壯士惜春華不再，吾輩皆奪魁人傑也。今日可命奚奴僕也攜壺觴，解杖頭錢，尋芳買酒，醉舞高歌，雖無西郊以紀勝遊，聊借杏林以觀春色，庶不負杜元甫之高風，毋為裴長公之所訝。答：日昨尾玳筵，尾，附驥尾也。耳目口腹，盡入佳境。彼南圃西山主人言車道過於南圃西山之主人，不得擅美，又無能醉人道十一，竟篆之肝隔（當作膈），篆，刻也，記之心頭。今與五内長存耳。五内，即五臟之謂也。（同前書卷三「詔請類」）

三　請元宵：火樹燒空，落梅震夜。《落梅》，曲名，聲徹於夜。三千世界盡陽春，十二樓臺皆勝景，誠一刻千金也。伏冀掀髯曰可。掀髯，人笑，其髯必動，故云。答：傳柑令節，唐明皇上元，以柑分賜群臣。燈賽廣陵，開元元夜，帝謂葉法師曰：「聞廣陵燈好，何術可至？」葉乃作法成橋，引帝至廣陵，見仙人現於五色雲中。帝大悦，乃勑令人製《霓裳羽衣曲》，後入廣陵異奏。令人當此景候，覺欲勃勃生羽翼，無怪愛月夜眠

遲，負薪仙叟，何處可尋？僕將邀一二知己，傾倒執事，孔樽萬物，以為高陽侶也。（同前）

四　奉情郎書：妾在章臺幾三祺矣，風趣動人，無如我君。日邂逅江滸，意無假良緣，幸終身箕箒有自也。呂公見漢高祖，狀貌重之，曰：「臣相人多矣，無如季相，臣有息女，願為箕箒妾。」卒與季。不期分袂，經年頓成永別。奈雲山阻隔，煙樹迷遮。故人千里，不得朝夕繼見，又兼秋月盈窓，寒蛩滿室。此情此景，關心者得不惕然。妾感懷憮嗟，載寢載興，君其念我何長，險涉莫能匍匐，遣使代問，如妾親往，慎毋金玉爾音，以有遐心：「愁風吹落葉，砧聲助我愁。良人在何處，江水兩悠悠。怨無休，安得齊眉共白頭。切莫辜負停鍼女，一醮終身矢靡他。」　答：弟嗜風塵，非一朝矣。博高雅，如卿屈指，豈多得哉？幸遇舟中，恍疑仙境，魂逐流水，莫能自制。辱不棄，得傍脂粉。許我佳期，生平之願足矣。歸來遥憶殊情，寤寐不忘，但冗沓紛紜，不克奮飛。左右以寫我憂，回首白露横江，兼葭極目，詩云：「兼葭蒼蒼，白露為霜。」日夜耿耿，惟天可鑒，弟縱謭行，敢負盟言。秋色淒凉，珍重自保，無以鄙為深念。（同前書卷三「切要情書」）

茅元儀詞話

茅元儀（一五九四—一六四〇），字止生，號石民，歸安（今浙江吴興）人。茅坤裔孫，崇禎初以薦授翰林院待詔，改授副總兵官，守覺華島，旋以兵譁下獄，遣戍漳浦而卒。編著有《嘉靖大政類編》、《平巢事蹟考》、《青油史漫》、《三戍叢談》、《西峰淡話》、《藝圃甲編》、《福堂寺貝餘》、《武備志》等。此據《續修四庫全書》影印明崇禎刻本《三戍叢談》和影印明崇禎刻本《石民四十集》，以及《四庫禁燬書叢刊》影印清光緒李文田家鈔本《暇老齋雜記》録詞話十三則。

一

陸務觀初娶唐氏，閎之女也，於其母夫人為姑姪，伉儷相得，而弗獲於其姑。既出，而未忍絶之，則為之别館，時時往焉。其姑知而掩之，雖先知脱去，然事不得隱，亦絶之，人倫之大變也。唐後改適同郡宗子士程，嘗以春日出遊，相遇於禹跡寺南之沈氏園，唐以語趙，遣致酒餚，放翁悵然久之，為賦《釵頭鳳》一詞園壁間，云：「紅酥手，黄藤酒，滿城春色宫牆柳。東風惡，歡情薄。一懷愁緒，幾年離索，錯錯錯。　春如舊，人空瘦，淚痕紅浥鮫綃透。桃花落，閒池閣。山盟新在，錦書難託，莫莫莫。」實紹興乙亥歲也。放翁居鑑湖之三山，晚歲每入城，必登寺眺望，不能勝情。嘗賦二絶句云：「夢斷香銷四十年，沈園花老不飛綿。此身行作稽山土，猶弔遺蹤一悵然。」又云：「城上斜陽畫角哀，沈園無復舊池臺。傷心橋下春波緑，猶是驚鴻照影來。」蓋慶元己未也。未久，唐氏死。至紹熙壬戌（當作子）歲復有詩，序云：「禹跡寺南有沈氏小園，四十年前嘗題小闋壁間，偶復一到，而園已三易主矣，讀之悵然。」詩云：「楓葉初丹槲葉黄，河陽愁鬢怯新霜。林亭舊感空回首，泉路憑誰説斷腸。」「壞壁醉題塵漠漠，斷雲幽夢事茫茫。年來忘念消除盡，回向蒲龕一炷香。」又至開僖己（當作乙）丑歲暮，夢遊沈氏園，又作兩絶句云：「路近城南已怕行，沈家園裏更傷情。香穿客袖梅花在，緑蘸寺橋春水生。」又云：「城南小陌又逢春，只見梅花不見人。玉骨久成泉下土，墨痕猶鎖壁間塵。」此載於周密《癸辛雜識》。放翁韻妻詩妾，又彈文中在蜀中收尼妾一事，皆非常人。獨以後妻妬極，竟不能蓄一人，早向枯寂，竟得上壽。然其惘然之懷，至老不忘，不知為蓮花博士能銷除此念否？

（《三戌叢談》卷六）

二　詩樂之分始於漢，然未有甚於本朝者，漢人短歌原以入歌。晉羊曇善唱，桓伊能挽歌，袁山松

《行路難》，為三絶。六季皆沿此風，唐樂府皆入管絃，宋詞元曲脱稿，即播歌人。本朝詩詞俱不可歌，唯填曲一線未絶耳，名家能之者少，此道愈分，去古逾（當作愈）遠矣。（同前書卷八）

三 東坡老人在昌化，嘗負大瓢，行歌田畝間，所歌者蓋《哨遍》也。饁婦年七十，云：「内翰昔日富貴，一場春夢。」坡然之，里人呼此媪爲春夢婆。（《暇老齋雜記》卷二）

四 詞曲之道，至今幾絶矣。近得湯若士，然是《紫釵》特勝耳，而大半出於帥惟審，蓋若士深得曲意而頗傷於率。若《紫釵》則情文得十八矣，但太不協調。其言曰：「周伯琦作《中原韵》，而伯琦於伯輝致遠，中無詞名，沈伯時《指樂府迷》（當作《樂府指迷》），而伯時於花庵玉林間非詞手。詞之爲詞，九調四聲而已。且所引腔證，不云未知出何調犯何調，則云又一體又一體，彼所引曲未滿十，然已如是，復何能縱觀而定其字句音韵耶？自謂知曲意者，筆懶韵落，時時有之，正不妨拗折天下嗓子。」此其自雄自信之言也。《中原韵》原造於元末，故執此以求元曲，即高則誠亦深犯落韵。蓋沈約造四聲於梁，而唐人行之；詞曲盛於宋元，而韵成於元末，政未可一律齊。余以古詩古韵自可兼行，則詞義恰合，稍一落韵，亦不爲過。至於犯調别體，此宋人知曲本原，自能意造，故造且可，何况於犯？今伯時亦徒因末矩本，非洞本照末，若士之言亦中其膏盲矣。特云「拗折天下人嗓子」，則曲之所以爲曲，正以字句轉折而音律調和。嗓子，人之元聲也，欲拗折以就之，豈得爲諧乎？然吕玉繩改之，徒便俗工而傷其筆意，此若士所以曰：「昔有人嫌摩詰冬景芭蕉，割蕉加梅，冬則冬矣，然非王摩詰冬景也。」可謂知言矣。（同前書卷十二）

五　子夏對魏文侯問，謂溺音者四：鄭音好濫淫志，宋音燕女溺志，魏音趨促數煩志，齊音驚辟驕志，四者，皆淫於色而害於德，是以祭祀不用也。迺論者徒言鄭、衛而不及宋、齊，何也？乃夫子論爲邦，又止曰放鄭聲，又不及衛，何也？豈舉一以例其餘耶？亦各有所見耶？觀子夏之言，正合論音，不論詩義。音即今詞曲之腔，義則詞曲之文也。此與夫子所言鄭聲正相合，而考亭乃以鄭、衛之詩皆淫詩，如其淫詩，則夫子删之矣！何爲而存？不知删詩者采其風，即淫詩而亦當存，况非淫詩而必儘目之爲淫乎？詩與樂爲兩道也，故曰：「興於詩，成於樂。」而宋儒直不解此，宜其膠執也。（同前書卷十七）

六　秦少游在處州，嘗夢中作詞云：「山語（當作路）雨添花，花動一山春色。行到小溪深處，有黄鸝千百。飛雲當面化龍蛇，夭矯轉碧。醉卧古藤陰下，了不知南北。」後竟客死藤州，可稱詞讖。（同前書卷二十九）

七　唐人作詩，即有平格半格，見於《元白長慶集》，其一依平仄爲異，見於沈括《筆談》。至宋人作詞，則即用填法矣。填法者，因其平仄，不可移易，其有移易者，亦必譜之所可移易者也。尋其長短，不可更動，其可更動者，必其自譜之所可更動者也。即沈括所云：「隋唐以降，鄭譯諸儒以臆更作，使夫清廟之歌徒諧里耳。高下混淆，紛亂無統，於雅頌之風微矣。獨太樂署所掌十七宫調，以不隸太常，故樂官得以世守之而不敢易。但撰詞長短不齊，各限以平仄，爲一定之制，學士大夫有作，亦必尋其制爲之，謂之新樂府。推原其始，黄鐘宫諸曲當如《四牡》之於《鹿鳴》，無射清商諸曲當如《葛覃》之於《關雎》，起調畢曲之律同，其逗遛曲折，不必盡同也。」由此觀之，則當時填詞應有全譜，不若今所傳之譜，因所有而敘次之，半闕不備，亦不能名其同何律何調也。宋初如此，則唐、宋、五代爲詞者亦必如此矣。但宋人亦頗製詞而自名之，亦得之全譜，故知音者得變而爲之。即括所云「逗遛曲折不必盡同也」，當時王荆公亦曰：「先有詞，而後以律度爲曲，是聲依詠；若先定律而後以詞填實之，則是詠依聲也。」張横渠亦曰：「古樂決非先定腔，非深知樂者，烏能與此？」皆此意也。然當時能自爲者亦寡矣。今不知其原，而徒向字句填之，誠無義味。然按曲譜尚分律調，而據其義，則亦曰首尾二句用此調之音耳。如此所謂詞者，亦如此耳。字句長短平仄之説，何以必須譜也？無論三百篇之聲歌不傳於今，即今樂之詞曲亦無有知其源者，此吾輩之大恥也。（同前書卷三十二）

八《文啓美秦淮竹枝詞序》：古之詩，蓋採謡而獻之。太史用於朝，則爲雅；用於廟，則爲頌；而國風，其餘也。雅頌變，而廊廟之士别有詩。詩以紀事，則史也；以敘意，則書也；以評隲，則《春秋》也；以言理，則《易》也。而詩之爲詩，始抒於謡，於是詩人反抑而爲謡，或感於事，或感於時，或感於地，而均之附於國風之義者也。昔以謡爲詩，今以詩爲謡，亦古今一大變易哉！而《竹枝詞》者，謡之别也，其體起於唐人，蓋其格爲七言絶句，便於播事述情。較之他謡之體，易暢而盡，故學士大夫喜爲之。然不規於正，則以導淫也，非勸百而諷一，又非風人之體也。不規正，則不可以教，失風人之體，則不可以傳。蓋規於正，則爲性；合風人之體，則爲得情；非性情而可以播遠，道所不載也。文子啓美，客秦淮，不滿歲，而因其地，酌其時，概其事，著爲《秦淮竹枝詞》，詞一出，而唱破樂人之口，士大夫又羣而稱之。啓美雖嫺於文人，豈盡不若哉？獨以得其情性故也。得其性情，雖聖人復起，不能廢也，而况於今之人乎？後之作者欲循字句而較工拙，其流傳必不能及啓美，當弗自驚詫，視兹序焉可矣。（《石民四十集》卷十六）

九　《朱枝昌詩序》：包山故多畸人，以詩鳴萬曆間，有吴子凝甫、葛子震甫，云二子之詩雖不能備舉，然其孤峭曠宕，則肖於包山矣。而二子者久而稱朱君枝昌，枝昌之詩，我不知其於二子何如，然讀其《青樓竹枝詞》，託物比志，出媮入艷，似不欲以包山終也。而吾友范東生亟言枝昌。東生，霅人也。霅人之詩稍稍與天下殊者，惟户列體裁。而東生則以孤峭曠宕稱，今枝昌之詩，我亦不知其與東生何如。然其託物比志，出媮入艷，非東生之所欲言，亦非東生之所能言也。枝昌之與三子其同而異，異而同，必有道矣。今枝昌以詩行，三子者自知之，余何能爲枝昌贊一辭？然頃與東生共事《全唐詩紀》，每舉名最盛、詞最俚、意最乖者，莫如盧仝、姚合，然爲《全唐詩紀》者，莫能棄也，豈非以名盛則傳，傳則不復泯耶？夫名者，實之賔也，而實以名傳，豈千古而下道固然歟？然包山之二子尚峻節，不近名。夫二子，包山人也，固宜；枝昌，天下士矣，豈肯以包山終耶？然則以詩行，其誰曰不可？（同前）

一〇　《唾香集序》：詞何爲而作也？曰殆樂府之一變乎？樂府何爲乎而詞也？曰吾烏知其所以然也。分篆而傭隸，傭隸而草行，日趨日便，日解日媚，氣固然耶？詞之列於藝苑也，將何居？吾方思之而若有得也。殆天之河漢乎？草木之筠乎？百骸之眉乎？日月星辰炳所循也，而無河漢，則宵宇不韻。嘉黍良材，衆所資也，而無修筠，則岑壑不韻。耳目口鼻，形所司也，而無列眉，則風止不韻。然流鶯弄響，而必責之以喈喈；舞女蹁躚，而必責之以肅顫。顧質無姿，徒善輶蔽。於是吾友吴六郎，吾家茅仲子起而謂曰：「兩人方有詞也，今輯之，而名曰《唾香》，質子言以序之。」曰：色聲味觸，萬物資生。搆采持新，亦於展力。而兩子者顧有取於香也，先得吾之同，然吾何益吾言？雖然，吾臆之將唾而香可啜耳，恐無香之可唾也。以無心待有情，有情何限以無情。俟有心，有心立窮，二子其識之。（同前書卷十七）

一一　《鍾山獻序》：宛叔歸于，余年纔十六耳。能讀書，工小楷，余察其眉膴宿具翰墨，乃授以筆陣圖書，駸駸入品。授以詩詞之學，本之三百篇。業既竟，始循而下之，以極於今之藻。宛叔於書，則冢筆池墨，衣被畫破。於詩，則遊戲涉略，若不經意，三年而忽成小咏，其秀拔邈幽，可與入也，又不減於書尺寸。余喜與疑者半，然每有搆結，則雖單章片句甫出而必病矣。竟以是痓弱，每爲醫所規，終不悛。始知其略於外者，凝於中也。今家集積以仞，計其侈然張者，以不繇思索，然究竟讀之，何所用其思？其髯爲枯，身若定，得句而呈佛報僧者，豈不此勝彼哉？究其足當與否，不能半，即其半之得者，亦何至駭鬼神、驚牛馬，屑屑如稚子弄乎？然而神有所必注，氣不能泛之；境有所必開，理不能閡之。其出者尺，必入者尋。如蛟之在地，如雪之在原，其潤土者深，故茁發者昌；其蟠泥者深，故勃起者暴。此可得之聲貌乎？而又無枯澁之色以滑其和，無驚喜之態以淺其蘊，此固得之天者，若宿具而非人可授也。夫出之易者，無矜重之色；出之難者，深浮湛之懷。今宛叔之作難，而若易之易，而實難之，積之十年餘矣。其當早獻於天下，聽天下之可否，以權其心。況余隱矣，行不復與文事，所以終其授，而告成於司命，在此日矣。乃彙而刻之，凡詩三卷，詞一卷，志曰：鍾山有女子獻，今之刻，亦鍾山女子獻之天下以及後世者也。因名曰《鍾山獻》。（同前）

一二　《小草草序》：《小草草》者，彙小草時之詩若詞也，始於癸亥五月奉徵書，終於丙寅六月罷歸里。詩凡百八十首，詞凡二首，詩詞不盡於此而止於此者，以非關出處之槩、經略之跡，則不入也。文不載者，以所言深而東事未竟，不可傳也。虜在目而失之，僅挈金遼之半以還。天子督師公之心苦矣，故詩有曰：「元老不輸西夏績，幕僚猶欠蔡州碑。」此功罪之定案也。詩有曰：「依舊賃春吳廡下，時平倘許賦噫歸。」此其出之本志也。詩有曰：「雪夜不教常侍去，維州恨與贊皇同。」此其去之情狀也。詩有曰：「兩旬待詔三升戀，一日明農萬斛空。」此其歸之胸次也。中表郭子綦於我歸也，送之千里，别不能去，憐之乎？亦有所不足也。書此卷貽之，欣戚可俱忘矣。（同前）

一三　《七快堂記》：茅子曰：我嘗欲將鋭師窮長白，挈遼東西數千之地以還，天子遂長嘯歸故山，不受斗大之印以自快其餘年，而今不可得矣。雖然，餘年在耳。一日不快，則無乎日也；一月不快，則無乎月也。欲俯昔爲學人，讀書務精，熟察事物之微，極毫釐之辨，以齒諸君子之末席乎？吾不快也，於是不能也。吾性好飲，將遂貯名酒，被紈素，調歌顧曲，據幽探奇，閒吟白日，雄辨清宵，以送其餘年乎？吾從事焉。而未銷其日也，日有間，不快也，於是心口相商，夢寐呈瑞，得七快焉以下酒：一曰經快，意感爲念，觸象發奇，日月常故，忽霽則新，足以下一石乎？曰能。二曰史快，人有快事，事有快言，彙帙置隅，自對而笑，足以下一石乎？曰能。三曰文快，文有四種，曰羣家，曰長行，曰小品，曰駢儷，各以其類，恣所心賞，豈能置我一日之是非而問千人之可否乎？是不足下一石耶？曰能。四曰韻快，韻有三家，曰詩歌，曰騷賦，曰詞曲，三其品而位置之，又不足，則益以摘句，庶足以快吾意也，作者之屈昔降心焉否？我無暇計矣，是不足下一石耶？曰能。五曰類快，類患其不悉也，悉而較若眉縷若髮，斯亦一快也，下一石乎？曰能。六曰説快，説患其易頗也，可於吾者章之否，則扇咸陽之熖以廓吾目，斯亦一快也，下一石乎？曰能。七曰稗快，稗患其不雅馴也，不致則不雅，好襲則不馴，去斯二者而不快，吾不信也，吾必爲下一石。七石而飲，亦快矣。於其暇閒吟雄辨，據奇探幽，清音在座，輕紈適體，亦何負於餘年？而或有告者，天別生男子，挐遼東西而還之天子，當是吾七快堂適成，雖醉，敢不濡筆以爲記？（同前書卷二十五）

茅暎詞話

茅暎，字遠士，歸安（今浙江吴興）人。元儀之弟，行蹟不詳。所著有《睡香集》，又輯有《詞的》。此據《四庫未收書輯刊》影印清萃閔堂抄本《詞的》録詞話一百九十一則。

一

《詞的序》：竊以芳性深情，恒藉文犀以見；幽懷遠念，每因翠羽以明。故桑中之喜，起詠於風人；陌上之情，肇思於前哲。陳宫月冷而韻叶庭花，琉璃研匣生香；隋苑春濃而曲成清夜，翡翠筆牀增彩。清文滿篋，無非訴恨之辭；新製連篇，時有緣情之作。燃脂暝寫，弄墨晨書。寧止葡萄之樹，非惟芍藥之花。至如牽衣攀李，空冷箱中冰剪；斂枕樹萱，徒匀面上凝脂。優游少託，等扶風之織錦；寂寞多閒，怯南陽之擣練。新聲度曲，裁方絮而多愁；舊恨調絃，借稠桑以寄怨。未怡神於韶景，先屬意乎芳辭。亦有登樓夜嘯，抽朱萼之英英；乘月清談，播芳蕤之馥馥。風流婉約，效東隣之自媒；香艷柔嬌，似西施之被教。借一語以竊香，假半章以送粉。若乃蘭徑生香，柳衢舒翠，杏艷纔過，桃嬌已近。搆思綺合，悽若繁絃，寓意芊眠，炳焉繡褥。及夫錦浪紅翻，珠林緑綴，臨池潄露，憑牖邀風。伴炎宵以孫坐，送永日而無聊。或託言於短韻，石韞玉而山輝；或寄意於新腔，水沉珠而川媚。至於河漢方秋，兼葭瑟瑟；露霜始蕭，楓樹蕭蕭。厭野外之疎鐘，聽宫中之緩箭，歎廻月之臨堦，賦吟蛩之遶砌。又若玄冥在駕，歌成而孰愍無衣；素雪其霏，咏就而自憐改服。剪鳳尾以言懷，展金池以書恨。若此者，佳人才子，盡演琵琶新譜；隱士緇林，亦續箜篌舊引。蓋旨本淫靡，寧虧大雅；意非訓誥，何事莊嚴。才情若彼，可代萱蘇；佳麗如斯，能蠲愁疾。但蘭蕕同植，恐作沉珠；玉石均披，終非完璧。於是芟夷繁亂，截去浮俚。三臺紗迹，麗矣金箱。五色花箋，燦然寶軸。青牛帳裏散此紹繩，情文雙爛；朱鳥窗前開茲縹帙，神魄俱馳。秦樓艷女，頓惹相思；楚館嬌娃，常勞夢寐。聖賢言異，媿非子郁之删除；兒女情長，豈是伯饒之筆削。西吴茅暎纂。（《詞的》）

二　［一］幽俊香艷，為詞家當行，而莊重典麗者次之，故古今名公悉多鉅作，不敢攔入，匪曰偏狥，意存正調。［二］詞協黄鐘，倘隻字失律，便乖元韻，故先小令，次中令，次長調，俱輪宫合度，字字相符，以定正的，間有句語中轃疊一二字者，各列左方，用便攷訂。［三］諸家爵里姓字向多著聞，間有淪逸，徒挹芳聲，不敢混註，故槩書名以存古道。［四］諸家先後，但分世代，就中或有參錯，蓋以合調為序，非有異同。［五］詞苑選刻，暨古今文集頗勤搜采，第耳目有限，即當代名公，亦苦於人地之不相接，或慚編貝，竊歎遺珠。（同前書「凡例」）

三　周邦彦《十六字令》「明月影」：憨甚。（同前書卷一「小令」）

四　白居易《花非花》「花非花」：此樂天自譜體也，語甚趣。（同前）

五　牛嶠《夢江南》「紅繡被」：現成。（不是鳥中偏愛爾，為緣交頸睡南塘，全勝薄情郎。）（同前）

六　王麗真《字字雙》「牀頭錦衾班復班」：奇甚。（同前）

七　李珣《南鄉子》「乘綵舫」：景真意趣。（争窈窕，競折團荷遮晚照。）（同前）

八　葛一龍《憶王孫》「東風吹後滿天涯」：此句似詠柳。（不如他，一路青青直到家。）（同前）

九　李石《憶王孫》「暖玉倚香愁黛翠」：好事者曾以「偷」作「佯」。（猶自記，燈前背立偷垂淚。）（同前）

一〇　唐莊宗《如夢令》「曾宴桃源深洞」：結句真有仙氣，遂誤傳為吕岩作。（同前）

一一　秦觀《如夢令》「鶯觜啄花紅溜」：「冷」、「寒」犯，如「路遥芳草遠」用法。（同前）

一二　秦觀《如夢令》「門外鶯啼楊柳」：「襯花」甚新。（同前）

一三　李清照《如夢令》「昨夜雨疎風驟」：易安，我之知己也，今世少解人，自當遠與易安作朋。（同前）

一四　黄庭堅《如夢令》「去歲迷藏花柳」：小兒女事入詞，便成絶妙。（同前）

一五　林逋《如夢令》「吴山青」：梅妻鶴子，亦自有情。（同前）

一六 李後主《相見懽》「無言獨上西樓」：絶無皇帝氣，可人，可人。（同前）

一七 歐陽炯《江城子》「浣花溪上見卿卿」：更覺多情。（好是問他來得麽，和笑道，莫多情。）（同前）

一八 顧夐《訴衷情》「永夜抛人何處去」：到底是單相思。（换我心為你心，始知相憶深。）（同前）

一九 韓偓《生查子》「侍女動粧奩」：金屋晝長簾不捲，玉堂春静燕徘回。（同前）

二〇 牛希濟《生查子》「裙拖安石榴」：鶗鴂啼朝雨，黄鸝怨曉風。（同前）

二一 牛希濟《生查子》「新月曲如眉」：全是子夜體。（同前）

二二 李易安《生查子》「去年元夜時」：籬（當作離）絃凄斷。（同前）

二三 陳繼儒《一痕沙》「記得去年穀雨」：眉公閒適語多，情致之語僅見此一闋。（同前）

二四 吴鼎芳《柳枝》「雨香雲淡日遲遲」：月上海棠，風邀香絮。（同前）

二五 何籀《點絳唇》「春雨濛濛」：錦屏春暖。（同前）

二六 周邦彦《點絳唇》「蹴罷鞦韆」：崔薇傳奇中儘入調戲，句意本此。（同前）

二七 李清照《點絳唇》「寂寞深閨」：易安往矣，不可復得，每作詞時，為酹一杯酒。（同前）

二八 蕭竹屋《點絳唇》「花徑相逢」：穿花蛺蝶，失水鴛央（即「鴦」字）。（同前）

二九 温庭筠《浣溪沙》「蘭沐初休曲檻前」：「不禁」妙。（同前）

三〇 李珣《浣溪沙》「晚出閑庭看海棠」：與「心在阿誰邊」意同。（同前）

三一　周邦彦《浣溪沙》「鶯外紅綃一縷霞」：妙在「淡黄」二字。（同前）

三二　范汭《浣溪沙》「猩血輕簾漾縠紋」：東生不多作詞，偶為此，亦頗得其旨。（同前）

三三　尹鶚《菩薩蠻》「隴雲暗合秋天白」：殘月依微，曉雲靉靆。（同前）

三四　李後主《菩薩蠻》「花明月暗飛輕霧」：竟不是作詞，恍如對語矣，如此等詞，的中亦不多得。（同前）

三五　張先《菩薩蠻》「哀箏一弄湘江曲」：二闋咏箏，可稱敵手。（同前）

三六　陳師道《菩薩蠻》「曉來誤入桃源洞」：月華淡淡，花霧氤氳。（同前）

三七　無名氏《菩薩蠻》「牡丹帶露真珠顆」：芙蓉怯暮雨，躑躅印朝陽。（同前）

三八　無名氏《菩薩蠻》「有情潮落西陵浦」：的中有最佳者，偏屬無名，惜哉！（同前）

三九　吴鼎芳《菩薩蠻》「將伊丢下虧伊耐」：花禁曉雨後，山送夕陽時。（同前）

四〇　張先《減字木蘭花》「垂螺近額」：纖艷。（同前書卷二「小令」）

四一　馮延巳《謁金門》「風乍起」：此詞亦平平耳，不知何以名？（同前）

四二　俞克成《謁金門》「愁脉脉」：平妥之詞，欲去又不可。（同前）

四三　趙令畤《清平樂》「春風依舊」：諳盡離愁滋味。（同前）

四四　黄庭堅《清平樂》「春歸何處」：王觀、如晦、庭堅三詞咏春，逾出逾奇。（同前）

四五　孫夫人《清平樂》「悠悠颺颺」：何似兩截語。（同前）

四六　詹玉《清平樂》「醉紅宿翠」：可憐模樣。(同前)

四七　楊基《清平樂》「春冰消後」：較之令時，尤覺風致。(同前)

四八　孫夫人《憶秦娥》「花深深」：修眉結翠，暈頰凝紅。(同前)

四九　和凝《山花子》「銀字笙寒調正長」：「寒」、「冷」、「涼」三字疊用。(同前)

五〇　王世貞《甘草子》「冬盡」：鳳洲先生亦頗有情語，不可槩以七子，中原紫氣等習氣抹殺之也。(同前)

五一　劉基《眼兒媚》「烟草萋萋小樓西」：英雄人，兒女語，非關本色，更覺可人。(同前)

五二　白玉蟾《柳梢青》「一夜清寒」：神仙甚是有神。(同前)

五三　鬼仙《柳梢青》「曉星明滅」：悽咽之甚，不堪竟讀。(同前)

五四　秦觀《柳梢青》「岸草平沙」：嫣紅帶雨，嫩緑迎風。(同前)

五五　蔣達《柳梢青》「學唱新腔」：險韻能妥，更多致語。(同前)

五六　張翥《惜分飛》「相見依然人似舊」：好甚。(同前)

五七　柳永《菊花新》「欲掩香幃論繾綣」：七郎故不凡。(同前)

五八　周邦彦《少年遊》「并刀如水」：後半闋忽出奇峰。(同前)

五九　馬洪《少年遊》「弄粉調朱」：無一字不佳。又：分明畫出美人圖。(同前)

六〇　李清照《醉花陰》「薄霧濃雲愁永晝」：但知傳誦結語，不知妙處全在「莫道不消魂」。(同前)

六一　李清照《怨王孫》「夢斷漏悄」：此詞少平，然終無傖父氣。（同前）

六二　秦觀《鷓鴣天》「枝上流鶯和淚聞」：「梨花」句與《憶王孫》同，才如少遊，豈亦句襲耶？抑愛而不覺其重耶？（同前）

六三　温庭筠《玉樓春》「家臨長信往來道」：一作七言古。（同前）

六四　李後主《玉樓春》「晚粧初了明肌雪」：風流帝子。（同前）

六五　顔清《玉樓春》「湖邊柳外樓高處」：填句甚妥。（同前）

六六　宋子京《玉樓春》「東城漸覺風光好」：錦屏春曉，花氣氤氲。（同前）

六七　孫夫人《南鄉子》「曉日壓重簷」：無聊之思，宛曲之辭。（同前）

六八　潘庭堅《南鄉子》「生怕倚闌干」：平平。（同前）

六九　箕仙《鵲橋仙》「鸞輿初駕」：超。（年年此際一相逢，未審是甚時結煞。）（同前）

七〇　韋莊《小重山》「一閉朝陽春又春」：雨露難霑，自是忍不勝怨。（同前書卷三「中調」）

七一　薛昭藴《小重山》「春到長門春草青」：怨女素才，千古同恨。（同前）

七二　汪彦章《小重山》「月下潮生紅蓼汀」：景與情會，無限深懷。（同前）

七三　宋豐之《小重山》「花樣妖嬈柳樣柔」：讀此便入温柔鄉矣。（同前）

七四　李漢老《小重山》「誰勸東風臘裏來」：字字是立春。（同前）

七五　吴淑姫《小重山》「謝了荼蘼春事休」：含怨於和，風人之致。（同前）

七六　李珣《臨江仙》「簾捲池心小閣虚」：幽恨如訴。（同前）

七七　和凝《臨江仙》「披袍窣地紅宫錦」：嬌怯可思。（同前）

七八　鹿虔扆《臨江仙》「金鏁重門荒苑静」：寄慨長揚汾水，又是宫詞一變。（同前）

七九　尹鶚《臨江仙》「一番荷芰生池沼」：託幽芳於芰荷。（同前）

八〇　晏幾道《臨江仙》「鬭草堦前初見」：終不似寫閨中語柔媚撩人。（同前）

八一　李石《臨江仙》「煙柳疎疎人悄悄」：宛矣，待月迎風。（同前）

八二　晁無咎《臨江仙》「緑暗汀洲三月暮」：此是行役關情，不似傷春寫怨。（同前）

八三　無名氏《後庭宴》「千里故鄉」：麥秀興歌，不徒語艷。（同前）

八四　歐陽烱《賀明朝》「憶昔花間相見後」：下字俊。（同前）

八五　歐陽烱《賀明朝》「憶昔花間初識面」：寒鴉日影，千古相思。（同前）

八六　朱希真《滴滴金》「武陵春色濃如酒」：不作險麗語，而情致依然。（同前）

八七　尹梅津《唐多令》「蘋末轉清商」：舊歡新恨，婉孌多姿。（同前）

八八　沈同治《唐多令》「一幅細緘愁」：汝興多情，而後一詞雅似其人。（同前）

八九　寇平叔《踏莎行》「春色將闌」：恒語自雅。（同前）

九〇　晏幾道《踏莎行》「小徑紅稀」：楊花撲面，即見春思困人。（同前）

九一　歐陽修《踏莎行》「候館梅殘」：結語韻致更遠。（同前）

九二　張翥《踏莎行》「芳草平沙」：「將愁」句是詞林本色佳語。（同前）

九三　秦觀《踏莎行》「霧失樓臺」：淡語有情。（同前）

九四　無名氏《踏莎行》「東風捻就」：可謂描神寫照。（同前）

九五　無名氏《踏莎行》「碧蘚廻廊」：個中情真。（同前）

九六　楊基《踏莎行》「淺碧凝鬟」：為花神起詠，另是一斷深懷。（同前）

九七　吴鼎芳《踏莎行》「剪勝纔臨」：口角俊爽。（同前）

九八　沈同治《踏莎行》「赤仄初頒」：詠物巧而雅，堪稱作者。（同前）

九九　晏同叔《蝶戀花》「簾幕風輕雙語燕」：情深於辭。（同前）

一〇〇　吴禮之《蝶戀花》「急水浮萍風裏絮」：李石有「坐待不來來又去」。（同前）

一〇一　蘇軾《蝶戀花》「花褪殘紅青杏小」：婉爽不作繁聲。（同前）

一〇二　辛棄疾《蝶戀花》「誰向椒盤簪綵勝」：幼安辨而奇，此亦可見。（同前）

一〇三　秦觀《蝶戀花》「鐘送黄昏雞報曉」：結句押字，遂為詞家指南。（同前）

一〇四　司馬仲才《蝶戀花》「妾本錢塘江上住」：膾炙人口。（同前）

一〇五　李冠《蝶戀花》「遥夜亭皋閒信步」：精刻語。（同前）

一〇六　歐陽修《蝶戀花》「庭院深深深幾許」：凄如送别。（同前）

一〇七　周邦彦《蝶戀花》「月皎驚烏棲不定」：寫睡醒語，為美成千古絶調。（同前）

一〇八　楊基《蝶戀花》「日暮楊花飛亂雪」：潛身却恨花陰淺。（同前）

一〇九　楊基《蝶戀花》「新製羅衣珠絡縫」：深情致語，兩兩兼之。（同前）

一一〇　楊基《蝶戀花》「洗净臙脂輕掃黛」：新美。（同前）

一一一　李清照《一剪梅》「紅藕香殘玉簟秋」：香弱脆溜，自是正宗。（同前）

一一二　蔣捷《一剪梅》「一片春愁帶酒澆」：眼看春色如流水。（同前）

一一三　李冠《鵲踏枝》「貼鬢香雲雙綰緑」：嬌樣如畫。（同前）

一一四　范仲淹《蘇幕遮》「碧雲天」：莊麗，無纖趨，是文正本色。（同前）

一一五　周美成《蘇幕遮》「隴雲沉」：美成、少游，原可並轡。（同前）

一一六　劉基《蘇幕遮》「雨瀟瀟」：穠纖有致。（同前）

一一七　沈同治《蘇幕遮》「帕籠烟」：巧不費力。（同前）

一一八　張先《繫裙腰》「清霜淡照夜雲天」：着眼。（同前）

一一九　趙閑之《青杏兒》「風雨替花愁」：得此可以傲世。（同前）

一二〇　危禎《漁家傲》「老去諸餘情味淺」：詠物而不看物。（同前）

一二一　譚在庵《漁家傲》「深意纏綿歌宛轉」：直似山頭一片石。（同前）

一二二　王世貞《漁家傲》「細雨輕烟裝小暝」：稱量不爽。（同前）

一二三　朱淑真《漁家傲》「樓外垂楊千萬縷」：哀梨雪藕。（同前）

一二四　徐小淑《漁家傲》「板扉小隱清溪曲」：真切精工。（同前）

一二五　趙德仁《醉春風》「陌上清明近」：疊字唯易安得之。（同前）

一二六　辛棄疾《品令》「更休説」：常語遠韻，詞林當行。（同前）

一二七　黄庭堅《品令》「鳳舞團團餅」：排宕似長公。（同前）

一二八　程正伯《酷相思》「月挂霜林寒欲墜」：轉折有思。（同前）

一二九　楊慎《行香子》「秋色蕭蕭」：工於巧疊，間以（疑作似）六朝。（同前）

一三〇　孫夫人《風中柳》「銷減芳容」：讀至此，便甘讓裊釵一隊。（同前）

一三一　賀鑄《青玉案》「凌波不過横塘路」：煞語爽然。（同前）

一三二　無名氏《青玉案》「年年社日停鍼線」：旅况堪嗟。（同前）

一三三　楊基《青玉案》「平湖過雨清如鑑」：於雨外有深情。（同前）

一三四　楊基《青玉案》「五更風雨花如霰」：景淡語麗。（同前）

一三五　張先《天仙子》「水調數聲持酒聽」：一語不磨，便足千秋。（同前）

一三六　劉龍州《小桃紅》「晚入紗牕静」：精思巧構。（同前）

一三七　高啟《江神子》「芙蓉裙衩最宜秋」：似禪却雅。（同前）

一三八　賀鑄《千秋歲》「世間好事」：淺語多風。（同前）

一三九　秦觀《千秋歲》「柳邊沙外」：哀絃促柱，自是柳郎一輩。（同前）

一四〇 劉基《千秋歲》「淡煙平楚」：誠意每以致勝。（同前）

一四一 皇甫松《採蓮子》「菡萏香連千頃陂」：似竹枝語。（同前）

一四二 無名氏《傳言玉女》：「一夜東風」：冷語情語。（同前）

一四三 周美成《解蹀躞》「候館丹楓吹盡」：誰謂美成能寫景不能寫情。（同前）

一四四 于國寶《風入松》「一春常費買花錢」：此是于君釋褐詞，更當着勢利眼看。（同前）

一四五 辛棄疾《祝英臺近》「寶釵分」：蘭荃氣韻。（同前）

一四六 范仲淹《御街行》「紛紛墜葉飄香砌」：天淡銀河垂地，景韻雙絶。（同前）

一四七 朱敦儒《滿路花》「簾烘淚雨乾」：新艷。（同前）

一四八 康與之《江城梅花引》「娟娟霜月冷侵門」：「瘦」字佳。（同前）

一四九 李元膺《洞仙歌》「廉纖細雨」：落語香艷。（同前）

一五〇 毛澤民《洞仙歌》「癡兒騃女」：無限凄恨。又：番出更佳。（最可惜，當初泛槎人，甚不問，天邊磨難。）（同前）

一五一 楊基《洞仙歌》「斜紅皺白」：不閗字而下句穩貼。（同前）

一五二 周美成《意難忘》「衣染鶯黄」：風流醞籍。（同前書卷四「長調」）

一五三 周美成《滿江紅》「晝日移陰」：寫得凄冷。（同前）

一五四 康與之《滿江紅》「惱殺行人」：暢子規血吻，能令嶇馳者息肩。（同前）

一五五 張安國《滿江紅》「斗帳高眠」：對雨寫愁，結語煞有深思。（同前）

一五六 李清照《鳳皇臺上憶吹簫》「香冷金猊」：從此人道出，自然無一字不佳。（同前）

一五七 康與之《滿庭芳》「霜幕風簾」：何福消受。（同前）

一五八 劉基《滿庭芳》「楊柳煙消」：藻艷。（同前）

一五九 柳永《八聲甘州》「對瀟瀟暮雨灑江天」：於柳外寫幽思，又是咏物一格。（同前）

一六〇 王雱《倦尋芳》「露晞向曉」：穠纖合度。（同前）

一六一 蘇伯固《倦尋芳》「獸環半掩」：凄怨嬌嗔，嫣然宛然。（同前）

一六二 王晉卿《燭影摇紅》「香臉輕勻」：有此便應多恨。（同前）

一六三 孫夫人《燭影摇紅》「乳燕穿簾」：有如此韻，鬚眉男子愧矣。（同前）

一六四 李景元《帝臺春》「芳草碧色」：令人想殺。（同前）

一六五 王觀《慶清朝慢》「調雨為酥」：纖若雲綃，巧如㡀葉。（同前）

一六六 史達祖《雙雙燕》「過春社了」：詞之咏物，往往有絕倡者，詩則寥寥數作而已。（同前）

一六七 楊基《雙雙燕》「去年別處」：舊知重見，悲喜橫集。（同前）

一六八 宋徽宗《燕山亭》「裁剪冰綃輕疊」：顛頓轉折。（同前）

一六九 柳永《晝夜樂》「洞房記得初相遇」：廻腸千結。（同前）

一七〇 李清照《聲聲慢》「尋尋覓覓」：連用十四疊字，後又四疊字，情景婉絕，真是絕倡，後人效

韇，便覺不妥。（同前）

一七一　楊基《夏初臨》「瘦緑添肥」：二語道盡春歸。（瘦緑添肥，病紅催老。）又：悠然有會。（同前）

一七二　張宗瑞《桂枝香》「梧桐雨細」：秋聲作苦，羈人不堪多讀。（同前）

一七三　張叔夏《高陽臺》「古木迷鴉」：黍離麥秀之歌。（同前）

一七四　蔣捷《高陽臺》「燕捲晴絲」：三疊《陽關》，應無乾土。（同前）

一七五　蘇軾《水龍吟》「似花還似非花」：情詞雙美，又絶非大江東一調。（同前）

一七六　文徵明《水龍吟》「依依落日平西」：寫得韶秀清冷。（同前）

一七七　高啟《石州慢》「落了辛夷」：玉香花怨。（同前）

一七八　柳永《雨霖鈴》「寒蟬凄切」：海棠滯雨，楊柳摇風。（同前）

一七九　周邦彦《拜星月慢》「夜色催更」：絡緯悲吟，寒砧凄韻。（同前）

一八〇　《瑞鶴仙》「館娃春睡起」：嬌姿素質，堪為紅梅吐氣。（同前）

一八一　歐陽修《瑞鶴仙》「臉霞紅印枕」：的是小窗喁喁，令人腸斷。（同前）

一八二　史達祖《綺羅香》「做冷欺花」：句句雨，又不露雨。（同前）

一八三　張先《歸朝歡》「聲轉轆轤聞露井」：當老此温柔鄉矣。（同前）

一八四　周邦彦《尉遲杯》「隋堤路」：傷如之何？（同前）

一八五　徐幹臣《二郎神》「悶來彈鵲」：情真。（同前）

一八六　吕聖求《望海潮》「側寒斜雨」：幾於山頭一片石矣。（同前）

一八七　張耒《風流子》「亭皋木葉下」：韻與清砧俱遠。（同前）

一八八　蔣捷《女冠子》「蕙花香也」：麗景幽思，令人想殺。（同前）

一八九　辛棄疾《摸魚兒》「更能消」：無計留春，有懷對景。（同前）

一九〇　李仁卿《摸魚兒》「為多情」：事奇詞稱。　又：三十六宫春曉。（同前）

一九一　周邦彦《六醜》「正單衣試酒」：冷落凄凉，花神灑淚。（同前）

徐企龍輯詞話

徐企龍，號筆洞，豫章羊城（今江西南昌）人。行蹟不詳。編有《萬寶全書》，扉頁題：「徐筆洞先生精纂，《萬寶全書》，存仁堂梓。」卷端下題：「豫章羊城徐企龍編輯，古閩書林樹德堂梓行。」按，又有《萬書淵海》一書，扉頁題：「徐企龍先生編輯，《萬寶全書》，藜林積善堂梓。」卷端下題：「雲錦廣寒子編次，藜林楊欽齋刊行。」蓋書商改頭換面，另行別本，兩書所載出入頗多。此據日本平成十五年汲古書院出版《中國日用類書集成》影印明萬曆古閩書林樹德堂刻《新刻搜羅五車合併萬寶全書》和影印萬曆庚戌清白堂楊欽齋刻《新全補士民備覽便用文林彙錦萬書淵海》録詞話二十八則。

一　神聖固臍膏，《西江月》調二首：「弄月追風才子，偷香竊玉佳人。若還有意洞房春，倒鳳顛鸞有定。　常思千合閗耍，金鎗不倒尤宜。管教雲雨到天明，兩下歡娛惟盡。」又：「細想歡中之意，果然賽過金丹。鶯鶯一見便心歡，惹得張生心亂。　能使才郎情動，頓教玉女思凡。風流才子莫辭閑，縱有千金不換。」詩曰：「戰戰兢兢一把拳（當作拿），渾身上下盡酥麻。古人留下仙丹藥，採盡人間百朵花。」用大附子，一箇要一兩六錢者佳，一兩三四錢者次之。甘逐，甘草，各一錢五分。母丁香七個。又將大附子開一孔，剮空，入三味於其內，用南京堆花燒酒半斤，將瓦礶乘貯入附子，用綿紙封礶口，以粘米數顆放紙上，以米熟為度，取出前藥，搗杵如泥成羔（當作膏）。貼膏藥時入射（當作麝）香二厘於內，貼臍上，用絹帛係住。（《新刻搜羅五車合併萬寶全書》卷十「風月門·春閨要訬」）

二　相法摘要：凡且男女有痣，莫如無痣好，十有九凶。書云：「王停伶俐發財，家自安康。」又：「痣交加，到老不能安色。」　大貴相，歌曰：「欲識人間大貴人，形容骨格更精靈。頭平額潤天倉滿，兩耳垂肩不反輪。　精神氣鋭冲牛斗，玉體瑩盈奎璧澄。龍眉鳳眼伏犀鼻，序立朝班簪玉纓。」《西江月》：「堂堂相貌俱足，凛凛神氣尤清。眉高眉（當作目）秀喜聰明，貴相生成已定。　腰圓背厚玉帶，竟類班超群英。少年竚看振宸京，須知造物有應。」　大富相，歌曰：「欲識人間巨富人，腰身端厚福來臨。天倉隆起多財禄，口角珠庭抱兩眉。　背聳三山如負甲，臍深納李腹垂箕。聚金積玉家肥潤，看取牛龜鵝鴨行。」《西江月》：「聳聳天庭高廣，盈盈地閣方圓。準頭豐正面如蓮，牛步鵝行穩厚。　坐似太山釘石，洪聲肉滑藏筋。堆金積玉富無邊，福壽綿綿悠遠。」　彌壽相，歌曰：「何識人之壽有，先取骨格堅剛。要知精神長短，最嫌食物猖狂。壽夭不在人中之取（此句疑有衍文），頭皮寬厚為良。連言數句聲喨，最喜面色紅黄。人生得此大壽，百歲定享華堂。」《西江月》：「借問人間彌壽，頭平額潤聲圓。腰後枕骨玉樓全，壽帶地閣綿遠。　雙絛喜生項下，夙夜漕漕不止乃是尿多者。　額高如鳳福無邊，遐齡高似籛鏗。」　貧窮相，歌曰：「五行不正體偏斜，笑語唇掀露齒牙。頭小額尖頤頂窄，面容憔悴髮交加。悲聲鳴似猴聲泣，坐若風摇步似蛇。此相應知始終薄，仍須防害破人家。」《西江月》：「頭尖額窄神短，聲粗眼露骨槎。三停五岳俱偏斜，鼻竅仰天多詐。　身如鷄胸狗肚，面多雜滯無華。此相必定破基家，勞碌一世波查。」　夭折相，歌曰：「髮重身輕最可憐，面如綳皷上唇掀。面嫩身粗腰又軟，腦骨不密亦如綿。坐視言語神帶困，眠泄元氣夢狂言。形面藍青頻頻現，此人不久喪黄泉。」《西江月》：「未言而色先變，言長而氣先絶。氣短神枯尤更别，少肥氣短聲竭。　久坐身體過軟，又且傍壁倚門。又嫌骨少肉盈滑，早赴幽冥之客。」　凶惡相，歌曰：「頭痕瘢剥眼紅紗，黑少白多視太斜。鼻如劒鋒顴骨露，面肉横生鼠齒牙。神氣青藍多煙土，額上印堂亂紋明。鬚濁連鬢唇又黑，不遭十惡定重刑。」《西江月》：「取人利己面黑，殘害性命晴紅。見人歡喜太陽空，斜窺眼仰轉動。　唇薄好生言語，青藍滯氣重朦。面肉横綳性强凶，九厄喪身不哄。」　刑傷相，歌曰：「少年刑尅是何方，髮際低壓應陰陽。黑白青嫩妨父母，右損陰兮左損陽。日角破兮先損父，寒毛生角又無娘。眉頭抽旋父凶死，右眉抽旋母凶亡。」《西江月》：「子刑父母理幻患，前生注定無差。止因日月角傾斜，眉有高低上下。　耳低父不見面，損母面嫩桃花。更嫌部位痣紋疤，顴露額窄準偏。」孤獨相，歌曰：「薄紗染皂出粟米，縱有妻時也没兒。再兼山根印堂陷，五年三次路邊啼。眼不哭時常似哭，心不愁面皺兩眉。早年若不見刑尅，老來必定主孤恓。」《西江月》：「爛蠶肉腫光映，孤獨峰聳鼻高。眉稜骨起眼堂陷，卯酉雞卯面凹。人中平滿唇竅，烏鴉扇翅背坑。囊頸角如稜骨露，男女合該自鰥寡。」盜賊相，歌曰：「欲知世間賊相形，額塌頭偏面帶青。眉如尖刀壓雙眼，鼠目昂視覷眉稜。露齒結喉食吞響，口角紋多更流涎。此相不作凶賊輩，定是鼠竊狗偷人。」《西江月》：「賊與人皆相像，只因損害心田。羊睛狗眼又駝肩，眉毛雜交神變。髭鬚赤濁亦甚，天庭兩顴塵烟。目多斜視惡心堅，害人利己無厭。」（同前書卷十五「相法門」）

三 吕純陽先生嘆世律：《鷓鴣天》：「識破乾坤冷進身，山居林下養精神。功名未退心先退，家計須貧志不貧。山作伴，水為隣，悠悠風月樂天真。世間多少紅塵客，與我清閑有幾人。」（同前書卷三十三「修真類」）

四 例分八字《西江月》：「以紀文身合死，準言例免難誅。皆無首從罪非殊，各有彼此同獄。其者變於先意，及為連事後隨。即如恥訟判真偽，若有餘情依律。」（《新全補士民備覽便用文林彙錦萬書淵海》卷六「律例門·律條行移」）

五 儆勸《西江月》：「軟弱安身之本，剛强惹禍之端。無争無競是賢才，虧我些兒何害。鈃斧敲金易碎，銅刀劈水難開。世人笑道我癡呆，管取前程自在。」「村中一切小事，勸和莫出鄉閭。省錢省米省收監，氣起三分要笄。莫慮他們親戚，休犯隣里相干。官司不打一家安，此是良人自斷。」「此處無分貴賤，俗衣飲食皆同。人生到此鳥投籠，展轉翻身難動。夢裡思量妻子，醒來門鎖重重。自古牢獄不通風，莫把是非來弄。」（同前）

六　拜堂致語：切以禮重婚姻，實關人倫之大；義當配偶，乃承宗祀之傳。縹緲青烟，輝煌花燭。俎備蘋（當作蘋）藻，首嚴見廟之儀；贄備棗榛，聊設拜堂之禮。集珠履玳簪之客，環金釵玉珥之賔。慶賀良宵，觀光盛事。爐爐寶鴨，已拈沉檀之香；步擁金蓮，請下寅恭之拜。《鷓鴣天》：「婚禮今朝講拜堂，誠心全仗玉爐香。神明上下同昭格，王母王公共降祥。魚得水，鳳得凰，匆匆喜氣藹蘭房。百年夫婦今宵合，夢葉熊羆早弄璋。」夫婦交拜：切以男遵乾道，女順坤儀，禮有尊卑，拜無先後。男先下膝，女略沾裙。須相見之如賔，效齊眉而到老。可無拙句，少贊容儀。詩曰：「男才女貌兩堂堂，銀燭高燒徹夜光。敬請夫妻齊下拜，匆匆喜氣入蘭房。」拜儀已畢，禮意云週。伏願筐篚奉祀，格祖禰以垂恩；箕箒掃塵，事舅姑而盡孝。室家雍肅，琴瑟和諧。夢葉熊羆，即見多男之喜；吉占鸞鳳，永傳百世之昌。暫別佳賔，退歸香閣。（同前書卷十「冠婚門・婚如類」）

七　樂律本原：樂主音聲，聲定於律，單出為聲，聲成文為音，比音以為歌曲，被之八音之器而樂之，及干戚羽旄，則謂之樂。以陰陽升降之氣數定管，以為音樂之法，則謂之律。所以然者，蓋天地之間，只是陰陽五行之氣，則有十二律之聲，天地之聲也。其在於物，則出於八器（當作音）之器，其在於人，則出於喉牙齒舌脣，但天地得其氣之故。其器之流行於十二辰之間，升降進退，必有盈縮多寡之數，一定而不可易。故其發而為聲也，必有高下清濁之殊，亦一定而不可易。物則得其氣之偏，故必須制造成器，而後其聲始正，又必以十二條為之數度劑量，而後其聲始正。人雖得氣之全，然囿於風氣，而字音聲音（當作氣）有不能齊者，亦必以聲律正之，而後其聲始一。合人與器之聲均調即（當作節）奏以成音曲，而後樂始成焉。是樂之為音也，合天地人物而一以貫之也。惟其出於一貫，是以用之於郊廟朝廷，則可以治神人，和上下；用之於脩己治人，則可以變化氣質，轉移風俗，以至於鳥獸風氣，而皆可以感召，其為用也，豈細故哉？然有志於世道者，幸留意焉。《水調歌頭》：「八鑾朝鳳闕（當作闕），四境絶狼烟。太平無事起洪聚，笑傲梨園。笛弄崑崙上品，餙動雲陽妙選，畫鼓可人憐。亂撒真珠迸，點滴雨聲喧。韻堪聽，事不拾（當作俗），駐雲軒。諧音節奏，分明花裏遇神仙。到處朝山拜岳，長是争籌賭賽，四海把名傳。幸遇知音，一曲共讚堯天。」詩曰：「鼓版清音按樂聲，那堪打拍更精神。三條犀架垂絲絡，兩係仙枝擊月輪。笛韻渾如丹鳳叫，板聲有若净鞭鳴。幾回月下吹新曲，引得姮娥側耳聽。」（同前書卷十二「八譜門」）

八　貴相歌：自從鑿開混沌殼，二氣由來有清濁。孕其清者生貴富，禀其濁者生愚朴。貴富之來固兆人，心自修行或神匿。星辰謫降或精靈，或自神仙假胎息。精神澄徹骨法清，剛性汪洋誰可識。巉岩器宇旋旋生，行若浮雲坐若石。身小聲大隔江聞，日角龍顔額懸壁。目光爛若曙星懸，鼻梁聳貫天中出。背後接語身不動，體細面粗情性釋。眉根細緑新月分，獨坐如山腰背積。不帶芝蘭身自香，上長下短手垂膝。重瞳一肘人難會，龍顙鍾聲面盈尺。糞如疊帶尿如珠，膚似凝脂目如漆。口如角弓面如田，虎驟龍奔自飄逸。顴（當作顴）骨隆平玉枕豐，舌至準頭有長理。相對咫尺不見耳，正面魏魏如隱指。口丹背負皮生鱗，天地相朝生骨起。清中藏濁上中消，足下生毛兼黑子。龍來吞虎指尖長，肉角出頂聳雙耳。九州相繼馹馬豐，邊地隆高無蹇否。《西江月》：「堂堂相貌獨足，凛凛神氣尤清。眉高目秀喜聰明，富貴生成已定。腰員（當作圓）背厚玉帶，竟能出超群英，少年竚聽紫宸京，須知造物有應。」（同前書卷十九「相法門·相術神機」）

九 富相歌：五行敦厚形豐足，地閣方平耳伏垂。語帶喉音甕中響，齒如榴子項如皮。背聳三山如負甲，腹垂向下若懸箕。三陽卧蠶如隱指，鼻準隆平樂且宜。虎頭燕頷山林秀，日角珠廷揖兩眉。四水通流不相返，五倉俱滿福遲遲。眉尾不欺中岳正，鼻如懸膽鬢毛微。（脱「胸前平正四字口」句）牛嚼羊吞悉有儀。虎踞龍蟠息不聞，眉疎有彩眼藏神。山根不斷年壽閏，輪郭分明貼肉成。三停端正雙角起，五岳隆高八卦盈。鵝行鴨步身腰厚，肉滑筋藏骨更清。欲識始終長富者，滿面紅光厚福成。《西江月》：「聳聳天廷高廣，盈盈地閣方圓。準頭豐正面如蓮，牛步鵝行穩厚。坐似太山釘石，洪聲肚腹便便。堆金積玉富無邊，福壽綿綿悠遠。」（同前）

一〇 窮通相：骨重皮膚慢，天倉接地倉。口方齒更密，滯外内紅黄。體膚尤細膩，眉高眼神藏。語聲沉更遠，墻壁平欠光。雖然神暫彩，蘭臺潤更長。月孛光明閏（當作潤），兩拳似綿綿。掌紅清更遠，兩顴起又方。倘有身形瘦，精彩氣堅剛。上下停均等，金帛滿倉廂。窮通相有準，中末享華堂。《西江月》：「神氣暫時昏滯，天庭窄額門低。印堂平狹薄黄眉，早歲窮迍不遂。肚橐

手平如鏡，耳珠朝口神清。鵝行鴨步部方真，終能發達積聚。」（同前）

一一　彌壽相：富貴在人誠易見，世所難知惟壽焉。休將形貌定長短，龜鶴未必其可然。神粹骨明肉又堅，朗朗聲韻谷中傳。背膊知（疑作如）龜行又似，人中髭滿手如綃。笏紋隱隱朝書上，法令相侵地閣邊。鶴形龜息頭皮厚，顴骨斜飛與耳運。毫生耳內眉長白，項下雙條枕骨堅。陽不輕輕陰不膩，精實神靈及省眠。伏犀三路貫天梁，溝洫深平潤更長。陰隲龍宮肉豐滿，荆楊徐豫冀相當。壽堂有骨須隆起，固密齊平瓠齒方。目有守精神隱藏，天庭生聳居中央。更看脚根俱有後，三甲二壬入老鄉。　雙條喜生項下，夙夜漕漕涓涓。額高如鳳福無邊，遐筭併及綿綿。」（同前）

一二　夭折相：欲識人間速死期，山根青氣號魂雅。少肥氣短色浮紫，兩目無神肉似泥。蛇行腰折筋塞束，鷺鼻攢眉蹙似悲。中正生毛眉八字，耳薄無根弱且低。人中漸滿唇先縮，失志溶溶坐立攲。睛凸路（當作露）兮項欲折，耳鼻如綿聲氣嘶。胸陷背深腰又薄，邊地全無馹馬羸。精神不醉却如醉，鼻毛反出鬢黄垂。眉交鎖印妻刑剋，氣冷形單壽豈宜。《西江月》：「未言而色光（當作先）變，言長而氣先絶。氣短神枯尤更別，少肥氣短聲竭。　久坐身體過軟，立且倚門傍壁。又嫌骨少肉盈滑，早赴幽冥之客。」（同前）

一三　貧賤相：欲知貧賤人形貌，鼻鵰無梁齒露牙。雀腹下輕空上重，攢眉蹙額髮交加。背陷成坑胷骨路（當作露，下同），乳細如針額削瓜。腰濶路臀眉壓眼，身麄藏裏面如華。開口欲言涎已墜，膝孿肩卓步攲斜。口尖一撮如吹火，掉臂摇頭喜嘆嗟。四水返傾神似困，三停上短鼻門睽。食遲混速如屍睡，縱紋入口號騰蛇。蜂腰步速及聲乾，氣短來從肝膈間。形過於神神不足，氣因其色色奚安？準頭垂肉頤尖短，壽上懸針口縮囊。清（當作青）藍滿面生塵垢，皮若枯柴食禄慳。眼堂枯陷姦門短，笑語無規身竦寒。蛇行雀竄聲容濁，龜面毬頭法主姦。口臭生髭兼顧步，勾紋鼻上不須看。《西江月》：「頭尖額窄神短，聲粗眼露骨槎。三停五岳俱偏斜，鼻竅仰天多詐。身如鷄胸狗肚，面多雜滯無華。此相定知破人家，一生勞碌波查。」（同前）

一四　孤獨相：人生孤獨事因何，頰骨高兮氣不和。更兼畐（當作魚）尾枯無肉，喉結眉交鼻骨皵。耳薄無輪唇略綽，淚堂坑陷及肩峩。立理人中應抱子，山根斷折六親孤。行馬驟頭步先進，食似豬食林（當作淋）灕多。項短齒疎顴骨聳，突胸削額皮如柯。眉揭路（當作露，下同）稜羊目狠，弔庭低窄髮坐過。色帶桃花仍不立，喉音焦絶走奔波。顴骨路筋平上紋，準頭常赤汗何頻。舉步脚跟不至地，眉短何曾罘眼輪。日角缺陷足横平，絲髮渾鶩弱冠人。尺明紋建兼單賤，背陷成坑又主貧。耳白於面光凝脂，聳過雙眉若挈時。虎視更加獅子鼻，眉疎清薄秀且彎。日月麗天頦額古，膚薄色黄年少昌。《西江月》：「臥蠶肉腫光映，孤獨蜂從鼻高。眉稜骨起眼堂枯，卯酉鷄卯面凹。人中平滿唇囂，烏鴉扇翅背陷。囊肩縮頸角如梳，男女合此鰥獨。」（同前）

一五　兇惡相：目細而深名隱僻，下斜目（一本無此字）偷視亦如然。人中長廣及狹下，冷笑無情路（當作露）兩顴。突然項後肉奄起，静坐不言口自褰。摇頭長舌胸堂窄，寐語狂言豈是賢。眉紏如草腫還長，皮肉橫生性暴剛。睫下看人神反射，出(一作豺)聲蜂目神光鮮。鵝肩虎吻並長鶩，赤縷千重氣不藏。音似破鑼枝幹反，心多姦賊主兇亡。《西江月》：「取人利己面黑，殘害性命睛紅。見人歡喜大笑空，斜窺眼仰轉動。唇泊(當作薄)好生言語，青藍滯氣重朦。面肉橫綳性强兇，九危喪身無哄。」(同前)

一六　盜賊相：面而個個相似，緣何得認其真。頭痕皎頭有三形，鼠目蛇身狗走情。無故頻頻偷視，忽然而色多青。昔日王敦篡明君，凶歸牢獄及刑併。鼠目蜂睛鷄蛇眼，每生奸宄害人身。鬼眉尖刀眉壓眼，眼精昂覷眉稜崢。睛紅白紗相交雜，須知死葬海丘濱。《西江月》：「賊與人皆相像，只因損壞心田。蛇睛鼠眼又駝肩，眉毛交雜神昏。鬍鬚赤濁亦甚，天廷兩顴塵烟。目多邪視惡心堅，害人利己無厭。」(同前)

一七　刑傷相：少年刑尅是何方，髮際低壓應陰陽。黑白青嫩分父母，右損陰兮左損陽。日角破兮先損父，寒毛生角幼無外。眉頭廟(當作抽)旋父兇死，右眉抽旋母兇亡。額門華高兩重重，縱然兇處不為兇。下有斷死來侵害，左損萱花右損椿。耳低父不見面，損母面嫩桃花。更兼部位痣紋痣(當作疤)，正因日月角傾斜，眉有高低上下。《西江月》：「子刑父母理拘，前生注定無差。顴路準偏額窄。」(同前)

一八　尅妻相：姦門青慘妻多刑，若凡明潤頗賢稱。夫妻和順姦門滿，姦門暗慘妻有淫。更兼眉亂而壓眼，背夫當念外來情。人間妻女多淫亂，只因氣色昷姦門。《西江月》：「魚尾紋占慘相，疤

痕艮痣相侵。眉毛稜角壓奸門，天倉青脉鼻小。奸門黄光澤潤，妻賢財谷豐盈。眉毛亂者主妻淫，青觔主妻剛性。」（同前）

一八　尅子相：人生相貌怕兼寒，面雖艮彩定孤單。不時眼淚常常現，無憂面皺煞紋纏。卧蠶深陷枯尤黑，印堂最但（當作怕）有懸制。正面橘皮多尅子，有□（一作凡）入此相孤悽。《西江月》：「奸門太陷顴露，印堂帶煞（脱『懸』字）針。孤峰獨祥要容形，斜眼山根軟細。唇破口如次火，淚堂深陷橘皮。虎形鬚硬破羅聲，有子必須刑盡。」（同前）

一九　尅兄弟相：十樣眉毛仔細推，粗濁二一薄難為。若更皷槌稜角現，刑傷破尅便相推。面肉横生面無肉，重腮恩義反成懟。眉中旋毛帶絢紋，刑兄嫁嫂忍羞愧。《西江月》：「穿心六害眉重，鼻梁脊露骨高。旋毛交連黄更薄，獐頭鼠尾稜我。重羅疊計青慘，縱有情分不和。刑兄尅弟喪南柯，不尅結仇深奥。」（同前）

二〇　誘民徝良：《西江月》：「堪嘆光陰易過，四時快樂難逢。夕陽西下水流東，堪嘆人生如夢。處處青山緑水，年年李白桃紅。一般秋月與春風，天下人皆相共。」「可惜都堂曾銑，堪嘆閣老夏公。錦衣玉帶死生同，官居極品何用。無限王侯宰相，幾多富貴英雄。争名奪利盡皆空，惟有江山不動。」「道理不遭王法，孝義合與天公。勸君萬世且從容，積些陰隲來生用。」（筆者按：末一首原文止此。）（同前書卷二十四「勸諭門」）

二一　名言垂訓：夏桂洲勸諭《西江月》四闋：「麄衣淡飯足矣，村居陋巷何妨。謹言慎行禮從常，反復人生難量。　驕奢起而敗壞，勤儉守而榮昌。骨肉貧者莫相忘，都在自家心上。」「本分順乎天理，前程管取久長。他非我是莫争强，忍耐些兒總尚。　禮樂詩書勤學，酒色財氣少狂。閒中檢點日行藏，都在自家心上。」「作善者為慶澤，作惡終有禍殃。憐貧愛老效忠良，何用躬誠俯仰。　運去黄金失色，時來鐵也争光。眼前得失與存亡，都在自家心上。」「凡事有成有敗，任他誰弱誰强。身安飽煖足家常，富貴從天所降。　得意濃時便罷，知恩深處休忘。遠之愚謬近賢良，都在自家心上。」（同前）

二二　一令要首二句二古人名，仍要二曲牌名，後用《西廂》曲一句合意結尾：　錢玉蓮跳入《江兒水》，李成舅拾得一雙《紅綉鞋》，（唱）哭啼啼獨自歸；　蔡伯喈要去《朝天子》，趙五娘扯住《香羅帶》，（唱）休得要金榜無名誓不歸；　張生約會《綃金帳》，鶯鶯擁上《象牙床》，（唱）你索款款輕，燈下交鴛頸。（同前書卷二十八「酒令門・觥觥獻籌」）

二三　一令上要千文一句，次要藥名一個，後用二曲牌名連接，貫串合意：　誅斬賊盜，使梹榔《破陣子》幸喜《得勝令》；　孝當竭力，背母《上小樓》飲着那《沽美酒》。　肆筵設席，使君子《沽美酒》吃得《沉醉東風》。（同前）

二四　一令要三個曲牌名合意：　《滚秀才》傾《滴滴金》來聘《好姐姐》；　《晝錦堂》作《大聖當》請着《集賢賓》；　《倘秀才》回《一封書》寫得《字字錦》；　《香柳娘》穿《紅綉鞋》行得《步步嬌》；　《雙聲子》點《三捧鼓》唱個《山坡羊》；　《虞美人》穿《紅衲襖》今朝《好事近》；　《天仙子》着《皂羅袍》簪着《一枝

花》；《孝順哥》來《沽美酒》擎去《賀新郎》。（同前「博籛侑觴」）

二五 一令要一山獸名，一水獸名，一古人事實，末要一曲牌名結尾合意：山獸有熊，水獸有龍，魏徵夢斬金河龍，當時血染《滿江紅》；山獸有麑，水獸有鯉，王祥昔日去卧冰，鯉魚跳出《江兒水》；山獸有貉，水獸有鱷，韓愈遭貶去潮陽，暴除遠鱷《天下樂》。（同前）

二六 洞房春意：《西江月》調二首：「弄月追風才子，偷香竊玉佳人。若還有意洞房春，倒鳳顛鸞有定。常思千合閗要，金鎗不倒尤宜。管教雲雨到天明，兩下歡娛難盡。」「細想歡中之意，果然賽過金丹。鶯鶯一見便心歡，惹得張生心亂。能使才郎情動，頓教玉女思凡。風流才子莫辭閑，縱有千金不換。」詩曰：「戰戰兢兢一把拿，渾身上下盡酥麻。古人留下仙丹藥，採盡人間百朵花。」用大附子一箇，要一兩六錢者佳，重一兩三四錢者次之。甘遂，甘草，各一錢五分。母丁香七箇。右將大附子開一孔，剮空，入二味於其內，用南京細花燒酒半斤，將瓦礶乘貯入附子，用綿紙封礶口，以粘米數顆放紙上，以米熟為度，取出前藥，搗杵如泥成羔（當作膏，下同）。上羔藥時入射（當作麝）香二厘於內，貼臍上，用絹帛繫住。（同前書卷三十六「風月門」）

二七 螢虫，《西江月》：「日裡潛藏收跡，夜來遊蕩飛揚。滿天星斗煥文章，曾伴君王路上。雨打風吹不滅，燈前月下無光。窓前曾伴讀書郎，不比尋常模樣。」（同前書卷三十七「雜覽門・上元燈謎・禽虫類」）

二八 五月墻頭何日開，《石榴花》；不怕寒風瑞雪來，《臘月梅》；一二大臣朝内去，《三學士》；龍顔咫尺朝天子，《朝天子》；花落殘紅遍野鮮，《鋪地錦》；沉吟抱恨未成眠，《怨相思》；鸞鏡匣隱空睁目，《傍粧臺》；盼着良人各一天，《望遠行》；趙公園内遇鉏麑，《燒夜香》；唐王欣喜見子儀，《歸朝樂》；月下乘舟蘇子樂，《夜行船》；呈祥胎鳥洞賔騎，《瑞仙鶴》；報道佳期在眼前，《好事近》；情人有約總成空，《悮佳期》。（同前「曲牌名類」）

張泰階詞話

張泰階，字爰平，雲間（今上海）人。萬曆己未進士，知潞安府，敷政寬和，然能自守，不為不義屈。其家有寶繪樓，多得名畫真迹，編《寶繪録》二十卷，録所藏，並歷代諸家跋語，間附以己論。此據《四庫全書存目叢書》影印明崇禎六年刻本録詞話一則。

一　王維《春溪捕魚圖》宣和御書標簽：《宣和畫譜》載王維《春溪捕魚圖》，此卷當時應入御府，黄褫標簽，是裕陵親書。靖康之亂，散落民間，閱千古興亡近今。曩日金窗玉几之間，復殿崇臺之上，瓊璲為題，天衣作襲，何其盛也。今日茅屋藜床，瓦尊蓬席，較量晴雨，款曲煙波，疇昔榮華皆如夢寐，然而紅桃岸側，緑柳磯碩，山靄未消，曉煙猶幕，蓬窗開而不卷，漁網落而半疎。

譬如桃源雞犬，那知蜀漢興亡；遍舟五湖，寧問周秦長短？仲山先生，予同心友也，暇日訪予東莊别業，出示此卷，既相道正，因拈數語，以見丹青靈物，不與河山俱傾，在在處處應作希有。弘治丁巳七月延陵吴寬書。　匏翁此跋有無限興亡之感，乃知御府寶藏諸物，其散落榛莽間者，又寧可以數計哉？泰階。

《漁父詞》十二首：「白鷺羣飛水映空，河豚吹絮日融融。溪柳緑，野桃紅，閒弄扁舟錦浪中。」「笠澤魚肥水氣腥，飛花千片下寒汀。歌款乃，扣笞菁，醉卧春風晚自醒。」「湖上楊花捲雪濤，湖魚出水擲銀刀。春浪急，晚風高，前山欲雨且回橈。」「四月清波拂鏡平，青天白日暎波明。風不動，雨初晴，水底閒雲自在行。」「江魚欲上雨瀟瀟，楝子風生水漸高。停短棹，駐輕橈，楊柳灣頭歷晚潮。」「白藕開花暎碧波，榆塘柳隩緑陰多。抛釣餌，枕漁蓑，卧吹蘆管調魚歌。」「霜落吴松江水平，荻花洲上晚風生。新壓酒，旋炊粇，網得鱸魚不入城。」「月照蒹葭露有光，木蘭輕楫篾頭航。煙漠漠，水蒼蒼，一片蘋花十里香。」「黄葉磯頭雨一簑，平頭舴艋去如梭。桑落酒，竹枝歌，横塘西下少風波。」「敗葦蕭蕭斷渚長，煙消水面日蒼凉。魚尾赤，蟹膏黄，白釀村醪倍雪霜。」「雪晴溪岸水流澌，聞篿冰鱗掠岸歸。收晚棹，傍寒磯，滿篷斜日曬簑衣。」「陂塘夜静白煙凝，十里河流瀉斷冰。風颭笠，月涵燈，冰冷魚沉不下罾。」　王摩詰《捕魚圖》為畫中神品，膾炙人口，曾屬匏翁識語，知其向已至吴中者，不二十年後，復為某所得，豈非物之聚散有時而得失之靡定也？予閲之，不勝嘆賞，輒書《漁父》十二詞於後，但珠玉在前，覺我形穢多矣。書此識媿。衡山文徵明。……「闕城弱柳緑蓁蓁，隱隱漁舟輞水濱。一自右丞施點染，滿原芳草逈生春。」新秋，大雨如注，足迹不能出户，遂於閒窗簡出王右丞三卷，閲之，識語殆遍，然得無為右丞累乎？所不免矣。崇禎辛未七月朔日，雲間張泰階。（節録自《寶繪録》卷六）

楊兆坊詞話

楊兆坊，字思説，杭州（今浙江）人。撰《楊氏塾訓》六卷，分門編次，自居家至交友、服官，每類各引經史成語以為法式，以訓其後人。此據《四庫全書存目叢書》影印明萬曆三十一年饒景暐刻本録詞話一則。

一　佛印《滿庭芳》詞云：「鱗甲何多，羽毛無數，悟來佛性皆同。世人何事，剛愛口頭濃。痛把衆生剖，割刀頭轉，鮮血飛紅。零炮碎炙，不忍見渠儂。　喉嚨纔嚥罷，龍腦鳳髓，畢竟無蹤。謾贏得、生前天壽多兇。奉勸世人省悟，休恣意、擊惱閻翁。輪廻轉，本來面目，改换片時中。」（《楊氏塾訓》卷四「仁愛」）

孟稱舜詞話

孟稱舜(一五九四—一六八四),字子塞,又字子若、子適,號卧雲子、花嶼仙史,會稽(今浙江紹興)人。崇禎間諸生,清順治六年貢生,為松陽教諭。所著有《孟叔子史發明》、《嬌紅記》等,又編《古今名劇合選》(分《柳枝集》、《酹江集》),選元明雜劇而成。此據《續修四庫全書》影印明崇禎刻《古今名劇合選》本《新鐫古今名劇柳枝集》録序文一則。

一 《古今名劇合選序》: 詩變爲辭,辭變爲曲,其變愈下,其工益難。吴興臧晋叔之論備矣: 一曰情辭穩稱之難,一曰關目緊凑之難,又一曰音律諧叶之難,然未若所稱當行家之爲尤難也。蓋詩辭之妙,歸之乎傳情寫景,顧其所爲情與景者,不過烟雲花鳥之變態,悲喜憤樂之異致而已。境盡於目前，而感觸於偶爾，工辭者皆能道之。迨夫曲之爲妙，極古今好醜貴賤、離合死生，因事以造形，隨物而賦象，時而莊言，時而諧諢。狐（疑作孤）合傀儡於一場，而徵事類於千載。笑則有聲，啼則有淚，喜則有神，嘆則有氣。非作者身處於百物云爲之際，而心通乎七情生動之竅，曲則惡能工哉？吾嘗爲詩與詞矣，率吾意之所到而言之，言之盡吾意而止矣。其於曲，則忽爲之男女焉，忽爲之苦樂焉，忽爲之君主、僕妾、僉夫、端士焉。其説如畫者之畫馬也，當其畫馬也，所見無非馬者，人視其學爲馬之狀，筋骸骨節，宛然馬也，而後所畫爲馬者，乃真馬也。學戲者，不置身於場上，則不能爲戲。而撰曲者，不化其身爲曲中之人，則不能爲曲，此曲之所以難於詩與辭也。若夫曲之爲詞，分途不同，大要則宋伶人之論柳屯田、蘇學士者盡之，一主婉麗，一主雄爽。婉麗者，如十七八女孃唱「楊柳岸，曉風殘月」，而雄爽者，如銅將軍鐵綽板唱「大江東去」詞也。後之論詞者，以詞之源出於古樂府，要須以宛轉綿麗、淺至儇俏爲上。挾春華烟月於閨幨内奏之，一語之艷，令人魂絶；一字之工，令人色飛，乃爲貴耳。慷慨磊落，縱横豪健，抑亦其次，故蘇、柳二家軒輊攸分。曲之與詞，約亦相類，而吾謂此固非定論也。曲本於詞，詞本於詩。《詩》三百篇，《國風》、《雅》、《頌》，其端正静好與妍麗逸宕，興之，各有其人，奏之，各有其地，安可以優劣分乎？今曲之分南北也，或謂北主勁切，南主柔遠。辟之同一師承，而頓漸分教，俱爲國臣，而文武殊科，是謂北之詞耑似蘇，而南之詞耑似柳。柳可爲勝蘇，則北遂不如南歟？夫南之與北，氣骨雖異，然雄爽婉麗，二者之中亦皆有之。即如曲，一也，而宫調不同，有爲清新綿邈者，有爲感嘆傷悲者，有爲富貴纏綿者，有爲惆悵雄壯者，有爲飄逸清幽者，有爲旖旎嫵媚者，有爲淒愴怨慕者，有爲典雅沈重者，諸如此類，各有攸當，豈得以勁切柔遠，晝南北而分之邪？曲莫盛於元，而元曲之南而工者，《幽閨》、《琵琶》止爾，其它雜劇無慮千百種，其類皆出於北，而北之内妙處種種不一，未可以一律槩也。予學爲曲，而知曲之難，且少以窺夫曲之奥焉。取元曲之工者，分其類爲二，而以我明之曲繼之，一名《柳枝集》，一名《酹江集》，即取《雨淋鈴》「楊柳岸」及《大江東去》「一樽還酹江月」之句也。元曲自吴興本外，所見百餘十種，共選得十之七。明曲數百種，共選得十之三。善美生於所尚，元設十二科取士，其所習尚在此，故百年中作者雲涌，至與唐詩、宋辭比類同工。而明之世，相習爲時文，三百年來，作曲者不過山人俗子之殘瀋，與紗帽肉食之鄙談而已矣，間有一二才人偶爲游戲，而終不足盡曲之妙，故美遜於元也。邇來填辭家更分爲二，沈寧庵耑尚諧律，而湯義仍專尚工辭，二者俱爲偏見。然工詞者不失才人之勝，而耑尚諧律者，則與伶人教師登場演唱者何異？予此選去取頗嚴，然以辭足達情爲最，而協律者次之，可演之臺上，亦可置之案頭，賞觀者其以此作《文選》諸書讀，可矣。崇禎癸酉夏會稽孟稱舜題，（《古今名劇合選》）

趙師聖輯詞話

趙師聖，字我白，南豐（今江西）人。萬曆戊戌進士，選庶吉士。丙戌分較會闈，所取多名士，位至九列。著有《漱芳樓集》。又編有《書言魚倉故事》，此據東洋文化研究所藏明萬曆新歲書林陳孫賢刊本録詞話四則。

一　明日黄花：過時之物曰明日黄花。〇蘇公詞：「休休句二，明日黄花蝶也愁。」（《新鍥增補書言魚倉故事》卷一「花木類」）

二　續絃：再娶妻曰續絃。〇《十洲記》東方朔著：鳳麟洲以鳳喙麟角作膠。鳳喙，鳳精也。能續斷絃。鳳麟洲，在西海中央，其上多麟鳳，仙家煮鳳喙角煎作膠，名續絃膠，能續斷絃及斷折之金。宋陶穀使江南，使,奉使,傳命也。江南李景都金陵,國號南唐,陶穀奉使於其國也。韓熙載命妓若蘭詐為馹卒女,擁篲掃地,馹卒,今舘夫,或曰今之鋪兵。陶因與狎,狎,習近也,陶與若蘭而有所通也。贈詞名《風光好》,云:「好因緣,惡因緣。秖得郵亭一夜眠,郵亭,傳送文書之所,今舘馹是也。別神仙。琵琶撥盡相思調,知音少,待得鸞膠續斷絃,是何年?」及李主開宴,李主,即李璟。令若蘭歌此詞,陶大沮,即日北歸。大沮,沮,興也。懷慙而歸。(同前書卷二「夫婦類」)

三　《陽關曲》:送別唱《陽關曲》,〇王維詩:「渭城朝雨浥輕塵,浥,滋潤也。客舍青青柳色新。勸君更盡一杯酒,西出陽關無故人。陽關,在長安西。」後人以為《陽關曲》三疊唱之。三疊,以後三句重唱之也。(同前書卷四「送行類」)

四　羯鼓:夷樂,故以戎羯為名。〇《羯鼓録》:唐明皇尤愛羯鼓玉笛,云為八音之領袖。明皇云:「羯鼓玉笛,乃八音之領袖。」和叶於八音,所謂領袖也。春雨初晴,景物明媚,帝曰:「對此景,豈可不與他斷之乎?」判斷,宴賞以樂其景。乃命羯鼓,臨軒縱擊一曲,名《春光好》,羯鼓,夷狄之樂,命之臨於軒前一曲,名《春光好》。回頭柳杏皆發,上曰:「此一事,不喚我作天公乎?」天公,能發生云。又製《秋風高》,製,作也,《秋風高》,亦曲名也。至秋高迥澈,秋天無雲,天所以高,迥澈者,天之遠廣也。奏之,必遠風徐來,庭葉飛下。奏之,奏《秋風高》之曲也,徐來,緩緩而來也。(同前「科技類」)

王宇輯詞話

王宇，字永啟，閩縣（今福建）人。萬曆庚戌進士，歷南兵部武選員外郎。擢山東督學參議，又轉北户部員外郎。所著有《烏衣集》、《經書説》，又編有《翰墨全書》，有天啓丙寅自序，云弱冠，即以詞翰自許，迨騁足皇路，以簡札往來者甚衆，或删繁就簡，或存液黜浮，大率十得其半，書成，授諸梓人，以鬻於市。此據日本寬永癸未田原仁尢衛門刊本《新鐫時用通式翰墨全書》録詞話十二則。

一

送春：花殘蝶老，正東皇辭閬苑之時。春之為東，屬木，其色青。故云青皇，又曰東皇。柳暗鶯嬌，方西客餞陽關之日，唐王維送使出陽關詩：西出陽關無故人。想寶馬香車之集，漢時有公主以十樣香木為車，飾以金玉，謂之香車。有金壹（當壺）美酒之將，薄獻菲儀，深慙輕瀆，伏冀笑留，不勝榮幸。答：韋曲尋花，韋曲，地名，花多勝。又覺容光之已老；渭城折柳，渭城，地名，在安縣。愁看朝雨之初飛。王摩詰《送元二使》詩：渭城朝雨浥輕塵，客舍青青柳色新。坐嗟三疊之重歌，歌《陽關三疊》之曲。莫效一杯之餞別。深承寵愛，特致多儀，却則不恭，受之有愧。（《新鐫時用通式翰墨全書》卷一「節序門・送禮翰」）

二　人妾生子：犯簾前禁，此言違正一室之禁。尋竈下盟，言與婢妾有竈室之約。玉雖種於藍田，諸葛恪少有名，孫權見其父瑾，曰藍田生玉，真不虚也。珠將還於合浦，合浦之北山多田少民，無生業，惟産名珠，商貨流通，採珠易米為食。郡守貪取，禁民，不許採珠，珠民多疲困，其珠自徙交趾。因孟嘗為合浦守，除前守禁令，仍與百姓採珠，其珠自還合浦，民得採之，以安其業。孟公之德，動天如此，謂之珠還合浦。移夜半鷺鴛之步，此形容與側室之通，恐正室之所知，故言夜半之步，切當。幾度驚惶，此時猶□驚愧。得天上麒麟之兒，這回賀采，既可續詩書禮樂之脉，深臭得油鹽醬醋之香。東坡詠婢謔詞云：「揭起裙兒，一陣油鹽醬醋香。」象翁引之，力為戲謔之義。（同前書卷四「慶賀門・生子送禮翰」）

三　師友：聲名無似己，慚陳曲逆之長貧。郭槩為提刑，慕陳後山之賢，以女妻之。後山家貧，嘗寄食於外家，有詩上槩云：「嫁女不離家，生男已當户。曲逆老不侯，知人公豈誤？」緣契有開，復謂冶長之可妻。孔子知公冶長之賢，以女妻之。重眷絲蘿之結，益增瓜葛之榮。瓜葛之藤喻親戚綿遠。〇王導共子説奕棋争道，導曰：「相與有瓜葛，那得為爾耶？」喜託冰清，晉衛玠妻父樂廣皆有重名，時人議曰父（當作婦）翁若冰之清，女壻如玉之潤。愧非宅相。晉魏舒，少而無父，為外家甯氏所養，甯氏起宅第，有相宅者曰：「當出貴甥。」舒曰：「當為外氏成此宅相。」年四十對策升第，入為尚書郎，文帝深器重之，曰：「魏舒，堂堂人之領袖也。」某男年踰志學，幸逢繫足之老人，月下老有赤繩繫夫婦之足。令愛思妙組文，組織成文。許射畫屏之雀目。竇毅之女不輕與人，畫孔雀於屏間，唐高祖最後中雀目，妻之。聯親實舊，有故舊之親。講好惟新，重論婚姻，又得一新。二人素荷於同心，柳詞：「羅帶結同心。」兩喜無煩於溢美，念信者言之瑞。當不食言，雖禮者幣之，將當先納幣，用陳菲薄，庶表悃悰。（同前「婚禮門・聘定翰」）

四　再娶孀婦：誦栢舟之什，《詩・栢舟篇》。○婦人不得於其夫，故以栢舟自比，言以栢為舟，堅緻牢實，而不以乘載無所依泊，但汎然於水中而已。故其隱憂之深如此。熟聞守義之風。從柯斧之言，《詩》云：「伐柯伐柯，匪斧不克。取妻何如，匪媒不得。」妄意託婚之請。過辱千金之諾，敬修五兩之儀。《文公禮儀》：納幣純帛五兩。圓寶鏡，《古今詩話》：陳徐德言尚樂昌公主，陳政衰，謂妻曰：「國破，必入仇（當作權）家，儻情緣未斷，尚冀相見。」乃破鏡，各分其半，以約他日。及陳亡，其妻果為楊越公得之，後德言乃寄詩曰：「鏡與人俱去，鏡歸人不歸。無復嫦娥影，空留明月輝。」樂昌得詩，悲泣不已。越公知之愴然，召徐德言，還其妻。續朱絃，有獻膠於武帝者，帝以續斷絃，如故，名曰鸞膠，以比再娶者為之續絃。陶學士詞曰：「怎得鸞膠續斷絃。」已遂兩情之願，兩情得其宜。開金屏，唐高祖故事。隱繡褥，杜詩：「屏開金孔雀，褥隱繡芙蓉。」「門闌多喜色，女壻近乘龍。」永為百歲之歡。（同前）

五　娶妓：鄭容落藉，曾形野花芳草之詞；高瑩從良，亦有凉夜清風之曲。二妓託於詞曲，而適良偶焉。蓋已壓（當作厭）風塵之舊事，固宜堅膠漆之新盟。自應永效鴛鴦，良匹之鳥。寧復不如桃李。比路歧之妾。罷胡琴，掩瑶瑟，已辭玳瑁之筵；垂繡帳，整羅衾，願長並珊瑚之枕。（同前）

六 娶妓：雲無心而出岫，忽爾相逢；月如意以窺人，初非罕遇。况對酒，既知其醉飽；而烹茶，已得於苦甘心。所與同禮，宜莫負愧。彼修圓之斧，荆公詩云：「玉斧修成實月圓。」能克買笑之金。但憑荆布竹釵，以换舞裙歌扇。如魚之水，便為諧老百年之期；似漆而膠，信是有緣千里之合。答：有約千里合，總由造物安排。便作百年期，不許他人攀折。昔有與妓約終身者，後寄詞云：「青青柳，今在否，縱使楊枝着地垂，也應攀折他人手。」况義女虚平生之浪蕩，而賢郎懷疇昔之風流。兩情恰似玉連環，一語勝如金孔雀。已諧鴛偶，乍休明玉之笙歌；既辱鸞牋，敢奉小蠻之針線。明玉、小蠻，皆妾名。（同前）

七 荔枝：海南有菓，錦包味蜜。一騎紅塵，固有是愛者矣。楊貴妃好食生荔枝，置驛傳往閩地取之，每歲飛騎以進，人馬有斃死者。杜牧之譏之以詩曰：「長安回望繡成堆，山頂千門次第開。一騎紅塵妃子笑，無人知是荔枝來。」敬奉數顆以獻，忱鑒何如？　答：南州之菓，品味甚佳。承君厚貺，開封一見，鶴頂鷄冠。啖而食之，口含甘液。韓詩：「封開玉籠雞冠澁，葉襯金盤鶴頂鮮。」王逸《荔枝賦》云：「口含甘液，心受芳氣。」東坡所謂十八娘亦如是也，謹謝。十八娘，荔枝名也。東坡詞云：「輕紅釀白，雅稱佳人纖手劈（當作擘），骨細（當作細）肌香，恰似當年十八娘。」〇南州，廣東、福建之地也。（同前書卷七「饋送門·菓品類」）

八 橘子：晚歲餘芳，柳子厚：「橘柚懷真質，受命此炎方。密林耀殊（一作朱）緑，晚歲有餘芳。」木奴初熟。

《白帖》：李衡種橘千樹，號曰木奴。此洞庭之奇味，愧無三百顆之獻。韋應物詩：「書後欲題三百顆，洞庭猶待滿林霜。」聊具數品，以旌芥意。答：承惠佳橘，乃蓬萊殿賜群臣之菓。唐太宗蓬萊殿：九月九日賜蓬萊殿。執事移此，遺我可謂大過矣。拜領之餘，三日猶香，東坡詞：「香霧噀人驚半破，清泉流齒恢（當作恰）初管（當作嘗），吴姬三月手猶香。」謹此申謝。（同前）

九　櫻桃：東風紅紫，爛熟櫻桃。詩：九十春光老，櫻桃爛熟時。萬顆匀圓，杜詩：西蜀櫻桃也自紅，野人相贈滿筠籠。數回細寫愁仍破，萬顆匀圓訝許同。憶昨（脱賜霑）門下省，退朝擎出大明宫。金盤玉筯無消息，此日嘗新任轉蓬。敢獻一盤，少供綺筵之末，笑留是幸。答：兹者櫻桃之貺，予愧非新摘之進士，曷敢當此？《摭言》：唐朝進（脱士）摘者，尤重櫻桃之宴。敬而受之，香浮乳酪。晏（一作稼軒）詞：「香浮乳酪玻璨盤，年年醉裡嘗新慣。何物比春風，歌唇一點紅。」愧乏報謝，不勝感仰。（同前）

一〇　邀賀人生日：近有某者，德重名卿，壽增幾旬，禮當旌賀，奈無知己。屈攀同慶，亦嘉德尚齒之意也，不識尊意何如，專俟徽音。答：忽承手教相邀，慶鄉黨某公高壽，禮之宜也。但自愧迂疎，不能作南飛曲獻之。《玉局文》：東坡生日，置酒赤壁下，酒醉，笛聲起於上，即進士委威（一作李委）作《鶴南飛》曲以獻，其曲嘹唳，有穿雲裂石之聲。惟有龜鶴長年之誦，《雲齋録》：錢穆父尹天府生日，楊次公畫《老子出關圖》作詩以獻曰：「秘藏函谷關中老，來獻蓬萊閣上仙。原（當作願）得鬚眉如此老，却教龜鶴羡長年。」故龜鶴云云。願偕同慶，不敢後也，謹復。（同前書卷八「邀約門・儒業類」）

一一　邀同餞别：某將有遠行，陽關三疊，不可無一杯之具。陽關，地名也，王維《送元二使安西》詩云：

「渭城朝雨浥輕塵，客舍依依柳色新。勸君更盡一杯酒，西出陽關無故人。」後人以為《陽關曲》，三疊，以後末句重唱三聲。從君偕往，析（當作折）以贈行色，不識以為何為。答：渭城朝雨，偕作送人，某茲之行，猶不能無情者，飲餞之會，苟不鄙乎？敢不唯命是從。唐詩註云：渭城，別之地。朝雨、柳色，乃別之景。（同前）

一二　求茶：生因忠茶，家童告乏。鳳山名品，必有珍藏。願分刀圭，以潤喉吻。盧玉川《謝惠茶歌》「一椀喉吻潤」云云。籠頭紗帽。□□□□□□□□□□□□□云。已想春風。清風生兩腋云。

答：忽承手劄，以索建溪建陽，縣也。春色。《水調歌》：已過幾日雨，前夜一聲雷。滄溟争戰建溪，春色占先魁。採取枝頭雀舌，帶露和烟擣碎，結就紫雲堆。輕動黃金碾，飛起緑塵埃。老龍團，真鳳髓，上行來。鬼（當作兔）毫盞裏，霎時滋味舌頭回。喚醒青州從事，戰退睡魔百萬，夢不到陽臺。兩腋清風起，我欲上蓬萊。愧土產之輕，不比龍團之貴。僅有一封奉上，必足以供玉川子之七碗。盧仝，號玉川子，有《人椀歌》。而蛻詩人凡骨矣。（同前書卷九「予求門・食物類」）

趙世顯詞話

趙世顯，字仁甫，候官（今福建）人。萬曆癸未進士，初任池州府推官，為梁山令，轉別駕，以母老不赴。風度秀整，詩宗盛唐。自負才名，鬱鬱不得志，杜門却軌，以文酒自娱。所著有《芝園文集》、《芝園詩集》、《趙氏連城》、《一得齋瑣言》、《聽子》、《玉史》、《鳳談》等。《趙氏連城》十八卷，由「客窗隨筆」、「芝圃叢談」、「松亭晤語」組成，各六卷，其書或引古事，而稍附以己説，或自作數語，近乎語録。此據《四庫全書存目叢書》影印明抄本《趙氏連城》録詞話十八則。

一　古詞：「情短柳絲長，人遠天涯近。」可謂妙極模寫。（《趙氏連城》「客窗隨筆」卷二）

二　張郎中子野以樂府馳名，嘗自負為張三影，謂「雲破月來花弄影」、「浮萍斷處見山影」、「隔墻送過鞦韆影」。蘇子瞻倅杭時，子野年八十五矣，尚聞買妾，蘇贈之詩曰：「詩人老去鶯鶯在，公子歸來燕燕忙。」皆用張事，然則子野殆老而不羈者歟？（同前書卷四）

三　宋慶之致仙扣試事，忽箕動，宋且以八煞字為韻，求七夕新詞。遂大書《鵲橋仙》一闋云：「鑾輿初駕，牛車齊發，隱隱鵲聲咿軋。尤雲殢雨正歡濃，只怕來朝初八。　霞垂彩幔，月摇銀燭，馥郁香噴金鴨。年年此際一相逢，未審是、何時結煞。」語亦奇警，必有文人附之者。（同前）

四　徐延之號擥冠道人，洞曉音律，工樂府。嘗雜瓷甌數十枚，考其音之中度者，奏曲一章，茶頃而協。（同前）

五　元淩彦翀《蝶戀花》詞云：「一色杏花三百樹，茆屋無多，更在花深住。旋壓小槽留客醉，舉杯忽聽黄鸝語。　醉眠看花花亦舞，風妬殘紅，飛過鄰墻去。恰似牧童遥指處，清明時節紛紛雨。」（同前）

六　僧皎如（脱「晦」字）嘗作《卜算子》詞送春云：「有意送春歸，無計留春住。畢竟年年用着來，何似休歸去。　目斷楚天遥，不見春歸路。風急桃花也似愁，點點飛紅雨。」語亦婉麗，然未如「燕子啣將春色去，紗窗幾陣黄梅雨」。（同前）

七　宋辛幼安，名棄疾，號稼軒居士。寧宗朝，奉身勇退，悉以家事付兒曹，作《西江月》云：「萬事雲烟忽過，一身蒲柳先衰。而今何事最相宜，宜醉宜遊宜睡。　早把催科了納，更量出入收支。乃

翁依舊管些兒，管竹管山管水。」（同前書卷六）

八　高季廸詠芙蓉《行香子》詞云：「如此紅粧，不見春光，向菊前蓮後纔芳。鴈來時候，寒沁羅裳，正一番風，一番雨，一番霜。　蘭舟不採，寂寞横塘，强相依、暮柳成行。湘江路遠，吴苑池荒，奈月朦朧，人杳杳，水茫茫。」（同前）

九　趙明誠，挺之之子，妻李氏，能文，號易安居士，有樂府詞三卷，號《漱玉集》。或謂明誠卒，易安再適非類，既而反目，有啓與綦處厚學士：「猥以桑榆之晚景，配兹駔儈之下才。」夫易安夫明誠官郡守，且景薄桑榆，寧有改適之理？此必好事者為之也。（同前）

一〇　「蝶交則粉退，蜂交則黄退。」周美成詞云「蝶粉蜂黄渾退了」，而説者以為官粧，誤矣。（《趙氏連城》「芝圃叢談」卷二）

一一　李後主《擣練子》詞云：「深院静，小庭空，斷續寒砧斷續風。無柰夜深人不寐，數聲和月到簾櫳。」詞名《擣練子》，即詠擣練，亦工警可愛。（同前書卷三）

一二　王安石初參大政，閲晏元獻小詞，曰：「為相何可作詞？」平甫曰：「彼亦偶然為之，顧其事業，亦不止此。」時吕惠卿為館職，亦在坐，遽曰：「為政必先放鄭聲，况自為之乎？」平甫正色曰：「放鄭聲，不若遠佞人。」吕大慚。（同前）

一三　賈似道遭貶，有題壁譏之者，曰：「去年秋，今年秋，湖上人家樂復憂。西湖依舊流。　吴循州，賈循州，十五年間一轉頭。人生放下休。」吴循州，謂履齋之貶，乃賈擠之也。今賈亦蹈其轍，

天□（當作道）好還，吁！可畏哉！（同前）

一四　張子野嘗有詩云「浮萍斷處見山影」，又云「隔牆送過鞦韆影」，並膾炙人口，世謂張三影。按子野《湖州西溪》詩云「浮萍斷處見山影」、「野艇歸時聞草聲」，道舟度湖中景況宛然在目，尤可愛玩。（《趙氏連城》「松亭晤語」卷一）

一五　秦少游詞「寒鴉數點，流水遶孤村」本隋煬帝詩：「寒鴉千萬點，流水遶孤村。」然在詩則靡而弱，以為詞則麗而暢。（同前書卷三）

一六　宋曾端（脱「伯」字）以十花為十友，各為之詞。荼蘼，韻友；茉莉，雅友；瑞香，殊友；荷花，浮友；巖桂，仙友；海棠，名友；菊花，佳友；芍藥，艷友；梅花，清友；梔子，禪友。張敏叔以十二花為十二客，各詩一章。牡丹，賞客；梅，清客；菊，壽客；瑞香，佳客；丁香，素客；蘭，幽客；蓮，静客；荼蘼，雅客；桂，仙客；薔薇，野客；茉莉，遠客；芍藥，近客。予亦嘗以竹為俊友，槐為清友，梅松為老友，奇石為貞友。以琴為韻客，書為益客，畫為逸客，酒為歡客，茶為雅客，香為遠客。居閒無事，池館風清，日長山静，安得此勝友佳客萃於一處，日與之相周旋？（同前）

一七　隋曲有《疎勒鹽》，唐曲有《突厥鹽》、《阿鵲鹽》，或云關中人謂好為鹽，故施肩吾詩云：「顛狂楚客歌成雪，媚嫵吴娘笑是鹽。」蓋當時語也。（同前）

一八　劉改之賀徐直院啓云：「以載鶴之舩載書，入覲之清標如此；移買山之錢買硯，平生之雅好可知。」買硯，蓋用徐淵子事，徐淵子詩云：「俸餘擬辦買山錢，却買端溪古硯磚。依舊被渠驅使在，買山之事定何年。」淵子詞清雅，其夜泊廬山詞云：「風緊浪花生，蛟吼鼉鳴，家人睡着怕人驚。只有一翁捫虱坐，依約三更。雪又打殘燈，欲暗還明。有誰知我此時情，獨對梅花傾一盞，又詩成。」大有情致。（同前書卷五）

張應遴輯詞話

張應遴，字選卿，常熟（今江蘇）人。萬曆時在世，行蹟不詳。編有《海虞文苑》二十四卷，輯鄉邦有明一代賦詩雜文，以類序次而成。其中卷八載詩餘，或附評語，此據《四庫全書存目叢書》影印明萬曆三十八年刻本録詞話八則。

一

《瑶臺第一層癸卯元宵後一日》（楊儀）：「春滿瑶臺天宇净，江梅露玉肌。星橋銀樹，翠屏雲母，光簇琉璃。西山雨過，霽月當空，清影争奇。生歡處、坐沉香火底，休歎觥巵。應知，元宵雖過，十分圓滿正斯時。昇平嘉會，清歌窈窕，緩吹參差。椎觥籌筆硯，總當世、文武英姿。撫佳期，覺壯懷激烈，笑綰金龜。」陸儼山云：客有攜夢羽近作《瑶臺第一層》見示者，辭秀調高，真詞場名手

也，秦七黄九不能專美於前矣。（《海虞文苑》卷八）

二《江南春》三首，追和雲林倪先生韻：「吴山翠粱森春筍，斗熨湖波銀練净。山桃開遍野禽啼，人在鞦韆嬌送影。曉風寒峭越羅冷，竹罏爇火烹龍井。酒痕狼籍紫絲巾，陌頭柳條縈麴塵。　流雲遲，流水急，燕蹴飛花紅雨濕。鏡中朱顔歡何及，年年芳洲草光碧。簫鼓樓船滿城邑，青旂飄揚駁艎立。人生百年水上萍，眼前靡刃空營營。」　元鎮本錫山富室，性清介絶俗。晚至無家，多寄居琳宫梵宇。世傳其手書《江南春》，必思歸之作也。先生自題云三首。予按：其聲即《木蘭花令》，前二首二闋已終，其憂思之懷未盡，故易後章作三字句為過肉（而救反），以發其情。祝希哲嘗疑其為兩章，先生三首字為誤書，故附其説於此。（同前）

三《長相思題唐伯虎畫新枝》：「桃花紅，杏花紅，兩樣春光便不同。各自逞嬌容。　倚東風，笑東風，緑葉青枝共一叢。静愛碧烟籠。」　六如唐先生為一狎客作水墨桃杏二枝，在一扇頭，將伺暇日作新詞題之，其人持去，為一狂生大書一詩於前。先生見之怒甚，取筆泚墨淋漓，一時塗抹，詩畫盡墨。予就案以水筆洗滌新墨，狂生之詩半亦磨滅，計不能盡去，乃因文删剔，易為小詞。良久，詞成，扇亦曝乾，逐字填補既定，以呈先生，先生喜曰：「子能點鐵成金，我當共成勝事耳。」起與脩飾損缺，復自序題新篇於左，邀所知三四輩入桃花庵置酒高會，盡日乃罷。是歲正德丙寅，予年十又九矣。（同前）

四《喬牌兒》雙調，虎丘西道，夜行迷道。「通波無盡處，望裏連天碧。沙頭白鳥雙雙立，我本忘機人，歸舟莫急。浮雲生遠浦，遮却西飛日。桃源有路無人識，總有老漁郎，難尋舊跡。」畢仁叔曰：承教翰，併得别後大作，仰知公天趣悠然，舉筆妙極。譬之化工生物色，色英華，鑽仰區區，有神奪心融，而筆舌莫之能諭也。（同前）

五《解璉環次周美成閨情韻》：「柔情暗托，奈平地風波，對面遼邈。本來面目。野鴛鴦、但隨浪逐波，福慳緣薄。幽閣沉沉，險斷送、鞦韆繩索。是粧圈弄套，恰有千金，返魂靈藥。料得水魚相若，待石爛海枯，馬頭生角。從教錦片前程，和密雲濃雨，一筆勾却。萬紫千紅，總不比、孤梅芳萼。任春風，墜水沾泥，把伊零落。」戊午春，余意忽有所失。剔燈納悶，無以自解。檢詩餘，惟《戚氏》最稱長調，可以寫怨，而其名又類女郎，即揮毫賡之，抑鬱無聊，情見乎辭。每悲歌擊節，涕輒無從。語云「情之所鍾，正在我輩」，百年之内，所歡幾何，能無眷眷？不然，余亦雅知自束，而心豈易蕩若此。然發情止義，古之婦人亦能之，況□□丈夫者耶？復調《解連環》以志恨云。（同前）

六《念奴嬌用東坡赤壁懷古韻》：「江南燕北，數千里歷遍，波濤風物。客久囊虚裘已敝，絶似家徒四壁。勳業難成，容顏易老，鏡裏朝添雪。五旬到也，算來非是英傑。追憶書劍初携，闤闠城外，遇鼓船頭發。譚笑封侯男子事，一點雄心未滅。七戰文場，四逢奪錦，勝負争絲髮。半生過矣，晚成須問靈月。」「盛年浮氣，漫自許獨步，江東人物。躍馬横戈圍萬騎，突戰更無堅壁。歲月奔馳，動名蹭蹬，忽爾頭顱雪。而今俯首，虚名慚負人傑。猶託紙上雲烟，胸中磈礧，筆底花争發。廿載芸窗，千萬卷、頓使一朝埋滅。白璧誰沾，青錢未選，憤欲衝冠髮。重門自掩，黄昏羞對孤月。」「摩娑雙眼，漫捫腹空洞，此中無物。但可容卿三百輩，仍佇圖書東壁。詠月磯頭，歌風沛上，還賦梁園雪。揮毫對客，座中若個雄傑。忽聽雁叫南樓，蛩吟北□，一夜清商發。兩袖涼生，零露襲、銀漢横斜將滅。對酒長歌，攬衣獨步，颯颯風吹髮。杜鵑枝上，聲聲啼落殘月。」「紅塵深處，轉愁腸却憶，江南景物。靉靆雲開梅雨霽，一片蒼崖翠壁。竹裏鳴淙，松間瀉瀑，衣袂飛珠雪。流觴遞詠，山中亦是奇傑。而今□□□遥，宦途迍邅，彈鋏悲歌發。去往無憑，眠未穩，好□□□隨滅。過雁牽情，吟蛩送淚，聽裏堪華髮。青山不負，有時還醉蘿月。」《念奴嬌》一名《百字令》，詞剛百字也。又名《大江東去》，又名《酹江月》，又名《赤壁詞》，則以坡老《赤壁懷古》首尾兩言得名，詞人賦此調者多矣，而坡老一章獨冠今古，後人屬而和者不少。余戊辰歲留滯燕都，旅愁間作，輒寄興一闋，漫録備覽。情至當，復賡之，不知此後又積若干也。（同前）

七　《豔雪引》（許重熙）：自昔逐臣銜憤，些只聲繁。荆國孤女，茹冤疊拍。調延胡代，樂之變也，情寔始之。洎乎纂纂俗靡，烏烏風漸。魏王好伎，晉士善歌。車子激於猴音，金谷播於詞奏。情生於文，絲不如肉，有自來矣。迨至金元之世，遂開馬上之雄風，迄有宫貫之倫，更演樓中之豔。體聖朝全盛，人才鱗萃，五方同俗，聲伎叢妍。詞章江左，字字風霜；煙月揚州，人人玉樹。邊愁可寫，詎止葡萄；閨思能描，非惟芍藥。若乃落魄書生，熱心一片；咄嗟寒士，柔腸千縷。一言氣奪，白刃追隨；半面魂銷，青樓惑溺。床頭之寶劍孤鳴，血灑誰向；林外之烈風驟響，涕落欲枯。既多善怨之情，寧無述懷之什？比興儷志於楚騷，風雅參辭於漢曲。加以春花春鳥，秋月秋蛩。吴笛聲悠，楚莀目斷。旅舟夜静，妓館晨淒。玩霜回欒之峰，尋香苧羅之徑。仙客霓裳，醉翁半臂。逸調因以遞翻，雅篇由之肆逞。嗚呼！兒女恩濃，則梁下命絶；英雄氣盡，則帳裏淚拼。其情至一也。伏生以鳳毛之秀，採若幽芳；驥櫪之雄，彈鋏否運。楊子食貧之歲，潘郎秋興之年。渺渺云懷，怦怦自感。恒鎖鞶於壯志，偈屬意於幽詞。昔者霧均有述，托怨揚蛾；屬國多懷，含悲紹永。□我伏生，異言同旨。遂使南山豪客，休陳《赤壁》之章。固知北里美人，廣傳《白苧》之調。（同前書卷二十）

八　近代詞曲：按《歌曲源流》云：「自古音樂廢後，鄭衛夷狄之聲雜然並出。至唐開元、天寶中，薰然成俗。於時才士始依樂工按拍之聲，被之以辭，其句之長短，各隨曲而度，於是古昔聲依永之理愈失矣。」又按致堂胡先生曰：「近世歌曲以曲盡人情而得名，故文章豪放之士鮮不寓意於此，隨亦自掃其迹，曰此謔浪遊戲而已。唐人為之者衆，至柳岐（當作耆）卿乃掩衆製而盡其妙，篤好者以為不可復加。及眉山蘇氏出，一洗綺羅香澤之態，擺脱綢繆宛轉之度，使人登高望遠，舉首高歌，而逸懷浩氣超乎塵垢之表。」竊嘗思之，凡文辭之有韻者皆可歌也，第時有升降，故言有雅俗，調有古今爾。昔在童稚，時獲侍先生長者，見其酒酣興發，多依腔填詞以歌之。歌畢，顧謂幼稚者曰：「此宋代漫詞也。」當時大儒皆所不廢，今間見《草堂詩餘》，自元世套數諸曲盛行，斯音日微矣。迨予既長，奔播南北，鄉邑前輩零落殆盡，所謂填詞漫調者，今無復聞矣。庸輯唐宋以下辭意近於古雅者，附諸外集之後，《竹枝》、《楊柳》亦不棄焉，好古之士於此亦可以觀世變之不一云。（同前書卷二十三）

佚名詞話

《賽徵歌集》，編者不詳，選元明傳奇散齣。此據臺灣學生書局出版《善本戲曲叢刊》影印明萬曆間刻巾箱本録序文一則。

一　《賽徵歌集序》：辭曲之行於世，其來也盛矣。今之好事君子，因睹古今之傳奇詞繁而事夥，乃遴選其諸曲詞藻偉麗，情節週貫，演之可以欣悦人之視聽，起發人之興趣者若干篇，類分為若干卷。予亦久厭古今之詞曲繁冗，而欲擇選其精粹者鎸行於世，未遑暇，今覽□之選本，喜其善於删格，犁繁就簡，而先得我心之所同然。欒然遵之，付剞劂氏，鎸為袖珍小書，以便觀覽，然敢故為纖巧以悦人也？是為序，而冠諸篇首云。（《賽徵歌集》）

聽瀨道人詞話

《萬壑清音》，題止雲居士選輯，其人不詳，録北曲雜劇。前有甲子止雲居士題詞，又有十二樓居主人、聽瀨道人序各一，其人姓氏生平均不詳。此據臺灣學生書局出版《善本戲曲叢刊》影印明天啟四年刻本《新鐫出像點板北調萬壑清音》録聽瀨道人叙文一則。

一 《萬壑清音叙》：蓋聞天下治，地氣北而南；天下亂，地氣南而北。故鵑鴣鳴洛陽，康節以為多事，為調氣先，人事隨歷物，是腥腙機發。熙寧前天津啼徹，遂使吴山暗愁，南音多事，洵然哉！今日難發，如方從前，如雲如縷，俱似二八女郎所嘆少者，正銅將軍鐵綽板唱蘇學士「大江東」耳。有能以北音至，則當空如目之，如調之集，殆非人能為也。今甲子改，下元為末，天甲運六甲之首，乃獲是音，則天造可卜。大抵聲音之發，如川之有雲，草木之有華實，發者不知，當日鷓鴣徵亂，今日如調徵治，若有適然。微是集，而歌喉嘹亮、戛戛欲吐者，且自鳴也。雖然，宇宙一大壑也，嚎者、嗷者，不知其幾千萬態，徐徐于于，壑中吟也。奔騰呼號，□□奮發者壑中□也。□泣，哀怨嗚咽，不勝凄惋，如訴者，壑中思也。鶴唳皋天，蟲鳴窾隙，鷦鷯鼓於蚊睫，壑中之繁也。而人□□焉，且以絲不如竹，竹不如肉。孟萬夆不又繁乎？左太冲《招隱》：「何必絲與竹，山水有清音。」近得之星天地清商之氣，為沆瀣，為湛露，為太華，形呼吸帝座，俱不從人間得，音之清者，其亦微哉！音屬氣，在形之先，清音又在音之先。今不得其無上之肅氣，則以地軸之如來者當之，樂府小曲也，北而南，奚得非氣之先邪？是之謂清音，觀者當作太平雅歌讀也，寄語鷓鴣，無煩多事云。聽瀨道人題。（《新鐫出像點板北調萬壑清音》）

張廷玉詞話

張廷玉，字汝光，號石初，延安（今陝西）人。萬曆庚戌進士，官至工部郎中。所著有《張石初也足山房尤癯稾》、《理性元雅》。《理性元雅》六卷，為所作琴譜。此據《四庫全書存目叢書》影印明萬曆刻本《理性元雅》和《四庫禁燬書叢刊》影印明崇禎間刻本《張石初也足山房尤癯稾》録詞話七則。

一

《水龍吟》：讁僊詩高今古，而興趣尤佳，觀《水龍》一詞詠琴，形容可謂殆盡。（《理性元雅》卷二）

二

《昭君怨》：是曲又名《龍翔操》，王嬙作也。當漢元帝時，匈奴懼其征伐，故自來朝，願為漢婿以保塞外。而帝乃以昭君賜之，昭君最美，因不為宫之嬪御，而後嫁與夷狄腥羶之人。於是掩面零涕，含恨北去。當時人有傷紅顏薄命之嘆，故作是曲而嗟悼之。（同前書卷三）

三 《陽關三疊》：唐王維作三疊之詞，因坐渭城，蓋垂情於話别者也。或句句三疊，或只用第三句三疊，而今之為詞，如曰「青山無數，白雲無數，淺水蘆花無數」，是又變而為詞三疊也。（同前）

四 《風入松》：《風入松》之歌，按《琴賦》云嵇康所作，康為人清狂曠達，高於音樂詞調，故是曲清響條暢，尤為世所珍。（同前書卷四）

五 《浪淘沙》：出古詞府。（同前）

六 《贈安定高明府考績貤封帳詞》有引：伏以縣古槐根出，三年六月冷如冰；綸新木鳳高，五色十行湛似露。花裏堆錦有幾，人間樂事；無雙來暮為誰，於今名世。國瑞中州英品，風標分陝醇儒。槩隆萬夫，勢壓匡廬之峻；胸羅羣象，氣廻彭蠡之瀾。綜金薤之琳瑯，早横秋於一鶚；飲玉壺之清灝，昭象服於三鱣。馬帳作人，穠郁徧宫墻桃李；湖闈遴士，蒐羅滿籠篋參苓。矚此牛刀，試展驥足。以整頻乾坤妙手，攄撫摩蒼赤壯懷。秋水為神，直把公心摧豪右；陽春有脚，無令枉血漬民肌。防胡百事恢恢，永樹金湯之險；持己一廉凛凛，共夸冰蘗之操。薄賦均徭而閑，印文生緑經秋合；葺邑繕學以外，硯匣蒙塵盡日封。晝静鸞翔，滿座清風披玉尺；堂虚鶴舞，一鈎明月照寒潭。故冉冉麥岐，到處黄雲擁穗；而森森棠樹，環郊芾蔭成圍。野有刻石之民，配列宿而無忝；庭來齋馬之令，閲三載以有成。屬者才别鷄羣，知百里難羈卓茂；果然勛策天府，多諸生喜見陽城。華紵新來，高揭擎天之號；紫泥頒處，俯推愛日之誠。匪直慶溢庭闈，覘君子之有穀；抑且光生梓里，羡仁孝之尊親。某壤接隣封，波沾餘潤。荷朝廷之有道，自惟我亦人子也。隨山呼萬歲者，三睇雨露之無私；孰如君之父母乎？聊燕賀殊榮無兩。躍歡弁雀，曲附巴人。詞曰：「鷄犬草茵碧，絶勝小民家。盡歸庭馬長瘠，肥地課桑麻。放出黄紬被去，隨彼譙樓縣鼓，多少早衙撾。獨可對丹日，藏袖有青蛇。　魯山令，徽帝寵，吐天葩。不忘一飯常飽，封墨暈雲斜。出則花城絃誦，入則高堂歡洽，共樂鼠無牙。莫捨王喬舄，勾漏問丹沙。」右調《水調歌頭》（《張石初也足山房尤癯藁》卷六）

七　《贈太守張靖忱陞靖邊兵憲劉帳詞》有引：伏以陰符夙壯，一麾照地紫麟袍；玉節新□，十里生風白羽扇。天上簡書傳詔，陣前金甲受降。士馬騰歡，貂蟬待最。恭惟台臺：鏗然鍾吕之器，巋甚喬岱之峰。工力三餘，理學淵源來洙泗；才名七步，建安風致震青齊。八柱待擎，應明時而瑞世；兩京會計，饒内帑之流泉。股肱惟河以東，牙旆與天爲黨。洗盞拜馬，出試解牛芒刃；壽君祝鱸，争談剸兕青萍。縱三晉之衝煩，何如兹土；而上延之保障，宜重任人。鳩杖迓熊車，冀甦生於袵席；銅鞮騎竹馬，幸慰望於雲霓。葢露處宵啼，孰爲安宅鴻鴈；欲風移俗易，奚容掉尾狐狸。故寶鑑懸清秋，茆屋之艱難，燎若觀火；而澄江冷皓月，冠紳之精白，儼如赴標。民自不冤，盎然滿腔春色；天常可對，矢諸方寸丹心。如金在鎔，羣多士而奉若師保；挽河洗甲，盡三軍而勇賈貔貅。由是一聲霹靂破天荒，僉曰元魁屬桃李；果然九秋狼煙消玉壘，應推老子出龍圖。心事與東泉一道而寒，頌聲由北塞九重而達。自明廷剖符以後，頻年樂利入青郊；迺湛露賜燕而來，幾度禎詳通玄貺。使君年才四十上，兩佩若若左金魚；太守功出二千先，具瞻表表古方伯。近以三庚伏火，夷氛款沛何常；遽塵五夜宵衣，邊竟需才甚急。覽督台章奏，嘉以人而事君；念名世立朝，必以心而報國。肘懸鵲印，恩拜虎符。顧西至朔方，東連榆鎮，猗長城於萬里；而南憲全陝，北備窮邊，總控馭乎三秦。惟鎖鑰在兹，豈任縱横之胡馬；嗟旄頭未滅，還請丈二之長纓。塵净狼居，耻賈生之餌表；威生羯帳，讋南仲之車旂。此日五馬看九街，他時三公駭萬目。如某材散為櫟，質鈍於鉛。民未春風暖處生，慙一官而覆餗；吏從秋月光中立，賴大厦以栟雲。睠兹紗磧之遥，表出車而歌為憲，維其時矣；行見旌幢之違，即采芑以詠壯猷，固所願乎。則彤弓朝享，貺之右之勸之而未已；而膚公日奏，匡也佐也定也而有加。敬叶官商，仰陳山丰。詞曰：「塞上初晴槐雨，澤暨窮簷，光生鈴閣。郊原争覷，喬木已巢神雀。端為一代，瑋琦人傑，政簡刑措，甘棠遺礴。鶴叟皃童幾見，卧轍攀車，頻許圖上方略。正是馬嘶羌笛，便橋渭水曾背約。獨倚空桐劒，料功成名遠，銅柱魚鑰。今年狼子，魄落膽寒如昨。我欲俟櫜弓，歌六月，怕封書朝諾。赤墀御禁，應美馳騁著。」右調《丹鳳吟》。（同前）

《張石初也足山房尤癯藁》詞話

《張石初也足山房尤癯藁》，張廷玉撰，眉端多有批語，書前列有較閱批點姓氏二十餘人。其中卷五所載為詞，評批者名姓具體不詳，此據《四庫禁燬書叢刊》影印明崇禎間刻本録詞話十三則。

一　古詞正變調有體，各調字字句句用平用側，長押短押，有律作較，難於詩，余勉賦十二闋。（《張石初也足山房尤癯藁》卷五）

二　《千秋歲引》「上巳相尋」：二闋句句温秀□情景俱無□之《草堂詩餘》，不知此為三中三影也，可歌可彈。又：此詞嬌媚可人，酷似鶯語。（同前）

三《如夢令》「晨起溪山遊眺」：句纖麗。(同前)

四《燭影摇紅》「梅雪消時」：□調一片，舌巧作百般聲。又：抑揚盡盡與。(同前)

五《黃鶯兒》「窓西池舘」：□□巧語宛□間關。(同前)

六《憶王孫》「花紅花白好風情」：妙在枝頭，風行水上。(同前)

七《長相思》「縱步遊」：及時雨，且好句。(同前)

八《浣溪沙》「牕外微風影半林」：□春□凄凄□□至「有計」□後云云不□金針倒拈。(同前)

九《菩薩蠻》「清明令節輕羅冷」：素態並出。(同前)

一〇《憶秦娥》「春雲掠」：□□遠韻。(同前)

一一《謁金門》「風雪暮」：景興逼真，句健□。(同前)

一二《漁家傲》「兩岸蘆秋金勒鞚」：□池正以□□聲□□如竹戛金。(同前)

一三《怨王孫》「草谷野徑風清」：野情古調。(同前)

陳弘緒詞話

陳弘緒（一五九七—一六六五），字士業，號石莊，新建（今江西）人。性警敏，好學，家集書萬卷，兄弟友朋，日夜講習。明末以任子薦授晉州守，謫湖州經歷，署長興、孝豐二縣事，有惠政，尋爲巡按劾罷。入清後屢薦不起，移居章江。輯《宋遺民録》以見志。著有《石莊集》、《恒山存藁》、《寒夜録》、《周易備考》等。此據《續修四庫全書》本影印清抄本《寒夜録》録詞話三則。

一

友人卓珂月曰：我明詩讓唐，詞讓宋，曲又讓元，庶幾吴歌《掛枝兒》、《羅江怨》、《打棗竿》、《銀絞絲》之類，爲我明一絶耳。卓明人月，杭州人。（《寒夜録》卷上）

二　李易安詩餘膾炙千秋，當在《金荃》、《蘭畹》之上。古文如《金石録後序》，自是大家舉止，絶不作閨閣妮妮語，《打馬圖序》亦復磊落不凡。獨其詩歌無傳，僅見《和張文潛浯溪中興碑》二篇，亟録出之：「五十年功如電掃，華清花柳咸陽草。五坊供奉鬭雞兒，酒肉堆中不知老。胡兵忽自天上來，逆胡亦是姦雄才。勤政樓前走胡馬，珠翠踏盡香塵埃。何為出戰輙披靡，傳置荔枝多馬死。堯功舜德本如天，安用區區紀文字。著碑銘德真陋哉，迺令神鬼磨山崖。子儀光弼不自猜，天心悔禍人心開。夏為殷鑒當深戒，簡策汗青今具在。君不見當時張説最多機，雖生已被姚崇賣。」「君不見驚人廢興傳天寶，中興碑上今生草。不知負國有姦雄，但説成功尊國老。誰令妃子天上來，號秦韓國皆天才。范桑羯鼓玉方響，春風不敢生塵埃。姓名誰復知安史，健兒猛將安眠死。去天尺五抱甕峰，峰頭鑿出開元字。時移勢去真可哀，姦人心醜深如崖。西蜀萬里尚能返，南内一閉何時開。可憐孝德如天大，反使將軍稱好在。嗚呼！奴輩不能道，輔國用事張后尊，乃能念春薺作斤長安賣。」二詩奇氣横溢，嘗鼎一臠而已，知為駝峰麟脯矣。古文、詩歌、小詞並擅勝場，雖秦、黄輩猶難之，稱古今才婦第一，不虚也。（同前書卷下）

三　《四友齋叢説》云：元人《虎頭牌》十七換頭《落梅風》云：「林（當作抹）得瓶口兒浄，斟得盞面兒圓，望着碧天邊太陽澆奠。只俺這女直人無甚麽别呪，願則願我弟兄們早能勾相見。」一友人曰：「此似唐人《木蘭詩》。」《清波雜志》云：秦少游郴州詞：「霧溼樓臺，月迷津渡，桃花（一作源）望斷無尋處。可堪孤館閉春寒，杜鵑聲裏斜陽暮。　驛寄梅花，魚傳尺素，砌成此恨無重數。郴江幸自繞郴山，為誰流下瀟湘去。」黄山谷曰：「語意極似劉夢得。」如此擬古人，方是慧心妙識，作詩作文，皆應從此悟去。（同前）

陸紹珩詞話

陸紹珩，字湘客，松陵（今上海）人。行蹟不詳。著《醉古堂劍掃》，甲子自叙云：「案頭常置數簿，每遇嘉言格論，麗詞醒語，不問古今，隨手輒記，卷以部分，趣緣旨合，用澆胸中傀儡，一掃世態俗情，致取自娱，積而成帙。」此據早稻田大學藏日本嘉永六年皇都書林石田治兵衛等刻本録詞話五則。

一　幾條楊柳，沾來多少啼痕；《三疊陽關》，唱徹古今離恨。（《醉古堂劍掃》卷二「情部」）

二　深花枝，淺花枝，深淺花枝相間時，花枝難似伊。以上六一詞　巫山高，巫山低，莫雨瀟瀟郎不歸，空房獨守時。白樂天

三 情詞之婣美，《西廂》以後，無如《玉合》、《紫釵》、《牡丹亭》三傳，置之案頭，可以挽文思之枯澁，收精神之嬾散。（同前書卷九「綺部」）

四 銷魂之音，絲竹不如著肉，然而風月山水間，别有清魂銷於清響，即子晉之笙、湘靈之瑟、董雙成之雲璈，猶屬下乘。嬌歌艷曲，不益混亂耳根。（同前）

五 良夜清風，石床獨坐，花香暗度，松影參差。黄鶴樓可以不登，張懷民可以不訪，《滿庭芳》可以不歌。（同前書卷十二「倩部」）

閔元衢詞話

閔元衢，字康侯，烏程（今浙江）人。終身不第，縣有昇山，山麓有歐陽亭，故昇山一名歐餘山，元衢因以歐餘生自號。所著有《羅江東外紀》、《增定玉壺冰》、《歐餘漫録》等。又與董斯張等人合編《吴興藝文補》。《歐餘漫録》十二卷，爲劄記，中有考證。此據《四庫全書存目叢書》影印明萬曆間刻本録詞話四則。

一

龍西谿《念奴嬌》詞：「田廬重葺，勸谿翁休作，千年調指。新屋數間連舊屋，團轉不愁風雨。買得林丘，旋開亭榭，意思而已矣。雖然節省，短景只消如此。陶宅李莊幽邃，深藏少出，安樂從今始。夏麥秋秔，時歲好、舍舍雞肥酒美。婦要城居，兒嫌產薄，絮語常常在耳。勞生自苦，更到何年知止。」右調一首，迺龍西谿公為莊屋新成作也。公名霓，金陵人，歷官浙僉憲。後僑寓雉城，與孫太初、劉南坦、吴甘泉、陸玉厓結社為五隱，我湖風雅，時稱中興。諷詠詞旨，恬澹寡營，視世之土木疲心而勤苦一生者，奚啻雲泥而已。(《歐餘漫録》卷六)

二　張子野：張先，字子野。有二人，一居開封，登天聖二年進士，官至秘書丞，知亳州鹿邑縣，卒於寶元，年四十八，與歐陽公友善，公為撰誌。一居烏程，登康定進士，知吴江，官至都官郎中，善詩，時號張三影，見《古今詩話》，有文集百卷，年八十九，葬弁山多寶寺後。李公擇守吴興，招集郡圃為客，二公同仕宋仁宗朝，但開封既卒之，後烏程始得登第。草橋先生蓋嘗辨之，既不詳明，且云烏程亦登天聖八年進士，以為同時之人，是但知地之相去，不知其入仕之時又相後也。(同前書卷十)

三　《書續得坦翁遺文及甘泉詩集》：余之留意坦翁文也有年矣，丙午以後，家難頻仍，而此志未嘗少勸。幸遇翁晉、震庭、霖伯諸君，各示所有，而更得姚叔子徧訪傳録，賫與尤多。今兹之春，晤吕山吴見吾氏洎其子君度焉，厥考充吾公者，本余族祖行也。自公出為吴後，政與甘泉先生同宗，且與坦翁交契，兩公遺文或並有襲，亟以為請，未閱月，仲孺從雉城至果挾以來，有甘泉詩，名曰《東山集》，帙多零落，祇存其第三卷，歌行詞曲尚數十首，雋麗清新，不讓元、白，名下固無虛譽哉！坦翁文一册，俱充吾公手筆，大半余覯之，未嘗兼有，與先宗伯公簡四詩，一詩曰：「碧山學士上彤墀，雪屐衝泥出道遲。御墨久闕林叟夢，宫袍唯有侍臣知。八磚倒影花枝舊，五日傳餐詔草奇。道業該深終遇主，喜聞稽古奉當時。」此尤吾後裔所欲聞者也。因念近刻翁集，師帥總其成，二三鉅公董其役，若宜羅括靡漏矣。即故家遺族有之，亦宜聞風而輳，夫何僅自家藏集外闃然靡聞？顧余何人，歲增月益，倍蓰囊輯，而復識甘泉遺藁。夫甘泉之文，想慕已久，向囑叔子為我旁搜，而偶獲什一於公之宗姓，實溢於覬望之外者，特憾其所存之不廣爾。余嘗欲取孫、劉兩寓公集，俾聯璐顏行，而清惠之文，日以增益。太初蚤世，雖有補輯，終減於劉。甘泉遺藁寥寥，又難專帙，盍倣寒山詩後附以拾得之例，即以吳詩厠於《漫藁》之末，總以《太初集》名，如太史公以某立傳而某因附見，似可案也。余遂志之，以諗叔子再為多方延覔，令殘缺者克成完編，安知呂峰之高出不與太白比峻也耶？後有覽者，則見吾伯氏父子世守二公逸著之勤勞，與夫教示小子之美意，亦庶幾可弗諼矣。庚戌端午日。（同前書卷十二）

四　髯僊四詞誤竄唐集：「暮鼓晨鐘，聒的咱耳聾。春燕秋鴻，望的咱眼矇。記得做頑童，俄然是老翁。休逞姿容，難逃青鏡中。休逞英雄，難逃黄土中。細思量，不如閒和哄。枉把機關弄，跳出麵糊盆，打破酸虀瓮，誰是惺惺誰懵懂。」一「花落花開，朱顔容易衰。春去秋來，白頭只自哀。世事等浮埃，光陰如過客。休慕雲臺，功名安在哉？休慕蓬萊，神僊安在哉？清閒兩字錢難買，何苦身拘礙。耍着過百年，便是超三界，此外更無他計策。」二「禮拜彌陀，也難憑信它。懼怕閻羅，也難廻避它。何苦受奔波，回頭方是可。口似懸河，不如緊閉着。手似擸梭，不如緊袖着。越不聰明越快活，免了閒災禍。家私何用富，官職何須大，我笑別人人笑我。」三「一品隨朝，你便是張師保。萬貫纏腰，你便是鵝湖老。富貴不堅牢，達人須自曉。鸞鳳鴟鴞，看來都是鳥。蘭蕙蓬蒿，看來都是草。白邙路兒人怎逃，急早尋懽樂。風花十萬場，絃管三千套，莫把好光陰拋撒了。」四右坦翁書與李有竹，曰：麟在部送鄒司徒致仕，別筵歌此，惻然感動，廼吾鄉徐氏子仁所作。比溧陽會李遠庵先生，飲中朗誦，因命童子書之。此係坦翁真蹟，李霖伯家藏，割以授余者。近有《堯山堂外紀》載此詞，以為唐伯虎撰。海虞何氏重録唐集，因據之輯於外編，字句既已竄易，又以「張師」改為「倪宫」，「鵝湖」改為「姚三」，余頗疑焉。後按雷古和列卿年表，嘉靖六年，鵝湖費文憲罷相，明年户書鄒文盛致仕，又明年翁以司空去位，惟張文忠正當柄用，故徐詞假彼喻此，而劉亦不免先幾感動。所云子仁即髯僊，名霖，金陵人，歌調妙絶一時。與劉同鄉，則劉之道所從出，定得其實。若所謂倪宫保者，惟弘治時有倪文毅名岳，為冢宰，兼是宫，然未幾即卒。而所謂姚三者，竟不知為何人。且伯虎殁在嘉靖二年，別筵驪駒唱在戊子，唐何能以身後之事預道於六年之前耶？余愛誦此詞，足警貪昧，故特糾其謬。

（同前）

馬大莊詞話

馬大壯，字仲復，徽州（今安徽）人。羅汝芳之門人，萬曆時在世。嘗築天都館讀書，因以名其所著，曰《天都載》，凡六卷，大抵採異聞，間有考証。此據《四庫全書存目叢書》影印明萬曆間刻本録詞話二則。

一

草之異者，自史紀屈軼能指佞外，如常山北有護門草，置諸門上，夜有人過其門，則叱之。《酉陽雜俎》雅州有舞草，獨莖三葉，葉如决明，一葉在莖端，兩葉居莖之半相對，人或近之歌，及抵掌謳曲，則動葉如舞。亦見《雜俎》褒斜山谷中有虞美人草，狀如雞冠，大而無花，葉皆相對，行人或唱《虞美人》，則兩葉漸摇動，如人撫掌之狀，頗中節拍。好事者唱之竟日，兩葉相摇亦竟日。或唱他辭，則寂然不動。《賈氏談録》均州天心山中生異草，名薇蘅，有風不偃，無風亦摇。《太平寰宇記》無風獨摇草，生嶺南，頭如彈子，尾若烏尾，兩片開合，見人自動。《本草》赤箭獨活，亦無風，獨摇沙筯，聞人聲則縮。　東海有倒生之木，觸之則葉翕。俱《玄覽》（《天都載》卷四）

二　詞家通篇用疊字者，絶少。獨丘仲深濬題旅思《滿庭芳》一闋云：「歲歲年年，時時處處，紛紛擾擾。膠膠凄凄，慘慘瑟瑟。更蕭蕭、日日風風雨雨，每霏霏拂拂迢迢。懸望波波浪浪，苦蕩蕩飄飄。愁愁兼悶悶，重重疊疊，遠遠遥遥。漫悠悠漾漾，動動摇摇。切切尋尋覓覓，長戚戚、寂寂寥寥。心心念念，思思想想，幾暮暮朝朝。」此詞亦甚奇，其題秋思廻文《菩薩蠻》詞一闋語亦高妙，詞云：「紗窓碧透横斜影，月光寒處空幃冷。香炷細燒檀，沉沉正夜闌。更深方困睡，倦極生愁思。含情感寂寥，何處别魂銷。」可與朱晦翁、劉静修廻文《菩薩蠻》詞並美。晦翁詞云：「晚紅飛盡春寒淺，尊酒緑陰繁。老仙詩句好。長恨送年芳。」又次劉圭父韻云：「暮江寒碧縈長路。花塢夕陽斜。客愁無勝集。醒似醉多情。」劉詞云：「水圍山影紅圍翠。溪近水橋西。隱人誰與問。孤雀對言無。」三詞皆逐句一倒讀，每一句作二句者，丘詞則自尾讀廻耳。（同前）

馬嘉松詞話

馬嘉松，字曼生，平湖（今浙江）人。萬曆末諸生。編著有《十可篇》、《花鏡雋聲》。《花鏡雋聲》，選歷代詩詞，分元、亨、利、貞四集，每集中又分卷，其中亨集卷七、卷八選歷朝詩餘，貞集卷七、卷八選明朝詩餘。書後附「花鏡韻語」。《十可篇》十卷，摘録子史及諸家小説，分十篇，曰可景、可味、可快、可鄙、可泯、可坦、可遠、可諧、可嘉、可册，可景、可味、可嘉三編多取古人嘉言善行以為法，餘七編多取古人醜行敗德以為戒。此據上海圖書館藏明刊本《花鏡雋聲》和《四庫全書存目叢書》影印明崇禎間刻本《十可篇》録詞話四則。

一

「行到水窮處，坐看雲起時」，古人賞心多在不盡之處，其在文章家亦然，正不足而雅續之，此有詩，復有詩餘也。洛陽之錦，金谷之春，令人夢想，不能已已，再録詩餘以附之。（《花鏡雋聲》「雋聲凡例」）

二　沐浴之盤：一歌妓唱《打竹竿》曰：「繡房兒正與書房近，猛聽得俏冤家讀書聲，停針就把書來聽。湯之盤銘曰：『苟日新，日日新，又日新。』聖人的言語，其實妙得緊。」歌喉宛轉，合座贊之。仲子忽語妓曰：「汝亦知賡之者乎？」妓曰：「未聞。」仲子曰：「書房兒正與繡房近，猛聽得俏冤家的聲，停書就把他來聽。他在那裡贊我讀書的聲，我亦説道盤沐浴之聲也，沐浴其身以去垢，朱文公的言語你也上些緊。」蓋此妓不甚潔也，一座笑之。　末評：十個沐浴盤，洗他心不净。（《十可篇》卷八「可諧」）

三　花仲胤《情史》：花仲胤為伊川令，久不歸，有一寵妾思之，寄詞云：「西風昨夜穿簾幙，閨怨添消索。最是梧桐零落，教奴獨自守空房，淚珠與燈花俱落。」胤拆，見内有「伊」字作「尹」字，遂寄回云：「頓首啓情人，恭惟問好音。接得綵箋詞一首，堪驚，寄與音書不致誠。不寫伊人題尹字，無心，料想伊家不要人。」妾答書復答曰：「奴啓情人勿見罪，故將小書作尹字。情人不解其中意，共伊間别幾多時，身邊少個人兒。」　末評：「伊家不要人」一語，道破身邊少個人，還是周張。（同前書卷九「可嘉」）

四　《醉落魄》詞《衆香編》：劉光祖，字德修，其《醉落魄》云：「春風開者，一時還共春風謝。柳條送我今槐夏，不飲香醪，辜負人生也。　曲塘泉細幽琴寫，胡牀滑簟應無價。日遲睡起簾鈎掛，何不歸與，花竹秀而野。」　末評：「花竹秀而野」五字，疎明殺人。（同前）

張所望詞話

張所望，字叔翹，上海人。萬曆辛丑進士，知衢州府，官至廣東按察司副使。有《閲耕餘録》六卷，為隨筆劄記之文，多摭拾舊文，又兼録諧謔果報諸雜事，其中頗有所考正。此據《四庫全書存目叢書》影印明天啓元年刻本録詞話二則。

一　何元朗論詞曲：何元朗識音解歌，所著《四友齋叢説》論詞曲最有妙理，如云填詞須用本色，語《西廂》全帶脂粉，《琵琶》專弄學問。又云：「語關閨閣，已是濃艷，須以冷言剩句出之，雜以訕笑，方纔有趣。若事既着相，詞復穠艷，則畫家所謂濃鹽赤醬者乎？若女子施朱傅粉，刻畫太過，豈如靚妝素服、天然妙麗者之為勝也？」又云：「既謂之詞，寧聲叶而辭不工，無寧辭工而聲不叶。」此等語，

皆出獨見，然可為知者道耳。(《閲耕餘録》卷四)

二　楊宛叔詞：金陵近多名媛工詩詞，如王修微、楊宛叔，尤其翹楚。修微有刻稿行世，宛叔作小鸞催粧詞調《洞天春曉》云：「翠爐煙裏香裊，紅燭雨中春峭。何處焦桐弄聲巧，似歡情方曉。　輕紅重緑相攬，歡際含情多少。燕過東家絮飛，牆外人心休老。」小鸞，宋比玉新納姬，善琴，時賦催妝者不下百人，惟宛叔擅場。(同前書卷六)

張岱詞話

張岱（一五九七—一六七九），字宗子，一字石公，號陶庵，自號蝶庵居士，山陰（今浙江紹興）人。家世通顯，服食豪侈，好結納海内勝流，日聚諸名士度曲徵歌，諧謔雜進。文思坌涌，自四部七略以至唐宋説家叢殘瑣屑之書靡不該悉。明末避亂剡溪山家，有感於國破家亡，無所歸止，披髮入山，駴駴為野人，意緒蒼涼，語及少壯穠華，自謂夢境。著書十餘種，率以夢名。編著有《石匱書》、《西湖夢尋》、《陶庵夢憶》等。此據《續修四庫全書》影印清乾隆五十九年王文誥刻本《陶庵夢憶》和影印清康熙刻本《西湖夢尋》録詞話七則。

一

紹興琴派：丙辰，學琴於王侶鵝，紹興存王明泉派者推侶鵝，學《漁樵回答》、《列子御風》、《碧玉調》、《水龍吟》、《擣衣環珮聲》等曲。戊午，學琴於王本吾，半年得二十餘曲：《雁落平沙》、《山居吟》、《静觀吟》、《清夜坐鐘》、《烏夜啼》、《漢宫秋》、《高山流水》、《梅花弄》、《淳化引》、《滄江夜雨》、《莊周夢》，又《胡笳十八拍》、《普庵咒》等小曲十餘種。王本吾指法圓静，微帶油腔。餘得其法，練熟還生，以澀勒出之，遂稱合作。同學者，范與蘭、尹爾韜、何紫翔、王士美、燕客、平子。與蘭、士美、燕客、平子俱不成，紫翔得本吾之八九而微嫩，爾韜得本吾之八九而微迂。余曾與本吾、紫翔、爾韜取琴四張彈之，如出一手，聽者駴服。後本吾而來越者，有張慎行、何明臺，結實有餘而蕭散不足，無出本吾上者。（《陶庵夢憶》卷二）

二　二十四橋風月：廣陵二十四橋風月，邗溝尚存其意。渡鈔關横亘半里許，為巷者九條，巷故九，凡周旋折旋於巷之左右前後者什百之。巷口狹而腸曲，寸寸節節，有精房密户，名妓、歪妓雜處之。名妓匿不見人，非嚮導莫得入。歪妓多可五六百人，每日傍晚，膏沐薰燒，出巷口，倚徙盤礴於茶館酒肆之前，謂之站關。茶館酒肆，岸上紗燈百盞，諸妓揜映閃滅於其間，疤盭者簾，雄趾者閾。燈前月下，人無正色，所謂一白能遮百醜者，粉之力也。遊子過客往來如梭，摩睛相覷，有當意者，逼前牽之去，而是妓忽出身分，肅客先行，自緩步尾之。至巷口，有偵伺者，向巷門呼曰：「某姐有客了。」内應聲如雷，火燎即出，一一俱去，剩者不過二三十人。沉沉二漏，燈燭將燼，茶館黑魆無人聲。茶博士不好請出，惟作呵欠，而諸妓醵錢向茶博士買燭寸許，以待遲客。或發嬌聲，唱《擘破玉》等小詞，或自相謔浪嘻笑，故作熱鬧，以亂時候，然笑言啞啞聲中漸帶悽楚。夜分不得不去，悄然暗摸如鬼。

見老鴇，受餓、受笞俱不可知矣。余族弟卓如，美鬚髯，有情癡，善笑，到鈔關，必狎妓，向余噱曰：「弟今日之樂，不減王公。」余曰：「何謂也？」曰：「王公大人侍妾數百，到晚耽耽望幸，當御者不過一人。弟過鈔關，美人數百人，目挑心招，視我如潘安，弟頤指氣使，任意揀擇，亦必得一當意者呼而侍我，王公大人豈過我哉？」復大噱，余亦大噱。（同前書卷四）

三　明聖二湖：自馬臻開鑑湖，而繇漢及唐，得名最蚤。後至北宋，西湖起而奪之，人皆奔走西湖，而鑑湖之澹遠，自不及西湖之冶豔矣。至於湘湖，則僻處蕭然，舟車罕至，故韻士高人無有齒及之者。余弟毅孺常比西湖為美人，湘湖為隱士，鑑湖為神仙。余不謂然，余以湘湖為處子，眠娗羞澀，猶及見其未嫁之時；而鑑湖為名門閨淑，可欽而不可狎；若西湖，則為曲中名妓，聲色俱麗，然倚門獻笑，人人得而媟褻之矣。人人得而媟褻，故人人得而豔羨；人人得而豔羨，故人人得而輕慢。在春夏，則熱鬧之至；秋冬，則冷落矣。在花朝，則喧閧之至；月夕，則星散矣。在晴明，則萍聚之至；雨雪，則寂寥矣。故余嘗謂善讀書，無過董遇三餘；而善遊湖者，亦無過董遇三餘。董遇曰：「冬者，歲之餘也；夜者，日之餘也；雨者，月之餘也。」雪巘古梅，何遜煙堤高柳；夜月空明，何遜朝花綽約；雨色空濛，何遜晴光瀲灩。深情領略，是在解人。即湖上四賢，余亦謂樂天之曠達，固不若和靖之靜深；鄴侯之荒誕，自不若東坡之靈敏也。其餘如賈似道之豪奢，孫東瀛之華贍，雖在西湖數十年，用錢數十萬，其於西湖之性情、西湖之風味，實有未曾夢見者在也。世間措大，何得易言遊湖？　蘇軾《夜泛西湖》詩：「菰蒲無邊水茫茫，荷花夜開風露香。漸見燈明出遠寺，更待月黑看湖光。」……柳耆卿《望海潮》詞：「東南形勝，三吳都會，錢塘自古繁華。煙柳畫橋，風簾翠幕，參差十萬人家。雲樹繞堤沙，怒濤捲霜雪，天塹無涯。市列珠璣，户盈羅綺，競豪奢。重湖疊巘清佳，有三秋桂子，十里荷花。羌管弄晴，菱歌泛夜，嬉嬉釣叟蓮娃。千騎擁高牙，乘時聽簫鼓，吟賞煙霞。異日圖將好景，(脱「歸去」二字)鳳池誇」。金主閲此詞，慕西湖勝景，遂起投鞭渡江之思。(筆者按：眉端刻王雨謙評曰：問當日使柳七無此詞，金主即不垂涎東南一隅者乎？宋室君臣不以精神注燕汴，而注之一湖，敵人渡江，何得致怨柳詞？) 于國寶《風入松》詞：「一春常費買花錢，日日醉湖邊。玉驄慣識西湖路，驕嘶過、沽酒樓前。紅杏香中簫鼓，緑楊影裏鞦韆。暖風十里麗人天，花壓鬢雲偏。畫船載得春歸去，餘情付、湖水湖煙。明日重扶殘醉，來尋陌上花鈿。」(《西湖夢尋》卷一)

四 片石居：谿昭慶緣湖而西，為殢秀閣，今名片石居。閎閣精廬，皆韻人别墅。其臨湖一帶則酒樓茶館，軒爽向湖，非惟心胸開滌，亦覺日月清朗。張謂「晝行不厭湖上山，夜坐不厭湖上月」，則盡之矣。再去則桃花港，其上為石函橋，唐刺史李鄴侯所建，有水閘泄湖水以入古蕩。沿東西馬塍、羊角埂，至歸錦橋，凡四派焉。白樂天記云：「北有石函，南有筧，決湖水一寸，可溉田五十餘頃。」閘下皆石骨磷磷，出水甚急。徐渭八月十六片石居夜泛詞：「月倍此宵多，楊柳芙蓉夜色蹉。鷗鷺不眠如晝裏，舟過，向前驚換幾汀莎。筒酒覓稀荷，唱盡塘棲《白苧歌》。天為紅粧重展鏡，如磨，漸照胭脂奈褪何。」(同前書卷三)

五 蘇小小墓：蘇小小者，南齊時錢塘名妓也。貌絶青樓，才空士類，當時莫不豔稱。以年少早卒，葬於西泠之塢，芳魂不歿，往往花間出現。宋時有司馬槱者，字才仲，在洛下夢一美人搴帷而歌，問其名，曰：「西陵蘇小小也。」問歌何曲，曰：「《黃金縷》。」後五年，才仲以東坡薦舉，為秦少章幕下官，因道其事。少章異之，曰：「蘇小之墓今在西泠，何不酹酒弔之。」才仲往尋其墓拜之。是夜，夢與同寢，曰：「妾願酬矣。」自是幽昏三載，才仲亦卒於杭，葬小小墓側。　西陵蘇小小詩：「妾乘油壁車，郎跨青驄馬。何處結同心，西陵松柏下。」又詞：「妾本錢塘江上住，花落花開，不管流年度。燕子啣將春色去，紗牕幾陣黃霉（當作梅）雨。　斜插玉梳雲半吐，檀板輕敲，唱徹《黃金縷》。夢斷彩雲無覓處，夜涼明月生南浦。」　李賀《蘇小小》詩：「幽蘭露，如啼眼。無物結同心，煙花不堪剪。草如茵，松如蓋。風為裳，水為珮。油壁車，久相待。冷翠燭，勞光彩。西陵下，風吹雨。」　沈原理《蘇小小歌》：「歌聲引迴波，舞衣散秋影。夢斷別青樓，千秋香骨冷。青銅鏡裏雙飛鸞，饑烏弔月啼勾欄。風吹埜火火不滅，山妖笑入狐狸穴。西陵墓下錢塘潮，潮來潮去夕復朝。墓前楊柳不堪折，春風自綰同心結。」　元遺山題蘇小像：「槐陰庭院宜清晝，簾捲香風透。美人圖畫阿誰留，（脫「都是」二字）宣和名筆內家收。　鶯鶯燕燕分飛後，粉淺梨花瘦。只除蘇小不風流，斜插一枝萱草鳳釵頭。」　徐渭《蘇小小墓》詩：「一抔蘇小是耶非，繡口花腮爛舞衣。自古佳人難再得，從今比翼罷雙飛。　薙邊露眼啼痕淺，松下同心結帶稀。恨不顛狂如大阮，欠將一曲慟兵闈。」（同前）

六　柳洲亭：　柳洲亭，宋初為豐樂樓。高宗移汴民居杭地嘉、湖諸郡，時歲豐稔，建此樓以與民同樂，故名。門以左孫東瀛建問水亭，高柳長堤，樓船畫舫會合亭前，雁次相綴，朝則解維，暮則收纜。

車馬喧闐，騶從嘈雜，一派人聲，擾嚷不已。堤之東盡為三義廟。過小橋折而北，則吾大父之寄園、銓部戴斐君之别墅。折而南，則錢麟武閣學、商等軒冢宰、祁世培柱史、余武貞殿撰、陳襄範掌科，各家園亭，鱗集於此。過此，則孝廉黄元辰之池上軒、富春周中翰之芙蓉園，比閭皆是。今當兵燹之後，半椽不剩，瓦礫齊肩，蓬蒿滿目。李文叔作《洛陽名園記》，謂以名園之興廢卜洛陽之盛衰，以洛陽之盛衰卜天下之治亂，誠哉言也！余於甲午年偶涉於此，故宫離黍，荆棘銅駝，感慨悲傷，幾效桑苧翁之遊苕溪，夜必慟哭而返。張杰《柳洲亭》詩：「誰為鴻濛鑿此陂，湧金門外即瑶池。平沙水月三千頃，畫舫笙歌十二時。今古有詩難絶唱，乾坤無地可争奇。溶溶漾漾年年緑，銷盡黄金總不知。」王思任《問水亭》詩：「我來一清步，猶未拾寒煙。燈外兼星外，沙邊更檻邊。孤山供好月，高雁語空天。辛苦西湖水，人還即熟眠。」趙汝愚豐樂樓《柳梢青》詞：「水月光中，煙霞影裏，湧出樓臺。空外笙簫，雲間笑語，人在蓬萊。天香暗逐風回，正十里荷花盛開。買個小舟，山南遊遍，山北歸來。」（筆者按：眉端刻王雨謙評曰：詞亦瀟疏磊落。）（同前書卷四）

七 六和塔：月輪峰在龍山之南，月輪者，肖其形也。宋張君房為錢塘令，宿月輪山，夜見桂子下塔，霧旋穗散墜如牽牛子。峰旁有六和塔。宋開寶三年，智覺禪師築之以鎮江潮。塔九級，高五十餘丈，撑空突兀，跨陸府川。海船方泛者，以塔燈為之向導。宣和中，燬於方臘之亂。紹興二十三年，僧智曇改造七級。明嘉靖十二年燬。中有湯思退等彙寫《佛説四十二章》、李伯時石刻觀音大士像。塔下為渡魚山，隔岸剡中諸山歷歷可數也。李流芳《題六和塔曉騎圖》：「燕子磯上臺，龍潭驛口路。昔時並馬行，夢中亦同趣。後來五雲上，遥對西興渡。絶壁瞰江立，恍與此境遇。人生能幾何，江山幸如故。重來復相攜，此樂不可喻。置身畫圖中，那復言歸去。行當尋雲棲，雲棲渺何處。」此予甲辰與王淑士平仲參雲棲舟中為題畫詩，今日展予所畫《六和曉騎圖》，此境恍然，重為題此。壬子十月六日，定香橋舟中。　吴琚六和壋應制詞：「玉虹遥掛，望青山、隱隱如一抹。忽覺天風吹海立，好似春雷初發。白馬凌空，瓊鼇駕水，日夜朝天闕。飛龍舞鳳，鬱葱環拱吴越。　此景天下應無，東南形勝，偉觀真奇絶。好似吴兒飛彩幟，蹴起一江秋雪。黄屋天臨，水犀雲擁，看擊中流楫。晚來波静，海門飛上明月。」右調《酹江月》　楊維楨《觀潮》詩：「八月十八睡龍死，海龜夜食羅刹水。須臾海鬬鼋赭門，地捲銀龍薄於紙。艮山移來天子宫，宫前一箭隨西風。劫灰欲洗蛇鬼穴，婆留折鐵猶争雄。望海樓頭誇景好，斷鼇已走金銀島。天吴一夜海水移，馬蹀沙田食沙草。厓山樓船歸不歸，七歲呱呱啼軹道。」　徐渭《映江樓看潮》詩：「魚鱗金甲屯牙帳，翻身却指潮頭上。秋風吹雪下江門，萬里瓊花捲層浪。傳道吴王渡越時，三千强弩射潮低。今朝筵上看傳令，暫放胥濤掣水犀。」（同前書卷五）

張夢徵等詞話

《青樓韻語》，卷端下題曰「武林環應居士朱元亮輯注併校證，六觀居士張夢徵彙選併摹像」，張夢徵，字錫蘭，號六觀居士，武林（今浙江杭州）人。行蹟不詳，萬曆間在世。朱元亮，號玄度子，又號環應居士，武林人，行蹟不詳，萬曆間在世。有朱氏萬曆乙卯序和張氏丙辰撰凡例，又張夢徵跋云：輯古今詞妓凡百八十人，韻語計五伯有奇，人品知愚賢不肖。此據東京大學綜合圖書館藏明萬曆刊本録詞話三十六則。

一　《韻語》別以青樓，凡詩詞曲調，止選古今名妓，外此既《璣囊》、《彤管》鏗然簡端，而名不列於樂籍者，不敢妄拊攔入。（《青樓韻語》「凡例」）

二　彙語以《嫖經》為綱，上加一個圈，以便條覽，次註釋，次經目，次詩，次詞，次曲，而古今世代名次，其中又各自為先後。（同前）

三　有《嫖經》而不可入《韻語》者，止存其經及註，後標曰詩詞，無不欲雜以僞語耳。（同前）

四　若要認真，定然着假：　若輩為經營計也，豈可認真？　認真曲一闋贈陳生曲《黃鶯兒》（顧長芬）：「一自結盟言，感卿卿，心最堅。西陵松柏時相念，祝蒼天見憐，願和諧百年。守堅貞，肯逐風花轉？　結良緣，今生永好，比翼效鶼鶼。」（同前書卷一）

五　初厚決非本心，久濃方為實意：　初厚曲一闋，喜裴生見過《懶畫眉》（董貞貞）：「相逢花下乍停鑣，便覺傾心愛楚腰。春情能不為君拋，片時相對相傾倒，何必琴心暗裏挑。」　久濃詩一首詞一首，示友（苗素）：「憶昔相逢意自親，於今婉戀更清真。儂心到此郎知否？　不似楊花解悞人。」贈友調《驀山溪》（徐驚鴻）：　「白頭如故，肯把須臾負。　繾綣幾年餘，無日不形隨影顧。　好時偎倚，病裏扶持。　比翼鳥，連理枝，難併雙兒固。　擁衾聯臂，細細和伊訴。　闇想結友交初，經受過，許多折挫。　鍾情在我輩，得常伴多情，煩惱也，成歡度。」（同前）

六　志誠感默，叫跳動在：　此亦投所好之一端也，彼此情性相投，方能感動。　志誠詞一首，寄友調《感恩多》（楊曉英）：「感君情最契，執手西陵誓。　共漸楊柳枝，逐風吹。　佳期莫漫成虛謬，願綢繆，願綢繆，更祝檀郎，百年思好逑。」（同前）

七　大家規矩，自是不同。　科子行藏，終須各別：　居移氣，養移體，一見便決龍蛇矣。　大家詞一首，贈李昭調《念奴嬌》（王玉英）：「鳳臺鸞鏡，照雲鬟高髻，内家裝束。獨倚雕欄多俊朗，掩映碧梧翠竹。羞逞嬌癡，撩雲撥雨，温香軟玉。最宜閒雅小窗，時話心曲。月下素質飄揚，舞衫歌扇，向風前羞縮。自愛芳蘭時紉佩，雅稱冰肌玉骨。笑語翩翩，衣裳楚楚，懶向煙花逐。端祥豐韻，殊是貯來金屋。」（同前）

八 合意人出言便及忤情，客失口不談：心心念念的人，不覺冷處着熱，閑處着忙，若厭者，不須提取。合意詞一首，獨夜懷人調《更漏子》（楊曉英）：「絳蠟殘，朱扉冷，細把那人思省。矜柳媚，惜花妍，相依情最憐。九廻腸，千番想，何計重歡賞。鴛枕上，解儂心，如君難更尋。」（同前）

九 敬事而及主，覩物以思人：「珍重玉郎親紙筆，幾回讀了又重封。」是敬事及主也。「長共短，思量着樣子。窄和寬，想像着腰肢。」是覩物思人也。舊注。覩物詞一首，寄友（郭湘雲）：「憶昔投璚期繾綣，盡日相思歡不見。郎情珍重妾難忘，掌上擎來時把玩。雙璧南金應不美，燈下偷看腸欲斷。思君無計共追隨，覩物依稀如覩面。」（同前）

一〇 偷鞋惹訕，剖帕見情：（旁批：也不見得。）闖寡門者，專以取妓物為得意，而不顧其訕，庶幾妓有剖帕之贈，略可見情。偷鞋詞一首，戲題調《臨江仙》（徐驚鴻）：「自愛鳳頭能窄小，踏春纖草剛填。綺窗徙倚尚稱艱，祇堪蓮上步，最懊酒中傳。豈是飛鳧仙子舄，到今零落人間。無端竊去惹人嫌，毬場荒踘蹴，樂事罷鞦韆。」（同前）

一一 憎中曾致愛，訕久却成非：憎中致愛，必有一種愛不能釋，憎其波瀾也。至訕而不解，而成非，特其常耳。　致愛詩二首詞一首，悶中致人調《蝶戀花》(凌雙)：「數日蘭閨增懊惱，倦啟葳蕤，恨蹙雙蛾小。薄倖不來音問杳，為伊常自傷懷抱。　幾度尋思空自討，記得當時，密約成歡好。為報風流重絕倒，莫教望斷王孫草。」(同前)

一二　偏宜多置酒，莫怪不陪茶：妓家惟酒為宜，朝朝暮暮，不可暫徹。不陪茶，是其舊例也，何足怪。　會置酒詩十五首詞一首獨坐，偶念與吴生疇昔暢飲，輒成却寄調《醉蓬萊》(尚紫蘭)：「記中宵燈下，共掩流蘇，緩斟佳釀。偎依郎懷，正朱顏半醉，嚲雲鬟，口脂薌澤，漫污青衫上。尚依稀別時，記得夷猶清賞。　午晌低徊，曲欄深處，半怯餘醒，倍增離況。檀板輕謳，更鴛幃歡昵，笑語温存。渾疑似夢兒中，片時相向。為謝多情，鸞牋試展，不禁惆悵。」(同前)

一三　舉止輕盈，終於賣俏，行藏移重，乃可從良：今從良者比比矣，若無駕馭之法，寧取穩重，庶幾易馴。然輕盈而有其真性，則賣俏從良，同一轍也。　從良詩五首詞三首，自陳詞調《卜算子》(嚴蘂)：「不是愛風塵，似被前緣誤。花落花開自有時，總賴東君主。　去也終須去，住也如何住。若得山花插滿頭，莫問奴歸去。」乞除樂籍詞上蘇州太守，限九字調《西江月》(蘇瓊)：「韓愈文章蓋世，謝安才貌風流。良辰開宴在西樓，敢勸一杯芳酒。　記得南宫高過，弟兄都占鰲頭。一門玉殿御香浮，名在甲科第九。」帥府席上求脱籍詞調《木蘭花》(尹温儀)：「浣花溪上風光主，燕夕桃源開幕府。商目嵓本是作霖人，也使閑花沾雨露。　父兄世業傳儒素，何事失身非類侶。若蒙化筆一吹噓，免使飄零飛繡户。」(同前)

一四　初會處色，久會處心，困妓慕財，時妓慕俏。（旁批：也還慕財）：色由心造，久會而心益堅，不必以色取也。俏不待財，既俏而財不竭，不但困妓慕也。　慕俏曲一闋，贈張生《醉扶歸》（馬綬）：「向幽窓，坐憶河陽貌。　筭風流，不數六郎嬌。　乍時相見便相抛，好教人鎮日縈懷抱。　笑情癡，空自悶無聊。　怕君心不戀，我閑花草。」（同前書卷二）

一五　約以明朝，定知有客，問乎昨夜，決對無人：首句恐失了主顧，次句防吃醋也。　約詞一首期人調《千秋引》（鄭嬌）：「數整鶯期，重尋燕侶，誰信明河隔牛女。　君情尚懷交甫佩，儂心敢忘藍橋杵。　筭佳期，經幾度，心相許。　無奈情緣多齟齬，無奈歡娛成間阻。　恨殺難逢伊共語，今宵乍冷秦樓月，明朝好逐陽臺雨。　訴衷情，鴛幃啓杯重舉。」（同前）

一六　走死哭嫁守，饒假意，莫言易得：五事最易動人，哭嫁守者，纏綿牽繫，已不可解。　走死更非好聲音，愈真愈不可解也，子弟至此，須放一段真識力、真主張，方不墮網。　走詩二首詞一首夜行詞調《菩薩蠻》（盧月容）：「儂家心意堅於鐵，囑郎休向人前洩。　俏地出羅幃，中堂知不知。　下堦花影亂，舉步蓮根顫。　此去莫重還，鷄鳴客渡關。」（同前）

一七　抓打剪刺燒，總虛情，其實難為：抓打，惡習也；剪刺燒，似乎情真。　然一時慷慨者有之，惟百折不回，纔為真到底也。　抓詞一首，《踏莎行》（劉元珍）：「蜂狂蝶恣，花眠柳醉。　特地把人輕棄，燒香刺字總關情，爭似春纖留記。　肌痕為質，指痕將意，總為同心無二。　莫教錯認是京兒，贏得麻姑相戲。」　燒詞一首，贈情人詞調《捸香詞》（鄭雲璈）：「明明的山盟共設，鬱鬱的爐香漫熱。

怕情人心見別，貼香肌，把着人香燒徹。此際情兒切，此後疤兒滅。便做了，冷痛熱還疼。須知是，我知伊，着疼熱熱。」（同前）

一八　其趣在欲合未合之際，既合則已。其情在要嫁不嫁之時，既嫁則休。未合時，有欲合想頭，趣味深長。已合，則常而淡矣。要嫁時，指望着重，不得不用情，既嫁則滿望矣。本來性格態度於此盡露，大凡到此地位滋味，只得如此。欲合未合詩一首詞一首，無畸屢辱過訪，寄此見懷調《花心動》（岳文）：「路接仙源，感劉郎時時，暗傳芳信。惜玉憐香，調月嘲風，兩地尚無憑準。佳期莫漫輕相許，常追憶，三生薄分。信好事、應難魆就，頓成愁悶。心口還相問訊，怕年少風流，浪尋花陣。獨倚畫欄，半掩朱扉，此意些時難忍。須知有日諧怨侶，但只恐、腰圍瘦沈。好傳語多情，未須着緊。」（同前）

一九　託朋友以寄意，憑漸訕以調情：朋友，箋片也。寄意，非此等不能。漸訕，謔笑也。調情，非此道不熱。漸訕詞一首，答翁客調《踏莎行》（蜀妓）：「説盟説誓，説情説意，動便春愁滿紙。多應念得脱空經，是那箇先生教底。不茶不飯，不言不語，一味供他憔悴。相思已是不曾閑，那得工夫呪你。」（同前）

二〇　小信勿失，私語當聽：子弟家專以信實見重，及聞私語，更宜細心體察，或真或假，或合或離之大節也。私語曲一闋，示李生《桂枝香》（薛素素）：「緑窓煙暝，蒼堦月冷。向多情、欲訴衷腸，又恐怕傍人私聽。低低喚郎，低低喚郎，與你潛行花徑。把心期偷訂，更叮嚀，莫向人前語，空躭薄

倖名。」（同前）

二一　誇已有情，是設掙家之計。説娘無狀，預施索鈔之方：一箇做堪，一箇做好，纔賺得銀子，大是買賣方法。　誇已詞一首，示友調《蘇幕遮》（劉勝）：「恨桃花，憎柳絮，何事春來，浪逐東風去。　楚臺風，巫峽雨，暮暮朝朝，無計重相遇。　背處偷彈雙玉筯，笑我多情，番為多情悮。」（同前）

二二　留意於顧盼之内，發情於離別之間：彼自弄其眉目，癡人認顧盼，況真顧盼也。而離處期合，更易動情。　離別詩六十一首詞六首曲一調，送別調《惜分飛》（吴淑姬）：「岸柳依依拖金縷，是我朝來別處。惟有多情絮，故人衣上留人住。　兩眼啼紅空彈與，未見桃花又去。一片征帆舉，斷腸遥指苕溪路。」　答盧疎齋調《落梅風》（珠簾秀）：「山無數，煙萬縷。憔悴殺，玉堂人物。倚蓬窓，一身兒活受苦，恨不得隨大江東去。」　送行（蜀妓）：「欲寄意，渾無所有，折盡市橋官柳。看君着上征衫，又相將、放船楚江口。後會不知何日，又是男兒，休要鎮長相守。富貴無相忘，有如此酒。」　送太守詞調《賀新郎》（平江妓）：「春色元無主，荷東君、著意看承，等閑分付。多少無情風浪，又那更、蝶欺蜂妬。算燕雀、眼前無數，縱使簾櫳能愛護，到如今、已是成遲暮。芳草碧，遮歸路。　看看做到難言處，怕見仙郎，旌旗輕易，歌襦袴。月滿西樓，絃索静雲蔽，崑城閬府。便任（當作恁）地，一帆輕舉。獨倚闌干愁碎，慘玉容、淚眼如紅雨。去與住，兩難訴。」　餞齊參議還山東調《太常引》（劉燕歌）：「故人別我出陽關，無計瑣（當作鎖）雕鞍。今古別離難，兀誰畫蛾眉遠山。

一尊別酒，一聲杜宇，寂寞又春殘。明月小樓間，第一夜，相思淚彈。」送人入朝賦玉環（陳鳳儀）：「蜀江春色濃如霧，擁雙旌歸去。海棠也似別君難，一點點，啼紅雨。此去馬蹄何處，沙堤新路，禁林賜宴賞花時，還記得，西樓未？」口占贈張生：「門掩梨花院，風折蘭芽淺。帳冷流螢度，人去鶯期遠。舊恨新愁，怕見雙雙燕。芳心不逐飛蓬轉，想到乍會旋離，淚添幾綫天。天妬這姻緣，漫自把絳蠟高燒，與君驪歌唱一遍。」詠繡鞋贈別《七犯玲瓏》（景翩翩）：「《香羅帶》：誰將軟玉纏，半遮湘綺邊，香塵幾度嬌還顫。《梧葉兒》：端的可人憐，何事云同剪，偏誇月上絃。《水紅花》：記從前，脚跟無線，把交綦利屣，穩趂別離船。《皂羅袍》：學王喬飛舄傍君旋，做昭陽，弱羽隨風轉。踏歌垂手，當年繡筵。行雲駐足，何時錦韆。《桂枝香》：夜色寒羅襪，春心託杜鵑。《排歌》：情踪遠色界懸空，教綠漾，與紅傳。《黃鶯兒》：不若步中蓮。」（同前）

二三　寄謎總佳，饒汝聰明多費想，復爐雖美，任君伶俐也遭虧：謎中頗有奇思，猜猜倒有趣。復合之敝偏易犯，實是吃虧了也。　寄謎詩一首詞一首，岳無文以詩謎寄人，賦此戲調調《清平樂》（衛紫英）：「幽情密愛，斷送人無賴。料得郎心深自解，尺素藏將機械。　字字藍橋着意，聲聲巫峽縈懷。縱使社家了悟，也須幾度驚猜。」　復爐詩一首詞一首，贈友調《傳言玉女》（劉佩香）：「何處好風吹到，乘槎仙客。經年記憶，對面翻羞澁。相偎相倚，檻外戈牛剛集。黃埠漁聲，惠泉茶色。　別後時時獨倚欄，情何極，今宵一夜，勝往時千刻。纔得為歡，又恐天南地北。牽衣淚漬，露華更濕。」（同前）

二四　口頭寄信非無意，眼角傳情實有心：此套慣用，然亦不濫。寄信詞一首，託星甫寄念顧源長調《絳都春》（蔣雯）：「相思愁寂，問玉郎何事，音塵遼絕。瘦削楚腰，恨蹙雙蛾。情千結，幾回倩託人傳，為我密語，多情親切。自憐繡幕，傷心誰訢，弓鞋輕跌。飛越。良宵夢寐誰為伴，只有疎櫺寒月。畫閣懶憑，繡裙輕褪香羅摺。縱然一晌貪歡，也暫得片時寧貼。須知此際傳情，秖勞唇舌。」傳猜詞一首，憶昔《蝶戀花》（劉月香）：「憶昔逢人多阻礙，兩地多情，恨瑣（當作鎖）雙眉黛。謝得檀郎多盼睞，廻眸勾引人無賴。我亦秋波傳密愛，暗約雲期，好把心兒耐。若使佳期還可待，目成座上何妨再。」（同前書卷三）

二五　題詩而寄意，歌曲以伸情：詩不倩人，曲無習氣，自是佳麗。寄意詩四十一首詞四首曲一闋，答人調《木蘭花》（青幕子婦）：「清詞麗句，永叔子瞻曾獨步。似恁文章，寫得出來當甚强。」答施酒監調《卜筭子》（樂婉）「相思似海深，舊事如天遠。淚滴千千萬萬行，更使人愁腸斷。要見無因見，見了終難捹。若是前生未有緣，得重結，來生願。」寄李之問調《鷓鴣天》（聶勝瓊）：「玉慘花愁出鳳城，蓮花樓下柳青青。清尊一曲《陽關》後，別箇人人第五程。尋好夢，夢難成，況誰知我此時情。枕前淚共芭蕉雨，隔箇窗兒滴到明。」戴公得請玉局之司，作詞贈之調《滿庭芳》（僧兒）：「團菊包金，叢蘭減翠，畫成秋暮風烟。使君歸去，千里倍潸然。兩度朱旛鴈水，全勝得、陶侃當年。如何見一時盛事，都在送行篇。愁煩，梳洗懶，尋思陪宴。花月湖邊，有多少、風流往事縈牽。聞道霓旌羽駕，看看是、玉局神仙。應相許，冲霄破霧，一到洞中天。」寄人《粉蝶兒》（歌妓

王氏）：「江景蕭疎，更那堪、楚天秋暮。占西風、柳敗荷枯。□夕陽空凝竚，江鄉古渡水，□□□□□□山煙樹。」（同前）

二六　數四相求方見面，欲擡高價，再三反浼要扳情，防有别因：有聲價者，不必搭架子，而規模自在，視倚門者，真如無淵。反浼扳情，決有希冀。　再三反浼詩二首曲一闋，續尚書全子仁子梅子歌調《清江引》（劉婆惜）：「青青子兒枝上結，引惹人攀折。其中全子仁，就裏滋味别。只為你酸留意兒，難棄捨。」（同前）

二七　枕席雖盡乎情，彼此各了其事：一句絶佳，殊殺風景。　枕席詩四首曲一闋，贈友《步步嬌》（董如瑛）：「燈前笑擁芙蓉面，鬢嚲雲鬟亂。偏喜夜如年，夢怯陽臺，自覺情兒倦。欹枕並香肩，喘吁吁，不奈多嬌顫。」（同前）

二八　堆垛入秦樓舊日死嫖，經營遊楚館舊日江湖嫖：無錢尚要掤補來，既有寧不揮霍。　經商千里，旅况凄然，嫖亦少不得。　經營詞一首，贈遠人（徐驚鴻）：「憐君客舘無人省，寂寞梧桐影。青樓風月好耽情，沉香火底坐吹笙，月華明。　迢迢故國空相憶，恨積書難寄。何如雲雨夢高唐，意難忘。」（同前）

二九　一日三番酬厚意舊日點卯嫖，十朝半月叙交情舊日燒香嫖：念頭一刻不能寘，一日只走三番，還是少也。十朝半月，一叙非大有主見者不能。　一日三番詞一首，崔生與女弟投契，作此相嘲調《風中柳》（李筠）：「暮去朝來，不似參商契濶。念多情，寧辭跋涉。縱然分袂，忍終教輕撇，願將相共

耽風月。一日三秋，只恐番成吴越。假饒瑶池路杳，潯陽信阻也須知。青鳥解傳書，不教愁絶。」（同前）

三〇 跳跃相迎真是厚，叮嚀致意豈為疎：　叮嚀致意詞一首，念友調《戀情深》（孫月）：「袖擁餘寒籠，寶釧香沉。小院自從些個繫傭心，兩情深。　等閑忽慢暫分簪，徒倚逈難禁。幾向風前獨語，自沉吟。」（同前）

三一 吁氣多因心不愜，出神定有事相關：　吁氣，出神情癡人，看來易動，此中實亦有假。　吁氣詞一首，述懷調《眼兒媚》（岳文）：「簾幙低垂晝偏寒，無語獨憑闌。猛將心事，暗中思省，自覺摧殘。　芳期依舊成耽悞，此意有誰憐？傷情處，數聲悽惋，雙淚闌干。」（同前）

三二 寄信寄書，乃發催錢之檄；贈巾贈扇，真抛引玉之磚：　一字一物，出自麗人，便覺珍重，敢不圖報也。　寄書詩二十八首詞一首，寄友調《減字木蘭花》（李秀蘭）：「自從君去，曉夜縈牽腸斷處。緑逼香堦，過夏經秋鴈又來。　想伊那裡，應也情懷愁不止。縹緲書沉，直至如今没信音。」附贈詩十三首詞一首，詠鳳頭簪贈友調《好事近》（景翩翩）：「鳳引玉搔頭，偏傍紫簫飛到。粧罷緑窗斜插，問菱花誰俏。　還須郎至倩郎扶，打疊鬢雲好。伴那鳳釵鴉髻，與六珈偕老。」（同前）

三三 多情頻見面，薄倖少相逢：　不但妓擇客，妓亦不可不擇妓。　多情頻見詩三首詞一首，追憶往事調《應天長》（劉元珍）：「生憎别去音塵絶，一日思君腸寸結。乍歡娱，多契濶，佳期暗把金錢跌。　每相逢，心反折，只恐片時輕别。最是此時情切，吞聲番哽咽。」　贈友調《歸國遥（當作謡）》（郭湘雲）：「攜君手，為愛多情期厮守。花下清樽相就，兩情濃似酒。　別後頓增僝僽，簾前常密候。莫使舊歡虚謬，淚沾僅彩袖。」（同前書卷四）

三四　手口未能全，急設誓盟皆枉矣，性情不相合，雖成交往也徒然：嫖而慳吝，豈能要盟，不慳吝矣，心事各別，無益也。　性情相合詞一首，與王生坐譚偶成調《柳梢青》（趙觀）：「合歡連理，自知不及多情。偎倚佩結同心，三生契合，百年合美。　笑語悲歡，渾疑似、形馳影起。着意端祥，何須巫峽，朝雲暮雨。」（同前）

三五　抱枕晝眠，非傷春，即病酒。挑燈夜坐，不候約，便思人：情況可玩。　傷春詩二十九首詞一首，春怨調《小重山》（吴淑姬）：「謝了荼蘼春事休，無多花片子，綴枝頭。庭槐影碎被風揉，鶯雖老，聲尚帶嬌羞。　獨自倚粧樓，一川煙草，浪襯雲浮。不如歸去下簾鈎，心兒上、難着許多愁。」　候約詩七首詞一首，期友不至調《卜算子》（李盈盈）：「春寒翡翠孤，夜永金猊盡。薄情人誤有情期，逗得情牽引。　我約祇憑伊，你約端無準。縱使明朝另有期，此際情難忍。」　思人詩五十四首詞二首，懷人調《減字木蘭花》（蘇小小）：「別離情緒，萬里關山無底數。遣妾傷悲，未必郎心知不知。　自從君去，數盡殘冬春又暮。音信全乖，等到花開不見來。」　懷友調《祝英臺近》（吴淑姬）：「粉痕銷，音信斷，好夢又無據。病酒無聊，攲枕聽寒雨。斷腸曲曲屏山，温温沉水，盡是舊、看承人處。　久離阻，誰念一點芳心，閑愁知幾許？　偷照菱花清瘦，自羞覷。可堪梅子黄時，楊花飛盡，亂鶯鬧，催春歸去。」（同前）

三六　通宵快樂，猶如馬上執鞭；頃刻歡娛，却似江中撒溺：語俚，但情真。　歡娛詩五首曲一闋，贈友曲《二犯江兒水》（景翩翩）：「心旌相向，想當日，心旌相向，情郎初蕩漾。把空花落相，青鳥迴翔。寄春心，明月上，粉蝶為伊忙。遊峰還自嚷，恩愛昭陽，魂夢高唐。恰便似、竊驪珠，千頃浪。蕭寺行藏，説甚麽，蕭寺行藏，臨邛情況。更不比、臨邛情況，可正是，問天臺，遇阮郎。」（同前）

余寅詞話

余寅，字君房，改字僧杲，鄞縣（今浙江）人。萬曆庚辰進士，官水曹郎，以按察副使視學陝西，遷左參政，改山東，以忤時乞歸。起福建，再乞休，加太常少卿致仕。年七十五卒。所著有《農丈人集》、《宦遊歷記》、《同姓名録》、《乙未私志》。此據影印文淵閣《四庫全書》本《同姓名録》録詞話三則。

一　陳叔寶二：陳後主名叔寶，元樂府譜中亦有陳叔寶，樂府緣起，蓋肇自《扶來》、《大卷》、《淵莖》、《濩勺》，逮於《房中》、《破陣》，已與古調頗盭不協。至《霓裳羽衣》彌復淫哇嗟吁，衰末大啟，鬼門□□，憨憨趉趉，鴝鵒猱狚，如丹丘子云：難可縷數，豈非總一性情邪？顧乃爾爾，良所傷歎。（《同

姓名録》卷四）

二 唐兩李謨：一宗室紀王慎之曾孫，武德令。一《樂府雜録》云：笛，羌樂也，古有《落梅花》曲，開元中李謨獨步當時。禄山亂，流落江東，越州刺史皇甫政月夜泛鏡湖，命謨吹笛，謨為之盡妙，政視舟下，見二龍翼舟而聽。（同前書卷十）

三 朝雲：蘇東坡有二妾，朝雲、榴花，朝雲死於嶺外，惟榴花獨存，故其詞多及之，見《耆舊續聞》。（同前書卷十二）

三華居士《情詞昔昔監》詞話

《新刻點板情詞昔昔鹽》，萬曆丙午自序稱三華居士，又稱瀟散中人，其人名姓不詳。全書共五卷，所載有詞有曲。此據上海圖書館藏明萬曆三十四年刻本録序文一則。

一　《題情詞昔昔鹽序》：自樂府之變，而情詞艷曲於今為烈，益以兒女情深，英雄氣短。或俠士寄念於青樓，或紅粉留神於愛客。而征人思婦慷慨悲歌，皆有情癡漢獨處無聊，情與夜永耳。予夜坐遍覽新聲，因雜録一集，曰《昔昔鹽》，蓋梁樂府有《夜夜曲》，今人謂之《昔昔鹽》，均之傷獨處之意云。萬曆丙午初夏三華居士漫書於金陵客舍。（《新刻點板情詞昔昔鹽》）

胡桂芳詞話

胡桂芳，號瑞芝，金谿（今江西）人。萬曆甲戌進士，司李杭州，歷湖廣大參，以副都御史撫黔，旋以工部侍郎督河道，卒謚忠端。此據國家圖書館藏明萬曆三十五年黄作霖等刻《類編草堂詩餘》録序文一則。

一

《類編草堂詩餘序》：曩余為司馬郎，多暇日，嘗取《草堂詩餘》分類校之，令善書者録成一帙。自是每行役，必置油壁中，有會心處，即憑軾觀焉。繹妙詞於目接，詠好景於坐馳，飄飄然若出風塵之表矣。攜持既久，漸以脱落，謀鋟諸梓。黄生作霖、崔生疇來、朱生完，嶺南所稱博雅地，畀之重校，訂訛補逸，列為三卷。既竣，請於余曰：「詩之為義大矣，緣情體物，必本王澤，係民風，非是者，君子無取焉。詩餘詞多輕豔，何所愛而傳之也？」余曰：「非然。夫自大雅既湮，衆制蔚起，如騷如賦，如詩如樂府，紛綸瑰瑋，何可殫述？雖去古未遠，而含思蓄韻，或至忘筌，貴紙傳都，亦已充棟，在學者閉户自精而已，豈遊情之致乎？若顧子所輯《詩餘》約二百調，大率指詠時物，發抒性懷，平居諷誦，可以自樂，而尤宜於行邁，故足取也。抑余聞之，凡詩之作，由心而發，夫人之心，豈不貴於適乎？天之適人以時，地之適人以境，人之自適以情。情適，而時與境皆適已。詩餘諸調或雅或俗，雖非一體，要皆隨時與境逞其才情，發為歌詠，麗詞方吐，逸韻旋生，有得於縣解而合乎天倪者。爾乃狀景物之清佳，紀山川之名勝，叙時事之變遷，揣人情之欣戚。或寓箴規於讚頌，或志警悟於登臨，自足啟靈扃而袪俗障。即古陳詩觀風者或所必採，間有音類巴歈，詞涉鄭衛，質之風雅，蓋亦思無邪之旨也已夫，安得而訾之？且余驅馳原隰，俯仰乾坤，遇天氣嘉，地形勝，衆庶説，草木茂，禽鳥翔，未嘗不躍然有懷。徐操是編覽之，則見其摹寫之工，音律之巧，若先得我心之同者，是以終日把玩而不能釋手也。然此一詩餘也，高言之，則謂其天機獨得，依永和聲，可以被管弦而諧絲竹。卑言之，則謂其綺靡漸滋，澆淳散樸，只以悦流俗而道淫哇，皆非余所敢知。余所知者，惟在行役之時，登車而後無所事事，對景牽思，摘辭配境，則是編為有助焉爾。若其始而校之也，惟以便繙閲，今而屬子重校也，將以備遺忘，豈謂是可該六義之要而追三代之風乎？」於是三生唯唯，曰聞命矣。乃以授梓，而詮次余言於簡端。萬曆丁未季春穀旦，廣東布政使司管右布政事、左布政使金谿胡桂芳書於愛樹堂。

黄作霖詞話

黄作霖，番禺（今廣東）人。行蹟不詳，萬曆間在世。此據國家圖書館藏明萬曆三十五年黄作霖等刻《類編草堂詩餘》録跋文一則。

一

金谿胡公捴轄逾年，山海告寧，百廢俱舉。鈴閣之暇，輒進諸生商確文秇，間出所編《詩餘》，令相釐正之，受而卒業。則景物縷分，短長鱗次，因門附類，端緒不淆，視昔諸刻，體裁獨當，而一宗顧汝和所選，金、元靡習，悉擯而不收，此編一出，長安之紙價復高矣。因請付之剞劂，公許而序之，且囑霖跋其左方。霖不文，烏能供筆劄之役，附青雲於不朽哉！竊觀詩餘之制始於李供奉兩詞，學士大夫争相摹効，遂為詞林嚆矢，其世既遠，其調益繁，而《花間》、《金荃》諸集以次代興，氄毛不翅矣。

捻之，掞露裁雲，揚葩舒藻，傳意紈素之間，振響宫商之内，令讀者飄然有凌雲想，可不謂工乎？或者猶謂柔情曼態，壯夫不為，第不考音比律，即樂府，無當於世，又何宣金石、被筦弦之冀也？勾吴王大司寇嘗於《卮言》論次之，固知公所以表章斯詞，將與樂府並存，四海之内，寧無同好者？溯其元聲，發其天籟，大雅不難復焉。兹固公意，亦王司寇所論次意也。萬曆丁未莫春番禺門人黄作霖謹跋。

卓明卿輯詞話

卓明卿，字徵甫，仁和（浙江杭州）人。萬曆中以太學選授光禄寺署丞，卒年六十。所著有《徵甫集》，又編有《唐詩類苑》、《卓氏藻林》。《卓氏藻林》八卷，有萬曆庚辰序，其書采擷羣書，分門輯録。此據日本昭和五十二年汲古書院出版《和刻本類書集成》影印元禄九年銅駝坊書肆村上平樂寺刊本録詞話二十四則。

一　《七德舞》：唐改《破陳樂》為《七德舞》。（《卓氏藻林》卷六「禮樂類·附歌舞類」）

二　《折楊柳》：樂府名，行客詞也，又有兵革辛苦之詞。（同前）

三　《明妃怨》：樂府名，言王昭君嫁匈奴事，亦名《昭君怨》。（同前）

四 《玉樹後庭花》：樂府名，陳後主所作，又有《臨春樂》等曲，大抵皆美張貴妃、孔貴嬪之容色。（同前）

五 《舞席同心髻》、《玉女行觴》、《神僊留客》、《長樂花》、《十二時》：皆樂府名，隋煬帝所製豔篇，掩抑摧藏，哀音斷絶。（同前）

六 《烏夜啼》：樂府名，宋臨川王義慶為江州，帝徵還宅，大飲，伎妾夜聞烏啼聲，因作此歌，一曰《烏西曲》。（同前）

七 《白紵》：白紵舞，樂府名，吴舞也，又有《四時白紵歌》。（同前）

八 《柘枝詞》：樂府舞曲也，柘枝舞，乃舞中雅妙者也。（同前）

九 《昔昔鹽》：舞曲也。（同前）

一〇 《水調歌》：樂府名，隋煬帝幸江都時所製，聲韻怨切，王令言聞而謂人曰：「但有去聲，而無回韻，帝將不返矣。」後竟如其言，凡十一疊。（同前）

一一 《涼州歌》：樂府琵琶曲也，言邊塞之事。（同前）

一二 《長相思》：樂府名，長者，久遠之解。言行人久戍而有所思也，又有《千里思》同此意。（同前）

一三 入破：曲調也，翻聲入破如有神。（同前）

一四 《鷓鴣詞》：近代思歸詞曲也。（同前）

一五《清平調》：玄宗與貴妃賞芍藥，命李白作樂府新詞，名《清平調》。（同前）

一六《回波樂》：唐中宗嘗内宴群臣，引流泛觴，皆歌《回波樂》曲，撰辭起舞。（同前）

一七《雨霖鈴》：明皇幸蜀，入斜谷，屬霖雨彌旬，於雨中聞鈴聲，與山相應，帝既悼念貴妃，因採其為《雨霖鈴》曲以寄恨焉。（同前）

一八《渭城曲》：一曰《陽關調》，唐王維作，本送人使安西詩也，後遂被於歌。（同前）

一九《竹枝》：劉禹錫在阮（當作沅）、湘以俾歌鄙陋，乃依騷人《九歌》作《竹枝》新詞，教里中小兒歌之，本巴渝歌也。（同前）

二〇《楊柳枝》：白居易洛中所製，白有妓樊素善歌，小蠻善舞，嘗為詩曰：「櫻桃樊素曰（當作口），楊柳小蠻腰。」居易年既高邁，而小蠻方豐艷，乃作《楊柳枝》詞以託意焉。（同前）

二一《金縷衣》：唐時歌曲名：「勸君莫惜金縷衣，勸君惜取少年時。」（同前）

二二《憶江南》：唐歌曲名，一曰《望江南》，本名《謝秋娘》，李德裕為謝秋娘所作。（同前）

二三《款乃曲》：唐元禎（當作稹）作，禎逢春水行舟不進，作《款乃曲》，令舟子唱之，以取適於道路。款乃，棹舡聲，又「款乃一聲山水緑」。（同前）

二四曲破：曲終煩聲，名為入破。（同前）

吴敬所輯詞話

吴敬所，號養純子，撫金（今江西）人。行蹟不詳，萬曆間在世。輯有《國色天香》十卷，卷端除第一卷題作「新刻京臺公餘勝覽國色天香」外，其餘九卷均題作「新鍥幽閑玩味奪趣羣芳」，書分上下欄，雜載詩文小説等。此據臺灣天一出版社出版《明清善本小説叢刊》影印明萬曆周對峰丁酉金陵書林周氏萬卷樓刊本録詞話四十五則，至於小説《劉生覓蓮記》、《花神三妙傳》、《天緣奇遇》、《鍾麗情集》、《張于湖傳》因篇幅過長，且已見録於《萬錦情林》等書中，此略。

一《賀正德皇帝南巡回鑾帳詞》：伏以萬象亘天，太白統五兵之運；四時成歲，貙劉宣七月之威。

道在古而有徵，事於今而為烈。恭惟欽差總督軍務、後軍都督府、威武大將軍、鎮國公朱：布昭湯武，適駿文聲。率寧人有指之歸，思受命無疆之恤。版章上宇，德既洽於群生；帶礪山河，恩尤篤於同姓。北辰居而星拱，垂衣仰穆穆之容；大風起而雲飛，整旅示桓桓之勇。徵兵宣府，箠斷河流；撤候秦關，丸封函谷。北蠻奔走，南踰銅柱之邦；萬里謳歌，西出玉門之路。天保以上治內，下武之聲繼文。四方清偃草之風，萬姓樂止戎之化。乃有么麽小智，敢懷弗静之圖；肆兹惡毒横流，故犯必誅之令。曰彼宸濠者，寔我藩服焉。禽獸飽而忘恩，蜂蠆並而成螫（當作蜇）。乘珪綴組，罔思植國之仁；嘯侶命徒，自速覆宗之禍。執迷不返，謂暴無傷。虚煩几役之施，竟作家門之釁。守臣被戮，方磨相鼠之牙；鄰郡攖鋒，已觸羝羊之角。張蝟毛而自固，奮螳臂以求伸。禍等三監，在周師之必討；罪浮七國，豈漢法所能容？反狀既聞，皇怒斯赫。爰下親征之詔，廼興問罪之師。以律別減，在和在克。視民如子，天下之所共知；應敵以兵，聖人之不得已。昭神威於破竹，揚殺氣於前茅。人一鬬心，共抵減宫之掌；士均鼓勇，期然重卓之臍。電掣雷轟，撼風雲之入陣；山揺谷應，見草木之皆兵。駐馬石城頭，斂氛矣（當作埃）而被白日；洗兵天塹水，截濤浪以奠滄溟。風聲遠被於窮纍，月捷繼聞於露布。封尸蔽野，空棲幕上之烏；劍刃攢江，可掬舟中之指。元神順助，天地合謀。哀假息之涸魚，痛傾巢之仆卵。壺漿胥慶，室家徯商后之來蘇；扶杖往迎，父老欣漢儀之再見。檻車獨赴，類傳溴於丹徒；樓櫓一空，若破瞞於赤壁。士民如故，亟圖鴻鴈之安；人臣無將，已快鯨鯢之戮。於是執俘以獻太廟，慰祖宗在天之靈；行當盛醞以賜諸侯，為臣子不忠之戒。某等覩兩階之舞，已覩德於龍光；上萬年之觴，更承恩於虎拜。爰輯蒭蕘之語，用俾騎吹之謡。詞曰：「六龍親馭臨江渚，慰滿王師，時雨捲地風濤。入雲旗幟摑碎。震天金鼓，狂夫氣沮。早鼠伏湖濱，奉頭如鼠。愛婦辭幃，嬌錐赴水慟如許。　皇天眷祐明朝，使中興將士，闞如虓虎。奏凱橋門，獻俘郊廟，春動洋洋萬舞。都人私語道，今日躬逢，周宣漢武。但願萬年，常教為帝主。」（《新刻京臺公餘勝覽國色天香》卷一上欄「珠淵玉圃」）

二　温公《錦堂春》詞：人傳温公《西江月》詞流播已久，今又得一首，名《錦堂春》，云：「紅日遲遲，虚廊轉移（當作影），槐陰迤邐西斜。彩筆工夫，難收（當作狀）晚景煙霞。蝶尚不知春去，漫遶幽砌尋花。奈猛風過後，縱有殘紅，飛向誰家。　始知青鬢無價，歎飄零宦路，荏苒年華。今日笙歌叢裏，特地咨嗟。席上青衫濕透，筭感舊、何止琵琶。乍不教人易老，多少離愁，散在天涯。」（同前）

三　長短句：李後主歸朝，每懷故國，且念嬪妾散落，鬱鬱不自聊，嘗作長短句云：「簾外雨潺潺，春意將闌。羅衾不奈五更寒，夢裏不知身是客，一餉貪歡。　獨自莫憑闌，無限關山。別時容易見時難，流水落花春去也，天上人間。」（同前）

四　宋南渡，汴郡中都路人蔣生世隆，年弱冠，學行名時。以韓、蘇自許，凡天下名士傾背相結納，金逃將蒲瘰興福拜為異姓兄弟。興福仇家高琪木虎索之甚急，世隆乃贐別於蔣家村，臨行間，以杭筆為約，各有詩贈，具録於此。……時金迫元兵，自中都徙汴，宋邊城近汴者又迫金兵而杭。光州固始黄尚書復家，從衆南奔，時復受韓侂胄命，訓犒江淮，家中藏獲，一時瓦解。惟復妻暨一女仝奔，名曰瑞蘭，年方十八，才色冠世。蓋初生時，家有楊妃蘭，獨豔一枝，異香經月，尚書執瑞蘭之兆，每以椒禁是圖，凡有求婚者，而不之允。至是遇難，彷徨草野，女謂母曰：「昔有黄公生二女甚美，詐名醜陋，卒無問者，今亂離中，宜用此策。」乃塗抹似癩婦，往來莫有虞者。時夜宿荒村，口占詩詞，聊記其形跡云：「天驕肆馬下南都，煙火凌空淚寡孤。燕雀問巢何處有，雞豚尋屋舊人無。玉顔今信為身累，肉食誰能為國謀。安得華夷歸一統，太平臣子共山呼。」世隆新築精舍，期通萬軸，以魁天下士，平居自許曰：「大丈夫功名當玉采，事業須韓、范，鶺鴒一枝，何足軒輊？」年已二十，玉猶未種。有妹名瑞蓮，絲亦不牽於人，蓋其心之所圖者大，匪夷所思。今倏遭亂，兄妹相攜而遁，夜宿林薄間。詩詞甚多，不能盡録，聊記《虞美人》詞云：「生平不識離鄉曲，燈下書懷足。老天作忠噴豺狼，萬萬千千，鼠竄鬧徬徨。家山一夢知何處，兄妹淚如雨。何時玉燭再光輝，把我六親骨肉完璧歸。」又詩曰：「天步殷憂鬼亦愁，控弦百萬出幽州。紅顔路上啼王嫱，黎首林間聚楚囚。當國好（當作豪）雄心作劍，邊城將校血成油。何時天地能開泰，南北生靈喜不休。」（節録自同前書卷一下欄「龍會蘭池録」）

五　金聞元追宋，又防金兵馬縱横。大散關上，瑞蘭失母，世隆失妹。適宋孟珙、趙方克金兵，人定，相尋，莫知去向。瑞蘭母，湯思退女，得世隆妹林下，偕往和州。世隆遍尋妹，「蓮」「蘭」音似，瑞蘭聞名，自石竇中出，一見世隆，方知其非母氏，諗詢來歷，皆逃兵人。世隆見瑞蘭有殊色，目送良久，曰：「不意草莱中有此奇怪，信所謂非習而見之者，以為神矣。」瑞蘭見世隆容聲儒雅，亦覈其芹泮中人，心其屬之。世隆疑其羅敷語，實乃女子，約為婚姻，乃偕入浙，瑞蘭徐行，口占一調寫懷，世隆聞之，歎曰：「吾只為卿有國色，不意又有天才。千載奇逢，間世之數也。」口占一詩以戲之，瑞蘭亦和之。瑞蘭調云《虞美人》：「弓鞋小，徑路險崔巍。麑豎祇應隨鹿去，燕孩安可傍鷹飛，事急且相隨。　鄉天杳，惆悵幾時歸。風打柳腰南北轉，雨催花淚長短垂，雲散月將輝。」世隆詩：「胡馬嘶風鬧北邊，好花散落石崖前。喜伊千里來相見，愧我何當任二天。琴上未彈凰覓鳳，叢中自信雀逢鸇。古稱樂重親知己，粉面休須暗淚漣。」瑞蘭詩：「冒鋒骯髒遍山邊，觸目傷心步不前。廊廟無人能捧日，江湖有我亦憂天。孤行險徑因隨虎，鳥入深叢只為鸇。回首鄉山千萬里，羅襟無柰淚漣漣。」（節録自同前「龍會蘭池録」）

六　於時世隆、瑞蘭行向五關，一道坦夷。村居野宿，皆群官族。世隆於瑞蘭，但目成影望而已。至新安境，星散墜分，世隆獨攜瑞蘭荆山而南。時興福倚江行劫，路轉烏林，鉦鼓喧天，旌旗蔽野。瑞蘭計無所逃，竟欲自裁，世隆固止之，指匿蔽於樹中，獨向麾前請命。行三十餘步，中間主將則興福也，倏見間，投戈下拜，各道詳曲，且喜且悲。世隆乃向樹出瑞蘭，興福執義嫂叔，禮見甚恭。瑞蘭固請行，世隆乃別曰：「君獨不識戴淵耶？」興福曰：「兄來，則陸機矣，何言期青蠅報市會於臨安。」興福賮世隆金帛數百，指瀟湘鎮路最寧，世隆曰：「承教。」遂別就道。世隆、瑞蘭出芝山北路，雖康洞蓬艾芃森，世隆口占詩詞，挑瑞蘭野合，瑞蘭亦口占拒之，世隆迫於私，有無賴狀，蘭泣曰：「妾豈不近人情者哉？ 謔麻贈芍藥，胡為至於我耶？」世隆歎曰：「古人謂雞肋食則無肉、棄則可惜，正予今日事矣。」蘭誓不允，世隆亦喜其執義之是。其時詩詞，聊記於此，以為有識者逆志云：世隆詩云：……瑞蘭調云《朝天措（當作「中措」）》：「日色映流霞，手爪亂交加。憶昔當年貴重，今朝錯落風沙。紅顔薄命，路傍債主，眼下冤家。不謂今宵浪静，鉦鏜怎樣催花。」（節録自同前「龍會蘭池録」）

七 還照間，方至瀟湘鎮。吕文德初為鎮尉，一方倚為全城。士民安堵市肆，行商多叢聚其間。世隆住瑞蘭於迎芳亭，遴得大邸，乃引瑞蘭入邸。邸居鎮央，主人則黄思古也，外設行房十餘，以待羈旅，内設大厦三所，以承宦族。每所琴棋詩書，花木芬芳，世隆喜其清致，不吝賃貲。駐足少頃，則有奚童二人、丫鬟二人，爨湯設酒，奉承澡飲。時瑞蘭新浴出，蓬鬢鳳姿，分外逼人。世隆迎視欲狂，笑曰：「真所謂天下一女矣。」口占五言詩十二韻贈諸奉酒間，瑞蘭亦占一律以復，至於酒聖酒賢，平原青州，絶不入口。世隆固强諸飲，瑞蘭固怯。世隆頓盃起曰：「計欲助海棠春睡耳，豈真以犀革啗宋萬耶？」亦不終席而罷。世隆詩云：「主人思古黄，借我一仙房。眼下風塵客，盃中荳蔻湯。掩扉推繡履，倚几脱羅裳。雪貌消浮屠，冰肌覺凈凉。瓊花開後土，玉樹沃雲漿。妃子嬌無力，胎儀體自香。衝鋒疑未允，想像興何當。浪静登仙鋒，煙開下客廊。牡丹新出水，天馬暗行疆。對面如千里，描情賴一觴。桃花心未動，柳絮性徒狂。安得何仙子，今宵醉岳陽。」瑞蘭調云《賣花聲》：「胡馬渡銀河，鬧動干戈。蒙君福蔭萬千多，此意此情終有報，君莫蹉跎。送我歸鄉窠，媒結藤蘿。一生緣分屬哥哥。要把風花閑地設，這事難呵。」（節録自同前「龍會蘭池録」）

八　薄夜燈明，侍婢進安眠酒，世隆怒，不沾唇，瑞蘭起奉，十分款曲。世隆曰：「卿奉酒，乃范彈冠縷耳，豈真情耶？」蘭曰：「君勿太誣人。」世隆曰：「非誣卿也，正醉重朣脱沛公計耳。」蘭笑而止。世隆曰：「死者復生，生不愧死，桑林美約，今亡矣夫！」蘭曰：「妾非輕諾寡信者，第以義有不可耳。」世隆曰：「何不可？」蘭曰：「使君自有婦，羅敷自有夫。」世隆曰：「是何言也，生雀未射，而卿鬬女，又於鼻頸徵之矣。」瑞蘭語塞：「將身攙重寶，效蔡琰贖。」世隆笑曰：「吾儒家書中金屋車馬，等閑事耳，奚重寶為？」蘭曰：「書中有女顏如玉，何用妾之棄人？」世隆曰：「國色非書中有也。」瑞蘭覘世隆意篤，佯如廁，兔脱東房，世隆忿不自勝，如焚如割，即房窗間諭以一歌，瑞蘭亦製一調以寬之。世隆歌云：「生平不識亦風流，偶遇神仙下楚州。入眼人間何處是，天然的礫掛心頭。五關幸脱罩于老，烏林又遇孫彪到。伊人保護不勝多，擔盡千煩與萬惱。今朝平步入瀟湘，擬將雲雨遍牙床。誰知酒後機心變，翻身兔走入東房。東房門户壯秦關，萬方挑戰盡空還。心頭悖亂渾如醉，身上慌忙骨自寒。嗚呼已矣蔣世隆，無限恩情一夢中，有緣千里終相逢。人生争似玉人衣，玉人身上不相離。暮隨帳裏温香體，朝隨鏡下畫蛾眉。當年恩愛欲何如，今宵恩愛只如此。弓藏鳥盡竟何言，惱殺牡丹花下死。花下死兮柰渠何，柰渠何兮無柰何。窓前咫尺天涯遠，唱破人間薄倖歌。」瑞蘭調云《水龍吟》：「强胡百萬長驅，邊城瓦解人如草。風流才子，桑林絶處，奴家作靠。一路扶持萬千，又脱烏林兇盗。這恩情許大，銘心刻骨，豈甘丢倒。　送我歸家下落，把全身從容圖報。一枝芍藥倍紅，百歲春花偕老。看人間野合鴛鴦，羞殺我，君休道。」（節録自同前「龍會蘭池録」）

九　世隆曰：「卿欲歸家圖，不惟劉備寬荆州歲月，亦張儀以商於誑楚耶？」瑞蘭曰：「豈敢為是哉？所以歸家者，正欲白雙親，備六禮，百歲咸恒，使君得為良士夫，妾不失為相門子女，私自擇配，魯姬所以玷於曾子來也。」世隆聞相門之説，訊其實，方知廼祖丞相黄潛善，廼翁尚書復，沉想良久，雖憫其流落，益自喜其佳遇，則曰：「崔鶯非相女耶？自送佳期，至今稱為雙美。今娘子所遭之難，固大於崔氏，獨不念我耶？」蘭曰：「崔氏自獻其身，乃有尤物之議，卒焉改適鄭恒，今以為羞，妾欲歸家圖報者，正以此患耳。」世隆曰：「卿言乃鷓鴣啼耳。」蘭曰：「何也？」世隆曰：「行不得哥哥。」蘭曰：「無患也，至則行矣。」世隆曰：「决行不得，一至卿家，猕闞熬（當作獒）守，因鬼見帝渴睡漢，敢强委命哉？」蘭曰：「妾自有處，何煩君慮？」世隆曰：「彼時亦不得自主也，况重寶名重天下，求之者衆，生恐鹿走他人，徒負喬知之緑珠怨耳。」蘭曰：「君獨不識鍾建負我者哉？妾以此言告君，寧不三骰十九色於君耶？」世隆曰：「卿欲季干，恐尚書不楚王何？」蘭曰：「妾籌之熟矣，保無恙。」世隆曰：「生今涸魚淖尾，寧待西江水以求活耶？」蘭曰：「采葉與自落，遲速無幾何。」世隆曰：「巧遲不如拙速，况事急矣，讒説姑待明日，亦不可也。」蘭曰：「急客緩主人，千日亦須等待，安得荷劍逐蠅耶？」世隆曰：「如卿言，我絶望矣。」遂製《瀟湘夢》一詞以别之，詞曰：「笳鼓喧天，貔貅無數。玉仙子桑下相逢，再三懇怙。醜豺狼不諳光景，把親妹丟開忘顧。攜手向南行，看一枝好處。萬萬千千湊補。誰料風平浪静，翻旗覆鼓。羅帶壯金湯，又把重門深固。千婉轉，萬婉轉，張目挺身，恁我怎生擺布。何謂當日我如山，何謂今朝我如虎。不念我、一途風露，好多辛苦。懷盡了山盟野誓，變盡了雲朝雨暮。看世上人間，惟有這個婦人，銅肝鐵肚，天兮天兮何訴。從今割斷虛花債，明月三更，卿也西去，我也東走，莫把有情風月，着這無情擔悞。再不回頭也，看這個冤家，花下都是黃泉路。嗚呼！一曲瀟湘詞，今宵懊恨為誰奏。送卿去也，永作欺人話譜。」瑞蘭聞其詞，且驚且喜。推户出曰：「晉國亦仕國也，未聞仕如此其急也。」世隆曰：「既云仕國，君子之難仕，何也？」瑞蘭曰：「其如玉盞下地何？」世隆曰：「桑海亦有田時，不必更多說。」摟以就寢，瑞蘭曰：「妾尚葳蕤，未堪屑越，願君智及而行之以仁，幸甚。」世隆曰：「謹領。」方會間，瑞蘭半推半就，羅襪含羞卿（當作卸），銀燈帶笑吹。再三叮嚀，千萬護持，翡翠衾中，桃花浪轉，支左吾右，幾不能勝。腰倦鬢鬆，扶而不起，仔細温存而已。頃之，漸入佳境，妙自天然，似非人間有者。雖蘭橋、巫峽、芙蓉城之遇，殆未能加於此。（節録自同前「龍會蘭池録」）

一〇　瑞蘭入，謂世隆曰：「妾知有今日事久矣，徒君不入人言耳。」時世隆病殘骨立，瑞蘭扶出，祝曰：「舉棋不定，弗勝其偶，君尚捫虱對桓温，勿視其巍巍然，否則，樂昌鏡破矣。」世隆曰：「我今無能為也，但以卿為泰山耳。」出見尚書，不能自立，坐，仆於東坡椅上，尚書怒曰：「豈以碧紗籠中乘龍耶？」瑞蘭曰：「呂蒙正亦以渴睡漢受欺，狀元天下，將何如？」尚書曰：「不必言，世豈有此人能乘風破萬里浪乎？」瑞蘭曰：「古稱美人者，漢李夫人，猶曰吾病久色衰，今世隆色因病耳，願尚書且效平原君，以毛遂備數。」尚書怒，世隆起而入。尚書隨拘黃思古家長幼立堦下，欲為打鴨驚鴛鴦計。思古舉家驚怖，因勸分異者，瑞蘭久之乃詐入整粧，贈世隆以半衫，曰：「此浣火也，來日以此為約。」

盤桓顧盼，不忍倏離。尚書立迫，瑞蘭忿恨氣絶，尚書命留兒扶之，登車而去。其時相别詩調，亦有可憐者，具録於此。瑞蘭調《一剪梅》云：「瀟湘店外鬼來呵，愁殺哥哥，悶殺哥哥。伊人自作撲燈蛾，去了哥哥，棄了哥哥。　把頭相向淚懸河，怎捨哥哥，謾捨哥哥。此歸花案不差訛，生屬哥哥，死屬哥哥。」世隆調《滿(當作望)江南》云：「堪愁處，風急力難支。司馬祇驚消渴死，文君謾唱别離詞，愁淚遍胭脂。　扶頭起，祝付莫相疑。于祐寧無相會日，張儀還有可言時，欲去仍躊躕。」瑞蘭樂府云：「淚潺潺，愁破肝。别君易兮見君難。見君何處是，除在夢魂間。嗚呼命薄兮瑞蘭。」世隆樂府云：「雲白兮山青，篪響兮人行。雲雨山兮還相見，我與卿兮從此分。卿卿兮，未知何日見卿。」（節録自同前「龍會蘭池録」）

一一　世隆思瑞蘭意篤，製《送愁文》並詩詠，具録於此。《送愁文》云：……《柳梢青》調云：「楚岐雲收，西廂月暗，竹瀑飛聲。玉友歸程，羅衾淚滴，繡枕魂驚。花中永中膏肓，起來對坐誰適情。半盞孤燈，幾杯濃酒，一柳梢清。」（節録自同前「龍會蘭池録」）

一二　一日，瑞蘭、瑞蓮相攜遊亭，瑞蘭心切世隆，神思恍如有失，言語問答，多不自持。瑞蓮疑其私，辭歸，蘭許之。蓮匿於太湖石後，覘其來者何人。久之無蹤，但見瑞蘭長噫灑淚曰：「曰天曰君而已。」蓮往訊其實，蘭怒曰：「我身即汝，敢相誣耶？」瑞蓮以讙言謝，乃辭歸，匿於前所，瑞蘭意瑞蓮之果於歸。蘭焚香祝天：「保祐蔣生出。」未幾，刺背曰：「蓮得聞矣，同室兄弟，何相瞞之甚耶？言通無患。」瑞蘭泣而不言，良久，誦一詞以答，聊記於此。詞曰：「妹氏何如致我，我有許多不可。

憶昔舊情人，淚沾巾。望斷瀟湘，那裏病損，相如痊未。要説許闌珊，口難開。」（節録自同前「龍會蘭池録」）

一三　一日，瑞蘭攜世隆遊後園，見亭扁曰拜月，沉思久之，笑曰：「子其念瀟湘舊跡乎？」瑞蘭曰：「然。」世隆曰：「生觀今日，則娘子之終身可知矣。」遂製《拜月亭記》以表瀟湘之遺跡，其記云：「古人名亭，所以示不忘也。歐陽不忘山水，名以豐樂；希文不忘清素，名以濯纓焉；忠肅不忘榮歸，名以衣錦。瀟湘主人以瀟湘之亭名於臨安官舍，其亦有所不忘者矣。亭有月，月有人，設榻一張，焚香一炷，拜於玲瓏之間。其不忘者，情耳，情之所在，時則隨之。時乎束蒭人遺，鴻鯉天遥，參商地阻；其拜也，滿地蟲聲，過牆花影，心傷千里，淚灑盈襟。人愁也，月愁也，亭，固愁亭也，愁其不忘也已。時乎繩囊永固，鸞鳳交飛，粧臺並遊；其拜也，蘭麝薰芳，絲羅映色，一唱一隨，一歌一舞。人樂也，月樂也，亭固樂亭也，樂其不忘也已。憂樂不同，而同於不忘，情至是，其亦鐘矣。予嘗以是問諸亭，亭則無知；問諸月，月則無言；問諸心，心則無徵；進而問之友人，友人付之一笑耳。三致問，始言曰：『月與天地久者也，爾我之情，其月之於天地乎？寧容忘？』予曰：『情不忘矣。』記之。」附風、花、雪、月四詞於左：「風嫋嫋，風嫋嫋。冬嶺泣孤松，春郊摇弱草。收雲月色明，捲霧天光早。清秋暗送桂香來，拯夏頻將炎氣掃。風嫋嫋，野花亂落令人老。」「花豔豔，花豔豔。妖嬈巧似粧，鎖碎渾如剪。露凝色更鮮，風送香常遠。一枝獨茂逞冰肌，萬朵争妍含醉臉。花豔豔，上林富貴真堪羨。」「雪飄飄，雪飄飄。翠主對梅萼，青鹽壓竹梢。灑空飛絮浪，積檻聳銀橋。千山渾駭鋪鉛粉，萬木依稀掛素袍。雪飄飄，長途遊子恨迢遥。」「月娟娟，月娟娟。乍缺鈎横野，方員（當作圓）鏡掛天。斜移花影亂，低映水紋連。詩人舉杯搜佳句，美女推窗遲夜眠。月娟娟，清光千古照無邊。」（節録自同前「龍會蘭池録」）

一四 自嘆勞苦：曹東畒赴省，陸行良苦，作詞自慰其足云：「春闈期近也，望帝鄉迢迢，猶在天際。懊恨這一雙脚底，一日厮趕上五六十里。　争氣，扶持我去，轉得官歸。恁時賞你，穿對朝靴，安排你在轎兒裏。更選弓鞋，夜間伴你。」（同前書卷二上欄「搜奇覽勝・詩詞類」）

一五 薦引陳文惠：吕申公屢乞致仕，仁宗度其不可留，因問曰：「卿去，有誰可代？」申乃引陳文惠曰：「無如陳堯佐。」仁宗然之。文惠極懷薦引之德，因作燕詞，攜酒過之，申公使之歌焉，詞曰：「三（當作二）社良辰，千家庭院，翩翩又見新歸燕。鳳凰巢穩許為鄰，瀟湘煙煖來何晚。　亂入紅樓，低飛緑岸，畫梁時拂歌塵散。為誰歸去為誰來，主人恩重珠簾捲。」申公笑曰：「自恨捲簾人已老。」文惠曰：「莫愁調鼎事無功。」自後文惠在朝，每月賫金一百以問安焉。（同前）

一六 意娘寄柬：梁意娘者，儒家女。十六能詩，與李生為兩姨兄弟，時節往來。一日，意娘因父母俱出，輒與李生通焉。生歸，女思生不至，寄柬書云：「痛别之後，靡日不思，兄何見疎，杳無音耗，能復一來否？紫繡香囊、金魚扇墜雖粗且微，皆予所親製，如不棄去，庶得常近玉體，餘非面晤，莫伸此意，作《秦樓月》一闋聊寄情耳。」其詞曰：「春宵短，香閨寂寞愁無限。愁無限，一聲窗外，曉鶯新囀。　起來無語成嬌嬾，柔腸易斷人難見。人難見，這些心緒，如何消遣。」生得之，益為思感。將赴其約，又聞飛謗，因入市問，卜得兆曰：「隔江望寶，迢迢阻隔，雖欲從之，水深莫測。」生恍然自失，又阻其行，女見失約，又寄二詩與生云：「尺素緘愁不忍窺，柔腸結盡轉相思。薄情忍作經年別，何日相逢一解衣。」又云：「踪跡浮萍落五湖，一番相別一番疎。不知此去從何去，還許春風得見無。」女賞春畢，寄生小帖云：「比日媽媽邀諸母遊東園，日暖風和，紅稠緑疊，暗想年華，頓添愁緒。對諸姊妹，雖强歡笑，而思念之情終不可抑，因成小詞録呈。」詞名《茶瓶兒》，詞曰：「滿地落花鋪繡，麗色着人如繡（當作酒）。曉鶯窗外啼楊柳，愁不奈，兩眉頻皺。　關山杳，音信悄，那堪是昔年時候。盟言辜負知多少，對好景，頓成消瘦。」後因情愛相牽，形於顔色，父母知之，配為夫婦，乃遂其願矣。（同前）

一七　忠以詞見：岳鄂王飛，精忠天植，在宋將中建節最少，其恢復中原之志，見於翰墨者不可殫述，嘗作《滿江紅》詞曰：「怒髪冲冠，憑闌處、瀟瀟雨歇。擡望眼，仰天長嘯，壯懷激烈。三十功名塵與土，八千里路雲和月。莫等閑，白了少年頭，空悲切。　靖康恥，尤（當作猶）未雪。臣子恨，何時滅。駕長車、踏破賀蘭山缺。壯志飢飡胡虜肉，笑談渴飲匈奴血。待從頭、收拾舊山河，朝天闕。」國朝長州文徵明先生嘗和其詞曰：「拂拭殘碑，勅飛字、依稀堪讀。慨當初，倚飛何重，後來何酷。果是功成身合死，可憐事去言難贖。最無辜，堪恨更堪憐，風波獄。　豈不惜，中原蹙。豈不念，徽欽辱。但徽欽既返，此身何屬。千載休談南渡錯，當時自怕中原復。區區一檜亦何能，逢其欲。」意以殺飛者，高宗私心之為，特不過假手於檜耳，此亦《春秋》推見至隱之法。（同前）

一八　張氏守節：岳州破時，徐君寶妻張氏被虜，乘間題詞於壁，其詞名《滿庭芳》，詞云：「漢上繁華，江南人物，尚遺宣政風流。綠窗朱户，十里爛銀鈎。一旦刀兵齊舉，旌旗擁□貔貅。長驅入，歌樓舞榭，風捲落花愁。清平三百載，典章文物，掃地百俱休。幸此身未北，猶客南州。破鏡徐郎何在，空惆悵、相見無由。從今後，斷魂千里，夜夜岳陽樓。」書罷，赴水而死。（同前）

一九　以鍼詠妓：有一秀士至於花街遊玩，偶見妓女刺繡帳前，有同遊者謂士人曰：「汝能吟詠，以鍼為題作一詞，何如？」士人應口題曰：「曾經鍛鍊鋭鋒聳，佳人玉手拈弄。有時挑得花心動。那時節，佳人只喜硬剛剛，軟的原來不用。」題畢，那士人謂其友曰：「汝亦能詩，可無詠乎？」友作詩曰：「一寸堅鋼鐵作成，綺羅叢裏度生平。若教玉手拈來急，挑得花心朵朵新。」三生詩意，寔所以譏其妓也，那妓人聞之，頗亦心動，遂留之宿，而不索其所費矣。（同前）

二〇　何公遊祠：何公喬官至尚書，遊岳王祠，作詞曰：「自□（當作分）林泉人，此腰久不折。今見穆王祠，下拜非予越。一拜忠義之堂堂，二拜精忠之凛烈。三拜文武之全才，四拜古今之豪傑。為二帝之仇，雪中原之恥。朱仙鎮已逼東京，十二金牌和議決。倉糧須盡莫須有，國體已忘公道絶。嗟哉五國海天邊，二帝向誰説。我有一管筆，利似龍泉鐵。可剞檜之心，可斷檜之舌，斫檜之頭，刺檜之血。万俟卨附勢欺君，固當粉其骨。張浚（當作俊）之妬賢嫉能，亦安能逃其責。風清月朗酒酣時，擊盞扣壺歌一闋。為人臣子，不能為君之流涕者，是亦失臣之節。大奸劉摯、賈似道，萬里山河宋家滅。」（同前）

二一　酒澆墳土：戴復古未遇時，流寓江右武寧。有富家翁愛其才，以女妻之。三年餘，戴欲作歸計，妻問其故，告以先曾娶妻。妻白之父，父怒，妻解釋。以奩具贈之，仍餞以詞曰：「惜多才，憐薄命，無計可留汝。揉碎花箋，忍寫斷腸句。道傍楊柳依依，千絲萬縷，抵不住、一分愁緒。捉月盟（脱『言』字），不是夢中語。後回君若重來，不相忘處，把杯酒，澆奴墳土。」别後，遂赴水而死。（同前）

二二　雄雌交感：陳全遊金陵衏衏，多所題詠，俱俏爽語。其題睡鞋詞云：「新紅睡鞋三寸正，不着地，偏乾净。燈前換晚粧，被底勾春興。醉人兒，幾回輕薄醒。」又與妓飲，適見雄雞交雌者，妓請咏之，詞曰：「汝靈禽，非走獸。風流事，誰不有。只好背地偷情，那許當場弄醜。若是依律問罪，應該笞杖徒流。更加一等强論，殺來與我下酒。」又見一妓新浴起曳單裙者，即咏曰：「華清宴罷新浴起，帶濕裙拖地。單嫌月色明，偷向花陰立。悄東風，悄東風，有心兒輕揭起。」又見一妓揭裙就地小遺者，詞云：「緑楊深鎖誰家院，佳人急走行方便。揭起綺羅裙，露出花心現。衝破緑笞痕，滿地真珠濺。那小娘兒，不見墻兒外，馬兒上，有人覷見。」似此類者尚多，不能盡述。（同前）

二三　事露獻詩：琳井朱繼賢館惠安，東家妾名麗春，因携湯晚浴，與合久，至冬事露，東家說：「往敝園得句云：『昨日芳菲總已塵，籬邊光彩有長春。無端春蝶偷香慣，貪採花心不畏人。』煩為斤正。」繼賢惶愧，睡卧不安，恐明日患臨，題春風詞於壁云：「回首風流處，餘香還幾許。閑花豔豔總迷人，住住住。相倚相偎，再分付，怕生愁阻。好事天教露，難悔行差路。對鏡無語自思量，去去去。無可奈何，不嫌昏黑，不寫辛苦。」寫罷，脱身逃去。至途嶺，遇虎咆哮，繼賢魂散，適店主啟門，遂鑽入，至天亮行。自忖只因色慾，險喪身命。由是束脩行裝，全不敢取，終絶南行。此事寔有，録之，以為士君子之龜鑑。（同前）

二四 過登釣臺：余因轍迹四方，過嚴州，登子陵釣臺，覩其中春樹暮雲，溪聲山色，足稱賞心，使人世路塵襟之鄙懷頓脱落於斯須，仰瞻四壁詩詞，搆思於名公高客者，殆不可以一二屈指，余記其中一詞，尤為絶品，詞曰：「雲山蒼蒼兮煙水稠，石磴潺潺兮江水流。故人兮見旒，先生兮羊裘。使人皆先生兮，誰其伊周。使人不先生兮，誰為巢由。可仕止久速兮，舍聖人吾將焉求。清風一絲兮，垂為名釣。蕉黄荔丹兮，香火千秋。臺下幾篙兮，榮辱之舟，先生一笑兮白雲收。」（同前）

二五 太宗賞月：永樂某年八月中秋節，太宗開宴賞月，而月為濃雲所掩，因命解縉學士賦詩，解作《風落梅》一闋，其詞曰：「嫦娥面，今夜圓。垂簾不着羣臣見。拚今宵，倚闌不去眠。看誰過，廣寒殿。」上覽之，歡甚，留解飲，至天明而散。（同前）

二六 吕洞賓方竅：梓潼婁道明者，家極富足，善玄素術。常蓄少女十人，一有孕，即遣去，復置新者，嘗不減十人之數，晝夜迭御，殆無休息，神清體健，面若桃紅，或經日不食，年九十有七，止如三十許人。尤好誇誕大言，對客會飲，或言玄女送酒，或言素女送果，或言彭祖、容成輩遺書，自以為真仙也。一日，洞賓詭為乞人登門，婁不之識，叱之使去，洞賓以兩足踏石上，忽成兩方竅，深可三寸，婁始驚異，延至坐右，曰：「子非乞人也。」即出侍女，歌遊仙詞以侑之酒，洞賓口占《望江南》詞酹之曰：「瑶池上，瑞霧藹，羣仙素練。金童鏘鳳板，青衣玉女嘯鸞笙，身在大羅天。沉醉處，縹渺玉京山。昌散（當作『唱徹』）《步虚》清燕罷，不知今夕是何年，海水又桑田。」侍女進蜀箋，婁請書之，洞賓自紙尾到書徹紙首，字足不遺空隙，婁大驚異，方欲請問道，洞賓曰：「吾已口口相傳矣。」婁請益，又曰：「吾已口口相傳矣。」俄登門外，婁忽不快，吐膏液如便者數斗而卒，口口相傳之説，與夫石上洲方竅，皆吕字之寓也。（同前）

二七 無心昌老：横浦大庾嶺有富家子，慕道建庵，接雲水多年。一日，衆建黄籙大齋，方罷。忽有一襤褸道人來求齋，衆不知恤，或加以凌辱，道人題一詞曰：「暫遊大庾，白鶴飛來誰共語。嶺畔人家，曾見寒梅幾度花。　春來春去，人在落花流水處。花滿前溪，藏盡神仙人不知。」末書云「無心昌老來」五字，作三樣筆勢，題畢，竟入雲堂，良久不出。及遍尋之，不見其跡矣。徐視其字，深透壁後，始悟昌字無心，乃吕翁也。衆大悔恨，不能與之語焉。（同前）

二八 同客人：熙寧中，江南有李先生者，自號同客人，每持莎（當作蓑）笠綸竿，敲短版，唱《漁家傲》，又為嗚榔之聲以參之，音清悲激，如在青霄。其詞曰：「一月江南山水路，李花零落春無主。一個魚兒無覓處。風和雨，玉龍生甲歸天去。」或人見之，與之以錢不受，與之以酒不辭。後以甲辰二月中卒，人欲瘞之，忽不見其尸矣，止遺詩一首云：「宇宙産黄芽，經爐煅作砂。陰陽烹五采，水火煉三花。鼎内龍降虎，壺中龜造蛇。功成歸物外，自在樂煙霞。」人始悟同客之名乃吕洞賓也。（同前）

二九 汴京茶肆：後周末，汴京有石氏設茶肆，一女尚髫齓，令以行茶。洞賓詭為丐者往取之，據上坐求茶，衣服襤褸，血肉垢污，殆不可近。女殊無厭惡意，益取上茗待之，父母怒笞女，女益待之無厭。洞賓謂女曰：「汝能啜我所飲茗之餘乎？」女以穢甚，不可下咽，遂傾於地，忽聞異香，亟舐之，神氣爽然。洞賓乃曰：「我非丐者，乃吕先生也，惜汝不能盡食吾餘。然汝願貴乎？富乎？壽乎？」女曰：「我小家子，不知何為貴，得富且壽足矣。」洞賓遺詞一首，名《漁父詞》以與之：「子午常飡日月精，玄關門户啟還扃。長如此，過平生，且把陰陽仔細烹。」言畢，不復見矣。後女享年百三十五歲終。（同前）

三〇　平江吴邑有華姓者，諱國文，字應奎。厥父曰衮，係進士出身，官授提學僉事，主試執法，不受私謁，宦族子弟，類多考黜。遂被暗論致仕，謝絶賓客，杜門課子。國文年方十五，狀貌魁梧，天姿敏捷，萬言日誦，古今墳典，無不歷覽，舉業之外，尤善詩賦。會有司㮚考，生即首拔，一邑之中，聲價持重。生父先年聘鄰邑同年知府張大業之女，與生為妻。張無男嗣，止生二女，貌若仙姬，愛惜如玉，遍尋姆訓，日夕閨中教之，故不特巧於刺繡，凡琴棋、音律、詩畫、詞賦，無不漁獵。長名曰端，字正卿，年十八，配生；次名曰從，字順卿，年十六，配同邑卿官趙姓者之子。是歲，生父母遺禮，命生親迎。既娶，以新婦方歸，着生暫處西廳書館肄業。不意端與生伉儷之後，溺於私愛，小覷功名。居北有名園一所，乃衮宦遊憩之地，創有凉亭，雕欄畫棟，極其華麗。壁間懸大家名筆，几上列稀世奇珍，佳聯掇畫，耳目繁華，大額標題，古今墳典，誠人間之蓬島，凡世之廣寒也。生每與端遊玩其間，或題詠，或琴棋，留連光景，取樂不一。一日，蓮花盛開，二人在亭，並肩行賞。忽見鴛鴦一對戲於蓮池，端引生袂，謂曰：「昔人有謂蓮花似六郎，識者譏其阿譽太過，今觀此鳥雙雙，絶類妾與君也。不識稱謂之際，當曰鴛鴦之似妾與君乎？妾與君似鴛鴦乎？」生曰：「予與君似鴛鴦也。」端曰：「何以辯之？反以人而不如鳥乎？」生即誦古詩一絶以答之，云：「『江島濛濛煙霧微，緑蕪深處剔毛衣。渡頭驚起一雙去，飛上文君舊錦機。』以是詩觀之，此鳥雖微，然生有定偶，不惟其無事，而雙雙同遊，雖不幸而舟人驚逐，雌雄或失，終不易配，是其德尤有可嘉者。若夫吾人或先貧而後棄於妻，或後貴而遂忘乎婦，以此論之，殆不如也。」端曰：「或棄或忘，此買臣、百里奚夫婦之薄倖態耳，此奚足齒？但所謂鴛鴦之永不相違者，妾與君當以之自效也。」因歸庭索筆，謂生曰：「請各題數語，以為鴛鴦之敘，可乎？」生曰：「卿如有意，予奚靳焉。」乃首綴《一剪梅》詞曰：「菡萏初開雨乍晴，香滿孤亭，緑滿孤亭。一雙鸂鶒泛波輕，時掠浮萍，共掠浮萍。」端傍視，因曰：「君詞白雪陽春，固難為和，但各自為題，猶不足以表一體之情，君如不以白璧青蠅之玷為嫌，妾請終之，共成一詞，何如？」生笑曰：「得卿和之，豈不益增紙價耶？」欣然授筆，端續題曰：「人傳夙世是韓憑，生也多情，死也多情。共君挽柳結同心，從此深盟，莫負深盟。」書成，二人交玩，如出一手，喜不自勝，相與款狎亭中。不意文宗欲定科舉，文書已到。生父聞知，即往西廳尋生，及至，其門早已闔矣，然猶意其在内也，歸，令母喚之。夫婦俱不在室，衮大駭，因以端侍妾月梅者掬之，方知生、端頻往園中遊玩，父震怒不已。月梅匆匆至亭報知，生、端惶懼潛回，父已抱氣就寢，生往卧内侍立久之，竟不得一語。蓋衮雖止生一子，然治家甚嚴。生素性至孝，見父忿怒之深，恐傷致疾，乃跪而言曰：「兹因北園蓮茂，竊往一觀，罪當譴責。但大人春秋高大，暫息震怒，以養天年。不肖明日自當就學於外，以其無負義方之訓也。」父亦不答。時生母亦往責新婦，方出，見生戰戰不寧，乃謂（當作為）之解曰：「此子年殊未及，故蹈此失。今姑宥之，俟其赴考取捷，以贖前罪。」父乃起而責之曰：「夫人子之道，立身揚名，幹蠱克家，乃足為孝。吾嘗奉旨試士，見宦家子弟籍父兄財勢，未考之時，淫蕩日月，一遇試期，無不落魄，此吾所深痛者。今汝不體父心，溺於荒怠，何以自振？汝母之言，固秀才事也，然此不足為重，欲解父憂，必俟來秋寸進則已，不然，任汝所之，勿復我見。」生唯唯而退。至夜歸室，惆悵不已。端至，亦不與言，端恐其怨己也，乃肅容斂衽而言曰：「今者妾不執婦道，受譴固宜，貽咎於君，此心甚愧。但往者難諫，來猶可追。」遂取筆立成一詞，以示自責之意，曰：「雕欄畔，戲鴛鴦，綵筆題詩句短長。欲冀百年長聚首，誰知今日作君殃。　裙釵須乏丈夫剛，改過從兹不敢忘。不敢忘，蘋蘩中饋，慰我東床。」題訖，置之於几。生覽畢，見端俛首倚席，有無聊之狀，乃以手挽之，曰：「予非怨卿，卿何有慝之深也。」（節録自同前書卷五下欄「雙卿筆記」）

三一　張有門生數人，皆有才望，時令與生作課。居一月餘，生工程無缺，但以久別於端，心恒悶悶，乃作《長相思》詞一首以自遣，詞曰：「坐相思，立相思，望斷雲山倍慘吁，此情孰與舒。　才可如，貌可如，更使温柔都已具，堅貞不似渠。」生製成，欲留以寄端，乃以片紙書之，粘於書廚之內。（節録自同前「雙卿筆記」）

三二　次早，蘭以生昨醉，奉水去遲，過從窓下，從在內呼曰：「何往？」蘭因顧焉，見從几上新寄蘭花二串，蘭指曰：「何用許多？」從曰：「汝試猜之。」蘭曰：「欲以一串與老夫人。」從曰：「非也。」曰：「欲與老相公乎？」從曰：「相公素不好此。」蘭思昨日生過此，曾問此花，意其必與生也，乃曰：「吾知之矣。」從曰：「果誰？」蘭曰：「莫非華姊夫乎？」從曰：「是固是矣，但汝將去，不必説是我的。」蘭首肯即行。至閣，生已起，久候水不至，因思：「若非岳母壽辰，小姨無由得見。」乃作詩一律以紀其美，詩曰：「飛瓊昨日下瑶樓，為是蟠桃點壽籌。玉臉暈融嬌欲脆，柳腰嬝娜只成羞。捧杯謾露纖纖笋，啟語微開細細榴。不是愚生曾預席，安信江東有二喬？」生正將詩敲推，聽窗外有履聲。生出視，見蘭手執蘭花，問曰：「何以得此？」蘭曰：「妾正為往外庭天井摘此，所以奉水來遲。」生以為然，及接至手，見其串花者乃銀線，因謂曰：「此物非汝所有，何欺我也？」蘭以從欲避嫌直告，生曰：「以花與我者，推愛之情也，令汝勿言者，守己之正也，一舉而兩得矣。」遂作《點絳唇》一首以頌之：「楚畹謝庭，風露陪香，人人所羨。姮娥特獻，尤令心留戀。　厚情罕有，銀線連行串，還堪眷。避嫌一節，珍重恒無倦。」蘭見生寫畢，正將近前觀其題者何語，生即藏於匣内。蘭不得見，乃出，謂從曰：「方纔蘭花因穿以銀線，華官人即知是娘子的矣。感歎不已，立製一詞。妾欲近視，即已收之，此必為娘子作也。」（節録自同前「雙卿筆記」）

三三　生初雖亦有慕從之心，然思是小姨，一萌隨即遏絶，及今聞六卜，惟許於己，且向者有相士「必招兩房」之言，遂決意圖之。因撫蘭背曰：「是固是矣，何以教我？」蘭曰：「老相公與夫人擇日要往城外觀中還願，若去，必至晚方回。官人假寫一書與妾，待老相公等去後，妾自外持入，云是會晤友相請。官人於黄鶯弔屏詩末著娘子之名於下，潛居別窓，妾以言賺之，必與妾來看，那時妾出，官人亦效前番而行，不亦可乎。」生手舞足蹈，喜之如狂，即寫書付蘭，乃作《西江月》一首：「淑女情牽意絆，才郎心醉神馳。聞言六卜更稀奇，料應蒼天有意。　欲效帝妻二女，須煩紅葉維持。他時若得遂雙飛，管取慇懃謝你。」蘭去，生行住坐卧皆意於從。（節録自同前「雙卿筆記」）

三四　張細認字跡，果婿所寄，又見書中言辭懇曲，不得已，乃曰：「小婿若有此舉，又承諸賢過諭，禮當從命。但我單生二女，不宜俱令遠離，况且春試在即，要待小婿上京應試連捷回來，那時送小女于歸未遲。」友即以張言語生，生知岳父親事已成，欣然稟於父母，連夜抵京。三場試罷，復登甲第，賜入翰林。生思若在翰林，無由完聚，乃以親老為名，上表辭官，天子覽奏，嘉其克孝，准與終養。及回，父母備禮，俟生親迎。張生粧資畢具。府縣聞知，各具禮儀，金鼓衛送。觀者如簇，莫不賞羡。惟從眉峰鎖納，默默無聊而已。端知其意，於夜乃置酒静室，共叙疇昔，以解其悶。席間，端曰：「此夜雖已完聚，但揆厥所由，實我寄書一節以啟其釁。」因作《西江月》一首以自責曰：「女是無瑕之璧，男為有室之人。今朝不幸締姻盟，此過深當予病。　要《記》云内外必謹，軻書授受不親。無端特令寄佳音，以致針將線引。」從曰：「實妹不合私饋蘭花，以致如此，與阿姊何與？」亦作詩一首以自責，曰：「杜宇啼春徹悶懷，南窓倚處見蘭開。青芬擬共松筠老，紫莖甘同桃李偕。聽羡欲投君所好，追思反作妾懸媒。幾回惆悵愁無奈，懶向人前把首擡。」生曰：「二卿之言固有然也，然以閉門拒嫠婦者處之，豈有此失？此實予之不德，而貽累於卿也。」遂作《長相思》詞一首以謝之，詞曰：「感芳卿，謝芳卿，重見姮娥與女英。二德實難禁。相也靈，卜也靈，姻緣已締舊時盟。還疑夙世情。」又詩一首以為慰云：「配合都來宿世緣，前非滌却總休言。稱名未正心雖愧，屬意惟堅人自憐。莫把微瑕尋破綻，且臨皓魄賞團圓。靈臺一點原無恙，任與詩人作話傳。」是夜完聚之後，倏忽間又輕數載。天子改元，舊職俱起敘用，生與端，從同歷任所。二十餘年，官至顯宦，大小褒封，致政歸田。端後果無所出，惟從生一子，事端曲盡其孝，夫婦各享遐齡。時無以知其事者，惟藺備得其詳，逮後事人，以語其夫，始揚於外。予得與聞，以筆記之。不揣愚陋，少加敷演，以傳其美，遂名之曰《雙卿筆記》云。（節録自同前「雙卿筆記」）

三五　《琴精記》：鶴雲者，乃鄧州人，姓金，生也美風調，樂琴書，為時輩所稱許。宋嘉熙間，薄遊秀州，館一富家。其卧室貼近招提寺，夜聞隔牆有歌聲。乍遠乍近，或高或低。初雖疑之，自後無夜不聞，遂不以為意。一夕，月明風細，人静更深，不覺歌聲起自窓外。窺之，見一女子，約年十七八，風鬟霧髩，綽約有姿。疑是主家妾勝（當作媵），夜出私奔。不敢啟户，側耳聽其歌曰：「音音音，你負心，你真負心，孤負我到如今。記得當時，低低唱，淺淺斟，一曲值千金。如今寂寞古牆陰，秋風荒草白雲深，斷橋流水何處尋。凄凄切切，冷冷清清，教奴怎禁。」女子歌畢，敲户言曰：「聞君俊才絶世，故冒禁以相就。今乃閉户不納，苦效魯男子行邪？」鶴雲聞言，不能自抑。纔啟户，女子擁至榻前矣。鶴雲曰：「如此良夜，更會佳人，奈何燭滅樽空，不能為一款曲也？」女子曰：「得抱衾裯以薦枕蓆，期在歲月，何必泥於今宵。况翁醉之意，不在酒乎？」乃解衣共入帳中，罄盡繾綣之樂。迨隔窓雞唱，隣寺鐘鳴。女子起曰：「奴回也。」鶴雲囑之再至，女子曰：「勿多言，管不教郎獨宿。」遂悄悄而去。次夜，鶴雲具酒餚以待，女子果來。相與並坐，酣暢，女子仍歌昨夕之詞，鶴雲曰：「對新人，不宜歌舊曲，逢樂地，詎可道憂情。」因賡前韻而歌之，曰：「音音音，知有心，知伊有心，勾引我到於今。最堪斯夕，燈前偶，花下斟，一笑勝千金。俄然雲雨弄春陰，玉山齊倒絳帷深，須知此樂更何尋。來經月白，去會風清，興益難禁。」女子聞歌，起而謝曰：「君之斯詠，可謂轉舊為新，翻憂就樂也。」彼此懽情，更濃於昨，自是無一夕不會。荏苒半載，鮮有知者。忽一夕，女子至而泣下，鶴雲怪問。始則隱忍，既則大慟。鶴雲慰之良久，乃收淚言曰：「奴本曹刺史之女，幸得仙術，優遊洞天。但凡心未除，遭此降謫。感君夙契，久奉歡娱，詎料數盡今宵。君前程遠大，金陵之會，夾山之遊，殆有日耳，幸惟善保始終。」雲亦不勝悽愴。至四鼓，贈女子以金，別去。未幾，大雨翻盆，霹靂一聲，窓外古牆悉傾倒矣。鶴雲神魂飄蕩，明日遂不復留此。二年後，富家築牆，於基下掘一石匣，獲琴與金，竟莫曉其故。時聞鶴雲宰金陵，念其好琴，使人攜獻。鶴雲見琴，光彩奪目，知非凡材，欣然受之，置於石床。遠而望之，則前女子，就而撫之，近而視之，則依然琴也。方悟女子為琴精，且驚且喜。適有峽州之遷，鶴雲得重疾。臨死，命家人以琴合葬。琴精之言，一一驗矣。人有定數，物可先知，豈不信哉！（同前書卷七上欄「客夜瓊談」）

三六《古杭紅梅記》：唐貞觀時，諫議大夫王瑞，字子玉，乃骨鯁臣也。出為唐安郡史之任。有二子，長名鵬，次名鶚，皆隨焉。鶚頗有素志，處州治中紅梅閣下置學館讀書，閣前有紅梅一株，香色殊異，結實如彈，味佳美，真奇果也。郡守見而愛護之，每年結實時，守登成以數標記，防竊食者，留以供燕賞餽送，衹待賓客，是以紅梅畔，門鎖不開，若遇燕賞，方得開門。忽一朝，閣上有人倚欄，笑聲喧譁。門吏回報，恐是宅眷之人，又不聞聲音，遂立閣前看視，則封鎖不開。驚詫而回，急報刺史，開鎖看之，杳然無人。止見壁上有詩一首，墨蹟未乾，詩曰：「南枝向暖北枝寒，一種春風有兩般。憑倚高樓莫吹笛，大家留取倚闌干。」郡守見之，嗟歎良久，乃曰：「其詩清婉，無凡俗氣，此必神仙所題，遂以青紗籠罩之。或遇宴賞，郡中士夫爭先快覩，皆稱盛事，自此門禁甚嚴。忽一日設宴，王鶚與先生李浩然登閣，是時紅梅未有消息，鶚倚欄曰：「顧盼上詩意清絕，是誰為之，然未有佳效。」浩然曰：「何也？」鶚曰：「我觀其首句『南枝向暖北枝寒』，今小春十月，安得南枝向暖狀貌也？」遂以手指紅梅而言之曰：「何不便開花，以實前詩，以手指處，紅梅遂開，清氣襲人，瑩白奪目，頓覺身在仙境也。鶚驚駭，浩然曰：「非為怪異，乃百花之魁也。」以詩贈鶚：「南北枝頭雪正凝，因君一指便霞蒸。從知造化先呈瑞，來歲巍科必首登。」王鶚告先生曰：「蒙賜佳章，斯望不淺，未敢續貂，伏惟請益云爾：『移植揚州久秘神，孤根一指便回春。姑仙應解尋芳意，先發南枝贈故人。』」浩然歎曰：「覽此詩，前程未可量也。」久之，同下樓，秉燭各回書院。夜至半，鶚獨坐於書帷之中，焚香誦讀。鶚性孤潔，止留一小童相隨，不覺城樓更鼓已三鼕矣，將解衣就寢，忽聞有人聲，鶚曰：「是誰？」乃是一女子之聲，應曰：「妾乃門者之女，燈下刺繡鴛鴦宿蓮池，蓮池繡未完，鴛鴦繡未了，適值雨驟風顛，銀缸吹滅，輒至書帷，告乞燈火，念奴至此，已立多時，見君氣吐虹霓，胸蟠星斗，書聲越三唱之絲桐，咳唾傾囊中之珠玉，治唐虞而駕秦漢，師孔孟而友曾顏，奴亦樂道喜聞，不敢問斷君之書思也。候君就寢，乃敢叩窗，輒欲借燈，不阻乃幸。」王鶚聞其吐詞美麗清雅，頗有文士之風，疑非門者之女也。女子曰：「奴生長於斯，況前守於此置有學館，奴供洒掃，接見賢豪，剽竊詞章，暗閱經史，日就月將，亦心通焉。凔麝栢而香之美也，無足怪焉。」王鶚曰：「才學如此，想必能詩。」女子曰：「略曉平仄。」鶚曰：「請燈為題。」乃呈一詩云：……次夜，又聞東閣有大歌紅梅曲者徐徐而來，細聽其聲，乃昨夜女子之聲，鶚遂滅燈就寢。其曲乃《減字木蘭花》也：「清香露吐，玉骨冰肌天賦。素質玲瓏，微抹臙脂一點紅。迥然幽獨，不比人間凡草木。移種蓬山，解使傍人取次看。」曲罷，繼詩一絶云：「一謫人間已有年，暫抛仙侣結塵緣。多情却被無情惱，回首瀛洲意惘然。」詩罷，復來扣窗，王鶚不應。女子曰：「人非草木，特甚無情，一失機心，終身之恨。」俳徊窗下，往往歎嗟。又曰：「郎心匪石不移，妾意繁花撩亂，君非美玉之品，亦非封侯之徒。」怒罵而去，不覺雞聲報曉，樓閣初殘，則聽窗前杳然無跡。鶚乃整衣下榻，又見案上一幅花牋，觀其字如鳳舞龍蟠，翰墨瀟灑。其詩曰：……

忽一日，鶚又獨步紅梅閣下，惆悵不已。特見梅花自開，芳枝鬬豔，寒蟬噪於疏影，清風襲人暗香。忽憶壁上之詩，依前誦「南枝曾為我先開」之句，今物在人非，不覺淚下，遂望南枝別作一絶云：「風流業債告人難，女貌郎才好合歡。今日花開人不見，幾回腸斷淚闌干。」詩畢，又作《減字木蘭花》詞一闋云：「素英初吐，無限遊蜂來不去。別有春風，敢對群花間淺紅。憑誰遣興，寫向花箋全無定。白玉搔頭，淡碧霓裳人倚樓。」作罷，見樹上有一幅花箋，遂用梅枝挑下。（節録自同前書卷八

上欄）

三七　《相思記》：洪武元年，有馮琛者，字伯玉，城（當作成）都府人也。其父馮緼，爲元朝先鋒，生琛於金陵，時至元六年庚戌歲。父喪，生幼恃伊舅氏養育，長至總角，穎悟聰明，詞章翰墨，與世不相侔，特出乎人表。未幾年，南北盜起，生奔走流離，浪跡江湖，飄至臨安府。時直殿將軍趙或見生，大奇異之，趙公無子，遂收爲己子，生事之如親父。公有女名雲瓊，幼喪母，公命庶母劉氏育之。年至一十三歲，同生延師教之。生愈加恭敬如親妹，而瓊視生亦如親兄。……瓊有侍女韶華，頗巧慧，能謳詩，見瓊長吁短歎，識其意而不敢問。一日，偶過書館，生戲之曰：「我萬里無家，一身孤孑，與我結爲兄妹，何如？」韶華答曰：「賤妾卑微，何敢上投君子？」生曰：「無傷。」二人即拜爲兄妹。自此之後，與生來往甚密。一日，生問曰：「連日不見瓊娘，果恙乎？」答曰：「娘子近來得一瘧疾，倚床作《望江南》一闋。」生曰：「願聞。」韶華誦云：「香閨内，空自想佳期。獨步花陰情緒亂，謾將珠淚兩行垂，勝會在何時。懨懨病，此夕最難持。一點芳心無托處，荼蘼架上月遲遲，惆悵有誰知。」韶華誦畢，别生而去，生知瓊有意於己，潸然淚下。次日，趙公會宴，瓊侍父側，雖然四目往來，不能通得一語爲憾。生歸室，見寶鴨香消，銀臺燭暗，愁懷萬斛，展轉至晚，乃賦一律云：「暗思昨日可憐宵，得見佳人粉黛嬌。銀海曉含珠淚濕，金蓮微動玉鈎摇。謝鯤從折機邊齒，弄玉空吹月下筲（當作簫）。一笑傾城殊絶代，寧教不瘦沈郎腰。」一日，生與韶華曰：「我有手書一緘，煩汝送與瓊娘，幸勿沉滯。」韶華接去，乃潛納於鏡奩内。次早，瓊娘梳洗，見書，視之，乃《滿庭芳》詞，云：「蟬鬢拖雲，娥眉掃月，天生麗質難描。尊前席上，百媚千嬌。一點芳心初動，五更情興偏饒。訴衷腸不盡，虛度好良宵。　秦樓明月夜，餘音嫋嫋，吹徹鸞簫。閑敲棋子，愈覺無聊。何時識得東風面，堪成鳳友鸞交。憑鴻鴈，潛通尺素，盼殺董妖嬈。」瓊娘讀畢，怒責韶華曰：「汝怎傳消遞息？我與夫人説知，必難容矣。」韶華悲泣哀告，瓊意稍解。乃曰：「舍人何以知我病，送藥方與我？當以實對。」韶華答曰：「向者舍人妾言曰：『我四海無親，欲與結為兄妹。』當時妾惶愧不敢當，復問：『娘子無恙乎？』妾曰：『因病，稍安。』妾復讀娘子《望江南》詞與聽，舍人不覺淚下。至晚，以書令妾達焉。」瓊曰：「我雖未愈，不服此藥，亦不可辜其美意，我回一緘以謝之。」韶華即候瓊書畢，以詣生室。生見韶華，甚喜，生展視之，乃和《滿庭芳》一闋，云：「短短金針，纖纖玉手，閑將繡帶輕描。描鸞刺鳳，想像剔還挑。不覺黄昏又到，誰知玉減香消。鴛鴦思轉輾，又忽至中宵。　陽臺魂夢杳，彩鸞滯去，辜負文簫。美人生幾，行樂陶陶。何日相逢一面，樽前唱徹紅消（當作綃）。知此時，芳心動也，愁殺蓋寬饒。」生視畢，不覺失魂喪志，莫知身之所在。……翌日，公或探生，生曰：「投托門下，多蒙厚意，敢效結草之恩。」公曰：「或欲納汝為婿，不知可乎？」生曰：「既蒙有命，安敢不從？」遂喜而退。越十日，公命媒妁行聘為婿，至期，屏開孔雀，褥隱芙蓉，花（脱「燭」字）熒煌，歌弦管沸。生與瓊拜於堂，一如神仙歸洞府，郎才女貌世間稀。飲罷，筵散，生女入洞房，象床瑶薦，鳳枕鴛衾，生與瓊曰：「昔慕娘子之心，每於花前月上，撫景傷懷，今日至此，非天緣何如？」瓊曰：「遇君之後，行無定跡，寢不貼席，今日天隨人願，獲侍巾櫛。但願君子始終如一，則萬幸矣。」瓊擬蜂戀蝶意，遂以詞云：「翠荷花裏鴛鴦浴，碧桃枝上鸞鳳宿。花爛枝上柔，俄驚一夜秋。百歲共和諧，相看奈汝何。」生亦口占《減字木蘭花》詞云：「調雲弄雨，迤邐羅幃同笑語。春透花枝，一時相憐相愛。還了平生債。魚水歡情，髮下青絲結誓盟。」（此詞疑有脱文）越月，公被召，促裝赴京，囑託生家事而別。越三月，公奏曰：「臣老不堪用，有婿馮琛，素懷異才，臣薦為國，非私也。」上大悦，遣使召生。生與瓊曰：「蒙旨徵召，暫與相别。」瓊曰：「相會未幾，而又遽别，奈何？妾聞金陵勝地，多有歌樓妓女，切不可以留戀。」生曰：「噫！卿誤也，我心猶如冰玉，後當自見。」言畢，即促行裝起程。瓊令韶華備酒，飲别於郊外。瓊握生手，相視大慟，生亦嗚咽，瓊曰：「君今棄妾，妾無負於君。」生曰：「今日之行，出於無奈。卿有是言，殆非以為陌路人邪？」瓊曰：「君無二心，妾何以報？」口占二首以贈云：「魚水歡娱未一秋，臨岐分袂更綢繆。訴君不盡衷腸事，惟有潸潸珠淚流。」「香閨繡幙恨悠悠，一片離情不自由。争奈君心似流水，滔滔東去不能留。」生亦吟一律以答之：「懶上雕鞍悶不勝，此心如醉為多情。空垂眼底千行淚，難阻天涯萬里程。最苦凄涼馮伯玉，可憐憔悴趙雲瓊。男兒且學四方志，鐵石心腸作廣□（當作平）。」思瓊情不能已，又作《茶瓶詞》云：「憶昔當年相會，共結百年姻配。枕邊盟誓如山海，此意千載難買。恩和愛，知何在。情默默，有誰揪採。妾心未改君先改，争奈好事多成敗。」吟畢，痛哭不捨。生又扶瓊至家，囑韶華勸慰。次早，不令瓊知而去。瓊晚見月界窗痕，風鳴紙隙，舉目無親，因作《臨江仙》詞云：「明窗紙隙風如箭，幾多心事多忘。荼蘼架下見行藏，交加雙粉蝶，並肩兩鴛鴦。豈知今日成抛棄，尫羸減玉銷香。誰與訴衷腸，行雲空縹緲，恨殺楚襄王。」生行不覺月餘，未嘗不思瓊也。及見京畿將近，偶成一律云：「冉冉時光日似梭，相思無計欲如何。五雲縹緲皇都近，萬里迢遥客恨多。愁望銀河有織女，飛魂浪苑問仙娥。金陵謾説花如錦，一點芳心只自和。」生行至金陵，見上於奉天殿，上甚愛其才，即日除授為起居郎。一日出朝，因見便人，作書以寄：「雲瓊娘子粧前：拜違懿範，已經月餘，思仰香閨動静行止，未嘗離於左右。邇來未審淑候何如？琛至京，蒙授起居郎，誰料非才，幸際風雲之會，得依日月之光。偶因風便，封緘以寄眷戀之私云。」瓊得書，一喜一悲，賀者填門，瓊悲號不已，劉氏命具杯酌，弦歌寬慰。瓊編《駐馬聽》命韶華謳之，聞者莫不悽慘。自兹命無聊賴，鸞孤鳳隻，竹瘦梅臒，面似梨花帶雨，眉如楊柳含煙，因風凉月冷，影只形單，賦詩一律云：「夜深獨坐對殘燈，默默懷人百感增。愁腸百結如絲亂，珠淚千行似雨傾。月照紗窗光皎皎，風摇鐵馬響鈴鈴。總籍夫人寬慰我，金樽漫有酒如澠。」素娥善能言語，一日對瓊曰：「妾聞西湖鴛鴦失侶，相思而死，何謂也？」瓊曰：「汝戲我乎？」曰：「既知，何不自思？」瓊曰：「汝不聞李白云：『錦水連天碧，蕩漾雙鴛鴦。甘同一處死，不忍兩分張。』」素娥曰：「誰無夫婦，如賓似友，至於離合，故不可測。《關雎》詩曰：『樂雖盛而不失其正，憂雖深而不害於和。』是以傳之於經。娘子朝夕哭泣，過於哀怨，倘致非地，將如之何？望以身命為重。」瓊意稍解，恐生心有異，不能無疑焉，乃作古風一章以自慰云：「憶昔與君相拜别，三月鵑聲哀夜月。鴛鴦帳裏彩鸞孤，惆悵良人音信絶。妾心如水水復深，妾淚如珠珠濺血。深院無人春晝長，幾廻獨把湘簾揭。湘簾揭起雙飛燕，燕燕差池相眷戀。令人感動心益悲，欲寄征鴻飛不便。文君空有白頭吟，婕妤謾賦齊紈扇。君心若與我心同，妾亦於君復何怨。」瓊作雖非怨悔，相思之心殊切。撫景興懷，時無休息。佇見征鴻北去，烏鵲南飛，寒蛩在壁，秋水連天，桐風颯颯，桂月娟娟，香殘燭暗，枕冷衾寒。斯時也，空閨寂寂，人各一天，經年累月，有誰見憐？遂作《滿庭芳》詞云：「皓月娟娟，青燈灼灼，回身轉過西廂。可人才子，流落在他鄉。秖望團圓到底，反屬參商。君知否，星橋别後，一日九迴腸。相思無盡極，慘雲愁雨，減玉消香。幾回夢裏飛揚，猶記山盟海誓，地久天長。春已老，桃花無主，何日遇劉郎。」題畢，謂韶華曰：「古之女亦有如我者乎？」答曰：「有之，如秦氏之喪身，姜女之死節，皆如此也。然悲歡離合，亦自古有之。若不惜其身，至以殞絶，亦或有之。」瓊曰：「汝之言，我非不知，但恨與生會合未久，遽成離别，恐作王魁負桂英也。」（節録自同前）

三八　時海宇奠安，民物康阜，奎星拱瑞，文學聯輝，而崇尚風情雅義者，此時為最。趙州有李生名嶠者，字巨山，父岳，任潯州刺史。母趙氏懷孕時，夢神人遺雙筆而生。九歲能屬文，年登二八，而神氣英傑，有清高絶塵之姿，有温柔雅淡之態，平易之中涵蓄無窮，真乃無瑕之白璧，出世之豐采，平生不常有者也。且性敏學博，善於詩賦歌調，非天挺人傑者乎？惟目盼者而傾心愛慕，咸欲納交而不可得焉。有趙州欒城縣姓蘇者，名易道，字子遊，父賢，任鳳閣舍人，母林氏懷孕十二月而生。年弱冠時，貌亦卓雅，賦詩倒三峽之狂瀾，議論驚四筵之雄辨。時因訪親，往趙州經過，途遇得睹而切慕之，奈何難以相契。抵家之後，常注心目，瞻仰至極，每懷吟風弄月之思。秋日無聊，獨吟一律以自紀云：「虚庭空翠古秋光，倏忽人間一夜長。零露滴開黄菊冷，西風吹散芰荷香。孤燈挑盡難成夢，橫笛傳聲易斷腸。遍倚高樓人不見，寒山月色共蒼天（疑作茫）。」又繼之以《倦尋芳》詞一闋云：「梧桐泣雨，滴作秋聲，小院閑書永。木葉飄黃，正是惱人時候。夜悠悠，心耿耿，懶拈蘭麝燒金獸。捲簾兒，正憑高望遠，幾回翹首。見愁顏滿面，瓦盞金鐘，珍珠紅酒。半醉醒來，此恨依然還在，淚滴秋衫招舞袖。寒肌弱體仍消瘦，這情懷，訴與誰，問君知否？」既而秋去冬來，天寒地凍，雪滾風生，獨坐孤眠，寂寥殊甚。正納悶間，忽有趙州人姓杜，名審言，字必簡，原籍湖廣襄陽人。祖欽，任趙州刺史，遂世居焉。素有雄才豐雅，長於吟詠，時往欒城縣公幹，因借宿於店，會道於途。請入中堂，問其姓名居址，宰雞為黍以待之。與之論及世故，見其英傑超雅，亦重風情，詢曰：「貴州有李生名嶠老，公曾會否？」言微笑而答曰：「是予之表弟也，先生何以會之？」道曰：「前因訪親，路經貴州，途次相逢，盼想英容，至今不暇，但未知其人心緒如何？」言曰：「丰姿則超越絕塵，高出於斯世。論才思，則揮毫賦就，馳騁於古人，士君子咸見重焉。」道曰：「美則美矣，奈何雲山阻隔，無以相遇。」言答：「容生回家，協（當作偕）彼來拜，可乎？」道致恭而謝曰：「誠如是焉，犬馬當報。」（節録自同前書卷九上欄「金蘭四友傳」）

三九　行至城半，嶠容含洞口之桃花，臉襯九重之春色，啟絳唇，就途以拜別。道答曰：「不厭草舍，更以一宿，何如？」嶠曰：「固所願也，但恐貽父母之懷。」道聞其言，不敢强留，遂遣僕馳家問老夫人取雲絹一匹、朝履二雙、川扇四握。須臾，僕賫物至，親貢之。二人力讓不止，方受，乃趨步送別回家，歎曰：「杜子誠有信之士也，若得此子相契，心願足矣。」因調《踏莎行》詞一闋以娱情云：「春暖征鴻，秋寒歸鴈，何時再得重相見。閑情都付水東流，怪天不與人方便。　新恨重添，舊愁難展，寸心愈報千年怨。不如昨夜莫相逢，山窗寂寂空庭院。」夜深，展轉思慕，又口占一律云：「寒更承夜永，涼夕向秋澄。離心何以贈，自有玉壺冰。」（節録自同前「金蘭四友傳」）

四〇　道自別嶠之後，朝夕企慕，無時少釋於懷。越數日，與僕乘舟往趙州回拜。及登岸，輳遇言鄉回，挽手問曰：「公來何事？」答曰：「敬來叩拜，今又值逢，正昔謂天遣香階静處逢，誠此之謂矣。」言遂延入中堂，設宴西軒相款。次日，同往李嶠館内來拜，不遇。道入其書軒，見滿架經書，卷插牙籤，壁懸焦尾，畫掛孤梅，遂援筆題詩於軸而返。詩曰：「十分春色十分香，不屬東君與主張。誰畫一枝同玩賞，夜來引月到紗窗？」嶠至晚歸家，其僕告曰：「適有一先生同杜官人來拜，不遇，其人題詩於梅軸而去。問其姓名，笑而不答。」嶠曰：「人物何如？」僕曰：「標格英偉，神氣異常，有清高絶俗之規模，風流慷慨之氣象。」嶠未解意，突（疑作視）其字跡，曰：「何人如此之狂妄也？」少頃，一价持柬而至，嶠開視之，乃道詩也：「世間會合總由天，千里攜琴訪少年。寂寂山窗人不見，一堆黄卷帶牙籤。」嶠曰：「你相公來幾久矣？」价曰：「到此兩日矣。」嶠笑曰：「畫中之詩，諒必蘇兄所作也。」遂留价和詩，附答詩曰：「兩地睽違各一天，尋消問息亦多年。今朝正是相逢日，却在人間弄酒籤。」价回，將書遞上。道得此詩，喜不自勝，風雲之志頓釋，花月之懷益增。次日，嶠整衣來拜，兼具柬請見，道醉卧於花陰之下，不欲唤醒，乃題《醉花陰》詞一闋於壁間，投柬而去，詞曰：「孤館沉沉愁永晝，無奈春寒透。時節欲黄昏，洗盞提壺，飲盡千杯酒。　曲肱醉卧疎籬後，有梅花，盈舞袖。

夢裏暗生香，好個人來，試問君知否？」道醒，見此詞，認其字跡，知嶠所作。又檢視柬帖，恨不得與嶠相會。因作詩一首，遣价送與嶠云：「十分消瘦減春光，有恨難除覺夜長。酒盞未傾心已醉，花陰高卧夢中香。孰開竹户迎仙客，誰掃苔階待玉郎。去後始知君有意，謾題佳句在東牆。」嶠見詩，面僕擲地，曰：「我非有他意，蘇兄何誣人邪？」僕回告知，道歎曰：「梧桐之拳拳，不足以至鳳凰之喈喈。」次早，嶠僕來催請，道托故不往。正納悶，見書軒之西有一幅畫鳳，遂題一絶於上曰：「幾回飛夢遶高岡，吹出秦樓夜月腔。鳳鳥不來徒自悼，悲歌一曲斷人腸。」自此之後，嶠有不悦於道。請不來，約不至。道無如之奈，將此情以告言，曰：「生托身門下，將及半月矣，所來實為令表弟故也。夫何向日來拜請，見生醉卧於花陰之下，乃題詩於壁間，投簡於几上而去。生醒來見詩並柬，自謂屬意於己，因作一律以戲之，彼乃面僕擲詩於地曰：『何强誣人也！』後請而不來，事有參商。無可奈何，只得歸矣。」言止之曰：「公既為李子而來，今不見答而去，則後會難期，徒事遠勞也。況好事多磨，俗非謬語，人情反覆，理固有然，子何不察？不若暫延數日，待弟少暇，請他與公飲別，然後而歸，則今日赴合雖離，而後會之期可約。」道遵依，乃暫止焉。因調《醉東風》詞一闋：「津渡難經歷，江山非咫尺。幾回無路可追尋，思思憶憶。今偶相逢，這番會面，又無消息。低頭長歎唧，灑淚點胸襟。可憐好事竟參商，悶悶愁愁，風風雨雨，何時是得。」越二日，不意道父遣价特來促歸。言乃設筵，召嶠與道餞别。及至，禮畢，道曰：「賢弟如何寡情？」嶠曰：「何以見之？」道曰：「向日遺書與子，而對价擲地，非寡情乎？」嶠曰：「焉敢如此？乃盛价誣言矣。」道知其掩飾，遂不與辯。三人暢飲，酒至半酣，言曰：「今日無可為樂，予表弟最善歌，請以作興，可乎？」道曰：「可。」嶠曰：「何詩可歌？」言曰：「《鹿鳴》、《南山》，不必歌也。賢弟可自製《阮郎歸》一曲，甚妙。」嶠承命而歌曰：「喜看行色又匆匆，傳杯莫放空。珍珠滴破小糟紅，明朝又復東。　催去棹，速歸速，梅花兩岸風。月明窓外與誰共，相思入夢中。」道見聲清而員（當作圓），婉而亮，側耳之餘，塵氣盡掃，信奇才也。宴罷，道辭別。言具潮紗二疋、牙美人一座，嶠具色綾一端、廣葛一疋、徽扇四握。二人恭貢，道謙讓再三，方收。臨舟之際，各有不忍捨之意，遂作一律並《如夢令》詞一闋以別嶠焉：「雙淚樽前別玉郎，東風何處送歸航。月明篷底江風發，梅壓津頭兩岸香。　密意却從流水去，幽懷只望老天償。來朝歸却都城市，水遠山高幾斷腸。」又詞曰：「托跡重門深處，引起春情愁緒。輕雲薄雨難成，佳會又為虚語。歸去，歸去，寂寞良宵虚度。」嶠見道有眷戀之切，亦增感慨，遂吟五言一律以答焉：「銀燭吐青煙，金樽對綺筵。離堂思琴瑟，别路遶山川。明月隱高樹，長河没曉天。悠悠歧路去，後會在何年。」言見二人惆悵不已，亦作五言一律云：「相見楚天外，夢遶楚山吟。更落淮南葉，難為兩地心。衡陽問人遠，湘水向君深。欲逐孤航去，茫茫何處尋。」三人留戀，至晚而别。（節録自同前「金蘭四友傳」）

四一　道抵家，慰安父母，默歸書館。又見塵几案，愈加鬱悶，終日惶惶，如有所失，經史無心，惟尋便與嶠相會。一日，偶有趙州人來，道詢知，即附一詩與李嶠。其人回，即送與嶠，嶠拆視之，不忍什（當作釋）手。詩曰：「冬冷山頭樹拂雲，布衾難暖夢難成。寂寥夜夜渾無伴，空有梅花襯月明。」既而冬去春來，魚沉鴈杳，又作一詩絶並《一剪梅》詞一闋，遣价送去與嶠。詩曰：「紅滿枝頭緑滿枝，惱人天氣正斯時。尋花無奈香街遠，望柳多嫌煙徑迷。密意難憑鶯燕訴，幽情誰許蝶蜂知。何人為我傳消息，未贈黄金且贈詩。」詞曰：「花有清香月有陰，花影重重，月影沉沉。相思無語只狂吟，愁也難禁，恨也難禁。欲托焦桐訴此情，未遇知音，難遇知音。何時密意共情深，金也同盟，石也同盟。」嶠見僕至，喜甚，詢及相公起居安泰，遂拆封讀之。及知道心意甚堅，即和詩一律並絶句以附答云：「倚欄偷淚濕花枝，一日思君十二時。輾轉竹床春夢短，高燒銀燭夜眠遲。心投金石人難識，意托焦桐我自知。一段好懷無可訴，采（當作彩）毫題就斷腸詩。」又絶句云：「花自舒紅柳自青，上林春色又粧成。於今釀得珍珠酒，來共花陰酌月明。」道見僕回，拆開，得此佳句，自謂陳、雷之義可踵，鮑、管之交可繼，奈山川阻隔，切切難合。鳥啼花謝，每愁歲月之易邁；物换星移，又恐光陰之虚度。乃調《西江月》云：「記得當初會語，徒勞千里移琴。今朝遺我羽林音，却是多情有分。又值風柔雨重，何堪屐矮泥深。這回無路可追尋，只恐花飛散影。」（節録自同前「金蘭四友傳」）

四二　一日，有崔生者，名融，字安成，亦居宦裔，與道甚契，來拜。款叙間，忽見壁上有《西江月》之詞，尋思良久，曰：「此詞固佳，似有閑情未遂之意。」道以實告之。融曰：「此奇遇也，何不圖之？」道曰：「心緒恍惚，無計可施。兄有高見，請以告我。」融曰：「借言趙州求師，此決就矣。」道得其言，大悦，設饌暢飲而別。（節録自同前「金蘭四友傳」）

四三　嶠自和詩回答之後，一日步出館門，遇道經過，請入書室，對坐曰：「尊兄為何久不下顧？」道曰：「子絶我甚，來亦無補。」嶠曰：「未嘗有絶於兄也。」道曰：「予自遇賢弟之後，自謂可踵陳、雷之後跡，管、鮑之驥尾，故魂魄飛揚，心神摇蕩，雨泣風悲，猿啼鶴唳，無不牽情。是以尋問求便，履險涉危。及至於斯，夫何屢次見求於子，而子屢見拒，予以弟之年少，不解世故，察弟之言，又非無意於予也。今日偶然之遇，實為洪幸。倘若見憐，萬祈卸珮一歡，則萬幸矣。」嶠含羞容答曰：「心孚意契，不必追究前愆。但容弟今夜有事，不敢奉命。待明日敬來伴兄同宿，以酧兄昔日之願，償弟前朝之失也。」袖中取出白綾畫帕一幅：「付兄為定。」道接帕，欣然起謝，曰：「果若如是，没世不忘。」遂辭歸館。其心汲汲然欲今日之去，遑遑然望明日之來，乃調《踏沙行》詞一闋以記其事云：「子建雄才，潘安態度，樓矣（當作台）望斷無尋處。東風吹散柳條煙，桃源定此無迷路。密意難傳，幽情即訴，來朝正作孤鸞侶。月明孤館閉寒窓，海棠枝上嬌鶯語。」次晚，嶠整衣冠赴約。……道正挽之懷抱，略有半推半就之意，忽被衆友來扣館扉，遽然阻散，道不覺汗盈腮臉。嶠察其意，恐貽其患，歸而調《滿庭芳》一闋使人送去，以寬慰之：「楊柳堆煙，梨花飛雪，閑庭畔減春光。愁愁悶悶，無奈日偏長。記得約言難踐，成又敗，畢竟參商。且忍耐，終須與你，交頸兩鴛鴦。想是斷腸寸寸，流淚雙雙。怕風生絳帳，雨灑窓櫺。只恐佳期未定，早歸去、花謝鶯愁。情難表，試將禿筆，調個《滿庭芳》。」又詩一絶云：「緑樹陰濃日影遲，錦堂春晚亂花飛。倉庚有意回人語，百舌無端遶樹啼。」道得此詩而忿恨漸消，亦作《滿庭芳》云：「風掃殘紅，雨添新緑，深深庭院月清幽。晝長人困，無計可消愁。記得畫堂春曉，小窓内，情話綢繆。哪知道，狂蜂浪蝶，窺覘我風流。使百般間阻，語語言言，合下冤仇。一場好事，從此休休。只恐時光虛度，年華老，日月難留。無可奈，但憑尺素，道此因由。」又和詩一絶云：「銀燈挑盡夜遲遲，高捲朱簾半掩扉。久待知音人不到，月明驚起杜鵑啼。」自後嶠未伸前約，慚慚生疏。道盼想日切，失意殊深，悒悒成病，數日不能起，飲食俱廢，精神恍惚。……次早，作詩一絶以謝嶠云，詩曰：「昨宵曾記宿花房，燈爐長檠月滿床。自恨晨雞三唱曉，醒來猶帶夢魂香。」嶠亦調《一剪梅》以答之：「神氣標奇入眼中，好個人龍，真個人龍。佳期密約已成空，心也難同，志也難同。　愁未冰消恨未窮，愁鎖眉峰，恨鎖眉峰。昨宵花蝶兩相逢，花領春風，蝶領春風。」自是二人心意相孚，深篤金蘭之利，事情浹洽，不啻芝蘭之美。（節録自同前「金蘭四友傳」）

四四　次早，拜辭，言因往莊，未及送行。嶠備京段二匹、雲履一雙，又設席江邊餞别。道見禮物精厚，不敢遽受，嶠强之再三，乃收。……又詞曰：「深沉密約，在花下為盟，許諾同心。不想天辜人願也，便幾番虛設。　彩鳳分群，文鸞拆侶，此恨何時滅。覆雨翻雲，好把相思細説。」嶠得此書，不覺手舞足蹈，喜不自勝，將所遺潞州綢收入，修書一封，並《鳳凰臺上憶吹簫》詞一闋及禮附入回答。書曰：……又詞曰：「海煙消，江月皎，楊柳頭難留歸棹。三疊《陽關》聲漸杳，别離知道何時了。愁處多，歡處少。　獨倚孤樓，怕雨鳴池沼。窓外深沉人悄悄，落花滿地空啼鳥。」又詞曰：「雨浦花黄，西廂月暗，檀郎獨上輕舟。任翠亭塵滿，深院閑幽。每怕梧桐細雨，碎滴滴，驚起多愁。身消瘦，非干酒，不是傷秋。　恨冲冲、何時盡也，方下眉頭，又上心頭。念雲收霧掃，莫倚危樓。長記深盟厚，何時整，百歲綢繆。如魚水之交歡，金石相投。」道得詞並絹。次早，稟於父母，仍帶僕復往趙州，薄暮乃至。嶠聞道至，欣然往拜。道邀入書館中，對坐敘久。（節録自同前「金蘭四友傳」）

四五　次日，又使人去請道講書，又不見至。嶠愈加怨恨。由是視道如仇人，凡相會，不與一語。而道問之，亦不答，使价請之，不來。道不知其故，乃吟《憶秦娥》詞一闋遣人送去，以察其意若何：「秋寂寞，夢闌酒後相思著。玉顔花貌，風流閑却。　南來北燕沙頭落，幽情密意誰傳托。愁腸欲斷，飲杯孤酌。」嶠見調，即扯破而言曰：「何汙吾目也？」价歸報，道茫然自失，不知何意為懷。次日，親往拜探，以問其故。但聞嶠在内高聲而言曰：「失信無義之人，復來何故？」道慚愧回館，悶憶殊深，不知其詳。一日，偶出，見嶠經過，强邀入館，問曰：「弟何背言也？」嶠不答，道又問曰：「弟何怨我之深耶？」嶠忿容曰：「厭常喜新，世之常情，余敢怨兄耶？　惟刺痛愚衷矣！」道驚曰：「我無他事，子何誣人？」嶠曰：「目擊耳聞，非誣也。」道曰：「為我白之。」嶠不答，惟長吁而已。道曰：「弟若不明言，生死在頃刻矣。」嶠曰：「兄無怒。」道曰：「死且不避，奚敢怒焉？」嶠曰：「弟遇兄後，誓同生死，永結綢繆。不意交歡未久，而兄又棄舊迎新。」道曰：「何以見之？」嶠曰：「前者因表兄醉卧兄館，弟暫回宿，事絆未臨。昔者，偶來兄館，窺見兄與一少年同坐，遂潛而退。至夜，又遣价借琴，實以觀兄動静，又見兄與同寢。次早，又使人來請講書，又不見臨。是兄棄我特甚，而弟安敢負盟乎？」道聞言，笑曰：「子誤矣，前日所遇年少者，乃母舅之子，我之表弟也。因來公幹，寄宿生館，並無一毫私意。弟若不信，予將几上飾玉杯擲地為誓，曰：『道若有私心，身如物碎。』」嶠乃笑而挽之曰：「事蹟可疑，人心難信，兄有别遇，弟實傷懷。望兄擴天地之量，勿以前非為恨，幸矣。」道曰：「得我賢弟回心，實為獲珍之喜，敢抱怨乎？」乃調一詞以叙情曰：「枕畔纔喜相投，如何又别，寸腸欲裂。百計千愁無處訴，今喜故人重接。滿酌霞觴，長歌皎月，與你共歡娱。海誓山盟，大地休歇。」自是，二人信其心而不疑其跡，凡有事，必先議而後行。（節録自同前「金蘭四友傳」）

毛晉詞話

毛晉（一五九九—一六五九），初名鳳苞，字子九，號潛在；晚更今名，字子晉，别署隱湖書隱，世居虞山（今江蘇常熟）東湖。少為諸生，屢試不第，終生布衣。性嗜卷軸，訪佚搜秘，所藏多宋本，構汲古閣、目耕樓度藏之。毛氏不僅藏書，而且還刊刻群書，經史子集，靡有不刻，自明萬曆至清初四十餘年，共刻書六百餘種。編著有《和古今人詩》、《隱湖題跋》、《明詩紀事》、《宋名家詞》、《詞苑英華》、《六十種曲》、《汲古閣毛氏藏書目録》等，又有《詞海評林》三卷，為毛晉所編詞譜，稿未定而卒，原屬《詞苑英華》中，今存有抄本。此據書目文獻出版社出版《明代書目題跋叢刊》影印本《隱湖題跋》、《續修四庫全書》影印明崇禎毛氏汲古閣刻本《宋名家詞》和《六十種曲》、内閣文庫藏毛氏汲古閣刊本《詩詞雜俎》、全國圖書館文獻縮微復製中心出版《汲古閣宋人詞文及填詞集》影印毛氏汲古閣刻本《詞苑英華》、

上海圖書館藏抄本《汲古閣毛氏藏書目録》録詞話二百四十一則。

一 《跋金荃集》：飛卿本名岐，並州祈人，宰相彦博之裔，與李義山、段柯古等號西昆三十六體，而温、李尤著。相傳有《方城令詩集》五卷、《漢南真稿》十卷、《握蘭》、《金荃》等集，今不盡傳，僅見宋刻《金荃集》七卷、《别集》一卷。參之邇來分體本子，略有不同。其小詞亦名《金荃集》，尚容嗣鐫。（《隱湖題跋》）

二 《跋香奩集》：沈夢溪云：「和魯公凝有豔詞一編，名《香奩集》，凝後貴，乃嫁其名為韓偓，今世傳韓偓《香奩集》，乃凝所為也。」此説惟劉潛夫信之，石林、遯齋、虚谷諸公俱以為誤。吴融和韓侍郎無題詩三首，及致光親書《裊娜》、《多情》等詩為證，則斯編是致光作無疑矣。如凝之《香奩》，乃浮豔小詞集名，偶同耳。况凝自謂不行於世，後人又何必借韓侍郎行本以實之耶？（同前）

三 《跋珠玉詞》：同叔，撫州臨川人也。七歲能屬文，張知白以神童薦，真宗召見，與千餘人並試廷中，神氣不懾，援筆立成。帝異之，使盡讀秘閣書，每取諮訪，率用寸方小紙細書問之。繼事仁宗，尤加信愛。仕至觀文殿大學士，以疾請歸，留侍經筵。及卒，帝臨奠，猶以不親視疾為恨，特罷朝二日，贈謚元獻。一時賢士大夫，如范仲淹、歐陽修等皆出其門，擇婿又得富弼、楊察。賦性剛峻，遇人以誠，一生自奉如寒士。為文贍麗，應用不窮，尤工風雅，間作小詞。其暮子幾道云：「先公為詞，未嘗

作婦人語也。」(《宋名家詞》)

四　《跋六一詞》：廬陵舊刻三卷，且載樂語於首，今删樂語，匯爲一卷。凡他稿誤入，如《清商怨》類，一一削去。誤入他稿，如《歸自謡》類，一一注明。然集中更有浮豔傷雅，不似公筆者，先輩云疑以傳疑，可也。(同前)

五　《跋樂章詞》：耆卿初名三變，後更名永，官至屯田員外郎，世號柳屯田。所製樂章，音調諧婉，尤工於羈旅悲怨之辭，閨帷淫媟之語。東坡拈出「霜風凄緊，關河冷落，殘照當樓」，謂唐人佳處不過如此。一日，東坡問一優人曰：「吾詞何如柳耆卿？」對曰：「柳屯田宜十七、十八女郎按紅牙拍，唱『楊柳岸，曉風殘月』，學士詞須銅將軍鐵綽板唱『大江東去』」。言外褒彈，優人固是解人。(同前)

六　《跋東坡詞》：東坡詩文不啻千億刻，獨長短句罕見。近有金陵本子，人争喜其詳備，多混入歐、黄、秦、柳作，今悉删去。至其詞品之工拙，則魯直、文潛、端叔輩自有定評。(同前)

七　《跋山谷詞》：魯直少時使酒玩世，喜造纖淫之句，法秀道人誡云：「筆墨勸淫，應墮犁舌地獄」。魯直答曰：「空中語耳」。晚年來亦間作小詞，往往借題棒喝，拈示後人，如效寶寧勇禪師《漁家傲》幾闋，豈其與《桃葉》、《團扇》鬬妖豔邪？(同前)

八　《跋淮海詞》：晁氏云：「今代詞手，惟秦七、黄九。」或謂詞尚綺豔，山谷特瘦健，似非秦比。朝溪子謂少游歌詞當在東坡上，但少游性不耐聚稿，間有淫章醉句，輒散落青簾紅袖間，雖流播舌眼，從無的本。余既訂訛搜逸，共得八十七調，集爲一卷，亦未敢曰無闕遺也。(同前)

九 《跋小山詞》：諸名勝詞集删選相半，獨《小山集》直逼《花間》，字字娉娉嫋嫋，如攬牆施之袂，恨不能起蓮、鴻、蘋、雲，按紅牙板唱和一過。晏氏父子具足追配李氏父子云。（同前）

一〇 《跋東堂詞》：澤民自叙少時喜筆硯淺事，徒能誦古人紙上語。嘗知武康縣，改盡心堂為東堂，簿書獄訟之暇，輒觴詠自娱，托其聲於《薵山溪》，如圖畫然。凡詩文、畫（當作書）簡、樂府，總名《東堂集》，盛行於世。昔人謂因贈瓊芳一詞見賞東坡得名，果尒尒耶？（同前）

一一 《跋放翁詞》：余家刻放翁全集已載長短句二卷，尚逸一二調，章次亦錯見，因載訂入《名家》。楊用修云：「纖麗處似淮海，雄慨處似東坡。」予謂超爽處更似稼軒耳。（同前）

一二 《跋稼軒詞》：蔡元（當作光）工於詞，靖康中陷虜庭，稼軒以詩詞謁見，蔡曰：「子之詩則未也，他日當以詞名家。」故稼軒晚年來卜築奇獅，專工長短句，累五百首有奇。但詞家争鬬穠纖，而稼軒率多撫時感事之作，磊砟英多，絶不作妮子態。宋人以東坡為詞詩，稼軒為詞論，善評也。（同前）

一三 《跋片玉詞》：美成於徽宗時提舉大晟樂府，故其詞盛傳於世。余家藏凡三本：一名《清真集》，一名《美成長短句》，皆不滿百闋；最後得宋刻《片玉集》三卷，計調百八十有奇，晉陽强焕為叙。余見評注龐襍，一一削去，釐其訛謬，間有兹集不載，錯見清真諸本者，附《補遺》一卷，美成庶無遺憾云。若乃諸名家之甲乙，久著人間，無待予備述也。（同前）

一四 《跋梅溪詞》：余幼讀《雙雙燕》詞，便心醉梅溪。今讀其全集，如「醉玉生春柳」、「髮梳月」等語，則「柳昏花暝」之句又不足多矣。姜白石稱其奇秀清逸，有李長吉之韻，蓋能融情景於一家，會句

意於兩得，豈易及耶？（同前）

一五　《跋白石詞》：白石詞盛行於世，多逸「五湖舊約」及「燕雁無心」諸調。前人云：花庵極愛白石，選録無遺。既讀《絶妙詞選》，果一一具載，真完璧也。范石湖評其詩云有「裁雲縫月之妙手，敲金戛玉之奇聲」，予於其詞亦云。蕭東夫於少年客游中獨賞其詞，以其兄之子妻之。不第而卒，惜哉！（同前）

一六　《跋石林詞》：少藴自號石林居士，晚年居卞山下，奇石森列，藏書數萬卷，嘯詠自娱。所撰詩文甚富，有《建康集》、《審是集》、《燕語》，後人合編《石林總集》百卷行世。外《石林詞》一卷，與蘇、柳並傳，綽有林下風，不作柔語殢人，真詞家逸品也。其爵里始末具載年譜及本傳。（同前）

一七　《跋酒邊詞》：伯恭，相家子，欽聖憲肅皇后從姪也。性極孝友，置義莊，贍宗族貧者。其立朝忠節，胡安國、張九成輩極嘉與之。晚忤秦檜意，乃致仕，卜築清江揚遵道故第，竹木池館，占一都之勝。又繞屋手植岩桂，顔其堂曰薌林。自詠云：「須知道，天教尤物，相伴老江鄉」。又絶筆云：「真香妙質，不耐世間風與日」。豈米顛所謂「衆香國中來，衆香國中去」，薌林亦庶幾耶？（同前）

一八　《跋溪堂詞》：時本《溪堂詞》卷首《蝶戀花》以迄禫（當作賻）尾《望江南》共六十有三闋，皆小令，輕倩可人，中間字句舛繆，無從考索。既獲《溪堂全集》，末載樂府一卷，今依其章次就梓。近來吴門抄本多《花心動》一闋，其詞云：「風裏楊花，輕薄性，銀燭高燒心熱。香餌懸鈎，魚不輕吞，辜負釣兒虚設。桑蠶到老絲長絆，針刺眼淚流成血。思量起，拈枝花朵，果兒難結。海樣情深忍撇，似夢裏，相逢不勝歡悦。出水雙蓮，摘取一枝，可惜並頭分折。猛期月滿會姮娥，誰知是初生新月。折翼鳥，甚是于飛時節。」疑是贋筆，不敢溷入，附記以俟識者。（同前）

一九 《跋樵隱詞》：平仲，三衢人，仕止州倅，禮部尚書友之子。負才玩世，頗有毛伯成之風。撰《樵隱集》十五卷，尤延之為序，惜乎不傳。楊用修云：毛幵小詞一卷，惟予家有之，極賞其「潑火初收」一闋，今亦不多見。余近得楊夢羽先生秘藏《宋元名家詞》抄本二十七種，内有《樵隱詩餘》一卷，共四十二首，調名二十有三，亟梓而行之，庶不與集俱湮耳。（同前）

二〇 《跋竹山詞》：昔人評詞，盛稱李氏、晏氏父子及耆卿、子野、少游、子瞻、美成、堯章止矣，蔣勝欲泯焉無聞，今讀《竹山詞》一卷，語語纖巧，真世説靡也；字字妍倩，真六朝喻也，豈其稍劣於諸公耶？或讀招落梅魂一詞，謂其磊落横放，與辛幼安同調，其殆以一斑而失全豹矣。（同前）

二一 《跋書舟詞》：正伯與子瞻，中表兄弟也，故集中多溷蘇作。如《意難忘》、《一剪梅》之類，今悉刪正。其《酷相思》、《四代好》、《折紅英》諸闋，詞家皆極欣賞，謂秦七、黄九莫及也。（同前）

二二 《跋坦庵詞》：介之，汴人，一名師俠，生於金閨，捷於科第，故其詞亦多富貴氣。或病其能作淺淡語，不能作綺豔語。余正謂諸家頌酒賡色，已極濫觴，存一淡妝，以愧濃抹，亦初集中放翁一流也。（同前）

二三 《跋惜香樂府》：長卿自號仙源居士，蓋南豐宗室也，不棲志紛華，獨安心風雅。每遇花間鶯外，輒觴詠自娱。鄉貢士劉澤集其樂府，以春景、夏景、秋景、冬景及總詞賀生辰補遺，類編釐為十

卷，雖未敢與南唐二主相伯仲，方之徽宗，則迥出雲霄矣。（同前）

二四　《跋西樵語業》：楊濟翁，廬陵人也，西樵，乃清海府城西山名，相去數百里。或曰曾流寓於此，因以名集，今亦無傳，但其《語業》一卷，俊逸可喜，不作妖豔情態，雖非詞家能品，其品之閒閒可想見云。（同前）

二五　《跋竹屋癡語》：賓王詞，《草堂》集不多選，選入如《玉蝴蝶》，坊刻竟逸去。又如《杏花天》、《思佳客》諸作混入他人，先輩多拈出，以慨時本之誤。陳造序云：高竹屋與史梅溪皆周、秦之詞，所作要是不經人道語，其妙處，少游、美成亦未及也。（同前）

二六　《跋夢窗丙丁稿》：或云夢窗詞一卷，或云凡四卷，以甲乙丙丁釐目，或又云四明吴君特從吴履齋諸公遊，晚年好填詞，謝世後，同遊集其丙丁兩年稿若干篇，釐為二卷。末有《鶯啼序》，遺缺甚多，蓋絶筆也，與予家藏本合符。既閲花庵諸刻，又得逸篇九闋，附存卷尾，山陰尹焕序略云：「求詞於吾宋，前有清真，後有夢窗，此非焕之言，四海之公言也。」（同前）

二七　《跋近體樂府》：南渡而下，詩之富實維放翁，文之富實維益公，先輩争仰為大家，與歐、蘇並稱。但卷帙浩繁，我明尚未副棗。余於寅卯間已鐫放翁詩文一百三十卷有奇行世，而益公省齋諸稿二百卷僅得一抄本，句錯字淆，未敢妄就剞劂。倘海内同志，或宋刻，或名家訂本，肯不惜荆州之借，俾平園叟與渭南伯共成雙璧，真藝林大勝事也。兹《近體樂府》數闋，特公剩技耳，先梓之，以當相徵劵。（同前）

二八　《跋竹齋詩餘》：《草堂詩餘》若干卷，向來豔驚人目，每秘一册，便稱詞林大觀，不知抹倒幾許騷人。即如次仲、幾叔輩，不乏「寵柳嬌花」、「燕昕鶯吭」等語，何愧大晟上座耶？《草堂》集竟不載一篇，真堪太息。余隨得本之先後，次第付梨，凡經商緯羽之士，幸兼擷焉。（同前）

二九　《跋金谷遺音》：余初閲蔣竹山集，至「人影窗紗」一調，喜謂周、秦復生，又恐白雪寡和。既更得次仲《金谷遺音》，如《茶瓶兒》、《惜奴嬌》諸篇，輕倩纖豔，不墮「願奶奶蘭心蕙性」之鄙俚，又不墮「霓裳縹緲，雜佩珊珊」之疊架，方之蔣勝欲，余未能伯仲也。（同前）

三〇　《跋散花庵詞》：叔陽（當作暘）自號玉林，別號花庵詞客，早棄科舉，雅意讀書，顏其居曰散花庵。嘗選唐宋詞及中興以來詞各十卷，曰《絕妙詞選》，末載自製詞四十首。有總跋云：「其間體制不同，無非英妙傑特之作。昔遊受齋，稱其詩為晴空冰柱，樓秋房喜其與魏菊莊友善，以泉石清士目之。」余於其詞亦云。（同前）

三一　《跋和清真詞》：美成當徽廟時，提舉大晟樂府，每製一調，名流輒依律賡唱。獨東楚方千里、樂安楊澤民有和清真全詞各一卷，或合為《三英集》行世，花庵詞客止選千里《過秦樓》、《風流子》、《訴衷情》三闋，而澤民不載，豈楊劣於方耶？（同前）

三二　《跋後村別調》：玫淳祐辛丑八月御批云：「劉克莊文名久著，史學尤精，可特賜同進士出身。」由是負一代盛名。偶有題跋，後人輒以為定衡。所撰《別調》一卷，大率與辛稼軒相類。楊升庵謂其壯語足以立懦，余竊謂其雄力足以排奡云。（同前）

三三《跋蘆川詞》：仲宗别號蘆川居士，三山人，平生忠義自矢，不屑與奸佞同朝，飄然掛冠。紹興辛酉胡澹闇（當作庵）上書乞斬秦檜被謫，作《賀新郎》一闋送之，坐是，與作詩王民瞻同除名，兹集以此詞壓卷，其旨微矣。人稱其長於悲憤，及讀《花庵》、《草堂》所選，又極嫵秀之致，真堪與片玉、白石並垂不朽。凡用字多有出處，如「灑窗間，惟稷雪」云云，見《毛詩疏》：「稷雪，霰也，形如米粒，能穿窗透瓦。」今本改作「霰雪」，又如「薄劣東風，天斜飛絮」云云，見白香山詩《錢塘蘇小小》：「人道最夭斜。」自注：「夭，音歪。」時刻改作「顛斜」，便無韻味，姑記之，以為妄改古人字句之戒云。（同前）

三四《跋于湖詞》：字安國，號于湖，蜀之簡州人也。後卜居歷陽，故陳氏稱為歷陽人。甲戌狀元及第，出自思陵親擢，故秦相孫塤居其下，檜忌惡之，以事召致於獄。檜亡，上眷益隆，不數載，入直中書，惜其不年，上嘗有用不盡之歎。玉林集中興詞家選二十有四闋，評云：「舊有《紫薇雅詞》，湯衡為序，稱其平昔為詞未嘗著稿，筆酣興健，頃刻即成，無一字無來處，如歌頭、凱歌諸曲，駿發蹈厲，寓以詩人句法者也。」恨全集未見耳。（同前）

三五《跋洺水詞》：字懷古，休寧人，世系本河北洺川，自號洺水遺民。十歲詠冰，便有「莫言此物渾無用，曾向滹沱渡漢兵」之句，舅氏黄寺丞叱非常兒，挾以自隨，以平生所得二吴之學及有聞於程大昌者，悉以付之。由鄉薦，旅試南宫，時丞相趙公典舉，見其文曰：「天下奇才也。」擢魁多士。或以道學相猜，置本經第二，論者莫不稱抑。嘗讀《宋史》，詳其功業，恨未得全集讀之。癸酉中秋，衍門從秦淮購得端明《洺水集》二十六卷，雖考之伊子誌，中卷次遺逸甚多，而大略已槩見矣。先輩稱

其宗歐、蘇而長於文章，洵哉！急梓其詩餘二十有一調，以存其人云。（同前）

三六《跋歸愚詞》：字常之，清孝公書思之孫，文康公勝仲之子，文定公邲之父也。丹陽人，後以文康守吴興，因家於泛金溪，與弟立象同登紹興戊午進士第，所著《西疇筆畊》五十卷、《方輿别志》二十卷、《歸愚集》五十卷、《外制集》五卷。其膾炙人口者，莫如《韻語陽秋》二十卷，前有小引，以晉人褚裒自況，托故人徐林為之序，未果而卒。復於夢中索之，豈文人平生得力處，至死未能已已耶？其自題草廬曰：「歸愚識夷途，遊宦泯捷徑。」故文集與詩餘俱名《歸愚》。第集中如《雨中花》、《眼兒媚》諸調俱不合譜，未敢妄為更定云。（同前）

三七《跋初寮詞》：字履道，真定人，築室自榜曰初寮。年十四，薦於鄉，凡四舉乃登第。由東觀入掖垣，由烏府至鼇禁，皆天下第一。或謂其受知於蔡元長，密薦於上，故恩遇如此。相傳有《初寮前集》四十卷、《後集》十卷，惜乎罕見。常讀周益公序略，極稱其詩文似坡公暮年之作，又云：黄、張、秦、晁既歿，系文統，接墜緒，莫出公右，尤長於制誥，李漢老歎為徽宗時一人，第見議於先輩。或云初為東坡門下士，其後附蔡叛蘇。或又云受學於晁以道，其後但云晁四丈，而不稱先生，未知孰是。要未可與持正、可之輩並列矣。其破子如《安陽好》九闋、六花冬詞六闋，為時所稱。玉林不盡録，豈亦疵其人耶？（同前）

三八《跋龍川詞》：余正喜同甫不作妖語、媚語，偶閲《中興詞選》，得《水龍吟》以後七闋，亦未能超然，但無一調合本集者，或云贋作。蓋花庵與同甫俱南渡後人，何至誤謬若此？或花庵專選綺豔一種，而同甫子沉所編本集特表阿翁磊落骨幹，故若出二手？況本集云詞選，則知同甫之詞不止於三十闋，即補此花庵所選，亦安得云全豹耶？姑梓之，以俟博雅君子。（同前）

三九 《跋姑溪詞》：端叔，趙郡人，辟為中山幕府，因代范忠宣作遺表得罪，編置當塗，即家焉，自號姑溪居士。客春從玉峰得《姑溪詞》一卷，凡四十調，共八十有八闋。惜卷尾《踏莎行》為鼠所損耳，中多次韻小令，更長於淡語、景語、情語，如「鴛衾半擁空床月」，又如「步懶恰尋床，卧看遊絲到地長」，又如「時時浸手心頭熨，受盡無人知處凉」，即置之《片玉》、《漱玉》集中，莫能伯仲。至若「我住長江頭，君住長江尾。日日思君不見君，共飲長江水。」直是古樂府俊語矣。叔暘不列之南渡諸家，得無遺珠之恨耶？（同前）

四〇 《跋友古詞》：伸道，莆田人，別號友古居士，忠惠公之孫也。其居距城不及五里，舍宇矮，欲壓頭，猶是伊祖舊物。劉後村過而詠之曰：「廟院蜂房居」，想羨其同居古風歟？但據忠惠公《荔子譜》云：「玉堂紅一種佳絶。」正產其地，伸道從無一語詠之，何耶？其和向伯恭木犀諸闋亦遜《酒邊集》三舍矣。（同前）

四一 《跋海野詞》：純甫與龍大淵同為建王內知客，孝宗以二人皆潛邸舊人，觴詠唱酬，字而不名。怙寵恃勢，純甫尤甚，故陳俊卿、虞允文輩交章逐之。然文藻頗有可觀，如《過京師望叢臺》諸作，語多感慨，令人有麥秀黍離之悲，與張掄不時賦詞進御，賞賚甚渥。至進月詞，一夕西興共聞天樂，豈天神亦不以人廢言耶？（同前）

四二《跋逃禪詞》：補之，清江人，世所傳江西墨梅，即其人也。其詩文亦不多見，向有補之詞行世，或謂是晁補之，謬矣。無論字句之舛譌，章次之顛倒，即調名如《一斛珠》誤作《品令》、《相見歡》誤作《烏夜啼》之類，亦不可條舉，今悉一一釐正。但散花庵詞客一無選録，謂其多獻壽之章，無麗情之句耶？《草堂》集止載「癡牛騃女」一調，又逸其名，後人妄注毛東堂，可恨坊本無據，反令人疑《香籢》之或凝或偓云。（同前）

四三《跋介庵詞》：德莊名噪乾、淳間，官至朝請大夫、直寶文閣、知建寧府軍府事，賜紫金魚袋，恩遇甚隆，而度量宏博。常戒趙忠定公曰：「謹勿以一魁先置胸中。」可想見其大槩矣。余家舊藏《介庵詞》一卷，板甚精良，惜未得其全集。又有《文寶雅詞》四卷，中誤入孫夫人詠雪詞，又曾見《琴趣外篇》六卷，章次顛倒，贋作頗多，不能悉舉。至如席上贈人《清平樂》，昔人稱為集中之寇，反逸去，可恨坊本之亂真也。（同前）

四四《跋平齋詞》：舜俞，於潛人，其功烈載在史册，如毁鄧艾祠，更祠諸葛武侯，告其民曰：「毋事仇讐而忘父母。」尤為當時稱歎。迨卒時，御筆批其鯁亮忠慤，令抄所著兩漢詔暨詩文行世，樓大防又極賞《大冶賦》一篇，予恨未見全集。其詩餘四十有奇，多送行獻壽之作，無判花嗜酒之篇，昔人謂王岐公文多富貴氣，余於舜俞之詞亦云。（同前）

四五《跋文溪詞》：《花庵詞選》云：「李俊明，名昴英，號文溪。」升庵《詞品》云：「李公昴，名昴英，資州盤石人，余家藏《文溪詞》。」又云：「名公昴，字俊明，番禺人。」未知孰是。因送太平州太守王子文詞得名，叔陽（當作暘）亦止選此一調，稱為詞家射鵰手。用修又極稱《蘭陵王》一首可並秦、周，余讀《摸魚兒》諸篇，其佳處寧遜「楊柳外，曉風殘月」耶？（同前）

四六　《跋丹陽詞》：魯卿、常之，雖不逮李氏、晏氏父子，每填一詞，輒流傳絲竹。然紹興、紹聖間俱負海内重望，其詞亦能入雅字。常之《歸愚集》，余梓行既久，復訂《丹陽詞》一卷，以公同好。如魯卿出處大略，已詳鴻慶序中矣。（同前）

四七　《跋孏窟詞》：彦周，東武人，晁氏甥也，渭陽之誼甚篤。如《玉樓春》、《青玉案》、《朝中措》、《瑞鷓鴣》諸調，情見乎詞矣，其席上送行云：「後夜蕭蕭葭葦岸，一樽獨酌見離情。」不讓徐勉《送客曲》，弇州先生病美成不能作情語，彦周殆能作情語者耶？（同前）

四八　《跋空同詞》：叔嶼自號空同詞客，先輩稱其不減周美成，如「燕子又歸來，但惹得滿身花雨」、又「花上蝶，水中鳧，芳心密意兩相於」等語，尤豔驚一時，惜不多見。既讀《空同詞》一卷，真若遊金、張之堂，而攬嬙、施之袂，宜花庵全録之。但卷尾《清平樂》一闋，是連可久作，可久十一歲時，其父攜見熊曲肱，適有漁父過前，命賦詞，援筆立成，四座嘆服，後果為江湖得道之士，何竟混入耶？（同前）

四九　《跋芸窗詞》：方叔，南徐人，與了翁、虚齋相友善。最喜作次韻小令，惜諸家詞選不載，余偶得《芸窗詞》全帙，如「正挑燈，共聽夜雨」，幽韻不減陸放翁；如「小樓燕子話春寒」，豔態不減史邦卿；至如「秋在黄花羞澀處」，又「苦被流鶯，蹴翻花影，一欄紅露」等語，直可與秦七、黄九相雄長。

或病其饒貧寒氣，毋乃大貶乎？（同前）

五〇《跋石屏詞》：式之以詩名東南半天下，所稱南渡後江湖四靈之一也。石屏，其所居山名，因以為號。性好游，南適甌閩，北窺吴越，上會稽，絶重江，浮彭蠡，泛洞庭，望匡廬五老、九嶷諸峰，然後放於淮泗，歸老委羽之下。讀其自述《沁園春》一闋、自嘲《望江南》三闋，可想見其大槩矣。一時樓四明、吴荆溪輩盛稱其痛念先人，固窮繼志，以為天台詩品，莫出其右者。楊用修乃以江西烈女一事疵其為人，不幾以小節掩大德耶？至如胸中無千百字書云云，是石屏自恨少孤失學之語，指為方虚谷短之，抑謬矣。樓大防、陶南村所記二則，聊附於左，以俟賞識君子。（同前）

五一《跋龍洲詞》：改之家於西昌，自號龍洲道人，為稼軒之客，故小詞亦相溷，如「堂上謀臣樽俎」之類是也。宋子虚稱為「天下奇男子」，平生以氣義撼當世，其詞激烈，讀者感焉。花庵謂其詞學辛幼安，如别妾《天仙子》、詠畫眉《小桃紅》諸闋，稼軒集中能有此纖秀語耶？（同前）

五二《跋夢窗甲乙稿》：余家藏書未備，如四明吴夢窗詞稿，二十年前僅見丙、丁二集，因遂授梓。蓋尺錦寸繡，不忍秘諸枕中也。今又得甲、乙二册，但錯簡紛然，如「風裹落花誰是主」，此南唐後主亡國詞讖也；「無可奈何花落去，似曾相識燕歸來」巧對，晏元獻公與江都尉同遊池上一段佳話，久已耳熱，豈容攘美？又如秦少游「門外緑陰千頃」、蘇子瞻「敲門試問野人家」、周美成「倚樓無語理瑶琴」、歐陽永叔「佳人初試薄羅裳」之類，各入本集，不能條舉，但如「雲接平岡，對宿煙收」諸篇，自注附某集者，姑仍之，未識誰主誰賓也。（同前）

五三　又《跋龍川詞》：同甫一名同，永康人，光宗策進士，群臣奏其卷第三，御筆擢第一。既知為同甫，大喜。又有「天留遺朕」之詔，其恩遇如此。據葉水心序其集云四十卷，今行本止三十卷，想尚多佚遺。其最著者，莫如上皇帝四書，及《酌古論》，自贊云：「人中之龍，文中之虎。」真無忝矣。第本集載詞選三十闋，無甚詮次，如寄辛幼安《賀新郎》三首，錯見前後。予家藏《龍川詞》一卷，又每調類分，未知孰是。讀至卷終，不作一妖語、媚語，殆所稱不受人憐者歟？（同前）

五四　又《跋石屏詞》：樓鑰云：黄岩戴君敏才，獨能以詩自適，號東皋子。不肯作舉子業，終窮而不悔。且死，一子方襁褓中，語親友曰：「吾之病革矣，而子甚幼，詩遂無傳乎？」為之太息，語不及他，與世異好乃如此。子既長，名曰復古，字式之。或告以遺言，收拾殘編，僅存一二，深切痛之。遂篤意古律，雪巢林監廟景思、竹隱徐直院淵子，皆丹丘名士，俱從之遊，講明句法。又登三山陸放翁之門，而詩益進。一日，攜大編訪予，且言：「吾以此傳父業，然亦以此而窮，求一語以書其志。」余答之曰：夫詩能窮人，或謂惟窮然後工，笠澤之論李長吉、玉溪生，甚悲也，子惟能固窮，則詩愈昌矣。余之言固何足為軒輊邪？嘗聞戴安道善琴，二子勃、顒並受琴於父，父没，所傳之聲不忍復奏，乃各造新弄《廣陵》、《止息》之流，皆與世異。其孝固可稱，然似稍過，果爾，則琴亦當廢矣。式之豈其苗裔邪？而能以詩承先志，殆異於此，東皋子其不死矣。陶宗儀云：戴石屏先生復古未遇時，流寓江右武寧，有富家翁愛其才，以女妻之。居二三年，忽欲作歸計，妻問其故，告以曾娶妻，白之父，父怒，妻宛曲解釋，盡以奩具贈夫，仍餞以詞云：「惜多才，憐薄命，無計可留汝。揉碎花箋，忍寫斷不相腸句。道傍楊柳依依，千絲萬縷，抵不住，一分愁緒。捉月盟言，不是夢中語。後回君若重來，不相忘處，把杯酒，澆奴墳土。」夫既別，遂赴水死，可謂賢烈也已。（同前）

五五 《跋克齋詞》：按《花庵》、《草堂》二集俱不載沈端節，故其品行亦無從考。惟馬端臨云：字約之，家於苕溪。豈即沈會宗同族耶？會宗詞亦不多見，其膾炙人口者，惟詠賈耘老苕上水閣一闋云：「景物因人成勝槩，滿目更無塵可礙。等閒簾幕小闌干，衣未解，心先快，明月清風如有待。誰信門前車馬隘，别是人間閒世界。坐中無物不清涼，山一帶，水一派，流水白雲長自在。」苕溪漁隱云：賈耘老水閣遺址正與余水閣相近，景物清曠，悉如會宗之詞。故余嘗有句云：「三間小閣賈耘老，一首佳詞沈會宗。」今讀克齋詞，風致亦甚相類，獨長於詠物寫景，又不墮鄭、衛惡習，殆梅溪、竹屋之流歟？（同前）

五六 《跋竹坡詞》：余昔鐫《竹坡老人詩話》，恨未見其全集，亦未詳其始末。既閱《宣城志·文苑傳》云：周紫芝，字少隱，居陵陽山南。父覺，訓子甚篤。每曰：「是子相法當貴，然肩聳而好吟，其終窮乎？」兩以鄉貢赴禮部，不第。家貧，併日而炊。人嗤之，不顧，嗜學益苦。嘗從李之儀、吕本中游，有美譽。建炎中，吕好問知宣州，每讌集，必與俱。年六十一，始以廷對第三，同學究出身，調安豐軍，不赴。監户部麯院，歷樞密院編修官、右司員外郎、知興國軍。崇政簡静，終日焚香課詩，而事不廢。秩滿，奉祠居廬山。初，秦檜愛其詩云「秋聲歸草木，寒色到衣裘」，留京，每一篇出，擊賞不已。後和御製詩云：「已通灌玉親祠事，更有何人敢告猷。」檜怒其諷已，出之。紫芝惟言士遇合有時，吾豈以彼易此？紹興乙亥卒。子槩、琹，皆力學不仕。兹集長短句凡三卷，末有子琹跋，綴二闋於絶筆之後。但《减字木蘭花》一調誤作《木蘭花令》，今釐正。紫芝嘗評王次卿詩云：「如江平風霽，微波不興，而洶湧之勢，澎湃之聲，固已隱然在其中。」其詞約略似之。（同前）

五七　又《跋竹坡詞》：紫芝集名《太倉稊米》，余少年得而復失，每為歎惋，始信表聖詩云「亡書久似憶良朋」，真個中語也。去冬，玉峰李青城同張子佩過訪，云篋中有是書，相對擊節，不遠百里見寄，惜非余向所藏耳，名雖相同，乃集金元諸名家詩。但紫芝卒於紹興間，與至元、延祐相去百餘歲，豈能預為軒輊，叙以問世？况十臺十雪篇，曾於《滄浪集》中見之，其為贋本無疑矣。猶記其本集中載《惠泉銘》，乃鉅盜圍宣城，衆無所得飲，太守李公倉卒鑿池，甘泉湧出，惠及一郡，因以得名，非無錫惠山中第二泉也。因記於此，以俟品泉者。又記有《劉高尚傳》云：劉高尚者，濱州安定人，家世為農。生九歲，不茹葷，亦不語。問以事，則書而對，其語初若不可曉，已而輒驗。家人為築别室以居，久之，言皆響應，遠近以為神。聲聞京師，徽宗三使往聘之，辭疾不奉詔。宣和間賜號高尚處士，而建觀以居，其徒因以其號名之。靖康之擾，棣人白其守，使迎高尚，守具安車邀之，不至。一日，棄濱而來，濱人大恐，後二日，濱州兵叛，屠其城。高尚至棣，棣人喜，守為掃郵傳，供帳以居之。高尚見之，笑去，乃即城隅，治舍水傍。濱人或持金帛、攜家室以就其廬者，人往往笑之。既而虜騎大至，城且陷，人之死於兵者以萬數，而火不及其居，就之者果賴以免。虜人見高尚，皆下馬羅拜，不敢入其室。高尚有言曰：「世之人以嗜欲殺身，以貨財殺子孫，以政事殺人，以學問文章殺天下。」後世識者

以為名言，鏤版以傳。惜乎全集不可複得，聊記此，以見竹坡一斑。若劉高尚說，具在《梁谿漫志》中。（同前）

五八 《跋聖求詞》：吕聖求名渭老，或云濱老，檇李人。有聲宣和間，其詠梅詞寄調《東風第一枝》，先輩與坡仙《西江月》並稱，兹集中不載，不知何故？其詞云：「老樹渾苔，横枝未葉，青春肯誤芳約？背陰未返冰魂，陽梢已含紅蕚。佳人寒怯，誰驚起、曉來梳掠。是月斜窓外棲禽，霜冷竹間幽鶴。雲澹澹、粉痕漸薄，風細細、凍香又落。叩門喜伴金樽，倚闌怕聽畫角。依稀夢裏，半面淺窺珠箔。甚時重寫鸞箋，去訪舊遊東閣。」又《惜分釵》，其自製新譜也，尾句用二疊字云「重重」，又云「忡忡」，較之陸放翁《釵頭鳳》尾句云「錯錯錯」、「莫莫莫」更有別韻。又喜用險峭字，如「側寒斜雨」之類，楊升庵云：其用『側寒』字甚新，唐詩『春寒側側掩重門』，韓偓詩『側側輕寒剪剪風』，又無名氏詞：『玉樓十二春寒側』，與此『側寒』相襲用之，不知所出。大意，側，不正也，猶云峭寒爾。」今坊本俱作「惻寒」，幾認「壹关」為「壺矢」矣。（同前）

五九 《跋壽域詞》：杜壽域，不知何許人。據陳氏云：「京兆杜安世，字壽域。」黄氏又云：「字安世，名壽域。」未知孰是。儕輩嗤其詞不工，余初讀其《訴衷情》云：「燒殘絳蠟淚成痕，街鼓報黄昏。碧雲又阻來信，廊上月侵門。愁永夜，拂香裀，待誰温？夢蘭憔悴，擲果凄凉，兩處消魂。」語纖致巧，未嘗不工。此詞載《花庵詞選》，不載本集。本集載《折紅梅》一首，龔希仲又謂是吴中丞紅梅閣詞，紀之甚詳。吴感，字應之，以文章知名。天聖二年省試為第一，又中九年書判拔萃科，仕至殿中丞。居小市橋，有侍姬曰紅梅，因以名其閣。嘗作《折紅梅》詞曰：「喜輕澌初泮，微和漸入，芳郊時節春消息。夜來陡覺，紅梅數枝争發。玉溪仙館，不是個尋常標格。化工別與，一種風情，似匀點胭脂，染成香雪。　重吟細閲，比繁杏夭桃，品流真別。只愁共彩雲易散，冷落謝池風月。憑誰向説，三弄處龍吟休咽。大家留取倚闌干，聞有花堪折，勸君須折。」其詞傳播人口，春日群晏，必使倡人歌之。吴死，其閣為林少卿所得，兵火前尚存。子純，字晦叔，文行亦高，鄉人呼為吴先生。楊元素《本事集》誤以為蔣堂侍郎有小鬟號紅梅，其殿丞作此詞贈之，可見詩詞名篇互淆者甚多，同時尚未能析疑，何況千百年後耶？（同前）

六〇《跋審齋詞》：東平王千秋，字錫老，嘗見自製啟聯云：「少日羈孤，百口星分於異縣；長年憂患，一身蓬轉於四方。」其遭逢槩可想已。樂府凡六十餘調，多酬賀篇，絶少綺豔之態。衡山縣令梁文恭讀而贈詩云：「審齋先生世稀有，曾是金陵一耆舊。萬卷胸中星斗文，百篇筆下龍蛇走。淵源更擅麟史長，碑版肯居鱷文後。倚馬常摧鏖戰場，脱腕難供掃愁帚。中州文獻儒一門，異縣萍蓬家百口。恨極黄楊厄閏年，閑却玉堂揮翰手。夜光乾没世稱屈，遠枳卑棲價低售。漂摇何地著此翁，忘憂夜醉長沙酒。豈無厚禄故人來，為辨草堂留野叟。嗟余亦是可憐人，慚愧阿戎驚白首。一燈續得審齋光，多少達人為裔胄。睠予憔悴五峰下，頻寄篇來復相壽。年來事事淋過灰，尚有詩情閒情竇。有時信筆不自置，憶起居家吕窠臼。審齋樂府似《花間》，何必老夫夵篇右。」集中席上呈梁次張《水調歌頭》一闋，其互相溢美，可謂無言不讎矣。（同前）

六一 《跋東浦詞》：韓温甫家於東浦，因以名其詞。雖與康順庵、辛稼軒諸家酬唱，其妍媸相去，非直莛䔖、無鹽也。余去冬日事畚臿，研田久蕪，托友人較讎諸詞集以行世，入年讀之，如兹集開卷《水調歌頭》，為之掩鼻。又且坐，令其自度曲也，押韻頗峭，但「冤家何處貪歡樂，引得我心兒惡」等語，又未免俳笑矣。（同前）

六二 《跋知稼翁詞》：知稼翁，字師憲，世居莆田。代多聞人，唐御史滔，即其先也。先是，莆中有讖云：「拆却屋，換却椽，望京門外出狀元。」紹興八年，孫守益改創譙門，規橅雄偉，甫成，公果以文章魁天下。公年四十有八，宅邊有大木可蔽畝，忽仆，又自夢雷電震閃，旗幟殷赫，擁襯而去，金書化字以示。迨屬纊之夕，果雷雨大作，人甚異之。其父静以本州首貢，作南廟省魁，中上舍兩優之選，既以公貴，贈中奉大夫。從兄泳，以童子召見，徽宗賜五經及第。季弟庚，以文藝知名，將試禮部，適公捐館，不忍獨留京師，同護喪歸殯。子五人：沃、泮、湑、洙，皆力學南僧，幼，未名。有文集十一卷，子沃編以行世，丐序於莆田陳俊卿、潘陽洪邁。洪邁評其詞云：「宛轉清麗，讀者咀嚼於齒頰間而不能已。」又誦其悲秋之句曰：『迢迢別浦雙帆去，漠漠平蕪天四垂。雨意欲晴山鳥樂，寒聲初到井梧知。』吾不知謫仙、少陵以還，大曆十才子尚能窺其藩否？」可謂讚揚之極矣。其居官始末詳於龔茂良《行狀》、林大鼐《墓誌銘》中。近來閩中鏤版甚善，末幅有諱崇翰者，紀録詳摯。倘歷代先賢名集，盡得文孫各為表章如知稼翁者，不大快耶？（同前）

六三 《跋無住詞》：陳與義，字去非。其先蜀人，東坡所傳陳希亮公弼者，其曾祖也。後為汝州葉縣人，每自稱洛陽陳某，又別號簡齋。少年賦墨梅詩，受知於徽宗，遂入中秘。建炎中，掌帝制，參紹興大政。以詩名世，劉後村軒輊元祐後詩人，不出蘇、黄二體，惟陳簡齋以老杜為師。建炎以後，避地湖嶠，行路萬里，詩益奇壯。或問劉須溪：「宋詩，簡齋至矣，畢竟比坡公何如？」須溪曰：「詩論如花，論高品，則色不如香；論逼真，則香不如色。」雌黄具在，予於其詞亦云。（同前）

六四《跋後山詞》：後山姓氏爵里已詳載《詩話》卷尾矣。宋人好著詩話，未有著詞話者，惟後山集中略載一二，余漫採録一帙，附於《詩餘圖譜》之後，亦可資顧誤周郎一盼也。後山云：吴越後王來朝，太祖為置宴，出内妓彈琵琶，王獻詞云：「金鳳欲飛遭掣搦，情脉脉，看即玉樓雲雨隔。」太祖起拊背曰：「誓不殺錢王。」〇尚書郎張先，善著詞，有「雲破月來花弄影」、「簾幕捲花影」、「墮輕絮無影」，世稱頌云張三影。王介甫謂「雲破月來花弄影」，不如李冠「朦朧淡月雲來去」也。冠，齊人，為《六州歌頭》，道劉、項事，慷慨雄偉。劉潛，大俠也，喜誦之。〇往時青幕之子婦，妓也，善為詞。同府以詞挑之，妓答曰：「清詞麗句，永叔、子瞻曾獨步。似恁文章，寫得出來當甚强。」〇黄詞云：「斷送一生惟有，破除萬事無過。」蓋韓詩有「斷送一生惟有酒」、「破除萬事無過酒」，才去一字，遂為切對，而語益峻。又云：「杯行到手更留殘，不道月明人散。」謂思相離之憂，則不得不盡，而俗士改為「留連」，遂使兩句相失。正如論詩云「一方明月可中庭」，「可」不如「滿」也。〇柳三變遊東都南北二巷，作新樂府，骫骳從俗，天下詠之，遂傳禁中。仁宗頗好其詞，每對，必使侍從歌之再三。三變聞之，作宫詞號《醉蓬萊》，因内官達後宫，且求其助，仁宗聞而覺之，自是不復歌其詞矣。會改京官，乃以無行黜之。後改名永，仕至屯田員外郎。〇蘇公居潁，春夜對月，王夫人曰：「春月可喜，秋月使人愁耳。」公謂前未及也，遂作詞曰：「不似秋光，只與離人照斷腸。」〇王斿，平甫之子，嘗曰：「今語例襲陳言，但能轉移爾。世稱秦詞『愁如海』為新奇，不知李國主已云：『問君能有幾多愁，恰似一江春水向東流。』但以『江』為『海』耳。」此皆可采韻語也。余按張三影、柳三變二段與他集不同，客有謂張子野曰：「人皆謂公為張三中，即心中事、眼中淚、意中人也。」公曰：「何不目為張三影？」客不曉，公曰：「『雲破月來花弄影』、『嬌柔懶起，簾籠捲花影』、『柳徑無人，墮飛絮無影』，此余平生得意句也。」或又曰：子野云：「浮萍過處見山影」，又云「雲破月來花弄影」，又云「隔牆送過鞦韆影」，並膾炙人口，因謂張三影。柳三變更名永，為屯田員外郎，會太史奏老人星見，時秋霽，宴禁中，仁宗命左右詞臣為樂章。内侍屬柳應制，柳方冀進用，作《醉蓬萊》奏呈，上見首有「漸」字，色若不懌，讀至「宸遊鳳輦何處」，乃與御製真宗挽詞暗合，上慘然，又讀至「大液波翻」，曰：「何不言波澄？」投之於地。自此不復擢用。二説未知孰是。（同前）

六五 《跋蒲江詞》：盧祖皋，字申之，自號蒲江居士，永嘉人，樓大防之甥也。一時永嘉詩人争學晚唐體，徐照字道暉，徐璣字文淵，翁卷字靈舒，趙師秀字紫芝，稱為四靈，與申之倡和，莫能伯仲，惜其詩集不傳。黄叔陽（當作暘）謂其樂府甚工，字字可入律吕，浙人皆唱之，《中興集》中幾盡採録。或病其偶句大多，未足驚目。余喜其「柳色津頭泫緑，桃花渡口啼紅」，較之秦七「鶯嘴啄花紅溜（當作溜），燕尾點波緑皺」不更鮮秀邪？又「玉簫吹未徹，窗影梅花月」、「無語只低眉，閒拈雙荔枝」，直可步趨南唐「孤枕夢回雞塞遠，小樓吹徹玉笙寒」矣。至如「江涵雁影梅花瘦」、「花片無聲簾外雨」云云，蓋古樂府佳句也。惜乎《蒲江詞》一卷，僅僅二十有五闋耳。（同前）

六六　《跋琴趣外篇》：《琴趣外篇》六卷，宋左朝奉、秘書省著作郎、充秘閣校理、國史編修官、濟北晁補之無咎長短句也。其所為詩文凡七十卷，自名《雞肋集》，惟詩餘不入集中，故云《外篇》。昔年見吳門鈔本，混入趙文寶諸詞，亦名《琴趣外篇》，蓋書賈射利，眩人耳目，最為可恨。余已釐正，《介庵詞》辨之詳矣。無咎雖遊戲小詞，不作綺豔語，殆因法秀禪師諄諄戒山谷老人，不敢以筆墨勸淫耶？大觀四年卒於泗州官舍。自畫山水留春堂大屏上，題云：「胸中正可吞雲夢，琖底何妨對聖賢。有意清秋入衡霍，為君無盡寫江天。」又詠《洞仙歌》一闋，遂絕筆，不知何故逸去。今依花庵詞客附諸末幅。（同前）

六七　《跋烘堂詞》：盧炳，字叔陽，自號醜齋。多與同官唱和，詞中喜用僻字，如袢褥、皴皵、褑子之類，異花幽鳥，雖屬小品，亦自可人。共六十餘調，長於描寫，令人生畫思。昔陳去非見顔持約畫梅，題詩云：「窓前光景晚清新，半幅溪藤萬里春。從此不貪江路遠，勝揨心力喚真真。」又云：「奪得斜枝不放歸，倚窓乘月看熹微。墨池雪嶺春俱好，付與詩人説是非。」一時賞識家謂詩中有畫，若烘堂，可謂詞中有畫矣。（同前）

六八　原本《柳梢青》前截「近豐城」云云，後截「余平生」云云，與本詞語意不甚相屬，故仍舊，附卷末。（同前書《惜香樂府》卷三《柳梢青》「桃杏舒紅」一詞後題識。）

六九《跋花間集》：據陳氏云：「《花間集》十卷，自温飛卿而下十八人，凡五百首。」今逸其二，已不可考。近來坊刻往往繆其姓氏，續其卷帙，大非趙弘基氏本來面目。余家藏宋刻，前有歐陽炯序，後有陸放翁二跋，真完璧也。（《詞苑英華》之《花間集》）

七〇 又《跋花間集》：近來填詞家輒效顰柳屯田，作閨幃穢媟之語，無論筆墨勸淫，應墮犁舌地獄，於紙窗竹屋間，令人撩鼻而過，不慚惶無地邪！若彼白眼罵坐，臧否人物，自詫辛稼軒後身者，譬如靁大起舞，縱使極工，要非本色。張宛丘云：幽索如屈宋，悲壯如蘇李，始可與言詞也已矣。亟梓斯集，以為倚聲填詞之祖。但李翰林《菩薩蠻》、《憶秦娥》及南唐二主、馮延巳諸篇，俱未入選，不無遺珠之憾云。（同前）

七一《跋尊前集》：雍熙間，有集唐末五代諸家詞，命名《家晏》，為其可以侑觴也。又有名《尊前集》者，殆亦類此。惜其本皆不傳。嘉禾顧梧芳氏採録名篇，釐為二卷，仍其舊名。雖不堪與《花間》、《草堂》頡頏，亦能一洗綺羅香澤之態矣。此本予得之閩中郭聖僕，聖僕酷好予家諸刻，必欲一字不遺而後快。癸酉中秋後一日，予訪之南都南關外，庵門無人，惟簷前白鸚鵡學人語，呼客到已耳。老屋三間，不蔽風日，几榻間彝鼎盤缶，皆三代間物，其最珍玩者，一折角漢研，因顧其齋曰漢研。出異香佳茗作供，劇談竟日，臨别，贈予二書，兹編及《剪綃集》也。又贈予二畫：一淡墨水仙，一秋林高岫。蓋其愛姬李陀奴、朱玉耶筆也。惜其無嗣，今墓櫝已森，二姬各有所歸，二書予安忍秘諸？（《詞苑英華》之《尊前集》）

七二《跋草堂詩餘》：宋元間詞林選本幾屈百指，惟《草堂》一編飛馳，幾百年來，凡歌欄酒榭，絲而竹之者，無不拊髀雀躍。及至寒窗腐儒，挑燈閒看，亦未嘗欠伸魚睨，不知何以動人一至此也。其命名之意，楊升庵謂本之李青蓮「簫聲咽」、「平林漠漠煙如織」二詞，然非歟？若名調淆訛，姓氏影借，先輩已詳辨之矣。（《詞苑英華》之《草堂詩餘》）

七三《跋花庵詞選》：據玉林序中稱，曾端伯所編，乃《樂府雅詞》，所謂涉諧謔則去之者也，又稱《復雅》一集，乃陳氏所謂鮦陽居士所編，不著姓名者也。二書惜未之見，而茲編獨存，巋然魯靈光矣。先輩云：《草堂》刻本多誤字及失名者，賴此可證，所選或一首、或數十首，多寡不倫。每一家綴數語紀其始末，銓次微寓軒輊，蓋可作詞史云。（《詞苑英華》之《花庵詞選》）

七四《又跋花庵詞選》：余向謂散花庵，乃叔暘所居，玉林，其號也。既讀其戲題玉林一詞，酷似余水邨風景，不覺卧遊而願學焉。其詞曰：「玉林何有，有一灣蓮沼，數間茅宇。斷塹疏籬聊補葺，那羡粉牆朱户。禾黍秋風，雞豚曉日。活脱田家趣。客來茶罷，自挑埜菜同煮。」又曰：「長作谿山主，紫芝可采，更尋巖谷深處。」殆五柳先生一流人也。恨不能續玉林圖，縣之研北，時讀詞選數過耳。（同前）

七五《跋詞林萬選》：予向慕用修先生《詞林萬選》，不得一見。金沙于季鸞貽予一帙，前有任良幹序，不啻咽三危之露而聆秋竹積雪之曲矣。但據序云，皆《草堂》所未收者，蓋未必然。其間或名或字，或别號或署銜，却有不衫不履之致。惜乎紫子點照之誤，黦鬱魄托之音，向來莫辨。其尤可摘者，如「曾晏桃源深洞」一詞，本名《憶仙姿》，蘇東坡始改為《如夢令》，即用修《詞品》亦云：「唐莊宗自度曲，或傳為呂洞賓，誤也。」復作呂洞賓《如夢令》，何耶？又「東風撚就腰兒細」一詞，亦膾炙人口，舊注云：「有名妓侍燕開府，一士人訪之，相候良久，遂賦此詞，投諸開府。開府喜其豔麗，呼士人，以妓與之。」《草堂續集》編入無名氏之列。兹混作東坡，且調是《玉樓春》，洒於首尾及換頭處增損六字，名《踏莎行》，向疑後人妄改，及攷「鞋襪輞兩」云云，仍是用修傳録，至於姓氏之逸，譜調之淆，悉注之本題之下，□□諸季鸞，得毋笑余强作解事耶？急梓。（《詞苑英華》之《詞林萬選》）

八一　顧敻《荷葉杯》「春盡小庭花落」：末不應作三字句。（底本作：憶佳期，知摩知，知摩知。）

（《詞苑英華》之《詞海評林》卷一「小令」）

八二　顧敻《荷葉杯》「記得那時相見」：入底裏。（「膽戰鬢亂，四肢柔泥」）（同前）

八三　顧敻《荷葉杯》「曲砌蝶飛烟暖」：搭上有情。（「花如雙臉柳如腰」）（同前）

八四　秦少游《憶王孫》「萋萋芳草憶王孫」：末句與《鷓鴣天》詞同，「空掩」後作「深閉」，似勝。（底本末句：雨打梨花空掩門。）（同前）

八五　黄魯直《如夢令》「去歲迷藏花柳」：一本首三句云：「天氣把人僝僽，落絮遊絲時候，茶飯可曾炊」，未知孰是？（同前）

八六　楊孟載《如夢令》「點綴落梅穠李」：立字不活，指人。（倚闌人立在玉屏風裏）（同前）

八七　黄魯直《如夢令》「韻似江梅標致」：嘻咲成文，詞格不妨用諧。（同前）

八八　蘇子瞻《如夢令》「水垢何曾相受」：入禪思，又作一種。（同前）

八九　辛幼安《如夢令》「燕子幾曾歸去」：推尋劉氏，深玩物情。（同前）

九〇　韋端已《天仙子》「深夜歸來長酩酊」：不韻。（笑呵呵，長道人生能幾何。）（同前）

九一　韋端已《江城子》「恩重嬌多情易傷」：眉「香緩」二語，雖□近而□含神。（同前）

九二　張子野《長相思》「萍滿溪」：聽見人否，鳥□之外，可味。（重倚朱門聽馬嘶，寒鴉相對啼。）（同前）

九三　李後主《長相思》「一重山」：「山遠」、「塞鴈」俱高爽。（同前）

九四　白居易《長相思》「深畫眉」：此情此景，黯然難言。（同前）

九五　秦少游《調笑令》「回顧漢宫路」：十詞詞直言□，應是僞作。（同前）

九六　孫光憲《望梅花》「數枝開與短牆平」：此獨用平韻，句亦稍異。（同前）

九七　晏幾道《點絳脣》「明日征鞭又將」：恨甚，似訣絶詞。（同前）

九八　牛嶠《女冠子》「錦江煙水」：豐艷，飽人看。（同前）

九九　孫光憲《浣溪沙》「風遞殘香出繡簾」：是詰問。五代人「狂」字大約作恣情解。（下片）（同前）

一〇〇　蘇子瞻《浣溪沙》「山下蘭芽短浸溪」：樂天玲瓏歌有云：「黄雞催曉丑時鳴，白日催年酉時没。」不知是指此否？（同前）

一〇一　《菩薩蠻》：一名《重疊金》，一名《子夜歌》，宋朱紫陽變作逐字廻文，明丘瓊山變作通篇廻

文。（同前）

一〇二 蘇子瞻《卜算子》「缺月掛疎桐」：按趙右史云：親見坡公墨蹟，末句是「寂寞沙洲冷」（底本：楓落吴江冷，花庵。）（同前）

一〇三 張子野《玉樹後庭花》「華鐙火樹紅相鬬」：《後庭花》，不宜混入。（同前）

一〇四 黄魯直《阮郎歸·詠茶效福唐獨木橋體》「烹茶留客駐雕鞍」：獨木橋謂首尾叶韻，皆「山」字也。（同前）

一〇五 《賀聖朝》（譜式）：蘇子瞻守杭時，毛澤民為法曹，公以中人遇之。而澤民與伎瓊芳者善，及秩滿辭去，作《（脱「惜」字）分飛》詞以贈伎云云。子瞻一日宴客，伎歌此詞，問誰所作，伎以澤民對，公語坐客：「郡僚有詞人而不及知，軾之罪也。」翌日，折柬追還，留連數日，每預文酒之會，澤民因此得名。（同前）

一〇六 秦少游《柳梢青》「岸草平沙」：前思一倍闗情。（同前）

一〇七 秦少游《迎春樂》「菖蒲葉葉知多少」：舊作香香，恐是當時語。（「怎得花香」後批）（同前）

一〇八 辛幼安《臨江仙·賦錢字與侍者阿錢贈行》「一自酒情詩興嬾」：稼軒有妾名錢錢，意即此人，一名田田。（同前書卷二「中調」）

一〇九 黄魯直《少年心·寄祝有道》「對景惹起愁悶」：按：山谷云：諸樂府雖有賞嘆其詞，而未深解其義者，故並奉寄。（同前）

一一〇　黄魯直《滿路花·往時有人書此詞於州東酒肆間，愛其詞，不能歌也。後有醉道士歌於廣陵市中，羣小兒隨歌，得之，乃知其為「促拍滿路花」。俗子口傳加釀鄙語，正敗其好處，山谷老人為録舊文，以告深於義味者》「秋風吹渭水」：詳味序意，必非黄九作。又：用平韻，亦異。（同前）

一一一　黄魯直《鷓鴣天·吉祥長者設長松湯，為作此》「湯泛冰甆一坐春」：「昔一僧病癩，將死，有人見者，教服長松湯，遂復為完人。」故篇中見此意。（同前）

一一二　朱希真《鵲橋仙》「溪清水淺」：旁注從本集，似勝他。（「玉破梅梢未徧」之「破梅」作「梅破」）（同前）

一一三　《玉樓春》「烏啼鵲噪昏喬木」：余與郭生遊寒溪，主簿吴亮置酒，郭生善作挽歌，酒酣發聲，座為悽然。郭生言：「恨無佳詞。」因為略改樂天《寒食》詩歌之，坐客有泣者，其詞云云，每雜以散聲。見《百斛明珠》。又：此詞亦載《東坡外記》，所謂余未知是東坡否，字句同《玉樓春》，但前後二韻不同，姑附此。（底本：烏啼鴉噪昏喬木，清明寒食誰家哭？風吹曠野紙錢飛，古墓纍纍春草緑。棠梨花映白楊樹，盡是死生離别處。冥漠重泉哭不聞，蕭蕭暮雨人歸去。）（同前）

一一四　李後主《一斛珠》「晚粧初過」：句句見題。（同前）

一一五　辛幼安《夜遊宫》「幾個相知」：原本作「非名非利」，恐誤。（底本：非名即利）（同前）

一一六　程靳山《醉蘆花》「秋山青」：細玩此詞，殊不似詞家聲調，當是歌行體詩餘，《圖録》誤録耳。（同前）

一一七 辛幼安《歸朝歡·趙晉臣積翠岩》「山上千林花太俗」：題有誤，此應是菖蒲港題。（同前書卷三「長調」）

一一八 辛幼安《歸朝歡·齊庵菖蒲港皆長松茂林，獨野櫻花一株，山上盛開，照映可愛。不數日，風雨催敗殆盡，感而賦此》「我笑共工緣底怒」：此應是積翠巖題。（同前）

一一九 周美成《西河·金陵懷古》「佳麗地」：按《詩餘》前段作「淮水」句止，後段作「酒旗」句起，未知孰是。（同前）

一二〇 《辛棄疾《西河·送錢仲耕移守婺州》「西江水」：觀稼軒此詞，則前篇（指周邦彦詞）「空遺舊跡」句似句法亦未斷，況可分截乎？當依《詩餘》為是。（同前）

一二一 高仲常《小梅花·將進酒》「城下路」：此詞欠婉轉，不似詞家體。（同前）

一二二 辛棄疾《賀新郎·聽琵琶》「鳳尾龍香撥」：次叙琵琶往事中，存俯仰古今之感。（同前）

一二三 辛棄疾《賀新郎·題趙兼善龍閣東山小魯亭》「下馬東山路」：吾子行謂篆書不宜詞曲，則道學家風，豈可填詞？況其情思説周孔乎？（底本：下馬東山路，恍臨風，周情孔思，悠然千古。）（同前）

一二四 辛幼安《哨遍》「一壑自專」：「但教」句，其請處長短不同。（同前）

一二五 蘇子瞻《戚氏》「玉龜山」：此詞始終指意言周穆王賓於西王母之事。又：按蘇本作二段，後段於「間作」句起。（同前）

一二六 辛幼安《醜奴兒近·博山道中效李易安體》「千峰雲起」：此詞前後兩韻，又不似換韻格，中間「野鳥飛來」句與下文義亦不相屬，恐是誤刻。（同前）

一二七 紀略：清照姓李氏，號易安居士，濟南人，李格非之女，適東武趙抃之子明誠為妻。明誠故，再適張汝舟，未幾反目，有啟與綦處厚云：「猥以桑榆之晚景，配兹駔儈之下材。」傳者無不笑。有《漱玉集》三卷行於世，頗多佳句。朱晦翁《語録》云：本朝婦人能文只有李易安與魏夫人。（《詩詞雜俎》之《漱玉詞》）

一二八 《跋漱玉詞》：黄叔陽（當作暘）云：《漱玉集》三卷。馬端臨云：别本分五卷，今一卷。攷諸宋、元雜記，大率合詩詞雜著為《漱玉集》，則釐全集為三卷無疑矣。第國朝博雅如用修先生，尚慨未見其全，湮没不幾久耶？庚午仲秋，余從選卿覓得宋詞廿餘種，乃洪武三年抄本，訂正，已閲數名家中，有《漱玉》、《斷腸》二册，雖卷帙無多，參諸《花庵》、《草堂》、《彤管》諸書，已浮其半，真鴻寶也。急合梓之，以公同好。末載《金石録後序》，略見易安居士文妙，非止雄於一代才媛，直洗南渡後諸儒腐氣，上返魏、晉矣。尾附遺事數則，亦罕傳者。（同前）

一二九 紀略：淑真，浙中海寧人，文公姪女也。文章幽豔，才色娟麗，實閨閣所罕見者，因匹偶非倫，弗遂素志，賦《斷腸集》十卷以自解。臨安王唐佐為傳，以述其始末。吴中士大夫集其詩二百餘篇，宛陵魏仲恭為之序。（《詩詞雜俎》之《斷腸詞》）

一三〇 《跋斷腸詞》：淑真詩集膾炙海内久矣，其詩餘僅見一二闋於《草堂》集，又見一二闋於十大曲

中，何落落如晨星也。既獲《斷腸詞》一卷，凡十有六調，幸覩全豹矣。先輩拈出元夕詩詞，以為白璧微瑕，惜哉。（同前）

一三一 《跋花蕊夫人宫詞》：宋太祖平後蜀，花蕊夫人以俘見，問其所作，口占一絶云：「君王城上豎降旗，妾在深宫那得知。四十萬人齊解甲，更無一箇是男兒。」楊用修云：宫詞之外，尤工樂府。蜀亡入汴，書葭萌驛壁云：「初離蜀道心將碎，離恨綿綿，春日如年。馬上時時聞杜鵑。」書未畢，為軍騎摧（當為催）行，後人續之云：「三千宫女皆花貌，妾最嬋娟。此去朝天，只恐君王寵愛偏。」花蕊見宋祖，猶作「更無一箇是男兒」之句，焉有隨昶行而書此敗節之語乎？續之者不惟虚空架橋，而詞之鄙，亦狗尾續貂矣。（《詩詞雜俎》之《三家宫詞》）

一三二 《清真詞（當作集）》二十卷《雜著》三卷，周邦彦，字美成。（《汲古閣毛氏藏書目録》「别集」）

一三三 《東堂集》六卷詩四卷書簡二卷樂府二卷，毛滂，字澤民。（同前）

一三四 《松坡集》七卷樂府一卷，京鏜，字重遠。（同前）

一三五 《曾紘父詩詞》一卷，曾惇，字紘父，紆之子。（同前）

一三六 《瓦全居士詩詞》二卷，王澡，字身甫。（同前）

一三七 《花間集》十卷，蜀歐陽炯作序，稱衛尉少卿字宏基者所集，自温飛卿而下十八人，凡五百首。（同前書「歌詞」）

一三八 《南唐二主詞》一卷，中主李璟、後主李煜。（同前）

一三九《陽春録》五卷，南陽馮延巳。（同前）

一四〇《家晏集》五卷，所集皆唐末五代人樂府，視《花間》不及也，主有清和樂十八章，為其可以侑觴，故名家晏。（同前）

一四一《珠玉詞》一卷，晏元獻公殊。（同前）

一四二《張子野詞》一卷，吴興張先字子野，即三影是也。（同前）

一四三《杜壽域詞》一卷，杜安世字壽域。（同前）

一四四《六一詞》一卷，歐陽文忠公修，字永叔。（同前）

一四五《樂章集》九卷，柳耆卿。（同前）

一四六《東坡詞》二卷，蘇文忠公軾，字子瞻。（同前）

一四七《山谷詞》一卷，黄庭堅，字魯直。（同前）

一四八《淮海詞》一卷，宋秦觀，字少遊。（同前）

一四九《晁無咎詞》一卷，晁補之。（同前）

一五〇《後山詞》一卷，陳師道，字無己。（同前）

一五一《閒適集》一卷，晁端拱（當作禮），字次膺。（同前）

一五二《晁叔用詞》一卷，晁叔（當作冲）之。（同前）

一五三《小山詞》一卷，晏幾道，字叔厚（當作原）。（同前）

一五四　《靖貞(當作「清真」)集》二卷後集一卷，周邦彦，字美成。(同前)

一五五　《東山寓聲樂府》三卷，賀鑄，字方回。(同前)

一五六　《東堂詞》一卷，毛滂，字澤民。(同前)

一五七　《溪堂詞》一卷，謝逸，字無逸。(同前)

一五八　《竹友詞》一卷，謝邁(當作薖)，字幼槃。(同前)

一五九　《冠柳集》一卷，王冠(當作觀)，字通叟。(同前)

一六〇　《姑溪詞》一卷，李之儀，字端叔。(同前)

一六一　《聊復集》一卷，趙德麟，名令時。(同前)

一六二　《後湖詞》一卷，蘇庠，字養直。(同前)

一六三　《大聲集》五卷，万俟雅言。(同前)

一六四　《石林詞》一卷，葉夢得，字少蘊。(同前)

一六五　《蘆川詞》一卷，張九(當作元)幹，字仲宗。(同前)

一六六　《赤城詞》一卷，陳克，字子高。(同前)

一六七　《簡齋詞》一卷，陳與義。(同前)

一六八　《劉行簡詞》一卷，劉一止。(同前)

一六九　《順庵樂府》五卷，唐(當作康)與之，字伯可。(同前)

一七〇 《樵歌》一卷，朱敦儒，字希真。（同前）
一七一 《初寮詞》一卷，王安中。（同前）
一七二 《丹陽詞》一卷，葛勝中（當作仲）。（同前）
一七三 《酒邊集》一卷，向子諲，字伯恭。（同前）
一七四 《漱玉集》一卷，易安居士李清照。（同前）
一七五 《得全集》一卷，趙鼎，字元鎮。（同前）
一七六 《焦尾集》一卷，韓元吉。（同前）
一七七 《放翁詞》一卷，陸游，字務觀。（同前）
一七八 《石湖詞》一卷，范成大，字致能。（同前）
一七九 《相山問（當作詞）》一卷，王之道彦猷。（同前）
一八〇 《友古問（當作詞）》一卷，蔡伸，字伸道，自號友古居士。（同前）
一八一 《浩歌集》一卷，蔡柟，字堅老。（同前）
一八二 《于湖詞》一卷，張孝祥，字安國。（同前）
一八三 《稼軒詞》四卷，辛棄疾，字幼安。（同前）
一八四 《可軒典（當作曲）林》一卷，萬（當作黄）人傑，字叔萬。（同前）
一八五 《竹齋詞》一卷，沈瀛，字子壽。（同前）

一八六《竹坡詞》一卷，周紫芝。（同前）

一八七《鳳城詞》一卷，黄定，字泰之。（同前）

一八八《燕喜集》一卷，曹冠，字宗臣。（同前）

一八九《書舟詞》一卷，程垓，字正伯。（同前）

一九〇《樂齋詞》一卷，向滈（一作滈）天（當作豐）之。（同前）

一九一《退圃詞》一卷，馬寧祖，字奉先。（同前）

一九二《克齋詞》一卷，沈端節，字約之。（同前）

一九三《敬齋詞》一卷，吴鎰，字仲權。（同前）

一九四《袁去華詞》一卷，袁去華宣卿。（同前）

一九五《省齋詩餘》一卷，廖行之，字天民。（同前）

一九六《逃禪集》一卷，揚無咎，字補之。（同前）

一九七《盧溪詞》一卷，王庭珪，字民瞻。（同前）

一九八《樵隱詞》一卷，毛開（當作幵），字平仲。（同前）

一九九《知稼翁詞》一卷，黄公度，字師憲。（同前）

二〇〇《吕聖求詞》一卷，吕渭老，字聖求。（同前）

二〇一《金谷遺音》一卷，石孝友，字次仲。（同前）

二〇二　《歸愚詞》一卷，葛立方，字常之。（同前）

二〇三　《信齋詞》一卷，葛剡（當作郯），字謙聞。（同前）

二〇四　《澗壑詞》一卷，黄談，字子默。（同前）

二〇五　《王周士詞》一卷，王以寧周士。（同前）

二〇六　《定齋詩餘》一卷，林淳，字太冲。（同前）

二〇七　《漫堂集》一卷，鄧元，字南秀。（同前）

二〇八　《拙堂詞》一卷，董鏷，字明仲。（同前）

二〇九　《坦庵長短句》一卷，趙師俠介之。（同前）

二一〇　《晦庵詞》一卷，李處全粹伯。（同前）

二一一　《近情集》一卷，王大受，字仲可。（同前）

二一二　《野逸堂詞》一卷，張孝忠正臣。（同前）

二一三　《岫雲詞》一卷，鐘將之仲山。（同前）

二一四　《審齋詞》一卷，王千秋錫老。（同前）

二一五　《東浦詞》一卷，韓玉，字温甫。（同前）

二一六　《好庵遊戲》一卷，方孝儒孚若。（同前）

二一七　《鶴林詞》一卷，劉光祖德修。（同前）

二一八《海野詞》一卷，曾覩(當作覿)。(同前)

二一九《笑笑詞》一卷，郭應祥承禧。(同前)

二二〇《竹屋詞》一卷，高觀國賓王。(同前)

二二一《吴彦高詞》一卷，吴激彦高。(同前)

二二二《洮湖詞》一卷，陳師古晞顔。(同前)

二二三《劉高之詞》一卷，劉過改之。(同前)

二二四《松坡詞》一卷，京鏜，字仲遠。(同前)

二二五《默軒詞》一卷，劉德秀，字仲洪。(同前)

二二六《雲溪樂府》四卷，魏子敬。(同前)

二二七《西園鼓吹》，徐得照，字思叔。(同前)

二二八《東老詞》一卷，李叔獻東老。(同前)

二二九《蕭閑集》六卷，蔡伯堅。(同前)

二三〇《白石詞》五卷，姜夔，字堯章。(同前)

二三一《西溪樂府》一卷，姚寬，字令威。(同前)

二三二《令(眉端朱筆批：「令」疑作「冷」，當是)然齋詩餘》一卷，蘇洞(當作泂)，字召叟。

二三三《款乃集》八卷，嚴次山。(同前)

二三四　《注坡詞》二卷，傅幹。（同前）

二三五　《注琴趣外篇》三卷，江陰曹鴻注華（當作葉）石林詞。（同前）

二三六　《樂府雅詞》十二卷拾遺二卷，曾慥編。其序云：「予所藏名八（當作公）長短句，裒合成編。或前或後，非有詮次，凡三十四家，雖女流亦不廢。外又有百餘闋，平日膾炙人口，不能知姓名，則類於卷末，名《拾遺》云。」（同前）

二三七　《五十大典（疑作曲）》十六卷。（同前）

二三八　《陽春白雪》五卷。（同前）

二三九　《萬曲類編》十卷。（同前）

二四〇　《題演劇二套》：世宙，逆旅也；今昔，駒隙也。春花秋月，實無常主，閒志便是主人。予喜無閒事，得手握閒書，坐銷閒日，逗露閒情。茶香鶴夢之餘，非約束鶯花，則平章風月，何者為真，何者是幻？　碌碌馮生，無過遞開生面，一登場遊演云爾。會日長至，惜年暗銷，偕二三同志，就竹林花榭，携尊酒，引清謳，復捻合《會真》以下十劇，挑逗文心，開發筆陣，乃知此類實情種，非書酒也。其宛轉闔合，鶯之歌，蝶之舞，麗情流逸，如中酒，如着魔，上自高人韻士，下至馬卒牛童，以迄鷄林象胥之屬，對之無不剔鬚眉，無不醒肝脾。今綴故帙，度新聲，雨花雲葉，紛紛噴薄，人間政未有歇拍，寧第《三元》、《四節》、《五倫》、《八義》兩兩配合哉？　客嘲余曰：「昔山谷遇秀鐵面道人，訶其筆墨勸淫，恐墮犁舌，應以為戒。」因戲謂：謔浪皆是文章，演唱亦是說法，從來風流罪過，早已向古佛前懺

悔竟矣。陽生日，得聞主人題。（《六十種曲》）

二四一《跋中州樂府集》：家藏《中州集》十卷，逸其樂府，梓人告成，殊怏怏。然既得樂府一帙，乃九峰書院刻本也，不勝劍合之喜。第詞俱雙調，淆雜無倫，一一按譜釐正，如《望海潮》諸闋與譜不侔，未敢輕以意改，其小敘已見詩集中，不復贅云。（《隱湖題跋》「續跋」）

胡維霖詞話

胡維霖，字夢祝，號蓬玄道人，新昌（今江西）人。萬曆壬子舉人，癸丑進士，崇禎九年為四川左布政使。有《黄檗山人稿》。此據《四庫禁燬書叢刊》影印明崇禎間刻本《胡維霖集》録詞話六則。

一　古樂府，王僧虔云：古曰章，今曰解。解有多少，當是先詩而後聲，詩叙事，聲成文，必使志盡於詩，音盡於曲，是以作詩有豐約，制解有多少。又諸曲調解有辭有聲，而大曲又有豔有趣有亂辭者，其歌，詩也；聲者，若《羊吾韋》、《伊那何》之類也。豔在曲之（脱「前」字），趨與亂在曲之後，亦猶吴聲前有和，後有送也，其語樂府體甚詳。（《胡繼霖集》卷「墨池浪語・詩譜」）

二 清商曲辭一曰清樂，江南吴歌、荆楚西聲，如《子夜》、《上聲》、《歡聞》、《前溪》、《阿子》等曲，俱列於吴聲西曲，則《石城樂》、《烏夜啼》、《烏棲曲》、《估客》、《莫愁》、《襄陽》、《江陵》雜出於荆、郢、樊、鄧之間，以其方俗，故謂之西曲。梁武帝改西曲製《江南弄》，為《龍笛》、《採蓮》、《採菱》，沈約製《鳳笙》等曲，與西曲總列於清商，清商雜出各代，但《子夜》，晉女子名，子夜造此聲，故以繫晉。（同前書「墨池浪語・詩評」）

三 陳叔寶《玉樹後庭花》等歌曲綺艷，其音甚哀，宜乎胭脂井有石欄紅痕也。然日月光天德，山河壯帝居，氣象宏潤，辭言精確，為杜子美五言之祖，言不可以論人也如是。（同前）

四 楊廣夫製豔篇，辭極淫綺，後一變歸於典制，並存雅體。江都官樂歌已具七言律體，《泛龍舟》等曲，哀音斷絶。升庵云「遠水翻如岸，遥山倒似雲」絶妙。效劉孝綽《褉憶》詩，風致婉麗，迷樓宫人歌，固是詩讖，亦稱詩聖。《望江南》説盡江南景致，《鳳艒歌》，已兆唐興矣。（同前）

五 詩有可解，不可解，不必解，若水月鏡花，勿泥其迹可也。　詩有不立意，造句以興為主，漫然成篇，此詩之化也。　三百篇無南音，《周南》、《召南》，皆北方也，如《凉州》、《甘州》、《渭州》，本是西音，今並以為北曲。由是觀之，則《擊壤》、《康衢》、《卿雲》、《南風》、《白雲》、《黄澤》，詩之篇什、漢之樂府，下逮關、鄭、白、馬之撰，雖詞有雅鄭，並北音也。若南音則孺子、接輿、越人、紫玉、吴歈、楚艷，以及今之戲文皆是。樂以詩為本，詩以聲為用，又謂古之詩，今之詞曲也，若不能歌之，但誦其文而説其義，可乎？　夫樂之義理，詩詞是也。聲歌猶後世之腔調也，兩者俱詣，乃為大成。　夫漢世樂府如《朱鷺》、《君馬黄》、《雉子斑》等曲，想當時自有節拍短長高下，故可合於律吕，且唐世之樂章，即今之律詩。而李太白《清平調》與王維之《陽關曲》於今皆在，不知何以被之弦索。今人能歌元曲、南北詞，皆有腔拍，如《月兒高》、《黄鶯兒》之類，亦有律吕可按，一入於耳，即能辨之。求元審殷宿悟神解者，自得之耳。（同前）

六《遊赤壁記》：胡子迓繆子於雪堂，繆子以雪堂煮茗，得無問魚於赤壁？胡子曰：昔蘇子之遊也，以壬戌之七月既望，今吾與子之遊也，以辛酉之九月朔後，度週甲子者九矣，其五百年而後興乎？年兄不可無詩與記。繆子謂王弇州每登覽名山，絶不作詩，恐前人已言，今復效顰，記恐落遊山套語，試携門人墨義與年兄一評騭之，何如？胡子以從來遊山者，無挾制義，我輩補前人所未備。相笑而别。别後即送四名墨義來，余取而閲之，未刻。往赤壁相候，繆子以輿夫逡巡，薄暮始至，不無愠色。胡子以黄州之菊甲於海内，色色俱佳，今年兄所取之文亦然，相與徘徊亭上，四顧江山，但見雲冉冉其欲奔，風凄凄其欲怒。繆子謂今日水光接天，不可得矣。胡子曰：此正江山之所以為神交也。使蘇子之所遊者如是，而吾與子之所遊者復如是，則江山幾為陳迹。惟蘇子之所遊者如彼，而吾與子之所遊者復如此，則江山始為奇觀。天下文章莫奇於是，何也？水觸陰雨怒號，則波浪横起，文生於情。情不激則不發。從來忠臣孝子，高人韻士，一遭震憾始觸其不平之氣，而抽其不容已之思，故其文幽奇神奥，讀之者陶堯鑄舜，悲風泣雨，人曰楚騷，夫必有騷而雅之至性始勃欝於今古。繆子喜見乎眉宇，於是舉酒屬客，而梨園作焉，演東坡、山谷故事，繆子以王弇州始不滿黄雙井，晚年醉心蘇、黄，畢竟聲韻至蘇、黄始沉浮合拍。貴鄉湯若士詞曲，亦昭代之雄也。聞其歌板，綽有優柔，平中雅韻。胡子以李西涯古樂府近代絶唱，使善音者教童子歌之鄉國，便是雅頌，便是正樂，何必淫哇之聲浸入人心肺，遽謂三百篇不可復作哉！ 繆子擊節，起而秉燭，俯江流之浩浩，指隔岸之武昌，風烈燭滅，因問諸門人文若何，胡子曰：「氣蒸雲夢澤，波撼岳陽城」，以言乎第二之文也，此非有大識力不能。「水迴青障合，雲度緑溪陰」，以言乎第三之文也，此天下之大有情人乎？「歷歷漢陽樹，淒淒鸚鵡洲」，以言乎第四之文也，此人意有所拂，非苟而已也。「桂棹兮蘭槳，擊空明兮泝流光」，以言乎第一之文也，年兄拔之，冠多士，意欲反騷耳。 雖然責洞庭以何不為潺潺，責八千歲之樹以何不為疎影横斜，恐違其所長。先鳴南宮，當屬之二三四，若首名養氣，須之數年後，故以三吴取三楚，不若以三楚取三楚也，左史倚相之於言偃均也。繆子以一片苦心被年兄道破，因問王夢澤文集，余以家藏板集亦不多，弘、正間稱李、何、邊、徐，若王槐野與夢澤，當兄李、何而弟邊、徐。 又問吴川樓相距幾舍，余聞其子孫尚賢，能世守甂甀洞也。 繆子以李本寧著作之富，與王弇州並盛，胡子以郭明龍《黄離集》堪續楚騷，其氣雄壯悲歌，其情悽惋篤至，皆忠憤語。 昨袁小修以所選中郎詩文見示，所選皆集中之雅馴者。 今天下學中郎者，無中郎之禪心俠骨，奇情玄會，而欲効中郎一語，豈可得哉？繆子謂此無學識人欲以蓋其短耳，中郎意思即年兄之所謂反騷也，詩宗中晚，文學宋、元，寧能出唐、宋人上？ 言畢，浮白大呼曰：「由年兄前所言為前赤壁記，後所言為後赤壁記。」别而歸，遂次其語而記之，併歌赤壁以壯繆子行，繆子者誰，大史繆西溪諱昌期也。（《胡維霖集》「長嘯山房彙稿」卷三）

劉廷元輯詞話

劉廷元，平湖（今浙江）人。萬曆丁酉舉人，甲辰進士，知南海縣，官至工部尚書。編輯《宋名臣言行略》十二卷，此據《四庫未收書輯刊》影印明刻本録詞話一則。

一

公云：詩詞高勝要從學問中來，後來學詩者雖有妙句，譬如合眼摸象，隨所觸體得一處，非不即似，要且不是。若開眼全體見之，合古人處不待取證也。又云：詩不可鑿空强作，待境而生，便自工耳。每作一篇，先立大意，長篇須曲折三致意，乃可成章。（《宋名臣言行略》卷六「黄庭堅」）

鄭明選詞話

鄭明選，字侯升，號春寰，歸安（今浙江）人。萬曆己丑進士，官至南京刑科給事中。所著有《鳴缶集》、《鄭侯升集》、《秕言》。此據《四庫全書存目叢書》影印明萬曆二十四年刻本《秕言》録詞話一則。

一　《折楊柳》曲：杜氏《通典》云：李延年因胡曲更造新聲二十八解，乘輿以為武樂。後漢以給邊將，和帝時萬人將軍得之。魏、晋以來二十八解不復具存，用者有《壠頭》、《黄鵠》、《出塞》、《入塞》、《折楊柳》、《黄覃子》、《赤之楊》、《想行人》諸曲。《樂府原》云：晋太康末，兵變横興，室家離散，京洛之人多為《折楊柳》之歌，皆兵革辛苦之辭。梁樂府有歌云：「上馬不捉鞭，反拗楊柳枝。下馬吹横笛，愁殺行客兒。」此北國横吹曲中《折楊柳枝》辭也。然《莊子》云：「大聲不入於里耳，《折楊》、《皇華》則嗑然而咲。」李註云：「《折楊》、《皇華》，皆古歌曲。」然則《折楊》之曲自莊子時已有之，《通典》以為李延年所造，非其本始矣。（《秕言》）

張大命輯詞話

張大命，字右兖，建陽（今福建）人。行蹟不詳，萬曆間在世。博經史，嫺音律，編輯有《太古正音琴經》、《太古正音琴譜》、《般譜》。《太古正音琴經》十四卷、《太古正音琴譜》四卷，有萬曆己酉自序。此據《續修四庫全書》影印明萬曆刻後印本録詞話五則。

一

博古名操：人事名操：《醉翁吟》沈遵作。《陽關三疊》一云《春江送别》。幽憤名操：《昭君怨》。僊羽隱逸名操：《華胥引》黄帝作。《款乃歌》。天文時令名操：《白雪》。《陽春》。山水名操：《越江引》唐賀若琹。花木名操：《風入松》嵇康作，詞存，對音。物類名操：《烏夜帝》。《水龍吟》。（節録自《太古正音琴經》卷四）

二　賀若十曲：賀若琹者，唐宣宗待招賀若所製，東坡有《聽賀若詩》。《不博金》、《不换玉》、《泛泱吟》、《越溪吟》、《孤猿吟》、《越江吟》、《清夜吟》、《槐下聞蟬吟》、《三清》，十亡其名。十曲，宋太宗尤愛之，改《不换（前作博）金》曰《楚澤涵秋》、《不换玉》曰《塞門積雪》，命詞臣採題製詞。時蘇易簡採得《越江吟》，其詞曰：「非雲非煙瑶池宴，片片，碧桃冷落黄金殿。蝦鬚半捲天香散。春雲和，孤竹清婉，入霄漢。紅顔翠態爛熳，金輿轉。霓旌影亂，簫聲遠。」《冷齋夜話》（同前）

三　六一居士喜瑯琊泉，沈遵以琴寫其聲，曰《醉翁泉（當作操）》。見《（脱「琴」字）雋》　玉澗道人崔閑居廬山，妙琴理，嘗請醉翁琴詞於坡公，坡公欣然為之。俱見《琴雋》坡公詩有「當呼玉澗手，一洗羯鼓昏」，即此人也。（同前書卷九「大雅嗣音」）

四　《醉翁操》并引：瑯琊幽谷，山水奇麗，泉鳴空澗，若琴中音會。醉翁喜之，把酒臨聽，輒忻然忘歸。既去十餘年，而好奇之士沈遵聞之，往遊，以琴寫其聲，曰《醉翁操》。節奏疎宕，而音指華暢，知琴者以為絶倫。然有其聲而無其辭，翁雖為作歌，而與琴聲不合。又依《楚詞》作《醉翁引》，好事者亦倚其詞以製曲，雖粗合均度，而琴聲為詞所繩約，終非天成也。後三十餘年，翁既捐館舍，而遵亦殁久矣。有廬山玉澗道人崔閑，特妙於琴，恨此曲之無詞，乃譜其聲，而請於東坡居士以補之，云：「琅然，清圓，誰彈？響空山，無言，惟翁醉中知其天。月明風露娟娟，人未眠。荷簣過山前，曰有心也哉此賢。醉翁，嘯詠，聲和流泉。醉翁去後，空有朝吟夜怨。山有時而童巔，水有時而回川，思翁無歲年。翁今為飛仙，此意在人間，試聽徽外三兩絃。」（同前書卷十「琴雋」）

五　高郵人桑景舒善樂律，舊傳有虞美人草，聞人作《虞美人》曲，則枝葉皆動，他曲不然。景舒試之，誠如所傳，乃詳其曲聲，曰皆吴音也。它日取琴，試用吴音製一曲，對草鼓之，枝葉亦動，乃謂之《虞美人操》，其聲調與《虞美人》曲全不相近，始末無一聲相似，而草輒應者，葭灰應管也，其知音臻妙如此。《稗編》（同前書卷十四「瑯嬛記」）

費經虞詞話

《雅倫》二十六卷，明費經虞撰，其子密又增補之。費經虞（一五九九—一六七一），字仲若，號鮮民，新繁（今四川新都）人。崇禎己卯（一六三九）舉於鄉，授昆明知縣，罷官歸蜀，遇亂流寓江都，以不得養親為恨，忌辰哭泣終日，至七十猶然。門人私謚孝貞先生。所著有《毛詩廣義》、《四書字義》、《古今方書》、《周易參同契》。費密，字此度，遭張獻忠之亂，棄家為道士，流寓吴江以終。著有《燕峰文鈔》。是書為經虞客居沔縣鄉塾中編次，以訓其子密。其中詳論歷代之詩，分源本、體調、格式、製作、合論、工力、時代、鍼砭、品衡、盛事、題引、瑣語、音韻十三門。按：此書今存有康熙刊本和雍正刊本，内容卷目次第有出入，其中雍正本有費氏順治乙未自序一篇，自序云以詩餘附後為十四，而目録及書中皆無之，蓋未成也。此據《續修四庫全書》影印清康熙四十九年刻本録詞話十八則。

一《吕氏春秋》云：夏孔甲作為《破斧》之歌，實始為東音。有娀二女作歌，一終曰：「燕燕往飛。」實始為北音。禹巡省南土，塗山氏之女候禹於塗山之陽，乃作歌曰：「候人兮猗。」實始為南音。周公、召公取風焉，以為《周南》、《召南》。周昭王南征，荆右辛餘靡長且多力，為王右，還返涉漢，梁敗，王隕於漢中，辛餘靡振王北濟。王乃封之於西翟，因追思故處，實始為西音。《詩紀》云：西音在秦為秦聲，漢賦云：「起西音於促柱，歌江上之餘唳。」江左六朝為清商曲，唐有《伊州》、《凉州》，皆在西方，西屬金，金主聲，故樂曲盛於西也。（《雅倫》卷一「源本」）

二 鄭樵《正聲序》云：古之詩曰歌行，後之詩曰古近二體。歌行主聲，二體主文。詩為聲也，不為文也。凡律其辭則謂之詩，聲其詩則謂之歌，作詩未有不歌者也。詩者，樂章也。或形之詠歌，或散之律吕，各隨所主而命。主於人之聲者，則有行，有曲。散歌謂之行，入樂謂之曲。主於絲竹之音者，則有引，有操，有吟，有弄，各有調以主之。攝其音謂之調，總其調亦謂之曲。凡歌行所主人聲，其中調者，皆可被之絲竹。凡操、吟、弄，雖主絲竹，其有辭者，皆可形之詠歌。蓋主於人者，有聲必有辭；主於絲竹者，取音而已，不必有辭。其有辭者，通可歌也。近世論歌行者，求以名義，强生分别，正猶漢儒不識風、雅、頌之聲，而以義論詩也。（同前）

三 郭茂倩云：《宋書·樂志》曰：「古者天子聽政，使公卿大夫獻詩，耆艾修之，而後王斟酌焉。」然後被於聲，於是有採詩之官。周室下衰，官失其職。漢、魏之世歌詠雜興，而詩之流乃有八名：曰行，曰引，曰歌，曰謡，曰吟，曰詠，曰怨，曰歎，皆詩人六義之餘也。至於協聲律，播金石，總謂之曲。

若夫均奏之高下，音節之緩急，文辭之多少，則繫乎作者才思之淺深，與其風俗之薄厚。當是時，如司馬相如、曹植之徒，所為文章深厚爾雅，猶有古之遺風焉。自晉遷江左，下逮隋、唐，德澤寖微，風化不競，去聖愈遠，繁音日滋。豔曲興於南朝，外音生於北俗。哀淫靡曼之辭迭作並起，流而忘返，以至陵夷。原其所繇，蓋不能制雅樂以相變，大抵多溺於鄭、衛，繇是新聲熾而雅音廢矣。（同前）

四　沈存中云：《香奩集》和魯公凝之辭也。惟其豔麗，故貴後嫁其名於偓。凝平生著述分為《演綸》、《游藝》、《孝弟》、《疑獄》、《香奩》、《籝金》六集。自為《游藝集序》云：「予有《香奩》、《籝金集》，不行於世。」凝在政府，避議論，諱其名，又欲後人知，故《游藝集》實之，此凝意也。（同前書卷二「體調」）

五　《藝苑卮言》曰：古樂府諸曲調解有詞有聲，而大曲有豔、有趣、有亂。詞者，其歌詩也。聲者，若《羊吾韋》、《伊那何》之類也。豔在曲之前，與亂在曲之後，亦猶吴聲前有和、後有送也。豔亦有在曲後者，如《相逢行》後，謂之三婦豔也。（同前書卷七「格式」）

六　費經虞曰：樂府皆播諸金石聲音，與文章交著，鄭樵《樂府正聲》、郭茂倩《樂府詩集》、左克明《樂苑》、梅鼎祚《古樂苑》是也。一郊廟，二燕射，三鼓吹曲，四横吹曲，五相知曲，六清商曲，七舞曲，八琴曲，九雜曲，十謡諺。經虞嘗論之：《詩》三百篇，當時宗廟朝廷、公卿享燕與鄉人飲酒咸用之，自孔子時而雅、頌失所，鄭、衛盈耳。雅音不過樂官例舊用之祭祀，存三代節奏，傳亦稀矣。至秦起西倕，以兵威定六國，焚滅詩書，廢絶禮樂，但取列國鐘鼓美人以充宫室，古之詩樂益以消亡。及陳涉起兵，至於漢祖，天下殘傷，詩樂失傳，時亦已久。叔孫通就漢儀制宗廟樂「嘉至休成」以合古，采齊清廟，而唐山夫人賦《房中》祠樂。高祖「風起」之詩，僮習而歌，古詩樂至此一變。文、景以來，禮宮肄習，不加改定。孝武更郊祀之禮，始立樂府。然而趙、代、秦、楚之謳，皆係新聲，則又變矣。古禮郊天，燔燎掃地，而祭器用陶匏、太羹、玄酒，故無樂。《大戴禮》稱一磬焉，所謂天神降者，春夏秋冬五帝之神也。漢去古未遠，叔孫又知周禮，故定漢儀，止有宗廟之樂。孝武所造《練時日》等詩，亦以祀五帝、太一、朝日、夕月而已。其宗廟之樂，仍叔孫舊制也。郊祀有樂，蓋漢後自晉始也。宋孝建二年，荀萬秋議郊廟宜設備樂，顏竣以為郊祀用樂未見明證，而建平王宏以為有典據，詔有司郊祀用樂，後世禮也。河間獻王上雅樂，不過存肄備數，常御郊廟，悉非雅聲，然詩樂流傳猶得祖述。成帝時，宋畢所上平當所議，又廢絶不行。哀帝下詔罷樂府，止存古樂，而民間漸漬，未能盡革。王莽之篡，為日未久，漢家舊樂尚在太常習放，無所損益。董卓遷都，天下大亂，人物凋喪，禮樂盡失。魏武平荆州，得漢雅樂郎杜夔，乃復立樂，然夔所記，止《鹿鳴》、《騶虞》、《伐檀》、《文王》四篇。歌師尹胡能歌宗廟郊祀之曲，舞師馮肅、服養曉知先代諸舞。黄初中，柴玉、左延年以新聲被寵，改其音韻。詩樂至此又大變，雅聲止存杜夔《文王》一篇。晉用魏舊，惟改詩章，《文王》之篇亦亡，至是古詩雅聲遂盡。永嘉之亂，江左無樂。賀循為太常，略有登歌食舉之奏。其後漸得中原樂人，四廂乃備。宋文帝元嘉中始用樂，重撰篇詩，大抵依倣晉曲。南齊、梁、陳遞相沿襲，詩篇亦易。元魏宇文好其國音。隋文平陳，始獲江左舊樂調，為十四調以奏。唐高祖未遑改造，武德九年，乃斟酌南北，作唐樂，此郊祭宗廟所用也。宋崇寧中，立大晟樂府，然周美成等所作，又係詞曲，論別見宋郊廟之樂，因仍者多。若夫燕射，《漢書·樂志》雖稱常御，然所存詩皆郊廟之辭，他無傳焉。後漢明帝始定樂為四品：大予樂一，雅頌樂二，黃門鼓吹樂三，短簫鐃歌樂四。今惟《鐃歌十八曲》存耳。天子正旦大會，王公上壽，晉四厢奏樂，乃始有傳辭。自魏左延年改《鹿鳴》為《於赫》，其聲依舊，改《騶虞》為《巍巍》，改《文王》為《洋洋》，皆新聲。除《伐檀》而重用《鹿鳴》之音，則杜夔四章用於朝會燕享，而不用於宗廟郊祀。彼祭之所奏，恐尹胡仍歌孝武舊曲也。晉初食舉亦用《鹿鳴》，泰始五年，傅玄、荀勗、張華各造《正旦行禮》及《王公上壽酒》、《食舉樂歌》詩，勗更造《於皇》以當《於赫》，《明明》以當《巍巍》，《邦國》以當《洋洋》，《祖宗》以當《鹿鳴》，又為《食舉歌》十二章，采則王韶之造《四厢樂歌》。齊多宋舊，梁改雅樂，陳則不聞其詩，大抵相同。若北周五音調曲，其辭變甚，長言偶對，非復六代之音。隋頗有江左遺風焉，此燕射之歌也。鼓吹曲，蓋短簫鐃歌，軍樂也。或以列殿庭者名鼓吹，列於騎駕者名騎吹，水行者為雲吹。」郭茂倩、左克明並曰：「鼓吹、短簫鐃歌與橫吹，得通名鼓吹。」古辭存十八曲，皆漢製也。橫吹亦軍樂，馬上奏之。有簫笳者謂之鼓吹，朝會用之；有鼓角者謂之橫吹，軍中用之。橫有有雙角，本非中國之樂，漢張騫自西域來傳一曲，李延年因之造二十八解新聲為武樂，魏、晉不復俱存。世所用有《黃鵠》等十曲，《關山月》等八曲。梁鼓角橫吹曲有《企喻》等歌三十六曲，樂府胡吹舊曲又有《隔谷》等歌三十曲，總六十六曲。自隋以後，始以橫吹用之鹵薄，與鼓吹列為四部，總謂之鼓吹。相和，漢舊曲也，絲竹更相和，執節者歌。晉荀勗又採舊辭，施用於世，謂之清商三調。唐《樂志》：「平調、清調、瑟調，皆周房中之遺聲，漢世謂之三調。又有楚調、側調。楚調，漢房中之遺聲；側調，生於楚調。」又謂之相和調。清商曲者，九代之遺聲也。其始即相和三調，漢、魏以來舊曲辭皆古調。及魏氏父子所作，晉室播遷，其音分散。宋武定關中，因而入南，後南朝文物盛，國俗民謠，世有新聲。後魏孝文定壽春，得江左所傳中原舊曲，及江南吴歌、荆楚西聲，總謂之清商樂，兼奏於殿庭。而江左遺聲未之有得，隋平陳，乃獲之，文帝善其節奏，以為華夏正聲，乃微損益，去其哀怨，考而補之，以新定律呂，謂之清樂。□（一作煬）帝乃定清樂、西涼等為九部。唐貞觀中，用十部樂，清樂亦在焉。武后時猶存六十三曲。長安以後，朝廷不重古曲，工伎寢缺。自是樂章訛失，與吴音轉遠。開元中，歌工李郎子，北人，學於江都俞才生。時聲調已失，惟雅歌曲辭，辭典而音雅。郎子亡，清樂之歌遂闕。周、隋以來，多用西涼樂，鼓舞曲多用龜兹樂。惟琴工猶傳楚、漢舊聲清調，蔡邕五弄，楚調四弄，清商遂絶也。舞曲者，古樂歌必有舞，天子八佾，諸侯六，大夫四，士二。其舞有六名：一帗舞，二羽舞，三皇舞，四旄舞，五干舞，六人舞。自漢以後，樂舞寢盛，故有雅舞，有雜舞。雅舞用之郊廟朝享，雜舞用之宴會，皆有歌辭。雅舞，漢世惟存東平王蒼《武德歌詩》，傳玄又有十餘小曲。荀勗、張華、王韶之宋、齊，皆有辭。雜舞，則《巴渝》、《槃》、《鞞》、《鐸》、《拂》、《白紵》之類，始出自方俗，後浸陳於殿廷。魏以後，西傖羌胡諸舞彌盛，子桓、仲宣皆有舞歌，晉、宋、齊、梁相沿而製。琴曲之歌，自古已有，世稱堯、舜、微、箕、文、武、周公、孔子皆有琴歌，雖不見經傳，而其相傳則亦久矣。漢、魏、六朝皆有所作，雜曲歌詞，南陳北周頗著。而古謠諺，亦當時民俗所謳。

此樂府之從來，而分類以明之者也。鄭樵序「樂府以聲歌言」，最爲高識。聲歌者，詩之本也，不言聲歌，則作詩以被管絃，何謂哉？而以齊、魯、毛、韓序訓爲腐儒之説，抑又過矣。經傳引詩多言其義。「相維辟公」，「天子穆穆」，奚取於三家之堂？子夏曰：「禮後乎？」子貢曰：「如切如磋，如琢如磨，其斯之謂與？」子思、孟子引詩亦以義言。而以詩止可言聲歌，而不宜言義理，可乎？故經虞以爲賦詩者，有文詞；歌詩者，有音節；解詩者，有理義；三者缺一不可，而後論詩之旨備矣。今聲音既已不傳，所存之辭，惟文章體格，歷代變改，則大不同。郊祀宗廟等詩，國史造以入樂府者；相和清商等曲，則民間所作，采入樂府。今以郊祀宗廟並雜調總入樂府，而篇、行、吟、歎等别立一部，以便稽考。（同前）

七　琴曲歌詞：費經虞曰：琴曲，有暢、有操、有引、有弄、有歌、有曲、有拍。和樂而作，命之曰暢；憂愁而作，命之曰操。進德修業謂之引，性情寬泰謂之弄。蔡琰以琴寫胡笳聲，始有十八拍之名。琴操，上紀堯、舜以來古曲，昔人已非之。然相傳既久，學者存疑可也。（同前）

八　費經虞曰：絶句之名，未詳所始。至絶者，截也，則求其解而不得，遂爲此臆説耳。考古詞多四句，而「藁砧今何在」四首已題爲絶句，則豈待近體既成之後乃截之耶？胡元瑞之説當矣。按《漢書·元帝本紀贊》云：「自度曲，被歌聲，分刌節度，窮極幼眇。」韋昭注曰：「刌，切也，謂能分切句絶，爲之節制也。」則絶乃歌詩中間斷之處，後世遂因以爲名也。觀古樂府所載魏、晉樂歌，四句一解，是絶之義矣。唐人因其歌斷，遂爲短句以就之，而絶句成體。如《水調歌頭》第一疊、《河滿子》第三疊、《排遍》第一、《陸州歌》第三之類，尚見唐人詩題中。而《萬首唐人絶句》裁長詩止用四句者，皆當時以之入歌者也。絶句之義如此，請以俟考古之君子焉。（同前書卷十二「格式」）

九　《竹枝詞》：「檳榔花發竹枝鷓鴣啼女兒，雄飛烟瘴竹枝雌亦飛女兒。木棉花盡竹枝荔枝垂女兒，千花萬花竹枝待郎歸女兒。」「芙蓉並蒂竹枝一心連女兒，花侵槅子竹枝眼應穿女兒。筵中蠟燭竹枝淚珠紅女兒，合歡桃核竹枝兩人同女兒。」「斜江風起竹枝動横波女兒，劈開蓮子竹枝苦心多女兒。山頭桃花竹枝谷底杏女兒，兩花窈窕竹枝遥相映女兒。」費經虞曰：《竹枝》本巴人俚歌，劉禹錫易為雅音。《竹枝》入絶句，自劉始。而《竹枝》歌聲，劉集未載也。《花間集》有孫光憲，《樽前集》有皇甫松各數首，皆上四字一斷為「竹枝」，下三字為「女兒」。按：白居易《竹枝詞》云「唱到《竹枝》聲咽處」，又云「江畔誰人唱《竹枝》，前聲咽斷後聲遲」，則「竹枝」、「女兒」皆歌中咽斷之聲也，但其音節不傳矣。體有數格，大都揉俗入雅，是《竹枝》本色。次孫錫璜曰：蜀有《那浪歌》，七言四句，如絶句。然歌時，前四字一斷作那浪聲，後三字一斷復作那浪聲，四句皆如此歌。按，此即古《竹枝詞》也，今猶有能歌者。那音懦，平聲。「大姐燒香那浪二姐拜那浪」。（同前）

一〇　《楊柳枝詞》：「一樹春風萬萬枝，嫩於金色軟於絲。永豐東角荒園裏，盡日無人屬阿誰？」白居易費經虞曰：樂府詩云：「《楊柳枝》，白居易洛中製也。《本事詩》云：尚書有伎樊素，善歌；小蠻，善舞。尚書年高邁，而小蠻方豐艶，乃作《楊柳枝》以寄意。」與樂府《折楊柳》不同，若薛能令部伎少女作《楊柳枝》健舞，復賦其詞為《楊柳枝新》，則樂府也，與此異。《楊柳枝》詞與《竹枝》頗近，其情

柔，其體婉。（同前）

一一　按：唐人《竹枝》詞格，如「清江一曲柳千條，十五年前舊板橋。曾與情人橋上别，更無消息到今朝。」雖體格卑小，辭氣柔弱，近乎俚俗，然尚風流嫺雅，可歌可咏。下逮宋、元，以鄙俚之辭，出粗硬之句。如「吩咐家中事莫違，好生補我舊蓑衣」，又如「便挑野菜和根煮，旋斫生柴帶葉燒」類，皆從張打油、胡釘鉸發脉。正唐人所謂覆窠遺妄，至今未已也。（同前書卷十四「格式」）

一二　凡為人撰詞曲，作聯對，起綽號，集四書文諸類，皆係妄行，悉宜禁絶。經虞所以諄諄誡請者，為多才少德之英俊留一篇懺悔文。苟依此實行，德成名立，福禄駢至，又一篇慶喜賦也。（同前）

一三　費經虞曰：《古樂苑》云：《隋遺録》煬帝《雜憶》詩題云效劉孝綽《雜憶》詩，按劉集無此詩，惟沈約有《六憶》，《詞品》作煬帝《夜飲朝眠曲》，梅禹金以劉集無此詩，恐古人詩多遺逸，沈或亦效劉也。（同前）

一四　《彈雅》云：詩中用時俗字，獨宜於新聲，如宫詞、謡諺、燕歌、吴歌、《柳枝》、《竹枝》之類，其他即唐人平調，一字著不得也。至於古調，非《説文》、古樂府，以至《賡歌》、《五子》篇什不可用。鍊字須有分兩而為取捨，煉句亦然。至於篇章，惟古是事，後此未必無作者名世。總之，卑格何苦為之。凡古人雖有成案而不可用者，如酒龍、花匠之類，俗氣薰人，何論有出？字法取亮者，每失之雅，才子之過也，取雅者，每失之亮，學士之過也。宜緑處不可安碧，宜碧處不可安緑；宜荷處不可安蓮，宜蓮處不可安荷。（同前書卷十五「制作」）

一五　鍾、譚詩，當其創獲之初，亦嘗覃思苦心，尋味古人之微言奥旨。少有一知半解，掠影希光，以求絶出於時俗。久之，見日益僻，膽日益粗。舉古人之學，所謂渾涵汪茫，千彙萬狀，高文大篇，鋪陳排比者，以為繁蕪熟爛，胥欲掃而刊之，而惟其僻見之是師。承學之徒莫不喜其尖新，樂其率易，相與拍肩而從之。以一言蔽其病曰：「不學而已。」亦以一言蔽從之者曰：「不説學而已。」余嘗謂近代之詩，抉擿洗削，以凄聲寒魄為致，此鬼趣也；尖新割剥，以噍音促節為能，此兵象也。唐天寶樂章曲終繁聲，名為入破。鍾、譚之類，豈亦五行志所謂詩妖者乎？（同前書卷十八「時代」）

一六　胡氏《談苑》云：元祐中，秘閣上巳日集西池，王仲至有詩，張文潛和最工。秦少游「簾幙千家錦繡垂」，仲至笑云：「又殆入小石調也。」（同前書卷十九「鍼砭」）

一七　《碧溪詩話》云：詩綺麗太甚，人戲謂之小石調。雖不可綺害正氣，然論當理不當理耳。苟當於理，則綺麗風花同入於妙。苟不當理，一切皆為長語。上至齊、梁諸公，下至劉夢得、温飛卿輩，往往以綺麗風花累其正氣，其過在於理不足而詞有餘也。自古詩人，巧即不壯，壯即不巧，巧而能壯，惟子美能之。按：此説前半甚好，「上至齊、梁」以下，便當各成家數，夾雜便不成家。（同前）

一八　宋子京過御街，逢内家，一人褰簾曰：「小宋也。」子京歸，遂作《鷓鴣天》，末云：「劉郎已恨蓬山遠，更隔蓬山幾萬重。」詞傳達禁中，仁宗知之，問：「何人呼小宋？」有内人自陳曰：「頃侍御宴，奉旨宣翰林學士入，左右内臣曰小宋也，前在車子中偶見之，呼一聲耳。」上召子京，從容語及此事，子京惶懼無地，上笑曰：「蓬山不遠。」遂出内人賜之。（同前書卷二十二「盛事」）

杜祝進詞話

杜祝進，黄岡（今湖北）人。萬曆己酉舉人。此據上海古籍出版社影印《明詞彙刊》本《百琲明珠》録序文一則。

一 《刻楊升庵百琲明珠引》：聲音之有詞也，貫珠也。或曰於詩賦爲易，曰無易也，無不易也。本於性情，要於起叶，而可以般衍瀾漫終不亂者，惟詞有焉。故六朝以來，多著此聲也。若乃規明珠之在握，遊象罔以中繩，則博人通明，换名定格，君子審樂，從易識難，未必非升庵是集之雅言矣。是集留於新都，傳於余婦翁陳春明令新都之明歲，余刻於落第之萬曆癸丑冬，所謂竹有雄雌，可笛可賦，寧直樂府備之乎？臨皋杜祝進書於髻青閣。（《百琲明珠》）

薛岡詞話

薛岡，字千仞，鄞（今浙江）人。布衣。少辟地，客長安，爲新進士代作考館文字，每得與選，因有盛名。身爲太平詞客六十年，名重天下。所著有《天爵堂集》、《天爵堂筆録》。此據《四庫未收書輯刊》影印明崇禎間刻本《天爵堂文集》録詞話一則。

一

《吴國華詩序》：余識吴國華小侯於己未，歲齒未迨，弱亦未冠，恂恂佳公子，似不能言者。後七年，余入都，國華見過，出袖中詩草，謂余曰：「願得先生一語以示諸其人。」余受而讀之，曰：「異哉！有不言而後可以有言，三年不鳴，鳴故驚人哉！」蓋文士才情易揮霍於少日，造詣必沈實於暮年，何也？才植於天，少日之嗜欲淺，而天機深詣無底止。暮年之學問該，而人力足，故少年之士不難於揮霍，難於沈實。未聞才詣兼優，詩詞高步如吾友國華也者。試論若才與若詣如秋浦潮生，暑林雨度，沛然颼然，不能原始，無可要終。而筆端一種含欝，一種縝密，一種温厚，造深詣遠，又如為九仞之山，未敢弛一簣工力者。語云十年不得成詩人，夫此七年間，手不釋卷，所學當亦有限，國華豈誠嬰兒之方孩而遂讀書者乎？以是知得天者豐，則成於人者亦自不嗇。人而未始弗天不第，詩為然也。又試評若詩、古詩，模範蘇、李而潤色鮑、陸；歌行馳驟青蓮而準繩高、岑，近體祖述子美，絶句效法昌齡，此其大略。若夫奇峭露於夷辭，長意足於短語，華采焕於淡傳，音嚮（當作響）鏗於希聲，非有邁衆天才兼人學力，未易臻此，豈人所可幾及？況其在少年乎？萬曆末，海内詩人得稱老宿者凋謝略盡，不二三人存，正始之音斬焉。為時調所易目，求少年之士卓然自立，以正聲奮起辭壇者，於國華僅屈一指，冀北之馬群從此遂空，臺上黄金，奚今不古若也？古者無詩人，非無詩人，用之鄉人，用之邦國，夫人而皆詩。詩亡，然後專人作，今之士為獻吉、景明之言者，則見以為詩在顯，而縉紳尊為太初、茂秦之言者，則見以為詩在隱。而布衣尊互相雄長，終無定論。由今觀之，國華學將日富，造將日深，識將日開，而才亦將日長，所至高遠，與年並進。今日之詩，其在侯門矣乎？余生惡祝鮀，詩文且非諛物，得一國華，不勝後來之喜，而力為推轂。其詩具在，行將示諸其人，余之言諛邪？直邪？（《大爵堂集》卷三）

高鶴輯詞話

高鶴，字若齡，號望梅山人，山陰（今浙江）人。嘉靖庚戌進士，官定遠縣知縣，南京户科給事。編著有《可也居集》、《見聞搜玉》、《定遠縣志》等。《見聞搜玉》八卷，萬曆辛卯自序云以言忤權貴歸，搆小齋於萬緑園，日游息其中，暇則取古書誦讀之，於殘編折簡、野史他誌諸所未經目者，援筆記之，歲月既邁，積集良多，凡可以垂訓、豁心目辨、考訂發逸思者，罔不搜羅。是書雜抄他書，分君臣、父子、夫婦、兄弟、友朋、言語、政事、論述、考遡、原始、辨正、釋尼、格訓、規戒、托諷、刺譏、詞調、歌曲、題詠、詩話、雜詠、雜志等五十一類，其中所載多詩話。此據内閣文庫藏明萬曆辛卯函弍館刻本録詞話四十三則。

一　天寶末，明皇倦於萬幾，日以恣樂為事，梨園進《水調歌》曰：「富貴榮華能幾時？山川滿目淚沾衣。不見只今汾水上，唯有年年秋鴈飛。」知為李嶠詩，嘆曰：「真才子也。」及范陽兵起，鑾輿幸蜀，再歌《水調》，不勝嗚咽。初羅公遠引明皇遊月宫，製《霓裳羽衣曲》。劉禹錫詩云：「開元天子萬事足，惟惜當時光景促。三鄉陌上望仙山，歸作《霓裳羽衣曲》。仙心從此在瑶池，三清入（一作八）景相追隨。天上忽乘白雲去，世間空有秋鴈辭。」（《見聞搜玉》卷一「君臣」）

二　宋高宗《漁父辭》：「薄晚煙林淡翠微，江邊秋月已明暉。縱遠眺，適天機，水底閒雲片段飛。」又：「青草開時已過船，錦鱗躍處浪痕圓。竹葉酒，柳花氊，有意沙鷗伴我眠。」又：「水涵微雨湛虚明，小笠輕蓑未要晴。明鑑裏，縠紋生，白鷺飛來空外聲。」又《泠然亭古風》云：「孰云人力非自然，千巖萬壑藏雲煙。山頭草木四時芳，閱盡歲寒常不老。上有峥嶸倚空之翠壁，下有潺湲漱玉之飛泉。一堂虚敞臨佳沼，密蔭交加森羽葆。」又《西湖夜歸》詩云：「半醉閒行湖岸東，馬鞭敲鐙響瓏璁。萬株松木青山上，十里沙堤明月中。樓角漸移當路影，潮頭欲過滿江風。歸来未放笙歌散，畫戟門開蠟燭紅。」諸詩流連光景，無父兄之憂，當不獸歸罪於奸檜也。（同前）

三　陸務觀娶唐氏，弗獲於姑，出之。唐適趙，偶春日出遊，相遇於禹跡寺南之沈氏園，悵然久之，為賦一詞，題於園壁云：「紅酥手，黄藤酒，滿城春色宫（一作宫）牆柳。東風惡，歡情薄。一懷愁緒，幾年離索，錯錯錯。　春如昨，人空瘦，淚痕紅浥鮫銷透。桃花落，閑池閣。山盟雖在，錦書難託，莫莫莫。」翁居鑑湖，每入城，必登寺眺望。又賦二絶云：「夢斷香銷四十年，沈園柳老不飛綿。此身化作稽山土，猶弔遺蹤一悵然。」又：「城上斜陽畫角哀，沈園無復舊池臺。傷心橋下春波緑，曾是驚鴻照影來。」唐既死。沈園亦三易主矣，悵然有懷，復有詩云：「楓葉初丹槲葉黄，河陽愁鬢怯新霜。林亭感舊空回首，泉路憑誰説斷腸。壞壁醉題塵漠漠，斷雲幽夢事茫茫。年來妄念消除盡，回向蒲龕一炷香。」嗣後夢遊沈氏園，又兩絶：「路近城南已怕行，沈家園裏更傷情。香穿客袖梅花在，緑蘸寺橋春水生。」又：「城南小陌又逢春，只見梅花不見人。玉骨久成泉下土，墨痕猶鎖壁間塵。」（同前書卷一「夫婦」）

四 花仲胤為伊川令，久不歸，其妻寄詞云：「西風昨夜穿簾幙，閨院添消索。最是梧桐零落，教奴獨自守空房，淚珠與燈花共落。」胤拆簡，見「伊」字作「尹」字，遂回寄云：「頓首啓情人，即日恭惟好音。接得綵箋詞一首，堪驚，寄與音書不志誠。不寫伊川題尹字，無心料想，伊家不要人。」妻復答之曰：「奴啓情人勿見罪，閑將小書作尹字。情人不解其中意，共伊間别幾多時，身邊少箇人兒。」（同前）

五 羅愛卿適趙氏子，趙入京求仕，作詞贈别，曰：「恩情不把功名誤，離筵又歌《金縷》。白髮慈親，紅顔幼婦，君去有誰為主。流年幾許，况悶悶愁愁，風風雨雨。鳳拆鸞分，未知何日更相聚。蒙君再三分付，向堂前侍奉，休辭辛苦。官誥蟠花，宫袍製錦，要待封妻拜母。君須聽取，怕日薄西山，易生愁阻。早促回程，綵衣相對舞。」（同前）

六 韓忠武王歸第，絶口不言兵，自號清凉居士。時乘小騾放浪西湖。一日至香林園，蘇仲虎方宴客，王徑造之，盡醉而歸。明日，手書一詞以遺之，云：「冬日春山瀟灑静，春來山暖花濃。少年衰老與花同。世間名利客，富貴與貧窮。貪忙不是長生藥，清閒不是死家風。勸君識取主人翁。單方只一味，盡在不言中。」（同前書卷二「曠達」）

七　宋徐君寶妻被虜，主者欲犯之，因告曰：「俟妾祭謝先夫，然後為君婦未遲也。」乃焚香再拜，南向飲泣，題《滿庭芳》詞於壁，書畢，即投大江死。詞曰：「漢上繁華，江南人物，尚遺宣政風流。緑窓朱户，十里爛銀鈎。一旦刀兵齊舉，旌旗擁、百萬貔貅。長驅入、歌樓舞榭，風捲落花愁。清平三百載，典章文物，掃地都休。幸此身未北，猶客南州。破鑑徐郎何在，空惆悵、相見無由。從今後、斷魂千里，夜夜岳陽樓。」（同前書卷三「閨彦」）

八　朱静庵。周濟妻也。嘗讀李易安詞，有云：「一代才華真可惜，錯將閒恨寄新詩（一作詞）。」然朱亦以所匹非稱，乃於籬落見梅感而言曰：「可憐不遇知音賞，零落殘香對野人。」斯情見乎辭矣。有《竹枝詞》二首：「西子湖頭賣酒家，春風揺蕩酒旗斜。行人沽酒唱歌去，踏碎滿堦山杏花。」又：「横塘秋老藕花殘，兩兩吴姬蕩槳還。驚起鴛鴦不成浴，翩翩飛過白蘋灘。」《秋日見蝶》詩：「江空木落鴈聲悲，霜染丹楓百草萎。蝴蝶不知身似夢，又隨秋色上寒枝。」《春雨》詩：「濕雲漠漠雨如絲，花滿西園蝶未知。金屋曉寒鶯語澁，畫樓春寂燕歸遲。宫桃有恨啼紅涙，煙雨多情斂翠眉。檀板金樽久寥落，孤城愁聽角聲悲。」《春睡詞》：「茸茸芳草含新緑，露井夭桃錦雲簇。碧闌干外早鶯啼，又喚春光到華屋。綺窓花影揺玲瓏，玉人夢破春溶溶。雲鬟半嚲鳳釵滑，枕痕一縷消輕紅。香汗輕輕透衾濕，含情欲起嬌無力。海棠庭院鳥聲和，睡足東風一竿日。」《秋夜》詩：「月轉梧桐夜未央，繡屏斜裊篆香煙（一作『爐香』）。金風初起桂花落，玉露無聲秋夜長。碧海望窮仙路遠，紫簫聲徹晚天涼。乘槎欲共天孫會，惆悵銀河路渺茫。」（同前）

九 吳七郡王之二愛姬名梅嬌、杏俏，丰姿並俊，尤善詩詞。梅誇已嘲杏曰：「一種陽和，玉英初綻，雪天分外精神。冰肌玉骨，別是一家春。樓上笛聲三弄，百花都未知音。明窗畔，臨風對月，曾結歲寒盟。笑杏花，何太晚，遲疑不發，等待春深。只宜遠望，舉目似燒林。麗質芳姿雖好，一時取媚東君。争知我，青青結子，金鼎内調羹。」杏答梅曰：「景傍清明，日和風煖，數枝濃淡臙脂。春來早起，惟我獨芳菲。幾番雨過，似佳人、細膩香肌。堪賞處，玉樓人醉，斜插滿頭歸。梅花何太早，消疎骨肉，葉密花稀。不逢媚景，開後甚孤恓。□□（當作堪笑）你，甘心受、雪壓霜欺。争如我，年年得意，佔斷踏青時。」（同前）

一〇 蜀妓類能文，蓋薛濤之遺風也。有客自蜀挾妓歸，許以永好。比至，蓄之別室，經旬一往。妓疑其悖盟也，作詞以曉之：「説盟説誓，説情説意，動便春愁滿紙。多應念得脱空經，是那箇先生教的。不茶不飯，不言不語，一味哄他憔悴。相思已是不曾閒，又那得工夫呪你。」又一妓送行詞云：「欲寄意，渾無所有，折盡市橋官柳。看君着上征衫，又相將、放船楚江口。後會不知何日，妾和淚，長相守。苟富貴，無相忘，若忘有如此酒。」（同前書卷三「優妓」）

一一 天台妓嚴蘂善琴弈、歌舞、絲竹、書畫，色藝冠世。唐與正守台日，酒邊嘗命賦紅白桃花，即成

《如夢令》云：「道是梨花不是，道是杏花不是。白白與紅紅，别是東風情味。曾記，曾記，人在武陵微醉。」又七夕，郡齋開宴，時有謝生在坐，命以姓爲韻，即賦云：「碧梧初出，桂花纔吐，池上水花微謝。穿針人在合歡樓，正月露、玉盤高瀉。蛛忙鵲懶，耕慵織倦，空做古今佳話。人間剛道隔年期，怕天上、方纔隔夜。」朱晦翁欲摭與正之罪，指蘂爲濫，繫獄被楚，痛辱百般，終不認服。有吏誘之使招，蘂曰：「身爲賤妓，托濫太守，榮孰甚焉？然是非真僞，惟天可表，豈可畏刑而污士大夫哉？死則死矣，焉可誣服？」後岳霖爲憲，憐而釋之，命作詞云：「不是愛風塵，似被前緣誤。花落花開自有時，總賴東君主。去也終須去，住也如何住。若得山花插滿頭，莫問奴歸處。」即日判歸宗室。（同前）

一二　金鶯兒，山東名姝也。賈伯堅一見留情，與之昵甚。以《紅繡鞋》曲寄别云：「樂心兒比目連枝，肯意兒新婚燕爾。畫船開，抛閃的人獨自遥望關西店兒。黄河水流不盡心事，中條山隔不斷相思。常記得，夜深沉，人静悄，自來時。來時節三二句話，去時節一篇詩記在人心窩兒裏，直到死。」（同前）

一三　青樓劉妓善詞翰，故名燕歌。有餞可人詞云：「故人别我出陽關，無計鎖雕鞍。今古别離難，煩誰畫、娥眉遠山。一尊别酒，一聲杜宇，寂寞又春殘。明月小樓閒第，一夜相思淚彈。」（同前）

一四　張玉蓮與班彦功最情好，贈之以詞，餘不盡記。其膾炙人口者一聯云：「側耳聽門前過馬，和淚看簾外飛花。」（同前）

一五　宋慶之寓永嘉，有僧辨，善運箕之術，慶之困以「八煞」韻，忽箕運如飛，作七夕詞云：「鑾輿初駕，牛車齊發，隱隱鵲橋咿軋。尤雲殢雨正歡濃，但只怕、來朝初八。香噴金鴨。年年此際一相逢，未審是、甚時結煞。」又嘗於貴家降僊，扣其姓名，不答，忽大書云：「星袍玉帶落邊塵，幾見東風作好春。因過江南省宗廟，眼前誰是舊京人。」識者謂為淵聖。（同前書卷三「釋尼」）

一六　張士誠弟士德，豪占民田。一日，雪大作，設宴邀門下士，請各賦詩，有張明善者醉題詞曰：「漫天墮，撲地飛，白占許多田地。教衆口，嗷嗷吃甚的。早知如此，誰道是國家祥瑞。」（同前書卷五「刺譏」）

一七　曹東畝赴省，陸行良苦，以詞自慰其足云：「春闈期近也，望帝鄉迢迢，猶在天際。懊恨這一雙脚底，一日廝趕上五六十里。　争氣，扶持我去，轉得一官歸。恁時賞你，穿對皂靴，安排你在轎兒裏。更選箇弓樣鞋，夜間伴你。」（同前書卷五「諧謔」）

一八　宣和初，金人來居京師，其俗有《臻蓬蓬歌》曰：「臻蓬蓬，外頭花花裏頭空。但看明年正二月，滿城不見主人翁。」又有舞竿伎者，詩曰：「百尺竿頭望九州，前人田土後人收。後人收得休歡喜，更有收人在後頭。」其後徽、欽被擄，而金人率為元兼併也，果符此讖矣。（同前書卷五「徵應」）

一九　李衛公作《步虚詞》曰：「仙女侍，董雙成，桂殿夜寒吹玉笙。曲終却從僊官去，萬户千門空月明。」「河漢女，玉鍊顔，雲軿往往到人間。九霄有路去無迹，裊裊天風吹珮環。」（同前書卷六「詞調」）

二〇　天寶中，明皇播遷，取長笛歌，歌自製曲，因思張九齡，號爲《謫仙怨》。西川人呼爲《劍南神曲》，其音怨切動人。劉長卿左遷，祖筵聞之，遂緣其詞意而撰之，詞曰：「晴川落日初低，惆悵孤舟解携。鳥去平蕪遠近，人隨流水東西。白雲千里萬里，明月前溪後溪。獨恨長沙謫去，江潭春草萋萋。」其後台州刺史竇弘餘以長卿之詞雖美，而非本曲意，復作詞曰：「胡塵犯闕衝關，金輅提携玉顔。雲雨此時消散，君王何日歸還。傷心朝恨暮恨，回首千山萬山。遥望天邊初月，蛾眉獨自彎彎。」（同前）

二一　寇萊公年少登第，知巴東縣，有《江南春》云：「波渺渺，柳依依，孤村芳草遠，斜日杏花飛。江南春盡離腸斷，蘋滿汀洲人未歸。」（同前）

二二　王荆公一小詞云：「留春不住，費盡鶯兒語。滿地殘紅宫錦汙，昨夜南園風雨。小憐初上琵琶，曉來思繞天涯。不肯畫堂朱户，東風自在楊花。」（同前）

二三　薛沂叔客中守歲詞曰：「一盤消（一作清）夜江南果，喫果看書只清坐。罪過梅花料理我。一年心事，半生牢落，盡向今宵過。　此身本是山中箇，纔出山來便希差。手種青松應是大。縛茅深處，抱琴歸去，又是明年話。」（同前）

二四　山谷在宜州，重九日登郡城樓，聽邊人相語今歲當鏖戰取封侯，因作詞云：「諸將説封侯，短笛長吹獨倚樓。萬事總成風雨去，休休，戲馬臺南金絡頭。　催酒莫遲留，酒似今秋勝去秋。花向老人頭上笑，羞羞，人不羞花花自羞。」（同前）

二五　宋劉燕哥能詩，有餞齊參議還山東詞曰：「故人別我出陽關，無計鎖雕鞍。今古別離難，兀誰畫、蛾眉遠山。　一尊別酒，一聲杜宇，寂寞又春殘。明月小樓閒第，一夜相思淚彈。」（同前）

二六　宋《嘉林集》百卷，俱已亡矣。惟有詞《小重山》云：「柳暗花明春事深，小欄紅，芍藥已抽簪。雨餘風軟碎鳴禽，遲遲日，猶帶一分陰。　把酒莫沉吟，身閒無箇事，且登臨。舊遊何處不堪尋，惟有少年心。」（同前）

二七　探花王昂催粧詞云：「喜氣滿門闌花動，綺羅香陌。行（脱『到』字）紫薇花下，悟身非凡客。　不須脂粉污天真，嫌怕太紅白。留取黛眉淺處，共畫章臺春色。」（同前）

二八　三山卓稼翁詞云：「丈夫隻手把吴鈎，欲斷萬人頭。因何鐵石，打成心性，却為花柔。　須看項籍並劉季，一怒使人愁。只因撞虞姬戚氏，豪傑都休。」（同前）

二九　周平園嘗出使過池陽，太守趙富出家姬小瓊舞以侑歡，賦一闋云：「秋夜乘槎，客星容到天孫渚。眼波微注，將謂牽牛渡。　見了還非，重理《霓裳》舞。雖無悮，幾年一遇，莫訝周郎顧。」（同前）

三〇　洛陽大内掘得一碑，其詞曰：「千里故鄉，十年華屋。亂魂飛過屏山簇。眼重眉褪不勝春，菱花知我銷香玉。　雙雙燕子歸來，應解笑，人幽獨。　斷歌零舞，遺恨清江曲。　萬樹緑低迷，一庭紅樸簌。」名曰《後庭宴》。（同前）

三一　燕山驛壁間詞曰：「書劍憶遊梁，當時事、底處不堪傷。念蘭楫嫩漪，向吴南浦，杏花微雨，窺宋東牆。禁城外，燕隨青步障，絲惹紫遊韁。曲水古今，禁煙前後，緑楊樓閣，芳草池塘，回首斷人腸。年去如電，雙鬢如霜。欲遣當年遺恨，頻近清觴。聽出塞琵琶，風沙淅瀝，寄書鴻鴈，煙月微茫。不似海門潮信，能到潯陽。」（同前）

三二　沿江甘露寺壁間詞云：「樓横北固，盡日厭厭雨。欸乃數聲歌，但渺漠江山煙樹。尋柳眼，覓花英，春色知何處？落梅嗚咽，吹徹江城暮。脉脉數飛鴻，杳歸期、東風凝佇。長安不見，烽起夕陽間，魂欲斷，酒初醒，獨下危樓去。」其僧頑俗且瞶，愀然謂同官曰：「方泥得一堵好壁，可惜寫壞了。」（同前）

三三　傅公謀詞云：「草草三間屋，愛竹更旋栽。碧紗窗外，眼前都是翠雲堆。更水村清冷，木落遠山開。命家童，開門看，有誰來。客來一笑，清話煮茗更傳盃。有酒只愁無客，有客又愁無酒，酒熟且徘徊。明日人間事，天自有安排。」（同前）

三四　杜妙隆，金陵佳麗人也。盧疎齋欲見，不果，乃寄《踏沙（當作莎）行》云：「雪暗山明，溪深花早，行人馬上詩成了。歸來聞説妙隆歌，金陵却比蓬萊渺。　寶鏡慵窺，玉容空好，梁塵不動歌聲悄。無人知我此時情，春風一枕松窗曉。」（同前）

三五　徐天全翁有貞調《水龍吟》詞云：「佳麗地，是吾鄉，看西山更比東山好。有罨畫樓臺，金碧巖扉，髣髴十洲三島。却也有、風流安石，清真逸少。向西施洞口，望湖亭畔，對雲影，天光上下，相涵相照。似寶鏡裏，翠蛾粧眼（當作曉）。且登臨，且譚笑，眼前事幾多堪弔。香逕蹤消，屧廊聲杳，麋鹿還遊未了。也莫管，吳越興亡，爲他煩惱。是非顛倒，古與今、一般難料。嘆宦海風波，幾人歸蚤，得在家中老。遇酒美花新，歌清舞妙，盡開懷抱。又何須較短量長，此生心、應自有天知道。醉呼童、更進餘盃，便拚得到三更，乘月迴仙棹。」（同前）

三六　濠梁許伯陽柳詞五章，其一：「不見昭陽宫内柳，黄金齊撚輕柔。東君昨夜到皇州，玉階金井，無處不風流。　悵望翠華春欲暮，六宫都鎖春愁。煖風吹動繡簾鈎，飛花委地，時轉玉香毬。」其二：「不見隋河堤上柳，緑陰流水依依。龍舟東下疾於飛，千條萬葉，濃翠染旌旗。　記得當年春去也，錦帆不見西歸。故抛輕絮點人衣，如將亡國恨，説與路人知。」其三：「不見陶家門外柳，柴扉一徑遥通。閉門終日掩清風，感君高節，緑蔭向人濃。　籬落蕭疎雞犬静，日長飛絮濛濛。先生一醉萬緣空，經時高卧，不到翠陰中。」其四：「不見都門亭畔柳，春來緑盡長條。柳邊行色馬蕭蕭，一枝折盡，相見又何朝？　酒盡曲終人去也，風前亦自無聊。祇應於我恨偏饒，東君特地，付與沈郎腰。」其五：「不見灞陵原上柳，往來過盡蹄輪。朝離南楚暮西秦，不成名利，贏得鬢毛新。　莫恠枝條憔悴損，一生惟苦征塵。兩三煙樹倚孤村，夕陽影裏，愁殺宦游人。」（同前）

三七　東坡在黄州，中秋對月獨酌，作《西江月》詞寄子由曰：「世事一場大夢，人生幾度新涼。夜來風葉已鳴廊，看取眉間鬢上。　酒淺（一作賤）常愁客少，月明多被雲妨。中秋誰與共孤光，把盞凄然北望。」（同前書卷七「簡贈」）

三八　夏言閣老送李晉卿令宜興詞：「三十九年如一夢，鹿鳴筵上笙歌動。今日長安尊酒共，遥想

送，行春好醉張公洞。但得閭閻無疾痛，莫辭枳棘棲鸞鳳。自古循良非小用，須珍重，他時為撰甘棠頌。」（同前）

三九　江總詩曰：「心逐南雲去，身隨北鴈來。故園籬下菊，今日幾花開。」晏元獻公《寄遠》詩曰：「一紙短書無寄處，數行征雁入南雲。」又歐陽公詞曰：「北鴈過南雲，行人回淚眼。」（同前書卷七「同調」）

四〇　「冰肌玉骨清無汗，水殿風來暗香滿。繡簾一點月窺人，欹枕釵横雲鬢亂。起來庭户悄無聲，時見疏星渡河漢。屈指西風幾時來，不道流年暗中換。」此花蕊夫人作，東坡用以為詞，如出己口，亦善於裁剪者矣。（同前書卷七「詩話」）

四一　張子野父維有詩十首，子野敬為圖之。其一《太守馬太卿會六老於南園》云：「賢侯美化行南國，華髪欣欣奉宴娱。政績已聞同水月，恩輝遂喜及桑榆。休言身外榮名好，但恐人間此會無。他日定知傳好事，丹青寧羡洛中圖。」其二《庭鶴》云：「戢翼盤桓傍小庭，不無清夜夢煙汀。静翹月色一團素，閒啄苔前數點青。終日稻粱聊自足，滿前雞鶩漫相形。已隨秋意歸詩筆，更與幽棲上畫屏。」其三《玉蝴蝶花》云：「雲朵中間蓓蕾齊，驟開尤覺繡工遲。品高多説瓊花似，曲妙誰將玉笛吹。散舞不休零晚樹，團飛無定撼風枝。漆園如有須為夢，若在藍田種更宜。」其四《孤帆》云：「江心雲破處，遥見去帆孤。浪闊疑升漢，風高若泛湖。依微過遠嶼，髣髴落荒蕪。莫問乘舟客，利名同一途。」其五缺。其六《歸燕》云：「社燕秋歸何處鄉，羣雛齊老稻青黄。猶能時暫棲庭樹，漸覺稀疏度短牆。已任風煙下簾幙，却隨煙艇過瀟湘。前春認得安巢所，應免差池揀杏梁。」其七《聞砧》云：「遥野空林砧杵聲，淺沙棲鴈自相鳴。西風送響暝色静，久客感秋愁思生。何處征人移塞帳，即時新月滿江城。不知今夜搗衣曲，欲寫秋閨多少情。」其八《宿後陳莊》云：「臘凍初開苕水清，煙村遠郭漫吟行。灘頭斜日皃鷺隊，枕上西風鼓角聲。一棹寒燈隨夜釣，滿犁膏雨趁春耕。誰言五福仍須富，九十年來樂太平。」其九《送丁秀才赴舉》云：「鵬去天池衆翼隨，風雲高處約先飛。青袍賜宴出闗近，帶取瓊林春色歸。」其十《貧女》云：「蒿簪掠鬓布裁衣，水鑑雖明亦懶窺。數畝秋禾滿家食，一機官帛幾梭絲。物為貴寶天應與，花有秋香春不知。多少年來豪族女，總教時樣畫蛾眉。」後孫莘老為太守，羡而賦之云：「平生聞説張三影，十詠誰知有乃翁。逢世昇平百年久，與齡耆艾一家同。名賢叙述文章好，勝事流傳繪素功。遐想盛時生恨晚，恍如身在畫圖中。」（同前書卷八「雜詠」）

四二　野雲廉公於城外萬柳堂張筵，邀趙松雪，時有聲妓劉氏名解語花折荷花左手持獻，右手舉杯，歌《驟雨打新荷》，松雪喜而賦詩曰：「萬柳堂前數畝池，平鋪雲錦蓋漣漪。主人自有滄洲趣，遊女仍歌白雪詞。手把荷花來勸酒，步隨芳草去尋詩。誰知咫尺京城外，便有無窮萬里思。」（同前）

四三　靈隱寺僧了然，戀妓李秀奴，刺字臂上云：「但願生從極樂國，免教今世苦相思。」後衣鉢蕩盡，秀奴絶之，了然怒，一擊而斃。時東坡治郡，案其事，判以《踏莎行》詞云：「這個秃奴，修行忒煞，雲山頂上持戒。一從迷戀玉樓人，鶉衣百結渾無柰。毒手傷人，花容粉碎，空空色（脱一『色』字）今何在。臂間刺道苦相思，這回還了相思債。」即押市曹處斬。（同前書卷八「雜志」）

趙植吾輯詞話

《新刻四民便覽萬書萃錦》三十六卷，卷端下題「潭邑趙植吾纂輯，書林詹林我繡梓」，趙植吾，潭邑人，行跡不詳。書末牌記：「萬曆歲次仲月吉進賢堂詹林我繡。」知為萬曆刻本，此據以録詞話二十三則。

一　拜堂致語：切以禮重婚姻，嘗闢人倫之大；義當配偶，乃承宗祀之傳。縹緲青烟，輝煌花燭。俎備蘋藻，首嚴見廟之儀；贄備束榛，聊設拜堂之禮。集珠履玳簪之客，環金釵玉珥之賓。慶賀良宵，觀光盛事。爐薰寶鴨，已拈沉檀之香；步擁金蓮，請下寅恭之拜。《鷓鴣天》：「婚禮今朝請拜堂，誠心全仗玉爐香。神明上下同昭格，王母王公共降祥。魚得水，鳳求凰，匆匆喜氣藹藹

房。百年夫婦今宵合，夢葉熊羆早弄璋。」（《新刻四民便覽萬書萃錦》卷八）

二　打雙陸起例歌：《西江月》：「一六把門已定，二四三五成梁。須知四六作老梁，五六單行為障。　擲得么三采出，填垓此處高强。到家先起妙無雙，陸曰全贏取賞。」凡擲得重色運，俱為雙，謂如雙么、雙陸是也。（同前書卷十三）

三　樂律本原：樂主音聲，聲定於律，單出為聲，聲成文為音，比音以為歌曲，被之八音之器而樂之。及干戚羽旄，則謂之樂。以陰陽升降之氣數定管，以為音樂之法，則謂之律。所以然者，蓋天地之間只是陰陽五行之氣，則有聲，十二律之聲，天地之聲也。其在於物，則出於八器（一作音）之器；其在於人，則出喉牙齒舌唇。但天地得其氣之（脱「全」字），故其氣之流行於十二辰之間，升降進退，必有盈縮多寡之數，一定而不可易。故其發而為聲也，必有高下清濁之殊，亦一定而不可易。物則得其氣之偏，故必須制造成器，而後其聲始正，又必以十二條為之數度劑量，而後其聲始正。人雖得氣之全，然囿於風氣，而字音聲音（一作氣）有不能齊者，亦必以律聲正之，而後其聲始一。合人與器之聲，均調節奏以成音曲，而後樂始成焉。是樂之為音也，合天地人物而一以貫之也，惟其出於一貫，是以用之於郊廟朝廷，則可以治神人，和上下，用之於修己治人，則可以變化氣質，轉移風俗，以至於鳥獸風氣，而皆可以感召，其為用也，豈細故哉？　有志於世道者，幸留意焉。《水調歌頭》：「八鑾朝鳳闕（當作闕），四境絶狼烟。太平無事起洪聚，笑傲梨園。笛弄崑崙上品，鍮動雲陽妙選。畫鼓可人憐。亂撒真珠迸，點滴雨聲喧。　韻堪聽，事不拾（一作俗），駐雲軒。諧音節奏，分明花裏遇神仙。到處朝山拜岳，長是争籌賭賽，四海把名傳。幸遇知音，一曲共贊堯天。」詩曰：「鼓版清音按樂聲，那添打拍更精神。三條犀架垂絲絡，兩係仙枝擊月輪。笛韻渾如丹鳳呌，板聲有若浄鞭鳴。幾回月下吹新曲，引得姮娥側耳聽。」（同前）

四 貴相歌：自從鑿開混沌殼，二氣由來有清濁。孕其清者生貴賢，禀其濁者生愚朴。貴富之來固兆人，心自修行或神匿。星辰謫降或精靈，或自神仙假胎息。精神澄徹骨法清，剛性汪洋誰可識。巉岩器宇旋旋生，行若浮雲坐若石。身小聲大隔江聞，日角龍顔額懸壁。目光爛若曙星懸，鼻梁聳貫天中出。背後接語身不動，體細面粗情性釋。眉根細緑新月分，獨坐如山腰背積。不帶芝蘭身自香，上長下短手垂膝。重瞳二肘人難會，龍額鍾聲面盈尺。糞如疊帶尿濺珠，膚似凝脂目如漆。口如角兮面如田，虎驟龍奔自飄逸。藋（當為顴）骨隆平玉枕豐，舌至準頭有長理。相對咫尺不見耳，正面魏魏如隱指。口丹背平皮生鱗，天地相朝生骨起。清中藏濁上中消，足下生毛兼黑子。龍來吞虎指尖長，肉角出頂聳雙耳。九州相繼馹馬豐，邊地隆高無蹇否？《西江月》：「堂堂相貌獨足，凛凛神氣尤清。眉高目秀喜聰明，富貴生成已定。腰員（當作圓）背厚玉帶，竟能出超群英。少年跱聽紫宸京，須知造物有應。」（同前書卷十九「相術神機」）

五 富相歌：五行敦厚形豐足，地閣方平耳伏垂。語帶喉音籠中響，齒如榴子項如皮。背聳三山如負甲，腹垂向下若懸箕。三陽卧蠶如隱指，鼻準隆平樂且宜。虎頭燕頷山林秀，日角珠庭揖兩眉。四水流通不相返，五倉俱滿福遲遲。眉尾不欺中岳正，鼻如懸膽鬢毛微。（脱「胸前平正四字口」句）

牛嚼羊吞悉有儀。虎踞龍蟠息不聞，眉疎有彩眼藏神。山根不斷年壽潤，輪郭分明貼肉成。三停端正雙角起，五岳隆高八卦盈。鵝行鴨步身腰厚，肉滑筋藏骨更清。欲識始終長富者，滿面紅光厚福成。《西江月》：「聳聳天廷（當作庭）高廣，盈盈地閣方圓。準頭豐正面如蓮，牛步鵝行穩厚。

坐似太山釘石，洪聲肚腹便便。堆金積玉富無邊，福壽綿綿悠遠。」（同前）

六 窮通相：骨重皮膚慢，天倉接地倉。口方齒更密，滯外內紅黃。體膚尤細膩，眉高眼神藏。語聲沉更遠，墻壁平欠光。雖然神暫彩，蘭臺潤更長。日孛光明閏，兩拳似綿錦。棠江清更軟，兩顴起又方。倘有身形瘦，精彩氣堅剛。上下停均等，金帛滿倉廂。窮通相有準，中末享華堂。《西江月》：「神氣暫時昏滯，天庭窄額門低。印堂平狹薄黄眉，早歲窮迍不遂。肚裹手平如鏡，耳珠朝口神清。鵝行鴨步部方箕，終能發達聚積。」（同前）

七 彌壽相：富貴在人誠易見，世所難知惟壽焉。休將形貌定長短，龜鶴未必其可然。神粹骨明肉又堅，朗朗聲韻谷中傳。背膊如龜行又似，人中髭滿手如縚（當作綿）。笏紋隱隱朝書上，法令相侵地閣邊。鶴形龜息頭皮厚，顴骨斜飛與耳連。毫生耳內眉長白，項下雙絛枕骨堅。陽不輕輕陰不膩，精實神靈及省眠。伏犀三路貫天梁，溝洫深平潤更長。陰隲龍宮肉豐滿，荆楊徐豫冀相當。壽堂有骨須隆起，固密齊平瓠齒方。見有守精神隱藏，天庭生聳居中央。更看脚根俱有後，三甲三壬入老鄉。《西江月》：「借問人間彌壽，頭平額潤聲圓。腦後枕骨玉樓全，壽帶地閣長遠。

雙絛喜生項下，夙夜漕漕涓涓。額高如鳳福無邊，遐筭併及綿綿。」（同前）

八　天折相：欲識人間速死期，山根青氣號魂雅。少肥氣短色浮紫，兩目無神肉似泥。蛇行腰折筋寒束，鷺鼻眉攢蹙似悲。中正生毛眉八字，耳薄無根弱且低。人中漸滿唇先縮，矢志溶溶坐立欹。睛凸路（當作露，下同）兮項欲折，耳鼻如綿聲氣嘶。胸陷背深腰又薄，邊地全無馹馬羸。精神不醉却如醉，鼻毛反出鬢黄垂。眉交鎖印妻刑尅，氣冷形單壽豈宜。《西江月》：「未言而色光變，言長而氣先絶。氣短神枯尤更别，少肥氣短聲竭。久坐身體過軟，立且倚門傍壁。又嫌骨少肉盈滑，早赴幽冥之客。」（同前）

九　貧賤相：欲知貧賤人形貌，鼻鶡無梁齒露牙。雀腹下輕空上重，攢眉蹙額髮交加。背陷成坑胷骨路，乳細如鍼額削瓜。腰濶路臀眉壓眼，身奄藏黑面如華。開口欲言涎已墜，膝攣肩卓步欹斜。口尖一撮如吹火，掉臂摇頭喜嘆嗟。四水返傾神似困，三停上短鼻門賖。食遲混速如屍睡，縱紋入口號騰蛇。蜂腰步速及聲乾，氣短來從肝膈間。形過於神神不足，氣因其色色奚安？準頭垂肉頤尖短，壽上懸鍼口縮囊。清藍滿面生塵垢，皮若枯柴食禄慳。眼堂枯陷姦門短，笑（脱「語」字）無規身竦寒。蛇行雀竄聲容濁，龜面毬頭法主姦。口臭生髭兼顧步，勾紋鼻上不須看。《西江月》：「頭尖額窄神短，聲粗眼路骨槎。三停五岳俱偏斜，鼻竅仰天多詐。身如鷄胸狗肚，面多雜滯無華。此相定知破人家，一生勞碌波查。」（同前）

一〇　孤獨相：人生孤獨事因何，顴骨高兮氣不和。更兼魚尾枯無肉，喉結眉交鼻骨鹺。耳薄無輪唇略綽，淚堂坑陷及肩峨。立理人中應犯子，山根斷折六親孤。行馬驟頭步先進，食似猪食淋漓多。項短齒疎顴骨聳，突胸削額皮如柯。眉揭路稜羊目狠，弔庭低窄髮生過。色帶桃花仍不立，喉音焦絶走奔波。顴骨路筋平上紋，準頭常赤汗何頻。舉步脚跟不至地，眉短何曾覆眼輪。日角缺陷足横平，絲髮渾京弱冠人。尺明紋建兼單賤，背陷成坑又主貧。耳白於面光凝脂，聳過雙眉若切平（兩字當作「挈」）時。虎視更加獅子鼻，眉疎清薄秀且彎。日月麗天須額古，膚薄色黄年少昌。《西江月》：「卧蠶肉腫光映，孤獨峰聳鼻高。眉稜骨起眼堂枯，卯酉雞卵面凸。人中平滿唇囂，烏鴉扇翅背陷。囊肩縮頸角如梳，男女合此孤獨。」（同前）

一一　兇惡相：目細而深名隱僻，下斜目偷視亦如然。人中長廣及狹下，冷笑無情路兩顴。突然項後肉簏起，静坐不言口自褰。摇頭長舌胸膛窄，寐語狂言豈是賢。眉斜如草膩還長，皮肉横生性暴剛。睫下看人神反時，出聲蜂目神光鮮。鵝肩虎吻並長鷙，亦（當作赤）縷千重氣不藏。音似破鑼枝幹反，心多姦賊主兇亡。《西江月》：「取人利已面黑，殘害性命睛紅。見人歡喜大笑空，斜窺眼仰轉動。唇泊（當作薄）好生言語，青藍滯氣重朦。面肉横綳性强兇，九危喪身無哄。」（同前）

一二　盗賊相：面而個個相似，緣何得認其真。頭痕般頭有三形，鼠目蛇身狗走情。無故頻頻偷視，忽然面色多青。昔日王敦篡明君，兇歸牢獄及刑併。鼠目蜂睛鷄蛇眼，每生奸宄害人身。鬼眉尖刀眉壓眼，眼睛昂覷眉稜崢。睛紅白紗相交雜，須知死葬海丘濱。《西江月》：「賊與人皆相像，只因損壞心田。蛇睛鼠眼又駝肩，眉毛交雜神昏。髫鬢赤濁亦甚，天廷（當作庭）兩顴塵煙。目多邪視惡心堅，害人利已無厭。」（同前）

一三　刑傷相：少年刑尅是何方，髮際低壓應陰陽。　黑白青嫩分父母，右損陰兮左損陽。　日角破兮先損父，寒毛生角幼無娘。　眉頭廟旋父兇死，右眉抽旋母兇亡。　額門華蓋兩重重，縱然兇處不為兇。　正因日月角下有斷紋來侵害，左損萱花右損椿。《西江月》：「子刑父母理拘，前生注定無差。　正因日月角傾斜，眉有高低上下。　耳低父不見面，損母面嫩桃花。　更兼部位痣紋痣，顴路準倫額窄。」（同前）

一四　尅妻相：姦門青慘妻多刑，若凡明潤頗賢稱。　夫妻和順姦門滿，姦門暗慘妻有淫。　更兼眉亂而壓眼，背夫常念外來情。　人間妻女多淫亂，只因氣色顯姦門。《西江月》：「魚尾紋占慘相，疤痕艮痣相侵。　眉毛稜角壓姦門，天倉青脉鼻小。　姦門黄光澤潤，妻賢財谷豐盈。　眉毛亂者主妻淫，青筋主妻剛性。」（同前）

一五　尅子相：人生相貌怕兼寒，面雖艮彩定孤單。　不時眼淚常常現，無憂面皺煞紋纏。　卧蠶深陷枯龍黑，印堂最怕有懸鍼。　正面橘面多尅子，有凡入此相孤恓。《西江月》：「姦門太陷顴露，印堂帶煞（脱『懸』字）鍼。　孤峰獨祥要容形，斜眼山根軟細。　唇皺口如吹火，淚堂深陷橘皮。　虎形鬚硬破鑼聲，有子必須形盡。」（同前）

一六　尅兄弟歌：十樣眉毛仔細推，粗濁二一薄難為。　若更皷槌稜角現，刑傷破尅便相推。　面肉横生面無肉，重腮恩義反成懟。　眉中旋毛帶絢紋，刑兄嫁嫂忍羞愧。《西江月》：「穿心六害眉重，鼻梁脊露骨高。　旋毛交連黄更薄，獐頭鼠（當作鼠）尾稜我（一作峩）。　重羅疊計青慘，縱有情分

不和。刑兄尅弟喪南柯，不尅結仇深奧。」（同前）

一七　詠船比妓《西江月》：新造小船一隻，初時擬採紅蓮。如今改作渡頭舡，來客不知千萬。無錢休想上渡，有錢直倒横眠。上漏下濕未曾乾，隔岸郎君又喚。（同前書卷二十九「嘲妓曲」）

一八　詠菱比妓《西江月》：此物緣來水性，長生頭角稀奇。紅裙緑襖正偏宜，翠底蓋兒遮裡。見人須用脱衫衣，嗄個嘴兒滋味。（同前）

一九　詠癡心薄情《賣花聲》：衏衏甚妖嬈，百媚千嬌，桃花如面柳如腰。十指纖纖如嫩笋，口似櫻桃。子弟兒他行，又不覺心慌。風流好事也難當，使盡錢財由自，可怎得還鄉。（同前）

二〇　詠子弟相争《水仙子》：一個將大明寶鈔手中藏，一個把萬卷詩書口内講。他兩個鬪英雄坐，倚在秦樓上。問佳人那個强，老虔婆自有個期量。有錢的歸羅帳，無錢的出洞房，麗春園不是你學堂。（同前）

二一　詠人嫖賭《西江月》：莫戀歌樓妓館，休貪美色嬌聲。分明是個陷人坑，可嘆愚人不省。樂處易生愁怨，笑中真有刀兵。等閑失脚入他門，便是蝦蟆落井。（同前）

二二　《西江月》：「堪嘆光陰易過，四時快樂難逢。夕陽西下水流東，堪嘆人生如夢。處處青山緑水，年年李白桃紅。一般秋月與春風，天下人皆相共。」「可惜都堂曾銑，堪嘆閣公夏公。錦衣玉帶死生同，官居極品何用。無限王侯宰相，幾多富貴英雄。争名奪利盡皆空，惟有江山不動。」「道理不遭王法，孝義合與天公。勸君萬世且從寬，積些陰隲來生用。」（同前書卷三十六「名言垂訓」）

二三　夏桂洲勸諭《西江月》四闋：「麄衣淡飯足矣，村居陋巷何妨。謹言慎行禮從常，反復人心難量。　驕奢起而敗壞，勤儉守而榮昌。骨肉貧者莫相忘，都在自家心上。」「本分順乎天理，前程管取久長。他非我是莫争强，忍耐些兒緫尚。　禮樂詩書勤學，酒色財氣少狂。閒中檢點日行藏，都在自家心上。」「作善者為慶澤，作惡終有禍殃。憐貧愛老效忠良，何用躬誠俯仰。　運去黄金失色，時來鐵也争光。眼前得失與存亡，都在自家心上。」「凡事有成有敗，任他誰弱誰强。身安飽煖足家常，富貴從天所降。　得意濃時便罷，知恩深處休忘。遠之愚謬近賢良，都在自家心上。」（同前）

徐廣輯詞話

徐廣，字廣居，浦城（今福建）人。行跡不詳。編《二使傳》、《談冶録》等。《談冶録》十二卷，萬曆癸丑自序云：「齋居之暇，群書稍一寓目，日積月累，沉酣已至二百餘本，取所當於言、體於心者，彙為十二卷。」是書自八十九種書中摘録而成，分駢談、酒談、事談、韻談、休談、咎談六類，所載為格言訓語，逸事佚聞、詩詞雅韻、善行果報等，此據《北京圖書館古籍珍本叢刊》影印明萬曆癸丑古虞陳仲麟刊本録詞話三則。

一　韓忠武王以元樞就第，絶口不言兵，自號清凉居士，時乘小騾放蕩西湖泉石間。至香林園，蘇仲虎尚書方宴客，王竟造之，賓客歡甚，盡醉而歸。明日，王餉以羊羔，且手書一詞以遺之，《臨江仙》

云：「冬日青青瀟灑静，春來山煖花濃。少年衰老與花同，世間名利客，富貴與貧窮。　榮華不是長生藥，清閒不是死門風。勸君識取主人翁，單方只一味，盡在不言中。」王生長兵間，知未能書，晚歲忽若有悟，能作文字及詩詞，皆有見，信非常之才也。《齊東埜語》(《談冶録》卷八「韻談」)

二　辛稼軒詞云：「千古擎天手，萬卷懸河口。更黄金腰下印，大如斗。刁弓千騎，揮霍遮前後。百計千方久。似鬬草兒童，只赢箇、他家偏有。　算枉了、星星白首，歸來説向山中叟。看丘壟牛羊，還辯賢愚否。且自栽花柳。怕有人來，但説道、今朝中酒。」朱蘭嵎太史步韻和之云：「得饒須放手，得笑須開口。自古英雄，名高山斗。直顧争先，翻落他人後。幻泡誰長久。似對面藏鬮，料不定、這翻可有。　但進步、當知回首，鏡中不覺童成叟。歎日夜狂地，覆水能收否。世事風前柳。止好偷閑，講究些、□花釀酒。」二公曠世偉人，故有此等詞，彼滚滚風塵不知止者，可以省矣。葉石林語(同前)

三　盛仲交《閲古編》載《霜天曉角》詞二首，不知何人作語，殊警策，可以醒憒憒也：「功名大小，天已安排了。何用百般機巧，榮休喜辱休惱。　開先謝早，此理人知少。萬事算來由命，聽自然，真個好。」「榮枯得失，天已安排畢。何用苦勞心力，得一日過一日。　泰來否極，機巧終無益。萬事付之一笑，前程事，暗如漆。」《焦氏筆乘》(同前)

屠本畯著輯詞話

屠本畯，字田叔，號豳叔，鄞縣（今浙江寧波）人。萬曆間在世。以父蔭官太常典簿，歷南禮部郎中，出為兩淮運同，移福建運使。商餽例金，一切謝絶。暇則與名士結社，風雅為一時所重。編著有《田叔詩草》、《尚書别録》、《太常典録》、《閩中海錯疏》、《離騷草木疏補》、《情采編》、《閩中荔枝譜》、《燕閒會纂》、《山林經濟籍》、《演讀書十六觀》、《憨士列傳》等。《山林經濟籍》二十四卷，輯録他人之文和屠氏之作，有萬曆年間諸序，此據《北京圖書館古籍珍本叢刊》影印明萬曆刊本録詞話四則。

一

辛稼軒以詞名世，凡讌集，必命小史歌所作《賀新郎》詞，其警句云：「我見青山多嫵媚，料青山見我應如是。」每至此，輒欣然自笑。李侍郎昴英與客登山有《滿江紅》云：「料山靈也要可人遊，成佳趣。」今讀二詞，想見二公之高致也。《綠天書葉》（《山林經濟籍》卷三「山部・隱覽・幽事篇」）

二　凡六經《語》《孟》所言飲式，皆酒經也。其下則汝陽王《甘露經》。酒譜：王績《酒經》、劉炫《酒孝經》、《貞元飲略》、竇子野《酒譜》、朱翼中《酒經》、李保續《北山酒經》、胡氏《醉鄉小略》、皇甫崧《醉鄉日月》、白《酒律》，諸飲流所著紀傳賦誦等，為内典。蒙莊、《離騷》、《史》、《漢》、《南》、《北史》、《古今逸史》、《世説》、《顔氏家訓》、陶靖節、白香山、蘇玉局、陸放翁諸集為外典。詩餘則柳舍人、辛稼軒等，樂府則董省（一作解）元、王實甫、馬東籬、高則誠等，傳奇則《水滸傳》、《金瓶梅》等，為逸典。不熟此典者，保面甕腸，非飲徒也。　屠本畯曰：不審古今名飲者，曾見石公所稱逸典否？按《金瓶梅》流傳海内甚少，書帙與《水滸傳》相埒相傳。嘉靖時有人為陸都督炳誣奏，朝廷藉其家，其人沉冤，託之《金瓶梅》。王大司冠（當作寇）鳳洲先生家藏，全書今已失散。往年予過金壇，王太史宇泰出此，云以重貲遘抄本二帙，予讀之，語句宛似羅貫中筆，復從王徵君百谷家又見抄本二帙，恨不得覩其全，如石公而存是書，不為託之空言也，否則，石公未免保面甕腸。（同前書卷八「經部・燕史固書・袁中郎《觴政》」之「十之掌故」）

三　《十八香詞序》宋王十朋龜齡：予之小園植十八香於中：異香，牡丹也；温香，芍藥也；國香，蘭也；天香，桂也；暗香，梅也；冷香，菊也；韻香，荼蘼也；妙香，薝蔔也；雪香，梨也；細香，竹也；嘉香，海棠也；清香，蓮也；梵香，茉梨（當作莉）也；南香，含笑也；奇香，臘梅也；寒香，水仙也；柔香，丁香也；瑞香，仍其雅目。每花各冠小詞，寄聲《點絳唇》歌之。（同前書卷十二「濟部·香瓣」）

四　《十八士贊序》明屠本畯豳叟：宋曾瑞（當作端）伯花十友、張敏叔花十二客，詫其無贊無評也。乃於王梅溪香詞謬贊：牡丹，黃王也；芍藥，冶士也；蘭，芳士也；桂，名士也；梅，高士也；菊，傲士也；荼蘼，逸士也；薝蔔，開士也；梨，爽士也；竹，曠士也；海棠，儁士也；蓮，潔士也；茉莉，貞士也；含笑，粲士也；臘梅，異士也；水仙，奇士也；丁香，佳士也；瑞香，勝士也。每詞各冠小引，每贊各綴花殿最，庶藹萼得以品流畦苑，無妨月旦。（同前）

胡文煥輯詞話

胡文煥，字德甫，號全庵，又號抱琴居士，錢塘（今浙江杭州）人。萬曆間在世，行蹟不詳。喜編輯刻印圖書，有《皇圖要覽》、《格致叢書》、《文會堂琴譜》、《詩學彙選》、《胡氏粹編》、《壽養叢書》等。《胡氏粹編》包括《稗家粹編》、《游覽粹編》、《諧史粹編》、《寸札粹編》、《寓文粹編》五種。《稗家粹編》八卷，有萬曆甲午胡氏自序，分倫理、義俠、狙異、幽期、重逢、宫掖、戚里、妓女、男寵、夢遊、星、神、水神、龍神、仙、鬼、冥感、幻術、妖怪、禽獸、報應，凡二十一部，載野史、小説、雜記等，首倫理，終報應，意在勸懲。此據《北京圖書館古籍珍本叢刊》影印明萬曆刊本《稗家粹編》録詞話十六則。

一　蔣婦貞魂：温州衛傑，文人也，業儒，精舉子業，故事補郡庠弟子員。妻蔣氏淑英，粗通經史。夫婦獨處，每相親近，有古梁、孟遺風。便傑以儒生事筆硯，既非貨殖之家，而蔣以裙布婦主中饋，又何以給饔飧之費，故其家業特窘甚，不能自存。有故人沈天錫為福建路達魯花赤保，傑謀往謁之，欲行，慮空室不行，又無以為居養之資，行止交馳於胸次久之矣。淑英進曰：「窮必有達，否之復泰，自然之理。」……生跋涉道途，即次不安，懷資已罄，三月備歷艱阻矣。及至福州，始得拜謁於公署，天錫為喜，留住公館，日親厚焉。豈知温州為方國珍破陷，賊將悦淑英色美，欲犯之，淑英怒曰：「吾家奕世衣冠，肯辱身於犬豕耶？」遂遇害。生於福州得報，知温陷，甚恐，辭天錫而歸，天錫厚遺之。舟次中途，是夜月明如晝，生坐無聊，忽淑英哭泣而前，且曰：「賊人陷郡，氣焰薫灼，妾寧碎身於鋒鏑，不敢同群乎馬牛。雨收雲散，思情中輟矣。天長地久，怨恨何窮於？聊復一詞，君為聽之。」詞名《西江月》，云：「殺氣騰空若霧，干戈密布如麻。鯨奔虎逐到吾家，欲遂百年姻婭。豈效隨風柳絮，甘為向日葵花。當初恩愛總堪誇，一筆從今勾罷。」每歌一句，則哽咽不能成腔，生亦憤惋泣下。

（節録自《稗家粹編》卷一「倫理部」）

二　《嚴威誤宿天妃宫記》：泰定初，臨清有天妃宫，香火甚盛，往來仕宦必停驂躬謁焉。東昌嚴威，字肅夫，飽學士也。聰明秀麗，獨步一時，年方二十。因遊學至臨清，聞天妃宫清致，率蒼頭行李於彼訪焉。時當朔旦焚脩，群尼誦經禮佛，鐘磬之聲響徹雲際。生於窓隙窺之，見一尼儀容俊雅，相貌端嚴，逈出人表，不能定情。趨入叙禮，群尼俱各稽首，惟一尼名净真者，目生才貌，亦頗留心。老尼孔妙常詢以居止姓名，生答曰：「生姓嚴，名威，東昌儒者。久聞上方幽雅，欲假温習經書，倘得寸進，當效銜環。」妙常有難色，群尼亦邈然無延接之意，净真遽曰：「三教一家，彼儒生，又何疑焉？」孔妙常始許之，遂指東廊静室可以暫息霜蹄，生大喜過望，乃擕行李，卜日僑居息耳。净真時遣小尼法慧數餽茶果，日相親昵……净真口雖拒絶，心實眷戀，春心蕩漾，道性荒唐，復命法慧奉琴一張與之，曰：「操之可以解鬱陶。」生悟其意，乃以眠獅玉鎮紙相酧，兼寄《如夢令》詞云：「春曉調絃轉軸，流水高山意足。指下韻清新，絶勝鏗金戛玉。三復，三復，彈出鳳求凰曲。」净真得詞，沉吟許久，情思蕩然。（節録自同前書卷二「幽期部」）

三《張幼謙記》：浙東張忠父與羅仁卿鄰居，張宦族而貧，羅崛興而富。宋端平間，兩家同日生產，張生子名幼謙，羅生女名惜惜。稍長，羅女寄學於張，人常戲曰：「同日生者，合為夫婦。」張子、羅女私以為然，密立券約，誓必偕老，兩家父母罔知也。年十餘歲，嘗私合於齋東石榴樹下，自後無間。明年，羅女不復來學，張生雖屢至羅門，閨門深邃，終不見女至。冬，張子書詞名《一剪梅》云：「同年同日又同窻，不似鸞鳳，誰似鸞鳳。石榴樹下事匆忙，驚散鴛鴦，拆散鴛鴦。一年不到讀書堂，教不思量，怎不思量。朝朝暮暮只燒香，有分成雙，願早成雙。」伺其婢，連日不至。又成詩云：「昔時一別恨悠悠，猶把梅花寄隴頭。咫尺花開君不見，有人獨自對花愁。」一日，婢至，語之云：「齋前梅花已開，可托折梅花遞回信來去。」無報音。明年隨父忠父館寓越州太守齋，兩年方歸。羅女遣婢餽餞，篋中有金錢十枚、相思子一粒。張大喜，語婢，欲得一會期，且復書一詩云：「一朝不見似三秋，真個三秋愁不愁。金錢難買尊前笑，一粒相思死不休。」嘗擲金錢為戲，母見詰之，云得之羅女，母覺其意，遣里嫗問婚羅父母，以其貧不許，曰：「若會及第做官，則可。」明年，張又隨父同越州太守候差於京，又兩年方歸，而羅氏受里富室辛氏聘矣，張大恨，作詞名《長相思》云：「天有神，地有神，海誓山盟字字真，如今墨尚新。　過一春，又一春，不解金錢變作銀，如何忘却人。」遣里嫗密送與女，女言：「受聘乃父母意，但得君來會面，寧與君俱死，永不願與他人俱生也。」羅屋後牆内有山茶數株，可以攀緣及牆，約張候於牆外。中夜令婢登牆，用竹梯置牆外以度。凡伺候二夕而失期，吟詩云：「山茶花樹隔東風，何啻雲山萬萬重。銷金帳煖貪春夢，人在月明風露中。」復遣里嫗遞去，女言三夕不寐，無間可乘，約以今夕燈燭後為期。至期，果有竹梯在牆外，遂登牆緣樹而下，女延入室登閣，極其繾綣，遂訂後期，以樓西明三燈為約。如至牆外只一燈，不可候也。自後無夕不至，或一二夕，或三四夕，明三燈，則牆外亦有竹梯矣。月餘，又隨父館寓湖北帥廳。先數夕，相與泣別，女遺金帛甚厚，曰：「幸未即嫁，則君北歸，尚有會期否？則君其索我於井中，緒（疑為續）來世姻矣。」其年，張赴湖北，留寓試畢，歸里，則女亦擬是冬出適。聞張歸，即遣婢訂約今夕，且書《卜筭子》詞一闋云：「幸得那人歸，怎便教來也。一日相思十二辰，直是情難捨。　本是好姻緣，又怕姻緣假。若是教隨別箇人，相見黄泉下。」張如約至，女喜且怨，曰：「幸有會期，子何為又去湖北去，又不務早歸。從今若無夜不會，亦衹兩月餘矣，當與君極歡，雖死無恨。君少年才俊，前程未可量，妾不敢以世俗兒女態邀君俱死也。」相對泣下久之，張索筆和其《卜筭子》云：「去時不由人，歸怎由人也。羅帶同心結到成，底事教拚捨。心是十分真，情没些兒假。若是歸遲打棹篦，甘受三千下。」自是遂無夜不至，半月有餘。乃爲羅父母所覺，執送有司，女投井不果，令人日夕隨之。張到官，歷歷具實供答。宰憐其才，欲貸其罪，而辛氏有巨貲，必欲究竟。張母遺信報其父，父懇湖北帥關節本郡太守，未幾，湖北帥寓試揭曉，張作《周易》魁旗鈴就□中報捷，宰大喜，延至公廳賀之，送歸拜母，申州請旨。邑方逮女出官，中途而返。太守得湖北帥使書，而本縣申文亦至，辛氏以本縣擅釋張子，赴州陳訴，太守曉辛氏曰：「羅氏，不廉女也。天下多美婦人，汝焉用泥是爲哉？當令羅氏還爾聘財。」辛辭塞。太守命吏取辛情願休親狀一帋，行移本縣，追理聘財，密書與宰令爲張羅，了此一段姻緣。宰具札，招羅仁卿公廳相見，即賀其得佳壻，盛禮特筵，具導守意。羅歸之，張來贅。張明年登科，仕止倅，夫婦偕老焉。（同前）

四《並蔕蓮花記》：楊州有張姓者，富冠郡邑。家有一女，小字麗春，年十有七歲，美姿容，善詩賦，人咸稱之。遠近締姻者，其門如市，張翁不之許，嘗曰：「相女配夫，古之道也。吾惟得佳壻，貧富有不較焉。」同里曹姓者，家雖貧寠，一子聰俊，名璧，尤工於文詞。年方十六，未有室也，張固垂意於彼，彼以貧富自量，不敢啟齒。張一日開塾於家，令人招生過塾讀書，生果負笈而至，麗春於花下窺之，見生儀容清雅，舉止端詳，竊念曰：「必得此郎，平生願足矣。」張亦暗喜，尋命生宿於西軒静室，以便肄業。時值菊節，張拉師出外登高暢飲，生兀坐書齋，不勝岑寂，乃長吟一絶以遺悶云：「時值重陽令節邊，滿城風雨寂寥天。可憐不帶登高興，孤負黄花又一年。」麗春潛聽，情不能已，乃於窗外踵韻，繼吟之曰：「月光空照兩人邊，安得團圓共一天。可惜風流人未會，錯教烏兔送青年。」生聽其詩，趨出相見，麗春亦不廻避，彼此交會，其禮甚恭。麗春笑曰：「子知家君館轂（當作穀）之意乎？東牀之選，其在兹矣，子宜鄭重，妾亦忍死以待，不為他人婦也。」生曰：「第恐大齊之不偶，而為《春秋》之所譏耳。」麗春曰：「人定勝者勝天，又何疑焉？」正叙話間，侍婢報曰：「家主回矣。」遂各散去。翌日，麗春命侍兒蘭香以薛濤箋，染蒙恬筆，書懷素字，作詞一闋以寄生，詞名《（脱慶字）清朝慢》云：「翠幙香凝，羅幃夢杳，深閨翡翠衾寒。可是一春憔悴，倦倚欄干。最怪好花無主，狂蜂浪蝶幾翩翻。傷情處，枝頭杜宇，血淚成丹。　蕩遊絲舞飛絮，奈芳心牽引，更有多般。歎香銷玉減，愁鎖朱顏。顒望赤繩繫足，定應合浦珠還。洞房内，紅摇花燭，魚水同歡。」生得詞，喜不自勝，審知女有相從之意，乃吟詩一律，書以復之……咸淳末，海寇犯揚州，官軍敗績，城遂陷，賊衆大掠，市肆一空，殆至張宅，家人奔竄，生女卧榻，適臨大池，倉卒無避，恐致辱身，乃相摟，共溺池中而死。踰年，其中忽生並蔕蓮花，紅香可愛，人争以為異，觀之者如歸市。士大夫題詠甚多，録其尤者於左：「佳人才子是前緣，不作天僊作水僊。白骨不埋黄壤土，清魂長浸碧波天。生前曾結同心帶，死後仍開並蔕蓮。千古風流千古恨，恩情不斷藕絲牽。」詩裒成帙，名之曰《並蔕蓮集》，至今傳誦不絶。（節録自同前）

五　《秋香亭記》：至正間有商生者，隨父宦遊浙江，寓居吴郡。其鄰則弘農楊氏宅也，楊氏乃延祐大詩人浦城公之裔。浦城娶於商，其孫女名采采，與生姑表兄妹也。浦城已没，商氏尚存。生自幼以聰敏為戚黨所稱，商氏，即生之祖姑也，嘗撫生指采采謂曰：「汝宜益加進修，吾孫女誓不適他族，當令事汝。」蓋欲繼二姓之歡，永以為好也。其父母樂聞此語，喜而從命，即欲歸之，而生嚴親以生年幼，恐其怠於筆硯，請俟他日。是時生始弱冠，女年及笄，日相嬉戲於宅中秋香亭上，有二大桂樹，垂陰娑婆。中秋之夕，家人會飲，生、女私於其下誓心焉。自後，女年稍長，不復至宅，每歲時伏臘，僅以兄妹禮見於中堂而已，閨閣深邃，莫能致其情。後一歲，亭前桂花盛開，女以折花為名，以碧瑶牋書絶句二首，令侍婢香香持以授生，囑生繼和，詩曰：……生之友山陽瞿祐，與生同里，往來最熟，備知其詳，既以理諭之，復作《滿庭芳》一闋以釋其情云，詞曰：「月老難憑，星期易阻，御溝紅葉堪標。辛勤種玉，擬弄鳳凰簫。可惜國香無主，儘零落路口山腰。尋春晚，緑陰清晝，鶗鴂已無聊。　藍橋雖不遠，世無磨勒，誰盜紅鎖（當作綃）。悵歡蹤永隔，離恨難消。回首天香亭上，雙桂老，落葉飄飄。相思債，還他未了，腸斷可憐宵。」又叙其始終離合之跡，以附於古今傳記之末，使多情者覽之，則章臺柳折，佳人之恨無窮，仗義者聞之，則茅山藥成，俠士之心有在，又安知其終如此而已也。（節録自同前）

六　《杜麗娘記》：宋光宗間，廣東南雄府尹，姓杜名寶，字光輝。生女為麗娘，年一十六歲，聰明伶俐。琴棋書畫，嘲風詠月，靡不精曉。忽值季春天色，唤侍婢春香同往府堂後花園遊賞，不免觸景傷情，心中不樂，急回香閣，獨坐無聊。俛首沉吟而歎曰：「春色惱人，信有之乎？可惜妾身顏色如花，豈料命如一葉。」遂憑几晝眠，纔方合眼，忽見一書生，年方弱冠，丰姿俊秀，於園中折楊柳一枝，笑謂小姐曰：「姐姐既能通書史，可作詩以詠此柳乎？」小姐欲答，又驚又喜，不敢輕言，心中自忖，素昧平生，不知姓名，何敢輒入於此？正如此思間，只見一生向前，將麗摟抱去牡丹亭畔，芍藥架邊，共成雲雨之歡娱。兩情和美，忽值母甄氏至房中喚醒，一身冷汗，乃是南柯一夢。忙起身參母，禮畢，夫人問曰：「我兒或事針指，或翫書史，消遣亦可，因何晝寢於此？」麗曰：「兒適花園遊翫，忽值春意惱人，故此回房，無可消遣，不覺困倦少息，有失迎接，望母恕罪。」甄氏曰：「後園中冷静，可同回至中堂。」麗雖身行，心内思想夢中之事，未嘗放懷，行坐間如有所失。至次早，獨步後花園中，閒看夢中所遇書生之處，冷静寂寥，杳無人跡。忽見一株大梅樹，梅子磊磊可愛，其樹矮如傘蓋。麗至樹下，甚喜，而言曰：「我若死後得葬於此，幸矣。」及臨鏡梳粧，自覺容顏清減，命春香取文房四寶至鏡臺邊，自畫一小影，紅裙緑襖，環佩玎璫，翠釵金鳳，宛然如活。自成詩一絶以題之：「近覩分明是儼然，遠觀自在若飛僊。他年得伴蟾宫客，不在梅邊在柳邊。」詩罷，思慕夢中相遇書生曾折柳一枝，莫非所適之夫姓柳乎？自此麗娘思慕之甚，懨懨成病。父母求醫治罔効。麗亦自料不久，令春香請母至床前，含淚痛泣曰：「不孝逆女，不能奉父母養育之恩，想壽數難逃。如兒死後，望即葬於柳樹之下。」言畢而卒，其母依其言，遂令葬之。父母哀痛，朝夕思之。不覺光陰迅速，三年任滿，新府尹代任，姓柳名思恩，止生一子，名柳夢梅。隨父同來上任之後，夢梅收拾後房，於雜紙之中，獲小畫一幅，展看，乃是美人圖，詳所題詩句，乃知是人間女子行樂圖，何言「不在梅邊在柳邊」，真奇哉，怪事也！亦題一絶，以和其韻：「貌若嫦娥出自然，不是天僊是地僊。若得降臨同一宿，海誓山盟衾枕邊。」題罷，歎賞久之。心志交馳，精神飛蕩，懶觀經史。至夜則明燭和衣而卧，番（即翻）來覆去，細聽樵（當作譙）樓已打三更，更自覺寒風習習，香氣襲人。柳生披衣而起，忽聞門外有人叩門，問之不答。少頃又扣，如此者三次，柳遂開門，見一女子雲鬢輕梳，斂袵向前，生驚而問曰：「粧前誰氏，何夤夜至此？」妾乃答曰：「乃居府西鄰家女也，慕君丰彩，切欲成秦晉之交，未知肯容納否？」柳遂與女解衣滅燈，效夫婦之禮，盡魚水之歡。少頃，雲散雨收，曙色將分，女整衣而出，如此凡十餘夜。一夜，柳生詰其姓氏，女笑而不言，生強之再，女含淚曰：「君勿驚。」具述其死没之由：「明早可急告於父母，即往梅樹下發之，則事可和諧，不然，妾不得復生，必痛恨於九泉之下也。」言訖而去。次早，生以事告於父母，府尹曰：「要知明白，詢諸舊吏人等，便分曉矣。」及門吏所述，悉如女子之言，一同遂喚人夫掘之，揭開棺蓋，女子面貌如活。尹命移屍於密室之中，用香沐浴，霎時間，身體微動，漸漸甦醒。良久，取安魂、定魂散服之，少頃，便能言語，即扶入卧房。少時，夫人安排酒席，對府君曰：「令小姐天賜還魂，擇吉日與孩兒成親。」相公允之。過旬内，擇十月十五吉旦，大排筵會，麗娘與柳生合巹交盃，並枕同衾，極盡人間之樂。明日，令人持報杜府尹，時杜授江西參政，上任兩載。忽見來書至案下，公問何處來，答曰：「是廣東柳府差來。」公取書覽之，即以麗娘復生成親這之事報於甄氏，甄氏曰：「真奇事也，宜修書回復，令彼朝覲時，可往臨安府相會。」是時柳生聞春榜已動，選場弘開，遂拜别父母妻子，前往臨安府上京應舉。别時，麗作一詞以贈之：「方解同心結，又為功名别。郎君去也愁無竭，枕上樂，何時合。蟾宫第一枝，願郎早攀折。記取折柳情，衾上盟好成，朱陳同偕老（疑作『老偕』）。歡如昔，最苦行囊發，從此相思結。安得此魂隨去，處處伴郎歇。」生亦作一詞以和云：「唱且隨心甚悦，秋闈阻、隔心益裂。夫妻須有相逢期，悲出陽關淚滴滴，山可盟，海可竭。人生不可輕離别，别時容易見時難，長嘆一回一哽咽。」夫妻含淚而别。生到臨安，投店安下，徑入試院，三場已畢，擢中二甲進士，除授臨安府推官。柳生馳僕報知父母妻子，合家歡樂。府尹任滿，帶家小往京朝覲。將夫人與麗娘回柳衙投下，生正排酒宴以待，杜參政夫婦見麗娘，悲喜不勝，遂以此事奏光宗皇帝，遂轉封柳生為臨安府尹。後麗娘生有二子，為顯宦，夫榮妻貴，享天年而終。

（同前）

七《鞦韆會記》：元大德二年戊戌，孛羅以故相齊國公子拜宣徽院使，奄都剌為僉判，東平王榮甫為經歷，三家聯住海子橋西。宣徽生自相門窮極富貴，第宅宏麗，莫與為比。然讀書能文，敬禮賢士，故時譽翕然稱之。私居後有杏園一所，取「春色滿園關不住，一枝紅杏出牆來」之意，花卉之奇，庭榭之好，冠於諸貴家。每季春，宣徽諸妹諸女邀院判、經歷宅眷，於園中設鞦韆之戲，盛陳飲宴，歡笑竟日。各家亦隔一日設饌，自二月末至清明後方罷，謂之「鞦韆會」。適樞密同僉帖木耳不花子拜住過園，外聞笑聲，於馬上欠身望之，正見鞦韆競就（當作蹴），歡閧方濃，潛於柳陰中窺之，覩諸女皆絶色，遂久不去，為閽者所覺，走報宣徽，索之，亡矣。拜住歸，具白於母。母解意，乃遣媒於宣徽家求親。宣徽曰：「得非窺牆兒乎？吾正擇壻，可遣來一觀，若果佳，則當許之。」媒歸報，同僉飾拜住以往，宣徽見其美少年，心稍喜，但未知其才學，試之，曰：「爾喜觀鞦韆，以此為題，《菩薩蠻》為調，賦南詞一闋，能乎？」拜住揮筆，以國字寫之曰：「紅繩畫板柔荑指，東風燕子雙雙起。誇俊要爭高，更將裙繫牢。　牙牀和困睡，一任金釵墜。推枕起來遲，紗窗月上時。」宣徽雖愛其敏捷，恐是預搆，或假手於人，因盛席待之，席間，再命作《滿江紅》詠鶯，拜住拂試剡藤，用漢字書呈宣徽，宣徽喜曰：「得婿矣。」遂面許第三夫人女速哥失里為姻，且召夫人，并呼女出，與拜住相見，他女亦於窗隙中窺之，私賀速哥失里曰：「可謂『門闌多喜氣，女婿近乘龍』也。」擇日遣聘，禮物之多，詞翰之雅，喧傳都下，以為盛事。并住鶯詞附録於此：「嫩日舒情（當作晴），韶光豔，碧天新月（一作霽）。正桃腮半吐，鶯聲初試。孤枕乍聞絃索俏，曲屏時聽笙簧細。愛綿蠻柔舌韻，東風逾（當作愈）嬌媚。幽夢醒，閑愁泥。殘香褪，重門閉。巧音芳韻，十分流麗。入柳穿花來又去，欲求好友真無計。望上林，何日得雙棲，心迢遞。」既而同僉豪宕，簠簋不飾，竟以墨敗，繫御史臺獄。得疾囹圄間，以大臣例，蒙疏放回家醫治，未逾旬，竟爾弗起，闔室染疾，盡為一空，獨拜住在，然冰消瓦解，財散人亡。宣徽將呼拜住回家教而養之，三夫人堅然不肯，蓋宣徽內嬖雖多，而三夫人者獨秉權專寵，見他姬女皆歸富貴之門，獨己婿家反凋弊如此，決意悔親。速哥失里諫曰：「結親即結義，一與訂盟，終不可改，兒非不見諸姊妹家榮盛，心亦慕之。但寸絲為定，鬼神難欺，豈可以其貧賤而棄之乎？」父母不聽，另議平章濶濶出之子僧家奴，儀文之盛，視昔有加，暨成婚，速哥失里行至中道，潛解脚紗縊於轎中，比至，而死矣。夫人以其愛女輿回，悉傾家奩及夫家聘物殮之，蹔寄清安僧寺。拜住聞變，是夜私往哭之，且扣棺曰：「拜住在此。」忽棺中應曰：「可開柩，我活矣。」周視四隅，漆釘牢固，無由可啟，乃謀於僧曰：「勞用力，開棺之罪，我一力承之，不以相累，當共分所有也。」僧素知其厚殮，亦萌利物之意。遂斧其蓋，女果活，彼此喜極，乃脱金釧及首飾之半謝僧，計其餘，尚直數萬緡，因託僧買漆整棺，不令事露。拜住遂挈速哥失里走上都，住一年，人無知者。所攜豐厚，兼拜住又教蒙古生數人，復有月俸，家道從容。不期宣徽出尹開平，下車之始，即求館客，而上都儒者絶少，或曰：「近有士自大都挈家寓此，亦色目人，設帳民間，誠有學問，府君欲覓西賓，惟此人為稱。」亟召之，則拜住也。宣徽意其必流落死矣，而人物整然，怪之，問：「何以至此？且娶誰氏？」拜住實告，宣徽不信，命舁至，則真速哥失里，一家驚動，且喜且悲，然猶恐其鬼假人形，幻惑年少。陰使人詣清安詢僧，其言一同，及發殯，空櫬而已。歸以告，宣徽夫婦愧歎，待之愈厚，收為贅婿，終老其家。拜住三子，長教化，仕至遼陽等處行中書省左丞，早卒。次子忙古歹、幼子黑廝，俱為内怯薛帶御器械，忙古歹先死，黑廝官至樞密院使。天兵至燕，順帝御清寧殿，集三宫後妃、皇太子同議避兵，黑廝與丞相失列門哭諫曰：「天下者，世祖之天下也，當以死守。」不聽，夜半開建德門而遁，黑廝隨入沙漠，不知所終。（同前書卷二「重逢部」）

八《芙蓉屏記》：至正辛卯，真州有崔生名英者，家極富。以父蔭補浙江温州永嘉尉，攜妻王氏赴任，道經蘇州之圌山，泊舟少憩，買紙錢牲酒賽於神廟，既畢，與妻小飲舟中，舟人見其飲器皆金銀，遽起惡念。是夜，沉英水中，並婢僕殺之，謂王氏曰：「爾知所以不死者乎？我次子尚未有室，今與人撐船往杭州，一兩月歸來，與汝成親，汝即吾家人，第安心無恐。」言訖，席捲其所有，而以新婦呼王氏，王氏佯應之，勉為經理，曲盡殷懃，舟人私喜得婦。漸稔熟，不復防閑，將月餘，值中秋節，舟人盛設酒殽，雄飲痛醉。王氏伺其睡沉，輕身上岸，走二三里，忽迷路，四面皆水鄉，惟蘆葦菰蒲，一望無際，且生自良家，雙彎纖細，不任跋涉之苦，又恐追尋者至，於是盡力而奔。久之，東方漸白，遥望林木中有屋宇，急往投之，至則門猶未啓，鐘梵之聲隱然。少頃開關，乃一尼院，王氏徑入，院主問所以來故，王氏未敢以實對，紿之曰：「妾，真州人，阿舅宦遊江浙，挈家皆（當作偕）行抵任，而良人亡矣。孀居數年，舅以嫁永嘉崔尉為次妻，正室悍戾難事，箠辱萬端。近者解官，舟次於此，因中秋賞月，命妾取酒杯，不料失手，墜金盞於江，必欲寘之死地，遂逃生至此。」尼曰：「娘子既不敢歸舟，家鄉又遠，欲別求配偶，卒乏良媒，孤苦一身，將何所託？」王惟涕泣而已，尼又曰：「老身有一言相勸，未審尊意如何？」王曰：「若吾師有以見處，即死無憾。」尼曰：「此間僻在荒濱，人跡不到，茭葑之與鄰，鷗鷺之與友，幸得一二同袍，皆五十以上，侍者數人，又皆淳謹。娘子雖年芳貌美，柰命蹇時乖，盍若捨愛離癡，悟身為幻，被緇削髮，就此出家，禪榻佛燈，晨飡暮粥，聊隨緣以度歲月，豈不勝於為人寵妾，受今世之苦惱，而結來世之仇讎乎？」王拜謝曰：「是所志也。」遂落髮，於佛前立法名慧圓。王讀書識字，寫染俱通，不期月間，悉究内典，大為院主所禮待，凡事之巨細，非王主張，莫敢輒自行者，而復寬和柔善，人皆愛之。每日於白衣大士前禮百餘拜，密訴心曲，雖隆寒盛暑弗替。既罷，即身居奧室，人罕見其面。歲餘，忽有人至院隨喜，留齋而去。明日，持畫芙蓉一幅來施，老尼張於素屏。王過問之，識為英筆，因詢所自，院主曰：「近日檀越布施。」王問：「檀越姓名？今住甚處？以何為生？」曰：「同縣顧阿秀兄弟，以操舟為業，年來如意，人頗道其劫掠江湖間，未知誠然否。」王又問：「亦嘗來此乎否？」尼曰：「少到耳。」即默識之，乃援筆題於屏上曰：「少日風流張敞筆，寫生不數今黄筌。芙蓉畫出最鮮妍。豈知嬌豔色，翻抱死生冤。粉繪淒凉餘幻質，只今流落有誰憐。素屏寂寞伴枯禪。今生緣已斷，願結再生緣。」其詞蓋《臨江僊》也，尼皆不曉其所謂。（節録自同前）

九《朱氏遇僊傳》：嘉興府治東石獅巷有朱姓者，年二十餘，訓蒙為業，狀貌雖陋，而風神自雅。隆慶春，一日，道經南城下，花雨濛濛，柳風婹婹，展轉之間，神情恍惚，漸至海月樓西，竟迷去路，心正驚疑，忽有二女童施禮於前，曰：「奉主母命，邀先生過山。」朱曰：「素昧識荆，得非邀之錯耶？」女童曰：「至當自知，幸弗多却。」朱與偕行，但見崇山峻嶺，路極崎嶇。夾道桃株，鳥音嘈雜，自念生長郡内，不意有此佳境，更進里許，入一洞門，遥望樓殿玲瓏，金玉照耀。兩度石橋，方抵其處。屏後出一僊娥，霞帔霓裳，降階而迎。登殿，叙禮，引入内室，坐定，女童進茶訖，朱纔問娥姓字，娥哂曰：「妾乃蓬萊宫中人也，邀君欲了夙世之緣，不煩駭問。」頃間開宴，酒殽羅致，娥與朱促席暢飲，因製《賀新郎》一詞，命女童歌以侑觴，其詞曰：「花柳繞春城，運神工、重樓疊宇，頃刻間成。緑水青山多宛轉，免教鶴怨猿驚。看來無異舊神京。慮只慮、佳期不定，天從人願，邂逅多情。相引處，珮聲聲。等閑回首遠蓬瀛。呼小玉，旋開錦宴，謾薦蘭羹。須信是、瓊漿一飲，頓令百感俱生。且休道、塵緣易盡，縱然雲收雨散，琵琶峽，依舊風月交明，此會果非輕。」酒闌夜静，娥薦枕蓆，曲盡魚水之樂。逮晨，朱謂娥曰：「僕承款愛，甚欲留連。但家君頗嚴，不歸，恐致深罪，願朝去暮來，可也。」

娥愀然曰：「靈境難逢，佳期易失。妾因與君夙緣未了，故移洞府於人間，委僊姿於凡客耳。正議久交，何即請去？」朱唯而止。三日後，朱復懇歸，娥乃設宴正殿，鋪陳飲饌，比昨愈奇且豐。勸朱酩酊，將徹時，出一錦軸展於净几，寫詩十絶以贈，各揮涕而别，仍命女童送朱出洞。忽風雨暴至，雲霧晦冥，咫尺莫辨，不覺失足，墮於山下。須臾，天開雲朗，乃顛仆北城岑寂之處，宛若夢覺。歸述其事，父以少年放逸，迷宿花柳中，假此自掩耳，欲責之，朱不得已，出錦軸呈父，父見雲章燦爛，信非凡筆，怒始少釋。時求玩者甚衆，因録詩於後焉。其一：「三山窈窕許飛瓊，伴我來經幾萬程。好與清華公子會，不妨玄露謾相傾。」其二：「壺天移傍郡城壕，雲自飛揚鶴自巢。千載偶偕塵世願，碧桃花下共吹簫。」其三：「海外三山十二樓，弱流環繞不通舟。此身也解為雲雨，迢遞驂鸞檇李遊。」其四：「澗水沿杯出鳳臺，引將劉阮入山來。春懷何事難拘束，謾被東風吹得開。」其五：「海天漠漠彩鸞飄，争奈文簫有意邀。自分不殊花夜合，含香和露樂深宵。」其六：「莫道僊凡各一方，須知張碩遇蘭香。春風嘗戀人間樂，底事無心問海棠。」其七：「百雉斜蓮一道開，為君翻作雨雲臺。高情彷彿襄王事，宋玉如何不賦來。」其八：「湖柳青青花滿枝，可憐分手豔陽時。離宫謾自添離思，瞞得封姨不我知。」其九：「陽臺後會已無期，眉上春雲不自知。那更靈官傳曉令，含情騎鵠强題詩。」其十：「驅山縮地逈塵寰，從此交情事不關。他日離愁何處慰，暫將三塔作三山。」後事竟息，軸亦尋失去，不知其為何仙也。（同前書卷五「僊部」）

一〇　《鄒宗魯遊會稽山記》：天順年間，有鄒生者名師孟，字宗魯，慶元縣人。年二十一，丰姿貌美，善會吟咏，博學才高。素聞杭州有山水之勝、西湖之景，遂乃令僕携琴囊書劍以往觀之。凡遇勝跡名山，琳宫梵宇，無不登臨遊之。又聞會稽山以為天子（當作下）第一奇觀，遂策馬往遊。愛其秀麗，下馬步行，進不知止。頃間斜陽歸嶺，飛鳥争巢，天色將晡，退不及還。正躊躕間，忽然叢林之内，燈燭熒煌，漏光盈户。生意為莊農所居，乃隨其光疾趨投宿，至彼，則門户嵬峩，街衢整潔，蒼松翠竹，交雜左右，乃一巨室也。俄有一青衣童子自内而出，鄒生近前而揖曰：「失路至此，欲假一宿，未知尊意如何？」青衣入報，出復命曰：「主母已允，請先生入内而相見。」生隨之而進，只見疊榭重樓，麝蘭馥郁。引至中堂，但見一少年美人盛粧危坐，其顏色如光，見生，降榻祇迎。女相見禮畢，分賓主而坐，青衣遂捧茶至，茶畢，美人啓唇致問，鄒生實告鄉貫姓名，美人即呼侍妾設酒以待，但見殽醴馨香，迥異塵俗。傍立一美姬，身衣錦繡，手執檀香拍板歌《天僊子》詞一闋以侑酒，詞曰：「金屋銀屏疇昔景，唱徹鷄人眠未醒。故宫花落夜如年，塵掩鏡，笙歌静，往日繁華都是夢。天上小星先破暝，明滅孤燈隨隻影。翠眉雲鬢麝蘭塵，空歎省，成悲哽，無數落紅堆滿徑。」歌訖，美人遽止之曰：「勿歌此曲，徒增傷感。」生起坐致問曰：「僊娃高姓，閥閱何郡？郎君何人？」美人顰蹙曰：「妾本姓花，名喚麗春，臨安府人也，僑居於此二百餘年。先夫趙禖，表字咸淳，與妾為夫婦，十年而卒。妾今寡居，誓若有人能詠四季宫詞者，以稱妾意，不論其門户高下，即與成婚，杳無其人，不知先生能之乎？」生曰：「但恐鄙陋，有污清聽。」遂濡筆而吟四絶云，其一曰：「花開禁院日初晴，深鎖長門白晝清。側倚銀屏春睡醒，緑楊枝上一聲鶯。」其二：「鎖窗倦倚鬢雲斜，粉汗凝香濕絳紗。宫禁日長人不到，笑將金剪剪榴花。」其三：「桂吐清香滿鳳樓，細腰消瘦不禁愁。朱門深閉金環冷，獨步瑶堦看女牛。」其四：「金爐添炭燭摇紅，碎剪瓊瑶亂舞風。紫禁孤眠長夜冷，自將錦被傍薰籠。」下筆立成四景宫詞，不加點綴。美人曰：「詠出宫詞，若身處其地者，真佳作也。妾今芳年無主，形影相弔，幸遇君子才華出衆，妾不違誓，願托終身，君亦不可異心，妾身更無外慕，從兹偕老，永效于飛。」生起致謝，已而夜静酒闌，彼此忘懷，笑語歡謔，挨肩攜手，淫情各熾，遂入室解衣就寢，雲情雨意，兩相歡會，口送丁香，極盡綢繆。（節録自同前書卷六「鬼部」）

一　雲從龍溪居得偶：黄州儒士雲從龍結廬臨溪，讀書其内，苦志用功，不入城府，家業荒凉，未有妻室。天曆二年春，於所居倚窓臨溪閑坐，俄見一叟棹舡迤逦傍岸，中坐一青衣美人，顔色聰俊，雲生遽問曰：「何家宅眷，今欲何往？」叟曰：「兹值歲侵，衣食無措，將賣此女，以資日用耳。」雲生留意，邀之入室，遂問姓名居址，叟曰：「老拙姓蘇，本州人也。先室辭世，止生此女，乳名珍娘，年方二八，頗通書義，尤精女紅。欲仗紅葉之媒，以訂赤繩之約。如君不鄙，望為相容。」雲生諾諾，傾囊見酧，遂設宴會，親卜日合卺。女自入雲生之門，恪盡唱隨之道，主中饋縫衣裳，和於親族，睦於隣里，抑且性格温柔，容貌出類，遐邇争美焉。雲生貪戀情欲，頗廢經書，女諫曰：「衾枕之情，世之常事；功名之會，生之要途。立身行道，揚名後世，既顯父母，又榮妻子，男兒之志，於斯遂矣，豈可苟淹歲月而守故園之桃李哉？」雲生遜謝，愈加敬愛。一日，雲生與女對酌溪樓之上，女斟酒奉生曰：「聊歌一詞，以侑君飲。」詞名《浣溪沙》云：「溪霧溪煙溪景新，溶溶春水净無塵，碧流（當作琉）璃底浸春雲。風颺遊絲牽蝶翅，雨飄飛絮濕鶯唇，桃花片片送殘春。」每歌一句，音韻清奇，聽之可愛。厥後雲生中試，為宛平令。挈家赴任，女處官衙，小心謹慎，同僚妻妾咸得歡心。每戒夫清廉恤民，無玩國法，内外稱之。時邑中亢旱，禱祈無應。適有武當山道士潘鍊師能行五雷法，祈晴禱雨，斬妖驅邪，其應如嚮。吏卒白於雲生，禮請至邑，結壇行事，師潛謂同僚曰：「雲大尹妖氣太重，掃蕩邪穢，天即大雨矣。」同僚白於雲生，不以為信。鍊師仗劍登壇，書符作法，少頃，玄雲蔽日，雷雨交作，霹靂一聲，火光迸起，大雨如注，四郊沾足。鍊師請衆官回衙，以觀異事，但見雲生之室枯骨交加，髑髏震碎，中流鮮血，而美婦不知所在矣。前廳壁朱書篆字數行，衆莫能識，鍊師讀之，乃詩一首曰：「善惡幽冥皆有報，雷霆誅擊豈無因。性行淫亂汙塵俗，死縱妖邪惑世人。萬種風流收骨髓，一團恩愛耗精神。從今打破迷魂陣，梟震骷髏示下民。」雲生驚駭，不能定情，同僚為之失色，訪以鍊師之故，鍊師曰：「此婦在生必行淫亂，死為枯骨，尚能迷人，不久真元耗盡，禍將及身矣。始吾到此，即知其由，若不假以雷霆，明彰報應，諸公何以信服哉？」是知一善一惡皆有報應，彼鬼婦耳，變幻惑人，人不能誅，而天誅之，不爽於毫髮如此。苟欺心逆天，是昧乎理，則報應隨之，捷於桴鼓，不可不戒也。（同前）

一二　柏長春月下見妻：陽朔元年秋，荆州士人柏長春，本仕族子。娶妻喻氏淑華，年芳貌美，尤長於詩，女紅，其餘事也。夫妻相得，雖比目魚與比翼鳥不是過焉。一日，淑華染疾，醫藥無效，長春旦夕扶持，衣不解帶，憂形於色。淑華泣曰：「莫非命也，順受其正，妾不能終事箕箒為可憾耳。但妾死之後，君宜擇善柔以承宗嗣，則妾雖死之日，猶生之日也。」長春泣曰：「汝既就亡，吾亦隨逝，續絃之事，不忍再言。」淑華曰：「不娶，無子，絶先祖祀，是重不孝也，君何不思之甚邪？」乃哽咽而吟一絶曰：「樂極應知併作愁，風流人恨欠風流。人生壽夭由天命，不是姻緣不到頭。」吟畢，長吁，瞑目而卒。長春大慟絶而復蘇，遂以禮殯葬而過於厚，旦夕追思，哭於靈几：「娘子聰明俊雅，何一別寂然不復可見也？」一夕，月白風清，夜闌人静，長春明燭獨坐，將及二鼓，忽聞剥啄扣門之聲，啓扃視之，乃淑華也。長春且驚且喜，曰：「娘子既亡，安得至此？」淑華泣曰：「妾六魄雖沉，三魂尚在幽明之内，一理感之，見君思慕之深，悲傷之切，因而致疾，妾之罪也。故乘此良宵，不吝一見，聊以慰君鬱陶之思耳。雖然，妻子如衣服，破碎還可補，勿為無益之悲而致以死傷生也。」乃歌一闋以遣悶懷，詞名《臨江僊》云：「璧碎珠沉天欲暮，陽臺雨散雲收。流蘇帳底冷如秋，雨聲臨北檻，燈影照南樓。

塵暗錦機閑夜月，更深誰上簾鉤。恩情從此兩休休，縱教天作紙，難寫萬重愁。」淑華每歌一句，則嗚咽不能成腔。長春撫慰至再，將欲求合，淑華曰：「夫婦之情，幽明無間。但一靈之氣，有影無形，雖欲盡歡，將何所措？不惟無益於妾，抑且為禍於君，甚非所利也。」長春曰：「輪廻之説，報應之科，信有諸乎？抑未然乎？」淑華曰：「君讀書明理，何信此不根之語、無稽之言乎？若有輪廻，妾當再生於世，與君為妻，以終未了之緣，固所願也。但報應之禮，庸或有之。《易》曰：『積善之家，必有餘慶；積不善，必有餘殃。』《書》曰：『作善，降之百祥；作不善，降之百殃。』此天地之間古有是理，亦非幽冥地府之所為也。如有地府，則死者皆有統屬，拘放有時，妾今夕亦不得與君相接矣。」乃長吟一律以見意云：「生死無常秖自傷，幽明兩地竟茫茫。風花雪月情千種，離合悲歡夢一場。室内已亡琴瑟友，閨中空冷麝蘭香。魂升魄降隨消滅，安有身形見十王。」淑華吟説，涕泣而别。長春不勝悲傷，尋感至情，終身不娶，蓋亦篤信之士也。（同前）

一三《招提琴精記》：鄧州人金生，名鶴雲。美風調，樂琴書，為時輩所稱許。宋嘉熙間，薄遊秀州，館一富家。其卧室貼近招提寺，夜聞隔牆有歌聲。乍遠乍近，或高或低。初雖疑之，自後無夜不聞，遂不為意。一夕，月明風細，人静更深，不覺歌聲起自窓外。窺之，則一女子約年十七八，風鬟露鬢，綽約多姿。料是主家妾媵，夜出私奔。不敢啟户，側耳聽其歌曰：「音音音，你負心。你真負心，孤負我到如今。記得當時，低低唱，淺淺斟，一曲值千金。如今寂寞古牆陰，秋風荒草白雲深，斷橋流水何處尋。凄凄切切，冷冷清清，教奴怎禁。」女子歌竟，敲户言曰：「聞君倜儻俊才，故冒禁相親。今乃閉户不納，苦效魯男子行耶？」鶴雲聞言，不能自抑。纔啟户，女子擁至榻前矣。鶴雲曰：「如此良會，更會佳人，奈何燭滅，樽前不能為一款曲也？」女子曰：「得抱衾裯以薦枕席，期在歲月，何必泥於今宵，况醉翁之意不在酒乎？」乃解衣共入帳，罄盡繾綣之樂。迨隔窓鷄唱，隣寺鐘鳴，女子攬衣起，曰：「奴回也。」鶴雲囑之再至。女子曰：「弗多言，管不教郎獨宿。」遂悄悄而去。次夜，鶴雲具酒殽以待，女子果迤邐而來。相與並坐，酣暢，女子仍歌昨夕之詞，鶴雲曰：「對新人，不宜歌舊曲，逢樂地，詎可道憂情？」因賡前韻而歌之曰：「音音音，知有心。知伊有心，勾引我到於今。最堪斯夕，燈前耦，花下斟，一笑勝千金。俄然雲雨弄春陰，玉山齊倒絳帷深。須知此樂更何尋，來經月白，去會風清，興益難禁。」女子聞歌起而謝曰：「君之斯詠，可謂轉舊為新，翻憂就樂也。」彼此歡情頓濃於昨，自是無夕不會。荏苒半載，罕有知者。忽一夕，女子至而泣下，鶴雲怪問，始則隱忍，既則大慟，鶴雲慰之良久，乃收淚言曰：「奴本曹刺史之女，幸得仙術，優遊洞天。但凡心未除，遭此謫降。感君夙契，久奉歡娛，詎料數盡今宵？君前程遠大，金陵之會，夾山之從，殆有日耳，幸惟善保始終。」雲亦不勝悽愴，至四鼓，贈女子以金，別去。未幾，大雨翻盆，霹靂一聲，窗外古牆悉震傾矣。鶴雲神魂飄蕩，明日遂不復留此。二年後，富家築牆，於基下掘一石匣，獲琴與金，竟莫曉其故。時聞鶴雲宰金陵，念其好琴，使人攜獻，鶴雲見琴光彩奪目，知非凡材，欣然受之，置於石床，遠而望之，則前女子，就而撫之，則依然琴也。方悟女子為琴精，且驚且喜。適有峽州之遷，鶴雲得重疾，臨死，乃命家人以琴送葬。琴精之言，胥驗之矣。人有定數，物可先知，豈不信哉？（同前書卷七「妖怪部」）

一四　懶堂女子：舒信道中丞宅在明州，負城瀕湖，繞宅皆古木茂竹，蕭森如山麓間。其中便坐曰懶堂，背有大池。子弟羣處講習，外客不得至。方盛秋夜月佳，舒呼燈讀書，忽見女子揭簾而入，素衣淡粧，舉動嫵媚，而微有悲涕容，緩步而前曰：「竊慕君子少年高致，欲以冥夜相奔，願容駐片時，使奉款曲。」舒迷蒙恍惚，不疑為異物，即相與語，扣其姓氏所居，女曰：「妾本丘氏，父作商賈，死於湖南。但與繼母居茅茨小屋，相去只一二里。母殘忍猛暴，不能見存，又不使媒妁議婚姻，無故捶擊，以刀相嚇，急走逃命，勢難復歸，倘畜為婢子，固所大願。」舒甚喜，曰：「留爾，固吾所樂，倘事泄漏，奈何？」女曰：「姑置此慮，續為之圖。」俄一小青衣攜酒肴來，即促膝共飲，笑飲酒三行，女斂衽起致辭曰：「奴雖小家女，頗能綴辭，輒作一闋，叙兹夕邂逅相遇之意。」顧青衣舉手代拍而歌曰：「緑净湖光，淺寒先到芙蓉島。謝池幽夢屬才郎，幾度生春草。塵世多情易老，更那堪，秋風嫋嫋。晚來羞對，香芷汀洲，枯荷池沼。恨鎖横波，遠山淺黛無心掃。湘江人去歎無依，此意從誰表。喜稱良宵月皎，况難逢，人意兩好。莫辭愁，醉入屏山，吳歌天曉。」詞寄《燭影摇紅》也。舒愈愛感，女令青衣歸，遂留共寢，宛然處子爾。將曉别去，間一夕復來，珍果異饌，亦時時致及。又懷縑素之屬，親為舒治衣，工製敏妙。相從月餘日，守僮僕聞其户内與人言，謂必挾倡優淫昵，它時且累己。密以告老姨媪，展轉漏泄，家人悉知之，掩其不備，遣弟妹乘夜伴為問訊，排户直前，女忙奔斜竄，投室傍空轎中，秉燭索之，轉入他轎，垂手於外，潔白如玉。度事急，穿竹躍赴池，躭然而没。舒悵然掩泣，謂無有再會期。衆遂散扃户，女蓬首喘顫，舉體淋漓，足無履襪，至室中，言：「墮處得孤嶼，且水不甚深，踐濘而出，免葬魚腹，亦云天幸。」舒憐而撫之，自為燃湯洗濯，夜分始就枕。自是情好愈密，而意緒常恍忽如癡，或時食不舉筯。家人驗其妖怪，潛具狀，請符於丹溪朱彦成法師，朱讀狀大駭，曰：「是鱗介之精耶？毒入肝脾裏，病深矣，非符水可療，當躬往治之。」朱未及門，女慘戚嗟喟，為憫然可憐之色，舒問之，不對，久乃云：「朱法師明日來，壞我好事也，因緣竟止於是乎？」嗚咽告去，力挽，不肯留。既旦，而朱至，舒父母再拜炷香，祈救其子命，朱曰：「請假僧寺一巨鑊，煎油數十斤，吾當施法攝其至，令君闔族見之。」乃即池邊焚符檄數道，召將吏彈訣噀水，叱曰：「速驅來。」俄頃水面噴湧一物，露背突兀如裝衣，浮游中央，翹首四顧，乃大白鼈也，若為物所拘，跛曳至庭下，頓足唫呀，尤（當作猶）若向人作乞命態。鑊油正沸，自匍匐投其中，糜潰而死。覘者駭懼流汗，舒子獨號呼追惜，曰：「烹我麗人。」朱戒其家：「俟油冷，以斧破鼈，剖骨並肉，暴日中，須極乾，入人參、茯苓、龍骨末成丸，託為補藥，命病者晨夕服之，勿使知之，知之，將不肯服。」如其言，丸盡病癒。後遇陰雨於沮洳，聞哭聲云：「殺我大姐，苦事，苦事。」蓋遺種類尚多云。（同前）

一五　《白犬報讐記》：永樂初，淮安秦邦字本民，家業饒裕，夫妻相敬如賓。止生一子，尚在襁褓。然好貨殖四方以獲厚利，其妻許氏亦聰敏能詩。邦時年四十餘，將買舟貿易於京師，卜之不利，許氏苦諫之，邦笑曰：「卜所以決疑耳，吾經營四方，垂二十年矣，未嘗挫衄，今事在不疑，何卜之有？」許氏曰：「蓍所以筮，龜所以卜，乃聖人開物成務之深意，所以趨吉而避凶也，柰何不信？妾聞千金之子不垂堂，今居積致富，家事倥偬，胡為冒風波之險而不自愛重耶？」邦不聽，決意欲行。許氏口占《踏莎行》詞一闋以贈之曰：「巫峽雲迷，武陵春早，東風開遍閑花草。梁園豈若故園高，他鄉争似家鄉好。　別恨重重，離情杳杳，樂昌破鏡羞重照。心内縈牽萬恨長，閨中難畫雙眉巧。」邦之家畜一白犬，已經數年，相隨出入，甚有靈性。是日解纜開舟之際，犬忽號躑躅躍，入舟内銜邦衣裾，若有徘徊阻行之意。邦不悟，麾之令返，犬俯伏不去，遂挈之偕行。（節録自同前書卷八「禽獸部」）

一六　《唐珏狥義録》：會稽唐珏優於文藝，郡之簪纓胄也。家素貧，為鄉之學究，濟人利物，恒切於心。景炎三年冬十二月，端宗崩於海南。江左皆屬蒙古，有西僧楊璉真加總攝江南釋教，利宋攢宫金玉，發諸陵在紹興者及大臣塚墓凡一百所，又欲裒（當作哀）諸陵骨雜牛馬枯骼為鎮南浮屠。唐珏獨痛憤，乃貨家具行貲，得白銀，為酒食，陰召諸惡少，泣曰：「爾輩皆宋人，吾不忍陵骨之暴露，欲以他骨易之。」已，造石函六，刻紀年一字為號，自思陵以下隨號收殯。衆如珏言，夜往取遺骸，葬蘭亭山後，又移宋故宮冬青樹植其上以識，聞者悲之，珏乃作《金菊對芙蓉》詞一闋以記之，云：「仁義傳家，衣冠建國，歷年三百太平中。恨一朝胡羯，大播腥風。長蛇封豕污金闕，嘆黍離、遍滿郊東。五國朔風，諸陵春雨，荆棘叢叢。　可憐禍及攢宮，把牛馬枯骼，混雜螭龍。任教盜竊金和玉，罪滔天，地難容。蘭亭山後，冬青樹上，絡緯吟風。」珏一夕夢中見黄巾力士二人揖進，曰：「奉邀義士，請勿遲延。」珏隨力士行數里餘，見宫殿嵬峩，迥出人表。入門三重，始至殿下，遥覩座上赭袍冕旒者十餘人，堦下列黄巾綉襖者數十輩，力士引珏俯伏丹墀，復命曰：「奉請唐義士已至。」王者降堦，揖曰：「義士請起，少叙衷曲。」珏頓首起立，力士引至殿上，王者致敬。（節録自同前書卷八「報應部」）

李樂詞話

李樂，字彦和，别號臨川，桐鄉（今浙江）人。隆慶戊辰進士，知新淦縣。爲福建僉事，江西按察司副使，官至福建按察司僉事。起尚寳司卿，不赴。卒年八十七。所著有《見聞雜記》、《拳勺園小刻》、《烏青志》等。《見聞雜記》自來著録卷數不一，有三卷、四卷、十卷者，《北京圖書館古籍珍本叢刊》影印明萬曆刊本作九卷續二卷，是書卷一全録董漸川《古今粹言》及鄭曉《今言》，後十卷則雜記所見聞，此據以録詞話二則。

一　劉南坦先生謚清惠，與施菁陽先生、孫太白山人交，予不及見三先生。第與南石太學善，造其廬，每出劉、孫兩公手翰詩詞，終日翫味，自稱曰友生劉某、孫某，稱菁陽曰邦直賢弟，别無贅語，古人

之風，令人想慕。菁陽名侃，字邦直，嘉靖丙戌進士，未受官，暴卒。南石名蒙，菁陽子也。（《見聞雜記》卷二）

二　萬曆辛丑之七月，榷税私人，横索民財，而蘇城六門尤甚。有葛誠者號召數百人，手不持刀，而動中紀律。手捶私人八九人至死，焚燒鄉宦與私人通者一二家。誠即自投府，願入獄待死，太守義之。誠在獄，士大夫有餽酒殽詩詞者受，絶不受金錢，一時名譽遐布。斯舉也，故相申公、中貴孫公多所調和，保全甚衆。雖事出駭常，而葛誠者其罪固在不原，激烈有足稱矣。（同前書卷六）

徐會瀛輯詞話

徐會瀛，字華宇，撫金（今江西）人。行蹟不詳，編有《新鍥燕臺校正天下通行文林聚寶萬卷星羅》三十九卷，前有五雲豪士又樂生萬曆庚子序，卷端下題「書林茂齋詹聖謨梓行」，而書末木牌曰「書林静觀室春月余獻可梓行」。此據《北京圖書館古籍珍本叢刊》影印明萬曆刻本録詞話十二則。

一　拜堂致語：切（當作竊）以禮重婚姻，實關人倫之大；義當配偶，乃承宗祀之傳。縹緲青烟，輝煌花燭。俎供蘋藻，首嚴見廟之儀；贄備棗榛，聊拜先堂之禮。集珠履玳簪之客，環金釵玉珥之賓。慶賀良宵，觀光盛事。爐薰寶鴨，已拈沉水之香；步擁金蓮，請下寅君之拜。《鷓鴣天》：「婚禮今朝講拜堂，誠心全仗玉爐香。神明上下同昭格，王母王公共降祥。　魚得水兮鳳求凰，匆匆喜氣藹蘭房。百年夫婦今宵合，夢葉熊羆早弄璋。」（《新鍥燕臺校正天下通行文林聚寶萬卷星羅》卷八「婚娶門」）

二　《西江月》：「軟弱安身之本，剛强惹禍之災。無争無競是賢才，虧我些兒何害。　鈍斧敲金易碎，銅刀劈水難開。世人笑道我癡呆，管取前程自在。」（同前書卷十二「律例門·律令行移」）

三　打雙陸起例歌：《西江月》：「么六把門已定，二四三五成梁。須知四六做煙梁，五六單行為障。　擲得么三采出，填垓此處高强。到家先起纱無雙，陸曰全赢取賞。」○凡擲得重色運，俱呼為雙，謂如雙么、雙陸是也。（同前書卷十七「八譜門·雙陸規局」）

四　圓社規場：四海齊雲社，當場蹴氣毬。作家偏愛惜，圓社最風流。況有青春年少，同輩朋儔，向柳巷花街玩賞，在紅塵紫陌追遊。脱了揉來憑眼活，認真惟有準毬兒。挾住惟口明，識踢几無憂。左踏右花，踢似烏龍擺尾；左側左虚，捻似丹鳳摇頭。下住處全在低美，打著人惟伏誰收。使力藏力，以柔取柔。集閑中名為一絶，决勝負分作三籌。俺也絲鞋羅襪，短襖輕裘。襟沾香汗濕，襪污軟塵浮。背劍仙人時側目，攛梭玉女細凝眸。盼鉗兒前後，仰身身移不動；金剪刀往來，移步步過頭低。況乎奢華治世，豪富皇州。春風喧鼓吹，化日沸歌謳。歡笑對吴姬越女，繁華勝楚舘秦樓。湖山風物，花月春秋。四聖觀柳邊行樂，三天竺松下優游。樂事賞心，難并四美。勝友良朋，無非五侯。心向閑中着，人於悼裏求。踢圓社者，必不是方頭也。《滿庭芳》：「若論風流，無過圓社，拐賺蹬躡搭齊全。門庭富貴，曾到御簾前。灌口二郎為首，趙皇脚下流傳。人都道，齊雲一社，三錦獨争先。花前并月下，全身錦繡，偷側雙肩。更高而不遠，一搭打鞦韆。韆（當作毬）落處圓光賺拐，雙佩側躡相連。高人處，翻身結伴，天下總呼（脱圓字）。」「十二香皮，裁成圓錦，莫非少年堪收。緑楊深處，恣意樂追遊。低拂花稍褪下，侵雲漢，月滿當秋。堪觀（脱處字），偷頭十字拐，舞袖拂銀鈎。肩尖并拐搭，五陵公子，恣意忘憂。幾回沉醉，低築傍高樓。雖不遇文章高貴，分左右，曾對王侯。君知否，閑中第一，占斷（當脱是）風流。」（同前書卷十七「八譜門・齊雲軌範」）

五　唐舉先生《切相歌》：入眼方知訣，還觀坐起中。語遲富貴顯，步緊必貧窮。大限休為伴，雞睛莫與途。項偏多蹇滯，頭小定飄蓬。骨露財難聚，肉浮病必攻。唇掀知命夭，腹墜禄須豐。腰肥知有福，額廣壽如松。脚長兼耳薄，辛苦道途中。大貴相，歌曰：「欲識人間大貴人，形容骨格定精靈。頭平額濶天倉滿，兩耳垂肩不反輪。精神氣鋭充牛斗，玉體瑩盈奎璧澄。龍眉鳳眼伏犀鼻，序立朝班簪玉纓。」《西江月》：「堂堂相貌俱足，凛凛神氣尤清。眉高目秀喜聰明，富貴生成已定。腰圓背厚玉帶，竟能班超群英。少年竚聽振宸京，須知造化有應。」大富相，歌曰：「欲識人間巨富人，腰身端厚福來臨。天倉隆起多財禄，口角珠庭抱兩眉。背聳三山如負甲，臍深納李腹垂箕。聚金積穀家肥潤，看取牛龜鵝鴨行。」《西江月》：「聳聳天庭高廣，盈盈地閣方員（當作圓）。準頭豐正面如蓮，牛步鵝行厚穩。坐似太山釘石，洪聲肉滑藏筋。堆金積玉富無邊，福壽綿綿悠遠。」彌壽相，歌曰：「何識人之有壽，先取骨格堅剛。要知神氣長短，最嫌食物猖狂。壽夭不在人中之取，頭皮寬厚為良。連言數句聲亮，最喜面色紅黃。人生得此大壽，百歲安享華堂。」《西江月》：「借問人間彌壽，頭平額潤聲員（當作圓）。腦後枕骨玉樓全，壽帶地閣綿遠。　雙縧喜生項下，夙夜漕漕涓涓。額高如鳳福無邊，遐筭并及籛鏗。」貧窮相，歌曰：「五行不正體偏斜，笑語掀唇露齒牙。頭小額尖頤頂窄，面容憔悴髮交加。悲聲嗚似喉聲泣，坐若風擺步如蛇。此相應知始終薄，仍須防害破人家。」《西江月》：「頭尖額窄神短，聲粗眼露骨槎。三停五嶽俱偏斜。鼻竅仰天多詐。　身如鷄肝狗肚，面多雜滯無華。此相定知破人家，一生勞碌波查。」夭折相，歌曰：「髮重身輕最可憐，面如綳皷上唇掀。面嫩身粗腰又軟，腦骨不密亦如綿。坐視言語神帶睡，眠泄元氣夢狂言。形容青藍頻頻現，此人不久喪黃泉。」《西江月》：「未言而色先變，言出而氣先絶。氣短神枯尤更別，少肥氣短聲竭。　久坐身體過軟，直且倚門傍壁。又嫌骨少肉盈滑，早赴幽冥之客。」凶惡相，歌曰：「頭痕般剥眼紅紗，黑少白多視太斜。鼻如劒峰顴骨露，面目横生二齒牙。神氣青藍多煙塵，額上印堂亂紋明。鬢濁連鬢唇又黑，不遭十惡定重刑。」《西江月》：「取人利己面黑，殘害性命睛紅。見人歡喜太陽空，斜窺眼仰轉動。　唇泊（當作薄）好生言語，青藍滯氣重朦。面肉横綳性强兇，九厄喪身無哄。」刑傷相，歌曰：「少年刑尅是何方，髮際低壓應陰陽。黑白青嫩分父母，右損陰兮左損陽。日角破兮先損父，寒毛生角又無娘。眉頭抽旋父凶死，右眉抽旋母凶亡。」《西江月》：「子刑父母理幻，前生注定無差。止因日月角傾斜，眉有高低上下。　耳低父不見面，損母面嫩桃花。更嫌部位痣紋疤，顴露準偏額窄。」孤獨相，歌曰：「薄紗染皂出粟米，縱然有妻也無兒。再兼山根印堂陷，五年三次路邊啼。眼不哭時常似哭，心不愁兮皺兩眉。早年若不見刑尅，老來必定主孤恓。」《西江月》：「爛蠶肉腫光映，孤獨峰聳鼻高。眉稜骨起眼堂枯，卯酉雞卵面凹。人中平滿唇囂，烏鴉扇翅背陷。囊肩縮頸角如稜，男女合此鰥寡。」盜賊相，歌曰：「欲知世間賊相形，額塌頭偏面帶青。眉如尖刀壓雙眼，鼠目昂視覷眉稜。露齒結喉食吞響。口角紋多更流塵，此相不作凶賊輩，定是鼠竊狗偷人。」《西江月》：「賊與人皆相像，只因損害心田。羊睛狗眼又駝肩，眉毛交雜神昏。髯鬚赤濁亦甚，天庭兩顴塵煙。目多斜視惡心堅，害人利己無厭。」（同前書卷二十四「相法門」）

六　呂純陽先生難世作：「識破乾坤懶進身，山居林下養精神。功名未退心先退，家計雖貧志不貧。山作伴，水為鄰，遊遊（當作悠悠）風月養天真。世間多少紅塵客，似我清閑有幾人。」（同前書卷三十四「修真門」）

七　登釣臺詞：昔有士人浪迹四方，過嚴州，登嚴子陵釣臺，覩其中春村暮零（當作「春樹暮雲」），溪聲山色，足超賞心，使人世路塵襟急圖懷頓脱落於斯須，仰瞻四壁詩詞，搆思於名公高客者，殆不以一二屈指，其中一詞尤為妙絶，詞云：「雲山蒼蒼兮煙水稠，石磴潺潺兮江水流。故人兮冕旒，先生兮羊裘。使人皆先生兮，誰其伊周。使人不先生兮，誰為巢由。可仕止久速兮，舍聖人吾將安求。清風一絲兮，垂為名釣，蕉黄茘丹兮，香火千秋。臺下幾篙兮，榮辱之舟，先生一笑兮白雲收。」（同前書卷三十五「記巧門・名公留詞」）

八　寄外詞：易祓，字彦章，潭州人。以優等為前郎，久不歸，其妻作《一剪梅》詞寄之云：「染淚修紅書寄（脱『彦』字）章，貪却前郎，忘却回（脱『郎』字）。功名成遂不還鄉，石做心腸，鐵做心腸。日三竿懶畫粧，虚度韶光，瘦損容光。不知何日得成雙，羞對鴛鴦，懶對鴛鴦。」（同前）

九　伊川令辭：花仲胤為相州録事，久而不歸，其妻寄一束，詞一闋曰《伊川令》，云：「西風昨夜穿簾幙，閨院添瀟索。最是梧桐零落，迤邐秋光過却。人情音信難託，教奴獨自守空房，淚珠與燈花共落。」胤拆簡覽之，「伊」字作「尹」字，遂作《踏沙（當作莎）行》詞寄回與妻云：「頓首啓情人，即日參（當作恭）惟問好音。接得綵箋詞一首，堪驚，題起詞名恨（脱『轉』字）生。　展轉意多情，寄與音書不志誠。不寫伊川題尹字，無心，料想伊家不要人。」妻復答詞一闋云：「奴啓情人勿見罪，閑將小書作尹字。情人不解其中意，共伊間别幾多時，身邊少個人兒。」胤見之，大笑，即整歸計。（同前）

一〇　楚娘詞：楚娘，名妓也。以姿色自負，每作詩誇耀於人。其吟遊春詩云：「破曉尋春緩轡竹（當作行），滿城桃李鬬芳英。桃紅李白皆麄鄙，曾似冰肌瑩眼明。」又吟桂花詩云：「丹桂迎風蓓蕾開，摘來斜插竟相猥。清香不與羣芳並，仙種原從月裡來。」三山林茂叔與楚娘厚，因官建昌，携楚回家，其妻李氏稍不能容。楚題詞於壁以寓意，名《生查子》云：「去年梅雪天，千里人歸遠。今歲梅雪天，千里人追怨。　鐵石作心腸，鐵石剛猶軟。江海比君恩，江海深又淺。」李氏見詞，乃曰：「人非木石，胡不能容？」遂换長枕大被，三人同寢，聞者嘲之。（同前）

一一　春容詞：涪翁過瀘南，瀘帥留府宴飲，有歌妓盼盼，性頗聰慧，帥嘗寵之。涪翁贈《浣沙溪》詞曰：「脚上鞋兒四寸羅，唇邊朱麝一櫻多，見人無語但回波。　料得有心憐宋玉，祇因無柰楚襄何，今生有分向伊麽。」盼盼拜謝，瀘帥令唱詞侑觴，盼盼唱《惜春容》詞云：「少年看花雙鬢緑，走馬章臺管絃逐。如今老更惜花深，往往看花看不足。坐中美女顔如玉，為我一歌《金縷曲》。歸時壓得帽簷欹，頭上春風紅簌簌。」涪翁大醉而别。（同前）

一二　紅白桃花詞：嚴蘂，字幼安（當作芳），天台官妓。名藝冠絶一時。唐太守仲友嘗命賦紅白桃花，即調《如夢令》「不是」云：「道是梨花不是，道是杏花不是。白白與紅紅，别是東風情味。曾記，曾記，人在武陵微醉。」時七夕，郡齋高會，名士謝元卿命以已姓為韻，賦七夕，酒未行而詞已就，名《鵲橋仙》云：「碧梧初出，桂花纔謝。穿針人在合歡樓，正月露、玉盤高瀉。蛛忙鵲嬾，耕織慵倦，空做古今佳話。人間剛道隔年期，怕上天、方纔隔夜。」或與仲友為隙，欲摭其罪，指唐與蘂為濫，繫獄月餘，備受箠楚，而一語不及唐。移籍紹興，置獄鞫之，久亦不服，吏勸其認罪，不過杖，蘂曰：「賤妓縱與太守濫，罪不至死，然妄言以汙士大夫，則死，不可誣也。」蘂口占《卜算子》詞云：「不是愛風塵，是被前緣誤。花落花開自有時，總賴東君主。去也終須去，住也如何住。若得山花插滿頭，莫問奴歸處。」（同前）

安世鳳詞話

安世鳳，字鳳引，商邱（今河南）人。萬曆癸丑進士，官定海縣知縣。所著有《燕居功課》、《悟言》、《墨林快事》。《燕居功課》二十七卷，分二十四類，議論出入儒釋之間。《墨林快事》十二卷，録所見古器、古刻、古書畫，各為跋語，凡六百九十五則，多涉議論。此據《四庫全書存目叢書》影印明萬曆間刻本《燕居功課》和影印清抄本《墨林快事》録詞話五則。

一　宋人不但解詩之訛，其説詩諸體調亦不能解，後世因之，誤人寧有已時？且如絶句一法，古人之言自明，乃云是截七言律耳，或前四句，或後四句，或中，或首尾，殊可捧腹。七言絶句，唐初已盛，此時七律尚未數數，從何處截？不知乃七言長篇落句也。故曰：「絶句，蓋古之為詩皆叶以管絃，至於落句，音節更急，絃管更繁，與前半不同，尤極悲凉，故人好摘出單奏。如今人於大套曲中摘出音調尤美者為小令也。歷觀初唐七言長篇，落句多可另奏，故明皇幸蜀，登花萼樓，樓前善《水調》者登樓，只歌「山川滿目淚沾衣」四句，上問，知為李嶠詩，嗟賞，不待終曲而去。夫此《汾陰行》落句也，此正絶句之證，而人顧瞢然，何也？知其體調，則知雄渾奔赴，初盛獨長，而宋人所云清利圓轉，及以第三句變换為主者，一字無所用矣。不知調而説詩，如不辨南北而指程途，必無幸矣。（《燕居功課》卷十二）

二　騷、賦、贊、頌，古詩之餘也；雅、詞、曲、令，今詩之餘也。然荀子《成相》起住長短，章章一律，則詞曲之法自古已萌芽矣。學詩必兼精衆法，然後得其不相借之體、相通之神。况宇宙内，即一技一秇，無非以洩天地之靈竅，亦人之所不得不有者，士君子何妨一染指焉？又况山居無營，與世長絶，古人所謂隱居放言，中清中權者，山人詩道之暇，頗及其餘。騷、賦、贊、頌，固為正業，如唐、宋之詞，元之曲，間一為之。然古人之作，亦不無利鈍，蘇、黄以前之詞，妙在性情中，自蘇、黄始尚興象氣槩辭藻，而後人因之，遂至於三者俱無，而只剩鋪叙豆飣，猶無詞也。元人之曲雖有大家小家之别，意亦在性情中，自近諸名家始尚雕鏤組繪，恐從此曲為之一變，將無曲矣。何也？大段觀聽，非不瑰麗，欲求其一言一句，令人低回往復，泪淫淫承睫而不自覺，則能有之否？此二事古道久湮，盡心者少，尤不可不力為挽回也。山人欲上自喜起，下極里巷，分類别聲，各原其所始，泝其盛，謹其衰，一一悉其工拙得失之繇，與雅士遥譚於百世之下，亦韵語之大觀也。就中賦最舛，襍論者，尤多浪語，

更所宜亟正者。（同前）

三 蘇買田二帖：《楚頌帖》及《下船帖》，并周益公所書公詞共一卷，宜興徐氏刻也。公之字罔不瑰奇，而此尤飛揚澹蕩，最爲佳境，至今陽羨以爲山川之光。世之炙手可熱，養成銅山金穴，金與人俱已矣。汙在宇宙，不可湔洗。後之人仰視前人，馨臭甚明。及其自運，昏昏如故，可不悲哉！帖之後附有趙、句、滕、柯、謝、徐題字，比之於田，猶其同餐香稻而歃惠泉也者。公之澤流，不啻五世，何必問公後？雲耒守此，以不耶？每展此卷，衡茅暴富。（《墨林快事》卷八）

四 《滿庭芳》：此詞後人謂寓黄所作，考其歲月，不類。詳其語意，應是去黄日留别之什，而元祐中追述之耳。以官爲隱，去官而不能忘官，夕旦係思，此與戀戀呼擁方丈之樂者何異？惟清真高士，愈見宏達，天理人欲，同行異情，人烏得以形迹皮相耶？惟公立朝遇知，未能大有所埤於將亡之宗，爲可介介，余亦有畣四明人士於空谷中者云「却被故園留得住，山靈莫更勒移文」，亦此意，而敢望長公焉？萬曆庚申七月既望。（同前）

五 《漁父詞》：此衡山先生書《漁父詞》十二首，於江山蚤暮，扁舟晴雨，蓑笠醉醒，無所不備，蓋深於水事者。首分四大字，更有致，惜圖不出公手，豈先有此圖而求先生爲重邪？雖未爲三絶，然二王可夾持之矣。先生仙於我生之二年，至壬辰之秋，乃奉此真蹟。回思摸索石刻者，如三生事，乃信名人之妙法政自難以井中盡也。次年，余北歸，水適客中州者，連歲浮家，展誦翩翩焉，西湖、虎丘之在左右，彌以此卷爲故人矣。萬曆乙未冬杪。（同前書卷十一）

閔于忱輯詞話

閔于忱，自稱松筠館主人，吴興(今浙江)人。行蹟不詳。輯《枕函小史》，包括《蘇長公譚史》、《米襄陽譚史》、《艾子雜説》、《癖顛小史》、《悦容編評林》五種，前二者采蘇、米志林議論，後三者襍記古人癖事，各加評點。此據早稻田大學藏日本寫本録詞話九則。

一　蘇子瞻與客遊金山，適中秋，天宇四碧無際，加江流傾湧，月色如晝，遂登金山妙高臺，命歌者袁綯歌其《水調歌頭》曰：「明月幾時有，把酒問青天。」歌罷，蘇身起舞，一坐大咲。(眉評：此則弇州採入《世説補》。　又：故是子瞻襟懷適與景會。)(《蘇長公譚史》卷上)

二　靈隱寺僧了然戀妓李秀奴者，日久衣鉢蕩盡。秀奴絶之，僧迷戀不已。一夕，了然乘醉往，秀奴弗納，了然怒擊之，隨手而斃。事至郡時，子瞻治郡，送獄院推勘，見僧臂上有刺字云：「但願生同極樂國，免教今世苦相思。」子瞻見招結，舉筆判《踏莎行》詞云：「這個秃奴，修行忒煞。雲山頂上空持戒。只因迷戀玉樓人，鶉衣百結渾無奈。　毒手傷人，花容粉碎，色空空色今何在？臂間刺道苦相思，這回還了相思債。」判訖，押赴市曹處斬。（眉評：偷老婆的和尚刺字。　又：秃當作秀「指詞中秃奴」。）（同前）

三　東坡自錢塘被召，過京師（當作口），林子中作郡守，有會，坐中營妓出牒，鄭容求落藉，高瑩求從良，子中呈東坡，東坡索筆為《減字木蘭花》書牒後云：「鄭莊好客，容我樓前先墮憤（當作幘）。落筆生風，籍（後脱一「籍」字）聲名不負公。　高山早白，瑩骨水肌那解老。從此南徐，良夜清風月滿湖。」時用「鄭容落藉，高瑩從良」八字於句端也。（同前）

四　大通禪師，操律高潔，人非齋沐，不敢登堂。東坡挾妓謁之，大通愠形於色，乃作《南柯子》一首，令妓齊歌之，大通亦為之解頤。公曰：「今日參破老禪矣。」其詞云：「師唱誰家曲，宗風嗣阿誰。借君拍板與門槌，我也逢場作戲莫相疑。　溪女方偷眼，山僧莫睫眉。却愁彌勒下生遲，不見老婆三五少年時。」（眉評：東坡戲禪。）（同前）

五　黄劦（當作州）東南三十里為沙湖，亦曰螺絲店。余將買田其間，往相田，得疾，聞麻橋人龐安時善醫而聾，安時雖聾，而穎悟過人，以指畫字，不盡數字，輒了人深意。余戲之曰：「余以手為口，君以眼為耳，皆一時異人也。」疾愈，與之同遊清泉寺，在蘄水郭門外二里計（當作許），有王逸少洗筆泉，水極甘，下臨蘭溪，水西道，余作歌云：「山下蘭芽短浸溪，松間沙路净無泥，瀟瀟暮雨子規啼。　誰道人生難再少，君看流水尚能西，休將白髮唱黄雞。」是日極飲而歸。（眉評：歌聲楚楚。）（同前）

六　宋柳耆卿，蘇長公客（一作各），以填詞名，而二家不同。東坡一日問一優人曰：「我詞何如柳學士？」優曰：「學士那比得相公。」坡驚曰：「如何？」優曰：「公詞須用丈二將軍銅琵琶、鐵綽板唱相公的『大江東去』，柳學士却著十七、十八女郎唱『楊柳外，曉風殘月』。」（旁批：柳詞半韻，亦不大遜。）坡為之撫掌大笑，優人之言，便具褒彈。（眉評：大暢詞鋒。又：優人何便知音，能致譏獎。）（同前）

七　東坡一帖云：「王十六秀才遺拍板一串，意余有歌人，不知其無也。然亦有用，陪傅大士唱《金剛經》耳。」字畫奇逸，如欲飛動，魯直以小楷書其下云：「此拍板以遺朝雲，使歌公《滿庭芳》，亦不惡也。」（眉批：可謂雙逸。）（同前書卷下）

八　東坡南遷，侍婢王朝雲者請從行，東坡佳之，作詩，有序云：「世謂樂天有鬻駱放楊柳枝詞佳，其至老病，不忍去也。然夢得詩曰：『春盡絮飛留不得，隨風好去落誰家？』樂天亦云：『病與樂天相共住，春同樊素一時歸。』則是樊素竟去也。予家有數妾，四五年相繼辭去，獨朝雲隨予南遷，因讀樂天詩，戲作此贈之。」云：「不學楊枝別樂天，且同通德伴伶玄。伯仁絡秀不同老，天女維摩總解禪。經卷藥爐新活計，舞裙歌板舊因緣。丹成隨我三山去，不作巫陽雲雨仙。」蓋紹聖元年十一月也。三年七月五日，朝雲卒，葬於棲禪寺松林中直大聖塔。又和詩云：「留（當作苗）而不秀豈其天，不使童烏與我玄。駐景恨無千歲藥，贈行唯有小乘禪。傷心一念償前債，彈指三聲（一作生）斷後緣。歸卧竹根無遠近，夜燈勤禮塔中仙。」又作梅花詩云「玉骨那愁瘴霧」者，其寓意為朝雲作也。（同前）

九 嶺外梅花與園中異，其花幾類桃之色，而唇紅香著。東坡詞曰：「玉骨那愁瘴霧，冰姿自有仙風。海仙時遣探芳叢，倒掛綠毛玄（當作么）鳳。素面常嫌粉涴，洗妝不退唇紅。高情已逐曉雲空，不與梨花同夢。」（同前）

祁彪佳詞話

祁彪佳（一六〇二—一六四五），字宏吉，號世培，山陰（今浙江紹興人）。天啓壬戌進士，授興化推官。崇禎中擢御史，掌河南道事。福王時擢僉都御史，巡撫江南，為馬士英輩所嫉，去官。南都失守，絶粒，自沉於水死。唐王贈少傅兵部尚書，謚忠敏。有《遠山堂詩集》、《遠山堂文稿》、《遠山堂曲品》、《遠山堂劇品》、《救荒全書》等。此據《續修四庫全書》影印清初祁氏起元社抄本《遠山堂文稿》和影印明抄本《遠山堂劇品》録詞話三則。

一

《曲品序》：予素有顧悞之僻，見呂欝藍《曲品》而會心焉，其品所及者未滿二百種，予所見新舊諸本蓋倍是，而且過之。欲嚌評於其末，惧續貂也。乃更為之，分為六品，不及品者，則以雜調黜焉。

品成，作而嘆曰：詞至今日而極盛，至今日而亦極衰。學究屠沽盡傳子墨，黄鍾瓦缶襍陳，而莫知其是非。予操三寸不律，為詞場董狐，予則予，奪則奪，一人而瑕瑜不相掩，一帙而雅俗不相貸，誰其能幻我以黎丘哉？然陽春調寡，巴人之和者衆，必且不自安其位，齊起而為楚咻，予舌危予筆，且為南山之移矣，不知夫予之品也。慎名器，未嘗不愛人。材韻失矣，進而求其調；調謁矣，進而求其詞；詞陋矣，又進而求其事。或調有合於韻律，或詞有當於本色，或事有關於風教。苟片善之可稱，亦無微而不録。故呂以嚴，予以寬；呂以隘，予以廣。呂後詞華而先音律，予則賞音律，而兼收詞華，要亦以執牛耳者，代不數人，慮詞幟之孤標，不得不獎詡同好耳。世有知者，吾言不與易也。如或罪我，吾亦任之。（《遠山堂文稿》）

二　《太室山房四劇及詩稿序》：噫嘻！世有文人，而不遇如我伯兄氏者哉！夫惟文人，故不遇；不遇，故文人本色也。往往以其牢騷感慨寄之詩歌以及詞曲，彼驕貴郎君不能轉眼存活，而文人之文則壽世而不朽，是其不遇一時，已遇千古矣。文人之死也，葫蘆中人方且悲之哭之，欷歔而憑吊之，不知彼方徜徉於無何有之鄉，以與造物遊，即其所為詩歌詞曲，或幻為彩雲，舒卷天際，或散為清風，披拂林表，雖欲悲之哭之，欷歔而憑吊之，其可得耶？雖然，此不可為世人之道也。世人非情不死，非情不生，况情之所鍾，正在我輩。人琴之感，賢者不免，自卜商文成而廣陵之散中絶，每見架上殘編，輒恍忽有靈氣護之，夢然而夢，則伯兄氏在也。颯然而醒，則痛哉！伯兄氏衰草白楊，蕭蕭霜露矣。嗚呼！伯兄氏不可見，見其文，如見伯兄焉。伯兄著作甚富，兹先簡其四劇暨古近體若干首，洒淚授梓。夫世既不能知伯兄矣，予尚欲使伯兄受世知哉？即子期不乏，能知之於其詩，知之於其詞也。而世方賞之，予固悲之；世方歌之，予固哭之；世方於琳瑯函中、氍毹場上歡笑而燕樂之，予固欷歔而憑吊之矣。嗟乎！自有天地，便有文人掩映其間，而後山不崩，海不竭，麒麟鳳凰不為鷹鸇檮杌，胡乃上帝私之白玉樓上？以九州之廣，無一隙坐地，徒使牢騷感慨之。槑在山而虎豹不敢狎，在海而蛟龍不敢吞也。予將舉此以問青天，故復題其詩曰《問天遺草》。（同前）

三 赤壁（黄瀾）：傳子瞻事，葉桐柏有《玉麟》，陳太乙有《金蓮》，又俗本有《麟鳳記》。此拾舊曲餘唾以成者，内有全抄《四節》數齣，及誤以詩餘題為詞，俱可捧腹。（《遠山堂劇品》「雜調」）

龍陽子輯詞話

《鼎鋟崇文閣彙纂士民萬用正宗不求人》，或題作《鼎鋟崇文閣彙纂士民捷用分類學府全編》，題作「京南龍陽子精輯」。按冷謙，字啟敬，號龍陽子，秀水（今浙江嘉興）人，洪武初為協律郎，著《太古正音》、《修齡要指》。不知是否即此人。此據日本汲古書院平成十五年出版《中國日用類書集成》影印明萬曆間書林余文台刻本録詞話十二則。

一　拜堂致語：切以禮重婚姻，實關人倫之大；美（當作義）庙（疑作當）配偶，乃承宗祀之傳。縹緲青烟，輝（當脱「煌」字）花燭。爼供蘋藻，首嚴見廟之儀；贄備束榛，聊拜先堂之禮。集珠履玳簪之客，環金釵玉珥之賔。慶賀良宵，觀光盛事。爐薰寶鴨，已拈沉木（當脱「之」字）香；步擁金蓮，請下祥。寅君之拜。《鷓鴣天》：「婚禮今朝請拜堂，誠心全仗玉爐香。神明上下同昭格，王母王公共降祥。魚得水兮（『兮』字衍文）鳳得凰，匆匆喜氣藹蘭房。百年夫婦今宵合，夢葉熊羆早弄璋。」夫婦交拜：切以男遵（脱「乾」字）道，女順頊（當作坤）儀，禮有尊卑，拜無先後。男先下膝，女略沾裙。須相見之如賓，效齊眉而到老。可無拙句，少贊儀容。詩：「男才女貌兩堂堂，銀燭高燒徹夜光。敬請夫妻齊下拜，匆匆喜氣入蘭房。」拜儀已畢，禮意云週。伏願筐筐（當作篚篚）奉祀，格祖禰以垂恩；箕箒掃塵，事舅姑而盡禮。室家雍肅，琴瑟和諧。夢葉熊羆，即見多男之喜；吉占鸞鳳，永傳百世之昌。暫別佳賓，退歸鄉（當作香）閣。（《鼎鋟崇文閣彙纂士民萬用正宗不求人》卷七「婚娶門類·精採聘書體式」）

二　例分八字《西江月》：「以紀文身合死，准言例免難誅。皆無首從罪非殊，各有彼此同獄。其者變於先意，及為連事後隨。即如聽訟判真偽，若有餘情依律。」《西江月》：「鞍（當作軟）弱安身之本，剛强惹村之災。無争無競是賢才，虧我些兒何害。鉈斧敲金易碎，銅刀劈水難開。世人笑道我癡呆，管取前程自在。」又：「村中一切小事，勸和莫出鄉間。省下（當作錢）省米省收監，氣□（當作起）三分要筭。莫慮他們親戚，休犯□（當作隣）里相干。官司不打一家安，此是良人自在（當作斷）。」又：「鄉中一切小事，不和要出鄉間。信讒出外四英雄，逞志誇能好漢。竹板皮鞭受苦，夾棍[illegible]子心酸。日前對理日收監，此是愚人公斷。」又：「此處無分貴賤，俗人飲食皆同。人生到此鳥投籠，展轉翻身難動。夢裡思濃妻子，醒來門鎖重重。自古牢獄不通風，莫把是非來弄。」(同前書卷十二「律法門類」)

三 投壺新式:《西江月》:「么六把門已定,二四三五成梁。須知四六做煙梁,五六單行為障。擲得么三採(當作采)出,填垓(當作胲)此處高强。到家先起妙無雙,陸(當作號)曰全赢取賞。」○凡擲得重色運,俱為雙,謂為雙么、雙陸是也。……雙陸格制:雙陸乃以六為根(當作限),其法左右各一十一(或作十二)路,號曰梁。用骰子二。白黑各十五馬,右前六梁,左後一梁,各布十五馬。右前六梁二馬,左前二梁三馬,白黑相偶。其采行,白馬自右歸左,黑馬自左歸右。或以二骰之數兵將,一馬或行,三馬或移或疊,凡馬單行,則敵馬可擊,兩馬相比為一梁,你馬即不得打,亦不得同途。凡遇打,必候元入局處空位,典采相當,始得下。謂如第三梁空,今乃得三采,則下。所打者未不(當作下),則他馬不得行。至後六梁謂之歸梁,凡疊梁已滿,如打得他馬,即併馬於近下五路,只開後一梁為敵人地,右不獲他馬,即盡移歸頭梁之内,每擲,視其采,拈出二馬,數有餘則取,不足則否,采小不取,則併移歸下梁,常須顧兩馬,不可移動,動則頭(脱「破」字),後六梁謂之末梁,馬先出盡為勝,勝而他馬未歸梁,或謂(一作歸)梁而無一馬出局,則勝,及籌,唯所約,無有定數。(節録自同前書卷十一「八譜門類」)

四 園(當作圓,下同)場摸場:四海齊雲社,當場蹴氣毬。作家偏着所,國(當作圓)社最風流。最是青春年少,同輩朋儔,向柳巷花街翫賞,在紅塵紫陌追遊。右搭右花,跟似烏龍擺尾;左側左虚,扢似丹鳳子摇頭。下佳(當作住)處全在低美,打着人誰伏誰收。使力藏力,以柔取柔。集閑中名為一絶，決勝負分作三壽（當作籌）。□（當作俺）也絲鞋羅裙，短帽（當作襖）輕裘。襟沾香汗暑，襪污次（當作軟）塵浮。側佩仙人時側目，巧粧玉女細凝眸。粉鉗兒前後，仰身身兒不浪；金剪刀往來，移步步過頻偷。況乎奢華治世，豪富皇州。春風宣鼓吹，化日沸歌（脱「謳」字）。一笑對吴姬越女論，論繁華勝楚館秦樓。湖山風月，花月春秋。四聖觀柳邊行樂，三天竺松下優游。樂事賞心，誰（當作難）并四美。勝友良朋，無非五侯。心向閑中着，人於倬裡求。凡求場园者，必不是方頭。《滿庭芳》詞：「若論風流，無過圓社，拐膁蹬躡搭齊全。門庭富貴，曾到御簾前。灌口二郎為首，趙皇脚下流傳。人都道，齊雲一社，二（一作三）錦獨象施。花前并月下，全身錦繡，偷側雙肩。更高而不天，一搭打報（一作鞦）韆。毬落處圓光一拐，雙佩側躡糧變。高人處，翻身結伴，天下總呼（脱「圓」字）」。（同前「八譜門類·圓毬戲覽」）

五　大貴相，歌曰：欲識人間大貴人，形容骨格定精神。頭平額潤天倉滿，兩耳垂肩不反輪。精神氣鋭充牛斗，玉體盈瑩奎璧澄。龍眉鳳眼伏犀鼻，序立朝班簪玉纓。○《西江月》：堂堂相貌俱足，凛凛神氣尤清。眉高目秀喜聰明，貴相生成已定。腰圓背厚玉帶，竟能班超群英，少年盯聽振宸京，須知造化有應。大富相，歌曰：欲識世間巨富人，腰身端厚福來臨。天倉隆起多財禄，口角珠庭抱兩眉。背聳三山如負甲，臍深納李腹垂箕。聚金積穀家肥潤，看取牛龜鵝鴨行。○《西江月》：聳聳天庭高廣，盈盈地閣方員。準頭豐正面如蓮，牛步鵝行穩厚。坐似太山釘石，洪聲肉滑藏筋。堆金積玉富無邊，福壽綿綿悠遠。彌壽相，歌曰：何識人之有壽，先取骨格堅剛。要知神氣長短，最嫌食物猖狂。壽夭不在，人中之取，頭皮寬厚為良。連言數句聲喨，最喜面色紅黃。人生得此大壽，百歲安享華堂。◎《西江月》：借問人間彌壽，頭平額潤聲員（當作圓）。腰後枕骨玉樓全，壽帶地閣綿遠。雙緣喜生項下，夙夜漕漕涓涓。額高如鳳福無邊，遐筭并及籛鏗。貧窮相，歌曰：五行不正體偏斜，笑語掀唇露齒牙。頭小額尖頤頂窄，面容憔悴髮交加。悲聲嗚似猴聲泣，坐若風擺步若蛇。此相應知始終薄，仍須防害破人家。◎《西江月》：頭尖額窄神短，聲粗眼露骨槎。三停五嶽俱偏斜。鼻竅仰天多詐。身如雞肝狗肚，面多雜滯無華。此相必定破人家，一生勞碌波查。夭折相，歌曰：髮重身輕最可憐，面如綳鼓上唇掀。面嫩身粗腰又軟，腦骨不密亦如綿。坐視言語神帶睡，眠泄元氣夢狂言。形面藍青頻頻現，此人不久喪黃泉。◎《西江月》：未言而色先變，言長而氣先絕。氣短神枯尤更別，少肥氣短聲竭。久坐身體過軟，直且倚門傍壁。又嫌骨少骨（當作肉）盈滑，早赴幽冥之客。兇惡相，歌曰：頭痕般剥眼紅紗，黑少白多視太斜。鼻如劍峰（當作鋒）顴骨露，面目横生二齒牙。神氣青藍多煙塵，額上印堂亂紋明。鬚濁連鬢唇又黑，不遭十惡定重刑。◎《西江月》：取人利己面黑，殘害性命睛紅。見人歡喜太陽空，斜窺眼仰轉動。唇泊（當作薄）好生言語，青藍滯氣重朦。面肉横綳性强兇，九厄喪身無哄。刑傷相，歌曰：少年刑剋是何方，髮際低壓應陰陽。黑白青嫩分父母，右損陰兮左損陽。日角破兮先損父，寒毛生角又無娘。眉頭抽旋父凶死，右眉抽旋母凶亡。◎《西江月》：子刑父母理幻，前生注定無差。止因日月角傾斜，眉有高低上下。耳低父不見面，損母面嫩桃花。更嫌部位痣紋疤，顴露準偏額窄。孤獨相，歌曰：薄紗染皂出粟米，縱然有妻也没兒。再兼山根印堂陷，五年三次路邊啼。眼不哭時常似哭，心不愁兮皺兩眉。早年若不見刑尅，老來必定主孤恓。○《西江月》：爛蠶肉腫光映，孤獨峰聳鼻高。眉稜骨起眼堂枯，卯酉雞卵面凹。人中平滿唇翼，烏鴉扇翅背陷。囊肩縮頸角如稜，男女合此鰥寡。盗賊相，歌曰：欲知世間賊相形，額塌頭偏面帶青。眉如尖刀壓雙眼，鼠目昂視覷眉稜。露齒結喉食吞響，口角紋多更流塵。此相不作凶賊輩，定是鼠竊狗偷人。○《西江月》：賊與人皆相同，只因損害心田。羊睛狗眼又陀（當作駝）肩，眉毛交雜神昏。鬍鬚赤濁亦甚，天庭兩顴塵烟。目多斜視惡心堅，害人利己無厭。（同前書卷二十一「相法門類」）

六　一令要按景，以天地二不（當為三陽）開泰為主要，二曲牌名湊成巧語押韻（當作韻）合意：天地三陽開泰，乾坤萬象新，街頭《沽美酒》，堂上《集賢賓》；天地三陽開泰，衣冠色色新，齊賀《普天樂》，同來《醉太平》；天地三陽開泰，笙歌括耳新，輕敲《三棒鼓》，齊唱《太平歌》。（同前書卷二十五「酒令門類」）

七　一令要《論語》一句，中間添二曲牌名，下又《論語》一句結尾：有朋自遠方來，慌忙《沽美酒》，飲得《沉醉東風》，不亦樂乎；入公門，敬去《朝天子》，又遇着了《三學士》，鞠躬如也；與朋友交，倘下《一封書》，約定了《赴佳期》，言而有信。（同前）

八　一令要兩個曲牌名，下二字相同，又要《西廂》二句貫串合意：《油葫蘆》，《醋葫蘆》。《油葫蘆》光油油耀花人眼睛，《醋葫蘆》酸溜溜螯得牙疼；《月中花》，《雨中花》。《月中花》顫魏魏花稍弄影，《雨中

花》亂紛紛落紅滿徑；《紅娘子》，《七娘子》，《紅娘子》隔墻兒咳嗽一聲，《七娘子》啟朱唇連忙答應。（同前）

九 一令要三個曲牌名，中間俗語問答，末用《西廂》一句貫串合意：《紅娘子》《罵玉郎》《沉醉東風》，玉郎如何答應？他陪着笑臉兒相迎；《倘秀才》《朝天子》《賀聖朝》，那天子如何答曰？可在瓊林宴上掬（當作搊）；《鮑老催》《香柳娘》《好事近》，香柳娘問有何事？新婚燕爾安排定。（同前）

一〇 一令要曲牌名三個相連合意，下要俗語一句相承：《風流子》《脱布衫》《沽美酒》，顧口不顧身；《紅娘子》《上小樓》《剔銀燈》，照上不照下；《香柳娘》《罵玉郎》《遶地（當作池）遊》，思外不思家。（同前）

一一 一令要一骨牌名拆問（當作開），中間插一曲牌名合意：踏梯《上小樓》望月；七紅《沽美酒》沉醉；將軍《得勝令》掛印。（同前）

一二 一令要二個曲牌名相串合意：臨老入花叢，使了奪錢五，壞了三綱五常；七紅沉醉楊妃，奪了八珠環，污壞錦裙襴；二士入桃源，看取桃紅柳緑，驚散了花開蝶戀枝。（同前）

王志遠詞話

王志遠，字而玄，一字而近，自稱玄亭主人，龍溪（今福建漳州）人。萬曆己丑進士。歷户部郎中，出爲湖南參議，分守長沙。轉四川右布政，轉廣東左布政，以勞卒於官。贈太常寺卿。撰《玄亭涉筆》，爲雜學雜考，讀書札記，萬曆己酉自序於湖南分司之映巖堂，有「付之殺青」云云。此據内閣文庫藏明萬曆己酉刻本録詞話三則。

一　詞曲有「門迎駟馬車，户列八椒圖」，俗説椒圖，其形似螺螄，性好閉口，故立於門上。按陳孔奂名都一何綺詩：「九華彫玳瑁，百幅上椒塗。」椒塗，蓋即椒圖也，其來古矣。（《玄亭涉筆》卷一）

二　今飲筵呼侍者酌酒作腮音，莫知其字與義。按李涪《刊誤》云：「罐酒曲名《三臺》，罐合作啐，啐，馳送酒聲，音碎，今訛為平聲。」程大昌云：「𦡴，音素回反，屈破也。啐，音蒼憒反，啐，吮聲也。今既呼樂侑飲，則於啐噏有理，於屈破無理。自唐至今皆訛啐為𦡴者，索樂之聲，貴於發揚遠聞，以平聲則便。」《石林燕語》云：「公燕合樂，每酒行一終，伶人必唱嗺酒，然後樂作，此唐人送酒之辭。本作啐音，今多為平聲，文士亦或用之。王仁裕詩：『淑景易從風雨去，芳樽須用管絃嗺。』」愚按：唐人本作𦡴，後漸為嗺，而音皆素回反，正與今語音同。然則從其近者，當作嗺字為易曉，蓋本呼樂侑酒之辭，其後雖不作樂，而酌酒者相沿呼之，曾記《夢華録》有綴酒，似之而非也。（同前書卷四）

三　楊升庵解詩《卷耳》云：「婦人思夫，而卻陟岡飲酒，攜僕望岨，雖托言之，亦傷於大義矣。陟岡者，文王陟之也，馬玄黃者，文王之馬也。僕痡者，文王之僕也。金罍兕觥者，冀文王酌以消憂也。蓋身在閨門而思在道途，若後世詩詞所謂『計程應説到梁州』、『計程應説到常山』之意耳。」此可謂善説詩矣。按《焦氏易林》云：「玄黃虺隤，行者勞罷，役夫憔悴，踰時不歸。」正作文王僕馬解，升庵蓋本於此。（同前書卷十）

李奇英詞話

李奇英，字涵萬，號平如，陽瓜（今雲南蒙化）人。知恩平縣。著《詩彀》，自序（萬曆壬子）云政暇，采其議論，編次成篇，附以己意，為卷五，為類目十一，付之剞劂。此據内閣文庫藏明萬曆壬子刻本録詞話六則。

一　詞：感觸事物，託於文章，謂之詞。（《詩彀》卷一「詩學源流」）

二　東坡詞云：「杜鵑聲裡斜陽暮」。既曰斜陽，又云暮，是重意，亦病也。（同前書卷二「詩病」）

三　六言律：六言八句，作於唐太宗，其後玄宗又作《小破陣樂》，其散見各家集中，法亦如五七言律詩。（同前書卷三「詩學定體」）

四 詩餘：詩餘，即《香奩》、《玉臺》之遺體，言閨閣之情，乃艷詞也。作者雖多，要之，貴發乎情性，止乎禮義。今於《草堂詩餘》中録數首，以為法式：《傾盃樂·上元應制》：「禁漏花深，繡工日永，蕙風布暖。變韶景，都門十二，元宵三五，銀蟾光滿。連雲復道凌飛觀。聳皇居麗，佳氣瑞烟葱蒨。翠華宵幸，是處層城閬苑。龍鳳燭、交光星漢，對咫尺鰲山開雉扇。會樂府兩籍神仙，梨園四部絃筦。向曉色、都人未散。盈萬井，山呼鰲忭。願歲歲，天仗裏，常瞻鳳輦。」《喜遷鶯·丞相上壽》：「臘殘春早。正簾幙護寒，樓臺清曉。寶運當千，佳辰餘五，嵩嶽誕生元老。帝遣阜安宗社，人仰雍容廊廟。盡總（脱『道』字），是文章孔孟，勳庸周召。　師表。方眷遇，魚水君臣，須信從來少。玉帶金魚，朱顏緑鬢，占斷世間榮耀。篆刻鼎彝將遍，整頓乾坤都了。願歲歲，見柳梢青淺，梅英紅小。」《桂枝香·金陵懷古》：「登臨送目。正故國晚秋，天氣初肅。瀟洒澄江似練，萃峰如簇。征帆去棹殘陽裏，背西風、酒旗斜矗。綵舟雲淡，星河鷺起，畫圖難足。　念自昔、繁華競逐。恨門外樓頭，悲恨相續。千古憑高，對此謾嗟榮辱。六朝舊事隨流水，但寒烟、衰草凝緑。至今商女，時時尚歌，後庭遺曲。」《念奴嬌·赤壁懷古》：「大江東去，浪淘盡、千古風流人物。故壘西邊，人道是、三國周郎赤壁。亂石穿空，驚濤拍岸，捲起千堆雪。江山如畫，一時多少豪傑。　遥想公瑾當年，小喬初嫁了，雄姿英發。羽扇綸巾，談笑間、檣艣灰飛烟滅。故國神遊，多情應笑我，早生華發。人生如夢，一樽還酹（當作酹）江月。」《祝英臺近·春晚》：「寶釵分，桃葉渡。烟柳暗南浦。怕上層樓，十日九風雨。斷腸點點飛紅，都無人管，倩誰喚、流鶯聲住。　鬢邊覷，試把花卜歸期，纔簪又重數。

羅帳燈昏，哽咽夢中語。是春帶愁來，春歸何處，又不解、帶將愁去。」《水龍吟·春恨》：「開（一作鬧）花深處，層樓畫簾半捲。東風軟，春歸翠陌平莎，茸嫩垂楊金錢（一作淺）。遲日催花，淡雲閣雨，輕寒輕暖。恨芳菲世界，遊人未賞，都付與，鶯和燕。寂寞憑高念遠，向南樓，一聲歸鴈。金釵鬭草，青絲勒馬，風流雲散。羅綬分香，翠銷（當作綃）封淚，幾多幽怨。正銷魂，又是疎烟淡月，子規聲斷。」《滿江紅·詠雨》：「斗帳高眠，寒窓静瀟瀟雨意。南樓近，更移三鼓，漏傳一水。點點不離楊柳外，聲聲只在芭蕉裏。也不管滴破故鄉心，愁人耳。無似有，遊絲細，聚復散，真珠碎。天應分付與，別離滋味，破我一床蝴蝶夢，輸他雙枕鴛鴦睡。向此際，別有好思量，人千里。」《望遠行·冬雪》：「長空降瑞，寒風剪，淅淅瑶花初下。亂飄僧舍，密洒歌樓迤逶，漸迷鴛瓦。好是漁人，披得一簑歸去，江上晚來堪畫。滿長安，高却旗亭酒價。幽雅，乘興最宜訪戴，泛小棹越溪瀟洒。皓鶴奪鮮，白鷳失素，千里廣鋪寒野。須信幽蘭歌斷，同雲收盡，別有瑶臺瓊樹。放一輪明月，交光清夜。」《水龍吟·詠楊花》：「燕忙鶯懶芳殘，正堤上柳花飄墜。輕飛（脱『亂舞』二字），點畫青林，全無才思。閑趁遊絲，静林（一作臨）深院，日長門閉。傍珠簾散漫，垂垂欲下，依前被，風扶起。蘭帳玉人睡覺，怪春衣雪霑瓊綴。繡床漸滿，香毬無數，纔圓却碎。時見蜂兒，仰粘輕粉，魚吞池水。望章臺（脱『路』字）杳，金鞍遊蕩，有盈盈淚。」（同前）

五 詩餘和韻：《水龍吟·詠楊花和韻》：「似花還似非花，也無人惜從教墜。抛家傍路，思量却是，無情有思。縈損柔腸，困酣嬌眼，欲開還閉。夢隨風萬里，尋郎去處，又還被、鶯呼起。不恨此花飛盡，恨西園，落紅難綴。曉來雨過，遺蹤何在？一池萍碎。春色三分，二分塵土，一分流水。細看來不是，楊花點點，是離人淚。」（同前）

六 詩餘回文：《菩薩蠻·秋思回文》：「紗房（一作窗）碧透橫斜影，月光寒處空幃冷。香炷細燒檀，沉沉正夜闌。更深方困睡，倦極生愁思。含情感寂寥，何處別魂銷。」《菩薩蠻·賞園花隨句回文》：此體每句隨回，與全篇自尾句回至首句體不同，今録以備。愚意絶句律詩古詩亦倣此體為之，但未之前聞，不敢妄擬。「曉園花暖蒸香草，草香蒸暖花園曉。蜂蝶戀嬌紅，紅嬌戀蝶蜂。酒杯歡處有，有處歡杯酒。狂客醉春芳，芳春醉客狂。」

劉萬春詞話

劉萬春，字延之，一字忠孚，又作公孚，號澹然居士，泰州（今江蘇）人。萬曆丙辰進士，官至浙江布政司參政。有《守官漫録》五卷，此據《四庫禁燬書叢刊》影印明萬曆四十八年劉氏澹然居刻本録詞話二則。

一　黄山谷四條：黄魯直好作豔語，詩詞一出，人争傳之。時法雲秀老訶之曰：「公文詞之富，翰墨之妙，甘施於此乎？」魯直曰：「某但空語，初非實踐，終不以此墮惡道也。」秀曰：「李伯時但一念想在馬腹墮落，不過止其一身，今公豔語實蕩天下心，罪報何止入馬腹，定當入泥犂也。」公是後絶不作豔詞。（《守官漫録》卷二「内編・言行之師」）

二　古人口孽：劉貢父滑稽善謔，酷甚矛刃，而晚得惡疾。王景亮結社相嘲，號猪嘴關，而舉社虀粉。黄魯直好作豔語，詩詞盛傳，而秀公以為當受泥犁業報。然則妄言綺語，偷快一時，而人非鬼責，固莫逃幽明之罰矣。（同前）

汪炎孔詞話

汪炎孔，號春江，萬年縣上陽（今江西）人。行蹟不詳，編有《大明萬家詩山》，此據早稻田大學藏明刊本録詞話一則。

一　王守仁《自感書懷》詩：前後詩詞，或發明身心之蘊，或推廓道體之妙，或伸言抱負之志，各有所寓也，讀者不可忽之。（《大明萬家詩山》卷一「都御史」）

周珽著輯詞話

周珽，字無瑕，號青羊子，海寧（今浙江）人。束髮即通百家子史，為嘉興博士弟子員，最有聲，尤嫺於詩，而蹭蹬場屋。編有《廣孝録》和《唐詩選脉會通評林》。初其曾祖周敬輯《唐詩選脉》一書，刊未竟而燬於倭變，珽輯綴殘稿，續成是編，名《删補唐詩選脈箋釋會通評林》，年已七十，時為崇禎乙亥。是編凡六十卷，每體中各分初、盛、中、晚，並箋釋其字句典故，以諸家議論及珽所自品題者標於簡端，是為評林。此據《四庫全書存目叢書補編》影印明崇禎八年刻本録詞話二十則。

一

由三百而騷、而古、而近絶、而詩餘，世遞變而脉遞長，總之發乎性情，止乎禮義，不外一詩旨也。

故唐之詩餘，即樂府之變，實爲宋、元開山，既曰選脉，不妨補附。至唐有賦，亦二代之章程，爲詩脉不可少者，容俟續刻以傳，見有唐之盛。（《唐詩選脉會通評林》「凡例」）

二　批閱唐太宗得王右軍等墨跡，甚寶惜之，定爲神、妙、能三品，余因懇得陳眉公，宗其意以閱唐人詩，而易之以○△、，從○者，取其醞藉冲和，微妙玄通，令人讀之可思而不可言也；從△者，取其簡雅清深，優柔婉麗，無中生有，巧奪天工也；從、者，取其雄奇俊逸，雍容正大，平淡中有文采，誦之不覺舞蹈也。他如句眼、字眼，或係一篇緊關、結案等者，則加△加◎。長篇中有分段，樂府中有斷解，則加乚。間有體格駁雜與詞調粗俗者，宜加丨，眉公謂未敢擅事，姑俟法眼。（同前）

三　周珽曰：詩者，心之聲也。上古人心淳和，元聲自具，凡（疑作里）巷歌謡皆應律吕，故國風無不可被之管絃。自周政迹熄，詩亡樂闕，詩與樂似有分矣。若漢郊祀、房中之外，别有鐃歌，如《雉子班》、《臨高臺》等篇。及魏，陳思《怨歌行》爲晉樂府所奏，他横吹、相和、平調、清商等調，六朝並用之。至陳、隋，作者不無乖靡。唐興，文教際盛，歌曲繁美，詞人小詞率爲伎樂傳習，流而太白剏爲《憶秦娥》、《菩薩蠻》辭，漸開聲律。厥後如《花間集》等，篇目雖增，而體物緣情，切音屬詠。總之，不外古詩餘韻。（同前書「詩餘」）

四　胡應麟曰：曰風、曰雅、曰頌，三代之音也；曰歌、曰行、曰吟、曰操、曰辭、曰曲、曰謡、曰諺，兩漢之音也；曰律、曰排律、曰絶，唐人之音也。詩至於唐而格備，至於絶而體窮，故宋人不得不變而之詞，元人不得不變而之曲。詞勝而詩亡，曲勝而詞亦亡矣。（同前）

五　何良俊曰：詩餘者，古樂府之別流，而後世歌曲之濫觴也。（同前）

六　陸時雍曰：宋人視唐詞，猶唐人之視古詩，骨格風標，相去自遼。（同前）

七　李白《憶秦娥》「簫聲咽」：花庵詞客曰：太白此詞及《菩薩蠻》二詞為百代詞曲之祖。周珽曰：由傷別□情吊古，風神□□更多慷慨。（同前）

八　李白《菩薩蠻》「平林漠漠烟如織」：蕭士贇曰：按此與《憶秦娥》二詞，至今其調猶存，其所自始乎？（同前）

九　白居易《長相思》「汴水流」：花庵詞客曰：樂天此調，非後世作者所能及。（同前）

一〇　温庭筠《玉樓春》「家臨長信往來道」：胡仔曰：飛卿作此晚春曲，殊有富貴佳致。周珽曰：「油壁」二語，歌行麗對；「籠中嬌鳥」二語似絶巧句，然是天成一段詞也，着詩不得。陸時雍曰：聲調作（疑為極）嬌。（同前）

一一　温庭筠《更漏子》「玉罏香」：胡仔曰：庭筠工於樂府，極為綺靡，《花間集》可見矣。其《更漏子》一詞，尤為佳作。周珽曰：前以夜闌為思，後以夜雨為思，善能體出秋夜之思者。（同前）

一二　韓偓《浣沙溪》「宿醉離愁曼髻鬟」：周珽曰：瀟灑。（同前）

一三　韋莊《謁金門》「春雨足」：周珽曰：捲簾倚闌，覩溪鳥雙飛對浴，因起同人之想，心目之聞，何能自堪？寫情委婉。（同前）

一四　韋莊《菩薩蠻》「紅樓別夜堪惆悵」：周珽曰：《菩薩蠻》一調倡自青蓮，後温飛卿輩輒多佳句，

然高□涵養有情，覺端己此首尤勝□想。（同前）

一五 皇甫松《摘得新》「酌一巵」：周珽曰：見得破，説得到，熟讀古樂府來。（同前）

一六 孫光憲《採蓮子》「菡萏香連十頃陂」：鍾惺曰：寫出憨俏，便奇。（同前）

一七 張泌《臨江仙》「烟收湘渚秋江静」：周啓琦曰：帆影落時，緑蕪漲岸，可方此詞。（同前）

一八 薛昭藴《浣沙溪》「江舘清秋纜客船」：周珽曰：依依别情，蓋寫銷魂之語，自覺香艷。（同前）

一九 牛嶠《應天長》「蛾眉淡薄藏心事」：周珽曰：古今艷詞至此，可謂隔水□霏。（同前）

二〇 無名氏《醉公子》「門外猧兒吠」：周珽曰：一氣呵成，深情曲意同至，咀嚼不盡。（同前）

陳啟端詞話

陳啟端，余姚（今浙江）人，陳有年之子，萬曆年間在世，行蹟不詳。此據《續修四庫全書》影印明萬曆陳啓孫刻本《陳恭介公文集》録跋文一則。

一

《憶秦娥》有序：萬曆丁酉十二月十八日之夜，余卧畏天樓之從吾齋，夢徘徊一山館中，已而吴濼州敬夫、倪博士章偕至，余曰：「此中儘有佳處。」吴曰：「適來舟故在，試共一遊。」遂相携入舟中，舟無榜人，亦無僕從，漸能自移。有頃轉入山口，峰巒聳拔，山椒一老桂盤根樛枝下，臨清澗，飛花飄灑，芳香襲人。逡巡稍前，遥望前山中房舍甚都，相與嘆賞，倏忽已至。艤舟而登，白石鱗次，涓泉出石間，若微雨新過狀。徐步入舍，明廠軒揭，四無窓几，寂不見一人。循除久之，忽老僕自外來詣前，報曰：「舘罷矣。」余第頷之，又回指偉衣冠數人，自舟而陸，若相就者。二友曰：「此吾輩適來泛舟路也。」遂欠伸而寤，惟見窗際月影朣朧而已。念昔嘉靖丙辰，南宮被放，與吳倪同舟東歸，中間區區聚散亡論已。即二友化為異物，不啻一紀。而頃刻之夢，堪為惘然。若老僕之言，莫可致詰，豈余病侵尋預為捐舘兆耶？枕上漫成二調紀之。夫人生霄壤所，白晝明目，而爭於善敗之場者，千古一夢也。勝紀乎哉？又爽然自失已。「山之幽，鬱盤丹桂臨清流。臨清流，花前溶漾，馥襲蘭舟。　箇中秋思空淹留，覺來窗外寒蟾浮。寒蟾浮，同游安在，千古悠悠。」「人翩翩，揭來携手穿雲泉。穿雲泉，依稀玉宇，不見神仙。　箇中微語胡來前，瞥然孤覺成高眠。成高眠，萬緣如夢，何在何捐。」戊戌春正十有八日，里父老環舍而居者，丙夜，聞車馬雜沓聲，竊窺之，見籠火隱隱，不下數十，度橋之驄馬而來也。上下橋址間，呼看轎者聲甚徹，迨鷄載號而返，呼復如之。輒訝曰：「何物官人，迺爾深夜過訪？」詰朝走問，則屬烏有諸，固已大疑之矣。越數日，而先大夫忽下世，遂諱，以為神迎云。維時孤等自分殞滅，不欲生於不經事，奚暇置問？延及三七，暫掩靈扉，謝客吊，則檢先大夫遺文，得紀夢手稿於篋中，讀之，不覺錯愕，相顧而痛哭隨之也。追惟先大夫於臘月十八日而夢，又於正月十八日而疾。是夜，復有此異徵，豈所謂車馬雜沓者，果吳、倪二公之過從耶？抑偉衣冠者之來就耶？至所疑老僕舘罷之言，何其絲髮不爽也！夫神怪之事，聖人所不語，然由前而言，則有先大夫之兆夢，由後而言，則有里父老之見聞。比事比日，直合符契。儻所謂神怪，是耶？非耶？爰泣血述之，以質諸高明長者。不孝孤陳啓端等泣血稽顙謹述。（《陳恭介公文集》）

宋楙澄詞話

宋楙澄，字幼清，松江華亭（今上海）人。萬曆間舉於鄉。有《九籥集》四十七卷、《九籥别集》四卷，此據《續修四庫全書》影印明萬曆刻本《九籥集》和影印清初刻本《九籥别集》録詞話五則。

一　《聽吴歌記》：昔人以漸近自然答絲肉之問，千古遂爲名言。蓋東西南北之音，其聲皆協於齒牙唇舌，不則，雖秦青合唱，難欺雅俗之耳，而况能强附之於絲竹乎？自漢迄於六朝，中間《公莫》、《俞兒》之曲，雖讀之，不勝吃，而其置吃之處，乃其諧聲之極也。近世樂理既失，俗工以牽合爲奇，書史經傳皆披之管絃，影響依稀，轉相附和，假令不待協音而輒可入奏，則古之蜚矣。堯羊直，巫祟語矣，三代之音降，鬼神格天地西方之呪，致雲物，驅蛟龍，豈非至和之極能相感通乎？蓋非聲，無以宣氣；非和，無以會神。是以歌韶而鳳儀，審颯知國，固知樂之有裨於天人矣。唐初之詩，諸公以入唱為高。自宋代以調興，而歌詩之法廢。金元以北九宫興，而歌調之法廢。元迄我朝，以南曲興，而北曲廢。譬之於禮，諸體猶羊，而歌音猶告朔也。廢告朔而供羊，不可為禮；廢歌音而存體，不可為樂。故詩廢歌，而唐人始獨擅詩矣；詞廢歌，而宋氏獨擅調矣；北音廢歌，而金元始獨擅北音矣。此固披卷自見，按世可推者也。吴歌自古絶唱，其歌至今未亡。余少時頗聞其槩，會歷年奔走四方，乙未孟夏，返道姑胥，蒼頭七八輩皆善吴歌，因以酒誘之，迭歌五六百首。其叙事陳情，寓言布景，摘天地之短長，測風月之深淺，狀鳥奮而議魚潛，惜草明而商花吐。夢寐不能擬幻，鬼神無所伸靈。令帝王失尊於談笑，古今立易於須臾，皆文人騷士所嚙指斷鬚而不得者。乃女紅田畯以無心得之於口吻之間，豈非天地之元聲，匹夫匹婦所與能者乎？時手太白樂府，不覺墮地，以余之癖於嗜文，太白之善於琢句，乃奪於傖父之肉音，非至和之感人，則不肖之無識，太白之無才，必有所歸矣。余以為詩必高唱而始極其致，使起唐人而歌太白之詩，將無斥建武而棄建安乎？若夫南北之曲，一失宫商，便屬別調，斯真詞家之商李，騷壇之獄律，豈盛世之音哉？（《九籥集·前集》卷一）

二　中秋夜，吴人悉度曲於虎丘。昔年張都官銘盤喜南音，中秋俟夜將子，率友人趙五、武三坐石場前，曲纔命口，山中萬音俱寂，迄五更，終無一人嗣起。今則凡嚮（當作響）迭奏，《陽春》、《下里》，雜沓無分，起周郎於九原，不勝狼顧矣。都官謂余言，少年有血疾，養疴舅氏家，舅氏善音律，乃習其技，不特病已於制舉，亦忽有悟公孫舞劍，不特通書法也。張，萬曆丁丑第，諱新。（《九籥集》「瞻途紀聞」）

三　十八夜，看一串月。月初起時，於流雲亭東，望數堤相間，一堤水中現一月相，已而中流之月忽疊為三，漁舟歌《欸乃》而破之。錦鱗千頃，如開元主遊廣寒而未奇也。遥瞻寶帶橋下，一環成一月，約二十餘，一一如十五夜時，士人指為一串者是已。食頃，倏教，因月高耳。（同前）

四　鑒定：世廟時，武定侯進《雍熙樂府》，首篇云：「國泰民安太平了。」世廟色動，曰：「太平豈有了時耶？」改為「好」，曾聞之教坊老人，此曲乃優人某甲得罪，仁宗使歌一曲，免死，遂按調遣詞歌，終不改一字，上悦，因留其曲於宫中。（《九籥集·文集》卷十，按此又載「别集」卷三）

五　《顧思之傳》：思之諱承學，吴之華亭人也。……時侯君再總帥明州，思之復遊越，與侯君率不合，航海而歸，歸無以為資，就館穀於漢陽太守雪居孫公，思之中表叔也。嘗榻之宅内，間留於宅傍招提曰泰清庵中。漢陽喜何元朗叔皮之為人，好客，客恒滿座。家僮四五十輩，多習金元名家雜劇與大内院本。各成一隊，漢陽側耳注目，如少不當家，則即席呵譴。而思之酒酣，輒起座竟出，頃之，金目胡鼻，頭欹雉毛，衣五色錦袍，胡旋而來，口中之詞，非北非南，不雅不俗，或譏刺時事，或詼諧坐中。賓客無不絶倒，變幻萬端，皆當人意，漢陽往往容之。自南北九宫興，而唐宋小令暨長調遂失其聲，思之始高下抑揚，宛轉激烈，曲盡其竗，尤喜歌「大江東去」及岳武穆「怒髮衝冠」，歌時髮上指，百骸狰獰，聲聞里許。適唱之馮元敏先生前，先生大嗟賞，曰：「恨不令子瞻、少保見之，當時朝雲與牛皋輩，非過嬌羞，則大粗率，豈能愜兩公禮樂意哉？」思之幼與于二鼂先善，鼂先以詩文雄於詞壇，才復不羈，嘗偕思之於燈夕望門索飲，口無他言，飲盡即出，一夜傾十數家。最後扣陸君策孝廉門，孝廉方置酒為太夫人壽，使閽人辭焉，而兩君已入廳事矣。聞閽者之辭，攘臂大駡，蒼頭盡奔，顧堂中有一錦綉軸，金書甚麗，乃名公壽太夫人文也，兩君裂而嚼之，黄金滿口，因相與大笑竟出。鼂先好遊，得遊資，即令銀工製兕觥鸚鵡之屬壽太夫人，壽畢，即命臧獲輩分頭索思之，醉之，然後徧召諸客，居無何，金盡，而鸚鵡與兕觥皆化去，鼂先卒不介意，得金復如初也。華亭狹斜枕西郊，思之浮沉其中幾三十年，每黄昏左右，燈影燭光之前，見有秃衫不帽大笑濶步而來者，必思之也。思之又能為悲喜之辭以調諸妓，當花月之夜，朋從滿前，忽發狂言，妄陳新境，雖珠宫金屋不難納妓於中，以快其意，諸妓無不抵掌大笑。已而狀及衰頽，喻深病苦，備諸惡境，歷萬業條，諸妓又無不顰眉大哭，人皆謂紅粉之雍門云。（節録自《九籥集·别集》卷四）

陳性學詞話

陳性學，字所養，諸暨（今浙江）人。萬曆庚子任按察使，晉右布政。此據《四庫禁燬書叢刊》影印清嘉慶活字本駱問禮《萬一樓集》録序文一則。

一

《萬一樓集序》：吾鄉先達纘亭駱公舊與先君同筆研，號莫逆，常以詩詞相倡和。余弱冠見之，輒欣欣嚮往已。暨待公車十年，周流宦轍二十年，間有詠歌著作，發抒其性靈，而躑躅於車塵馬跡之間，不專業也。比自楚臬東歸，始脱然遊於天地萬物之表，見紫瑛、白茅、齊鯉諸峰，若拱若揖，下臨楓川，環遶腋右，盪滌心胸。即就鍾山之麓舊廬之北建萬一樓，拓地為園，環五畝之墻，雜植花木，讀書其中，得莊周氏觀竅之趣，時乎對景興懷，濡毫搦管，多所詠著。積之又二十餘年，凡得賦若干章，詩若干律，樂府若干什，奏、議、書、啓若干首，記、序、碑、銘、誄文、雜著若干篇，彙編成帙，命之曰《萬一樓集》。公素强有骨力，人視之曰瞿鑠翁，顧生平直節在瑣闈，勳猷在藩臬，懿行在鄉井，是集其標的耳。自公之逝也，典刑遠矣，集存則人存，兩嗣君懼其久而湮也，遂授剞劂，工竣，出梓本徵余序。余受而卒業焉，憮然歎曰：「是足以傳矣。」夫通都之市爲衆技百珍之凑，至絢麗已然，外澤而或槁於中，朝盈而或虚於暮，莫如莽蒼壙野，所盤亘産殖，景色天然，能使鑑觀者欣賞而不厭，此華實之辯也。執此以詮論綴文之士，與其以華傳也，孰若以實傳哉？唐中葉名家白樂天最著，其製作多陳時事，間雜俗好，載在《長慶集》中，篇什以千百計，傳布寰宇，昭如日星，豈不以人重耶？今世名人一捐轂，郎生平之遺文四出，往往哆口於盛唐，宗倣於先秦、兩漢，騁騖於六朝七大家，非不爛然愉目，而叩其藴則乏，覈其注措則舛，淪於務華絶根，剽古弄吻，知言者指而訕曰：「蕭然盗也。」豪傑有興，寧甘心溺陽侯之波，漬夸父之膏而不一釐正也乎？公爲人恥媕婀，嫉詭誕，歷諫垣監司，以迨家居，率以純素爲質，而設誠致行之。其侃直，蓋天性也。居恒肆其力於詩，若文則吞吐騷壇，軌正六籍，旁騖於史，縱横上下數千年，崇論谹議，悉羅貯五衷，淵停而溟蓄也。一放厥辭，翩翩若李飛將，堂堂爲公評，而不視爲後進親知私阿語也。萬曆三十九年辛亥秋八月中澣之吉，賜進士第、正奉大夫正治卿、郟西承宣布政使司、原任榆林東路整飭兵備兼分巡左布政使、前巡按直隸奉敕提督學校監察御史、經筵侍從官，同里眷晚生陳性學頓首拜譔。（《萬一樓集》）

邢雲路詞話

邢雲路，字子登，一字士登，安肅（今河北）人。萬曆庚辰進士，歷官陝西副使。博極羣書，尤究心天官家言，著《古今曆律考》七十二卷，臨終謂其子曰：四十年苦心十一朝鉅典，可當茂林遺書，其善藏之。又著有《邢澤宇詩集》、《山塞吟》等。此據《畿輔叢書》本《古今曆律考》録詞話四則。

一 陳初用梁樂，大建中改元嘉中所用齊樂，盡以韶為名。及後主嗣位，沈荒於酒，宮女習北方簫鼓，謂之代北，酒酣則奏之。又於清樂中造《黄鸝留》及《玉樹後庭花》、《金釵兩臂垂》等曲，與幸臣製其歌詞，綺艷相高，極於輕蕩，男女唱和，其音甚哀。（《古今曆律考》卷三十四「律吕六・律吕・歷代

樂論(二)

二　隋文帝開皇二年，沛國公鄭譯考尋樂府皆有宫、商、角、徵、羽、變宫、變徵七聲之名。初周武帝時，有龜兹人曰蘇祇婆，從突厥皇后入國，善胡琵琶，聽其所奏，一均之中，間有七聲，因而問之，答云：「父在西域，稱為知音，代相傳習，調有七種。」以其七調勘校七聲，冥若符合：一曰婆陁力華，言平聲，即宫聲也。二曰雞識華，言長聲，即南吕聲也。三曰沙識華，言質直聲，即角聲也。四曰沙侯加濫華，言應聲，即變徵聲也。五曰沙臘華，言應聲，即徵聲也。六曰般贍華，言五聲，即羽聲也。七曰侯利箑華，言斛牛聲，即變宫聲也。譯因習而彈之，始得七聲之正。然其就此七調，又有五旦之名，旦作七調，以華言譯之，旦者，則謂之均也，其聲亦應黄鐘、太簇、南吕、姑洗。五均以外，七律更無調聲。遂因其所捻琵琶絃柱相飲為均，推演其聲，更立七均，合成十二，以應十二律。律有七音，音立一調，故成七調十二律，合八十四，旋轉相交，盡皆和合。至是譯以其書宣示朝廷，并立議正之。有萬寶常者，妙達鐘律，偏解六音，常與人方食，論及聲調，時無樂器，因取前食器及雜物，以箸扣之，品其高下，宫商畢備，諧於絲竹。文帝後召見，問鄭譯所定音樂可否？對曰：「此亡國之音，豈陛下之所宜聞？」遂極言樂聲哀怨淫放，非雅正之音，請以水尺為律，以調樂器，上從之，遂造諸樂器，其聲率下於譯調二律。并撰《六樂譜》十四卷，論八音旋相為宫之法，改絃移柱之變為八十四調，百四十四律變化終於千八聲，時人以《周禮》有旋宫之義，自漢、魏以來知音者皆不能通，見寶常時創其事，皆哂之，至是試令為之，應手成曲，無所凝滯，見者莫不嗟異。於是損益樂器，不可勝紀，其聲雅淡，不為時所好。何妥舊以學問推為儒首，帝素不悅學，不知樂，妥又恥已宿儒，不逮譯等，欲沮壞其事，乃立議非之。是時競為異議，各立朋黨，是非之理紛然淆亂，或欲各令修造，待成，擇其善者而從之。妥恐樂成，善惡易見，乃請張樂試之，遂先説曰：「黄鐘者，以象人君之德。」及奏黄鐘之調，帝曰：「洋洋和雅，甚與我會。」妥因陳用黄鐘一宫，不假餘律，帝大悦，班賜妥等修樂者，自是譯等議寢。初萬寶常聽太常所奏樂，泫然而泣，人問其故，對曰：「樂淫厲而哀，天下不久相殺。」當時四海全盛，聞其言，皆謂不然。大業末，其言卒驗，而寶常貧困，無人贍遺，饑餒將死，取其所著書焚之，曰：「何用此為？」見者於火中探得數卷，見行於世。煬帝奢淫，太樂倡優猱雜，哀管淫絃皆高齊之舊曲也。帝將幸江都，有樂人王令言妙達音律，令言之子常從於户外彈胡琵琶，作翻《安公子》曲，令言時卧室聞之，大驚，蹶然而起，變色，急呼其子，歔欷流涕，曰：「汝慎無從行，帝必不返。此曲宫聲，往而不返。宫，君也，吾所以知之。」帝竟被弑於江都。（同前）

三　唐太宗貞觀初，合考隋氏所傳南北之樂，梁、陳盡吴楚之聲，周、齊皆胡虜之音，乃命太常卿祖孝孫正宫調，起居郎吕才習音韻，協律郎張文收考律吕，平其散漫，為之折衷。周享諸神樂多以夏為名，宋以永為名，梁以雅為名，後周亦以夏為名，隋氏因之。今國家以和為名，旋宫之樂久喪，累代皆黄鐘一均，變極七音，則五鐘廢而不擊，謂之啞鐘。祖孝孫始為旋宫之法，曰：「大樂，與天地同和者也。」造十二和以法天之成數，號大唐雅樂。樂合四十八曲八十四調。至開元中又造三和，共十五和，又製三大舞，辨其曲度，分始終之序焉。玄宗時，河西節度使楊敬忠獻《霓裳羽衣曲》十二遍，凡曲終必遽，唯《霓裳羽衣曲》將畢，引聲益緩，帝浸喜神仙之事，詔道士司馬承禎製《玄真道曲》、《大羅天曲》、《紫清上聖道曲》。初，隋有法曲，其音清而近雅，其器有鐃、鈸、鐘、磬、幢、簫。琵琶圓體修頸而小，號曰秦漢子，蓋絃鼗之遺製，出於胡中，傳為秦、漢所作。玄宗酷愛法曲，選坐部伎子弟三百教於梨園，聲有誤者，帝必覺而正之，號皇帝梨園弟子。宮女數百，亦為梨園弟子，居宜春北院。梨園法部更置小部音聲三十餘人，帝幸驪山，楊貴妃生日，命小部張樂長生殿，因奏新曲，未有名，會南方進荔枝，因名曰《荔枝香》。帝又好羯鼓，而寧王善吹橫笛，達官大臣慕之，皆善言音律，帝常言：「羯鼓，八音之領袖，諸樂不可方也。」蓋本戎羯之樂，其音太簇一均，其聲焦殺，特異衆樂。開元二十四年，陞胡部於堂上，而天寶樂曲皆以邊地名，若《涼州》、《伊州》、《甘州》之類，後又詔道法曲與胡部新聲合作。明年，安祿山反，涼州、伊州、甘州皆陷吐蕃。開元八年，瀛州司法參軍趙慎言論郊廟用樂，表曰：祭天地宗廟樂，合用商音。又《周禮》三處大祭，俱無商調。鄭玄云：此無商調，祭尚柔，商，堅剛也，以臣愚知，斯義不當。但商音，金也；周德，木也。金能剋木，作者去之。今皇唐土王即殊周室，五音損益須逐便宜，豈可將木德之儀施土德之用？其三祭並請加商調，去角調。（同前）

四　右考古歷代樂論，或興或廢，淫雅不同，大都古樂漸亡。厥初，猶未甚也，暴秦雖燔《樂經》，燔其文耳，乃其樂之氣數，節奏猶存也。曰五行，曰壽人，即周之《大武》、《房中》，即二世娛鄭衛，其聲固淫乎？其宮商律呂，豈遽相遠？以故漢興，世世在太樂者，皆記其鏗鏘鼓舞時，故述作文武，猶古降神等樂。而河間與毛生諸雅材類能采著存肄之，奈何？歷漢迄唐陵夷，一壞於新莽獶雜，再壞於劉宋梵唄胡聲，大羅法曲與金釵梨園輩又相率而溷亂之，輕蕩吟哭，驚緊焦殺，靡所不至，大都漢、唐創業之初，稍興雅正，而後遂淩弛亡當也。其間龜兹之七聲雖涉哀怨，尚可為七均之證，若何妥以黄鐘一宫佞人主，則餘律幾廢，其去亂正之音，亦不能以寸耳。宋興製樂，初亦可觀，嗣是諸儒持議紛如聚訟，如去清聲、缺匏土等類，皆舛也。至李太常《周舞論》一出，則有合於文武陰陽之節，而古樂之儀賴之以存矣。宋而金而元，率用漢津之樂，已不合古，而胡元專尚雜劇隊戲，以北鄙殺伐之聲為辮髮天魔之舞，備諸惡態，蓋前代猶以夷亂夏，元則胥夏而變之夷也。至其樂章，則盡易古詩歌為詞曲，俚褻殊甚，百餘年，衣冠禮樂悉化為夷姦聲，穢氣大乖天和，則古樂澌滅殆盡，而壞亂極矣。我明興，制禮作樂，卓越千古，可謂極治，而獨古樂未盡復，元穢未盡洗，故崔銑之言曰：「今中原夷俗未之能革者，俗樂其尤也。」然則及時反正，在今日矣。（同前）

鄭元勳著輯詞話

鄭元勳（一六〇四—一六四五），字超宗，號惠東，江都（今江蘇揚州）人。崇禎癸未進士，歷官兵部職方司主事。甲申聞變，破產招義旅守土，死於難。輯《媚幽閣文娛》初集九卷二集十卷。此據《四庫禁燬書叢刊》影印明崇禎間刻本録詞話十一則。

一

《祁司李玉節傳奇序》（倪元璐）：韻人管風絃月，莊士矩倫矱理，兩氏遇於塗，必梓頂交唾而去。今使兩手者，左執檀口，右執鐵肝，兼寫並獻所不能矣。夫文章之柔若媚狐，比於巧令者，莫甚元之曲子，而以為繇其道之可以教忠，世培則有取爾也。世培心惘於時，起蘇衛稿壤，為當場之弄，其豔蘇意微，其醜衛恨切，岳氏之祠，泥範武穆，金鑄檜、卨，人之欲不朽檜、卨甚於存武穆也。宫商鑄之，不愈於金乎？故是記，則祁氏之刑書也，名音曰律，名法亦曰律，故世培之能於司刑，於此可知也。然世培之於古之為詞者，則有異歸焉。宋廣平剛腸，而哦梅花則媚，歸於姿，世培妍面而敷勁者，協於銅琶鐵綽，歸於骨。王右丞奏《鬱輪袍》，領解登第，歸於藝。世培既登第，而聲忠影叛，發其思存，歸於道。柳耆卿調桂子荷香，致金亮躍馬，歸於辠。世培拈一禿節子，近晶漢日遠，遏胡雲，歸於功。且夫譜事為詞，使可歌舞，其中有靈也已。以世培氏之詞為臠享於諸氏，聰氏享諧，瞭氏享態，藻氏享華，俠氏享義，而用物以配之，逢花則豔，着酒則豪，當經則法，伍史則鯁，是固英恠，非其才莫能為之也。（鄭氏評）宋人談理，元人填詞，原是一脉貫下，老生無穿錢柰子，遂令分非兩截○紫雲仙目李青蓮五臟皆錦繡，贊此文，不得不襲其語。（《媚幽閣文娱》序）

二　《花蕊夫人宫詞叙》（陳繼儒）：昔徐匡章納女於蜀後主孟昶，昶喜其輕翾，賜號花蕊夫人，又改慧妃。陳無己以夫人姓費，誤也。宋太祖遣王全斌、曹彬等伐蜀，詔入作司度古掖門南臨水，為昶治第一區，以待昶，凡出師六十六日，昶銜璧歸宋。夫人遂侍掖庭，宋祖惑之，晉王諫不聽，從獵園中射死焉，此一事頗類范蠡沉西施於五湖，而正史不載，則《鐵圍山叢談》好奇之過耳。李希顔奉詔料理蜀氏、秦氏、楚氏三家所獻書，得一敝紙，出花蕊手書宫詞，郭祥（脱『正』字）口誦數篇於王荆公，故王禹玉輩争相傳寫，行於人間。其詩清而綺，香而艷，真班婕妤、徐淑妃之流亞乎！宋祖召夫人陳詩，誦其亡國之作云：「君王城上豎降旗，妾在深宫那得知。十四萬人齊解甲，更無一箇是男兒。」可謂巧手解嘲矣。蜀僻在西裔，其俗富而喜遨，城上環植芙蓉，幾四十里，號曰錦城。夾江兩岸，亭榭與名花相錯，鋹御龍舟，召夫人避暑摩河（當作訶）池上，夜起，作《玉樓春》詞。最好房中容城之術，多采良家女以充後宫，一切國事，付之卷簾使王昭遠與其子玄喆。昭遠手揮鐵如意，領二三萬雕面惡少年以當宋師，玄喆一乳臭兒耳，輦愛姬伶人樂器守劍門之口，鋹且與内尚書教坊小婦打毬、走馬、鬪草、采蓮，魚龍競渡，鸚鵡誦詩，而宋兵已入夔州矣。此非西蜀無男兒，由鋹所狎皆婦人故也。後鋹亡，其母李氏不哭亦不食，曰：「汝不死社稷，何用生為？」此母皎皎錚錚，差强人意。若使夫人齒一劍以報鋹，豈非粉黛中真男兒哉！花蕊同時，南漢有盧陵仙，南唐有窅孃，及保義黄氏，皆歌舞妍姣，書伎絶倫，兵燹紛紛，詩翰不少見。獨花蕊夫人《宫詞》無一字不傳人口，女郎之幸不幸乃如此！陳亢侯刻之山陰，非獨拈出花蕊才情，且垂戒宫中，有風流天子，未有不基禍兆亂者。殷鑒不遠，尚當以詩之周南、召南為正。（同前）

三《孟子若桃花劇序》（倪元璐）：人服子若氏襟豪才潤，曩草花間劇時，司文者既達境，羽檄紛馳，彼衆擁抱時文如蜣護丸，而子若氏方搜腔檢拍，不舞槊擬敵而舞《柘枝》，然當壘即勝。人射得鳥，而子若氏釣得鳥也。予曰不然，人射以矢，而子若氏以彈，彈之與矢，異器而彀同也。文章之道，自經史以至詩歌，共禀一胎，然要是同母異乳，維小似而大殊，惟元之詞劇，與今之時文如孿生子，眉目鼻耳色色相肖，蓋其法皆以我慧發他靈，以人言代鬼語則同。而八股場開，寸毫傀舞，宫音串孔，商律譜孟，或裂吭長鳴，或束喉細語，時而齊乞隣偷，花唇取諢；時而蓋驩魯虎，塗面作嗔。净丑旦生，宣科打介則同，而格律峻嚴，捃縛艱苦，才將飈發而股，偶以束之，思欲泉流，而宫商以拴之則又同。予每笑時文一格，都没理會，然有等慧業，偏向个裏光騰怪出，餘靈未已，即不敢抱琵過别，則取其近是者。扭張捏蔡，翻高踢董，猶之善繪者，去而為古塑耳。記往時讀子若所為時文者，輒署云：「蘇舯柳態，嘗使丈二將軍合十七八女孃譜作唱本。」予初不知其能為此詞者，而巧中若是，今即下轉語，署此二詞曰：「含元吐魁，何不可也？」然予更欲借兹金鍼，度脱彼衆，諸君架上時文，没底用，合取燒却，亟徵古今詞曲數部，以古樂府及晉碭石諸篇，唐温、李，宋東坡、幼安等詞為一部比之成、弘王、董諸家，以《會真》、《琵琶》等記為一部，比之嘉、隆瞿、鄧諸家，以文長《四聲》、若士《四夢》并子若《桃源》、《花間》二劇為一部，比之萬曆以來陶、許諸家，朝咿夕唔，不取雪案，取花窓，不取才朋，取麗侶。欲睡則引檀板拍其股，當蘇季之鍼，如是三年，不一出，取大元歸者，許綰有言，請以臣頭為狗。（鄭氏評）梨園子弟打院本，可諷時政，莫作俳語觀。（同前）

四 《花筵賺序》（范文若）：每嘆文有文魔，詩有詩魔，詞有詞魔，詞，固忌堆砌，亦定以香艷為主。元人之妙在泠中藏謔，然後語即關、鄭、白、馬亦不多得，非元劇便佳也。古人云：有文章者，謂之樂府；無文飾者，謂之俚歌。如單取淺俗，則盲本《琵琶》，且登元人之席矣。《花間》、《蘭畹》，昔人以被之絲肉者，今試思何等清新流麗。乃俗筆動祖《白兔》、《殺狗》為不可及，繫彼時譜曲者，悉老書會，無難字，無梗句，戲子易於習唱，故相傳不敗。其後漸出詞人之手，則又當别論矣。噫！聲音一道，無關理學，何苦復驅之為學究？余博山堂樂府數種，大率鬼語情語，世無柳夢梅、杜麗娘，索解人未易也。《花筵賺》稍稍通俗，姑先梓之，以問諸里耳。（鄭氏評）曲祖元人，謂其無移宫入商之紊耳，若恊律矣，而更加香艷，豈不更佳？此《還魂記》之遜《西廂》而淩《拜月》也。優人苦其文義幽深，不易入口，至議為失律，冤矣！香令此本，庶與此良序中，大義具見。（同前）

五　《小青傳》（支如增）：自杜麗娘死，天下有情種子絶矣。以吾所聞小青，殆麗娘後一人也。小青讀《牡丹亭》詞，嘆曰：「人間亦有癡於我，豈獨傷心是小青？」悲夫！真情種也，爰作《小青傳》。小青者，武林某生姬也。家廣陵，名玄玄，字小青，其姓不傳。姬幼隨母學，母本閨塾師，所遊多名閨，故得博覽圖書，妙解聲律，兼精諸技。每當閨秀雲集，茗戰手語，姬隨變酬答，人人自失。十齡時，遇一老尼口授《心經》，一過輒成誦，尼曰：「是兒早慧，福薄，乞隨予作弟子，即不許，毋令識字，可三十年活。」母難之。十六，歸生，生之婦奇妬，姬曲意下之，終不悦。偶隨婦遊天竺，婦問西方佛無量，世多專禮大士者何，姬曰：「以慈悲故耳。」媍知諷己，笑曰：「吾當慈悲汝。」乃徙之孤山别業，誡曰：「非吾命，郎至不得入。非吾命，郎手札至亦不得入。」姬往，生亦不甚相顧，姬悽惋無已。有某夫人者，時從姬學弈，絶憐愛之。而姬性好書，向生索取不得，數從夫人處借觀，間賦小詞自遣。對佳山水，有所得，輒作小畫，生聞之，每索，卒不與。姬又好與影語……忽一日語老媪曰：「傳語冤業郎，覔一良畫師來。」師至，命寫照，寫畢，覽鏡熟視，曰：「得吾形矣，未得吾神也，姑置之。」師易一圖進，姬曰：「神是矣，丰采流動也，昔杜麗娘自圖小像，恐為雨為雲飛去，丰采流動耳。」乃命師且坐，自與老媪扇茶鐺，或檢圖書，或整衣褶，或代調丹碧諸色，縱其想會，久之，命寫圖，圖成，極妖纖之致，笑曰：「可矣。」取供榻前，爇名香，設梨汁奠之，曰：「小青，小青，此中豈有汝緣分耶？」撫几而泣，淚雨潸潸下，一慟而絶，年纔十八耳，時萬曆壬子歲也。哀哉！人美於玉，命薄於雲，瓊蕊優曇，人間一現，欲求如杜麗娘牡丹亭畔重生，安可得哉？日向暮，生踉蹌來，披帷視之，則容光藻逸、衣態鮮好如生前，不覺長號頓足，既檢遺詩及像，又一緘，即前寄某夫人稿也，讀之，叙致惋痛，生狂叫曰：「吾負卿矣。」嘔血數升。婦聞，恚甚，趣索圖，生詭以第一圖進，立焚之。又索詩，詩至，亦焚之，《廣陵散》從兹絶矣。悲夫！楚焰誠烈，何不以紀信誑之，則罪不在婦，又在生耳。猶幸第二圖，其姻婭有購得之者。而姬臨卒時，以花鈿數事贈老媪之小女，襯以二紙，偶為好事者所見，則皆姬手蹟，字亦漫滅，細閲之，得九絶句、一古詩、一詞，殆詩草也，然題亦不可攷。嗟夫！姬信情種，命題亦當有致，惜乎其不可攷也。雖然，詩且不全，何有於題？而更有遊姬别業者於壁間拾殘箋數寸許。有字云：「數盡懨懨，深夜雨無多，也只得一半工夫。」亦姬遺墨，蓋《南鄉子》詞而未全。李易安工為情語，不逮也。而世所傳僅此，併寄某夫人一絶及一緘耳。嗟乎！麗娘幀首數言，便足千古，亦何必盡吐奇葩，供人長玩耶？不然，脱小青臨卒，不以花鈿贈人，而彼畫師寫照，落筆便肖，則遺照殘箋，且盡歸妬娘刼火，又安得桃花一瓣，流出人間也哉？（節録自同前書「傳」）

六　《小青傳》改前本（陳翼飛）：小青者，名玄玄，維揚人也。奇艷有佚才，十六為武林豪公子妾，以同姓故諱之。公子憨，且制於婦，婦悍甚，而青善下之，顧不得終偶。一日遊三竺，婦好謂青曰：「西方無量佛，而大士獨著者何？」青曰：「慈悲耳。」婦恚其諷也，微笑曰：「吾當慈悲若。」歸，遂徙之孤山，誡曰：「非吾命，而郎至，不得入。抑非吾命，而郎手札至，亦不得入。」青頫眉而已，不敢喙也。

私自念渠閒寘我，必密伺我短長，殊深斂戢，不闚户。而婦每出遊，輒呼與俱，兩堤游冶諸年少挾彈試馬，鞠䠊呼盧為笑樂，他姬多屬目浪謔，青獨凝坐無語也。婦戚屬某夫人者，賢而俠，憐青閒靚，嘗就手談，相得甚懽。在湖上欲與青有言，而婦耽耽其側，乃數取巨觥嚼之，婦徑醉，因携青樓船遠眺，久之撫其背曰：「空自苦，以子才韻，墮羅刹國中耶？吾力能脱子，子豈有意乎？」青謝曰：「夫人休矣。兒幼時遇一老尼，云薄禄相，無令識字，可三十年活。阿母不信，令稍畋獵經史，玲玲解聲律，涉諸技，至此，此固命也。又嘗夢手折一花，隨風片片着水，水中花，詎可久乎？生他想，滋宿業耳。」因涙下不自持，夫人嘆曰：「子議堅矣，吾無以易子。雖然，善自愛，渠或好言飲食，汝乃更可慮耳。昕夕有所須，第告我。」爾時恐他婢聞餘語，竟別去。居恒幽鬱悽怨，具托之詩，或小詞，間作小畫，畫一扇，自珍之，秘不令人見也。夕陽落水時，空烟薄藹，臨池自照，啾啾與影語，不泣神傷，腹中車輪轉耳。而某夫人亦復從宦許，無可薄愬矣，益感憤病瘵。經年，婦果命醫遣婢以藥至，青意其鴆也，佯謝之。婢出，擲藥床頭，大噱曰：「吾豈淮南雞犬，以此上昇耶？」顧體日益羸，飲梨水少許，不能粒食矣，而袨服夭冶，益自喜。明鏡熒熒，擁髻泫然，不蓬首偃卧也。翁姥久不往來，如隔世，獨一媪與居，忽一日，令呼畫師寫照，危坐，孰視之，曰：「似顧未盡吾神。」又易一圖，曰：「神是矣，而風態殊減，豈見我太矜莊耶？」迺姸翻笑語，拂袖舒衿，謬與媪指顧他事，或煮茗調丹碧，若不知有盤礴其傍者，師亦匠意妖纖，而圖就矣。青狹狥自顧，囅然曰：「可矣。」以梨酒供之榻前，曰：「小青，小青，汝竟是耶？」因作書與媪，寄某夫人曰：……叙致惋痛，一慟而絶，年僅十八爾。郎竟不及訣，披幃見其貌，鮮好如平生，乃長號曰：「吾負汝，吾負汝。」噫嘻！晚矣。而妒婦人反恚甚，趣索圖，得其初本，立焚之，并焚其詩，僅餘十二章一楮，乃襯花鈿贈嫗之小女者，第三圖竟不見，見第二圖於嫗家，云：「娟娟楚楚，如秋海棠也。」余於梅候過孤山，有徵其事者而不既，兹廼得其傳，而不知其誰氏之公子也。爲之愍然曰：世之好女子多矣，而文慧者鮮，文矣慧矣，而非坎壈悽痛，則憑而弔之者，亦不至心絶意悲，且若將抉重泉而繫以續命之縷也。吾獨哀小青不以賢夫人策易其志，至甘心鏡無乾影，以終千秋奇語，有識同悲，是不可無西陵松栢並論也。（鄭氏評）既梓支小白作，沈崑銅復出此篇，較爲勁而潔，悔不早見，遂並存之。（節録自同前）

七 《花樓薦牘》（李元介）：僕聞足下自染谿來，有事於廣陵花試，濫徵薦牘於僕，僕困頓名場，筆花墨蕊，消磨殆盡，何能以三寸枯管，妄操鬖髿妍媸？ 復欲以一片癡情，私揣平康甲乙。 雖然，友人某常語僕矣，曰：「以不知酒者言酒，極口糟丘，終不得浩浩落落之趣，子以麗姝代麯蘗者也，何不以胸中月旦一爲文通陳之？」僕乃今而後始敢進狂夫之言，間嘗上採之選詩，下採之詞曲，意欲擷古人芳英，當青樓薦剡，攤楮滌研，欲落之紙者再四。 然以選詩詞曲之美人，合之廣陵之美人，不肖也。因疑埋魂幽石，委骨窮塵，明遠洵非虚語，則稿已落而裂之者亦再四。 若然，則千古以上有美人，今日無美人與？ 僕不敢謂今日有，亦何敢謂千古有乎？ 足下獨不憶昔人佳人難得之句耶？ 廣陵煙月繁華，六朝金粉舊地，綺羅蔽日，歌吹沸天，僕亦嘗選伎留連，贈之詩歌，且題之巾帨，方謂五光十色，描畫難工，及曲罷酒闌，美人出所贈巾帨，執之而歌，又輒就其懷中力攫之，曰：「此詞決非贈卿者也。」以故疑絶世美人或不盡於區區廣陵，凡在僕蘭簿中者，遇一人，即訪一人，幾同接餒止渴之望。竊謂得一耳聞之美人，亦可不恨，孰意友人所見竟同於僕，豈秀淑之質獨鍾於古而今人視毛嬙、西施猶奇醜耶？抑選詩詞曲，不過意中想象，亦多溢美之譽耶？即今名擅一時，艷狂通國，傖父視為仙姝，財奴望如天上，莫如董生青霞、馬生飛飛、顧生一媚矣。且聞三生之薦牘，積如丘墳，僕何敢不隨聲唱和？但僕所謂美者，在三生不在三生，在廣陵，不在廣陵，選詩詞曲之所有，目前千古之所無，有美一人，是耶？非耶？敬以薦之足下，惟足下銓次之。（鄭氏評）癡龍迷神，花陣百態難窮。余曾為立傳，李大生、周介生見之，撫掌跋而梓之，其時尚未見此牘也。（《媚幽閣文娱二集》「雜文」）

八 《媚幽閣詩餘引》（姚希孟）：「楊柳岸，曉風殘月」與「大江東去」總為詞人極致，然畢竟「楊柳」為本色，「大江」為別調也。蓋《花間》《草堂》為中晚，詩家鏤冰刻玉，綿脂膩粉之餘響，與壯夫彈鋏、烈士擊壺何啻河漢？且刱為之者，出於《望江南》，本大雅鼻人，豈可令慨慷激射入於幽咽旖旎之中哉？若然，則吾輩銅筋鐵骨、冰稜霜幹，奈何作此閨閣語、女兒情？而宋、元迄今，端品雅流每喜為幽閒鼓吹，蓋鍾情者競為纖麗，而適情者愛其閒遠。夫取境閒而托寄遠，正三百篇之遺教也。胡天胡帝而結之曰邦媛，終日射侯而申之曰我甥。字字言外，語語箇中，以至於風雨鷄鳴，蒹葭白露，皆詩之河源宿海，而詩餘之銀潢機石也。廣陵鄭超宗生於蕙心執質之鄉，鬚眉軒翥，肝腸皎洌，其才無所不擅，而亦於小詞津津焉。余讀而笑曰：子文章之雄，又方雅之準也。而暖姝為小詞，何異百戰老將鞭駿馬，發矢如叫梟，顧搴幃作三日新婦哉？時沛國閻古古在座，進而白槌曰：「不見夫廣平之賦梅花乎？以百鍊鋼腸而多宛依婀娜之致，貞而不傀，矩而多丰，乃所以為廣平。」余曰：「然。」遂題而歸之。（鄭氏評）先生留心世道，取人別有冷眼，予之受知，非以文詞，乃文詞復蒙獎借，未免過情之耻矣。（同前）

九　《己卯春詞引》（張曼）：今年六十日春，在西湖裏過，與雨雪雲霧雷相習，湖之美約領矣。或曰鬆鬆麗日，月夕風晨，何如？曼曼曰：與常者習，不知變之來，與變者習，能識常之往。天下境界，恨在有盡，爭在不盡。萬里，足下也；頃刻，千古也。一字，三百篇也。苟求其故，而故遁非遁也，盡者出，不盡者隱，至誠無息。雨雪雲霧雷也，日月風也，常也，變也。詞技雖小，患在盡也。曼曼己卯春詞，將無同。（鄭氏評）曼曼每誦臨川道人「到來都是淚，過去即成塵」二語，今讀此一百三十字，其中淵然也，人謂曼曼工艷詞，其艷自有本領。（同前書「引」）

一〇　白香山《琵琶行》以自寫羈臣怨士之緒，以彼曠懷，深悟禪悅，豈為淪落摩登伽女濕青衫之淚也？山谷故是白太傅後身，所作艷詞與《琵琶行》同致，猶為禪德所訶，謂不止墮驢胎馬腹，此書殆是未見秀鐵面時所作耶？原是吾鄉朱司成所藏，山谷他書學醉素，獨此規摹章草，以行書意寫流艷語，正似香山以無情人落有情癡也。《紅綬帖》（同前書「雜文・董其昌・書品」）

一一　王介甫金陵懷古詞，東坡於壁上觀之，歎曰：「此老，狐精也。」其推服如此，米元章又稱荆公書絕似五代楊少師，蘇之詞，米之書，皆橫絕千古，獨不敢傲介甫，此公若不作宰相，豈至掩其長耶？

（同前書「雜文・董其昌・隨筆」）

一二《麗崎軒詩詞小序》：古者卿大夫士之位，必君子善人正直之選，蓋孝廉尚矣。今孝廉不以行升而以文薦，非古也。然既錫以令名，即當砥礪以副其實，文茂而實不逮者，恥之。嗟乎！士不幸而奏對屢罷，則益飭其孝廉於家風，其孝廉於鄉，亦可以贊聖人淳龎之治，視彼膴仕而風木、遺恨簠簋不飾者，不亦遠過之耶？余嘗聞閩中李衷一、吳中歸季思、朱德升三先生壯年懸車，斤斤以孝廉二字為墨，守郡邑，有司造門，求其一面不可得。周旋老親之側，侍食調藥，謹於僕役，頑廉而戾順，烝烝然遠近化之，不謂非用於世且大也。而矧其發為文詞，和平要妙，藹然德音，又足以垂耶？今又見於吾郡查先生賓王先生為孝廉，四十年，公車十餘上，志不少衰。或勸之小就，夷然不屑，惟施政於家，為德於里，終身無倦色，非直竿牘不入，非公不造，而且捐貲壯黌宮，崇先祀，創石梁以利涉，倡好義而輪邊，以至種種興利除害，排難解紛，不憚侃侃，陳之有司，有司莫不重以為仁人之言，遵而行之，利至普矣。然則閩吳三先生能自淑耳，未能惠人，先生又等而上之，則先生承先人之世業隆重，蓋其幸也。且夫學進於振而廢於窮，董仲舒不問家事，景君明經年不出户庭，得鋭精其學而顯昭其業者，室靡謫也。先生豈有賴於是歟？然繇來形勢之家，習尚漸靡，不為長輿之癖，即踵君蒨之風，先生一切勿涉，并其全力於學，分其餘潤及人，其志量有絶人者矣。斯真無忝於孝廉，而孝廉足以傳先生也。今讀其詩閑妙渾厚，無大中以後淺薄態。詩餘則得清微跌宕之致，與歐、黄、秦、周諸君子後先競秀，允為大雅遺音。是可與其行並立於不朽云。夫古聖賢得位於時，道行天下，皆不著書。以其事業存於制度，足以自見故也。山澤之雲降而為雨，勾者伸，秀者實，未若亢歲之雲奇峰崒嵂，徒驚瞻望，而不潤於世。先生負經世才而老於閭里。不猶亢歲之雲不得雷域中雨天下乎？然而方節而行，所在利濟，其於世道亦非云小補矣。必以用於世而後為用，是郭有道隱不違親，貞不絶俗，天子不得臣，諸侯不得友，不見稱於天下萬世，何所見之淺耶？先生長君元參，余姻友也，屬為弁首，因以寄慨，且亦表予志之所存爾爾。崇禎己卯九日通家子鄭元勳書於影園。（《麗崎軒詩《詩餘》）

袁黄輯詞話

袁黄，字坤儀，一字了凡，吴江（今江蘇）人，一作嘉善（今浙江）人。萬曆丙戌進士，授寶坻知縣，擢兵部職方主事。天啓改元，贈尚寶司少卿。博學尚奇，尤精律吕曆法。編著有《兩行堂集》、《周易補傳》、《河圖洛書解》、《訓兒俗説》、《庭幃襍録》、《寶坻政書》、《皇都水利》、《祈嗣真詮》、《羣書備考》、《評註八代文宗》等。此據早稻田大學藏明刊《增訂二三場羣書備考》録詞話二則，又據《四庫禁毀書叢刊補編》影印明萬曆刻本録末一則。

一　夫詩者，樂之祖也。詩言志而成聲，律和聲而成樂，虞典記之。故感人心者莫先乎情，莫切乎聲，未有聲入而不應、情交而不感者。聖人因其情，經之以六義；緣其聲，緯之以五音。音有韻，義有類。韻叶則言順，言順則深入，類舉則情見，情見則感易交。三百篇懲美勸惡（當為懲惡勸美），王化本焉。風雅道微，楚騷繼響，詞稍激露，而徬徨悱惻，猶變雅之遺也。漢興，相和諸曲變為五言，河梁傷別，採桑述志，婉而不露，猶足形四方之風焉。漢武帝不博採古制，協比聲律，乃以嬖人李延年為協律都尉，而風採之義變為那狄之音，末流漸沿清商四絃，混入樂部，桃皮篳篥，總曰横吹，樂亡而詩益下矣。迨魏三祖，崇尚雕蟲，浮靡之風濫觴於此。沈約創四聲八病之法，宫羽相變，低昂舛節，格甚密，而唐律基焉。至陳、隋、開元間，流弊已極，陳子昂《感遇》詩漸復爾雅，李、杜諸公比響聯辭，雲委波屬，一洗六代之穢。然嘲風弄月，建安前之清音莫能嗣者，李白所以發憤而歎也。中、晚以降，詩運衰而長短句始出，纖巧輕蕩，胡元又翻為艷曲，四始六義蕩然盡矣。夫四五七言，博士家撚鬚而吟，艷曲固所赧顔而不道也。然南吕、中吕，古樂之遺者，獨艷曲有之，而四五七言視十二律，若爰居之不習，何也？騷賦而樂府，而古律，古律而詞曲，人心所自變者，真詩也。四五言，詩之跡也，真詩，故典樂自相通也，則古樂之若何而衰，若何而復，較然矣。吾非謂今之巴謳郢唱，遂可比諸管絃，然文人仰屋梁而吟者，又不若巴謳郢唱足以言志也，是故議正樂，當正聲，欲正詩，當識其旨，何也？溺人必笑，笑痛於哭也。美女必顰，顰妍於笑也。七情之用，或順之而塞，或反之而暢（當作暢，下同），詩固以暢吾情也。故不顯非詩，不隱非詩，格諸喉而不得盡者，非詩；疾聲大呼，傾藏而盡者，非詩。詩之道微而彰，淺而深，遠若近，近若遠，使人不可解而可悟，合此，則鄭、衛桑濮不得删；而不合，則俳而已耳。漢《隴西行》，賓主揖讓美詞也，而「健婦持門户」一語微譏。《烏生》曲，遊獵語也，而「啃我」二字默寓憂時俟命之旨，去古未遠，猶得十二三。今下者，宋之俚，高者襲唐之後，間或浮慕兩漢，至十九首止耳，鮮有究心古樂府者，豈非以十九首詞猶麗，而相和曲旨更深哉？嗟呼！蕭韶鐘呂之不諧也久矣，不識漢詩而抵掌三百篇，猶入室而不繇户也，聽樂而恐卧，人情曷足怪乎？（《增訂二三場羣書備考》卷一）

二 丘瓊山曰：後世之樂皆用夷用俗，唐開元鄉飲酒禮，乃有《鹿鳴》、《關雎》等十二篇。宋時有趙彦肅者傳此十二詩之譜，每句之中，字皆協以律呂。於《鹿鳴》等六詩云黄鐘清宫，註云俗呼正宫，《關雎》等六詩云無射清商，註云俗呼越調。今清宫清商，世俗固不知所以為聲，而正宫、越調之類，宋世所謂詩餘，金、元以來所謂南北曲者，雖非古今遺音，而猶有此名目也。誠即今世所用之樂，今日所歌之詞，度其腔調，依俗法之所謂依換，尋古調之所謂抑揚，然後即蔡元定之《律吕新書》、朱元晦之《通解》，鐘律依其法，按其數而講究之，築石（當作室）布灰，如其候氣之法多，截竹為管，以求黄鐘之聲，庶幾樂可作而聲律均調也。（同前書卷四「律吕」）

三 季札觀四代之樂而知聖德之極隆，師曠聞濮上之音而知衛國之必削，王令言聞《安公子》曲而知煬帝巡遊之不返以宫聲往而不返知之也，李嗣聞《寶慶曲》而知高宗父子之不和以宫商不諧驗之也。甚矣，樂之有通於政也。叔季視為末務，而古樂盡亡，雅聲不見於天下，今欲復之，誠有難乎為力者。竊嘗推之，京房使焦延壽之術而推衍六十律，誠有補於正律之不及也。然强合還宫之數，清聲取之太多，如依行、色育、謙待等律，極其噍殺，罔成音曲，左氏所謂中聲以降，五降之後，不容彈者，房其失之矣。蔡元定鑒京氏之失，而加以變聲、子聲為調，有所發明矣。而還宮之論，尚有可疑。何者？謂之調者以其聲之異別之也。會黃鐘五調，皆以本音姑、蕤、林、南、應為聲，謂之一調可也，而何五之足云？此旋宮之可疑者也。近世律呂元聲似合理而可用，而又未見經史，豈樂終不可作哉？大抵音律之正，在器與工。今日之器，則八音之中，猶缺匏土，笙竽以木斗攢竹，而以匏裹之，是無匏音也。塤器以木為之，是無土音也。八音尚不備，况其他乎？今日之工，則太常賤流苟占樂籍，而舞列但取黃冠，遇祭祀朝會，則追呼於國門之外，教習無素，宮商莫諳。擊金石者不知音，吹匏竹者不知穴，操琴瑟者不知絃。同奏則動多沾灒，迭奏則發聲不屬，尚何望其樂之能正哉！

已上私評(同前)

鄧志謨詞話

鄧志謨，字景南，號竹溪風月主人，又號百拙生、武夷蝶庵主等，饒安（今河北）人。萬曆、天啓間在世。嘗遊閩，為余氏塾師。余氏為閩中書賈，志謨所編諸書如《古事苑》、《故事白眉》、《丰韻情書》、《花鳥争奇》、《梅雪争奇》、《風月争奇》、《童婉争奇》、《山水争奇》、《蔬果争奇》、《洒洒篇》等，多為余氏所刊，其中「争奇」諸書，録有大量詩詞曲文，且多附評語。此據臺灣天一出版社出版《明清善本小説叢刊初編》第七輯「鄧志謨專輯」影印明萬曆、天啓間刻《丰韻情書》、《新刻洒洒篇》和「争奇」諸書，以及東洋文化研究所藏明啟古坌刊《蘭雪堂古事苑定本》録詞話三百五十四則。

一　孫、杜情好：孫之龍，吴人，娶妻杜氏秀珩。夫妻纔三月，遽以他故，從軍於蜀，去三年矣。妻思之，寄尺素以通情好。孫作書復焉。書寄矣，忽遺落書稿在地，邊帥見之，惻然，孫復以妻之書札呈上，邊帥嘆曰：「有是哉！相思之苦也。」亟命其歸而完聚焉。秀珩寄夫孫之龍書：「三月為夫婦，三載成參商。以三月歡娱，十倍於三年愁恨；三年仇恨，九倍於三月歡娱。誠消瘦人哉！妾自君之往戍，鳳簫絶響，鸞鏡埋光。雲淡淡桃花洞口，雨絲絲梅子枝頭，霧濛濛丁香枝上，總是一段幽恨。嘗作《尋芳草》詞云：『眼中許多淚，湮透羅襟鴛被。枕頭見放處，都不是舊家時，怎生睡。更也没書來，那堪被鴈兒調戲。道無書，却有書中意，排幾個人人字。』妾之詞，妾之心事也，君尚念之，寒暑代更，萬千珍揖。更乞早立邊功，以圖家慶，妾之至願也。不然妾不能效竇滔之妻巧織文錦，亦當效杞梁之婦親送寒衣也。尺素一緘，神馳蜀國。巫山十二峰，雖莫覓行雲之夢；劍閣八千里，豈能隔望月之懷。綿綿此别，耿耿此心，君試諒焉，不悉。」孫之龍寄妻秀珩書：「與卿一别，鴻鴈鳴，杜鵑語，各三度春秋矣。我之懷矣，自貽伊阻，豈不懷歸？畏此簡書詩有明言也。但我之思卿，曾誦曰：『此夜關山月，玉人何處看？』卿之思我，亦曾誦曰『蜀天何處盡，巴月幾回彎』之語乎？得卿一書，萬千愁恨，幾聲羌笛，數拍胡笳，嗚嗚咽咽，更覺助我恓惶。嗟哉悲乎！費長房縮不盡相思地，女媧氏補不完離恨天，柰之何？柰之何？詩不云乎：『契闊之約，與子成説。執子之手，與子偕老。』若此之盟，將海枯石爛者。乃今者『吁嗟闊兮』，恐『不我活』乎？雖然，我之志未灰也，將洗戈青梅外，秣馬天山前，慷慨立功，效班仲升生入玉門關者，寧馬革裹屍云哉。壯士無寒，卿不必送我寒衣也。一紙回音書歸，神亦馳矣。卿堅守此心，後期有在。不宣。」　秀珩寄夫之書，勉夫之立功，私情中□激以公義，此秦人《小戎》之風也。之龍復妻之書，以立功自勉，憂愁中而不忘憤激，此□時鳴劍之杰也，均有可取□也。（《丰韻情書》卷一「室家丰韻」）

二　鄭、劉情好：　鄭素周，信州人。與同里劉敬則為友，情意綢繆，共事筆硯。劉為畢姻故，告歸矣，鄭作書勉之，劉有復書，亦友道之篤者也。鄭生與劉書：「知足下歸心急於下峽犇流，念足下憂心峷於三峰華嶽。傷哉別也，魂其銷矣。足下歸，方將燕爾新人，脂香粉膩，美矣！美矣！　第書齋之松君楮君素相友愛，勿令其冷落者。若沾沾畫春山，不出門户，實多兒女態也。吾今先現其兒女，相為君説法，足下以為何如？諧鸞之日，另有賀儀，更為足下作《賀新郎》及《虞美人》之詞以獻。」　劉生復鄭書：「芸舘聯心，河梁分手。伯勞飛燕，傷之如何？　弟承父命，歸畢姻事。敢戀戀新人，不舍枕舍席哉！塗山四日離大禹，我何獨不然？　一月之外，自當停鴛帳之歡，尋雉壇之好耳。君勿謂弟多兒女態也，賀儀勿勞頒賜。更毋庸損《賀新郎》、《虞美人》佳篇，待金錢花發時，自當《沽美酒》《集賢賓》，唱《桃源憶故人》一詞，倘徉於《錦堂月》也，謹此以復。」（筆者按有眉評云：聯曲牌入句中，大有一種佳趣。）　未嘗判袂。先戒戀婚之情；將欲畢姻，便有讀書之想。二生志相持以正，相洽以情，古人謂金石之交，金紫之契，此是云。（同前書卷二「金蘭丰韻」）

三　陸、何情好：　陸文甫，皖城人。與同郡何一清為啟，極相眷戀。□復約其來訪，此亦雞黍之意矣。陸生與何書：「會足下於火樹下，别足下於梅雨時。今則金飈戰葉矣。倏爾聚首，倏爾暌違，思君有夢常繞，通於雲山煙水間也。不佞近來學撫冰絃，得越人教數調，除《長清》、《短清》外，更有《桃源憶故人》一詞，每對風清月白，特鼓之，懷足下耳。小齋初建，隔絕塵囂，儘可與故人游適，足下肯顧我乎？此時有長腰秔米、縮頭鯿，可飽君一飡，更沽村釀一樽，向梧桐樹底，月影扶疎，促膝譚心，通飲到雞三號，漏五點，一洗別離時愁緒，足下以為何如。」何生與陸生：「別來人屬秋仲，鴈陣號風，砧聲搗月，渾是惱人情況。恓惶人，恓惶景，不覺恓惶淚矣。足下撫冰絃憶弟，誠然乎？弟不能琴，猶能笛也，亦嘗吹關山之曲，以悲離別，恨不令足下一聽。承約過訪，中秋前未遑也。待望後一日，特詣齋頭，借綠蟻一樽，坐梧桐樹下，促膝論心。足下好分付姮娥，留十五夜清光照人，一宵清話。謹復。」別久而懷，欲招之過訪，以尊酒叙知己。情之殷，意之洽，義之篤，志云。（同前）

四 蘇、魏情好：蘇仁夫與魏伯□，俱豫章人，相與友，情極眷戀。魏館於閩，蘇在外讀書，以書相往來，且各寓謔之之意，亦所稱知己之友者也。蘇生與魏書：「昨登淥陽城，見蒹葭蒼蒼，白露為霜，適動我有美人兮宛在水中坻之想。弟別兄後，頓沾痎疾，伏枕如飴。今既數月矣，猶未甚愈，造化小兒乃苦人如此也。新娶阿嬌好否？足下不半月，遽爾遠遊，豈傷弓之鳥驚曲木飛者乎？不然，必他鄉有心知也。尊嫂獨居，寧無悲秋感？弟欲為尊嫂賦深閨《薄倖》詞，纔一伸紙，不勝其憊，容病愈時賦來。他日足下持此歸見尊嫂，尊嫂覽之，得毋曰：『蘇生賢乎哉！』惜乎予蠢奴，不聽良言也，足下又得毋謂蘇生病身，何不病手？」魏生復蘇書：「別足下汶溪頭，見柳色依依，兄曾謂弟曰：『恨隨溪水溢，情共柳絲長。』記此時正春之暮也，今不覺秋暮也。接華翰，知兄卧病已三月，猶未起，兄亦善病者哉！

此何以故？弟知其客牕孤另，有得意人係慮之耳。弟續娶後，不半月而行，豈輕離別哉？不得已也。兄乃欲賦深閨怨《薄倖》詞，何不付來一觀。兄今外讀，交有心知。越數月不一歸，尊嫂得無岑寂乎？弟亦欲為尊嫂賦《阮郎歸》，又為兄賦《虞美人》之詞，倘尊嫂見之，必謂足下曰蠢奴。我只道爾病身，原來病心也，薄倖相如，何不如顏回短命死哉！兄無可柰何，必駡曰魏生夫般的弄死人也呵。」此一調，彼一謔，此欲賦深閨怨《薄倖》詞，彼欲賦《虞美人》、《阮郎歸》，在柳爭春，咲殺枝頭啼鳥。

五 蘇、范情好：蘇商民，吴人也。與金陵名妓范采雲交好，蘇別范後，不勝其思，聯曲牌名為書寄於范，范亦以曲牌名為書報之，益見情好云。蘇生寄采雲書曲牌名：「《菊花新》處輕別《虞美人》，今已《小桃紅》，無日不《望江南》也。每《憶多嬌》，淚珠兒滚作《江兒水》，不知《好姐姐》曾為《倘秀才》《意難忘》否？昨《上小樓》，見《鴈兒落》，不見《一封書》，曷勝《節節高》之恨，何日與卿解《香羅帶》、《脱布衫》，從《銷金帳》裡《快活三》一場，直至《五更轉》乎？儂欲返《川撥棹》，待《鵲橋仙》會合之後，更與卿同看《江頭金桂》。」采雲復蘇生書曲牌名：「自《金蕉葉》落處，送郎往《小梁州》，今《芍藥花》已開矣，妾見《粉蝶兒》繞繞，《黄鶯兒》鬬鬬，安得不《駡玉郎》，不作《思歸引》也。妾近來《繡帶兒》寬褪，《傍粧臺》更《懶畫眉》，《剔銀燈》夜坐，不覺《哭相思》，安得我郎趂《一江風》，棹《夜行船》，歸來作《調笑令》，而同賞《錦堂月》乎？不然，恐憔悴《一枝花》，冷落《三學士》矣，敬復。」二書一來一往，皆以曲牌名聯絡成文，無中生意，假處特真，有趣。（同前書卷三「青樓丰韻」）

六　劉、賀情好：劉純表者，吴人也。與賀氏女雲英為鄰，賀與劉亦世婚家也，賀則佳人，劉則才子。丱角時，常聚而嬉咲。後長矣，彼此有懷，不惟劉之慕賀，而賀亦繾綣於劉，雖有幽思，尋春不偶，嗟乎！此曷能為情哉？劉生乃修書一紙，並《玉樓春》一詞，以達惓惓之意云。劉生奉賀娘書：「天假以緣，卜芳卿為鄰，豈謂幼時曾聚首，乃令今日倍關心？是往日之笑語，今日惡相思之胚胎也；今日之愁思，往日好情懷之醖釀也。或臨池見出水荷華，自遇之而成色者，得無憶郎之姿態耶？或遊園聽出谷鶯聲，耳得之而成聲者，得無憶卿之音韻耶？或憑欄對月，曰月之嬋娟，將為我留情耶？或啟檻觀花，曰花之娉婷，將為我含咲耶？室邇人遠，傷如之何？露冷風情，愁難度者。昨展卷，見古詞云：『秋風情，秋月明。落葉聚還散，寒鵶棲復驚。相思相見知何日，此時此夜難為情。』讀此數語，心越神馳，惘然如有所失，寸箋奉上，知鄙人切念於玉人，玉人兮還念劉生否？再有短詞，用抒心曲：『秋光好，秋風老。偏有離人憂草草。木落還成宋玉悲，月明更起蘇公惱。夢魂有意入巫山，巫山道路知多少。』」（筆者按眉評云：調新而雅，而又悲愴。玩之而不悵然，必鐵心而石腸□乃能爾爾。）賀雲英復劉生書：「幼時嬉咲，今日憂愁，君有之耶？兩意悠悠，雲情渺渺，寸心不定常如搗。天涯者耶？妾與君家世講姻婭，斧柯既執，獨不能結朱陳之好、諧秦晉之緣耶？思而不見，咫尺而有咏，鳴鳳之吉，寧可無占？妾固知下有人事，上有天意也。妾倘得御君子，妾之願畢矣。妾苟不御君子，妾之恨何如？妾之屬意於君，恍葵心之向日，君既留念於妾，可柳絮之隨風哉？雎鳩之風，既爾之，君尚圖之，仍有《秦樓怨》一詞為寄幽恨：『金風乍起，吹動離人情緒，燕子於今辭舊壘。是他帶得愁來，更不解帶將愁去。織女多情，牛郎有意，銀河莫恨無橋渡。天台洞口桃花媚，待倩人，為劉郎，指引尋春路。』」（筆者按眉評云：意惋而辭新，李易安、朱淑真才調何如？）有此佳人，有此才子，況在鄰后，誰不動其春心哉！乃兩人不踰墻相從，只求蹇修撮合，以理制欲，亦蔓草中之幽蘭也，葉中之約，愧死矣。（同前書卷四「幽閨丰韻」）

七　蕭（當作劉）、魏情好：劉純者，元初人，太平才郎也。端午日，從采石觀競渡，見樓上有美女，知其為故判府魏球女也，名倩雲，才貌奇絶。距生所居三五里許，其姑迎至家賞端午，因倚樓觀龍舟焉。生過其下，望而言曰：「看船不如看花。」女微笑，生復回曰：「船好不如花好。」女又微笑，生往來者數次，女深動情，生因拋以金獅扇墜，女接之，即投以玉簪報焉，生受之，曰：「此鑽心物也。」自是兩情繾綣，生乃拜其姑為契母，以圖配偶，更厚賂其鄰之奶母，以書傳幽情云。……又劉生與倩雲書：「七夕之夜，天上佳期，人間密約，偎紅倚翠，樂矣樂矣，詎柰雞聲唱曉，雨散雲收，使我兩人含泪而别，不知牛女亦如此傷懷否？所收羅帕，看來一點猩紅血，染遍千條素練絲，此恩何厚哉？待嘔出赤心，以報卿卿耳。第心田意種，勃勃猶生；慾海情瀾，滾滾不竭。玄都觀裡桃花好，前度劉郎今又來，更不一知可否？今有《憶秦娥》一詞，仰惟情照：『烏鵲橋横天一涯，牛女幽期，牛女佳期。交歡未久又分離，彩鳳孤飛，彩鳳孤棲。别後相逢是幾時，錦帳重依，錦帳重披。此情何以表相思，一首情詞，一首情詩。』」（筆者按眉評云：《憶秦娥》一詞可增入《草堂詩餘》，伯仲周美成、秦少游輩。）又倩雲復劉生書：「一宵恩愛，千載良緣，正綢繆間，不覺雞聲唱曙。送君房帷之外，見秋空碧色，秋水緑波。與君判袂，傷如之何？來翰所云，妾非不欲再續絲蘿，重諧鴛枕，但行踈則少覺，約密則人知，況此夕月明非七夕，舊緣未可續新緣，君試諒之，更勿言三生有幸者，只得郵亭一夜眠也。所囑云云我姑可作撮合山，須令其執以斧柯，則丹桂近姮娥，自可待也。但事莫遲遲，勿使春谷海棠重折於他人之手，外有短詞，更希情照：『花之前，月之下，為君細說生平話。冰人若為繫紅絲，仙郎早把文鸞跨。』」（筆者按眉評云：此詞簡而切，「萬綠叢中紅一點，動人春意不須多。」）此輩始以欲合，終以理制合於欲者。才子遇佳人，每怪其法制於理者，淫去思正配，不得不爾。是可刺之，中不無可美者在。（同前）

八　柳永《西江月》「鳳額繡簾高捲」：「春寒花睡懶，雨冷鳥聲凄」，可為此評。旁：濁酒曰醪。（閑愁濃勝香醪）（同前書卷五「附詩餘風韻情詞·春景」）

九　康伯可《憶秦娥》「春寂寞」：風落花殘，春寒服薄，閨閣憂思，難為情者。（同前）

一〇　俞克成《謁金門》「愁脉脉」：悠揚悽惋之作，自是有情。（同前）

一一　晁叔用《玉蝴蝶》「目斷江南千里」：無限幽思，無限情況，鴈艳秋色過衡陽，一□衝破層霄碧。旁批：巫山有高唐觀。（雲散高唐）（同前）

一二　俞克成《聲聲慢》「簾移碎影」：情隨事遷，感慨繫之，故下筆有此詞云。（同前）

一三　謝無逸《江城子》「杏花村館酒旗風」：清新典雅，佳態動人，潦水清而寒潭清，烟光凝而暮山紫，可為此評。（同前）

一四　秦少游《鷓鴣天》「枕上流鶯和淚聞」：灑灑落落之語，悽悽宛宛之意，具見此詞。（同前）

一五　蘇養直《倦尋芳》「獸鐶半掩」：園花春自艷，庭草雨□青。　旁批：音乍嫩也。（春盡燕嬌鶯姹，夢草池塘青。）　又：遠意：（漸迤邐，更催銀箭。）（同前）

一六　張子野《浣溪沙》「錦帳重重捲暮霞」：「半牕紅日晚，千里白雲孤」，偏是動人愁思。（同前）

一七　佚名《菩薩蠻》「南園滿地堆輕絮」：一字一敲推，一語一流暢，大是動人。（同前）　旁批：指柳花耳。（南園滿地堆輕絮）（同前）

一八　秦少游《桃源憶故人》「碧紗影弄東風曉」：一枕鷄聲驚夢覺，半牕月影伴人愁。　旁：萱草。（羞帶宜男草）（同前）

一九　寇平仲《踏莎行》「春色將闌」：清秋江上笛，一弄使人愁。（同前）

二〇　佚名《小重山》「西園風煖落花時」：鶯聲巧轉西園曉，喚動離人千種愁。（同前）

二一　佚名《點絳唇》「鶯踏花翻」：前布春閨之景，後寫婦人之情。（同前）

二二　馮延巳《長相思》「紅滿枝」：值此春光，而懷人莫晤，不能不戚戚也。（同前）

二三　趙德仁《醉春風》「陌上清明近」：洞徹閨思，瞭然可見。（同前）

二四　何籀《點絳唇》「春雨濛濛」：此詞如昭君撥琵琶，怨聲迭出。（同前）

二五　孫夫人《南鄉子》「曉日壓重簷」：孫夫人此詞，女中之蘇學士，他人不能也。（同前）

二六　徐師川《卜筭子》「胸中千種愁」：泣麟悲鳳之詞，讀之不覺愴然。（同前）

二七　趙德麟《錦堂春》「樓上鶯簾弱絮」：鸞孤鳳隻，自是愁人。（同前）

二八　徐師川《畫堂春》「落紅鋪徑水平池」：悠揚而又凄切，所謂風輕蝴蝶舞，山静鷓鴣啼。（同前）

二九　秦少游《畫堂春》「東風吹柳日初長」：此詞較之於前更覺百尺竿頭，進前一步。（同前）

三〇　晏叔原《探春令》「緑楊枝上曉鶯啼」：晏公此詞，嚦嚦鶯聲枝外囀者。（同前）

三一　趙德麟《蝶戀花》「捲絮風頭寒欲盡」：筆之有花，腸之是錦，乃有此詞。（同前）

三二　錢思公《玉樓春》「城上風鶯語亂」：春光易邁，人生幾何？恣飲高歌，良有以也。（同前）

三三　韋莊《謁金門》「空相憶」：洞簫聲如訴嗚之響，此詞便是。（同前）

三四　謝無逸《玉樓春》「弄晴數點梨花雨」：天時事，具見此詞。「露桃嗔」、「風柳妬」之語，尤見新奇。（同前）

三五　張東父《驀山谿》「青梅如豆斷送春」：滿腔愁思，一片宫商。　又：末三句無限感愴意。（情脉脉，酒厭厭，回首斜陽暮。）（同前）

三六　王元澤《眼兒暮（當作媚）》「絲絲楊柳弄輕柔」：王元澤此詞，樂府中之白眉，後難乎其有繼者。（同前）

三七　秦少游《眼兒媚》「樓上黄昏杏苑寒」：昭君弄琵琶，寫出許多愁恨。（同前）

三八　趙德麟《清平樂》「春風依舊」：對景傷春，而言「斷送一生」，最爲悲切。（同前）

三九　秦少游《蝶戀花》「數日蘭閨增懊惱」：怨思彌切，吾不意傷春者若此。（同前）

四〇　劉勝《蘇幕遮》「恨桃花」：此一篇可名之曰傷春賦。（同前）

四一　吴淑姬《祝英臺》「粉痕銷」：哀思滋怨，腸中流出，玆詞從哀情中發來。（同前）

四二　李盈盈《卜算子》「春寒翡翠孤」：薄情人悞，有情人好，有約不來過夜半，消人瘦呵！（同前）

四三　陳鳳儀《玉連環》「蜀江春色濃如霧」：「海棠」二語巧思巧句，詞家之妙筆也。（同前）

四四　劉燕歌《太常引》「故人别我出陽關」：惆悵不勝，十分聞□。（同前）

四五　劉桂紅《千愁引》「數整鶯期」：無限衷情，悲悲切切，宋玉難賦。（同前）

四六　秦少游《柳梢青》「霧失樓臺」：秦女撥事，□弄出離情多少。（同前）

四七　葉道卿《鳳凰閣》「遍園林緑暗」：一片傷春情緒，怨春之去者，恨人之未歸也，奇思雅調，妙甚。（同前）

四八　孫夫人《燭影摇紅》「乳燕穿簾」：此詞佳麗可愛，一句句孤鳴悲落日，一字字啼鳥怨春風，讀之令人愴神。（同前）

四九　韋莊《謁金門》「春雨足」：「寸心千里目句」甚巧。（同前）

五〇　趙德麟《蝶戀花》「欲减羅衣寒未去」：渾是怨憶之詞，觀者不勝悽惋。（同前）

五一　秦少游《風流子》「東風吹碧草」：宋玉閒愁□郎别恨，更得李青蓮才華，乃有此調。（同前）

五二　秦少游《卜算子》「春透水波明」：《卜算子》之詞頗哀，此調為最。（同前）

五三　晏叔原《如夢令》「樓外殘陽紅滿」：人與楚天俱遠，非尋常口吻。（同前）

五四　易彦祥《驀山溪》「海棠枝上」：溜亮，如春鶯柳梢一囀，聲□□可人。（同前）

五五　俞克成《蝶戀花》「夢斷池塘驚乍曉」：以凄楚之景，寫凄楚之懷，不盡餘思，無窮丰韻。（同前）

五六　秦少游《柳梢青》「岸草平沙」：對景物而懷人，有不盡餘思。（同前）

五七　秦少游《千秋歲》「柳邊沙外」：少游此詞乃「滄海月明珠有淚，藍田日煖玉生煙」者。（同前）

五八　阮逸女《魚遊春水》「秦樓東風裏」：即景寫情，懷人寄恨，「一行鴈唳楚天秋，百囀鶯啼吴苑曉」，總是惱人音韻。（同前）

五九　秦少游《憶王孫》「萋萋芳草憶王孫」：詞簡而意深，妙作。（同前）

六〇　秦少游《如夢令》「門外緑陰千頃」：一字一字，如明珠走盤，大是奇絶。（同前）

六一　晏同叔《玉樓春》「緑楊芳草長亭路」：愁如吴岫遠，恨似楚天長。（同前）

六二　周美成《帝臺春》「芳草碧色」：宛轉有情，□清多味，「寶瑟聲傳明月令，鳳管音絶綵雲空」，可為此評。（同前）

六三　秦少游《如夢令》「鶯嘴啄花紅溜燕」：「咳唾落九天，隨風生珠玉」，此作是已。（同前）

六四　李景《浣溪紗》「手捲珠簾上玉鈎」：春事闌珊，正是愁人之處。（同前）

六五　李景《浣溪紗》「一曲新詞一酒（當作酒一）杯」：「無可奈何」一聯，思入玄境。（同前）

六六　韋莊《小重山》「一閉昭陽春又春」：黄鸝舌端弄出春愁一段。（同前）

六七　李後主《蝶戀花》「春花秋月何時了」：感舊之作，詩餘十數餘，然惟此作為首。（同前）

六八　張子野《青門引》「乍煖還輕」：「隔墻送過鞦韆影」，張三影者，還以此句為最。（同前）

六九　佚名《臨江仙》「綠暗汀洲三月暮」：「半篙春水滑」一段，夕陽愁好對代語。又：行雲飛處，對之有情。（同前）

七〇　右春景凡八十餘詞，悉選衷情之作。（同前）

七一　謝無逸《臨江仙》「池外輕雷池上雨」：謝公此詞，乃謂「草色侵堦綠，桃花隔岸紅」。（同前「夏景」）

七二　蘇東坡《阮郎歸》「綠槐高柳咽新蟬」：寫夏思瀟灑清適，無一點俗塵氣。（同前）

七三　謝無逸《千秋歲》「楝花飄砌」：對景懷人，煉出一篇佳思。（同前）

七四　張安國《滿江紅》「斗帳高眠」：此詞有千韻，有趣味，賦別之情，懷人之恨，具流出心肺，「流鶯花外囀，哀鴈月中鳴」者也。（同前）

七五　周美成《柳梢青》「有個人人」：此詞溜亮，所謂「夜半月高絃索鳴」者。（同前）

七六　蘇子瞻《憶秦娥》「香馥馥」：「怨紅愁綠」之語妙入心髓。（同前）

七七　周美成《意難忘》「衣染鶯黃」：秦箏聲宛囀，楚笛韻淒清。旁：周郎善音，調悞，則必識，語云：「曲有悞，周郎顧。」（知音見説無雙，解移宮換羽，未怕周郎長顰。）（同前）

七八　黃魯直《憶秦娥》「花深深」：描寫閨中情思殆盡。（同前）

七九　孫夫人《風中柳》「銷減芳容」：敘別離之情，致屬望之意，得詩人渾厚和平之雅。（同前）

八〇　蘇東坡《虞美人》「波深拍枕長淮曉」：「無情汴水」之句，妙甚。又：「別酒多於淚」語有趣。（同前）

八一　右夏景，凡二十餘詞，悉係衷情之作。（同前）

八二　秦少游《虞美人》「碧雲寥廓」：此詞似怨非怨，不感而感，大有丰韻。又旁：遠。（碧雲寥廓）又旁：姚玉真以紅絲繫燕足。（故把紅絲縛）（同前「秋景」）

八三　謝無逸《花心動》「風裡楊花輕薄性」：此詞極悲愴，極懇切，極丰韻，洞簫聲如訴，嗚嗚響，此一語尤可為評。（同前）

八四　謝勉中《鵲橋仙》「鈎簾借月」：「烏鵲到人間」二句無中生有，大有佳趣。（同前）

八五　蘇東坡《水調歌頭》「明月幾時有」：東坡此詞，不是尋常口吻，人謂蘇仙，信然。（同前）

八六　蘇東坡《南鄉子》「霜降水痕收」：大有感慨，大有思緻，至「颼颼」二句及「休休」，語妙，入三昧矣。（同前）

八七　范希文《御街行》「紛紛墜葉飄香砌」：即景懷人，感慨之思，湧出胸臆，幽情之作，吾必以此為巨擘者。（同前）

八八　范元卿《念奴嬌》「尋常三五」：咏月之作，詩餘不下十數，唯此作瀟灑出塵，凄清入竅，讀之令人踴躍。（同前）

八九　黃叔暘《長相思》「天悠悠」：清逸悽惋之詞，讀之灑灑。旁批：星名。（金樞）（同前）

九〇　柳耆卿《爪茉莉》「每到秋來」：黄金鑛中□出相思淚，白玉璞裡琢出相思心。（又：末句有情緻，妙甚。（料我兒、只在枕頭根底，等人睡來夢裡。）（同前）

九一　周美成《南鄉子》「夜闊夢難收」：此詞有無限哀思。（同前）

九二　秦少游《長相思》「西風颼」：王嬙撥琵琶寫愁，不過爾爾。（同前）

九三　周美成《卜筭子》「砌下亂蛩吟」：宛轉凄愴，末二句含不盡愁意。（同前）

九四　謝無逸《步蟾宫》「遠迢迢泛水無槎」：一句一句，天際征鴻排陣；一字一字，簷前鐵馬敲秋。詞中之子都者也。（同前）

九五　周美成《青玉案》「孤燈夜雨」：此詞愁海情瀾，無限凄切。（同前）

九六　張宗端《悴（當作醉）蓬萊》「梧桐細雨」：舊愁似太行山隱隱，新愁似天塹水悠悠。（同前）

九七　佚名《桂枝香》「月皎驚烏棲不定」：巫峽愁雲黯黯，湘江恨水悠悠。（同前）

九八　周美成《蕙蘭芳引》「寒瑩晚空」：「彭澤曉烟迷翠黛，瀟湘夜雨損紅粧」，自是惱人情況。旁：開簾風動竹，疑是故人來。（想故人别後，盡日空疑風竹。）（同前）

九九　黄叔暘《長相思》「蘆花秋」：琴中寡鵠，鏡裡孤鸞，無非愁怨。（同前）

一〇〇　辛幼安《鷓鴣天》「枕簟溪堂冷欲斷」：宛轉有情，瀟灑可味。（同前）

一〇一　張文潛《風流子》「亭皋木葉下」：一字字是悲秋情思，一句句是懷人怨恨。旁批：庾信《愁賦》。　又：潘岳之鬢蕭疏。（怨入庾腸，老侵潘鬢。）（同前）

一〇二 周美成《霜葉飛》「露迷衰草」：前段寫秋景之清曠，有可人處；後段述幽閨之寂寞，見愁人處。」（同前）

一〇三 范希文《漁家傲》「塞下秋來風景異」：范希文作《漁家傲》數闋，以見守邊之苦，永叔嘗呼為窮塞主之詞，似過。（同前）

一〇四 李太白《憶秦娥》「簫聲咽」：《憶秦娥》之詞數闋，唯此清而切，悲而雅，當為首唱。（同前）

一〇五 温庭筠《更漏子》「玉爐香」：古詩：「夜雨滴空堦，滴滴空堦裡。空堦滴不入，滴入愁人耳。」末句渾是此意。（空堦滴到明）（同前）

一〇六 柳耆卿《玉蝴蝶》「望處雲收雨斷」：用字新奇，搆辭精密，用意微妙，詞家之上乘也。（同前）

一〇七 李後主《浣沙溪》「菡萏香消翠葉殘」：布景生思，因思得句，可人處不在多言。（同前）

一〇八 王介甫《千秋歲引》「別舘寒砧」：王嬙琵琶，撥成怨調；湘靈寶瑟，鼓出愁辭。一字字，更長漏永；一聲聲，衣寬帶鬆。　旁批：庾亮登南樓翫月。（庾樓月，宛如昨。）（同前）

一〇九 康伯可《金菊對芙蓉》「梧葉飄黃」：□景撩人，此詞悽愴宛轉，似孤鴈過南樓，數聲哀怨湘江暮者，聞者愴然。（同前）

一一〇 孫巨源《何滿子》「悵望浮生急景」：夜雨泣寒蛩，聲啾啾唧唧；春風啼杜宇，韻楚楚悽悽。（同前）

一一一　汪彦章《小重山》「月下潮生紅蓼汀」：有無限沉吟，有無限寂寞。（同前）

一一二　秦少游《菩薩蠻》「蛩聲泣露驚秋枕」：即景寓懷，渾是別離情况。（同前）

一一三　秦少游《菩薩蠻》「金風簌簌驚黄葉」：少游二詞同一《菩薩蠻》之作，同一《虞美人》之思。（同前）

一一四　汪彦章《點絳唇》「哀柳蟬嘶」：此詞新清可愛，新如濯水芙蓉，清如帶雨楊柳。（同前）

一一五　辛幼安《臨江仙》「金鎖重門荒苑静」：怨臆重重，愁懷疊疊，深宫之詞，倍覺悽楚。（同前）

一一六　李易安《一剪梅》「紅藕香殘玉簟秋」：芭蕉葉上無情雨，夜半瀟瀟不忍聽。（同前）

一一七　柳耆卿《雨淋鈴》「寒蟬凄切」：眼前景物，心上愁思，意中人品，竄聯入詞中，別離之作，此最為凄惋。（同前）

一一八　范希文《蘇幙遮》「碧雲天」：希文此詞，信口吟來，信心寫出無限離情別况。（同前）

一一九　李易安《鳳凰臺上憶吹簫》「香冷金猊」：雨洗梨花，淚痕有在，風吹柳絮，愁思成團，易安此詞頗似之。（同前）

一二〇　白居易《長相思》「汴水流」：□清瀟灑之詞，炙人口吻。（同前）

一二一　万俟雅言《長相思》「短長亭」：悲秋之作，不感而感。（同前）

一二二　劉改之《唐多令》「蘆葉滿汀洲」：此詞無限凄切，無限傷感，別離風味，宛在言外。（同前）

一二三　陳後主《秋霽》「紅雨侵階」：意則悽愴，辭則清切。「一鳩鳴午寂，雙燕話春愁」者也。

（同前）

一二四　秦少游《滿庭芳》「碧水澄秋」：「月色溶溶夜，花陰寂寂春」，此二語可為此詞一評。（同前）

一二五　秦少游《搗練子》「心耿耿」：詞簡情多，讀之竦然。（同前）

一二六　李後主《醜奴兒令》「轆轤金井梧桐晚」：梧桐葉上雨瀟瀟，散作秋聲入人耳。（同前）

一二七　周美成《解蹀躞》「候館丹楓」：淚珠都化作秋宵枕上雨，奇絶新絶。（同前）

一二八　《碧芙蓉》「夜雨滴空堦」：睽違時憶會晤，憂愁時思歡娱，人情大抵然也，此作得其大槩。（同前）

一二九　右秋景六十餘詞，悉係情思之作，餘不録。（同前）

一三〇　周美成《南鄉子》「晨色動粧樓」：「兩點春山滿鏡愁」，奇甚，所謂「萬緑叢中紅一點，動人春意不須多」。（同前「冬景」）

一三一　賀方回《浣溪沙》「鶩外紅綃一縷霞」：「粉香」、「羅幙」二句對代整齊。（同前）

一三二　秦少游《南鄉子》「萬籟寂無聲」：此詞句法俱新，至「我念梅花花念我」尤覺新絶。（同前）

一三三　林少瞻《少年遊》「霽霞散」：此詞新雅豪暢，未害大雅一步。（同前）

一三四　朱希真《滿路花》「簾洪淚雨乾」：句法字法俱有可人，朱希真此詞倘亦夢花之筆。（同前）

一三五　康伯可《江城梅花引》「娟娟霜月冷侵門」：句句奇絶，字字妙絶，至末三句只輕巧便麗，如飛燕之體態，大是動人。（同前）

一三六　李太白《菩薩蠻》「平林漠漠煙如織」：忒多情，忒丰韻，詞家之魁，舍周美成是誰？（同前）

一三七　張安國《憶秦娥》「雲垂幕」：當雪景而寫閨思，大是有情。（同前）

一三八　秦少游《桃源憶故人》「玉樓深鎖薄情種」：蝴蝶舞處，同其悠揚；杜宇啼時，同其凄楚。（同前）

一三九　佚名《木蘭花令》「沉檀煙起盤紅霧」：「梅粧」、「柳絮」一聯咏雪極佳。（同前）

一四〇　歐陽修《憶王孫》「同雲風掃雪初晴」：此詞三十餘字，讀之有餘味。（同前）

一四一　汪彦章《點絳唇》「新月娟娟」：好「梅影横牕瘦」之句，悦人心目。（同前）

一四二　万俟雅言《梅花引》「曉風酸」：此詞寫旅思宛轉有情，妙作。（同前）

一四三　歐陽修《漁家傲》「十月小春梅蕊綻」：清逸瀟灑，不是尋常口吻，歐公長於文，且長於詞調哉！真名家筆也。（同前）

一四四　鄭雲璈贈情人詞：「明明的山盟共設，欝欝的爐香漫漫，怕情人心見別，貼香肌，把著人香燒徹。此際情兒切，此恨疤難滅。便做個冷痛熱還疼，須知是我，和伊著疼熱。」眉端評：有趣，賞心之語。（末二句）（同前書卷六「附閨閣丰韻情詩」）

一四五　景翩翩《卜筭子》詞沈生：「相思似海深，舊事如天遠。淚滴千行又萬行，更使人，愁腸斷。要見無因見，見了終難拚。若是前生未有緣，今生重結來生願。」眉端評：不盡怨思，一字字可入《悲秋賦》。（同前）

一四六 蘇子瞻《西江月·梅花》「玉骨那堪瘴霧」：南海有珍禽，名到（當作倒）掛子，緑毛鸚鵡而小。（倒掛緑毛么鳳）（《花鳥争奇》卷二「百花調」）

一四七 秦少游《虞美人·梅花》「天涯也要江南信」：壽陽公主梅花點額，花之不去。（飄到眉心住）（同前）

一四八 文徵明《醉落魄·海棠》「芳塵休撲」：比海棠，當藏於名園。（阿嬌合貯黄金屋）。又：蜀中本無海棠，因明皇幸其地，蜀中乃有。（一段風流，不枉到西蜀。）（同前）

一四九 周美成《南鄉子·茉莉》「五月炎州路」：指花言。又：指葉言。（依依翡翠裁）（同前）

一五〇 佚名《南鄉子·榴花》「紫陌尋春去」：古詩：「石榴半吐紅巾蹙」。（留取紅巾千點照池臺）（同前）

一五一 晏叔原《三臺令·桂花》「大地山河風露凉」：花中十友，桂號仙友。（十友之中號作仙）（同前）

一五二 蘇子瞻《踏莎行》「頂翳砂丹」：衛懿公有鶴乘軒。（頂翳砂丹，毛披玉素，當年曾得乘軒貴。）又：《詩經》：「鶴鳴於九皋，聲聞於天。」（數廻嘹唳九皋間，聲聲響徹重霄去。）（同前書卷三「百鳥調」）

一五三 蘇軾《西江月》「玉骨那愁障（當作瘴）霧」：此調坡老感妾朝雲而作，故云云。（高情已逐曉雲空，不與梨花同夢。」（《梅雪争奇》卷中「梅花鼓吹・調」）　又：此調嘲賈似道而作也，故云云。（東皇笑道，山河元是我的。）（同前書卷下「雪花管樂・調」）

一五四　佚名《百字令》「没巴没鼻」：古詩：「紅日上三竿。」（一夜東風，三竿紅日）

一五五　宋廉《卜筭子・葡萄》「人從大宛歸」：張騫使大宛得種歸。（人從大宛歸）（《蔬果争奇》卷中「百果雜録・調」）

一五六　劉伯温《點絳唇・楊梅》「綴樹纍纍」：荔枝。（當得游家紫）（同前）

一五七　趙子昂通夫人欲娶妻：趙子昂欲買妾，以小詞調管夫人云：「我為學士，你做夫人。豈不聞陶學士，有桃葉桃根。蘇學士、有朝雲暮雨。我便多娶幾個吴姬越女，何無過分。你年紀已過四旬，只占住玉堂春。」（筆者按眉端評云：欲娶側室為後也，乃以其詞調管夫人，趙子昂即非□。）管夫人答：「你儂我儂，忒殺情，多情多處熱如火。將一塊泥捏一個你，塑一個我。將咱兩人一齊打破，用水調和，再捏一個你，再塑一個我。我泥中有你，你泥中有我。與你生同衾，死同一個槨。呵呵。」（《新刻洒洒篇》卷二「情札」）

一五八　陳瓊仙與阮簡卿書聯曲牌名：「自《錦堂月》一别，《芍藥花》又凋謝矣。欲寄《一封書》，不見《鴈兒落》《脱布衫》，殊覺《一枝花》瘦損矣，幾度《上小樓》，更也《懶畫眉》，還只為《憶多嬌》然也，不知《倘秀才》如何，若肯《念奴嬌》，尚當趂《一江風》，駕《夜行船》歸來。妾且《沽美酒》，共飲《月兒高》，更笑《剔銀燈》，相謂曰：昔年曾弄《玉連環》，今宵重解《香羅帶》，妾不勝《快活三》矣，致聲《三學士》，莫負《惜花心》。一唯。」阮簡卿答亦聯曲牌名：「記得與《虞美人》一別，贈我《紅繡鞋》爲記，花愁《錦堂月》，柳困《灞橋春》，此《意難忘》哉！《十二時》中《哭相思》，悄不覺淚珠兒濕透《紅衲襖》也。今欲返《川撥棹》，與卿共看《江頭金桂》，致聲《香柳娘》，雖以《銀紐絲》，繫《金錢花》，簪以待我，若曰《阮郎歸》處，尚在《黃鶯兒》，求友之日，《粉蝶兒》尋芳之時。不然，不然。」（同前）

一五九 王驚波《浣溪紗》「容貌嬌」：「歌喉」二句好對代語。（歌喉展處鶯旋溜，醉態侵時柳樣柔。）（同前書卷三「媚姬」）

一六〇 王驚波《掛枝兒》「想玉人」：灑脱可人。（同前）

一六一 馮桂貞《點絳唇》「曉起梳粧巧」：雨中芭蕉，煙中楊柳，雅，雅。（同前）

一六二 馮桂貞《梁州序》「胭脂微暈」：謂新意如花初著芷□□聲。旁批：巧妙。（不數那吳宮蓮曲，出塞琵琶，洛浦鳴璫好。他在朱門華屋裏逞丰標。）又：前腔「芳容如昨」：風滾楊花，渾不著力。旁批：妙。（一筆都勾了，往來無俗客，盡英豪，多少詞人帶月敲。）又：冷趣。（堪羡處，名加噪，不知是那一點花心照。）（同前）

一六三 馮桂貞《掛枝兒》「論當今誰似您」：月色醉人夜，花陰寂寂春。（同前）

一六四 蔣守貞《山坡羊》「冷凄凄秋霜飛墜」：一曲調高詞暢，矯若驚鴻，宛若游龍。（同前）

一六五 馮素貞《北新水令》問「問君家何不唱繁花」：問得有情，曲而中。又《南步步嬌》答「你今何必多驚訝」：答得有趣，閑而雅。（同前）

一六六　張毓秀《月雲高》「春風初覺」：詞溜亮，如嚦嚦鶯聲枝外轉者。　又：前腔「驀然一見」：蜻蜓風中展趣，閑雅可觀。（同前）

一六七　張毓秀《步步嬌》「人面桃花真堪羡」：雅暢有味。（同前）

一六八　張毓秀《掛椵兒》「天生你恁般嬌」：句句著有嬌字，有趣味，有丰韻。（同前）

一六九　馮宇澄《如夢令》「一自春光蕩漾」：詩餘中難有此《如夢令》一詞。（同前）

一七〇　馮宇澄《步步嬌》「嫩容一似春初曉」：依恁般説，蕊宫仙子也只是如此。（同前）

一七一　馮宇澄《江兒水》「你莫恃知名早」：爽爽可咏。（同前）

一七二　馬觀《江兒水》「若論聰明性」：芳草雨中青，一塵不著，妙，妙。（同前）

一七三　劉翩《啄木兒》「骨兒媚」：春風淺淡日融融，好爽快者。（同前）

一七四　馮南哥《步步嬌》「行行珠淚青衫濕」：一潭秋水溶溶月，可人意思。（同前）

一七五　馮南哥《江兒水》「愁病相兼日」：平淡中綽有雅態。（同前）

一七六　金湘《鎖南枝》「腰肢瘦」：水上芙蕖，自有人愛。（同前）

一七七　沈玄《梧桐樹》「人兒不解愁」：「柳風花雨難禁受」，一字一顆珠。（同前）

一七八　沈玄《掛枝兒》「問嬌娃」：一種風流情況湧出筆端。（同前）

一七九　張美《江兒水》「只道是杭州女」：《江兒水》一曲，真似江兒水滚來。（同前）

一八〇　張美《掛枝兒》「夢見裏」：「夢」字句句著有趣。（同前）

一八一　馮瑩《耍孩兒》「則我將花容細細描」：此詞儘是《西廂》佳調。又：好風流逸思，妙，妙。（同前）

一八二　梁輕雲《桂枝香》「態見清瘦」：巫峽行雲，武陵流水。（同前）

一八三　王澄波《掛枝兒》「説心兒」：飄逸如風中之柳。（同前）

一八四　周霞翠《紅衲襖》「你本是江上的嬌生養」：清江一曲抱村流，瀟灑之甚。（同前）

一八五　李玉《玉交枝》「嬌娥堪愛」：瀟湘風月，語語可人。（同前）

一八六　顧飄翠《懶畫眉》「風流心性本天生」：六郎似蓮花，可愛可翫。（同前）

一八七　曹文如《皂羅袍》「行到百花深處」：情切有味。（同前）

一八八　段暎雪《懶畫眉》「無端逐逐向姑蘇」：春風門巷，紫燕翩躚。（同前）

一八九　王京《桂枝香》「高情無賽」：人中興興何于朗。（同前）

一九〇　項瓊《點絳唇》「風流名妓」：渾雅典究。（同前）

一九一　項瓊《一江風》「好嬌羞」：清新庾開府，俊逸鮑參軍。（同前）

一九二　沈雲停《懶畫眉》「娘行瞥見使人疑」：飄逸之態，游絲縈弱絮者。（同前）

一九三　沈雲停《掛枝兒》「論娘行本是箇青樓嬌艷」：末句俊俏不可當。（只怕飛燕相逢也頂讓俺）（同前）

一九四　曹倩可《玉交枝》「佳人堪愛」：鶯啼燕語，渾是一般腔調。（同前）

一九五　曹倩可《掛枝兒》「愛玉人」：寶瑟秦箏，軋軋有聲。（同前）

一九六　李嬌《江兒水》「對此應知態」：嬌滴滴美玉無瑕，光閃閃明珠有耀。（同前）

一九七　馬寧《懶畫眉》「娘行自是輩中豪」：吴宫西子，愈顰愈妍。（同前）

一九八　侯雙《駐馬聽》「生長侯門」：出塵之想，悦耳之音，妙，妙。（同前）

一九九　蔣翠珠《皂羅袍》「看他倒人懷抱」：春風一曲杜韋娘。（同前）

二〇〇　項玉《香柳娘》「正青春二八」：孤鴻天外唳，别是一般音調。（同前）

二〇一　徐貞素《宜春令》「徐家壽壽幾齡」：露洗菡萏清清，雨打芭蕉聲聲。（同前）

二〇二　楊佩馥《步步嬌》「從來不肯逢人意」：瀟湘八景，誰人不愛。（同前）

二〇三　王洛僊《一封書》「王家洛浦僊」：馬□夜敲□□作環□□□。（同前）

二〇四　趙鳳《掛枝兒》「見他時你也笑」：西湖十里好煙波，瀟洒倍之。（同前）

二〇五　金如《玉胞肚》「桃塢名妓」：柳色黄金嫩，梨花白雪香。（同前）

二〇六　盧嬌《沉醉東風》「想當年名兒噪時」：鴈拖秋色入衡陽。（同前）

二〇七　侯貞《掛枝兒》「種菱花」：玉容寂寞淚闌干，梨花一枝春帶雨。（同前）

二〇八　馬小鳳《黄鶯兒》「一種富家腔」：逸雲縹緲，巫山小稚。（同前）

二〇九　袁雲儀《掛枝兒》「好姐姐鎮日裏門前來站」：平淡中有天然雅趣。（同前）

二一〇　沈瓊《掛枝兒》「休説他年紀小」：數小字，形容的儘雅。（同前）

二一一　董貞貞《懶畫眉》「相逢花下乍停鑣」：簡峭之作。（同前書卷四「韻語・初厚」）

二一二　楊曉英（佚曲牌名）「感君情最契」：儘有翩翩興趣。（同前「韻語・志誠」）

二一三　楊曉英（佚曲牌名）「絳蠟殘」：此詞新而鍊，插入《西廂》曲中，曲中頗稱二難者。（同前「韻語・合意」）

二一四　凌雙（佚曲牌名）「數日蘭閨增懊惱」：此詞莫作尋常口吻。（同前「韻語・致愛」）

二一五　薛素素《桂枝香》「絲窓煙暝」：《桂枝香》一詞字字膾炙人吻。（同前「韻語・私語」）

二一六　蔣愛（佚曲牌名）「相思愁寂」：此詞調度舌韻思致種種絶矣。（同前「韻語・寄信」）

二一七　劉月香（佚曲牌名）「憶昔逢人多阻礙」：親切有味。（同前「韻語・傳情」）

二一八　賦閨怨詞《水仙子》二闋，其一「秋風颯颯撼蒼梧」：「雲結就」等語竦人毛骨。其二「鰕鬚簾捲紫銅鈎」：「霧濛濛」斷人肝腸。（同前書卷六「雜紀」）

二一九　蕭爽齋《二郎神》「新睡起」：杜若滿芳州，有意味，有意味。（同前書卷六「吴騷一」）

二二〇　蕭爽齋《二郎神》「當時花前共你」：流利敷芳。（同前）

二二一　蕭爽齋《集賢賓》「蕭關欲待尋君去」：雅調新詞，精金美玉。（同前）

二二二　蕭爽齋《集賢賓》「金鈎繡簾紅半起」：武陵溪桃花泛泛。（同前）

二二三　蕭爽齋《黄鶯兒》「香篋斂紅絲」：雨過鶯聲滑溜。（同前）

二二四　蕭爽齋《黄鶯兒》「朝露濕羅衣」：檀板應愁商清，嘹響寥廓。（同前）

二二五　蕭爽齋《猫兒墜》「戍樓天外」、《猫兒墜》「龍沙漠漠」：二詞錦瑟凄清，銀箏嘹嚦，俱是悦人音調。（同前）

二二六　梁少白《二郎神》「相逢久笑」：翩翻雙舞蝶，嘹唳一鳴鳩。（同前「吴騷二」）

二二七　梁少白《鶯啼序》「錦堂風月今又秋」：月浸秋潭，一清可掬。（同前）

二二八　梁少白《簇林鶯》「空桃鬪難斷頭」：灑脱而又清溜，樂府之上乘也。（同前）

二二九　梁少白《啄木兒》「曾留戀」：月到天心，風來水面。（同前）

二三〇　梁少白《滴溜子》「天台渡」：重疊字用得有味。（同前）

二三一　梁少白《水紅花犯》「正值陽回九九」：五更雞，五更鐘，俱可聽□人。（同前）

二三二　梁少白《尾聲》「景凄凉」：尾聲有不盡餘思。（同前）

二三三　梁少白《步步驕》「底事懨懨如中酒」：吾以字字妙對步步嬌。（同前「吴騷三」）

二三四　梁少白《折桂令》「枉躭著閒悶閒愁」：羌管吹落梅花調。（同前）

二三五　梁少白《江兒水》「有意花空待」：揚子江中水，波瀾疊疊生。（同前）

二三六　梁少白《鴈兒落》「空只恁霧」：字字練過。又：玉壺之冰，清絶瑩然。（同前）

二三七　梁少白《僥僥令》「凉浸閑庭宿雨收」：嚦嚦鶯聲花外囀。（同前）

二三八　梁少白《收江南》「呀，早知道是這般樣情分呵」：老練，不作雛兒語。（同前）

二三九　梁少白《園林好》「那再説鸞交鳳友」：春風芍藥，暮雨芭蕉，俱是可人。（同前）

二四〇　梁少白《沽美酒》「桃花溪」：燕語鶯啼，□是水此。（同前）

二四一　梁少白《清江引》「姻緣分定終須有」：此清江一引不是錦繡口吻，難得水此。（同前）

二四二　梁少白《畫眉序犯三郎神》「煙暖杏花明」：關漢卿亦不過如此筆力。（同前「吴騷四」）

二四三　梁少白《集賢賓犯鶯兒》「香肌瘦怯春病深」：長笛一聲人倚樓，不過如（疑脱「此」字）瀟灑。（同前）

二四四　梁少白《香柳娘犯（疑脱「好」字）姐姐》「看銀燈半滅」：「風煖鳥聲碎，日高花影重」，可為此評。（同前）

二四五　梁少白《滴溜子犯園林》「憑誰訴」：錦繡華采，玲珠滑溜。（同前）

二四六　梁少白《僥僥令犯鶯墜》「娘行難離側」：春風著柳條，儘有王意。（同前）

二四七　梁少白《醉翁子犯多嬌令》「夜静抱銀箏」：深柳一聲線。（同前）

二四八　楊升庵《金絡索》「輕煙拂柳芽」：西施體態，玉真丰韻，怎不愛人？（同前「吴騷五」）

二四九　楊升庵《金絡索》「荷花蕩日華」：暢哉！如風中之柳。艷哉！如日中之龍。（同前）

二五〇　楊升庵《金絡索》「西風捲暮霞」：昭君馬上琵琶彈出凄楚腔調。（同前）

二五一　楊升庵《金絡索》「彤雲點點遮」：宛轉有情思可味。（同前）

二五二　楊升庵《尾聲》「柳梢斜月娟娟」：不盡餘情。（同前）

二五三　王雅宜《香遍滿》「一春長病」：一溪春水流桃花，溶溶漾漾。（同前「吴騷六」）

二五四　王雅宜《懶畫眉》「飛花紅日點窗楞」：西子清粧。（同前）

二五五　王雅宜《梧桐樹》「君行萬里程」：天邊孤鴈嘹嘹，殊覺悽慘。（同前）

二五六　王雅宜《浣溪沙》「伶仃瘦形」：楚江風景凄然。（同前）

二五七　王雅宜《劉潑帽》「自省」：「一鳩鳴午寂」，此可評。（同前）

二五八　王雅宜《秋夜月》「忘却舊盟好」：萬斛閑情。（同前）

二五九　王雅宜《東歐令》「排悶」：芳草渡過水，垂楊橋下船。（同前）

二六〇　王雅宜《金蓮子》「悶轉增愁」：如怨如慕，如泣如訴。（同前）

二六一　王雅宜《傾杯玉芙蓉》「隔墻新月上梅花」：箜篌音，琵琶調，聞者無不凄楚。（同前「吴騷七」）

二六二　王雅宜《玉芙蓉》「相思夢見他」：細雨垂楊暮，自覺凄冷省。（同前）

二六三　王雅宜《普天樂犯》「聽更籌頻頻下」：彭澤曉煙柳困，瀟湘暮雨花愁。（同前）

二六四　王雅宜《朱奴兒犯》「鎮日裡粧聾作啞」：蝶困花慵，春色惱人。（同前）

二六五　許然明《步步嬌》「簾捲西風」：藍橋咫尺雲□新可□□□。（同前「吴騷八」）

二六六　許然明《江兒水》「曾記紅橋畔」：楊妃入宮淚滴紅水時□□。（同前）

二六七　許然明《園林好》「乍想像」：雅思清興可味。（同前）

二六八　許然明《川撥棹》「尋常見」：花落武陵源，不勝寂寞。（同前）

二六九　許然明《五供養》「秋期已半」：萬千情思湧出筆端。（同前）

二七〇　祝枝山《新水令》「一春無事為花愁」：孤鴈一聲哀。（同前「吴騷九」）

二七一　祝枝山《步步嬌》「獨掩紗窗」：孤鸞别調。（同前）

二七二　祝枝山《折桂令》「這幾日」：帶雨芙蓉，冷落楚江秋矣。（同前）

二七三　祝枝山《江兒水》「玉腕常虚溜」：夜雨損紅粧，凄楚殺人。（同前）

二七四　祝枝山《鴈兒落》「空對着」：甚物高如離恨天，此詞可見。（同前）

二七五　祝枝山《僥僥令》「繡幙珠簾懶上鈎」：一枝花帶雨，寂寞故園春。（同前）

二七六　祝枝山《收江南》「呀，早知道這般樣春光虚度」：箇箇幾字，一字一愁。（同前）

二七七　祝枝山《園林好》「海山盟」：不盡怨思。（同前）

二七八　祝枝山《沽美酒》「嘆春光似水流」：一句句，一字字，一聲聲，俱是《西廂》聲口。（同前）

二七九　祝枝山《清江引》「多才不來添煩惱」：蘆花兩岸秋蕭瑟之甚。（同前）

二八〇　祝枝山《宜春令》「青陽候」：輕宛便麗可人。（同前「吴騷十」）

二八一　祝枝山《太師引》「玉驕驄」：鐵馬戰西風，那得不起人愁思？（同前）

二八二　祝枝山《瑣窗寒》「冷蕭蕭」：閑愁閑□，蝶老鶯慵。（同前）

二八三　祝枝山《三段子》「驀然上心」：情牽三鼓夢，愁絶五更雞。（同前）

二八四　祝枝山《東歐令》「流蘇帳」：宛轉有情。（同前）

二八五　祝枝山《三换頭》「佳期久堙」：懷人憶舊，宛在水中坻。（同前）

二八六　祝枝山《劉潑帽》「仙源咫尺難通訊」：數語如風滚棉花，飄飄逸逸。（同前）

二八七　祝枝山《大聖樂》「記當初帶綰同心」：「思如荳蔻」二句妙入骨髓。（同前）

二八八　祝枝山《三學士》「誰諳青裳能解忿」：落花流水溶溶。旁批：忘憂草。（青裳）

又：當歸名。（文蕪）（同前）

二八九　祝枝山《解三醒》「恨雷師」：有趣味可掬。（同前）

二九〇　祝枝山《節節高》「相思計莫伸」：春色撩人，不勝慘切。（同前）

二九一　祝枝山《撲燈蛾》「晴天錦繡紋」：思入□雲□態中，妙甚，妙甚。（同前）

二九二　祝枝山《尾聲》「風流偏惹風流悶」：□束有情。（同前）

二九三　祝枝山《香遍滿》「因他消瘦」：輕灑如楊柳枝。（同前「吴騷十一」）

二九四　祝枝山《懶畫眉》「無情歲月丢如流」：清切可味。（同前）

二九五　祝枝山《梧桐樹犯》「莆鶯似唤情」：一聲哀鴈一聲鷄，聽之竦竦。（同前）

二九六　祝枝山《浣溪沙》「我容貌嬌」：詞府之子，都可愛可賞。（同前）

二九七　祝枝山《秋夜月》「恩愛做讐」：一字字灑脱，玩之不忍釋手。（同前）

二九八　祝枝山《東歐令》「難消悶」：一般丰韻，關漢卿手段。（同前）

二九九　祝枝山《金蓮子》「别時留」：好雅思，好逸趣。（同前）

三〇〇　祝枝山《尾聲》「等待他來時候」：不盡餘音。（同前）

三〇一　康對山《香羅帶》「東風一夜冽」：萬種新愁撮入數行雅調。（同前「吴騷十二」）

三〇二　康對山《香羅帶》「愁腸千萬結」：「窓外鐵」不著「馬」，覺徤。（同前）

三〇三　康對山《醉扶歸》「雲鬟散亂」：「金錢跌」句亦新。（同前）

三〇四　康對山《香柳娘》「嘆陽關唱徹」：愁牽□岸柳，淚流兩□□。（同前）

三〇五　康對山《香柳娘》「柰衡陽信絶」：哽哽咽咽，凄凄楚楚之作。（同前）

三〇六　康對山《尾聲》「啼痕界破桃花頰」：餘韻風流。（同前）

三〇七　康對山《步步嬌》「樓閣重重東風曉」：數語何等輕脱，何等瀟灑。（同前「吴騷十三」）

三〇八　康對山《醉扶歸》「冷凄凄風雨」：「湘江鴈叫蘆花冷」，為此一評。（同前）

三〇九　康對山《皂羅袍》「堪嘆薄情難料」：風情傾出，筆尖興趣湧來心上。（同前）

三一〇　康對山《好姐姐》「如今瘦添楚腰」：宛曲集情，《草堂》餘韻。（同前）

三一一　康對山《香柳娘》「隔簾櫳鳥聲」：「雲散楚峰高」二句妙。（同前）

三一二　康對山《尾聲》「别離一日生芳草」：收煞亦緊。（同前）

三一三　康對山《二郎神》「寄書來」：詞練意練。（同前「吴騷十四」）

三一四　康對山《啄木兒》「他比楊花恠」：愁思楚天鴈，哀情吴苑鳩。（同前）

三一五　康對山《琴瑟子》「秦期晉期」：飄逸似風中之柳，慘切如雨中之鳩。（同前）

三一六　王百穀《步步嬌》「急煎煎夢破陽臺」：有幽情者翫到，此只恐添一番消瘦。（同前「吴騷十五」）

三一七　王百穀《園林好》「嘆一刻千金果然」：「隔斷玉門關，不到大羅天」，妙，妙。（同前）

三一八　王百穀《五供養》「夜凉冰簟」：哀哀子規聲，花塢三更月。（同前）

三一九　王百穀《僥僥令》「玉簫期跨鳳」：爽爽可味。（同前）

三二〇　王百穀《尾聲》「月來依舊成歡忭」：餘音嫋嫋。（同前）

三二一　《集賢賓》「芭蕉冷落秋夜幽」：訴出幽愁，如杜宇數聲哀怨。（同前「吴騷十六・古調」）

三二二　《黄鶯兒》「風颺繡簾鈎」：雨過春園，寂寞了海棠花矣。（同前）

三二三　《猫兒墜》「芭蕉色褪」：風雨妬花，不勝寂寞。（同前）

三二四　《猫兒墜》「短檠半滅」：凄宛有情。（同前）

三二五　《黄鶯兒》「孤鏡盡愁眉」：凄切宛曲。（同前「吴騷十七・古調」）

三二六　《香羅帶》「相思倚繡幃」：燕子倦愁，思亦乃爾。（同前）

三二七　《醉扶歸》「對銀燈」：恨蛩聲數語，清切入竅。（同前）

三二八　《好姐姐》「追思那日别維」：芳草雨餘香。（同前）

三二九　《玉山頹》「殘秋天氣」：丰韻中自有一種丰韻。（同前）

三三〇　《香柳娘》「有芙蓉滿地」：恨聲與鴻聲嘹唳。（同前）

三三一 王百穀《步步嬌》「暗想當年」：雅意雅字，真雅詞也。（同前「吴騷十八」）

三三二 王百穀《沉醉春風》「一團嬌香肌瘦怯」：花愁蝶困，倍凄楚人也。（同前）

三三三 王百穀《忒忒令》「他慇懃」：鶯聲啼破上林春。（同前）

三三四 王百穀《好姐姐》「自別逢時遇節」：瀟灑可人。（同前）

三三五 王百穀《嘉慶子》「渭城人肌膚瘦怯」：「勒定了」二語等新絶。（同前）

三三六 王百穀《園林好》「也傷殘連枝帶葉」：鋪叙最雅。（同前）

三三七 王百穀《川撥掉》「成吴越」：意亦新，詞亦切。（同前）

三三八 王百穀《錦衣香》「他將楚館焚」：句句新詞，樂府中恐無此妙手。（同前）

三三九 王百穀《漿水令》「響叮噹」：採蓮人數句儘有怨意。又：此段廣邁，卿卿吻吐。（同前）

三四〇 玉帝判公案：玉帝既聆地動聯句，又大喜曰：「二神勢力相伯仲，文學相頡頏，無殿最者也。」於是援筆作判，其判云：「審得水神馮夷，主管《江兒水》，有《絳黄龍》，滚《浪淘沙》，更不着《皂羅袍》《朝天子》。又不修《一封書》，通問山主，擅自孽開《小重山》，且有恃《菩薩蠻》，領《出隊子》，令《混江龍》與《下山虎》，大戰《耍孩兒》所為也，此《一犯》，雖以《珍珠兒》萬顆，《十段錦》千端，莫贖其罪也。」右用曲牌名聯絡。（節録自《山水争奇》卷上）

三四一 四翁賞中秋：少皞司令，時維仲秋，仲秋之夕何夕，中秋也，人間光滿三千界，天上平分一半秋，蓋佳夕哉！時有無垢主人，與滌凡居士、清空老農、耐辱長者，皆風塵外友也。……時有風神少女聞滌凡居士等以己不若於月，心甚不平，遂謂月姊姮娥曰：「適纔滌凡居士等以爾勝於我，此塵氛之中，非論辨之所，我與爾同至沉默之鄉，冥漠之舘，與爾較論一番。」姮娥不語，少女乃先行焉，回首招姮娥曰：「來，予與爾言。」姮娥乃前步曰：「去，吾慊乎？」於是少女領十八姨並飛廉之屬，姮娥領素娥十餘人，並吴剛之屬。頃刻至沉默之鄉，遂□冥漠舘中坐定，少女曰：「適間耐辱長者等四老兒以爾勝於我，誠然乎？」姮娥曰：「鄉有公評，更復何言？」少女曰：「嘖嘖，爾何以勝我，試數焉。昔坡仙云：『風花誤入長春苑，雪月交臨不夜城。』則居我為先也。」姮娥曰：「邵康節云：『梧桐月向懷中照，楊柳風來面上吹。』則居我為先也。」少女曰：「『風清楊子宅，月滿庾公樓。』我豈不居先乎？」姮娥曰：「『月到天心處，風來水面時。』爾何以在後乎？」少女曰：「『鴈聲風處斷，樹影月中寒。』我豈不在前？」姮娥曰：「『捲簾留月影，欹枕聽風聲。』爾何以居後？」少女曰：「『松風隨我適，梧月向人圓。』爾在前乎？我在前乎？」姮娥曰：「『月梧金瑣碎，風竹玉琮琤。』我在後乎？爾在後乎？」少女曰：「『幽竹響風頻戛玉，好花得月便流金。』豈不居月之先？」姮娥曰：「『半牕圖畫梅花月，一枕波濤松樹風。』月又豈在風之後？」少女曰：「古詞云：『秋風清，秋月明。落葉聚還散，寒鴉棲復驚。』然則古詞中誰數我落後？」姮娥曰：「古詞亦有云：『月之夕，風之晨。憶君在何處，忽然傷我情。』然則古詞中亦數我在前。」少女曰：「『九夏若無風，渾身皆是熱。』我豈是等閑？」（節録自《風月争奇》卷之前）

三四二　二院丰韻：元之初興，夷而宰主中國，禮儀之俗變為淫蕩之風。長安市中有街曰花柳街，有巷曰衚衕巷，立有一男院一女院。男院之門署之曰長春苑，女院之門署之曰不夜宫，蓋取坡公所謂「風花並入長春苑，燈火交輝不夜宫」意也。二處之孌童少女居則清淨，户則幽雅，各焚以異香，奏以細樂。縱步其處者，聞其香輒訝曰：「是廣寒宫氣味耶？抑夾馬營氣味耶？」聽其樂，輒訝曰：「是昭陽殿音韻耶？抑華清宫音韻耶？」長春苑之俊秀，皆以「少」為號，有少都者，謂少於于都；少朝者，謂少於宋朝；少賢者，謂少於董賢；少玠者，謂少於衛玠；少彌者，謂少於彌于瑕；少龍者，謂少於龍陽君；少衍者，謂少於王衍。以上諸人態度閑雅，見之者必曰：「何物老嫗，生此寧馨兒？瓊林瑶樹，殆風塵表物矣。」不夜宫之佳冶，皆以「賽」為號，有賽施者，謂賽於西施；有賽真者，謂賽於平真；有賽嬙者，謂賽於王嬙；有賽蟬者，謂賽於貂蟬；有賽燕者，謂賽於飛燕；有賽褒者，謂賽於褒姒；有賽鶯者，謂賽於崔氏鶯鶯。以上諸姬丰神綽約，見之者，必驚曰：「胡然而天？胡然而帝？月姊雲仙，非塵凡中質矣。」是二院也，男姿絶俗，女色超羣……少都之兄弟歸於長春之苑，心甚不忿，衆共商曰：「不告此輩，怎洩此恨？」即命苑中當直者，取過兔毫繭紙、鴝眼龍劑，陳之几上，時日色已沉，夜深人静，少都點起一枝銀燭，作一紙狀詞，其狀詞悉用曲牌名點綴成之，狀云：「告狀童子少都等，為剪《菩薩蠻》事，賽真等《點絳唇》，穿《紅衲襖》，著《紅繡鞋》，插《水仙子》《一枝花》，倚門《迎仙客》，宿《銷金帳》，唤身交結《倘秀才》，統集鴇子《麻兒郎》擒打，打《一煞》《二煞》《三煞》《四煞》不休，搶去《銀紐絲扣兒》，弄《黄鶯兒》叙，唱《得勝令》歸去，《下山虎》威猛《山坡羊》，遭殘《混江龍》勢强，《水底魚》無命，哭《訴哀情》，望《高陽臺》上告。」賽施、賽嬙諸姊妹，遭少都等毆罵，回至不夜之宫，人人忿恨，欲報其仇。時夜已静矣，遂命宫中當值的鴇子取過筆一枝、墨一笏、硯一方、紙一張，列於案桌之上，剔起銀燈，揮毫染楮，亦作一紙狀詞，欲往官司告理，以雪前忿。其狀悉用骨牌名點綴成之，極是痛切……（節録自《童婉争奇》卷上）

三四三　夫疎竹庵者，乃俊生讀書處也。地隔紅塵，衆囂俱寂，竹影扶疎，扁曰疎竹庵。俊生嘗作有古詞以寫其景，詞云：「瀟灑簷楹篔簹，試數無多個。胡牀對坐，清興偏宜我。　半點俗塵無，明月清風過。影婆娑，漏入紗窗破。」此庵中又有好事者出七字對聯，貼之楹柱間，其聯云：「花香繞座客對酒，竹影隔簾人讀書。」（同前）

三四四　百拙生《答魏友》：别足下，常慮其不見，見則又遽歸。南洧新詞，陽關故調，倍增憔悴。有雙鯉之音，以元夕至，見月輒憶故人，恨不共故人婆娑於火樹之下。敝鄉董子梨園之變，足下狎之如龍陽君。今契闊矣，春之仲，都騎徜肯訪臨敝廬，弟以折東召之，致艷歌一曲，更不落莫足下。（同前書卷中）

三四五　歐陽修《玉樓春》「湖邊柳外樓高處」：旁批：指飛花柳絮言「輕無管（此處原脱一「繫」字）狂無數」（筆者按：此詞作者和調原標作朱希真《桃源憶故人》，且上片「雨斜風横香成陣」首三句為朱氏詞句，其後則為歐氏詞句，當是錯簡，此據《六一詞》改。）（同前書卷下「調・古今樂府」）

三四六　楊孟載《蝶戀花》「新製羅衣」：言無定準。（莫信鵲聲相侮弄，燈花幾度成春夢。）（同前）

三四七　賀方回，調云：「天邊旅鴈一羣飛，帶得寒歸遠渚。」（《蘭雪堂古事苑定本》卷一「時令」）

三四八 唐（當作宋）寇平仲春色詩云：「波渺渺，柳依依，孤村芳草合。斜日杏花飛，輕煙淡抹青山外，却有人家懸酒旗。」（同前）

三四九 東坡中秋日作《水調歌頭》，都下傳唱，内侍録以呈神宗，神宗讀至「又恐瓊樓玉宇，高處不勝寒」，上曰：「蘇軾終是愛君。」（同前）

三五〇 《開元遺事》：明皇二月旦遊上苑，呼高力士取羯鼓，臨軒縱擊，奏一曲，名《春光好》，回顧桃杏皆發，笑謂妃子曰：「不唤我作天工乎？」（同前）

三五一 易安詞云：「昨夜雨疎風驟，濃睡不消殘酒。試問捲簾人，却道海棠依舊，知否，（脱一「知否」）應是緑肥紅瘦。」（同前書卷五「女子」）

三五二 唐韓翊（當作翃，下同）厚妓柳氏，為侯希逸從事，久不還，柳寄詩云：「章臺柳，往日青青今在否？縱有長條似舊垂，也應攀折他人手。」後為番將沙咤（當作吒）利所奪。（同前）

三五三 秦少游嘗作詞云「醉卧古藤樹下，杳不知南北」，後左遷藤州而卒，乃於詞有驗云。（同前書卷六「傷逝」）

三五四 秦少游詞云：「客衣寒，客衣單，西風人度關。」（同前書卷九「衣服」）

三五五 古梅花詞：「不是花魁，誰是花魁。」（同前書卷十一「百花」）

夏樹芳詞話

夏樹芳，字茂卿，號冰蓮老人，江陰（今江蘇）人。萬曆乙酉舉人。編著有《冰蓮集》、《栖真志》、《茶董》、《奇姓通》、《法喜志》、《女鏡》、《詞林海錯》、《酒顛》等。《栖真志》四卷，有自叙（戊申），書中取周秦至元代之修真栖静者，各詳其事蹟。《茶董》二卷，雜録南北朝至宋金茶事，摭詩句故實。曰茶董者，取董狐史筆之意也。此據《四庫全書存目叢書》影印明萬曆刻本《栖真志》和影印明萬曆四十一年刻《茶書二十種》本《茶董》，《續修四庫全書》影印明崇禎毛氏汲古閣刻本《宋名家詞》和臺北新興書局出版《筆記小説大觀》本《酒顛》録詞話九則。

一《刻宋名家詞序》：夫詞至宋人而詞始霸，曼行繁昌，至宋而詞之名始大備。其人韶令秀世，其詞復鮮豔殢人，有新脱而無因陳，有圓倩而無沾滯，有纖麗而無冗長，有峭撥而無鈎棘。一時之以賡和名家，而鼓吹中原，不啻肩摩於世云。古虞有子晉毛氏，篤心汲古，其風流閑雅甚都，蓋連然韻士也。家住昆湖之曲，凡遇快書，戛戛乎，堂堂乎，輒欲梓以行世。忼慷對客，頫意校讎，剞劂輩百千餘人，悉以汗青相角。鄴架之上，浩蕩扶疏，而江左稱善藏書者無踰毛氏焉。茲刻《宋名家詞》凡十人，攟摭儁異，各具本色。余得而下上之，轆轤酣暢，若同叔之玄超，小山之流媚，柳屯田之翻空廣調，六一居士之清遠多風，幾最按拍。加以坡翁之卓絶，山谷之蕭疎，淮海之搴芳，東堂之振藻，亟為引商。至於幼安之風襟豪上，睥睨無前，放翁之不倫不理，乾坤莽蕩，又勃勃焉欲褰裳濡足以遊之。數公者，人各具一詞，詞各呈一伎倆，好事者或於皓月當空，澹煙初放，春花欲醉，秋葉可餐，命童子執紅牙板，對良朋浮白，隨撫一闋歌之，慨焉慷焉，劃然長嘯而低徊焉。若欬唾九天，不自知明河之落衣袖也。或謂柳枝團扇，桃葉釵頭，有盭正則之騷經，似設泥犁之種子，其然乎？其不然乎？則濮上桑間，胡以不刪而慇懃詔世哉？且也，元獻、文忠、澤民諸君子，立朝建議，大義炳如，公餘眺賞之暇，諷詠悲歌，時為小令，時作長吟，孰知其所以合？孰知其所以離？固風雅之別流，而詞壇之逸致也。夫宇宙間調調刁刁，萬籟豈一？而琴瑟、箜篌、琵琶，猶然為海印發光，矧夫詞調棼綸，一段靈光溢於性府，盡屬元聲之所奴，而參伍錯綜，又為南北九宫之所必繫者乎？言未畢，子晉輾然笑曰：「不穀書淫，無慚玄晏。自茲伊始，浸假而《十三經》，又浸假而《二十一史》，余且賓賓捐橐以從事焉。」則是刻也，謂子晉之遊戲三昧可也，緇經播史，棟宇流虹，且以為諸刻之嚆矢可也。冰蓮老人夏樹芳書。（《宋名家詞》第一集）

二 張志和，字子同，金華人。母夢楓生腹上而生，通《莊》、《列》書，為《象罔》、《白馬》諸篇以佐其説。肅宗擢明經，待詔翰林。親亡，不復仕，自號煙波釣徒，又號玄真子。嘗築室越州，豹席椶屩，垂釣自怡。與陸羽、顏真卿友善，陸羽嘗問孰為往來，志和曰：「太虚為室，明月為燭，與四海諸公共處，未嘗少別。」真卿為湖州刺史，乃唱和，為《漁父詞》，首唱即志和所作，其詞曰：「西塞山邊白鳥飛，桃花流水鱖魚肥。青箬笠，綠簑衣，斜風細雨不須歸。」一時誇賞。後真卿遊平望驛，志和酒酣，鋪席水上，獨坐成酌，席來去如舟。復有雲鶴旋覆其上，親朋參佐，觀者莫不驚異。（《棲真志》卷三）

三 劉跛子，青州人，拄一鳩頭杖。每歲至洛中住（一作看）花，館范家園，春盡即還京師。初，張丞相召自荆湖，跛子與客飲市橋，客聞車馬過，起觀之，跛子褰衣且飲，作詩曰：「遷客湖湘召赴京，車蹄迎迓一何榮。争如與子市橋飲，且免人間寵辱驚。」陳瑩中甚愛之，作長短句贈之，略曰：「槁木形骸，浮雲身世，一年兩到京華。又還乘興，閑看洛陽花。説甚姚黄魏紫，春歸後、終委泥沙。忘言處，花開花謝，都不似，我生涯。」嘗答友人曰：「跛子一生別無路，展手教化，三饑兩飽，回視雲漢，聊以自誑，元神新來。」□□若此。（筆者按：原書破損嚴重，詞句等缺文參照其他補録。）（同前書卷四）

四 蘇長公：東坡嘗問大冶長老乞桃花茶，有《水調歌頭》一首：「已過幾番雨，前夜一聲雷。鎗旗争戰，建溪春色占先魁。採取枝頭雀舌，帶露和煙搗碎，結就紫雲堆。輕動黄金碾，飛起緑塵埃。

老龍團，真鳳髓，點將來。兔毫盞裏，霎時滋味舌頭回。喚醒青州從事，戰退睡魔百萬，夢不到陽臺。兩腋清風起，吾欲上蓬萊。」坡嘗遊杭州諸寺，一日飲釅茶七碗，戲書云：「示病維摩原不病，在家靈運已忘家。何須魏帝一丸藥，且盡盧仝七碗茶。」（《茶董》卷下）

五　高季默：高仕談仕金為翰林學士，以詞賦擅長。蔡伯堅有詠茶詞：「天上賜金奩，不減壑源三月。午椀春風纖手，看一時如雪。　幽人只慣茂林前，松風聽清絶。無柰十年黃卷，向枯腸搜徹。」士談和云：「誰扣玉川門，白絹斜風團月。晴日小鬆活火，響一壺春雪。　可憐桑苧一生顛，文字更清絶。直擬駕風歸去，把三山登徹。」（同前）

六　再韻解嘲：辛幼安號稼軒，與陳同父躍馬定交，風流豪飲。嘗賦《沁園春》止酒，後城中諸公載酒入山，幼安復破戒沉醉，再韻前調解嘲。（《酒顛》卷下）

七　每出飲數日：許古字道真，性嗜酒，每乘舟出村落間，留飲十數日不歸，醉後賦小詞曰：「濁醪竊得玉為漿，風韻帶橙香。持杯笑道，鵝黃似酒，酒似鵝黃。　世緣老矣不思量，沉醉又何妨。臨風對日（一作月），山歌野調，盡我疎狂。」（同前）

八　月給千壺：陸務觀恃酒頹放，自號放翁，作詞云：「橋如虹，水如空，一葉飄風煙雨中，天教稱放翁。」一夕夢故人相語曰：「我為蓮花博士，鏡湖新置官也，我去矣，君能暫為之乎？月得酒千壺，亦不惡也。」遂以詩紀之曰：「白首歸修汗簡書，每因囊粟歎侏儒。不知月給千壺酒，得似蓮花博士無。」（同前）

九　法明師，不知何許人。落魄不檢，嗜酒，善唱柳枝（當作永）詞，人以醉和尚解之。師曰：「吾醉且醒，君醉奈何？」自述一偈云：「平生醉裏顛蹶，醉裏却有分别。今宵酒醒何處，楊柳曉風殘月。」（同前）